MICHAEL CRICHTON

ÉTAT D'URGENCE

roman

Traduit de l'américain par Patrick Berthon

ROBERT LAFFONT

Titre original : STATE OF FEAR

ISBN 2-221-10457-9
(édition originale : ISBN 0-06-621413-0 HarperCollins Publishers, New York)

Ceci est une œuvre de fiction. Les personnages, entreprises, institutions et organisations dont il est question dans ce roman sont le produit de l'imagination de l'auteur. Quand ils existent réellement, ils sont utilisés d'une manière fictive, sans intention de décrire leur véritable comportement. Les références à des personnes, institutions et organisations figurant dans les notes en bas de page sont exactes. La réalité est dans les notes.

La science a ceci de fascinant que, pour un investissement en faits ridiculement bas, on obtient un rendement en conjectures étonnamment élevé.

MARK TWAIN

Dans toute question d'importance, il y a des aspects que personne ne souhaite aborder.

GEORGE ORWELL

Introduction

À la fin de l'année 2003, à l'occasion de la Conférence au sommet sur le développement durable qui se tenait à Johannesburg, le représentant de Vanutu, une île indépendante du Pacifique, annonça que son pays s'apprêtait à intenter une action contre l'EPA, l'Agence américaine pour la protection de l'environnement, à cause du réchauffement planétaire. La totalité de son territoire n'ayant que quelques mètres d'altitude, ses huit mille habitants se trouvaient en danger. Ils risquaient de devoir être évacués de leur patrie en raison de l'élévation du niveau des océans provoquée par le réchauffement climatique. Les États-Unis – la première puissance économique de la planète – étaient les plus gros émetteurs de dioxyde de carbone et, par voie de conséquence, les premiers responsables du réchauffement global.

Le NERF, un groupe américain activiste, annonça qu'il serait aux côtés de Vanutu pour préparer le procès, prévu pour l'été 2004. Le bruit courait que George Morton, le richissime philanthrope qui soutenait volontiers des causes écologistes, financerait sur sa fortune personnelle l'action judiciaire dont le coût était estimé à plus de huit millions de dollars. Le litige devant être soumis au juge plutôt sympathisant du Neuvième Circuit de San Francisco, l'issue de l'affaire était attendue avec une certaine impatience.

Mais cette action n'a jamais été intentée.

Aucune explication officielle n'a été fournie ni par les autorités de Vanutu ni par le NERF. Même après la brusque disparition de George Morton, un inexplicable manque d'intérêt des médias a empêché de faire la lumière sur les circonstances entourant la préparation de ce procès. Ce n'est qu'à la fin de l'année 2004 que quelques anciens administrateurs du NERF ont commencé à s'exprimer publiquement sur ce qui s'était passé à l'intérieur de cette organisation. D'autres révélations provenant de l'entourage de George Morton ainsi que d'anciens employés du cabinet juridique Hassle & Black, de Los Angeles, ont apporté des éclaircissements.

La lumière est maintenant faite sur l'affaire du procès Vanutu et sur les événements qui, pendant cette période de mai à octobre 2004, ont coûté la vie à plusieurs personnes dans différentes régions du globe.

M.C.
Los Angeles, 2004

Extrait du rapport interne au Conseil national de sécurité de l'AASBC (classé secret). Obtenu FOIA 03-04-04

> Il apparaît avec du recul que le complot ████████ était extrêmement bien organisé. Les préparatifs ont commencé plus d'un an avant les opérations. Les ████ préliminaires remontent au mois de mars 2003 et les premiers rapports aux ████ ████ britanniques et aux ███ ████ allemands.
>
> Le premier incident a eu lieu à Paris en mai 2004. Il est ███ █████ █████ que les autorités ████████. Mais il ne fait plus aucun doute aujourd'hui que ce qui s'est passé à Paris ████████ et les graves conséquences qui en ont résulté.

I

AKAMAI

Nord de Paris
Dimanche 2 mai 2004
12 h 00

— Restez là, fit-il en effleurant son bras dans l'obscurité.

Elle attendit sans bouger. L'odeur de l'eau salée était forte ; elle percevait le murmure de l'eau.

Quand les lumières s'allumèrent, leur éclat se réfléchit sur la surface du réservoir long d'une cinquantaine de mètres et large de vingt. Il ressemblait à une grande piscine couverte, avec cette différence qu'il était entouré de tout un appareillage électronique.

Et qu'une étrange machine se trouvait à l'extrémité du bassin.

Jonathan Marshall revint, un sourire niais sur le visage.

— Qu'est-ce que tu en penses ? lança-t-il en français, avec sa prononciation épouvantable.

— C'est magnifique, répondit la jeune femme en anglais.

Jonathan trouvait son accent exotique ; tout en elle lui paraissait exotique. Avec sa peau mate, ses pommettes hautes et ses cheveux de jais, elle aurait pu être mannequin. Et elle marchait comme un mannequin en jupe courte et talons aiguilles. Elle s'appelait Marisa ; elle était eurasienne, de mère vietnamienne.

— Il n'y a personne d'autre ici ? reprit-elle en parcourant la salle du regard.

— Non, non. C'est dimanche : personne ne vient.

Jonathan Marshall avait vingt-quatre ans. Étudiant de troisième cycle en physique à Londres, il suivait un stage d'été au laboratoire de mécanique ondulatoire de l'Institut de la mer, dans la banlieue nord de Paris. Marshall n'en revenait pas d'avoir sympathisé avec cette fille. Si belle, si sensuelle.

— Montre-moi ce qu'elle fait, cette machine, reprit Marisa, les yeux brillants de curiosité. Montre-moi ce que tu fais.

— Avec plaisir.

Marshall se dirigea vers le grand tableau de contrôle et mit en marche les pompes et les capteurs. À l'autre bout du bassin, les trente panneaux de la machine à vagues se mirent en place, l'un après l'autre.

Il se retourna vers Marisa.

— C'est tellement compliqué, fit-elle en souriant.

Elle s'avança, vint se placer à côté de lui, devant le tableau de contrôle.

— Il y a des caméras qui filment ton travail ?

— Oui, au plafond et sur les côtés du réservoir. Elles conservent les images des vagues qui sont produites. Il y a aussi des capteurs de pression qui enregistrent les paramètres de la vague.

— Elles marchent, ces caméras ?

— Non. Nous n'en avons pas besoin ; nous ne sommes pas en train de réaliser une expérience.

— Peut-être que si, fit-elle en posant la main sur son épaule.

Elle avait les doigts longs, d'une grande finesse, des doigts magnifiques.

— Tout a l'air si coûteux ici, reprit-elle au bout d'une minute, après avoir regardé autour d'elle. Vous devez avoir de nombreuses mesures de sécurité.

— Pas vraiment, répondit-il. Juste une carte magnétique pour entrer. Il y a une seule caméra de surveillance, ajouta-t-il en indiquant l'emplacement. Là-bas, dans l'angle.

Elle se retourna.

— Celle-là, elle marche ?

— Oui. Elle fonctionne en continu.

Elle déplaça la main pour caresser son cou.

— Il y a quelqu'un qui nous regarde, en ce moment ?

— Je le crains.
— Alors, il faut bien se tenir.
— Il vaut mieux. Et ton copain ?
— Lui ! ricana-t-elle avec mépris. Je ne le supporte plus !

Deux heures plus tôt, Marshall avait quitté son petit appartement, une revue sous le bras, pour se rendre au café de la rue Montaigne où il allait tous les matins. La fille et son copain s'étaient assis à la table voisine ; une dispute avait rapidement éclaté.

Marshall s'était dit qu'ils formaient un couple mal assorti. Lui était un Américain corpulent, rougeaud, bâti comme un footballeur, avec des cheveux trop longs et des lunettes à monture métallique qui ne convenaient pas à son visage empâté. Un porc qui se donnait des airs d'érudit.

Jim – c'était son nom – était furieux contre Marisa qui, à ce qu'il semblait, avait découché.

— Je ne comprends pas pourquoi tu ne veux pas me dire où tu étais !
— Ça ne te regarde pas, c'est tout.
— Je croyais qu'on devait dîner ensemble.
— Je t'ai dit que non, Jimmy.
— Si, tu me l'as dit. Et je t'ai attendue à l'hôtel, toute la nuit.
— Tu n'étais pas obligé. Tu aurais pu sortir, t'amuser.
— Je t'attendais.
— Je ne t'appartiens pas, Jimmy.

Elle soupirait, levait les yeux au ciel d'un air exaspéré et se tapait sur les genoux. La jupe remontait haut sur ses jambes croisées.

— Je fais ce que j'ai envie de faire.
— C'est clair.
— Oui.

Sur ce, elle se tourna vers Marshall.

— Qu'est-ce que vous lisez ? Ça a l'air compliqué.

Au début, Marshall s'était méfié. À l'évidence, elle lui adressait la parole pour rendre son copain jaloux ; il ne tenait pas à se laisser entraîner dans une querelle d'amoureux.

— C'est de la physique, répondit-il d'une manière laconique en se détournant légèrement.

Il préférait ne pas regarder sa belle voisine.

— Quel domaine ? insista-t-elle.

— Mécanique ondulatoire. Les vagues des océans.

— Ah ! vous êtes étudiant !

— De troisième cycle.

— Un cerveau ! Vous êtes anglais ? Qu'est-ce que vous faites en France ?

Sans même s'en rendre compte, il avait commencé à discuter avec elle. Elle avait présenté son copain qui lui avait serré mollement la main avec un sourire de faux jeton. La situation restait très embarrassante mais elle faisait comme si de rien n'était.

— Alors, vous travaillez ici ? Quel genre de travail ? Un bassin avec une machine ? Je n'arrive pas à me représenter cela... Auriez-vous la gentillesse de me le montrer ?

C'est ainsi qu'ils s'étaient retrouvés dans le laboratoire de mécanique ondulatoire. Jimmy attendait dehors, sur le parking, en fumant une cigarette.

— Que faisons-nous de Jimmy ? demanda-t-elle devant le tableau de contrôle

— Il est interdit de fumer ici.

— Je lui demanderai de ne pas fumer. Mais je ne veux pas qu'il reste seul à broyer du noir. Tu crois que je peux le faire entrer ?

— Bien sûr, fit Marshall en cachant son désappointement.

Elle posa la main sur son épaule, exerça une légère pression.

— Ne t'inquiète pas. Il ne restera pas longtemps ; il a des choses à faire.

Elle traversa le laboratoire pour aller ouvrir la porte à Jimmy. Marshall tourna la tête et le vit immobile, les mains dans les poches. Marisa revint vers lui.

— Tout va bien, reprit-elle. Maintenant, montre-moi comment ça marche.

Au bout du bassin les moteurs électriques se mirent à ronronner ; les palettes produisirent la première vague. Une petite vague qui ondula doucement le long du réservoir et acheva sa course sur le plan incliné placé à l'autre extrémité.

— C'est ça, un raz-de-marée ? demanda-t-elle.

— Oui, répondit Marshall en pianotant sur le clavier, c'est la simulation d'un tsunami.

Il y avait sur le tableau de contrôle des indicateurs de température et de pression ainsi que des images de la vague.

— Une simulation, répéta-t-elle. Qu'est-ce que c'est exactement ?

— Nous pouvons produire des vagues d'une hauteur d'un mètre, expliqua Marshall. Mais l'onde en grandeur réelle d'un tsunami peut atteindre quatre, huit, dix mètres. Parfois plus [1].

— Une vague de dix mètres ! lança-t-elle, les yeux écarquillés.

Elle regarda en l'air, en essayant de se représenter une telle hauteur.

Marshall hocha lentement la tête. Une vague haute comme un bâtiment de trois étages, qui se déplacerait à une vitesse de huit cents kilomètres à l'heure avant de déferler sur les côtes.

— Et quand elle atteint le rivage ? poursuivit-elle. C'est la côte, là-bas ? On dirait que la surface est couverte de galets.

— Exactement, répondit Marshall. La hauteur de l'onde arrivant sur la côte est fonction de l'inclinaison du sol. Nous pouvons régler comme nous le voulons l'angle de la pente.

Jimmy fit quelques pas vers le bassin, sans s'approcher d'eux. Il n'avait pas encore ouvert la bouche.

— Vous pouvez régler l'angle ? reprit Marisa d'une voix vibrante d'excitation. Comment faites-vous ?

— On agit sur un mécanisme.

— Vous choisissez l'angle que vous voulez ? Montre-moi ça à vingt-sept degrés !

— Tes désirs sont des ordres !

---

1. La première édition du livre de Michael Crichton est sortie avant le tsunami qui, en décembre 2004, a ravagé le sud-est de l'Asie. *(N.d.E.)*

Marshall appuya sur quelques touches. Avec un léger grincement, l'inclinaison du rivage s'accentua.

Jimmy se plaça tout près du bassin, attiré par ce qui se passait. Marshall trouvait cela réellement fascinant et comprenait que cela l'intéresse. Mais l'Américain ne desserrait pas les dents ; il se contentait de regarder le plan incliné qui se redressait lentement.

— C'est l'angle que j'ai demandé ? fit Marisa quand le mécanisme s'arrêta.

— Oui, répondit Marshall. Mais la pente est assez raide, plus que la moyenne des côtes sur la planète. Je ferais peut-être mieux de régler l'inclinaison à...

— Non, non ! coupa-t-elle en posant une main à la peau douce sur la sienne. Laisse comme ça. Montre-moi une vague. Je veux voir une vague.

Une petite vague était produite toutes les trente secondes ; elle ondulait dans le bassin avec un léger clapotement.

— Il faut d'abord que je connaisse la forme du rivage, reprit Marshall. Pour l'instant, c'est une grève rectiligne, mais si nous voulons une échancrure...

— Cela changera quelque chose ?

— Bien sûr.

— C'est vrai ? Montre-moi !

— Que préfères-tu ? Un port, l'embouchure d'un fleuve, une baie...

— Disons une baie, répondit-elle avec un petit haussement d'épaules.

— Très bien. Quelle longueur ?

Les moteurs électriques se mirent en marche, le littoral commença à s'incurver en formant une large échancrure.

— Fantastique ! s'écria-t-elle. Et maintenant, Jonathan, montre-moi la vague !

— Attends un peu. Quelle est la longueur de ta baie ?

— Oh !..., s'exclama-t-elle en écartant les mains. Quinze cents mètres. Une baie de quinze cents mètres. Montre-moi la vague, insista-t-elle en se penchant vers lui. Je n'aime pas attendre ; tu devrais le savoir.

Une bouffée de parfum flotta jusqu'à ses narines ; il pianota sur le clavier.

— C'est fait, annonça-t-il. Une grosse vague qui déferle dans une baie de quinze cents mètres de long, avec une inclinaison de vingt-sept degrés.

Un bruit bien plus fort qu'à la première expérience se fit entendre quand la vague se forma à l'autre bout du bassin. Elle avançait vers eux en ondulant, haute d'une quinzaine de centimètres.

Marisa fit la moue.

— Tu m'avais promis qu'elle serait grosse !

— Attends un peu.

— Elle va grossir ? gloussa-t-elle.

Elle posa la main sur son épaule. Quand Jimmy se tourna vers eux avec un regard noir, elle avança le menton d'un air de défi. Mais dès qu'il se retourna vers le bassin, elle retira sa main.

Décidément, se dit Marshall avec résignation, elle se sert de moi. Je ne suis qu'un pion sur l'échiquier.

— Tu as dit qu'elle allait grossir ? reprit-elle.

— Oui. La vague va grossir à l'approche du littoral. Dans les grandes profondeurs l'onde se propage sans élévation mais lorsque les fonds marins s'élèvent, elle prend de la hauteur. La baie formée par la côte concentrera encore sa puissance.

La vague s'éleva et s'écrasa sur le littoral échancré. Une mousse blanchâtre se forma à la surface tandis que la masse d'eau déferlait sur le rivage. Marshall estima sa hauteur à un mètre cinquante.

— C'est vrai qu'elle est haute, admit Marisa. Et sur une vraie côte ?

— Elle s'élèverait à une quinzaine de mètres.

— Oh là là ! Alors, on ne peut pas s'échapper en courant ?

— Non. Il est impossible d'échapper à un raz-de-marée. En 1957, à Hilo, Hawaii, une vague aussi haute que les maisons a englouti les rues de la ville. Les habitants ont essayé de s'enfuir, mais...

— C'est tout ? lança Jimmy d'une voix âpre, comme s'il avait besoin de se racler la gorge. Voilà ce que vous faites ?

— Ne t'occupe pas de lui, murmura Marisa.

— Oui, c'est ce que nous faisons. Nous produisons des vagues...

— Bande de rigolos ! poursuivit l'Américain. Je faisais la même chose dans ma baignoire, quand j'avais six ans !

— Nous fournissons des tas de données à des chercheurs du monde entier, répliqua Marshall en montrant le tableau de contrôle et les moniteurs affichant les paramètres.

— Ça suffit, j'ai compris. On s'emmerde ici : je me casse. Tu viens, Marisa ?

Jimmy braqua sur elle un regard chargé de colère.

Marshall entendit Marisa inspirer un grand coup.

— Non, répondit-elle. Je ne viens pas.

L'Américain tourna les talons et se dirigea vers la porte qui se referma bruyamment derrière lui quand il sortit.

L'appartement de Marisa donnait sur les tours de Notre-Dame. Du balcon de la chambre, la vue sur l'édifice éclairé était magnifique. À 10 heures du soir, le ciel était encore d'un bleu profond. Marshall se pencha pour regarder la rue, les lumières des cafés, la foule qui déambulait sur les trottoirs. Une scène pleine de vie.

— Ne t'inquiète pas, fit Marisa dans son dos. Jimmy ne viendra pas ici.

L'idée ne lui était même pas venue à l'esprit. Il se retourna.

— Tu crois ?

— Oui. Il ira ailleurs ; il connaît plein de filles.

Elle prit une gorgée de vin rouge et posa le verre sur la table de nuit. Elle retira brusquement son tee-shirt et dégrafa sa jupe ; elle ne portait rien dessous.

Elle s'avança vers lui en chaussures à talons.

— Je te l'ai dit, je n'aime pas attendre, lâcha-t-elle en le voyant muet de surprise.

Elle passa les bras autour de son cou et l'embrassa avec une fougue proche de la colère. Le baiser se prolongea tandis qu'elle le dépouillait avec fébrilité de ses vêtements. Elle respirait si fort qu'on eût dit un halètement. Elle ne disait rien. Elle était si passionnée et son corps à la peau luisante était d'une telle perfection que Marshall se sentait intimidé. Cela ne dura pas longtemps.

Après l'amour, elle se nicha contre lui. Sa peau était douce mais il la sentait nerveuse. Les lumières de la façade de Notre-Dame éclairaient faiblement le plafond de la chambre. Lui était détendu alors qu'elle paraissait fébrile. Il se demanda si, malgré ses gémissements et ses cris, Marisa avait réellement pris du plaisir. Elle se leva brusquement.

— Ça ne va pas ?

— Je vais aux toilettes.

Elle prit une petite gorgée de vin au passage, s'enferma dans la salle de bain.

Marshall se mit sur son séant. Il vit une empreinte délicate de rouge à lèvres sur le verre resté sur la table de nuit.

Les draps portaient des traces sombres laissées par les talons hauts dont elle ne s'était pas débarrassée tout de suite. Les chaussures se trouvaient maintenant sous la fenêtre ; des témoins de sa passion. Il avait encore l'impression d'être dans un rêve. Jamais il n'avait connu une femme comme celle-là. Aussi belle, vivant dans un endroit comme celui-là. Combien pouvait coûter cet appartement si bien situé, avec tous ces lambris...

Il savoura une gorgée de vin. Il pourrait se faire à cette vie.

Il percevait des bruits d'eau dans la salle de bain. Une voix assez peu mélodieuse qui fredonnait...

La porte de l'appartement s'ouvrit avec fracas ; trois hommes se précipitèrent dans la chambre. Ils portaient un imperméable noir et un chapeau. Terrifié, Marshall fit tomber le verre de vin en le posant sur le bord de la table de nuit. Il voulut ramasser ses vêtements pour cacher sa nudité mais les trois hommes se jetèrent sur lui ; des mains gantées de noir l'immobilisèrent. Il poussa un cri d'alarme quand il sentit qu'on le retournait sur le ventre. Il hurlait encore quand on lui enfonça la tête dans un oreiller. Il se dit qu'ils allaient l'étouffer.

— Tais-toi ! siffla une voix dans son oreille. Tout se passera bien si tu te tais !

Il n'en croyait rien ; il continua de se débattre en criant pour avertir Marisa. Où était-elle ? Que faisait-elle ? Tout allait si vite. Un des hommes était sur son dos ; il sentait les deux genoux sur sa colonne vertébrale, le cuir froid des chaussures sur ses fesses et une main sur sa nuque, qui pressait sa tête contre l'oreiller.

— Silence ! gronda l'homme.

Les deux autres avaient saisi ses poignets et lui écartaient les bras sur le lit. *Ils s'apprêtaient à lui faire quelque chose.* Sa vulnérabilité l'emplissait de terreur. Il se mit à gémir, reçut un coup sur la nuque.

— Silence !

Tout se passait si vite qu'il n'avait qu'une suite d'impressions fugitives. Où était Marisa ? Elle devait se terrer dans la salle de bain. Comment lui en vouloir ? Il entendit le bruit d'un liquide et vit du coin de l'œil un sac en plastique rempli d'eau, qui contenait quelque chose de blanc ressemblant à une balle de golf. Les hommes plaçaient le sac sous son aisselle, contre la partie charnue du bras.

Qu'est-ce qu'ils étaient en train de faire ? En sentant le froid de l'eau sur sa chair, il se débattit mais les hommes le clouaient sur le lit. Quelque chose de doux qui se trouvait dans l'eau se pressa contre son bras. C'était collant, un peu comme un chewing-gum, et cela tirait sur la peau de son bras. Puis il sentit un léger pincement. Pas grand-chose, une sensation à peine perceptible, une piqûre fugace.

Les agresseurs agissaient avec rapidité. Au moment où ils retiraient le sac en plastique, Marshall entendit deux détonations assourdissantes et Marisa qui hurlait en français.

— Salauds ! Salauds ! Foutez le camp !

L'homme assis sur le dos de Marshall bascula sur le côté du lit et se remit debout. Marisa continua de hurler, il y eut d'autres coups de feu, une odeur de poudre emplit la pièce et les trois hommes prirent la fuite. Marshall entendit la porte claquer ; Marisa revint vers lui, entièrement nue, marmonnant en français des choses incompréhensibles. Il avait de la peine à rassembler ses idées. Il se mit à trembler.

Elle se pencha sur lui, le prit par les épaules. Le canon du pistolet était brûlant. Il poussa un cri ; elle posa l'arme sur le lit.

— Oh ! Jonathan ! Je suis absolument désolée !

Elle attira la tête de Marshall contre son épaule.

— Pardonne-moi, je t'en prie ! Tout ira bien maintenant, je te le promets.

Petit à petit, les tremblement s'atténuèrent.

— Ils t'ont fait du mal ? demanda-t-elle en le regardant dans les yeux.

Il fit non de la tête.

— C'est ce que je pensais. Des imbéciles, des amis de Jimmy qui voulaient faire une blague, juste pour te faire peur. Et à moi aussi, certainement. Tu es sûr que tu n'as pas de mal ?

Il secoua de nouveau la tête.

— Peut-être..., réussit-il enfin à articuler, peut-être vaudrait-il mieux que je parte.

— Oh ! non ! s'écria-t-elle. Non, tu ne peux pas me faire ça.

— Je ne me sens pas...

— Pas question ! coupa-t-elle. Tu vas rester encore un peu.

Elle se rapprocha, se colla contre lui.

— Si on appelait la police ?

— Mais non ! La police ne fera rien : c'est une querelle d'amoureux. En France, on n'appelle pas la police pour ça.

— Mais ils ont enfoncé la porte...

— Ils sont partis, Jonathan, lui susurra-t-elle à l'oreille. Nous sommes tous les deux.

Il sentit le souffle de Marisa dans son cou, puis son corps qui glissait lentement sur sa poitrine, vers son ventre.

Quand il s'avança vers le balcon pour contempler une dernière fois Notre-Dame, il était minuit passé.

— Pourquoi ne veux-tu pas rester ? demanda-t-elle avec une moue charmante. Je veux que tu restes. Tu n'as pas envie de me faire plaisir ?

— Ne m'en veux pas, fit-il. Il faut que je parte ; je ne me sens pas très bien.

— Je sais ce qu'il faut faire pour que tu te sentes bien.

Il secoua la tête. Il ne se sentait vraiment pas bien : il était pris de vertiges et ses jambes étaient étrangement faibles. Ses mains tremblaient sur la balustrade du balcon.

— Ne m'en veux pas, répéta-t-il. Il faut que je parte.

— Dans ce cas, je te raccompagne en voiture.

Il savait que la voiture était garée sur l'autre rive de la Seine, que cela ferait une assez longue marche mais il acquiesça de la tête, engourdi par une sorte de torpeur.

Elle n'était pas pressée. Ils suivirent le quai bras dessus, bras dessous, longeant les péniches aménagées en restaurants, où les clients étaient encore nombreux. Toute proche, la cathédrale illuminée les dominait de toute sa hauteur. Marisa avait posé la tête sur son épaule et lui murmurait des mots doux. Pendant un moment cette promenade lui fit du bien.

Bientôt, il commença à trébucher ; une sensation de lourdeur se propageait dans son corps. Il avait la bouche très sèche, la mâchoire engourdie ; il devenait difficile d'articuler. Elle ne paraissait rien remarquer. Ils étaient sous un pont, au-delà des lumières de Notre-Dame. Il perdit l'équilibre, s'étala sur le quai.

— Mon chéri, fit-elle avec une sollicitude inquiète en l'aidant à se relever.

— Je crois, balbutia-t-il. Je crois...

— Ça ne va pas, mon chéri ?

Elle l'entraîna vers un banc.

— Assieds-toi un moment. Tu vas te sentir mieux.

Mais il ne se sentait pas mieux. Il essaya de protester mais il était incapable de parler. Saisi d'horreur, il se rendit compte qu'il ne parvenait même pas à remuer la tête. *Que lui arrivait-il ?* Une faiblesse incompréhensible gagnait rapidement tout son corps. Il essaya de se relever, mais ses membres ne lui obéissaient pas plus que sa tête.

— Qu'est-ce que tu as, Jonathan ? Tu veux voir un médecin ?

Oui, il faut que je voie un médecin.

— Ça ne va pas, Jonathan...

Il se sentait oppressé ; sa respiration devenait difficile. Il détourna les yeux. *Je suis paralysé.*

— Jonathan ?

Il essaya de regarder dans sa direction mais il ne parvenait même plus à remuer les yeux. Il ne pouvait que regarder droit devant lui et sa respiration se faisait de plus en plus courte.

— Jonathan ?

Un médecin, vite.

— Peux-tu me regarder, Jonathan ? Tu ne peux pas ? Non ? Tu ne peux pas tourner la tête ?

Il ne percevait aucune inquiétude dans sa voix ; elle paraissait froide, détachée. Peut-être son ouïe était-elle atteinte : il avait une sorte de chuintement dans les oreilles. Il lui était de plus en plus difficile de respirer.

— Viens, Jonathan. Il est temps de partir d'ici.

Elle prit sa tête sous son bras et le releva avec une force surprenante. Tout mou, flasque, avachi contre elle, il était incapable d'orienter son regard pour voir où il allait. En entendant le claquement d'un bruit de pas sur le quai, il sentit une bouffée d'espoir monter en lui.

— Avez-vous besoin d'aide, mademoiselle ? demanda une voix d'homme.

— Non, je vous remercie. Il a un peu trop bu, c'est tout.

— Vous êtes sûre ?

— Cela lui arrive souvent.

— Ah bon ?

— Je me débrouillerai, merci.

— Eh bien, je vous souhaite une bonne nuit.

— Bonne nuit.

Elle poursuivit son chemin en le soutenant, tandis que le bruit des pas s'estompait. Elle s'arrêta, regarda tout autour d'elle et se remit en marche... *en direction de la Seine.*

— Tu es plus lourd que je ne l'aurais imaginé, fit-elle d'un ton détaché.

Une terreur sans nom s'empara de Jonathan. Il était complètement paralysé ; il ne pouvait rien faire. Ses pieds raclaient les dalles de la berge.

Ils étaient au bord de l'eau.

— Désolée, fit Marisa en le poussant dans la Seine.

Il ne tomba pas de haut mais fut saisi par une sensation de froid. Il commença à couler ; des bulles crevèrent à la surface tandis qu'il s'enfonçait dans l'eau verte, puis noire.

Il était incapable de faire un mouvement, même dans l'eau. Il n'arrivait pas à croire que cela lui arrivait à lui, qu'il allait mourir noyé.

Il sentit que son corps remontait lentement. L'eau redevint verte ; il fit surface, sur le dos, tournant doucement sur lui-même.

Il voyait le pont, le ciel nocturne et Marisa, sur la berge. Elle alluma une cigarette et le regarda, une main sur la hanche, une jambe en avant, tel un mannequin gardant la pose. Elle tira une bouffée de sa cigarette ; la fumée s'éleva dans la nuit.

Il s'enfonça de nouveau dans l'eau froide et sombre qui l'enveloppa.

À 3 heures du matin, les lumières s'allumèrent dans le laboratoire de mécanique ondulatoire de l'Institut de la mer. Le tableau de contrôle s'anima ; la machine commença à produire une succession de vagues qui se propageaient sur toute la longueur du bassin avant de déferler sur le rivage artificiel. Sur les écrans de contrôle s'affichaient des images en trois dimensions et se déroulaient des colonnes de données. Elles étaient transmises à une autre installation, quelque part en France.

À 4 heures, le tableau de contrôle devint noir, les lumières s'éteignirent et les disques durs effacèrent toutes les traces de ce qui venait d'être fait.

Pahang
Mardi 11 mai
11 h 55

La route empierrée serpentait dans la pénombre, sous la canopée de la forêt pluviale de Malaisie. Elle était étroite et le Land Cruiser chassait dans les virages en faisant crisser ses pneus. Le passager assis à l'avant, un barbu d'une quarantaine d'années, regarda sa montre.

— Ce sera encore long ?

— Quelques minutes, répondit le conducteur sans lever le pied. Nous sommes presque arrivés.

Il s'appelait Charles Ling, il était chinois et parlait avec un accent britannique. Il était arrivé la veille au soir à Kuala Lumpur, en provenance de Hong Kong. Depuis le départ de l'aéroport où il avait accueilli son passager, il roulait à tombeau ouvert. Le barbu avait remis à Ling une carte de visite portant : Allan Peterson, Seismic Services, Calgary. Pour Ling, c'était du bidon. Il savait qu'il y avait au Canada, dans la province d'Alberta, une société, ELS Engineering, qui vendait ce matériel. Il n'était pas nécessaire de venir jusqu'en Malaisie pour le trouver. En outre, Ling avait consulté à l'aéroport la liste des passagers de l'appareil : le nom de Peterson ne s'y trouvait pas. Le barbu avait voyagé sous une autre identité.

Il s'était présenté comme un géologue indépendant, travaillant comme consultant au Canada pour des sociétés énergétiques, le plus souvent pour la prospection de gisements pétrolifères. Ling n'en avait pas cru un mot. Il repérait les géologues pétroliers au premier coup d'œil. Peterson n'en était pas un.

Ling ne savait pas qui était son passager mais il ne se tracassait pas pour si peu. Peterson avait de l'argent ; le reste ne le concernait pas. Une seule chose l'intéressait : vendre des machines de cavitation. Et cela semblait devoir être un gros coup. Peterson avait parlé de trois unités, pour un montant de plus d'un million de dollars.

Ling quitta brusquement la route pour s'engager sur une piste boueuse et défoncée. Le Land Cruiser cahotait sous les arbres gigantesques. Il déboucha brusquement dans une vaste clairière ensoleillée. Une énorme entaille semi-circulaire bordait un escarpement de terre grise. Un lac aux eaux vertes s'étalait en contrebas.

— Qu'est-ce que c'est que ça ? lança Peterson, déconcerté.

— Une carrière à ciel ouvert abandonnée. De kaolin.

— C'est-à-dire...

Décidément, se dit Ling, ce type n'est pas géologue.

Il expliqua que le kaolin était une argile blanche utilisée pour la fabrication du papier et des pâtes céramiques.

— On fabrique aujourd'hui quantité de céramiques industrielles. Il existe déjà des couteaux hautement tranchants et il y aura bientôt des moteurs de voiture en céramique. Mais, ici, la qualité était trop médiocre. La carrière est abandonnée depuis quatre ans.

Peterson hocha la tête en silence.

— Où est le cavitateur ? reprit-il.

Ling indiqua un gros engin stationné au bord de l'à-pic.

— Là-bas, fit-il en se dirigeant vers le véhicule.

— Fabrication russe ?

— Le camion est fabriqué en Russie, l'électronique vient de Taiwan. Nous faisons le montage à Kuala Lumpur.

— C'est votre plus gros modèle ?

— Non, le modèle intermédiaire. Nous ne pouvons pas vous montrer le plus gros.

Ils s'arrêtèrent à côté de l'engin, de la taille d'un bulldozer : le toit du Land Cruiser dépassait à peine les pneus gigantesques. Au centre, au-dessus du sol, se trouvait la génératrice de cavitation rectangulaire, semblable à une énorme génératrice diesel, une masse de tuyaux et de fils. La plaque de cavitation, de forme incurvée, était glissée dessous, à moins d'un mètre du sol.

Les deux hommes descendirent de voiture dans la chaleur étouffante. Les lunettes de Ling s'embuèrent; il les essuya sur sa chemise. Peterson fit le tour de l'engin.

— Est-il possible d'avoir le cavitateur sans le camion ?

— Oui, nous avons une version transportable. En conteneur, par bateau. Mais les clients finissent le plus souvent par la monter sur un véhicule.

— Je ne veux que les machines, déclara Peterson. Vous me faites une démonstration ?

— Tout de suite.

Il fit signe à l'opérateur, dans la cabine surélevée.

— Nous devrions nous écarter...

— Attendez un peu ! lança Peterson, alarmé. Je croyais que nous serions seuls. Qui est-ce ?

— Mon frère, répondit Ling d'un ton apaisant. Vous pouvez avoir toute confiance en lui.

— Bon...

— Écartons-nous, reprit Ling. Nous verrons mieux de loin.

La génératrice se mit en marche en haletant. À ce bruit se mêla bientôt un autre, cette sorte de bourdonnement sourd que Ling avait, comme toujours, l'impression de sentir au fond de sa poitrine et jusqu'à la moelle des os.

Peterson dut le sentir, lui aussi ; il recula précipitamment.

— Ces machines sont hypersoniques, expliqua Ling. Elles produisent un champ de cavitation en étoile en un point précis. Un peu comme on concentre la lumière avec une lentille mais en utilisant le son. En d'autres termes, nous pouvons diriger l'axe du faisceau sonore et contrôler la profondeur à laquelle se produira la cavitation.

Il fit signe à l'opérateur qui inclina la tête. La plaque de cavitation descendit, s'arrêta juste au-dessus du sol. Le bruit changea, se fit plus sourd, étouffé. La terre vibra légèrement sous les pieds des deux hommes.

— Merde ! souffla Peterson en faisant un pas en arrière.

— N'ayez crainte, c'est une réflexion minime. Le vecteur principal est orthogonal, dirigé vers le bas.

À une douzaine de mètres au-dessous de l'engin, la paroi de terre de la carrière sembla brusquement osciller, devenir floue. De petits nuages de fumée grise obscurcirent un moment la surface, puis un pan entier de l'escarpement céda et s'effondra dans le lac, telle une avalanche grise. Tout s'emplit de fumée et de poussière.

— Nous allons maintenant vous montrer comment on concentre le faisceau, reprit Ling quand la poussière se fut dissipée.

Le bruit sourd reprit, l'à-pic se remit à vibrer, beaucoup plus bas cette fois, à une soixantaine de mètres de l'engin. La terre grise s'effondra, coulant doucement dans le lac.

— Pouvez-vous orienter le faisceau latéralement ? demanda Peterson.

— Bien sûr, fit Ling.

À plus de quatre-vingts mètres du camion, la terre s'effondra dans un nuage de poussière.

— Nous pouvons l'orienter dans n'importe quelle direction, à la profondeur que nous voulons.

— Vraiment ?

— Avec notre plus grosse machine, on peut aller jusqu'à mille mètres, mais nos clients n'en ont pas besoin.

— Bien sûr, approuva Peterson. Nous n'irons pas aussi loin, mais il nous faut de la puissance. J'en ai assez vu, ajouta-t-il en essuyant les mains sur son pantalon.

— C'est vrai ? Il y a encore plusieurs techniques que nous pouvons...

— Je suis prêt à repartir, déclara Peterson, le regard impénétrable derrière ses verres teintés.

— Très bien, fit Ling. Si vous êtes certain de...

— J'en suis certain.

— D'où expédiez-vous le matériel ? Kuala Lumpur ou Hong Kong ?

— Kuala Lumpur.

— Quelles sont les restrictions ?

— Que voulez-vous dire ?
— La technologie de cavitation hypersonique est soumise à des restrictions, aux États-Unis. Elle ne peut être exportée sans une autorisation officielle.
— Je vous l'ai dit, l'électronique vient de Taiwan.
— Est-elle aussi fiable que le matériel américain ?
— Pratiquement identique, affirma Ling.
Si Peterson avait connu son métier, il aurait su que les États-Unis avaient perdu depuis longtemps la capacité de fabriquer des composants électroniques aussi sophistiqués. Ceux qui étaient utilisés aux États-Unis pour la cavitation venaient de Taiwan.
— Pourquoi demandez-vous ça ? reprit Ling. Avez-vous l'intention d'exporter le matériel aux États-Unis ?
— Non.
— Dans ce cas, il n'y a pas de problème.
— Quels sont vos délais ? demanda Peterson.
— Il faut sept mois.
— J'aurais préféré cinq.
— C'est réalisable. Il y aura un supplément. Pour combien d'unités ?
— Trois.
Ling se demanda qui pouvait avoir besoin de trois machines de cavitation. Aucune société de prospection géologique au monde n'en possédait plus d'une.
— Je peux vous fournir ce que vous voulez, reprit Ling. À la réception de votre acompte.
— L'argent sera viré demain.
— Où expédions-nous le matériel ? Au Canada ?
— Vous recevrez des instructions dans cinq mois, répondit Peterson.

Devant eux, les travées cintrées de l'aéroport ultramoderne dessiné par Kurokawa s'élançaient vers le ciel. Peterson se murait dans son silence.
— J'espère que nous sommes à l'heure pour votre vol, glissa Ling sur la rampe d'accès au terminal.
— Comment ? Oui, oui, ça ira...
— Vous repartez au Canada ?

— Oui.

Ling s'arrêta devant le terminal international, descendit et fit le tour de la voiture pour serrer la main de son passager. Peterson fit passer sur son épaule le sac de voyage qu'il avait pour tout bagage.

— C'est l'heure, dit-il, je vais y aller.

— Bon voyage.

— Merci. À vous aussi. Vous repartez à Hong Kong ?

— Non, répondit Ling. Il faut que je passe à l'usine pour lancer la fabrication.

— C'est loin ?

— Non. Pudu Raya, à quelques kilomètres d'ici.

— Bon courage.

Peterson entra dans le terminal avec un dernier signe de la main. Ling remonta dans le Land Cruiser et démarra. Au bout de quelques mètres, il vit que Peterson avait oublié son téléphone cellulaire sur le siège avant. Il se gara, se retourna vers l'entrée du terminal ; Peterson avait disparu. Le téléphone était ultra-léger, en plastique bon marché : un appareil jetable, à carte prépayée. Ce ne pouvait être le portable personnel de Peterson.

Ling avait un ami qui serait peut-être en mesure de découvrir où Peterson avait acheté l'appareil et la télécarte. Ling aurait aimé en savoir un peu plus sur lui. Il glissa l'appareil dans sa poche et prit la route de l'usine.

Shad Thames
Vendredi 21 mai
11 h 04

— Oui ? fit Richard Mallory en levant les yeux.

L'homme qui se tenait à la porte de son bureau avait l'air d'un Américain avec sa taille svelte, son teint pâle et ses cheveux blonds coupés en brosse. L'allure désinvolte, il était en tenue de sport : Adidas boueuses et survêtement marine défraîchi, comme s'il s'était arrêté au milieu de son jogging pour venir faire un saut.

Design/Quest était un atelier de graphisme branché situé sur les quais de la Tamise, à Butler's Wharf, un quartier d'entrepôts réhabilité, en aval du Tower Bridge. La plupart des employés étaient habillés décontracté. Mallory, le patron, faisait exception : il portait un pantalon au pli impeccable et une chemise blanche. Et des chaussures à bout pointu qui lui faisaient mal aux pieds mais qui étaient très tendance.

— Que puis-je faire pour vous ?

— Je viens prendre livraison de la marchandise, répondit l'Américain.

— Quelle marchandise ? demanda Mallory. Si c'est un colis à retirer, voyez la secrétaire.

— Vous ne trouvez pas que vous en faites un peu trop ? lança l'Américain, agacé. Je veux la marchandise, c'est tout !

— Bon, d'accord, concéda Mallory en se levant.

L'Américain dut se rendre compte qu'il avait été un peu sec.

— Belles affiches, reprit-il d'un ton radouci, en regardant le mur, derrière le bureau. C'est vous qui avez fait ça ?

— Oui, c'est nous.

Deux affiches côte à côte montraient sur un fond noir un globe terrestre dans l'espace ; seules les légendes différaient. « Sauvez la Terre », disait l'une. Et, au-dessous : « C'est notre seule patrie ». L'autre disait : « Sauvez la Terre » et « Nous n'avons pas d'autre endroit pour vivre ».

Sur un côté des affiches, une photographie encadrée montrait un mannequin blond arborant un tee-shirt qui portait le slogan « Sauvez la Terre ». Au bas du cliché, la légende complétait : « Et vous aurez un look sympa ».

— C'était notre campagne « Sauvez la Terre », expliqua Mallory. Mais on ne nous l'a pas achetée.

— Qui, on ?

— Le Fonds international pour la sauvegarde de l'environnement.

Mallory passa devant son client pour se diriger vers l'escalier menant au garage.

— Pourquoi ? demanda l'Américain en lui emboîtant le pas. Ils n'ont pas aimé ?

— Si, répondit Mallory. Mais ils avaient Leo comme porte-parole et ils ont préféré une campagne de spots vidéo.

Arrivé au bas de l'escalier, il utilisa sa carte magnétique ; la porte s'ouvrit avec un déclic. Ils entrèrent dans un petit garage obscur, en sous-sol ; l'unique éclairage provenait de la rampe conduisant à la rue. Mallory remarqua avec agacement qu'une camionnette obstruait à moitié le passage ; il y avait toujours des problèmes avec les véhicules de livraison qui se garaient là.

— Vous avez une voiture ? demanda-t-il en se tournant vers l'Américain.

— Oui.

Il indiqua la camionnette.

— Si c'est la vôtre, tout va bien. Il y a quelqu'un pour vous aider ?

— Non, je suis tout seul. Pourquoi ?

— C'est très lourd, fit Mallory. Ce n'est que du fil mais il y en a cent cinquante mille mètres et cela pèse plus de trois cents kilos.

— Je me débrouillerai.

Mallory se dirigea vers sa Rover et ouvrit le coffre. L'Américain siffla. La camionnette descendit la rampe avec un grondement de moteur ; au volant il y avait une femme très fardée, à l'air dur, aux cheveux hérissés.

— Je croyais que vous étiez seul, glissa Mallory.

— Elle n'est pas au parfum, affirma l'Américain. Ne vous occupez pas d'elle. Elle conduit juste la camionnette.

Le coffre de la voiture de Mallory était rempli de cartons blancs portant l'inscription « Câble Ethernet (non protégé) » et des caractéristiques techniques.

— On peut en voir un ? demanda l'Américain.

Mallory ouvrit un carton. Il était rempli de rouleaux de fil très fin, de la grosseur d'un poing, emballés sous film plastique.

— Comme vous le voyez, fit-il, c'est du fil. Pour des missiles antichars filoguidés.

— Ah bon ?

— C'est ce qu'on m'a dit. C'est pour cette raison qu'ils sont enveloppés comme ça : un rouleau pour chaque missile.

— Je n'y connais rien, fit l'Américain. Je ne suis que le livreur.

Il alla ouvrir les portières arrière de la camionnette, puis il entreprit de transporter les cartons, un par un. Mallory lui donna un coup de main.

— On vous a dit autre chose ? demanda l'Américain au bout d'un moment.

— Oui, répondit Mallory. Le type que j'ai vu a dit que quelqu'un avait acheté cinq cents roquettes des surplus militaires du pacte de Varsovie. Hotfire ou Hotwire, quelque chose comme ça. Pas d'ogives, juste les projectiles. Il paraît qu'ils étaient vendus avec du fil défectueux.

— Je n'ai pas entendu parler de ça.

— C'est ce qu'il a dit. Les missiles ont été achetés en Suède – à Göteborg, je crois – et expédiés de là-bas.

— Vous avez l'air inquiet.
— Non, affirma Mallory.
— Comme si vous aviez peur de vous trouver mêlé à une drôle d'affaire.
— Pas du tout.
— Vous en êtes sûr ?
— Absolument.
La plupart des cartons étaient déjà dans la camionnette. Mallory prit une suée. Il avait l'impression que l'Américain l'observait du coin de l'œil. Qu'il mettait en doute ses affirmations.
— Alors, dites-moi, reprit l'Américain, il ressemblait à quoi, votre type ?
Mallory choisit la prudence.
— À rien de particulier, fit-il avec un haussement d'épaules.
— Américain ?
— Je ne sais pas.
— Vous ne savez pas s'il était américain ?
— À en juger par son accent, peut-être. Mais je n'en suis pas sûr.
— Comment cela ?
— Il pouvait être canadien.
— Il était seul ?
— Oui.
— J'ai entendu parler d'une femme. Belle, sexy, talons hauts, jupe moulante...
— Je l'aurais remarquée, affirma Mallory.
— Vous ne me cachez rien, n'est-ce pas ?
L'Américain lui lançait un regard soupçonneux. Mallory remarqua une bosse sur sa hanche. Était-ce un pistolet ? Possible.
— Non, il était seul.
— Un type tout seul ?
— Oui.
— À votre place, poursuivit l'Américain, je me serais demandé qui pouvait avoir besoin de cent cinquante mille mètres de fil pour des missiles antichars. Pour quoi faire ?
— Il n'a rien dit.

— Et vous, vous lui avez dit : « Très bien, cent cinquante mille mètres de fil. Comptez sur moi. » Sans poser de questions.

— C'est vous qui posez toutes les questions, répliqua Mallory qui transpirait de plus en plus.

— J'ai de bonnes raisons pour cela, poursuivit l'Américain d'un ton lourd de menaces. Il faut que je vous dise, mon vieux : je n'aime pas ce que j'entends.

Tous les cartons étaient empilés à l'arrière de la camionnette. Mallory recula. L'Américain claqua la portière de droite. Quand l'autre se referma, Mallory vit la conductrice. Elle se tenait près du véhicule, dissimulée derrière la portière.

— Je n'aime pas ça non plus, lança-t-elle.

Elle portait un treillis des surplus américains ; gros blouson vert, pantalon ample et rangers. Gants épais. Lunettes noires.

— Attendez un peu, protesta l'Américain.

— Donnez-moi votre portable, ordonna-t-elle en tendant la main.

L'autre restait dans son dos, comme si elle tenait une arme.

— Pourquoi ?

— Donnez-le-moi.

— Mais pourquoi ?

— Je veux le regarder, c'est tout.

— Il n'a rien d'anormal...

— Donnez-le-moi !

L'Américain prit le téléphone dans sa poche et le lui tendit. Au lieu de le prendre, elle saisit son poignet et l'attira vers elle. L'appareil tomba sur le sol cimenté. L'autre main de la femme jaillit de derrière son dos tandis que sa main gantée se plaquait sur le côté du cou de l'Américain. Elle serra les deux mains autour de son cou, comme si elle voulait l'étrangler.

Il resta un moment sans réagir, puis commença à se débattre.

— Qu'est-ce que vous faites, bordel ? Qu'est-ce que vous... aïe !

Il écarta les mains de la femme d'un geste brusque et fit un bond en arrière, comme s'il venait de se brûler.

— Qu'est-ce que c'était que ça? Qu'est-ce que vous m'avez fait?

Il porta la main à son cou. Un filet de sang coulait, juste quelques gouttes. Il avait du rouge sur le bout des doigts. Presque rien.

— Qu'est-ce que vous m'avez fait?

— Rien, répondit-elle en ôtant ses gants.

Mallory remarqua qu'elle le faisait avec précaution, comme s'il y avait quelque chose dans le gant. Quelque chose qu'elle ne voulait pas toucher.

— Rien? lança l'Américain. Rien? Salope!

Il pivota sur ses talons et s'élança à toutes jambes sur la rampe conduisant à la rue.

Elle le suivit calmement du regard, puis elle se pencha pour ramasser le téléphone et le fourra dans sa poche.

— Retournez travailler! ordonna-t-elle à Mallory.

Il hésita.

— Vous avez fait ce qu'il fallait. Je ne vous ai jamais vu et vous ne m'avez jamais vue. Maintenant, filez.

Tandis que Mallory se dirigeait vers la porte du garage, il entendit claquer la deuxième portière de la camionnette. En se retournant, il vit le véhicule monter la rampe. Il tourna à droite dans la lumière crue du jour et disparut.

Dès qu'il fut de retour dans son bureau, Elizabeth, son assistante, apporta une maquette pour la campagne du nouvel ordinateur ultra-léger de Toshiba. Le tournage était prévu pour le lendemain; il fallait mettre la dernière main au travail. Il parcourut rapidement les story-boards : il avait du mal à se concentrer.

— Ça ne vous plaît pas? demanda Elizabeth.

— Si, si, c'est bien.

— Vous avez l'air un peu pâle.

— J'ai mal à... l'estomac.

— Thé au gingembre! lança-t-elle. C'est ce qu'il y a de mieux. Je vous en prépare un?

Il acquiesça de la tête, impatient de la voir sortir. Il regarda par la fenêtre qui offrait une vue imprenable sur la

Tamise et le Tower Bridge, sur la gauche. Le pont avait été repeint en bleu clair et blanc (étaient-ce les couleurs historiques ou juste une mauvaise idée ?). En tout cas, chaque fois qu'il le regardait, il se sentait bien. Il éprouvait un sentiment de sécurité.

Il s'avança vers la fenêtre, la tête tournée vers le pont. Il pensait à son meilleur ami qui lui avait demandé s'il accepterait de lui donner un coup de main pour soutenir un mouvement écologiste radical. L'idée lui avait paru amusante. De la discrétion, un peu d'audace, une pointe de panache. Mallory avait reçu l'assurance que toute violence était exclue ; il n'aurait jamais imaginé avoir peur.

Mais il avait peur. Ses mains tremblaient ; il les enfonça dans ses poches sans s'écarter de la fenêtre. Cinq cents missiles ! Dans quelle histoire s'était-il fourré ? Il entendit soudain des hurlements de sirènes et vit des lumières rouges clignoter le long du parapet du pont.

Il y avait eu un accident. À en juger par le nombre de véhicules de secours alignés sur le pont, ce devait être grave.

Un accident qui avait coûté la vie à quelqu'un.

Ce fut plus fort que lui. Pris de panique, il quitta en hâte son bureau et sortit sur le quai. Le cœur battant, il se précipita vers le pont.

De la galerie de l'autobus rouge à impériale les touristes regardaient la rue, une expression horrifiée sur le visage. Mallory se fraya un chemin dans la foule attroupée devant le véhicule. En s'approchant, il distingua une demi-douzaine d'hommes – personnel médical et policiers – penchés sur un corps gisant sur l'asphalte. À côté, effondré, se tenait le chauffeur. Il répétait en sanglotant qu'il n'avait rien pu faire, que l'homme avait traversé devant le bus sans lui laisser le temps de réagir. Il devait être ivre ; il l'avait vu tituber en descendant du trottoir.

Mallory ne voyait pas le corps ; les policiers l'en empêchaient. La foule regardait en silence. Un des policiers se leva, un document rouge à la main – un passeport allemand. Le soulagement qui envahit Mallory fut de courte durée. Quand un médecin s'écarta, il vit une jambe de la victime : un pantalon de survêtement marine et une chaussure Adidas tachée de boue et de sang.

Il réprima un haut-le-cœur et se retourna, bousculant les badauds dont les visages demeuraient impénétrables ou marquaient un léger agacement. Pas un regard ne se tourna vers lui ; tous les yeux restaient fixés sur le corps inerte.

Tous sauf ceux d'un homme en costume-cravate qui se tenait un peu à l'écart et fixait Mallory dans les yeux. Quand leurs regards se croisèrent, l'homme en noir inclina la tête. Mallory ne réagit pas. Il se glissa entre les derniers badauds et regagna précipitamment son bureau. Sans vraiment comprendre pourquoi, il prenait conscience que sa vie venait de changer de façon irréversible.

Tokyo
Mardi 1er juin
10 h 01

Le Consortium international de données environnementales, le CIDE, occupait un petit bâtiment en briques, contigu au campus de l'université Keio Mita. Pour un observateur peu attentif, le CIDE faisait partie de l'université dont la devise – *Calamus Gladio Fortior* – était même gravée au fronton de la construction. En réalité, il n'en était rien. Au centre du bâtiment se trouvait une petite salle de conférences où deux rangées de cinq sièges étaient disposées face à un écran.

À 10 heures, ce matin-là, Akira Hitomi se tenait sur l'estrade. Il regarda l'Américain entrer et s'asseoir. Le visiteur était costaud, pas très grand mais large d'épaules et de poitrine, comme un athlète. Il se déplaçait sans bruit, d'une démarche souple. L'officier népalais – la peau sombre, les yeux toujours en mouvement – prit place derrière l'Américain. Hitomi les salua en silence d'une inclination de tête.

La pièce lambrissée s'assombrit lentement pour laisser aux yeux le temps d'accommoder. Sur les quatre murs, les boiseries coulissèrent pour dévoiler de grands écrans dont quelques-uns bougèrent en un mouvement silencieux.

Hitomi attendit que la porte se ferme avec un bruit métallique pour s'adresser aux visiteurs. Sur l'écran central, son nom s'afficha en anglais et en japonais.

— Bonjour, Kenner-san. Bonjour, Thapa-san.

Hitomi ouvrit un ordinateur portable gris métallisé ultramince, de très petite taille.

— Je vais vous présenter aujourd'hui les données des vingt et un derniers jours, actualisées ce matin, à 9 h 40. Les résultats des recherches de notre projet commun, l'Arbre Akamai.

Les visiteurs inclinèrent la tête. Kenner esquissa un sourire : il était impatient, avec juste raison. Nulle part au monde il n'aurait pu voir une telle présentation : l'agence d'Hitomi était le numéro un dans l'accumulation et la manipulation de données électroniques. Des images apparurent sur les écrans qui s'animaient l'un après l'autre. Ils montraient une sorte de logo : un arbre vert sur un fond blanc et l'inscription : AKAMAI TREE DIGITAL NETWORK SOLUTIONS.

Le nom et l'image avaient été choisis pour leur ressemblance avec d'authentiques sociétés Internet et leur logo. En service depuis deux ans, le réseau de serveurs d'Akamai consistait en pièges soigneusement préparés. Il comprenait des leurres établis dans les domaines économique et universitaire. Cela leur permettait de remonter des serveurs aux utilisateurs avec un taux de réussite de quatre-vingt-sept pour cent. Ils avaient amorcé l'année précédente avec des appâts ordinaires, puis ils étaient passés à des morceaux de choix, de plus en plus appétissants.

— Nos sites reproduisaient des sites existants de géologie, de physique appliquée, d'écologie, de génie civil et de biogéographie, expliqua Hitomi. Afin d'attirer les gros poissons, nos données comprenaient des informations sur l'utilisation d'explosifs dans les enregistrements sismiques, les tests de résistance des structures aux vibrations et aux séismes, et dans nos sites océanographiques, des données sur les ouragans, les vagues déferlantes, les tsunamis et ainsi de suite. Tout cela vous est familier.

Kenner acquiesça de la tête.

— Nous savions, poursuivit Hitomi, que nous avions affaire à un ennemi dispersé et retors. Les utilisateurs opèrent souvent à l'abri de pare-feux ou utilisent des comptes AOL réservés aux adolescents pour faire croire à des jeunes trop curieux. Ce qu'ils sont loin d'être. Ils sont bien organisés, patients, tenaces. Ces dernières semaines, nous avons commencé à mieux les comprendre.

Les écrans changèrent : une liste apparut.

— À partir d'un mélange de sites et de groupes de discussion, nos programmeurs ont découvert qu'ils étaient particulièrement friands des sujets suivants :

Aarhus, Danemark
Moteurs argon/oxygène
Australie – histoire militaire
Digues à caissons
Cavitation (solides)
Cryptage cellulaire
Démolition contrôlée
Protection contre les crues
Isolants haute tension
Hilo, Hawaii
Réseau de relais océaniques (MORN)
Journaux des missionnaires dans le Pacifique
Centre d'information national sur les séismes
Fonds national pour les ressources de l'environnement (NERF)
Cryptage données réseau
Hydroxyde de potassium
Prescott, Arizona
Fondation pour les maladies de la forêt pluviale
Signatures sismiques (géologiques)
Explosifs télécommandés
Shinkai 2000
Mélanges combustibles solides pour roquettes
Toxines et neurotoxines
Projectiles filoguidés

— Une liste impressionnante, qui recèle bien des mystères, reprit Hitomi. Nous disposons heureusement de filtres pour identifier les gros clients. Des particuliers qui attaquent les pare-feux, disposent des chevaux de Troie, des *wild spiders*, etc. La plupart sont à la recherche de listes de cartes de crédit. Pas tous.

Il tapota quelques touches sur son petit ordinateur : les images changèrent.

— Nous avons ajouté chacun de ces sujets aux leurres avant d'y inclure des éléments de recherche présentés comme des échanges d'e-mails entre scientifiques australiens, allemands, canadiens et russes. Cela a attiré du monde ; nous nous sommes intéressés aux visiteurs. Nous avons fini par dégager un nœud complexe centré sur l'Amérique du Nord – Toronto, Chicago, Ann Arbor, Montréal –, avec des projections sur les deux côtes américaines ainsi qu'en Angleterre, en France et en Allemagne. Nous sommes en présence d'un groupe extrémiste alpha bien structuré. Il est peut-être responsable de la mort d'un chercheur, à Paris. Nous attendons des éléments plus précis mais les autorités françaises sont parfois... lentes.

— Et le trafic cellulaire ? demanda Kenner.

— Le trafic cellulaire s'accélère. Les e-mails sont cryptés. Il est évident qu'il y a un projet en cours, d'une portée internationale, infiniment compliqué, extrêmement coûteux.

— Mais nous ne savons pas de quoi il s'agit.

— Pas encore.

— Dans ce cas, il faut suivre la piste de l'argent.

— C'est ce que nous faisons. Partout. Un des poissons finira par mordre à l'appât, ajouta Hitomi avec un mince sourire. Ce n'est qu'une question de temps.

Vancouver
Mardi 8 juin
16 h 55

Nat Damon apposa sa signature au bas du document.

— Jamais on ne m'avait demandé de signer un accord de non-divulgation, observa-t-il.

— Vous m'étonnez, fit l'homme au complet chatoyant en tendant la main pour prendre le papier. Je croyais que c'était la procédure normale. Nous ne voulons pas que les renseignements que nous donnons soient divulgués.

C'était un avocat accompagnant son client, un barbu à lunettes, en jean et grosse chemise de laine, qui s'était présenté comme géologue pétrolier. Damon l'avait cru : le barbu était fait sur le même moule que tous les géologues avec qui il avait traité auparavant.

D'un petit bureau encombré, dans la banlieue de Vancouver, Damon louait pour le compte de sa société – Canada Marine RS Technologies – des sous-marins de recherche et des submersibles téléguidés. Les navires ne lui appartenaient pas ; il ne s'occupait que de la location. Ils se trouvaient aux quatre coins de la planète – Yokohama, Dubai, Melbourne, San Diego. Il y avait aussi bien des submersibles opérationnels de cinquante pieds, avec un équipage de six hommes, capables de faire le tour du monde que des sous-marins de poche et de petits robots télécommandés en surface depuis un bateau ravitailleur.

Damon travaillait avec des sociétés pétrolières et minières

qui utilisaient les submersibles pour la prospection sous-marine ou la vérification d'installations offshore. C'était un petit segment de marché et les visites étaient rares dans le modeste bureau situé à l'arrière d'un chantier naval.

Les deux hommes étaient arrivés juste avant l'heure de la fermeture. Seul l'avocat avait parlé. Son client s'était contenté de tendre à Damon une carte de visite à l'en-tête de Seismic Services, avec une adresse à Calgary. Rien d'étonnant : nombre de grosses sociétés pétrolières – Petro-Canada, Shell, Suncor et bien d'autres – étaient présentes à Calgary. Des dizaines de cabinets de consultants en recherche et prospection s'y étaient également établis.

Damon se tourna pour prendre sur une étagère un modèle réduit d'un petit sous-marin blanc ; il le posa sur son bureau, devant les deux hommes.

— Voici le véhicule que je vous recommande, le RS Scorpion, construit en Angleterre, il y a quatre ans. Pour deux personnes. Moteur diesel et électrique. Fonctionne en plongée avec vingt pour cent d'oxygène et quatre-vingts pour cent d'argon. Matériel solide, technologie éprouvée. Épurateur à l'hydroxyde de potassium. Profondeur opérationnelle six cents mètres, autonomie trois heures et quarante minutes. C'est l'équivalent du Shinkai 2000 japonais, si vous connaissez, ou du DownStar 80, dont il existe quatre exemplaires au monde. Mais ils sont tous en location de longue durée. Le Scorpion est un excellent sous-marin.

Les deux hommes hochèrent la tête en échangeant un regard.

— Quel genre d'appareils de manipulation y a-t-il ? demanda le barbu.

— Cela dépend de la profondeur, répondit Damon. Quand elle est faible...

— Disons six cents mètres. Il y a des bras manipulateurs ?

— Vous voulez faire des prélèvements à six cents mètres ?

— En réalité, nous voulons poser au fond des instruments de contrôle.

— Je vois. Des sortes de balises radioélectriques ? Pour transmettre des données en surface ?

— Quelque chose comme ça.

— De quelle taille seront ces balises ?

— À peu près comme ça, répondit le barbu en écartant les mains d'une soixantaine de centimètres.

— Combien pèsent-elles ?

— Je ne sais pas exactement. Pas plus de cent kilos.

Damon dissimula son étonnement. Le plus souvent, les géologues pétroliers savaient précisément ce qu'ils allaient poser au fond. Les dimensions et le poids exacts, la densité. Damon se dit qu'il était peut-être parano, mais il trouvait très vagues les indications données par le barbu.

— Ces dispositifs servent pour des recherches géologiques ? poursuivit-il.

— Dans un deuxième temps. Il nous faut d'abord recueillir des informations sur les courants océaniques, leur vitesse, la température au fond, des choses de ce genre.

Pour quoi faire ? se demanda Damon. Qu'avaient-ils besoin de savoir sur les courants ? Peut-être avaient-ils l'intention de couler un pilier mais qui ferait cela dans six cents mètres d'eau ?

Quelle idée avaient-ils derrière la tête ?

— Si vous voulez placer des instruments au fond, reprit Damon, il vous faudra les arrimer à l'extérieur de la coque avant la plongée. Il y a des compartiments latéraux, poursuivit-il en montrant les deux côtés de la maquette. Quand vous serez au fond, vous disposerez de deux bras télécommandés pour placer vos instruments. Combien pensez-vous en transporter ?

— Pas mal.

— Plus de huit ?

— Oh oui ! Probablement.

— Dans ce cas, il faudra faire plusieurs voyages. Vous ne pourrez en emporter que huit, dix au maximum.

Il continua de parler en scrutant le visage sans expression des deux hommes pour essayer de comprendre quel était leur but. Ils voulaient louer le submersible en août, pour une période de quatre mois. Ils voulaient que le sous-marin et le bateau ravitailleur soient expédiés à Port Moresby, en Nouvelle-Guinée, où ils les réceptionneraient.

— Selon la destination, certaines autorisations maritimes sont exigées...

— Nous verrons cela plus tard, coupa l'avocat.
— Pour ce qui est de l'équipage...
— Nous verrons cela plus tard aussi.
— Cela fait partie du contrat.
— Eh bien, inscrivez-le dans le contrat. Faites comme d'habitude.
— Vous ramènerez le bateau à Port Moresby à la fin de la période de location ?
— Oui.
Damon commença à établir sur son ordinateur le devis estimatif. Il y avait en tout quarante-trois postes, sans compter l'assurance. Il arriva enfin au total.
— Cinq cent quatre-vingt-trois mille dollars, annonça-t-il.
Les deux hommes acquiescèrent de la tête, sans sourciller.
— La moitié d'avance.
Un nouveau hochement de tête.
— L'autre moitié sera versée sur un compte bloqué, avant la livraison à Port Moresby.
Damon n'exigeait jamais cela de ses clients habituels, mais ceux-là, sans qu'il sût très bien pourquoi, le mettaient mal à l'aise.
— Très bien, fit l'avocat.
— Plus vingt pour cent de dépôt de garantie, payables d'avance.
C'était absolument inutile, mais il faisait tout pour se débarrasser des deux hommes. En vain.
— Très bien.
— Vous souhaitez peut-être vous entretenir avec la société contractante avant de signer...
— Non. Nous sommes prêts.
Sur ce, le barbu prit une enveloppe qu'il tendit à Damon.
— Dites-nous si cela vous convient.
C'était un chèque de deux cent cinquante mille dollars de Seismic Services à l'ordre de Canada Marine.
Damon approuva d'un signe de tête en posant le chèque et l'enveloppe sur son bureau, à côté du modèle réduit.
— Me permettez-vous de prendre des notes ? demanda l'avocat.

Il fit glisser l'enveloppe vers lui et griffonna quelques mots. Ce n'est qu'après leur départ que Damon se rendit compte qu'ils avaient laissé le chèque et repris l'enveloppe. Pour qu'il n'y ait pas d'empreintes digitales.

Peut-être se faisait-il des idées. Le lendemain matin, avant de déposer le chèque à la Scotiabank, il passa voir John Kim, le directeur de l'agence, pour lui demander de s'assurer que le compte de Seismic Services était approvisionné et qu'il pouvait encaisser son chèque.

John Kim promit de s'en occuper sur-le-champ.

Stangfedlis
Lundi 23 août
3 h 02

Quel froid ! se dit George Morton en descendant du Land Cruiser. Le philanthrope milliardaire mit ses gants en battant la semelle pour se réchauffer. Il était 3 heures du matin ; le ciel rougeoyait et des traînées jaunes s'étiraient au-dessus du soleil encore visible. Un vent cinglant balayait le Sprengisandur, plateau accidenté du centre de l'Islande. Des nuages gris et bas pesaient sur les laves s'étendant à perte de vue. Les Islandais adoraient cet endroit ; Morton ne comprenait pas pourquoi.

En tout état de cause, ils avaient atteint leur destination. Devant eux se dressait un mur de neige et de roche mêlées de boue qui s'étirait jusqu'aux montagnes visibles à l'arrière-plan : le Snorrajökull, une langue du gigantesque glacier Vatnajökull, la plus grande calotte glaciaire d'Europe.

Le conducteur, un étudiant, descendit du véhicule en applaudissant d'un air ravi.

— Pas mal du tout ! Il fait très bon ! Quelle chance d'avoir une si belle nuit d'août !

Il ne portait qu'un short, un tee-shirt et un petit gilet alors que Morton grelottait malgré son blouson garni de duvet, son coupe-vent matelassé et son gros pantalon.

Il se retourna pour regarder les autres descendre. Nicholas Drake, maigre et renfrogné, en chemise-cravate et veste sport en tweed sous son coupe-vent, ne put retenir une grimace en sentant l'air froid. Son crâne dégarni, ses lunettes à monture métallique, son air pincé et désapprobateur lui donnaient l'air d'un universitaire, une apparence qu'il cultivait. Drake ne voulait pas être pris pour ce qu'il était : un avocat réputé qui avait abandonné les prétoires pour prendre la direction du NERF, le Fonds national pour les ressources de l'environnement, un groupe activiste en vue dont il tenait les rênes depuis dix ans.

Peter Evans, le plus jeune des avocats de Morton et son chouchou, descendit à son tour. Âgé de vingt-huit ans, Peter était *junior associate* chez Hassle & Black, un cabinet de Los Angeles. Malgré l'heure tardive, il restait enjoué et plein d'entrain. Il enfila un coupe-vent en polaire et enfonça les mains dans ses poches, sans donner l'impression d'être dérangé par le froid.

Ils avaient fait le voyage de Los Angeles à Keflavik dans le jet de Morton, un Gulfstream G5. Depuis leur arrivée, à 9 heures du matin, aucun d'eux n'avait fermé l'œil mais ils n'étaient pas fatigués. Morton lui-même, qui avait pourtant soixante-cinq ans, n'éprouvait pas le moindre sentiment de fatigue.

Mais il avait froid.

Il remonta la fermeture éclair de son blouson et emboîta le pas à l'étudiant qui commençait à descendre la pente caillouteuse.

— La lumière nocturne donne de l'énergie, lança le jeune homme par-dessus son épaule. Le Dr Einarsson ne dort jamais plus de quatre heures en été. Comme tout le monde.

— Où est le Dr Einarsson ? demanda Morton.

— Là-bas, répondit l'étudiant en tendant le bras vers la gauche.

Dans un premier temps, Morton ne vit rien, puis il distingua un point rouge. En comprenant que c'était un véhicule, il prit conscience de l'immensité du glacier.

Drake rattrapa Morton dans la descente.

— Si cela vous chante, George, vous pouvez visiter le site avec Peter pendant que je discuterai avec Per Einarsson.

— Pourquoi ?

— Je pense qu'Einarsson se sentira plus à l'aise s'il n'y a pas des tas de gens autour de lui.

— Il ne faut pas oublier que c'est moi qui finance ses recherches.

— Bien sûr, acquiesça Drake, mais je ne veux pas trop insister là-dessus. Je ne voudrais pas que Per se sente obligé d'accepter un compromis.

— Je ne vois pas comment vous pourriez éviter cela.

— Je vais seulement lui faire comprendre les enjeux, poursuivit Drake. L'aider à avoir une vue d'ensemble de la situation.

— Sincèrement, je me faisais un plaisir d'assister à cette discussion.

— Je sais, George, mais c'est délicat.

Tandis qu'ils s'approchaient du glacier, Morton sentit le froid devenir plus mordant ; la température avait dû baisser de plusieurs degrés. Près du Land Cruiser rouge, il distinguait maintenant quatre grandes tentes de toile écrue qui, de loin, se fondaient dans le paysage. Un homme blond de haute stature sortit d'une des tentes.

— Nicholas ! hurla-t-il en ouvrant les bras.

— Per ! s'écria Drake en s'élançant vers lui.

Morton poursuivit sa descente en râlant d'être traité si cavalièrement par Drake. Evans se porta à sa hauteur.

— Je ne veux pas de sa foutue visite, grommela Morton.

— Il faut voir, fit Evans, les yeux fixés droit devant lui. Cela pourrait être plus intéressant que nous le pensons.

D'une des tentes venaient de sortir trois jeunes femmes, aussi belles et blondes les unes que les autres. Elles commencèrent à faire des signes aux nouveaux arrivants.

— Vous avez peut-être raison, concéda Morton.

Peter Evans savait que George Morton, quel que fût l'intérêt passionné qu'il éprouvait pour tout ce qui touchait à l'environnement, était peut-être encore plus intéressé par les jolies femmes. De fait, après les présentations et quelques politesses échangées avec Einarsson, Morton se laissa volontiers entraîner par Eva Jonsdottir. Grande et athlétique, elle avait des cheveux blonds presque blancs coupés très court et un sourire radieux ; tout à fait le type de Morton. Elle ressemblait à son assistante, la belle Sarah Jones. Il entendit le milliardaire dire à Eva : « Je n'aurais jamais imaginé qu'autant de femmes s'intéressaient à la géologie », et les vit s'éloigner d'un pas lent vers le glacier.

Peter savait qu'il aurait dû accompagner Morton, mais George préférait sans doute être seul avec Eva. De plus, le cabinet d'Evans représentait également Nicholas Drake et le jeune avocat était tracassé par ce que Drake manigançait. Rien de véritablement illégal, rien de moralement inacceptable mais Drake avait un caractère impérieux et ce qu'il s'apprêtait à faire risquait de créer par la suite une situation gênante. Peter demeura indécis, ne sachant lequel des deux hommes il valait mieux suivre.

Drake prit la décision à sa place en le congédiant d'un petit signe de la main au moment où il entrait dans la grande tente, à la suite d'Einarsson. Peter n'insista pas ; il suivit Morton et la blonde qui expliquait que les glaciers occupaient douze pour cent de la superficie de son pays et que plusieurs volcans étaient encore en activité sous la couche de glace.

Celui qu'ils avaient devant les yeux était du type glacier de poussée, avec une succession de brusques avancées et reculs. Il avançait actuellement de cent mètres toutes les vingt-quatre heures. Parfois, quand le vent tombait, on pouvait entendre les crissements de la glace en mouvement. Le glacier avait avancé de plus de dix kilomètres en quelques années.

Asdis Sveinsdottir, qui aurait pu être la sœur cadette d'Eva, vint les rejoindre. Elle donna à Evans des témoignages flatteurs d'attention, lui demanda s'il avait fait bon voyage, si l'Islande lui plaisait, combien de temps durerait son séjour. Quand elle précisa qu'elle travaillait habituellement à Reykjavik et n'était venue que pour la journée, il comprit qu'elle était en service commandé. Einarsson recevait son bailleur de fonds ; il avait pris ses dispositions pour que la visite soit mémorable.

Eva expliquait que ce type de glacier était très répandu – il en existait plusieurs centaines en Alaska – mais que le mécanisme des poussées demeurait inconnu. Il en allait de même de ce qui provoquait les avancées et les reculs périodiques, et différait suivant les glaciers. « Il y a encore tant à apprendre, à étudier », ajouta-t-elle en adressant un grand sourire à Morton.

C'est à ce moment qu'ils entendirent des cris provenant de la grande tente, puis une bordée de jurons. Evans s'excusa et retourna sur ses pas ; Morton le suivit à regret.

Les bras levés, Per Einarsson tremblait de colère.

— Je le répète, il n'en est pas question ! hurla-t-il en écrasant ses poings sur la table.

Drake se tenait face à lui, le visage empourpré, les dents serrées.

— Per, je vous demande de prendre en compte les réalités...

— Absolument pas ! répliqua Einarsson en tapant derechef sur la table. La réalité est précisément ce que vous ne voulez *pas* que je publie !

— Allons, Per...

— La réalité, poursuivit Einarsson, est qu'en Islande, tout comme au Groenland, la première moitié du XXe siècle a été plus chaude que la seconde [1]. La réalité est qu'en Islande la plupart des glaciers ont diminué après 1930 parce que les étés étaient plus chauds de 0,6 °C mais depuis lors le climat s'est refroidi. La réalité est que depuis 1970 ces glaciers avancent continûment. Ils ont regagné la moitié du terrain perdu. Aujourd'hui, il y en a onze qui avancent. Voilà la réalité, Nicholas ! Et je refuse de la déformer !

— Personne ne vous suggère de le faire, protesta mollement Drake avec un coup d'œil en coin vers les nouveaux arrivants. Je n'ai fait que parler de la formulation de votre article.

— Oui, reprit Einarsson en agitant une feuille de papier. Et vous avez suggéré une formulation...

1. P. Chylek *et al.*, « Le réchauffement global et la couche de glace du Groenland ». *Changement climatique*, 63, p. 201-221, 2004 : « Depuis 1940 [...] les observations montrent une tendance prédominante au refroidissement [...] La couche de glace et les régions côtières ne suivent pas la tendance générale au réchauffement. »

— Simple suggestion...
— Qui déforme la vérité !
— Sauf votre respect, Per, je pense que vous exagérez...
— Vraiment ?
Einarsson se tourna vers les autres et commença à lire.
— Voici ce qu'il voudrait que je dise : « Le réchauffement planétaire qui nous menace a provoqué en Islande et dans le monde entier la fonte de glaciers. Nombre d'entre eux régressent considérablement alors que d'autres voient paradoxalement leur surface augmenter. Dans un cas comme dans l'autre, la variabilité extrême du climat récemment constatée semble être la cause... » et blablabla... *og svo framvegis*. Ce n'est pas vrai, tout simplement, conclut-il en jetant la feuille.
— Il ne s'agit que du premier paragraphe. Vous développerez votre position dans la suite de l'article.
— Ce premier paragraphe n'est pas exact.
— Bien sûr. Il évoque « la variabilité extrême du climat », une formulation si vague que personne ne peut y trouver à redire.
— « *Récemment* » constatée... En Islande, ces effets ne sont pas récents.
— Alors, supprimez « récemment ».
— Ce n'est toujours pas adéquat, insista Einarsson. Le paragraphe ainsi rédigé impliquerait que nous observons les effets d'un réchauffement climatique provoqué par les gaz à effet de serre alors que nous observons en réalité des schémas climatiques locaux, propres à l'Islande et qui ne s'inscrivent probablement pas dans une évolution générale.
— Vous pouvez le dire dans votre conclusion.
— Avec ce premier paragraphe, je serai la risée de tous les chercheurs de l'Arctique. Vous croyez que Motoyama et Sigurosson se laisseront tromper par ce premier paragraphe ? Et Hicks ? Watanabe ? Isaksson ? On se moquera de moi, on parlera de compromission, on dira que j'ai fait cela pour décrocher des subventions.
— Il y a d'autres considérations, reprit Drake d'un ton apaisant. Il ne faut pas perdre de vue qu'il existe des groupes de désinformation financés par l'industrie – le

pétrole, l'automobile – qui se saisiront d'une étude montrant que certains glaciers augmentent leur surface et s'en serviront pour réfuter la thèse du réchauffement climatique. C'est ce qu'ils font toujours : ils mettent tout à profit pour travestir les faits.

— Peu m'importe la manière dont sont exploités les éléments que je fournis. Tout ce qui m'intéresse, c'est de rendre compte au mieux de la réalité.

— Vos aspirations sont nobles, lança Drake, mais vous manquez peut-être de sens pratique.

— Je vois. Et pour que ce soit parfaitement clair, vous avez amené M. Morton, l'homme qui finance mes travaux.

— Non, non, Per, protesta vivement Drake, vous m'avez mal compris...

— J'ai parfaitement compris, répliqua Einarsson en contenant difficilement sa colère. Que serait-il venu faire ici ? Approuvez-vous, monsieur Morton, ce que M. Drake me demande de faire ?

À cet instant, le portable de Morton sonna. Avec un soulagement mal dissimulé, il saisit l'appareil.

— Morton... Oui ? Ah ! John ! Où êtes-vous ? À Vancouver. Quelle heure est-il, chez vous ?... C'est John Kim, de la Scotiabank de Vancouver, glissa-t-il en plaçant la main sur le microphone.

Peter hocha la tête ; il n'avait jamais entendu parler de John Kim. Pour ses opérations financières complexes, Morton était en relation avec des banquiers, aux quatre coins du monde. Il se retourna et s'éloigna des autres.

Tout le monde attendit dans un silence gêné. Einarsson gardait les yeux fixés au sol en inspirant profondément pour se calmer. Les blondes faisaient semblant de travailler ; elles brassaient des papiers d'un air concentré. Les mains enfoncées dans les poches, Drake levait les yeux vers le plafond de la tente.

— C'est vrai ? fit Morton en éclatant de rire dans son coin. Je n'étais pas au courant !

Il lança un coup d'œil par-dessus son épaule avant de poursuivre sa conversation au téléphone.

— Écoutez, Per, reprit Drake. Je pense que nous sommes mal partis...

— Pas du tout, répliqua sèchement Einarsson. Nous ne nous comprenons que trop bien. Si vous me coupez les subsides, tant pis !

— Il n'a jamais été question de cela...

— Nous verrons bien.

— Quoi ? s'écria Morton au téléphone. Ils ont fait quoi ? Déposé où ? Quelle somme ?... Bon Dieu, John, c'est impensable !

Le téléphone collé à l'oreille, il pivota sur ses talons et sortit brusquement de la tente.

Peter lui emboîta aussitôt le pas.

Le ciel était plus lumineux ; le soleil perçait sous une couche de nuages bas. Morton était en train de gravir la pente en hurlant au téléphone mais le vent empêchait Peter d'entendre.

Quand il atteignit le Land Cruiser, Morton s'accroupit derrière la voiture pour se protéger du vent.

— Je veux savoir, John, si ma responsabilité est engagée... Non, je n'étais au courant de rien ! Comment s'appelle cette organisation ? Le Fonds des amis de la planète ?

Il lança un regard interrogateur à Peter qui secoua la tête en signe d'ignorance. Il connaissait la plupart des organisations de protection de l'environnement mais n'avait jamais entendu parler de celle-là.

— Où est son siège ? demanda Morton. San José ? En Californie ? Quoi ? Quelle idée d'avoir son siège au Costa Rica ! Le Fonds des amis de la planète, à San José, Costa Rica, lança-t-il à l'adresse de Peter.

Le jeune avocat secoua de nouveau la tête.

— Jamais entendu parler, reprit Morton. Mon avocat non plus. Et je n'ai pas souvenir... Non, John, un chèque de deux cent cinquante mille dollars, je m'en souviendrais. Où a-t-il été émis ?... Je vois. Et mon nom était où ?... Bon, je vous remercie. Oui, comptez sur moi. Au revoir.

Il coupa la communication et se tourna vers Peter.

— Vous êtes prêt à prendre des notes ?

Morton dictait si rapidement que Peter avait du mal à suivre. L'histoire était compliquée.

John Kim, le directeur de l'agence de Vancouver de la Scotiabank, avait reçu un coup de téléphone d'un client du nom de Mat Damon, qui avait déposé un chèque tiré par Seismic Services, une société de Calgary, mais le compte était insuffisamment approvisionné. Le montant du chèque était de trois cent mille dollars. Inquiet, Damon avait demandé à Kim de se renseigner.

La loi interdisait à John Kim de faire des recherches sur le territoire américain mais la banque était à Calgary, où il connaissait quelqu'un. Il avait appris que le compte de la société Seismic Services avait une boîte postale en guise d'adresse. Le compte était alimenté par des dépôts réguliers venus d'une source unique, le Fonds des amis de la planète, dont le siège se trouvait à San José, au Costa Rica.

Au moment où il allait passer un coup de fil au Costa Rica, Kim avait vu sur l'écran de son ordinateur que le chèque avait été encaissé. Il avait appelé Damon pour lui demander s'il voulait en rester là. Damon lui avait demandé de poursuivre ses recherches.

Kim avait eu une brève conversation téléphonique avec Miguel Chavez, du Banco Credito Agricola, à San José, qui lui avait appris qu'il avait reçu un virement électronique de Moriah Wind Power Associates, via Ansbach Ltd., une banque privée de Grand Cayman. Il n'en savait pas plus.

Chavez avait rappelé Kim dix minutes plus tard pour dire qu'il s'était renseigné chez Ansbach. On lui avait confirmé l'existence d'un virement électronique sur le compte Moriah, effectué trois jours auparavant par la Société internationale pour la préservation de la nature et qui portait en annotation : G. Morton. Fonds pour la recherche.

John Kim avait rappelé son client de Vancouver pour lui demander ce que le chèque avait servi à payer. La location d'un sous-marin de poche à deux places, avait répondu Damon.

Trouvant cela fort intéressant, Kim avait téléphoné à son ami George pour le chambrer et lui demander ce qu'il comptait faire d'un sous-marin. Il avait découvert avec stupéfaction que Morton n'était au courant de rien.

— C'est ce qu'un banquier de Vancouver vient de vous raconter? demanda Peter en posant son stylo.

— Oui, un de mes bons amis. Pourquoi me regardez-vous comme ça ?

— Je trouve que cela fait beaucoup.

Il ne connaissait pas la réglementation bancaire en vigueur au Canada, encore moins au Costa Rica, mais il estimait peu vraisemblable que des banques échangent librement des informations de la manière que Morton venait de lui exposer. Si l'histoire du banquier de Vancouver était exacte, il n'avait pas tout dit. Peter se promit de se renseigner.

— Vous connaissez cette Société internationale pour la préservation de la nature, qui a votre chèque ?

— Jamais entendu parler, répondit Morton.

— Vous ne leur avez donc jamais donné les deux cent cinquante mille dollars ?

— Je vais vous dire ce que j'ai fait il y a quelques jours, expliqua Morton. J'ai avancé deux cent cinquante mille dollars à Nicholas Drake pour le dépanner. Il m'avait dit avoir un problème avec un généreux donateur de Seattle qui avait une semaine de retard. Drake m'a déjà demandé une ou deux fois de l'aider en pareille circonstance.

— Vous croyez que cet argent est arrivé à Vancouver ?

Morton répondit d'un hochement de tête.

— Vous devriez demander à Drake ce qu'il en est, suggéra Peter.

— Je n'en ai pas la moindre idée, affirma Nicholas Drake, l'air ahuri. Au Costa Rica ? La Société internationale pour la préservation de la nature ? Vraiment, je ne comprends pas.

— Vous connaissez cette organisation ? demanda Peter.

— Très bien. Ils font du bon boulot. Nous avons marché la main dans la main avec eux pour un certain nombre de projets, aux quatre coins du monde. Les Everglades, le Népal, la réserve du lac Toba, à Sumatra. La seule réponse qui me vienne à l'esprit est que le chèque de George a été déposé par erreur sur un compte auquel il n'était pas destiné. Ou bien... Non, je ne sais pas. Il faut que j'appelle mon bureau, mais il est tard en Californie. Je le ferai demain matin.

Morton regardait fixement Drake sans ouvrir la bouche.

— Je me doute que vous vous posez des questions, George, poursuivit Drake. Même s'il s'agit d'une erreur commise de bonne foi, comme j'en ai la conviction, c'est une grosse somme et je me sens affreusement gêné. Mais on n'est jamais à l'abri d'une erreur, surtout lorsqu'on emploie des bénévoles, comme nous le faisons. Nous sommes des amis de longue date, George. Tenez pour assuré que je tirerai cette affaire au clair et que nous rentrerons au plus tôt en possession de l'argent. Vous avez ma parole.

— Merci, fit Morton en ouvrant la portière du Land Cruiser.

— Ces Islandais sont têtus comme des mules, soupira Drake en regardant par la vitre du véhicule qui roulait en cahotant sur le plateau dénudé. Je ne crois pas qu'il y ait des chercheurs plus obstinés qu'eux.

— Vous n'avez pas réussi à lui faire partager votre point de vue ? glissa Peter.

— Non, il n'a pas compris. Les scientifiques ne peuvent plus se permettre de rester dans leur tour d'ivoire, de dire : « Je fais de la recherche et je ne veux pas savoir comment les résultats sont utilisés. » C'est dépassé. C'est irresponsable. Même dans un domaine apparemment aussi obscur que la glaciologie. Qu'on le veuille ou non, nous sommes en pleine guerre, une guerre totale entre l'information et la désinformation. Elle fait rage sur tous les terrains : presse écrite et reportages télévisés, publications scientifiques, sites Web, conférences, salles de classe... et jusque dans les tribunaux. Nous avons la vérité pour nous mais sommes inférieurs en nombre et nos ressources sont moindres. Le combat du mouvement écologiste est celui de David contre Goliath. Et Goliath, c'est Aventis et Alcatel, Humana et General Electric, BP et Bayer, Shell et Glaxo-Wellcome... les plus grosses multinationales, les ennemis implacables de notre planète. Per Einarsson, sur son glacier, a une attitude irresponsable, en faisant comme si de rien n'était.

Peter approuvait d'un hochement de tête mais sans trop prendre au sérieux ce que disait Drake. Non seulement le patron du NERF était bien connu pour son goût du mélodrame mais il passait sous silence le fait que plusieurs des grandes sociétés qu'il avait nommées versaient chaque année de substantielles contributions à son organisation et que trois représentants de ces sociétés siégeaient au conseil d'administration du NERF. Il en allait de même pour un grand nombre d'organisations écologistes mais les raisons expliquant cette participation des grandes sociétés restaient controversées.

— Per changera peut-être d'avis, glissa Morton.

— J'en doute, déclara Drake d'un ton lugubre. Il était hors de lui. Nous avons perdu cette bataille, je suis au regret de le dire, mais nous ferons ce que nous avons toujours fait. Nous ne baisserons pas les bras, nous continuerons à nous battre pour notre cause.

— Les filles étaient vraiment très jolies, reprit Morton au bout d'un moment, rompant le silence qui s'était établi dans la voiture. Qu'en pensez-vous, Peter ?

— Absolument. Très jolies.

Peter savait que Morton cherchait à détendre l'atmosphère, mais il en fallait plus pour dérider Drake. Le patron du NERF regardait avec morosité défiler le paysage austère et secouait la tête devant les lointains sommets enneigés.

Peter avait voyagé à plusieurs reprises avec Morton et Drake dans le courant des deux dernières années. Morton avait le don de mettre tout le monde de bonne humeur, même Drake, maussade par tempérament.

Ces derniers temps, celui-ci paraissait encore plus pessimiste qu'à l'accoutumée. Peter l'avait remarqué et s'était demandé si Drake avait quelqu'un de malade dans son entourage ou quelque chose comme ça. Apparemment, il n'en était rien. À moins que personne n'ait voulu lui en parler. Le NERF, où régnait une activité fébrile, occupait de nouveaux locaux dans un magnifique bâtiment neuf, à Beverly Hills ; jamais les dons n'avaient été aussi abondants ; parmi les manifestations spectaculaires en préparation, devait s'ouvrir deux mois plus tard la Conférence sur les changements climatiques brutaux. Malgré ces succès – ou à cause d'eux –, Drake semblait plus sinistre que jamais.

Cela n'avait pas échappé à Morton, mais il n'avait pas voulu en parler. « Rien d'étonnant chez un avocat, avait-il dit à Peter. Ne vous tracassez pas pour lui. »

À leur arrivée à Reykjavik, le soleil avait fait place à une pluie glaciale. La neige fondue qui tombait sur l'aéroport les obligea à attendre que les ailes du Gulfstream soient dégivrées. Peter se retira dans un coin du hangar. Comme c'était la nuit aux États-Unis, il appela un ami qui travaillait dans la banque, à Hong Kong, et lui raconta l'histoire du chèque de Vancouver.

— Absolument impossible, déclara tout de go son correspondant. Aucun établissement bancaire ne divulguerait des renseignements de cette nature, même à une autre banque. Il y a un rapport de virement suspect quelque part.

— Qu'est-ce que c'est ?

— Si l'argent semble devoir servir à un trafic de stupéfiants ou au terrorisme, le compte est surveillé. On le suit à la trace. Il existe des moyens de suivre les virements électroniques, même les mieux cryptés. Quoi qu'il en soit, jamais un banquier ne pourrait disposer de ces informations.

— Vraiment ?

— Sûr et certain. Il faudrait des autorisations au niveau international pour en obtenir communication.

— Alors ce banquier n'a pu tout faire seul ?

— J'en doute. Quelqu'un d'autre est intervenu, un fonctionnaire haut placé, quelqu'un dont on ne vous a pas parlé.

— Un agent des douanes, d'Interpol...

— Ou d'un autre service.

— Pourquoi mon client aurait-il été contacté ?

— Je l'ignore mais ce n'est pas un hasard. A-t-il des tendances extrémistes ?

— Pas le moins du monde, répondit Peter en étouffant un petit rire.

— Vous en êtes certain, Peter ?

— Euh... oui.

— Certains de ces richissimes donateurs aiment à se divertir ou à se justifier en soutenant des groupes terroristes. C'est ce qui s'est passé avec l'IRA. De riches Américains de Boston ont financé ce mouvement pendant des décennies. Mais les temps ont changé : cela n'amuse plus personne. Votre client devrait se méfier, son avocat aussi. Je n'aimerais pas aller vous voir en prison, Peter.

Destination Los Angeles
Lundi 23 août
13 h 04

L'hôtesse versa la vodka de Morton dans un verre en cristal taillé.

— Pas de glace, merci, dit-il en levant la main.

Cap à l'ouest, ils survolaient le Groenland, immense étendue de glace éclairée par un soleil pâle voilé de nuages. Morton était assis à côté de Drake qui lui expliquait que la calotte glaciaire du Groenland fondait. Et puis à quel rythme la glace de l'Arctique fondait. Sans parler du recul des glaciers canadiens.

— Ainsi l'Islande est une anomalie ? s'étonna Morton en prenant une gorgée de vodka.

— Absolument, affirma Drake. Une anomalie. Partout ailleurs, le volume de glace diminue à un rythme sans précédent.

— J'apprécie ce que vous faites, Nick, fit Morton en posant la main sur l'épaule de Drake.

— Moi aussi, George, approuva Drake en souriant. Sans votre généreux soutien, nous ne pourrions pas accomplir grand-chose. Vous avez rendu possible le procès Vanutu, qui est extrêmement important pour la publicité qu'il nous vaudra. Pour ce qui est de vos autres libéralités... Les mots me manquent.

— Vous trouvez toujours les mots qu'il faut, déclara Morton avec une bourrade.

Assis en face d'eux, Peter se disait qu'ils formaient un couple bien mal assorti. Corpulent, jovial, vêtu d'un jean et d'une grosse chemise, Morton paraissait toujours serré dans ses vêtements. Drake était un grand échalas, toujours en costume-cravate, avec un cou d'échassier jaillissant du col trop large de sa chemise.

Deux êtres qui n'auraient pu être plus différents dans leur façon de vivre. Morton avait besoin de voir du monde, il aimait la bonne chère et était porté à la rigolade. Il avait un penchant pour les jolies filles et les voitures de collection, l'art asiatique et les farces. Ses réceptions attiraient dans son hôtel particulier de Holmby Hills nombre de célébrités d'Hollywood; ses soirées caritatives constituaient toujours un événement dont la presse se faisait l'écho. Drake y assistait, cela allait sans dire, mais il se retirait invariablement de bonne heure, parfois avant le dîner, prenant pour prétexte sa santé ou celle d'un ami. En réalité, Drake était un solitaire, un ascète qui détestait les réunions mondaines et l'agitation bruyante. Même lorsqu'il prenait la parole en public, il donnait l'impression d'être seul dans la salle. Et il parvenait à tourner cela à son profit, à se poser comme le messager solitaire venu apporter à l'assistance la vérité qu'elle devait entendre.

Malgré des tempéraments opposés, les deux hommes avaient bâti une amitié durable, qui s'étendait sur près d'une décennie. Morton, à la tête d'une énorme fortune, se sentait mal à l'aise avec cet argent reçu par héritage. Drake savait comment l'utiliser; il offrait en échange à Morton une passion, une cause, quelque chose qui le guidait. Morton était un des administrateurs de l'Audubon Society, de la Wilderness Society, du WWF et du Sierra Club. Il était un gros donateur pour Greenpeace et la Ligue pour l'action environnementale.

Tout cela s'était traduit par deux énormes dons de Morton au NERF. D'une part une subvention d'un million de dollars pour financer le procès Vanutu, d'autre part une subvention de neuf millions de dollars pour un programme de recherche et les actions en justice en faveur de l'environnement. En récompense, la direction du NERF avait élu

Morton Citoyen de l'année. Un banquet en son honneur était prévu à San Francisco, dans le courant de l'automne.

Peter feuilletait distraitement une revue. Troublé par la conversation téléphonique avec son ami de Hong Kong, il observait Morton avec une attention discrète.

Le milliardaire avait encore la main sur l'épaule de Drake. Il lui racontait une blague pour essayer de lui tirer un sourire, mais Peter croyait déceler une certaine réserve dans son attitude. Il avait pris ses distances mais ne voulait pas que Drake en ait conscience.

Peter eut la confirmation de ce qu'il soupçonnait quand Morton se leva brusquement pour se diriger vers le cockpit.

— Je veux tirer au clair cette histoire d'électronique, lança-t-il par-dessus son épaule.

Depuis le décollage, ils subissaient les effets d'une facule solaire qui déréglait les téléphones par satellite ou les rendait inutilisables. D'après les pilotes, la proximité des pôles aggravait le phénomène qui devait s'atténuer à mesure qu'ils descendraient vers le sud.

Morton semblait impatient de donner quelques coups de téléphone ; Peter se demandait à qui. Il était 4 heures du matin à New York, 1 heure du matin à Los Angeles. Qui voulait-il appeler ? Cela pouvait naturellement avoir trait à l'un de ses projets écologistes en cours : purification de l'eau au Cambodge, reforestation en Guinée, préservation de l'habitat à Madagascar, recherche de plantes médicinales au Pérou. Sans parler de l'expédition allemande partie mesurer l'épaisseur de la glace dans l'Antarctique. Morton s'impliquait personnellement dans chacun de ces projets : il connaissait tous les scientifiques qui y participaient et s'était rendu sur tous les sites.

Il pouvait donc téléphoner à n'importe qui, mais Peter avait le sentiment qu'il voulait appeler quelqu'un en particulier.

— Les pilotes disent que c'est réglé, annonça-t-il en sortant du cockpit.

Il s'assit à l'avant, mit son casque téléphonique et tira la porte coulissante pour être seul.

Peter se replongea dans sa lecture.

— Vous croyez qu'il boit plus qu'à l'ordinaire ? demanda Drake.

— Je ne crois pas, répondit Peter.

— Je suis inquiet.

— Il n'y a pas de raison.

— Vous savez qu'il ne reste que cinq semaines avant le banquet donné en son honneur, à San Francisco. Ce sera la plus importante collecte de fonds de l'année. Le retentissement médiatique nous aidera à lancer la Conférence sur les changements climatiques brutaux.

— Oui, oui, fit Peter.

— J'aimerais être sûr que l'intérêt des médias se focalise sur les questions d'environnement et non sur des sujets de nature plus personnelle. Vous me comprenez, n'est-ce pas ?

— Vous ne croyez pas que vous devriez en parler directement à George ?

— Je l'ai fait. Je ne vous en parle que parce que vous passez beaucoup de temps avec lui.

— On ne peut pas dire ça...

— Il vous aime beaucoup, Peter, insista Drake. Vous êtes le fils qu'il n'a jamais eu... Après tout, je n'en sais rien. Mais il vous aime beaucoup. Je vous demande simplement de nous aider, si vous êtes en mesure de le faire.

— Je ne pense pas qu'il vous mettra dans l'embarras, Nick.

— Essayez seulement de... le tenir à l'œil.

— Bon, d'accord.

À l'avant de l'appareil la porte coulissante s'ouvrit.

— Monsieur Evans ? lança Morton. Si vous voulez bien venir.

Peter se leva pour aller rejoindre son client.

— J'ai eu Sarah au téléphone, commença Morton.

Sarah Jones était son assistante, à Los Angeles.

— Il n'est pas un peu tard ?

— Cela fait partie de son boulot, répondit Morton. Elle est très bien payée pour cela. Asseyez-vous... Avez-vous entendu parler de la NSIA ? reprit-il dès qu'Evans eut pris place en face de lui.

— Non.

— L'Agence du renseignement pour la sécurité nationale.

— Non, répéta Peter. Mais ces agences sont au nombre d'une vingtaine.

— Le nom de John Kenner vous dit quelque chose ?

— Non plus...

— Apparemment, il est professeur au Massachusetts Institute of Technology.

— Désolé, ce nom ne me dit rien. A-t-il un rapport quelconque avec l'environnement ?

— C'est possible. Voyez ce que vous pouvez trouver sur lui.

Peter ouvrit l'ordinateur portable posé à côté de lui. L'appareil était connecté à Internet par satellite.

Au bout de quelques minutes, la photographie d'un homme au visage énergique, aux cheveux prématurément gris et aux grosses lunettes à monture d'écaille s'afficha sur l'écran. La biographie qui l'accompagnait était succincte. Peter commença à lire à voix haute.

— Richard John Kenner. Professeur d'ingénierie géoenvironnementale.

— Ça commence bien, soupira Morton.

— Trente-neuf ans. Doctorat en génie civil à Caltech, à l'âge de vingt ans. A fait sa thèse sur l'érosion du sol au Népal. A failli se qualifier dans l'équipe olympique de ski. Diplômé de la faculté de droit de Harvard. A passé les quatre années suivantes dans l'administration : ministère de l'Intérieur, service de l'analyse politique. Conseiller scientifique auprès du comité de négociation intergouvernemental. Hobby : l'alpinisme. Porté disparu sur le Naya Khanga, au Népal, mais il est redescendu. A tenté l'ascension du K2, rendue impossible par les conditions atmosphériques.

— Le K2 ? fit Morton. N'est-ce pas le sommet le plus dangereux ?

— Je crois. Certainement un alpiniste de haut niveau... Après cela, il est entré au MIT où son ascension, là aussi, a été spectaculaire. Maître de conférences en 93, directeur du

Centre d'analyse des risques en 95, titulaire de chaire en 96. Consultant auprès de l'Agence pour la protection de l'environnement, des ministères de l'Intérieur et de la Défense, du gouvernement du Népal et j'en passe. Depuis 2002, il est en disponibilité.

— C'est-à-dire ?

— On dit qu'il est en congé, c'est tout.

— Depuis deux ans, dit pensivement Morton en regardant par-dessus l'épaule de Peter. Je n'aime pas ça. Ce type gravit tous les échelons au MIT, puis il se met en congé et plus rien... Vous croyez qu'il a eu des ennuis ?

— Je n'en sais rien, mais...

Peter s'interrompit pour faire quelques calculs.

— Il a obtenu son doctorat à vingt ans, a terminé ses études de droit en deux ans au lieu de trois, a été nommé professeur au MIT à vingt-huit ans...

— Bon, bon, coupa Morton, c'est un cerveau. Mais je veux savoir pourquoi il est en congé et ce qu'il fabrique à Vancouver.

— Il est à Vancouver ?

— C'est de là qu'il a appelé Sarah.

— Pourquoi ?

— Il veut me rencontrer.

— Eh bien, fit Peter, vous n'avez qu'à accepter.

— Je le ferai. Que peut-il me vouloir ?

— Une donation ? Un projet ?

— Sarah a dit qu'il tenait à ce que cet entretien reste confidentiel. Pas un mot à quiconque.

— C'est facile. Vous êtes à bord d'un avion.

— Ce n'est pas ce que je veux dire, précisa Morton en dirigeant son pouce dans son dos. Il ne faut surtout pas en parler à Drake.

— Je ferais peut-être bien de vous accompagner.

— Oui, dit Morton. Je crois que c'est une bonne idée.

Los Angeles
Lundi 23 août
16 h 09

La voiture franchit la grille de fer forgé et remonta l'allée ombragée menant à la maison. Holmby Hills était le quartier le plus chic de Beverly Hills, là où vivaient les milliardaires dans leurs résidences protégées par de hauts portails et une végétation dense. Les caméras de surveillance de ces propriétés étaient peintes en vert et placées aussi discrètement que possible.

La maison leur apparut. Une villa de style méditerranéen, aux murs crème, assez vaste pour loger dix personnes. Peter téléphonait à son cabinet. Quand la voiture s'arrêta, il referma son portable et descendit.

Des oiseaux gazouillaient dans les ficus ; les gardénias et les jasmins bordant l'allée embaumaient l'air ; un colibri volait sur place, devant le bougainvillier à fleurs violettes qui s'élevait près du garage. Une atmosphère typique de la Californie. Pour Peter, qui avait passé sa jeunesse dans le Connecticut et fait ses études à Boston, la Californie conservait même après cinq années de séjour un caractère exotique.

Il remarqua un véhicule garé devant la maison : une conduite intérieure grise, avec une plaque minéralogique de l'administration.

Sarah Jones apparut sur le seuil pour les accueillir. Grande, blonde, la trentaine, l'assistante de Morton avait le glamour d'une vedette de cinéma. Elle portait une queue-de-cheval, une jupe de tennis blanche et un haut rose. Morton posa un baiser sur sa joue.

— Vous jouez aujourd'hui ? demanda-t-il.

— Je devais. Mon patron est rentré plus tôt que prévu.

Elle serra la main de Peter avant de se retourner vers Morton.

— Vous avez fait bon voyage ?

— Oui, merci. Drake est sinistre et pas moyen de lui faire boire une goutte d'alcool. Cela devient pénible.

— Il faut que je vous dise, glissa Sarah avant que Morton entre dans la maison. Ils vous attendent...

— Qui ?

— Le professeur Kenner. Il est accompagné d'un autre homme, un étranger.

— C'est vrai ? Vous ne leur avez pas dit qu'ils devaient...

— Prendre rendez-vous ? Bien sûr que si, mais ils semblent considérer que cela ne s'applique pas à eux. Ils se sont installés ; ils attendent.

— Vous auriez dû m'appeler.

— Ils ne sont là que depuis cinq minutes.

— Bon, d'accord. Allons-y, Peter.

À l'arrière de la bâtisse, donnant sur le jardin, se trouvait le salon, une vaste pièce décorée d'antiquités orientales. Sur le canapé, près d'une énorme tête de pierre du Cambodge, deux hommes étaient assis, très raides. L'un était un Américain de taille moyenne, avec des cheveux gris coupés en brosse et des lunettes. L'autre était basané, râblé, bel homme malgré la balafre qui courait sur sa joue gauche, à partir de l'oreille. En pantalon de coton et veste de sport, ils étaient assis au bord du canapé.

— Ça sent le militaire, maugréa Morton en entrant.

Les deux hommes se levèrent.

— Bonjour, monsieur Morton. Je suis John Kenner, du MIT, et voici mon collègue, Sanjong Thapa. Il vient du Mustang, au Népal.

— Je vous présente mon avocat, Peter Evans.

Il y eut un échange de poignées de main. Celle de Kenner était ferme. Sanjong Thapa s'inclina légèrement en serrant la main de Morton.

— Comment allez-vous ? demanda-t-il d'une voix douce, avec un accent britannique.

— Je ne vous attendais pas si tôt, remarqua Morton.

— Nous travaillons vite.

— Je vois. Quel est l'objet de votre visite ?

— Nous allons avoir besoin de votre aide, monsieur Morton, répondit Kenner en souriant à Peter et Sarah. Notre discussion doit malheureusement être confidentielle.

— Me Evans est mon avocat, répliqua Morton, et je n'ai pas de secrets pour mon assistante...

— Je n'en doute pas, coupa Kenner. Vous pourrez les mettre dans la confidence quand bon vous semblera, mais nous devons vous parler en particulier.

— Si vous permettez, reprit Peter, j'aimerais voir une pièce d'identité.

— Bien sûr, acquiesça Kenner.

Les deux hommes prirent leur portefeuille et présentèrent des permis de conduire délivrés dans le Massachusetts, des cartes du MIT et des passeports. Puis ils tendirent des cartes de visite.

> Dr John Kenner
> Centre d'analyse des risques
> Massachusetts Institute of Technology
> 454, Massachusetts Avenue
> Cambridge, MA 02138

> Dr Sanjong Thapa
> Assistant de recherche
> Département d'Ingénierie géo-environnementale
> Bâtiment 4-C 323
> Massachusetts Institute of Technology
> Cambridge, MA 02138

Ils avaient des numéros de téléphone, de fax, d'e-mail. Peter les examina : tout paraissait réglo.

— Maintenant, reprit Kenner, si miss Jones et vous voulez bien nous excuser...

Du couloir, Peter et Sarah regardaient ce qui se passait dans le salon à travers les grandes portes vitrées. Morton avait pris place sur un canapé ; Kenner et Sanjong étaient assis sur l'autre. Ils discutaient calmement. Pour Peter, la scène ne semblait guère différente d'une de ces interminables réunions que Morton était obligé de subir.

Il décrocha le téléphone du couloir et composa un numéro.

— Centre d'analyse des risques, répondit une voix féminine.

— Le bureau du Dr Kenner, je vous prie.

— Un instant, s'il vous plaît.

Un déclic, puis une autre voix de femme.

— Centre d'analyse des risques. Bureau du Dr Kenner.

— Bonjour. J'aimerais parler à M. Kenner, de la part de Peter Evans.

— Je regrette, il n'est pas ici.

— Savez-vous où il est?

— Le Dr Kenner est en congé de longue durée.

— Il est important que je puisse le joindre, insista Peter. Savez-vous comment je pourrais le faire?

— Ce ne devrait pas être difficile. Vous êtes à Los Angeles, lui aussi.

Elle a vu le numéro d'appel, se dit Peter. Il aurait imaginé que le numéro de Morton était masqué; à l'évidence, il n'en était rien. Ou alors la secrétaire était en mesure de le lire.

— Alors, pouvez-vous me dire...

— Je regrette, monsieur Evans, je ne peux rien faire de plus pour vous.

Et elle raccrocha.

— Que s'est-il passé? demanda Sarah.

Avant que Peter eût le temps de répondre, un téléphone portable sonna dans le salon. Il vit Kenner fouiller dans sa poche et répondre brièvement. Puis il se tourna vers Peter et lui fit un petit signe de la main.

— Son bureau vient de l'appeler? interrogea Sarah.

— On dirait.

— On peut donc supposer que c'est bien le Dr Kenner.

— En effet. Et on n'a plus besoin de nous.

— Venez, fit Sarah. Je vous raccompagne.

Ils passèrent devant l'abri à voitures où les Ferrari alignées rutilaient à la lumière du soleil. Morton possédait neuf Ferrari de collection, au nombre desquelles figuraient une Spyder Corsa de 1947, une Testa Rossa de 1956 et une California Spyder de 1959, chacune valant plus d'un million de dollars. Peter le savait : il passait en revue les contrats d'assurance chaque fois que Morton en achetait une nouvelle. Au bout de la rangée de véhicules se trouvait la Porsche cabriolet noire de Sarah. Elle fit marche arrière ; il monta à côté d'elle.

Même pour une ville comme Los Angeles, Sarah Jones était une très belle femme. Élancée, les cheveux blonds mi-longs, le teint couleur de miel et les yeux bleus, elle avait des traits délicats et des dents d'une blancheur éclatante. Sportive et décontractée comme peuvent l'être les Californiennes, elle allait le plus souvent travailler en jogging ou en tenue de tennis. Elle jouait au golf et au tennis, faisait du vélo tout-terrain, de la plongée, du ski, du snowboard et Dieu sait quoi encore. Peter se sentait fatigué rien que d'y penser.

Il savait aussi que Sarah avait de qui tenir. Elle était la benjamine d'une riche famille de San Francisco ; son père était un gros avocat qui avait tâté de la politique, sa mère un ancien top-modèle. Ses frères et sœurs, qui avaient tous fait un beau mariage et tous réussi, attendaient de Sarah qu'elle marche sur leurs traces. Elle trouvait cette réussite générale lourde à supporter.

Peter s'était toujours demandé pourquoi elle avait choisi de travailler pour Morton et même de s'établir à Los Angeles, elle dont la famille n'avait que mépris pour tout ce qui se trouvait au sud de San Francisco. Mais elle était dévouée à Morton et faisait bien ce qu'elle avait à faire. Le milliardaire aimait à dire que sa présence était un plaisir esthétique, avis partagé par les acteurs et autres célébrités qu'il recevait. Elle avait eu des liaisons avec quelques vedettes, ce qui n'avait fait qu'accroître le mécontentement de sa famille.

Peter se demandait parfois si ce n'était pas l'esprit de rébellion qui guidait les actes de Sarah. Au volant, par exemple : elle avait une conduite nerveuse, presque imprudente.

— Vous allez au cabinet ou vous rentrez chez vous? demanda-t-elle tandis que la voiture descendait Benedict Canyon à vive allure, en direction de Beverly Hills.

— Chez moi, répondit-il. Je passe prendre ma voiture.

Elle inclina la tête en donnant un coup de volant pour dépasser une Mercedes qui se traînait, puis tourna sèchement à gauche pour s'engager dans une rue transversale. Peter prit une longue inspiration.

— Savez-vous ce qu'est la guerre du Net? reprit Sarah.

— Comment?

Il n'était pas sûr d'avoir bien entendu, à cause du vent.

— La guerre du Net.

— Non, répondit-il. Pourquoi?

— Je les ai entendus en parler, avant votre arrivée. Kenner et Sanjong.

— Ça ne me dit rien, reprit Peter en secouant la tête. Vous êtes sûre d'avoir bien entendu?

— Non.

Elle traversa Sunset Boulevard en passant à l'orange avant de lever légèrement le pied.

— Vous habitez toujours Roxbury Drive?

Il répondit par l'affirmative tout en regardant les longues jambes à peine couvertes par la jupette de tennis.

— Avec qui deviez-vous jouer?

— Je ne crois pas que vous le connaissez.

— Ce n'était pas avec... euh...

— Non. C'est terminé.

— Ah bon!

— Je suis sérieuse. C'est terminé.

— Je vous crois, Sarah.

— Ah! les avocats! Tous soupçonneux!

— C'est avec un avocat que vous jouez?

— Non. Je ne joue pas avec les avocats.

— Que faites-vous avec eux?

— Le moins possible, comme tout un chacun.

— Cela me fait de la peine d'entendre ça.

— Sauf avec vous, naturellement, lança-t-elle en lui décochant un sourire éblouissant.

Elle accéléra et fit rugir le moteur.

Peter Evans vivait dans un des immeubles anciens de Roxbury Drive, dans le bas de Beverly Hills. Son bâtiment comptait quatre appartements donnant sur le parc Roxbury, une vaste étendue de terrain joliment boisée et toujours animée. On y voyait les habituelles nounous hispaniques faire la causette tout en surveillant les enfants de riches ; quelques vieillards prenaient le soleil sur un banc. Dans un coin, une mère de famille dont le tailleur révélait qu'elle avait profité de la pause déjeuner pour venir passer un moment avec ses gamins.

La Porsche freina sèchement et s'arrêta.

— Et voilà ! lança Sarah.

— Merci, fit Peter en ouvrant la portière.

— Vous n'avez pas envie de déménager ? Cela fait cinq ans que vous habitez ici.

— J'ai trop à faire pour déménager.

— Vous avez vos clés ?

— Oui. Et il y en a toujours une sous le paillasson.

Il plongea la main dans sa poche, fit tinter son trousseau.

— C'est bon.

— À bientôt, Peter.

Elle démarra, tourna dans la première rue transversale en faisant crisser les pneus. La Porsche disparut.

Peter traversa la petite cour ensoleillée et prit l'escalier jusqu'au premier étage. Comme toujours, il était perturbé par les moments passés avec Sarah. Elle était si belle, si aguicheuse. Il avait le sentiment qu'elle tenait les hommes à distance en les déstabilisant. Du moins, *lui*, elle le déstabilisait. Il ne savait jamais si elle avait envie qu'il l'invite à sortir. Compte tenu de ses relations professionnelles avec Morton, ce serait une mauvaise idée ; jamais il ne ferait cela.

À peine avait-il ouvert la porte, le téléphone se mit à sonner. C'était Heather, son assistante, qui voulait rentrer de bonne heure : elle se sentait mal fichue. Heather se sentait souvent mal fichue dans l'après-midi, juste avant les heures de pointe, et elle avait tendance à se faire porter malade le vendredi ou le lundi. Curieusement, le cabinet ne se décidait pas à se débarrasser d'elle, certainement parce qu'elle faisait partie des meubles.

On avait raconté à Peter qu'elle avait eu une liaison avec Bruce Black, le fondateur du cabinet, et que, depuis, Bruce vivait dans la terreur que sa femme, qui avait tout l'argent à son nom, découvre le pot aux roses. D'après une deuxième version, Heather sortait avec un autre associé dont l'identité n'avait jamais été divulguée. On murmurait aussi que, lorsque le cabinet avait déménagé d'une tour de Century City pour occuper de nouveaux locaux dans une tour voisine, elle était tombée sur des documents compromettants dont elle avait fait des photocopies.

Pour Peter, la vérité était plus banale. Heather avait travaillé assez longtemps dans la boîte pour que les licenciements abusifs n'aient plus de secrets pour elle ; elle mettait habilement en balance ses absences répétées et le coût d'un licenciement pour le cabinet. Elle parvenait ainsi à ne travailler qu'une trentaine de semaines par an.

Heather assistait invariablement le meilleur des jeunes collaborateurs, en partant du principe qu'un bon avocat ne pâtirait pas de son absentéisme. Peter essayait depuis des années de se débarrasser d'elle. On lui avait promis une nouvelle assistante dans les douze mois à venir ; une manière de promotion, à ses yeux.

— Je regrette que vous vous sentiez patraque, déclara-t-il, sachant qu'il était obligé d'entrer dans son jeu.

— C'est l'estomac, expliqua-t-elle. Il faut que je voie un médecin.

— Vous y allez aujourd'hui ?

— Euh... j'essaie d'avoir un rendez-vous.

— J'espère que vous réussirez.

— Je voulais vous dire qu'une importante réunion est prévue après-demain. 9 heures, dans la grande salle de conférences.

— Ah bon ?

— À la demande de M. Morton. Dix ou douze personnes sont convoquées.

— Vous savez qui ?

— Non. On ne m'a rien dit.

— Très bien, fit Peter en se disant qu'il ne servait à rien d'insister.

— N'oubliez pas la lecture de l'acte d'accusation contre la fille de Morton, la semaine prochaine. À Pasadena, cette fois, pas ici. Margo Lane a appelé pour son procès contre Mercedes. Le concessionnaire BMW aussi : il veut aller jusqu'au bout.

— Il veut toujours attaquer l'Église?

— Il appelle tous les deux jours.

— Bon. C'est tout?

— Non. Il y a eu une dizaine d'autres appels. J'essaierai de laisser la liste sur votre bureau, si je me sens assez bien...

Cela voulait dire qu'elle ne le ferait pas.

— Très bien, fit Peter.

— Vous passez au cabinet?

— Non, il est trop tard. J'ai besoin d'une bonne nuit de sommeil.

— Alors, à demain.

Peter avait très faim. Il n'y avait rien d'autre dans le réfrigérateur que quelques vieux pots de yaourt, un reste de céleri flétri et la moitié d'une bouteille de vin ouverte depuis quinze jours, à l'occasion de son dernier dîner en tête à tête. Peter sortait avec une fille du nom de Carol, avocate dans un autre cabinet. Ils avaient fait connaissance au gymnase et entretenaient une liaison intermittente. Tous deux fort occupés, ils n'éprouvaient, à vrai dire, guère d'intérêt l'un pour l'autre. Ils se voyaient une ou deux fois par semaine et faisaient l'amour avec fougue; après quoi, l'un d'eux alléguait un rendez-vous matinal pour rentrer de bonne heure. Il leur arrivait de dîner ensemble, pas très souvent; cela prenait du temps.

Il passa dans le séjour pour écouter son répondeur. Pas de message de Carol mais un de Janis, une autre fille qu'il voyait de temps en temps.

Monitrice au gymnase, Janis avait un corps parfaitement proportionné et dur comme la pierre. Pour elle, le sexe était une épreuve de gymnastique en plusieurs sessions, autant qu'il y avait de canapés et de fauteuils dans les diverses pièces. Peter en sortait avec le sentiment diffus de ne pas être tout à fait à la hauteur, d'avoir un peu trop de graisse pour elle. Mais il continuait de la voir, tirant une certaine fierté de la possession de ce corps magnifique, même si, sexuellement, ce n'était pas parfait. Janis pouvait en outre se libérer facilement. Elle avait un amant plus âgé, producteur pour une chaîne d'informations câblée, qui voyageait beaucoup ; elle en profitait.

Elle avait laissé un message la veille au soir. Peter ne se donna pas la peine de la rappeler ; avec Janis, c'était le jour même ou pas du tout.

Avant Janis et Carol il y avait eu d'autres femmes mais le même type de relation. Peter se disait qu'il lui faudrait arriver à quelque chose de plus satisfaisant. Une relation plus sérieuse, plus adulte, mieux adaptée à son âge et à sa situation. Mais il travaillait beaucoup et prenait les choses comme elles venaient.

En attendant, il avait faim.

Il sortit et se rendit en voiture au drive-in le plus proche, où on le connaissait. Il prit un double cheeseburger et un milk-shake à la fraise.

Puis il rentra chez lui ; il voulait se coucher de bonne heure. Il se dit qu'il serait bien de passer un coup de fil à Morton avant de se mettre au lit.

— Je suis content de vous entendre, fit George. Je viens d'aborder un certain nombre de sujets avec... Peu importe. Où en sommes-nous avec ma donation au NERF ? Le procès Vanutu, tout ça ?

— Je ne sais pas, répondit Peter. Les papiers sont rédigés et signés, mais je ne crois pas que l'argent ait été versé.

— Bien. Je veux que vous suspendiez les paiements.

— Pas de problème.

— Pour un temps.

— D'accord.

— Inutile d'en informer le NERF.

— Non, non. Bien sûr.

— Parfait.

Peter raccrocha. Au moment où il entrait dans sa chambre pour se déshabiller, le téléphone sonna.

C'était Janis, la monitrice du gymnase.

— Salut. Je pensais à toi et je me demandais ce que tu faisais.

— En fait, j'allais me coucher.
— Ha ! Il n'est pas un peu tôt pour ça ?
— Je reviens d'Islande.
— Tu dois être fatigué.
— Pas tant que ça.
— Tu as envie de compagnie ?
— Absolument.
Elle raccrocha avec un petit rire.

Beverly Hills
Mardi 24 août
6 h 04

Peter fut réveillé par le souffle régulier d'une respiration. Il lança le bras de l'autre côté du lit : Janis n'était plus là mais le drap avait gardé sa chaleur. Il souleva légèrement la tête en bâillant. Dans la lumière crue du petit matin il vit une jambe au galbe parfait s'élever à la verticale au-dessus du pied du lit, puis l'autre la rejoindre. Les deux jambes redescendirent lentement. Une longue expiration suivit. Les jambes remontèrent.

— Janis ? Qu'est-ce que tu fais ?

— Des exercices d'échauffement.

Elle se releva en souriant, aucunement gênée par sa nudité, confiante dans sa plastique, chaque muscle parfaitement dessiné.

— Je donne un cours à 7 heures, expliqua-t-elle.

— Quelle heure est-il ?

— 6 heures.

Il poussa un gémissement, enfouit sa tête dans l'oreiller.

— Tu devrais en profiter pour te lever, reprit Janis. Trop dormir réduit la durée de la vie.

Il étouffa un nouveau gémissement. Elle était une mine d'informations sur la santé ; c'était son boulot.

— Comment le sommeil pourrait-il réduire la durée de ma vie ?

— On a fait des expériences sur des rats. On ne les laissait pas dormir. Résultat : ils vivaient plus longtemps.

— Bon, bon... Peux-tu mettre la cafetière en marche ?

— D'accord. Mais tu devrais arrêter le café, tu sais...

Il n'entendit pas la fin de la phrase ; elle était déjà sortie. Il se mit sur son séant, fit pivoter ses jambes pour s'asseoir sur le bord du lit.

— Le café protège des hémorragies cérébrales, lança-t-il. Tu n'es pas au courant ?

— Pas vrai ! répliqua-t-elle, du fond de la cuisine. Le café contient neuf cent vingt-trois éléments chimiques et il n'est pas bon pour toi !

— L'étude dont je parle est toute récente.

— Et il provoque le cancer !

— Cela n'a jamais été prouvé.

— Et des fausses couches.

— Cela ne me concerne pas.

— Et de l'hypertension.

— Arrête, s'il te plaît !

Elle revint vers la chambre, s'appuya contre le chambranle de la porte en croisant les bras sur sa poitrine. Il distinguait les veines courant de son bas-ventre jusqu'à l'aine.

— Tu es tendu, Peter. Reconnais-le.

— Seulement quand je te regarde.

— Tu vois, soupira-t-elle, tu ne me prends pas au sérieux.

Quand elle repartit, il suivit du regard les globes parfaits de ses fesses. Il l'entendit ouvrir le réfrigérateur.

— Il n'y a pas de lait !

— Je le boirai noir.

Il se leva et se dirigea vers la douche.

— Tu n'as pas eu de dégâts ? lança Janis.

— Quels dégâts ?

— Le tremblement de terre. Nous en avons eu un petit, pendant que tu étais absent. Magnitude 4,3.

— Je n'ai rien remarqué.

— En tout cas, il a déplacé ton téléviseur.

— Quoi ? lança Peter en s'arrêtant net.

— Il a déplacé ton téléviseur. Viens voir.

Le soleil entrant obliquement par la fenêtre montrait distinctement la marque faite par la base de l'appareil récepteur à l'endroit où il avait écrasé la moquette. Le poste décalé de sept ou huit centimètres par rapport à son ancienne position était un vieux trente-deux pouces, difficile à soulever tellement il était lourd. Peter frissonna en le regardant.

— Tu as eu de la chance, reprit Janis. Regarde tous ces bibelots en verre sur la tablette de ta cheminée ; un petit séisme suffit pour les faire tomber. Tu es bien assuré ?

Peter ne répondit pas. Il s'était penché pour inspecter les branchements, à l'arrière du téléviseur. Tout paraissait normal, mais il n'avait pas regardé derrière depuis au moins un an.

— À propos, poursuivit Janis, ce n'est pas du café bio. Tu devrais au moins boire bio. Tu m'écoutes ?

— Une minute.

À quatre pattes devant le téléviseur, il cherchait quelque chose d'anormal mais rien n'attirait son attention.

— Et ça ? lança Janis. Qu'est-ce que c'est ?

Il se retourna, vit qu'elle tenait un beignet.

— Peter, expliqua-t-elle d'un ton sévère, sais-tu combien cela contient de matières grasses ? Autant avaler une demi-tablette de beurre.

— Je sais... Il faudrait que j'arrête d'en manger.

— Il faudrait, oui. À moins que tu n'aies envie d'avoir du diabète quand tu seras plus vieux. Qu'est-ce que tu fais par terre ?

— Je m'assurais que la télé n'avait rien.

— Pourquoi ? Elle est cassée ?

— Je ne crois pas, répondit Peter en se relevant.

— L'eau coule dans ta douche. C'est du gaspillage. Je te croyais plus sensibilisé aux problèmes de l'environnement.

Elle versa du café dans une grande tasse qu'elle lui tendit.

— Va prendre ta douche. Il faut que je parte.

Quand Peter sortit de la douche, elle n'était plus là. Il refit le lit à la va-vite et ouvrit la penderie pour choisir ses vêtements.

Century City
Mardi 24 août
8 h 45

Le cabinet Hassle & Black occupait cinq étages d'un immeuble de bureaux dans Century City. C'était un cabinet tourné vers l'avenir, menant une politique progressiste, qui représentait un grand nombre de célébrités d'Hollywood et de riches activistes, défenseurs zélés de l'environnement. Il se vantait moins de représenter également trois des plus gros promoteurs immobiliers du comté d'Orange. Comme les associés dirigeant le cabinet aimaient à le dire, cela tenait la balance égale.

Peter avait choisi ce cabinet pour ses nombreux clients impliqués dans la protection de l'environnement, George Morton en particulier. Il était un des quatre avocats travaillant à plein temps ou presque pour Morton et pour l'association qui avait sa faveur, le NERF.

Un collaborateur junior n'avait droit qu'à un petit bureau, avec une unique fenêtre donnant sur la paroi de verre de l'immeuble voisin. Peter parcourut la paperasse amoncelée sur son bureau ; des affaires banales confiée à un jeune avocat. Un problème de sous-location, un contrat de travail, des questionnaires pour une faillite, un formulaire de l'administration fiscale pour une demande d'exemption d'impôts et deux brouillons de lettres de menace d'action judiciaire. Un artiste contre une galerie refusant de lui renvoyer les œuvres invendues et la maîtresse de Morton qui accusait le voiturier du Sushi Roku d'avoir rayé la peinture de son cabriolet Mercedes.

Margo Lane était une ex-actrice acariâtre et procédurière. Quand George la négligeait – ce qui se produisait de plus en plus souvent –, elle trouvait un prétexte pour attaquer quelqu'un en justice. Et le dossier atterrissait invariablement sur le bureau de Peter. Il prit note d'appeler Margo. Il allait lui conseiller de ne pas donner suite mais elle ne serait pas facile à convaincre.

Venait ensuite un tableau des ventes envoyé par un concessionnaire BMW de Beverly Hills qui prétendait que la campagne intitulée « Quel genre de voiture aurait Jésus ? » lui avait fait du tort, parce qu'elle dénigrait les voitures de luxe. Son établissement se trouvait à quelques dizaines de mètres d'une église et des paroissiens, après l'office, étaient venus haranguer ses vendeurs. Le concessionnaire n'avait pas apprécié mais Peter avait le sentiment que son chiffre d'affaires était en hausse par rapport à l'année précédente. Il prit note de le rappeler, lui aussi.

En prenant connaissance de ses e-mails, il fit disparaître une vingtaine d'offres publicitaires proposant une méthode pour augmenter les dimensions de son pénis, une dizaine d'autres pour des tranquillisants et autant pour un nouvel emprunt immobilier à saisir avant la hausse prochaine des taux d'intérêt. Il n'y avait qu'une demi-douzaine de messages importants, dont un de Herb Lowenstein qui voulait le voir. Lowenstein était l'associé en charge des affaires de Morton, qui faisait essentiellement de la gestion de patrimoine mais s'occupait aussi d'autres types d'investissements. La gestion du patrimoine de Morton était un travail à plein temps.

Peter sortit pour se rendre dans le bureau de Lowenstein.

Lisa, l'assistante de Herb, avait un téléphone collé à l'oreille. À l'entrée de Peter, elle raccrocha, l'air fautif.

— Il est en communication avec Jack Nicholson, expliqua-t-elle.

— Comment va-t-il ?

— Bien. Il termine un film avec Meryl. Il y a eu des problèmes.

Âgée de vingt-sept ans, le regard pétillant, Lisa Ray était une vraie pipelette. Peter savait depuis longtemps qu'il pouvait compter sur elle pour être informé des derniers potins du cabinet.

— Pourquoi Herb demande-t-il à me voir ?

— C'est à propos de Nick Drake.

— Et cette réunion demain, à 9 heures ?

— Je ne sais pas, fit Lisa, sans cacher son étonnement. On ne m'a pas mise au courant !

— Qui l'a demandée ?

— Les comptables de Morton, répondit Lisa. Ah ! il a raccroché ! Vous pouvez y aller.

Herb Lowenstein se leva pour serrer mollement la main de Peter. L'air affable, le crâne dégarni, il avait des manières douces, un peu démodées. La pièce était décorée de dizaines de photographies de sa famille. Il s'entendait bien avec Peter, ne fût-ce que parce que c'était lui qui se déplaçait en pleine nuit pour aller verser la caution demandée par la justice chaque fois que la fille de Morton se faisait arrêter pour détention de cocaïne. Herb qui avait subi cela pendant des années était heureux de pouvoir rester au lit.

— Alors, ce voyage en Islande ? demanda-t-il. Comment était-ce ?

— Bien. Froid.

— Tout s'est bien passé ?

— Oui.

— Je voulais dire... avec George et Nick. Tout va bien entre eux ?

— Je crois. Pourquoi ?

— Nick est inquiet. Il m'a appelé deux fois en moins d'une heure.

— À quel sujet ?

— Où en sommes-nous pour la donation de George au NERF ?

— C'est ce que Nick veut savoir ?

— Y a-t-il un problème ?

— George veut suspendre le paiement.

— Pourquoi ?

— Il n'a pas donné d'explication.

— Est-ce à cause de Kenner ?

— George m'a simplement demandé de suspendre le paiement, répondit Peter en se demandant comment Lowenstein avait pu connaître l'existence de Kenner.

— Que vais-je dire à Nick ?

— Dites-lui que c'est en cours mais que nous ne pouvons donner une date précise.

— Mais il n'y a pas de véritable problème ?

— Pas à ma connaissance.

— Très bien, fit Lowenstein. Dites-moi maintenant, entre quat'z'yeux, y a-t-il un problème ?

— C'est possible.

Peter savait qu'il n'était pas dans les habitudes de George de suspendre une donation et il avait perçu une certaine tension lors de la brève conversation téléphonique qu'ils avaient eue la veille au soir.

— Qu'en est-il de cette réunion prévue demain matin ? poursuivit Lowenstein.

— Aucune idée.

— George ne vous a rien dit ?

— Non.

— Nick est très perturbé.

— De sa part, cela n'a rien d'étonnant.

— Il a entendu parler de Kenner. Il le tient pour un fauteur de troubles. Une sorte d'ennemi de l'écologie.

— J'en doute. Kenner est professeur au MIT dans une discipline environnementale.

— Pour Nick, c'est un emmerdeur.

— Je ne sais pas.

— Il a surpris votre conversation avec Morton, dans l'avion.

— Nick ne devrait pas écouter aux portes.

— Il aimerait savoir où il en est avec George.

— Pas étonnant, lâcha Peter. Il a déconné avec un gros chèque qui n'est pas arrivé sur le bon compte.

— J'en ai eu quelques échos. L'erreur d'un bénévole ; Nick n'y est pour rien.

— Cela ne contribue pas à renforcer la confiance.

— Le chèque a été versé à la Société pour la préservation de la nature, une organisation de premier plan. Et l'argent doit déjà être reparti.

— Tant mieux.
— Quelle est votre position dans cette affaire ?
— Je n'en ai pas. Je fais ce que dit le client, c'est tout.
— Mais vous le conseillez.
— Seulement quand il me le demande. Il n'a rien demandé.
— Vous donnez l'impression d'avoir perdu confiance, vous aussi.
— À ma connaissance, soupira Peter, il n'y a pas de problème. Le paiement est différé, c'est tout.
— Bien, fit Lowenstein en prenant son téléphone. Je vais apaiser les craintes de Nick.

Quand Peter entra dans son bureau, le téléphone sonnait. Il décrocha aussitôt. C'était Morton.
— Que faites-vous aujourd'hui ?
— Pas grand-chose. De la paperasse.
— Cela peut attendre. Je veux que vous alliez voir comment se présente le procès Vanutu.
— Ils en sont encore au travail préliminaire, George. La plainte ne sera pas déposée avant plusieurs mois.
— Allez quand même leur faire une petite visite, insista Morton.
— C'est à Culver City. Je vais passer un coup de fil et...
— Non, pas de téléphone. Allez-y directement.
— Mais s'ils n'attendent pas...
— C'est précisément ce que je veux, coupa Morton. Tenez-moi au courant de ce que vous verrez, Peter.
Et il raccrocha.

Culver City
Mardi 24 août
10 h 30

L'équipe chargée de la préparation du procès Vanutu avait pris possession d'un vieil entrepôt, au sud de Culver City. Il y avait des nids-de-poule dans les chaussées de la zone industrielle. Du trottoir, on ne voyait qu'un mur de brique et une porte surmontée d'un numéro sur une plaque métallique cabossée. Peter appuya sur le bouton de l'interphone et pénétra dans un petit espace fermé par une cloison. Il percevait des bruits de voix étouffés venant de l'autre côté de la cloison mais ne voyait rien.

Deux gardes armés se tenaient de part et d'autre d'une porte donnant accès à l'entrepôt. L'hôtesse assise à un petit bureau considéra Peter d'un regard peu amène.

— Vous êtes ?

— Peter Evans, de chez Hassle & Black.

— Vous désirez ?

— Voir M. Balder.

— Vous avez rendez-vous ?

— Non.

— Je vais appeler son assistante, fit l'hôtesse avec une moue sceptique.

— Merci.

L'hôtesse commença à parler à voix basse au téléphone ; Peter l'entendit donner le nom du cabinet d'avocats. Il tourna la tête vers les vigiles : ils appartenaient à une société de gardiennage. Les deux hommes le regardaient, le visage impénétrable.

— Mlle Haynes sera là dans quelques minutes, annonça l'hôtesse en raccrochant.

Elle fit un petit signe de tête aux agents de sécurité.

L'un d'eux s'avança vers Peter.

— Simple formalité, monsieur. Pourrais-je voir une pièce d'identité ?

Peter lui tendit son permis de conduire.

— Avez-vous sur vous un appareil photographique ou du matériel d'enregistrement ?

— Non.

— Des disques ou autre matériel électronique ?

— Non.

— Êtes-vous armé ?

— Non.

— Auriez-vous l'obligeance de lever les bras ? Faites comme si c'était un contrôle de sécurité dans un aéroport, poursuivit le vigile en voyant le regard agacé que lui jetait Peter.

Il entreprit de le fouiller, cherchant à l'évidence un micro. Il passa les doigts sur le col de la chemise de Peter, palpa les coutures de sa veste et lui demanda d'enlever ses chaussures. Pour finir, il passa une baguette devant son corps.

— Vous faites cela sérieusement, observa Peter.

— Oui, monsieur. Je vous remercie.

Le vigile s'écarta pour reprendre sa place contre le mur. Comme il n'y avait pas de siège, Peter attendit debout. Il dut s'écouler deux minutes avant que la porte s'ouvre. Une femme d'une trentaine d'années, jolie mais le visage dur, entra dans la petite pièce. Elle avait des cheveux bruns coupés court et des yeux bleus, portait un jean et une chemise blanche.

— Maître Evans ? Je suis Jennifer Haynes.

Sa poignée de main était ferme.

— Je travaille avec John Balder, poursuivit-elle. Venez avec moi.

Ils suivirent un couloir étroit au bout duquel se trouvait une porte. Peter comprit que c'était une mesure de sécurité : deux portes pour entrer.

— Pourquoi ces vigiles ? demanda-t-il.

— Nous avons eu des problèmes.

— De quel genre ?

— Des gens veulent savoir ce qui se passe ici.

— Je vois.

— Nous sommes obligés de prendre des précautions.

Elle présenta sa carte magnétique ; la porte s'ouvrit avec un bourdonnement.

Ils pénétrèrent dans le vaste entrepôt haut de plafond et divisé en pièces spacieuses par des cloisons vitrées. Sur sa gauche, derrière une vitre, Peter découvrit un espace rempli de terminaux, tous utilisés par des jeunes installés devant des piles de documents. Sur la vitre une inscription en grosses lettres indiquait : DONNÉES BRUTES.

De l'autre côté, la paroi vitrée portait l'inscription : SATELLITES/RADIOSONDES. À l'intérieur, quatre personnes discutaient devant d'énormes agrandissements d'un graphique fixés au mur.

Plus loin une autre inscription indiquait : MODÈLES DE CIRCULATION GÉNÉRALE. Les murs étaient tapissés de grandes cartes du monde, des représentations graphiques multicolores.

— Vous voyez grand, lança Peter.

— Ce sera un grand procès, expliqua Jennifer Haynes. Vous avez vu les équipes qui mènent des recherches dans différents domaines. Des étudiants de troisième cycle en climatologie, pour la plupart, pas des avocats. Le premier groupe s'occupe des données brutes, à savoir des données fournies après traitement par l'Institut Goddard pour les études de l'espace, université de Columbia, New York, le USHCN d'Oak Ridge, Tennessee et le Centre Hadley d'East Anglia, en Angleterre. Ce sont les principales sources de données des températures dans le monde.

— Je vois, dit Peter.

— L'équipe que vous voyez là-bas travaille sur les données satellite. Les orbiteurs enregistrent les températures des couches supérieures de l'atmosphère depuis 1979 ; nous disposons donc de relevés s'étendant sur plus de vingt ans. Nous n'avons pas encore décidé de ce que nous en ferons.

— Comment cela ?

— Les données satellite posent problème.

— Pourquoi ?

Comme si elle n'avait pas entendu, Jennifer indiqua la pièce suivante.

— L'équipe qui est ici au travail effectue des analyses comparatives des modèles climatiques générés par ordinateur des années 70 jusqu'à nos jours. Comme vous le savez, ces modèles extraordinairement complexes intègrent un million de variables ou plus. De loin les modèles informatiques les plus complexes jamais conçus par l'homme. Nous travaillons essentiellement sur des modèles américains, britanniques et allemands.

— Je vois, fit Peter qui commençait à se sentir dépassé.

— Cette équipe, poursuivit Jennifer, s'occupe de tout ce qui concerne le niveau des océans. Là-bas une autre se consacre aux paléoclimats. Le dernier groupe est chargé du rayonnement solaire et des aérosols. Nous avons aussi une équipe dans les locaux de l'Université de Californie, qui travaille sur les mécanismes atmosphériques en se concentrant essentiellement sur les variations de la couverture nuageuse en fonction des changements de température. Voilà, c'est à peu près tout. Pardon, reprit-elle après un silence, en voyant l'air perplexe de l'avocat. Comme vous travaillez avec George Morton, je croyais que vous étiez sur votre terrain.

— Qui a dit que je travaillais avec Morton ?

— Nous connaissons notre boulot, maître.

Ils arrivèrent devant la dernière paroi vitrée qui, cette fois, n'avait aucune inscription. La pièce était remplie de tableaux, d'énormes agrandissements et de modèles en trois dimensions de la Terre, placés dans des cubes en plastique.

— Et là ? demanda Peter.

— C'est notre équipe audiovisuelle. Elle prépare des supports visuels pour le jury. Certains éléments sont extrêmement complexes ; nous essayons de trouver le moyen à la fois le plus simple et le plus convaincant de les présenter.

— C'est véritablement si compliqué ? demanda Peter tandis qu'ils poursuivaient leur marche.

— Absolument. Vanutu est une minuscule nation du Pacifique Sud, formée de quatre atolls coralliens dont la hauteur maximale est de six mètres au-dessus du niveau de la mer. Les huit mille habitants de ces îles sont menacés d'évacuation par l'élévation du niveau des eaux provoquée par le réchauffement planétaire.

— Oui, fit Peter, j'avais compris. Mais pourquoi y a-t-il tant de monde qui travaille sur les données scientifiques ?

— Pour essayer de gagner ce procès, répondit Jennifer en lui lançant un regard en coin.

— D'accord...

— Et ce n'est pas si facile, ajouta-t-elle.

— Comment cela ? Nous parlons du réchauffement planétaire. Tout le monde sait que le réchauffement planétaire est...

— Est *quoi*? rugit une voix de l'autre côté de l'entrepôt. Un homme s'avançait vers eux d'un pas lourd ; crâne déplumé, lunettes, il méritait bien son surnom d'Aigle Chauve. John Balder, comme à son habitude, était tout en bleu ; complet, chemise, cravate, il ne portait que du bleu. Il donnait une impression d'intensité et Peter ne put s'empêcher de se sentir intimidé. Le célèbre avocat le considérait d'un regard pénétrant, les yeux plissés.

Il lui tendit la main.

— Peter Evans. Hassle & Black.

— Vous travaillez avec George Morton ?

— En effet.

— Nous sommes redevables à M. Morton de sa générosité. Nous nous efforçons de nous montrer dignes de l'aide qu'il nous apporte.

— Je ne manquerai pas de lui en faire part.

— Je n'en doute pas. Vous parliez de réchauffement planétaire, c'est un sujet qui vous intéresse ?

— Bien sûr. Comme tout citoyen responsable.

— Entièrement d'accord avec vous. Mais, dites-moi, monsieur Evans, qu'entendez-vous par réchauffement planétaire ?

Peter réprima sa surprise. Il ne s'attendait pas à être interrogé.

— Pourquoi demandez-vous cela ?

— Nous le demandons à tous ceux qui viennent nous voir, pour nous faire une idée de l'état général des connaissances. Alors, le réchauffement planétaire ?

— C'est le réchauffement de la Terre provoqué par la combustion d'énergies fossiles.

— Ce n'est pas exact.

— Vraiment ?

— Loin de là. Essayez encore.

Peter prit le temps de réfléchir. À l'évidence, il était interrogé par un esprit précis et pointilleux, comme il en avait connu en fac de droit. Il choisit soigneusement ses mots.

— Ce qu'on appelle réchauffement planétaire est... euh... le réchauffement de la surface de la Terre par l'excès de dioxyde de carbone dans l'atmosphère, produit par la combustion d'énergies fossiles.

— Ce n'est toujours pas exact.

— Pourquoi ?

— Pour plusieurs raisons. Je compte au moins quatre erreurs dans la définition que vous venez de donner.

— Je ne comprends pas, protesta Peter. Je viens de définir le réchauffement planétaire...

— Non, coupa Balder d'un ton sec, autoritaire. Le réchauffement planétaire est la théorie...

— On ne peut plus parler de théorie...

— Si, c'est une théorie, insista Balder. Je préférerais qu'il en aille autrement, croyez-moi. En réalité, le réchauffement planétaire est la théorie selon laquelle l'augmentation du taux de dioxyde de carbone et de certains autres gaz *provoquerait* une élévation de la *température moyenne* de l'*atmosphère* de la Terre, en raison de ce qu'il est convenu d'appeler l'effet de serre.

— Bon, d'accord, admit Peter. C'est une définition plus précise mais...

— En ce qui vous concerne, monsieur Evans, vous croyez au réchauffement planétaire, n'est-ce pas ?

— Naturellement.

— Vous y croyez fermement ?
— Évidemment. Comme tout un chacun.
— Lorsqu'on croit fermement à quelque chose, ne pensez-vous pas qu'il est important d'en parler avec précision ?
Peter était dans ses petits souliers ; il avait réellement l'impression d'être revenu en fac.
— Eh bien, dans ce cas, ce n'est peut-être pas nécessaire... Quand on parle du réchauffement planétaire, tout le monde sait de quoi il s'agit.
— Vraiment ? Je me demande si vous-même savez de quoi il s'agit.
Le sang de Peter ne fit qu'un tour.
— Ce n'est pas parce que je n'ai pas réussi à donner une définition détaillée...
— Je ne parle pas des détails mais du fondement de vos convictions. Je me demande si elles reposent sur quoi que ce soit de solide.
— Permettez-moi de vous dire que c'est parfaitement ridicule !
— Vous pensez que vos convictions reposent sur quelque chose de solide ?
— Évidemment.
Balder l'observa pensivement. Il avait un air satisfait.
— Dans ce cas, vous pouvez nous apporter une aide précieuse pour notre procès. Auriez-vous l'obligeance de nous accorder une heure ?
— Euh... je crois.
— Nous permettriez-vous de vous filmer ?
— Oui, mais... pourquoi ?
Balder se tourna vers Jennifer Haynes.
— Nous essayons de déterminer ce que sait du réchauffement planétaire une personne bien informée comme vous l'êtes, expliqua-t-elle. Cela nous aidera à affiner notre présentation au jury.
— Un simulacre de jury composé d'une seule personne ?
— Exactement. Nous avons déjà interrogé plusieurs volontaires.
— D'accord, fit Peter. Je pense pouvoir trouver un moment pour le faire...

— Allons-y tout de suite, coupa Balder. Rassemblez votre équipe salle quatre, ajouta-t-il à l'adresse de Jennifer.

— Je veux bien rendre service, protesta Peter, mais je ne suis venu que pour avoir une vue d'ensemble...

— Parce que vous avez entendu dire qu'il y avait des problèmes avec le procès? lança Balder. Il n'en est rien. Mais il y a des obstacles à surmonter. J'ai une réunion, poursuivit-il en regardant sa montre. Restez un moment avec Mlle Haynes. Quand vous aurez terminé, nous parlerons de la manière dont se présente le procès. Cela vous convient?

Peter ne put qu'acquiescer.

Équipe Vanutu
Mardi 24 août
11 heures

On le fit asseoir dans une salle de réunion, à l'extrémité d'une longue table et on braqua sur lui la caméra vidéo. Comme pour une déposition.

Cinq jeunes gens entrèrent et prirent place à la table ; ils étaient tous habillés décontracté, en jean et tee-shirt. Jennifer les présenta si rapidement à Peter qu'il ne put retenir leur nom. Elle expliqua qu'ils étaient étudiants de troisième cycle, dans différentes disciplines scientifiques.

Tandis que les étudiants s'installaient, Jennifer approcha une chaise pour s'asseoir près de Peter.

— Il ne faut pas en vouloir à John, fit-elle. Il a été un peu dur avec vous mais il est sous pression en ce moment.

— À cause du procès ?

— Oui.

— Pour quelle raison ?

— Cette petite séance vous donnera peut-être une idée de ce que nous avons à surmonter. Tout le monde est prêt ?

Hochements de tête et froissements de papier autour de la table. La lumière de la caméra s'alluma.

— Entretien avec Peter Evans, du cabinet Hassle & Black, annonça Jennifer. Mardi 24 août. Monsieur Evans, nous aimerions avoir votre opinion sur les éléments qui étayent la thèse du réchauffement planétaire. Il ne s'agit pas d'un test ; nous aimerions seulement connaître votre point de vue sur cette question.

— D'accord.

— Commençons d'une manière très simple : dites-nous ce que vous savez sur la réalité du réchauffement planétaire.

— Eh bien, fit Peter, je sais que la température a augmenté de manière spectaculaire dans toutes les régions du globe au cours des deux ou trois dernières décennies, en raison de l'accroissement du dioxyde de carbone produit par l'industrie utilisant des combustibles fossiles.

— Très bien. À combien estimez-vous cette augmentation spectaculaire ?

— Environ un degré.

— Fahrenheit ou Celsius ?

— Fahrenheit.

— Cette augmentation a eu lieu sur vingt ans ?

— Vingt ou trente.

— Et plus tôt, dans le courant du xxe siècle ?

— La température a augmenté mais pas aussi rapidement.

— Bien, fit Jennifer. Je vais maintenant vous montrer un graphique...

Elle prit un graphique * sur un support mousse.

— Cela vous rappelle quelque chose ? demanda Jennifer.

— Je l'ai déjà vu.

— Il est extrait de la base de données NASA-Goddard utilisée par les Nations unies et d'autres organisations. Considérez-vous l'ONU comme une source fiable ?

— Oui.

— Nous pouvons donc tenir ce graphique pour exact ? Sans parti pris ni traficotages ?

— Oui.

— Bien. Savez-vous ce que ce graphique représente ?

— La température moyenne relevée depuis plus d'un siècle par les stations météorologiques du monde entier.

---

* Tous les graphiques sont réalisés sous forme tabulaire, à partir des ensembles de données suivants : GISS (Columbia) ; CRU (East Anglia) ; GHNC et USHCN (Oak Ridge). Voir annexe 2.

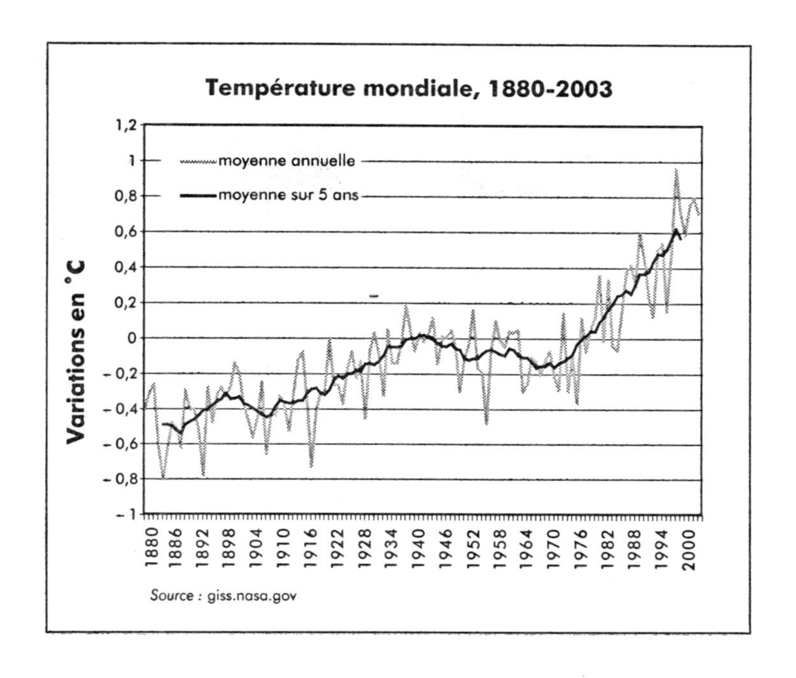

— Exactement. Et comment interprétez-vous ce graphique ?

— Il montre ce que je viens de dire, répondit Peter en indiquant la courbe. Les températures s'élèvent depuis la fin du XIXe siècle mais il y a une accélération de ce mouvement à partir du début des années 70, à l'époque où l'industrialisation devient très forte. C'est la preuve du réchauffement planétaire.

— Qu'est-ce qui a provoqué, à votre avis, l'élévation rapide de la température depuis 1970 ?

— L'augmentation du taux de dioxyde de carbone, conséquence de l'industrialisation.

— Bien, approuva Jennifer. Autrement dit, quand le taux de dioxyde de carbone s'élève, la température s'élève aussi.

— Oui.

— Très bien. Vous avez indiqué que la température avait commencé à s'élever de 1890 à 1940. Nous pouvons constater que c'est vrai. Qu'est-ce qui a provoqué ce réchauffement ? Le dioxyde de carbone ?

— Euh.. Je n'en suis pas certain...

— L'industrialisation était moindre en 1890 mais la température augmente. Le niveau de dioxyde de carbone était-il en accroissement à cette époque ?

— Je n'en suis pas sûr.

— Eh bien oui ! Voici un graphique qui montre l'évolution du niveau de CO_2 et de la température.

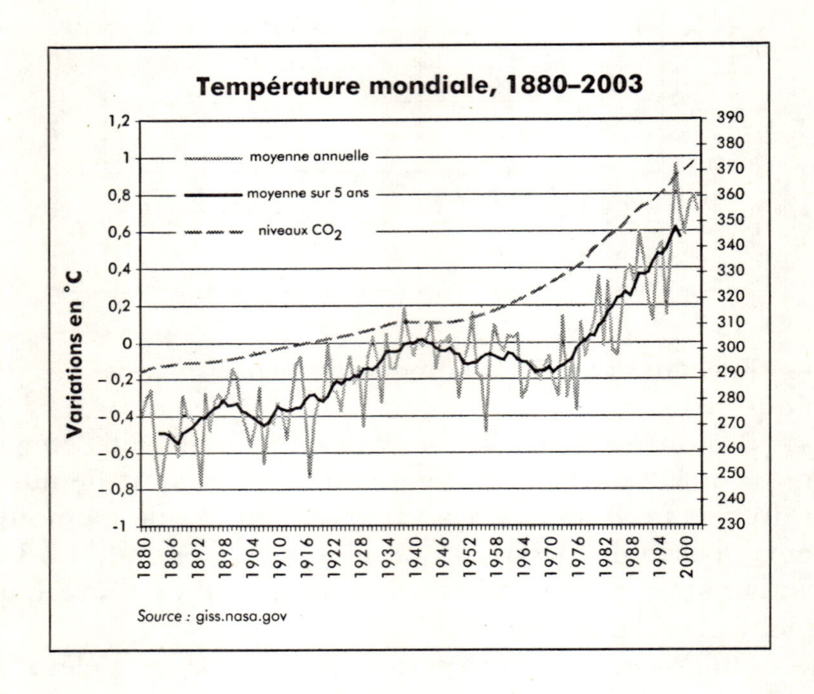

— Et voilà, fit Peter. C'était prévisible : le taux de CO_2 augmente et fait monter les températures.

— J'aimerais maintenant, poursuivit Jennifer, que vous examiniez avec attention la période allant de 1940 à 1970. On constate pendant cette période que la température a baissé d'une manière régulière. Vous le voyez ?

— Oui...

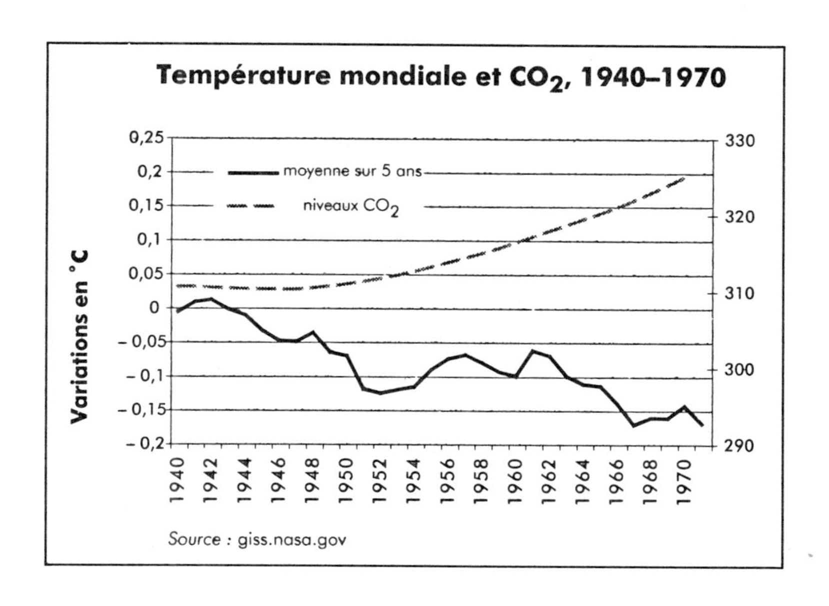

— Je vais vous montrer un agrandissement de la période qui nous intéresse, expliqua Jennifer en présentant un nouveau graphique. Elle s'étend sur trois décennies, le tiers d'un siècle au cours duquel les températures ont baissé. Des récoltes ont été endommagées par des gelées estivales, des glaciers ont avancé en Europe. Qu'est-ce qui a provoqué cette baisse ?

— Je ne sais pas.

— Le niveau de CO_2 était-il en augmentation pendant cette période ?

— Oui.

— Si l'augmentation du taux de CO_2 est la cause de l'élévation des températures, pourquoi ne se sont-elles pas élevées entre 1940 et 1970 ?

— Je n'en sais rien, répondit Peter. Un autre facteur a dû entrer en jeu. Ou bien il s'agit d'une anomalie. Il y a des anomalies dans une tendance de fond : regardez la Bourse.

— On y trouve des anomalies qui durent trente ans ?

— Il peut y avoir eu de la suie, poursuivit Peter avec un petit haussement d'épaules. Ou des particules. Il y avait des quantités de particules dans l'atmosphère, à cette époque, avant les lois sur la protection de l'environnement. Ou un autre facteur.

— Ces graphiques montrent que la concentration de CO_2 dans l'air était en augmentation constante mais pas la température. Elle s'est d'abord élevée, puis elle a baissé avant de remonter. Malgré cela, vous restez convaincu que le dioxyde de carbone a provoqué l'élévation de la température des trois dernières décennies.

— Oui. Tout le monde sait que la teneur en gaz carbonique en est la cause.

— Ce graphique ne fait pas naître le doute dans votre esprit ?

— Non, répondit Peter. Il suscite des interrogations mais on ne sait pas tout sur le climat. Non, ce graphique ne me fait pas douter.

— Parfait. Je suis contente de vous l'entendre dire. Poursuivons. Vous avez dit que ce graphique représentait la moyenne des températures relevées dans les stations météorologiques du monde entier. Quelle est, à votre avis, la fiabilité de ces relevés ?

— Aucune idée.

— Prenons un exemple. À la fin du XIXe siècle, les relevés étaient effectués par des gens qui sortaient de chez eux deux fois par jour, ouvraient une petite boîte et notaient la température par écrit. Ils pouvaient oublier de le faire pendant quelques jours ou bien un membre de leur famille pouvait tomber malade. Il leur fallait donc compléter les relevés par la suite.

— Une méthode d'une autre époque.

— Certes. Mais quelle précision peut-on attendre de l'enregistrement des températures en Pologne, dans les années 30 ? Ou dans les provinces russes depuis 1990 ?

— Pas une grande précision, je le crains.

— Je partage cette opinion. Il se peut donc qu'au cours des cent dernières années un certain nombre de ces stations météorologiques n'aient pas fourni des relevés très fiables.

— C'est possible.

— Quel pays, à votre avis, dispose sur un vaste territoire du meilleur réseau de stations météorologiques ?

— Les États-Unis ?
— Sans conteste. Voici un autre graphique.

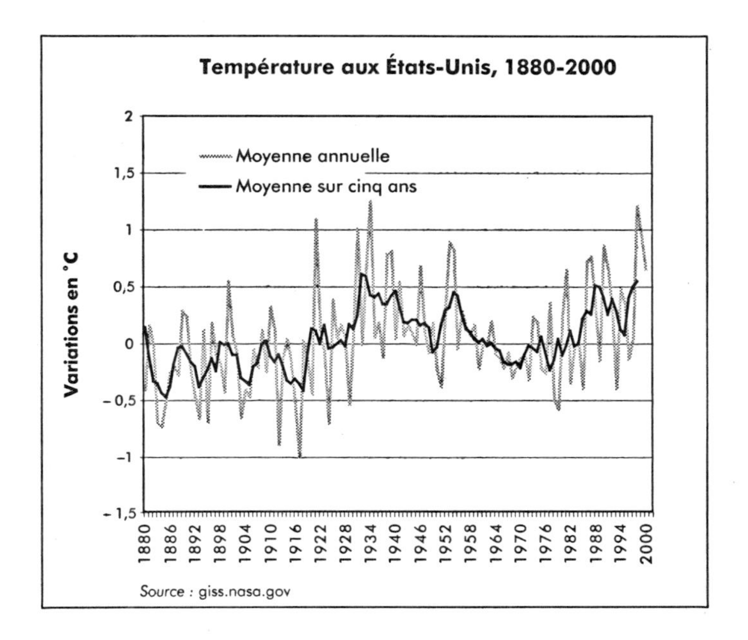

— Ce graphique ressemble-t-il à celui qui représentait les températures relevées sur toute la surface de la planète ?
— Ce n'est pas exactement la même chose.
— De combien s'est élevée la température depuis 1880 ?
— À peu près de 0,3 °C.
Le tiers de 1 °C en cent vingt ans. Pas de quoi en faire tout un plat.
— Quelle a été l'année la plus chaude de ces cent vingt dernières années ? poursuivit Jennifer.
— 1934, si je lis bien.
— Ce graphique indique-t-il qu'un réchauffement climatique est en cours ?
— La température moyenne est en augmentation.
— Sur les trente dernières années, oui. Mais elle avait baissé au cours des trois décennies précédentes. Actuellement, la température aux États-Unis est à peu près la même que dans les années 30. Ce graphique montre-t-il la réalité d'un réchauffement planétaire ?

— Oui, répondit Peter. Il n'est pas aussi marqué dans notre pays que dans le reste du monde mais il existe.

— Cela ne vous gêne pas de voir que les relevés les plus précis montrent un réchauffement moindre ?

— Non. Le réchauffement planétaire est un phénomène global qui ne touche pas seulement les États-Unis.

— Si vous deviez présenter ces graphiques à un jury, croyez-vous que vous seriez en mesure de le convaincre du bien-fondé de votre position ? Ou bien pensez-vous qu'au vu de ces graphiques un jury refuserait de prendre au sérieux la réalité d'un réchauffement climatique ?

— La question est tendancieuse, répondit Peter en souriant.

En fait, il se sentait légèrement mal à l'aise. Légèrement, pas plus. Il avait déjà entendu ces arguments à l'occasion de colloques sur l'environnement. Les représentants de l'industrie trituraient les chiffres et prononçaient des discours soigneusement préparés, si convaincants que Peter en venait à douter de ce qu'il savait.

— Ces graphiques présentent des données provenant de sources fiables, Peter, reprit Jennifer comme si elle lisait dans ses pensées. Pour les températures, l'Institut Goddard pour les études de l'espace, université de Columbia, pour les taux de dioxyde de carbone, Mauna Loa et les forages de glace du Law Dome, dans l'Antarctique [1]. Tout a été fourni par des chercheurs qui croient fermement au réchauffement planétaire.

— Bien sûr, approuva Peter. L'écrasante majorité des scientifiques croit que le réchauffement climatique est une réalité et qu'il constitue une grave menace pour la planète.

— Bien, bien, dit Jennifer d'un ton apaisant. Je suis heureuse de voir que rien de tout cela ne vous fait changer d'opinion. Nous allons passer à d'autres sujets tout aussi intéressants. David ?

Un étudiant se pencha sur la table.

---

1. D. M. Etheridge, *et al.*, « Changements naturels et anthropogéniques dans le CO_2 atmosphérique relevés au cours des 1 000 dernières années dans les glaces et les névés », *Journal of Geophysical Research*, 101, p. 4115-4128, 1996.

— J'aimerais vous parler, monsieur Peter, de l'utilisation des sols, des effets thermiques de l'urbanisation et des données satellite de la température de la troposphère.

Peter inclina légèrement la tête en se demandant dans quoi il s'était laissé embarquer.

— Je vous écoute...

— Une des questions qui nous intéressent concerne l'influence de l'utilisation des sols sur la température en surface. Est-ce un sujet qui vous est familier ?

— Pas vraiment, non, répondit Peter en regardant sa montre. Votre travail est d'une technicité qui me dépasse. Je ne fais qu'écouter ce que disent les scientifiques...

— L'argumentation que nous présenterons au jury reposera sur ce que disent les scientifiques, coupa Jennifer. C'est à ce niveau de technicité que se gagnera ou se perdra le procès.

— Qui pourrait vous le faire perdre ? lança Peter. Pas un scientifique de réputation ne nie la réalité du réchauffement climatique.

— Détrompez-vous, la défense fera déposer des professeurs du MIT, de Harvard, de Columbia, de Duke, de Virginie, du Colorado, de Berkeley et d'autres établissements prestigieux. Elle appellera à la barre l'ancien président de l'Académie nationale des sciences. Peut-être un ou deux lauréats du prix Nobel. Elle fera venir des professeurs britanniques, de l'Institut Max-Planck, en Allemagne, de l'université de Stockholm. Ces éminents spécialistes déclareront qu'il n'existe pas de preuves du réchauffement planétaire ou même qu'il s'agit d'une théorie fumeuse.

— J'imagine que leurs travaux sont payés par l'industrie !

— Pour quelques-uns. Pas tous.

— Des esprits rétrogrades, des réactionnaires !

— Tout se jouera sur les données scientifiques, glissa Jennifer.

En lisant l'inquiétude sur les visages qui l'entouraient, Peter comprit qu'ils pensaient réellement qu'ils pourraient perdre ce procès.

— C'est ridicule, reprit-il. Il suffit de lire les journaux ou de regarder la télévision...

— Les journaux et la télévision peuvent être influencés par des campagnes de presse soigneusement orchestrées. Pas la justice.

— Ne parlons plus des médias, s'énerva Peter. Il suffit de lire les publications scientifiques...

— Nous les lisons, monsieur Evans, et elles ne vont pas nécessairement dans notre sens. Nous avons encore beaucoup à voir. Si vous voulez bien vous contenir, nous pourrons passer à la suite.

Le bourdonnement de l'interphone délivra Peter de ce calvaire.

— Envoyez le type de chez Hassle & Black dans mon bureau, fit la voix de Balder. J'ai dix minutes pour lui.

Équipe Vanutu

Mardi 24 août
12 h 04

Bien installé dans son bureau vitré, les pieds sur une table de verre, Balder étudiait une pile de dossiers et de travaux de recherche. Il ne prit pas la peine de se redresser quand Peter entra.

— Alors, c'était intéressant? lança-t-il, faisant allusion à l'interrogatoire.

— Dans un sens, répondit Peter. Mais, si vous me permettez, j'ai eu l'impression qu'ils craignaient de perdre le procès.

— Il ne fait pour moi aucun doute que nous gagnerons, affirma Balder. Pas le moindre doute. Mais je ne veux pas que mon équipe partage cette conviction! Je veux les voir morts d'inquiétude. Je veux qu'ils aient les foies avant un procès, surtout celui-là. Nous déposerons une plainte contre l'Agence pour la protection de l'environnement qui, en attendant, a déjà engagé un défenseur extérieur en la personne de Barry Beckman.

— Ils vont chercher les huiles, souffla Peter.

Barry Beckman était le plus célèbre avocat-conseil de sa génération. Professeur à la faculté de droit de Stanford à l'âge de vingt-huit ans, il avait quitté l'université quelques années plus tard pour entrer dans le privé. Il avait déjà représenté Microsoft, Toyota, Philips et un tas d'autres multinationales. Beckman avait du charisme, un esprit d'une agilité incroyable, un sens de l'humour plein de vivacité et une mémoire photographique. Tout le monde savait que, lors d'une plaidoirie devant la Cour suprême – ce qui lui était déjà arrivé trois fois –, il avait cité de mémoire en réponse aux questions des magistrats les numéros des pages des documents auxquels il se référait. « Je pense, Votre Honneur, que vous trouverez cela dans la note 17, au bas de la page 237. »

— Barry a ses faiblesses, reprit Balder. Il a tellement de connaissances à sa disposition qu'il est enclin à faire des digressions. Il s'écoute parler et s'écarte du sujet. J'ai gagné une fois contre lui et il m'a battu une fois. En tout état de cause, nous pouvons nous attendre à trouver des adversaires extrêmement bien préparés.

— N'est-il pas inhabituel de retenir un avocat avant même que la procédure soit engagée ?

— C'est une tactique, répondit Balder. L'administration ne veut pas de ce procès. Elle est sûre de gagner mais redoute la publicité négative qui accompagnera son argumentation contre le réchauffement planétaire. Elle espère donc nous dissuader de porter plainte. Nous nous laisserons d'autant moins intimider que nous disposons, grâce à M. Morton, des fonds nécessaires pour mener notre action à son terme.

— Très bien.

— Mais la route est semée d'obstacles, poursuivit Balder. Barry prétendra qu'il n'existe pas de preuves concluantes du réchauffement planétaire, que les études scientifiques ne sont pas décisives, que les prévisions remontant à dix ou quinze ans se sont révélées fausses. Et il avancera que des tenants du réchauffement climatique – des scientifiques de renom – ont émis publiquement des doutes sur la possibilité de le prévoir, sur la gravité du problème et même sur sa réalité.

— C'est ce qu'ont déclaré des tenants du réchauffement de la planète ?

— Dans des revues scientifiques, soupira Balder.

— Je n'ai jamais rien lu de tel.

— Ces déclarations existent. Barry saura les retrouver. Des spécialistes ont exprimé des points de vue différents à différentes époques. Certains affirmaient que l'élévation du niveau de dioxyde de carbone n'était pas un problème majeur ; ils disent aujourd'hui le contraire. Nous n'avons pas à ce jour un seul expert que l'on ne puisse faire revenir sur ses dires. Ou ridiculiser au cours du contre-interrogatoire.

Peter hocha lentement la tête ; il savait de quoi parlait Balder. Une des premières choses que l'on apprenait en fac de droit était que la justice consistait non pas à découvrir la vérité mais à résoudre un litige. La vérité pouvait ou non se faire jour. Un procureur pouvait être convaincu de la culpabilité d'un criminel sans parvenir à le faire condamner. Le cas était fréquent.

— Voilà pourquoi l'affaire va se jouer sur la montée des eaux dans le Pacifique. Nous nous attachons à rassembler toutes les données disponibles.

— Pourquoi l'affaire se jouerait-elle là-dessus ?

— J'ai la conviction qu'il va falloir ruser. Le fond de la question est le réchauffement planétaire mais il sera nécessaire de déplacer le problème pour provoquer un impact psychologique. Les jurés n'ont que faire des graphiques ; les ergotages sur des fractions de degré Celsius leur passeront au-dessus de la tête. Pinaillage de techniciens, querelles d'experts : rien de plus barbant pour le commun des mortels. Non, le jury verra des êtres humains sans défense, des victimes chassées de leurs terres ancestrales par la montée des eaux. Il verra la terreur éprouvée par ceux qui subissent les assauts impétueux de l'océan sans raison concevable *à moins que l'on accepte le fait que quelque chose d'extraordinaire, sans précédent, ait affecté l'ensemble de la planète* au cours des dernières années. Quelque chose qui provoque la montée des eaux et menace la vie d'hommes, de femmes et d'enfants innocents.

— Le réchauffement planétaire.

Balder hocha lentement la tête.

— Le jury arrivera à ses propres conclusions, poursuivit-il. Si nous pouvons lui présenter des relevés prouvant l'élévation du niveau des eaux, nous serons en position de force. Quand un jury voit que des dommages ont été causés, il est enclin à chercher un coupable.

— D'accord, concéda Peter, qui comprenait où Balder voulait en venir. Les données sur la montée des eaux sont importantes.

— Oui, mais elles doivent être probantes, irréfutables.

— Est-ce si difficile à obtenir ?

— Monsieur Evans, fit Balder en haussant les sourcils, que savez-vous de l'évolution du niveau des mers ?

— Pas grand-chose, sinon qu'il s'élève sur toute la planète.

— Une affirmation malheureusement fort contestable.

— Vous plaisantez ?

— Tout le monde sait que je n'ai aucun sens de l'humour.

— Mais la montée des eaux est indiscutable, insista Peter. Il n'y a rien de plus simple à calculer. On fait une marque sur un quai, à marée haute, on mesure à intervalles réguliers et on constate que le niveau ne cesse de s'élever. Ce n'est pas bien sorcier...

— Vous croyez qu'il est facile de mesurer le niveau de la mer, soupira Balder. Pas du tout, croyez-moi. Savez-vous ce qu'est le géoïde ? Non ? Le géoïde est la surface équipotentielle de la pesanteur, qui correspond au niveau moyen des mers. Cela vous éclaire ?

Peter secoua la tête.

— Eh bien, c'est un des éléments essentiels pour la mesure du niveau marin, poursuivit Balder en feuilletant la pile de documents placés devant lui. Que savez-vous de la modélisation glacio-hydro-isostatique ? Des effets eustatiques et tectoniques sur le littoral ? De l'étude de la succession des dépôts sédimentaires de l'holocène ? De la distribution intertidale des foraminifères ? De la datation au carbone du paléo-environnement littoral ? De l'aminostratigraphie ? Non, tout ça ne vous dit rien ? Soyez sûr que l'étude du niveau des mers est un domaine où les controverses sont vives. Voilà sur quoi je travaille en ce moment, ajouta-t-il en repoussant les papiers. Avec les désaccord entre spécialistes, il devient encore plus important de trouver des données d'une fiabilité indiscutable.

— Vous vous les êtes procurées ?

— Je les attends. Les Australiens disposent de plusieurs banques de données. Les Français en ont une à Moorea, peut-être une deuxième à Papeete. Il existe encore des enregistrements de la Fondation V. Allen Willy – sur une durée probablement trop courte – et il y en a d'autres. Nous verrons tout cela.

Balder fut interrompu par le bourdonnement de l'interphone.

— Vous avez M. Drake en ligne, annonça son assistante.

— Très bien, fit Balder en tendant la main à Peter. C'était un plaisir de parler avec vous. Remerciez encore George de notre part et dites-lui qu'il peut passer nous voir quand il le désire. Nous travaillons d'arrache-pied. Bonne chance... Fermez la porte en sortant.

Balder se détourna pour prendre le téléphone.

— Alors, Nick, qu'est-ce que c'est que ce bordel chez vous ? l'entendit dire Peter au moment où il franchissait la porte. J'espère que vous allez m'arranger ça !

Peter ne pouvait se défendre d'une sorte de malaise. Balder était un homme éminemment persuasif. Il savait que Peter était venu à la demande de George Morton, qui était sur le point de faire une énorme donation pour la préparation du procès. Il aurait dû se montrer optimiste, rayonner de confiance. Comme au début de l'entretien.

Il ne fait pour moi aucun doute que nous gagnerons.

Puis, au fil de la conversation, Peter l'avait entendu dire :

La route est semée d'obstacles.

Nous n'avons pas un seul expert que l'on ne puisse faire revenir sur ses dires.

L'affaire va se jouer sur la montée des eaux dans le Pacifique.

J'ai la conviction qu'il va falloir ruser.

L'étude du niveau des mers est un domaine où les controverses sont vives.

Nous verrons tout cela.

Assurément pas de quoi insuffler une grande confiance à Peter, pas plus d'ailleurs que la séance vidéo avec Jennifer Haynes. Réflexion faite, il décida pourtant que l'expression de ces doutes constituait en réalité un signe de confiance de la part de l'équipe juridique. Peter connaissait les difficultés qu'il leur faudrait surmonter et savait qu'ils avaient été francs avec lui. Ils gagneraient mais ce ne serait pas facile, en raison de la complexité des données et de la faculté d'attention réduite des jurés.

Allait-il recommander à Morton de foncer ?

Évidemment.

Il retrouva Jennifer devant le bureau de Balder.

— On vous attend dans la salle de réunion. Tout le monde est prêt.

— Désolé, fit Peter, mon emploi du temps ne me permet pas...

— Je comprends. Nous finirons un autre jour. Je me demandais... si vous étiez vraiment très pris ou si vous aviez le temps de déjeuner avec moi.

— Mon emploi du temps n'est pas si chargé, répondit Peter en souriant.

— Parfait.

Culver City
Mardi 24 août
12 h 15

Elle avait choisi un endroit tranquille, un restaurant mexicain, à Culver City. Un petit groupe de monteurs des studios Sony tout proches occupait une table d'angle ; un couple de lycéens se bécotait. Ils commandèrent deux plats du jour.

— Balder semble penser que tout se jouera sur la montée des eaux, commença Peter.

— C'est ce qu'il pense. À dire vrai, je n'en suis pas sûre.

— Pourquoi ?

— Personne n'a encore pris connaissance de l'ensemble des données. Même si elles sont d'excellente qualité, il faudra qu'elles montrent une élévation importante du niveau des mers pour impressionner favorablement un jury. Rien n'est moins sûr.

— Comment est-ce possible ? lança Peter. Avec la fonte des glaciers, les icebergs qui se détachent dans l'Antarctique...

— Malgré cela, ce n'est pas sûr. Vous avez entendu parler des Maldives, dans l'océan Indien ? Redoutant la montée des eaux, les autorités ont fait venir une équipe de chercheurs scandinaves pour étudier le niveau de la mer. Ils ont trouvé qu'il n'y avait pas eu d'élévation de ce niveau depuis plusieurs siècles et ont même constaté une baisse sur les vingt dernières années.

— Une baisse ? Leurs travaux ont été publiés ?

— L'an dernier.

Un serveur arriva avec les plats. D'un geste de la main Jennifer indiqua qu'elle ne voulait plus parler boutique. Elle attaqua son *burrito* avec appétit. Quand elle s'essuya le menton du revers de la main, Peter remarqua une longue cicatrice qui partait de la paume et s'étirait sur son avant-bras.

— J'adore cette nourriture, déclara-t-elle. On ne trouve pas de bons restaurants mexicains à Washington.

— Vous êtes de Washington ?

— Oui. Je suis venue donner un coup de main à John.

— C'est lui qui vous l'a demandé ?

— Je n'ai pas pu refuser, répondit-elle avec un petit haussement d'épaules. Je vois mon ami tous les quinze jours : il vient passer le week-end ici ou c'est moi qui vais le voir. Mais si nous allons jusqu'au bout, il s'écoulera encore un ou deux ans avant le procès. Je ne crois pas que notre relation puisse tenir si longtemps.

— Que fait-il ? Votre ami ?

— Il est avocat.

— J'ai parfois l'impression que tout le monde est avocat, fit Peter en souriant.

— Oui, tout le monde. Il fait du droit financier ; ce n'est pas mon truc.

— C'est quoi, votre truc ?

— Préparation des témoins et sélection du jury. Analyse psychologique des jurés potentiels. Voilà pourquoi j'ai la charge des groupes de discussion.

— Je vois.

— Nous savons que la plupart de ceux que nous pourrions choisir comme jurés auront entendu parler du réchauffement planétaire et seront probablement enclins à y croire.

— J'espère bien ! lança Peter. C'est un fait établi depuis au moins quinze ans !

— Mais il nous faut trouver ceux qui continueront à y croire si on leur présente des preuves du contraire.

— À savoir ?

— Les graphiques que je vous ai montrés tout à l'heure ou les données satellite. Savez-vous ce que disent les données satellite ?

— Non.

— Selon la théorie du réchauffement planétaire, les couches supérieures de l'atmosphère connaissent un phénomène de rétention thermique, exactement comme une serre. La surface de la Terre se réchauffe plus tard. Depuis 1979, des satellites en orbite effectuent continuellement des mesures de l'atmosphère à une altitude de huit mille mètres. Les résultats montrent que la haute atmosphère se réchauffe beaucoup moins que le sol.

— Il y a peut-être un problèmes avec les données...

— Elles ont été analysées des dizaines de fois, coupa Jennifer. Il n'y en pas au monde qui soient décortiquées plus minutieusement. Et les données recueillies par les ballons-sondes concordent avec celles des satellites : elles montrent une élévation de la température bien moindre que ne le voudrait la théorie. Un problème supplémentaire pour nous, conclut-elle en haussant les épaules. Nous nous efforçons de le résoudre.

— Comment ?

— Nous pensons que les données technologiques se révéleront trop complexes pour les jurés. Nous espérons qu'ils baisseront les bras. Parlons d'autre chose.

Encore une fois, alors qu'elle s'essuyait la bouche avec sa serviette, il vit la ligne brisée de la cicatrice qui courait sur son avant-bras.

— Comment vous êtes-vous fait ça ? demanda-t-il.

— En fac de droit.

— Et moi qui croyais en avoir vu de dures en fac !

— Je donnais un cours de karaté dans un quartier mal famé, expliqua-t-elle. Parfois il se terminait tard... Vous reprendrez des chips de maïs ?

— Non.

— Nous demandons l'addition ?

— Racontez-moi.

— Il n'y a pas grand-chose à raconter. Un soir, je venais de monter dans ma voiture pour rentrer chez moi quand un type a ouvert l'autre portière et s'est assis à côté de moi. Il a sorti un pistolet et m'a ordonné de démarrer.

— Un de vos élèves ?

— Non, plus vieux. Vingt-huit, trente ans.

— Qu'avez-vous fait ?

— Je lui ai dit de descendre. Il m'a dit de rouler. J'ai mis le moteur en marche et, en passant la première, j'ai demandé où il voulait aller. Il a commis la bêtise de m'indiquer la direction ; je l'ai frappé sur la trachée. Le coup n'était pas assez fort : il a tiré une balle qui a fait éclater le pare-brise. J'ai frappé de nouveau, avec le coude, deux ou trois fois.

— Et alors ?

— Il est mort.

— Bon Dieu ! souffla Peter.

— Certaines personnes ne font pas les bons choix, poursuivit Jennifer. Pourquoi me regardez-vous comme ça ? Il mesurait un mètre quatre-vingt-dix, pesait quatre-vingt-quinze kilos et avait un casier long comme le bras. Attaque à main armée, coups et violences, tentative de viol et j'en passe. Vous pensez que je devrais avoir des remords ?

— Non, répondit vivement Peter.

— Si, vous le pensez. Je le vois dans vos yeux. Des tas de gens le pensent. Il était encore jeune, disent-ils. Comment avez-vous pu faire ça ? Eh bien, je le dis tout net, ils ne savent pas de quoi ils parlent. Un de nous deux allait mourir, ce soir-là. Je suis heureuse de m'en être sortie. Mais cela me tracasse toujours.

— Je m'en doute.

— Il m'arrive de me réveiller en sursaut, couverte de sueur. Je revois le pare-brise voler en éclats devant moi et je me dis que j'ai failli mourir. J'ai été bête : j'aurais dû le tuer au premier coup.

Peter garda le silence ; il ne trouvait rien à dire.

— Quelqu'un a-t-il déjà pointé un pistolet sur votre tête ? reprit Jennifer.

— Non...

— Alors, vous ne pouvez pas savoir ce que l'on éprouve.

— Avez-vous eu des ennuis avec la justice ?

— Et comment ! J'ai cru un moment que je ne pourrais pas terminer mes études de droit. On a prétendu que j'avais allumé ce type ! Des conneries ! Je ne l'avais jamais vu de ma vie. Par chance, un très bon avocat m'a sortie de ce pétrin.

— Balder ?
— Oui. Vous savez maintenant pourquoi je suis ici.
— Et cette cicatrice ?
— La voiture s'est écrasée contre un mur ; je me suis coupée sur le verre du pare-brise.
Elle leva la main pour attirer l'attention de la serveuse.
— Je vais demander l'addition.
— Permettez-moi de vous inviter.
Quelques minutes plus tard, en sortant du restaurant, Peter cligna les yeux dans la lumière laiteuse.
— J'imagine, fit-il en commençant à marcher sur le trottoir, que vous êtes bonne au karaté.
— Assez bonne.
Devant l'entrepôt, ils échangèrent une poignée de main.
— J'aimerais vous revoir et déjeuner avec vous, fit Jennifer.
On ne pouvait être plus direct. Peter se demanda si c'était personnel ou si elle voulait le tenir au courant de la préparation du procès. Dans l'ensemble, comme Balder, ce qu'elle avait dit n'était guère encourageant.
— Excellente idée.
— Bientôt ?
— Promis.
— Vous m'appellerez ?
— Comptez sur moi.

Beverly Hills
Mardi 24 août
17 h 04

En rentrant chez lui, Peter laissa sa voiture dans le garage situé en face de la ruelle de la résidence. Il s'apprêtait à gravir l'escalier de service quand la gardienne passa la tête par la fenêtre de la loge.

— Ils viennent de partir ! lança-t-elle.

— Qui ?

— Les réparateurs du câble. Vous les avez ratés de peu.

— Je n'ai jamais demandé qu'on vienne réparer le câble. Vous les avez fait entrer ?

— Bien sûr que non. Ils ont dit qu'ils vous attendraient... Ils viennent juste de partir.

Comme si des ouvriers attendaient le retour d'un client à son domicile !

— Combien de temps ont-ils attendu ? demanda Peter.

— Pas longtemps. Une dizaine de minutes.

— Très bien. Merci.

En arrivant sur le palier du premier étage, il vit une affichette accrochée au bouton de la porte. Elle disait : « Nous sommes passés en votre absence. Veuillez nous contacter pour prendre un nouveau rendez-vous. »

Il comprit d'où venait l'erreur. L'adresse indiquée était 2119 Roxbury, la sienne 2129 Roxbury. Mais le numéro ne se trouvait affiché qu'à l'entrée principale de l'immeuble, pas sur la porte de derrière. C'était une erreur. Il souleva le paillasson pour s'assurer que la clé était là. Il la vit, à sa place habituelle, entourée d'un petit tas de poussière.

Il entra. En ouvrant le réfrigérateur, il vit les vieux pots de yaourt. Il aurait fallu aller au supermarché mais il se sentait trop fatigué. Il écouta son répondeur pour savoir si Janis ou Carol avait appelé. Pas de message. Il y avait maintenant Jennifer Haynes, mais elle avait un petit ami, elle vivait à Washington et... Il savait que cela ne pourrait pas marcher.

Il eut la tentation d'appeler Janis mais renonça. Après avoir pris une douche, il décida de se faire livrer une pizza. Avant d'appeler, il s'étendit une minute sur le lit pour se détendre. Et sombra dans le sommeil.

Century City
Mercredi 25 août
8 h 59

La réunion se tenait dans la grande salle, au quatorzième étage. Les quatre comptables de Morton étaient présents ainsi que Sarah Jones. Il y avait aussi Herb Lowenstein qui faisait de la gestion de patrimoine, un fiscaliste du nom de Marty Bren qui travaillait pour le NERF et Peter. Morton, qui détestait les réunions à caractère financier, marchait nerveusement de long en large.

— Allons droit au but, commença-t-il. Je suis censé donner dix millions au NERF et les papiers sont signés. Exact?

— Exact, répondit Lowenstein.

— Et ils veulent maintenant une clause additionnelle?

— Exact, fit Marty Bren en fourrageant dans ses papiers. C'est une disposition que l'on retrouve habituellement dans ces contrats. Toute association caritative tient à avoir la libre disposition de l'argent qu'elle reçoit, même lorsqu'il est destiné à un emploi particulier. Les coûts peuvent être plus élevés que prévus, il peut y avoir des retards, des frais de justice, l'argent peut être mis de côté pour une raison quelconque. Dans le cas présent, l'argent est destiné au procès Vanutu et la clause que le NERF se propose d'ajouter est la suivante : lesdits fonds seront utilisés pour couvrir les dépenses liées au procès Vanutu, à savoir les émoluments, les droits d'enregistrement, les frais de reproduction, blablabla..., pour toute dépense de nature judiciaire ou de toute autre nature que le NERF en sa qualité d'organisation de protection de l'environnement estimera utile.

— C'est leur formulation ? lança Morton.

— Une clause de style, rien de plus, affirma Marty Bren.

— Elle figurait dans mes précédentes donations ?

— Je ne peux pas vous le dire comme ça...

— J'ai l'impression, poursuivit Morton, qu'ils veulent tirer le rideau sur ce procès et dépenser l'argent autrement.

— J'en doute, déclara Lowenstein.

— Pourquoi ? répliqua Morton. Pour quelle autre raison voudraient-ils ajouter cette clause ? Nous avions signé ; maintenant, ils veulent changer. Pourquoi ?

— Ce n'est pas réellement un changement, glissa Bren.

— Bien sûr que si, Marty !

— On lit dans le contrat original, poursuivit posément Marty Bren, que tout ce qui n'aura pas été dépensé pour le procès sera utilisé autrement par le NERF.

— Seulement s'il reste de l'argent après le procès, répliqua Morton. Ils ne sont pas en droit de le dépenser pour autre chose avant que la justice se soit prononcée.

— Ils doivent craindre qu'il y ait des délais.

— Pourquoi y aurait-il des délais ? lança Morton en se tournant vers Peter.

— Peter ? Comment cela se passe-t-il à Culver City ?

— Il semble que les choses avancent. Ils n'ont pas lésiné sur les moyens : une quarantaine de personnes travaillent sur cette affaire. Je ne crois pas qu'ils aient l'intention de laisser tomber.

— Il y a des difficultés ?

— Des obstacles, assurément. C'est très pointu et la partie adverse leur donnera du fil à retordre. Ils travaillent dur.

— J'ai l'impression que quelque chose m'échappe, reprit Morton. Il y a six mois, Nick Drake m'a assuré que ce procès serait du gâteau et lui ferait une énorme publicité. Aujourd'hui, il veut ajouter une clause qui lui permet de se défiler.

— Peut-être faudrait-il lui poser la question.

— J'ai une meilleure idée : faisons un audit du NERF.

Des murmures s'élevèrent dans la salle.

— Je ne pense pas que vous ayez le droit de faire ça, George.

— Incluons-le dans le contrat.

— Je ne suis pas sûr que ce soit possible.

— Ils demandent une clause additionnelle. J'en demande une. C'est de bonne guerre.

— Je ne suis pas sûr que vous soyez en droit d'auditer l'ensemble de...

— George, coupa Herb Lowenstein, Nick et vous êtes des amis de longue date. Il vous a fait Citoyen de l'année. Demander à pratiquer l'audit de son organisation ne paraît pas être dans l'esprit de vos relations.

— Vous voulez dire que cela donne l'impression que je ne leur fais pas confiance ?

— Pour dire la chose toute crue, oui.

— Eh bien, c'est vrai.

Morton se pencha sur la table et fit du regard le tour de l'assistance.

— Vous savez ce que je pense ? reprit-il. Qu'ils veulent laisser tomber le procès et dépenser tout l'argent pour cette Conférence sur les changements climatiques brutaux, qui excite tellement Nick.

— Ils n'ont pas besoin de dix millions pour une conférence...

— Je ne sais pas de combien ils ont besoin. Ils ont déjà égaré deux cent cinquante mille dollars que je leur avais donnés. L'argent a atterri à Vancouver. Je ne sais plus ce que fait Nick.

— Dans ce cas, vous devriez annuler votre contribution.

— Holà ! s'écria Marty Bren. Pas si vite ! Je crois qu'ils ont déjà pris des engagements financiers dans la perspective de cette rentrée d'argent.

— Donnez-leur une certaine somme et laissez tomber le reste.

— Non, trancha Morton. Je ne vais pas annuler la donation. Peter affirme que la préparation du procès suit son cours ; je le crois. Nick m'a affirmé que le chèque de deux cent cinquante mille dollars s'est retrouvé à Vancouver par erreur ; je le crois. Je veux que vous demandiez un audit et je veux savoir ce qui se passe. Je serai absent les trois prochaines semaines.

— Vraiment ? Où allez-vous ?

— Je fais un voyage.

— Mais il faut que nous puissions vous joindre, George.

— Ce ne sera peut-être pas possible. Appelez Sarah. Ou demandez à Peter de me contacter.

— Mais, George...

— Ce sera tout, messieurs. Parlez à Nick, voyez ce qu'il a à dire. À bientôt.

Sur ces mots, il quitta la pièce, Sarah sur ses talons.

— Quelqu'un pourrait-il m'expliquer ce qui se passe ? demanda Herb Lowenstein à la cantonade.

Vancouver
Jeudi 26 août
12 h 44

Des grondements de tonnerre menaçants se faisaient entendre. Nat Damon soupira, le regard fixé sur la fenêtre de son bureau. Il avait toujours su que la location du sous-marin ne lui apporterait que des ennuis. Après que le chèque avait été refusé, il avait annulé la commande, espérant en avoir fini avec cette affaire. Il se trompait.

Il ne s'était rien passé pendant plusieurs semaines mais un des clients, l'avocat au complet irisé, était arrivé à l'improviste et lui avait rappelé avec véhémence qu'il avait signé un accord de confidentialité et qu'il lui était interdit de parler avec qui que ce soit de la location du sous-marin, sous peine d'être traîné en justice. « Nous gagnerons ou vous gagnerez, avait lancé l'avocat, mais, en tout état de cause, vous serez obligé de fermer boutique. Votre maison sera hypothéquée, vous serez endetté jusqu'à la fin de vos jours. Réfléchissez bien. Et pas un mot à quiconque. »

Damon l'avait écouté, le cœur battant. Il avait été contacté par un agent des douanes, un certain Kenner, qui devait passer dans l'après-midi. Pour lui poser quelques questions, avait-il dit.

Damon avait eu peur que ce Kenner arrive pendant que l'avocat était dans son bureau. Il suivait des yeux la voiture de l'homme au complet irisé, une Buick immatriculée dans l'Ontario, qui traversait le chantier naval et allait bientôt disparaître.

Damon commença à nettoyer son bureau, se préparant à rentrer chez lui. Il avait envie de partir avant l'arrivée de Kenner. Damon n'avait rien à se reprocher ; il n'avait pas à recevoir un agent des douanes. Et s'il le recevait, que ferait-il ? Dirait-il qu'il ne pouvait pas répondre à ses questions ?

Il serait cité à comparaître. Traduit en justice.

Damon décida de partir. Il entendit d'autres roulements de tonnerre, suivis d'éclairs encore éloignés. Un gros orage s'approchait.

En sortant du bureau, il vit que l'avocat avait oublié son téléphone cellulaire sur une table. Il jeta un coup d'œil par la fenêtre pour voir s'il revenait le chercher. Dès qu'il se rendrait compte qu'il l'avait oublié, il reviendrait ; Damon décida de ne pas attendre.

Il glissa l'appareil dans sa poche, éteignit les lumières et donna un tour de clé à la porte d'entrée. Les premières gouttes de pluie s'écrasèrent sur le pavé tandis qu'il se dirigeait vers sa voiture. Il était en train d'ouvrir la portière quand le téléphone sonna. Il hésita ; la sonnerie se prolongeait.

La foudre éclata, frappant le mât d'un des bateaux du chantier. Dans l'instant qui suivit, il y eut une lumière intense près de la voiture, un souffle brûlant qui le jeta violemment au sol. Étourdi, il essaya de se relever.

Il crut que la voiture avait explosé, mais elle était intacte. Seule la portière était noircie. Puis il vit que son pantalon avait pris feu. Hébété, il regarda ses jambes, sans bouger. Il entendit le grondement du tonnerre, comprit qu'il avait été foudroyé.

Seigneur, j'ai été frappé par la foudre !

Il se mit sur son séant, tapa sur son pantalon en faisant de vains efforts pour éteindre les flammes. Ses jambes commençaient à le faire souffrir. Il y avait un extincteur dans le bureau.

Il se mit péniblement debout et se dirigea en titubant vers la porte. Il cherchait en tâtonnant à tourner la clé dans la serrure quand il y eut une nouvelle détonation. Il sentit une douleur fulgurante dans ses oreilles, leva la main, toucha quelque chose de poisseux. Il eut le temps de voir le bout de ses doigts couverts de sang avant de s'affaisser et de mourir.

Century City
Mardi 2 septembre
12 h 34

En temps normal, Peter s'entretenait une fois par jour avec Morton, parfois deux. Après avoir laissé s'écouler une semaine sans aucune nouvelle de lui, il téléphona chez le milliardaire. On lui passa Sarah Jones.

— Je n'ai pas la moindre idée de ce qui se passe, déclara-t-elle. Avant-hier, il était dans le Dakota du Nord ! La veille, à Chicago... Il pourrait bien être dans le Wyoming aujourd'hui ! Il a laissé entendre qu'il se rendrait peut-être à Boulder, Colorado, mais je ne sais rien de précis.

— Qu'irait-il faire à Boulder ? demanda Peter.

— Aucune idée. Il est trop tôt pour faire du ski.

— A-t-il une nouvelle petite amie ?

Il arrivait à Morton de disparaître quelque temps au début d'une nouvelle liaison.

— Pas à ma connaissance, répondit Sarah.

— Qu'est-ce qu'il fabrique ?

— Je n'en sais rien. C'est comme s'il avait une liste de commissions.

— Une liste de commissions ?

— D'une certaine manière. Il voulait que je lui achète un GPS. Vous savez, ce récepteur qui permet de connaître la position d'un mobile ? Après cela, il voulait une caméra vidéo spéciale utilisant un CCD, CCF, ou je ne sais quoi. Elle devait être expédiée d'urgence de Hong Kong. Hier, il m'a demandé d'acheter une nouvelle Ferrari à Monterey et de la faire transporter par bateau à San Francisco.

— Encore une ?

— Je sais. De combien de Ferrari un homme peut-il avoir besoin ? Et celle-là ne semble pas être comme les autres. À en juger par les photos jointes à l'e-mail, elle est un peu déglinguée.

— Peut-être veut-il la faire remettre en état.

— Dans ce cas, il la ferait expédier à Reno, chez son carrossier.

Peter perçut une note d'inquiétude dans la voix de Sarah.

— Quelque chose vous tracasse ?

— À vrai dire, oui. La Ferrari qu'il vient d'acheter est une 365 GTS Daytona Spyder de 1972.

— Et alors ?

— Il en a déjà une, Peter. Comme s'il avait oublié. Et il a l'air bizarre quand on lui parle.

— Comment cela, bizarre ?

— Eh bien... bizarre. Pas comme d'habitude.

— Qui voyage avec lui ?

— À ma connaissance, personne.

Cela mit la puce à l'oreille de Peter. C'était extrêmement curieux ; Morton détestait être seul. La première réaction de Peter fut de ne pas le croire.

— Et ce Kenner, avec son ami népalais ?

— Aux dernières nouvelles, ils allaient à Vancouver et, de là, au Japon. Ils ne sont donc pas avec lui.

— Bon...

— Dès que je l'aurai au téléphone, je lui ferai part de votre appel.

Peter raccrocha, peu satisfait. Cédant à une impulsion, il composa le numéro du portable de Morton. Il eut la messagerie vocale : « Vous êtes sur le portable de George. Laissez votre message après le bip sonore. »

— George, c'est Peter. Je voulais juste savoir si vous avez besoin de quelque chose. Vous pouvez m'appeler au bureau, si vous désirez me joindre.

Il raccrocha, regarda un petit moment par la fenêtre et composa un autre numéro.

— Centre d'analyse des risques.
— Pourrais-je parler au professeur Kenner, s'il vous plaît ?
Quelques secondes plus tard, il eut une secrétaire.
— Peter Evans à l'appareil. Je cherche le professeur Kenner.
— Monsieur Evans... Ah ! oui ! Le Dr Kenner a dit que vous appelleriez peut-être.
— Il a dit ça ?
— Oui. Essayez-vous de le joindre ?
— Oui.
— Il est à Tokyo en ce moment. Voulez-vous le numéro de son portable ?
— S'il vous plaît.
Elle lui donna le numéro qu'il nota sur son carnet. Il s'apprêtait à appeler quand Heather, son assistante, vint lui annoncer qu'elle avait l'estomac barbouillé et qu'elle prenait son après-midi.
— J'espère que ce ne sera pas grave, soupira Peter.
En l'absence de Heather, il lui fallut répondre lui-même au téléphone. Le premier appel était de Margo Lane, la maîtresse attitrée de George, qui voulait savoir où il était passé. Peter mit près d'une demi-heure à se dépêtrer d'elle.
Il venait de raccrocher quand Nicholas Drake entra dans le bureau.

— Je suis très inquiet, commença Drake.
Debout devant la fenêtre, les mains croisées derrière le dos, il gardait les yeux fixés sur le mur de l'immeuble voisin.
— À quel sujet ?
— Au sujet de ce Kenner avec qui George passe tellement de temps.
— À ma connaissance, ils ne sont pas ensemble.
— Bien sûr que si. Vous ne croyez quand même pas que George est seul !
Peter garda le silence.
— George n'est jamais seul, reprit Drake, vous le savez aussi bien que moi. Je n'aime pas cette situation, Peter. Pas du tout. George est un brave homme – je n'ai pas à vous

dire cela –, mais il se laisse influencer. Et il existe de mauvaises influences.

— Vous croyez qu'un professeur au MIT peut exercer une mauvaise influence ?

— Je me suis renseigné sur le Dr Kenner et j'ai trouvé des zones d'ombre.

— Vraiment ?

— Son CV indique qu'il a passé plusieurs années au service du gouvernement. Ministère de l'Intérieur, Comité intergouvernemental de négociations et ainsi de suite.

— Et alors ?

— Il n'y a aucune trace de son passage dans les archives du ministère de l'Intérieur.

— Cela remonte à plus de dix ans, poursuivit Peter avec un petit haussement d'épaules. Sachant comment sont conservées les archives dans l'administration...

— Peut-être, coupa Drake, mais ce n'est pas tout. Kenner revient au MIT, y travaille huit ans, tout va bien pour lui. Consultant auprès de l'Agence pour la protection de l'environnement, du ministère de la Défense et j'en passe. Puis, du jour au lendemain, il part en congé de longue durée et plus personne ne semble savoir ce qu'il est devenu. Comme s'il s'était volatilisé.

— Je ne sais pas, fit Peter. Sa carte de visite indique qu'il est le directeur du Centre d'analyse des risques.

— Mais il est en congé. Je ne sais pas ce qu'il fait vraiment. Je ne sais pas qui le finance. Vous l'avez rencontré, j'imagine ?

— Fugitivement.

— Et George et lui sont copains comme cochons ?

— Je n'en sais rien, Nick. Je n'ai aucune nouvelle de George depuis plus d'une semaine.

— Il est en vadrouille avec Kenner.

— Je ne sais pas.

— Mais vous savez qu'ils sont allés ensemble à Vancouver ?

— Je l'ignorais.

— Je vais vous exposer clairement la situation, poursuivit Drake. Je tiens de bonne source que John Kenner a des relations peu recommandables. Le Centre d'analyse des risques est entièrement financé par des groupes industriels. Inutile d'en dire plus. J'ajoute que Kenner a été pendant plusieurs années consultant auprès du Pentagone et qu'il a suivi un entraînement poussé.

— Une formation militaire ?

— Oui. À Fort Bragg et à Harvey Point, Caroline du Nord. Il est indéniable que cet homme a des liens avec l'armée et avec l'industrie. Je me suis également laissé dire qu'il est hostile aux grandes organisations écologistes. Je redoute l'influence qu'un tel homme peut exercer sur George.

— Ne vous en faites pas pour George. Il ne se laissera pas prendre à une propagande.

— Je l'espère mais je ne partage pas votre optimisme. Ce suppôt du Pentagone arrive sans crier gare et aussitôt George veut nous faire auditer. Qu'est-ce qui lui prend ? Se rend-il compte du gaspillage ? De temps, d'argent, de tout ? Ce serait une perte de temps considérable pour moi !

— J'ignorais qu'un audit était prévu.

— Il en est question. Nous n'avons évidemment rien à cacher et nous accepterons un audit s'il le souhaite. Je l'ai toujours dit. Mais nous sommes dans une période très chargée avec le procès Vanutu qui avance et les préparatifs de la Conférence sur les changements climatiques brutaux. Tout cela doit être fait dans les semaines qui viennent. J'aimerais pouvoir parler à George.

— Appelez-le sur son portable.

— Je l'ai fait. Et vous ?

— Moi aussi.

— Il vous a rappelé ?

— Non, répondit Peter.

— Je ne peux même pas joindre au téléphone l'homme que j'ai choisi comme Citoyen de l'année, soupira Drake.

Beverly Hills
Lundi 13 septembre
8 h 07

Assis à la terrasse d'un café de Beverly Drive, George Morton attendait Sarah. Ordinairement, son assistante était ponctuelle et elle n'habitait pas loin. À moins qu'elle n'eût renoué avec son acteur. Les jeunes gens gaspillaient leur temps dans de mauvaises relations.

Il prit une gorgée de café en parcourant distraitement le *Wall Street Journal*. Il s'en désintéressa totalement quand il vit un couple bizarrement assorti s'installer à la table voisine.

Petite, les cheveux noirs, très typée, elle était d'une grande beauté. Marocaine, peut-être ; difficile à en juger d'après son accent. Elle était habillée avec une élégance déplacée à Los Angeles où le style décontracté était de rigueur : jupe moulante, talons aiguilles, veste Chanel.

L'homme qui l'accompagnait n'aurait pu être plus différent. Un Américain grassouillet, au teint rougeaud, aux traits porcins, vêtu d'un pull, d'un pantalon ample et de chaussures de sport. Il avait la carrure d'un joueur de football.

— Prends-moi un grand crème, chérie, déclara-t-il en se vautrant sur la table. Avec du lait écrémé.

— Je croyais que tu irais en chercher un pour moi, fit-elle remarquer. Comme un gentleman.

— Je ne suis pas un gentleman, répliqua-t-il. Et une femme qui découche n'est pas une lady. Alors, laisse tomber ça !

— Tu ne vas pas me faire une scène ! lança-t-elle en faisant la moue.

— Je t'ai demandé d'aller me chercher un crème... Qui fait une scène ?

— Mon chéri...

— Tu vas le chercher ou pas ? poursuivit-il, le regard mauvais. J'en ai vraiment assez de toi, Marisa.

— Je ne t'appartiens pas, répliqua-t-elle. Je fais ce que je veux.

— Je m'en suis rendu compte.

À mesure que le ton montait, le journal de Morton s'abaissait. Il le plia, le posa sur ses genoux et fit semblant de lire. Mais il était incapable de détacher son regard de sa voisine. Très belle mais pas si jeune que cela ; elle devait avoir dans les trente-cinq ans. Sa maturité la rendait encore plus sensuelle. Il était fasciné.

— Tu es pénible, William, reprit-elle.

— Tu veux que je m'en aille ?

— Cela vaudrait peut-être mieux.

— Va te faire foutre ! s'écria-t-il en la giflant.

— Hé ! doucement ! s'écria Morton, incapable de se contenir.

La femme lui adressa un sourire. Le footballeur se leva, les poings serrés.

— Vous, occupez-vous de vos affaires !

— On ne frappe pas une femme.

— Vous voulez régler ça entre hommes ?

À ce moment précis, une voiture de la police de Beverly Hills passa lentement devant la terrasse du café. Morton agita la main ; le véhicule se gara le long du trottoir.

— Tout va bien ? demanda un policier par la vitre.

— Tout va bien, répondit Morton.

— Ras le bol de tout ça, grommela le footballeur avant de s'éloigner à grands pas.

— Je vous remercie, fit la femme en souriant.

— De rien. J'ai cru entendre que vous désiriez un café-crème.

Un nouveau sourire. Elle croisa les jambes, découvrant la peau cuivrée de ses genoux.

— Vous êtes trop aimable.

Morton commençait à se lever quand il entendit la voix de Sarah.

— George ! Pardonnez mon retard !

Elle s'approcha en trottinant, aussi belle en jogging qu'en tenue de ville.

Morton vit la colère déformer fugitivement les traits de sa voisine. Pourquoi cette réaction ? se demanda-t-il. Il ne connaissait pas cette femme ; elle n'avait aucune raison d'être furieuse. Il supposa qu'elle avait voulu donner une leçon à son petit ami. Le footballeur n'était pas loin, planté devant une vitrine, mais, à cette heure matinale, toutes les boutiques étaient fermées.

— Vous êtes prêt ? demanda Sarah.

Morton présenta à sa voisine quelques mots d'excuse accueillis par de petits gestes d'indifférence. Il se dit qu'elle devait être française.

— Nous nous reverrons peut-être, dit-il.

— Peut-être, mais j'en doute. Ce n'est pas grave.

— Je vous souhaite une bonne journée.

Il s'éloigna avec Sarah.

— Qui est cette femme ? demanda-t-elle après avoir parcouru quelques mètres.

— Je ne la connais pas. Elle s'est assise à côté de moi.

— Une beauté piquante, glissa Sarah.

Morton haussa les épaules sans rien dire.

— J'espère que je n'ai pas cassé votre baraque. Non ?... Parfait.

Elle tendit à Morton trois chemises en papier kraft.

— La première contient la liste mise à jour de vos donations au NERF. La deuxième le contrat de votre dernière contribution ; vous en connaîtrez les termes. Dans la dernière vous trouverez le chèque de caisse que vous avez demandé. Faites attention, c'est une grosse somme.

— Pas de problème. Je pars dans une heure.

— Vous voulez bien me dire où ?

Morton secoua la tête.

— Il vaut mieux que vous en sachiez le moins possible.

Century City
Lundi 27 septembre
9 h 45

Peter Evans n'avait pas de nouvelles de Morton depuis près de deux semaines. Jamais, depuis qu'ils se connaissaient, il n'était resté si longtemps sans aucun contact avec son client. Il avait déjeuné avec Sarah, visiblement inquiète.

— Vous ne savez pas ce qu'il fait ? avait-il demandé.

— Absolument pas.

— Que disent les pilotes ?

— Ils sont à Van Nuys. Il a loué un autre jet. Je ne sais pas où il est.

— Quand doit-il revenir ?

— Aucune idée.

Il fut donc très surpris ce matin-là par le coup de téléphone de Sarah.

— Sautez dans votre voiture, annonça-t-elle. George veut vous voir.

— Où ?

— Au siège du NERF. À Beverly Hills.

— Il est revenu ?

— On dirait.

Le trajet entre le cabinet de Century City et l'immeuble du NERF ne prenait que dix minutes. L'organisation écologiste avait son siège à Washington mais elle venait d'ouvrir des bureaux sur la côte Ouest, à Beverly Hills. Pour être plus près des célébrités de Hollywood qui jouaient un rôle clé dans les collectes de fonds, prétendaient les mauvaises langues. Mais il ne fallait pas croire tout ce qui se disait.

Peter s'attendait à moitié à trouver Morton en train de faire les cent pas devant le bâtiment mais il n'y avait personne. On lui indiqua à l'accueil que George Morton se trouvait au deuxième étage, dans la salle de réunion. Il prit l'escalier.

Vitrée sur deux côtés, la salle était meublée d'une table aux dimensions imposantes entourée de chaises. Un angle était occupé par une installation vidéo.

Il y avait trois personnes dans la salle de réunion, qui se disputaient violemment. Morton gesticulait à l'entrée, le visage congestionné. Au fond, Drake répliquait en pointant sur Morton un index menaçant. Peter reconnut aussi John Henley, le ténébreux responsable des relations publiques du NERF. Penché sur la table, il prenait des notes. La dispute opposait visiblement Morton à Drake.

Ne sachant que faire, Peter décida d'attendre. Au bout d'un moment, George le vit et lui fit signe de s'asseoir à l'extérieur de la salle. Peter prit un siège et suivit la discussion à travers la cloison de verre.

Il découvrit dans la salle une quatrième personne qu'il n'avait pas vue tout de suite, car elle était accroupie devant le podium. Quand elle se releva, Peter vit un ouvrier en bleu de travail, muni d'une boîte à outils en forme de mallette et de deux compteurs électroniques fixés à la ceinture. Sur sa poche de poitrine figurait un logo accompagné d'une inscription : AV NETWORK SYSTEMS.

L'ouvrier avait l'air désorienté. Apparemment, Drake ne voulait pas de lui dans la salle alors que Morton semblait préférer avoir un témoin. Drake lui demandait de partir ; Morton insistait pour qu'il reste. Pris entre deux feux, l'homme s'accroupit derechef : Peter le perdit de vue. Mais Drake finit par avoir gain de cause et il sortit.

— Dure journée ? lança Peter quand il passa devant lui.

— Il y a des tas de problèmes de réseau dans cet immeuble... Si vous voulez mon avis, ça vient des câbles Ethernet ou alors des routeurs qui chauffent...

Et il poursuivit son chemin.

Dans la salle, la dispute avait repris de plus belle ; elle se prolongea cinq bonnes minutes. La pièce était bien insonorisée mais Peter saisissait une phrase de loin en loin. Il entendit Morton rugir : « Je veux gagner, bon Dieu ! » et la réponse de Drake : « C'est trop risqué ! » Ce qui mit Morton en fureur.

Un peu plus tard, son client lança avec véhémence : « Il ne faudrait pas se battre pour la plus grande menace qu'ait à affronter la planète ? » Drake dut lui répondre qu'il fallait regarder la réalité en face ou être réaliste, car Morton se mit à hurler : « J'emmerde la réalité ! »

À ce moment-là, Henley leva le nez de ses papiers pour dire : « C'est exactement ce que je pense », ou quelque chose d'approchant.

Peter avait l'impression très nette que la discussion roulait avant tout sur le procès Vanutu mais elle devait toucher aussi un certain nombre d'autres sujets.

Brusquement, Morton quitta la salle en claquant si fort la porte que les cloisons de verre tremblèrent.

— Je les emmerde !

Peter s'approcha de son client. À travers la vitre, il vit du coin de l'œil les deux autres échanger quelques mots à voix basse.

— Je les emmerde ! grommela encore Morton en se retournant. Si nous sommes dans le vrai, ne faut-il pas dire la vérité ?

Derrière la cloison vitrée Drake secoua tristement la tête.

— Je les emmerde, souffla Morton en commençant à s'éloigner.

— Vous vouliez que je sois présent ? lança Peter.

— Oui. Savez-vous qui est l'autre ?

— John Henley.

— Exact, fit George. Ces deux hommes *sont* le NERF. Peu importe combien de célébrités siègent au conseil d'administration et combien d'avocats ils emploient, ce sont ces deux hommes qui mènent la barque. Les autres ne font qu'entériner leurs décisions. Aucun des administrateurs ne sait véritablement ce qui se passe, sinon, ils ne cautionneraient pas leurs pratiques. Et je ne les cautionnerai pas non plus, vous pouvez me croire. C'est fini.

— Ce qui signifie ? demanda Peter en commençant à descendre l'escalier avec Morton.

— Ce qui signifie que je ne ferai pas la donation de dix millions de dollars pour le procès.

— Vous le leur avez dit ?

— Non, répondit Morton. Je ne le leur ai pas dit et vous ne leur direz pas non plus. Ce sera une surprise, qui viendra en son temps. Préparez les papiers, ajouta-t-il avec un sourire désenchanté.

— Vous êtes sûr, George... ?

— Vous n'allez pas vous y mettre, vous aussi !

— Je demandais juste...

— Je vous ai prié de vous occuper des papiers. Faites-le !

— Je vais le faire.

— Tout de suite.

— D'accord.

Peter ne dit plus un mot jusqu'au parking. Il accompagna Morton jusqu'à sa voiture ; Harry, le chauffeur, ouvrit la portière.

— George, il y a le banquet du NERF en votre honneur, la semaine prochaine. Vous y allez toujours ?

— Absolument, répondit Morton. Pour rien au monde je ne manquerais ça.

— Bonne journée, monsieur, dit le chauffeur à Peter en mettant le contact.

Et la voiture s'éloigna.

Dès qu'il fut dans la sienne, Peter prit son portable.

— Sarah ?

— Je sais, je sais...

— Que se passe-t-il ?

— Il ne veut rien me dire, mais il est hors de lui. Hors de lui, Peter.

— J'ai eu cette impression aussi.

— Et il vient de repartir.

— Quoi ?

— Il est parti. Il a dit qu'il reviendrait dans une semaine. Qu'il serait là pour emmener tout le monde en avion jusqu'à San Francisco, pour le banquet.

Peu après, Drake appela Peter sur son portable.

— Que se passe-t-il, Peter ?

— Aucune idée, Nick.

— Il est devenu fou. Ce qu'il nous a dit... Avez-vous entendu ?

— À vrai dire, non.

— Il est devenu fou. Je suis très inquiet... Je parle en ami. Et notre banquet de la semaine prochaine ? Est-ce que tout se déroulera normalement ?

— Je crois. Il doit s'y rendre en avion, avec un groupe d'amis.

— Vous en êtes sûr ?

— C'est ce que Sarah a dit.

— Puis-je parler à George ? Pouvez-vous arranger quelque chose ?

— Si j'ai bien compris, il est reparti en voyage.

— À cause de ce foutu Kenner... Il est derrière tout ça.

— Je ne sais pas ce qu'a George, Nick. Je sais seulement qu'il ira au banquet.

— Je veux que vous l'ameniez en personne, promettez-moi.

— George fait ce qu'il veut, Nick.

— C'est bien ce qui me fait peur.

Destination San Francisco
Lundi 4 octobre
13 h 38

À bord du Gulfstream de Morton voyageaient plusieurs des célébrités qui soutenaient le NERF. S'y trouvaient entre autres deux rock stars, l'épouse d'un comique, un acteur qui incarnait le président dans une série télévisée, un écrivain qui s'était présenté pour le poste de gouverneur et deux avocats écologistes. La discussion s'anima quand on servit des canapés garnis de saumon fumé et du vin blanc. Elle roula bientôt sur ce que les États-Unis, première puissance économique mondiale, devraient faire pour promouvoir la qualité de l'environnement.

Contrairement à son habitude en pareille assemblée, Morton ne se joignait pas à ses invités ; il restait affalé sur un siège, à l'arrière de l'appareil, l'air sombre et irritable. Peter tenait compagnie à son client qui venait de descendre sa deuxième vodka.

— J'ai apporté les papiers qui annulent votre donation, annonça-t-il en prenant les documents dans sa serviette. Vous n'avez pas changé d'avis ?

— Non.

Morton apposa sa signature au bas des documents en y jetant à peine un coup d'œil.

— Mettez cela à l'abri jusqu'à demain.

Il tourna la tête vers ses invités dont un groupe échangeait des statistiques sur les espèces menacées de disparition par le recul des forêts pluviales dans le monde. Un peu à l'écart, Ted Bradley, le comédien qui incarnait le président, déclarait haut et fort qu'il préférait sa voiture électrique – insistant sur le fait qu'il la possédait depuis de longues années – aux nouvelles voitures hybrides qui connaissaient un franc succès. « Il n'y a pas de comparaison possible ; les hybrides sont bien mais rien ne vaut une voiture électrique. »

À la table centrale, Ann Garner – administratrice de plusieurs organisations écologistes – affirmait avec force qu'il était indispensable de développer les transports en commun à Los Angeles pour inciter les gens à moins utiliser leur voiture. Les États-Unis rejetaient plus de dioxyde de carbone par habitant que n'importe quel autre pays au monde : c'était une honte. Épouse d'un avocat célèbre, la belle Ann était du genre passionné, en particulier pour tout ce qui touchait à l'environnement.

Morton se tourna vers Peter en soupirant.

— Avez-vous une idée de la pollution que nous produisons avec cet avion ? Nous allons consommer mille sept cents litres de kérosène pour transporter douze personnes à San Francisco. Pendant ce simple trajet, ces douze personnes produisent chacune plus de pollution que la plupart des habitants de notre planète ne le feront en un an.

Morton termina sa vodka et fit tinter les glaçons avec irritation. Puis il tendit son verre à Peter qui fit signe à l'hôtesse de le resservir.

— Il y avait les gauchistes en limousine, maintenant, il y a les écolos en jet. C'est encore pire.

— Mais, George, protesta Peter, vous êtes un écologiste dans un Gulfstream.

— Je sais et j'aimerais que cela me mette mal à l'aise. Mais il n'en est rien, voyez-vous : *J'aime* me déplacer à bord de mon propre avion.

— Vous êtes allé dans le Dakota du Nord et à Chicago, si je ne me trompe, glissa Peter.

— Exact.

— Qu'avez-vous fait là-bas ?

— J'ai dépensé de l'argent. Beaucoup d'argent.

— Vous avez acheté des œuvres d'art ?

— Non. J'ai acheté quelque chose d'infiniment plus précieux qu'une œuvre d'art. J'ai acheté l'intégrité.

— Vous avez toujours été un homme intègre.

— Oh ! je ne parle pas de moi, coupa Morton. J'ai acheté l'intégrité d'un autre.

Peter était perplexe. Il se demanda même si George ne blaguait pas.

— Il y a autre chose dont je voulais vous parler, poursuivit Morton. J'ai ici une liste de chiffres que je veux que vous remettiez à Kenner. C'est très... Nous verrons plus tard. Bonjour, Ann !

Ann Garner s'avançait vers eux.

— Alors, George, j'espère que vous êtes revenu pour de bon ! Nous avons besoin de vous ici. Le procès Vanutu, la Conférence sur les changements climatiques brutaux, tout cela est si important. Nous entrons dans une période cruciale.

Peter fit mine de se lever pour laisser son siège à Ann, mais Morton le fit rasseoir.

— Vous êtes plus jolie que jamais, Ann, mais nous avons une petite discussion d'affaires, Peter et moi.

Elle regarda les papiers, vit la serviette ouverte de Peter.

— Pardon. Je ne voulais pas vous interrompre...

— Non, non, nous en avons pour une minute.

— Bien sûr. Excusez-moi.

Mais elle ne s'éloignait pas.

— Cela ne vous ressemble pas, George, de travailler dans votre avion.

— Je sais, répondit Morton, mais, pour ne rien vous cacher, je ne me reconnais plus depuis quelque temps.

Ne sachant comment le prendre, Ann inclina la tête en souriant et s'éloigna.

— C'est très réussi, glissa Morton à Peter. Je me demande qui lui a fait ça.

— Quoi ?

— Elle s'est fait refaire quelque chose depuis la dernière fois. Les yeux, je crois. Le menton, peut-être... Revenons à nos moutons : la liste de chiffres. Pas un mot à personne,

Peter, je dis bien à *personne.* À personne du cabinet et surtout à personne du...

— Voilà donc où il se cachait ! Sacré George !

Peter tourna la tête et vit Ted Bradley qui s'avançait vers eux. Il était encore tôt mais Ted avait déjà un coup dans l'aile.

— Vous nous avez bien manqué, George. Le monde sans Ted Bradley est un monde insipide... euh, non, je voulais dire : le monde sans George Morton est un monde insipide. Levez-vous, George. Laissez travailler votre avocat et venez prendre un verre.

En se laissant entraîner, Morton regarda Peter par-dessus son épaule.

— Plus tard, souffla-t-il.

San Francisco
Lundi 4 octobre
21 h 02

Les lumières du Grand Salon de l'hôtel Mark Hopkins s'étaient éteintes pour les allocutions de fin de repas. Sous les lustres ouvragés, la voix de Nicholas Drake se répercuta dans la salle.

— Mesdames et messieurs, il n'est pas exagéré de dire que nous nous trouvons face à la plus grave crise environnementale que l'humanité ait jamais connue. Nos forêts sont détruites. Nos lacs et nos rivières sont pollués. Les êtres vivants qui occupent notre biosphère disparaissent à une vitesse sans précédent, au rythme de quarante mille espèces chaque année. Cela représente une centaine d'espèces par jour. À ce rythme, la moitié des espèces connues auront disparu de la Terre dans quelques décennies. La plus importante extinction dans l'histoire de notre planète. Et qu'en est-il de la qualité de notre vie ? Notre nourriture est contaminée par des pesticides. Nos récoltes souffrent du réchauffement planétaire. Les conditions climatiques empirent, deviennent plus rigoureuses. Inondations, sécheresses, ouragans, tornades. Sur toute la surface du globe. Le niveau des océans s'élèvera de soixante centimètres – peut-être plus – au cours des cent prochaines années. Mais il y a plus terrible encore. De récentes études scientifiques font apparaître le spectre de changements climatiques brutaux résultant de nos comportements destructeurs. En un mot comme en cent, mesdames et messieurs, notre planète est menacée par une catastrophe de grande ampleur.

De la table d'honneur où il avait pris place, Peter parcourut l'assistance du regard. Les invités gardaient les yeux baissés sur leur assiette en bâillant discrètement ou se penchaient vers leur voisin pour échanger quelques mots à voix basse. Drake avait de la peine à retenir leur attention.

— Ils connaissent la chanson, grommela Morton.

Il changea pesamment de position en étouffant un renvoi. Il buvait depuis le début de la soirée ; à présent, il était complètement ivre.

— ... Diminution de la biodiversité, réduction des habitats de la faune sauvage, destruction de la couche d'ozone...

Grand et gauche, flottant dans son smoking, le cou pointant du col de sa chemise, Nicholas Drake donnait comme d'habitude l'impression d'un universitaire impécunieux dévoué à sa tâche. Jamais personne dans l'assistance n'aurait deviné qu'il touchait trois cent cinquante mille dollars par an pour diriger son organisation, à quoi s'ajoutaient cent mille dollars de frais. Ni qu'il n'avait pas la moindre formation scientifique. Drake était avocat. Il avait fondé le NERF avec quatre de ses confrères et connaissait, en bon avocat, l'importance de ne pas être trop bien habillé.

— ... L'érosion des bio-réservoirs, l'accroissement des maladies nouvelles, de plus en plus graves...

— J'aimerais qu'il en finisse, souffla Morton en pianotant sur la table.

Peter garda le silence. Il avait assisté à maintes soirées de ce genre et savait que son client était toujours tendu quand il devait prendre la parole.

— ... Parmi les lueurs d'espoir, les rayons ténus d'énergie positive, il n'en est pas de plus positifs et porteurs d'espoir que ceux apportés par l'homme dont nous sommes venus honorer ce soir les efforts de toute une vie...

— Je peux en avoir un autre ?

Morton vida son verre de martini – le sixième – et le posa bruyamment sur la table. Peter leva la main en cherchant le serveur du regard. Il espérait qu'il n'aurait pas le temps de venir ; George avait assez bu.

— ... Qui, depuis trois décennies, consacre une partie de ses ressources considérables et beaucoup de son énergie à rendre notre planète plus propre, plus saine, plus agréable à vivre. Mesdames et messieurs, la Fondation nationale pour les ressources de l'environnement est fière de...

— Tant pis ! grogna Morton en se ramassant sur lui-même pour se lever. Je déteste me rendre ridicule, même pour une bonne cause.

— Pourquoi dites-vous ça ? demanda Peter.

— ... Mon ami de longue date, mon partenaire, notre Citoyen de l'année... M. George Morton !

Un tonnerre d'applaudissements éclata dans la salle. Le faisceau d'un projecteur suivit Morton tandis qu'il se dirigeait vers l'estrade d'une démarche pesante et solennelle, la tête basse, dégageant une impression de puissance. En voyant son client trébucher sur la première marche, Peter crut qu'il allait tomber. Morton parvint à garder son équilibre. Il serra la main de Drake et s'avança vers le micro qu'il empoigna avec vigueur. Il tourna la tête d'un côté et de l'autre, observant l'assistance. En silence.

Il restait immobile, sans dire un mot.

Ann Garner donna un petit coup de coude à Peter pour attirer son attention.

— George se sent bien ?

— Oui, parfaitement.

Mais il commençait à avoir des doutes.

— Je voudrais remercier Nicholas Drake et le NERF pour cette distinction, déclara enfin Morton après un long silence, mais je n'ai pas le sentiment d'en être digne. Il reste tellement de travail à faire. Figurez-vous, mes chers amis, que nous en savons plus sur la Lune que sur les océans de la Terre. Voilà un véritable problème écologique. Nous n'en savons pas assez sur la planète dont dépend notre survie. Mais, comme l'a dit Montaigne il y a plus de quatre siècles : « Il n'est pas de croyance plus profondément enracinée que de ce que nous savons le moins. »

George citait Montaigne ! Peter n'en revenait pas.

À la lumière crue du projecteur, il le vit chanceler et se retenir au pupitre pour ne pas perdre l'équilibre. Un silence absolu planait sur l'assistance. Plus personne ne faisait un geste ; les serveurs s'étaient immobilisés. Peter retenait son souffle.

— Le mouvement écologiste auquel nous appartenons a remporté au fil des ans d'éclatantes victoires, reprit Morton. Nous avons vu la création de l'EPA, l'Agence pour la protection de l'environnement. L'air et l'eau sont plus propres, le traitement des eaux usées s'est amélioré, les décharges de produits toxiques ont été nettoyées et l'utilisation de poisons comme le plomb a été réglementée pour le bien de tous. Ce sont de véritables victoires, mes chers amis, dont nous pouvons être fiers avec juste raison. Et nous savons qu'il reste beaucoup à faire.

On commençait à se détendre dans la salle : George était de nouveau en terrain familier.

— Mais le travail sera-t-il fait ? Je n'en suis pas sûr. Je sais bien que mon humeur s'est assombrie depuis la mort de Dorothy, ma très chère épouse.

Peter fit un bond sur son siège. À la table voisine, Herb Lowenstein était bouche bée. George Morton n'avait pas d'épouse – ou plutôt il avait six ex, dont aucune n'était prénommée Dorothy.

— Dorothy m'exhortait à dépenser mon argent avec discernement, poursuivit Morton. J'ai toujours cru le faire ; maintenant, je n'en suis plus aussi sûr. J'ai dit tout à l'heure que nous n'en savons pas assez. Je crains que le slogan du NERF soit aujourd'hui plutôt : nous n'attaquons pas assez.

On aurait entendu une mouche voler dans la salle.

— Le NERF est une société d'avocats. Peu d'entre vous le savent mais cette organisation a été fondée par des avocats et elle est dirigée par des avocats. Je crois aujourd'hui qu'il vaut mieux dépenser son argent dans la recherche qu'en procédures. Voilà pourquoi je retire mon soutien financier au NERF et pourquoi...

Pendant un long moment la voix de Morton fut couverte par le tumulte de la salle. Tout le monde parlait en même temps. Des huées s'élevèrent ; plusieurs personnes se dirigèrent vers la sortie. Morton poursuivait imperturbablement, comme inconscient de l'effet de ses paroles. Des bribes de phrases parvenaient aux oreilles de Peter. « ... Une organisation écologiste fait l'objet d'une enquête du FBI... Absence totale de surveillance... »

Ann Garner se pencha vers Peter.

— Faites-le taire ! lança-t-elle d'une voix sifflante.

— Que voulez-vous que je fasse ?

— Allez le chercher. Vous voyez bien qu'il a trop bu !

— Peut-être, mais je ne peux pas...

— Il faut le faire taire !

Drake avait déjà bondi sur l'estrade.

— Très bien, George... Merci...

— ... Si la vérité doit être dite aujourd'hui...

— Merci, George, merci, répétait Drake en commençant à pousser Morton pour l'éloigner du micro.

— D'accord, d'accord, articula Morton en s'agrippant au pupitre. J'ai dit ce que j'ai fait pour Dorothy, ma chère épouse défunte...

— Merci, George, répéta Drake en se mettant à applaudir, les mains levées à la hauteur de la tête, et en invitant l'assistance à l'imiter. Merci.

— ... Qui me manque si cruellement.

— Mesdames et messieurs, remercions tous ensemble...

— Bon, bon, je m'en vais.

Accompagné par de maigres applaudissements, Morton quitta l'estrade en titubant. Sans perdre une seconde, Drake fit signe aux musiciens de jouer le morceau suivant. L'orchestre attaqua avec entrain *Tu as peut-être raison* de Billy Joel. Quelqu'un leur avait confié que c'était la chanson préférée de Morton ; étant donné les circonstances, cela ne semblait pas du meilleur goût.

Herb Lowenstein saisit Peter par l'épaule pour l'attirer vers lui.

— Faites-le sortir d'ici ! souffla-t-il, blême de rage.

— Oui, fit Peter. Ne vous inquiétez pas.

— Vous étiez au courant de ce qu'il préparait ?

— Non, je le jure.

Lowenstein lâcha l'épaule de Peter au moment où George Morton s'approchait de la table. Tout le monde était encore abasourdi mais le milliardaire chantait gaiement au rythme de la musique.

— *Tu as peut-être raison, je suis peut-être cinglé...*

— Venez, George, dit Peter en se levant. Nous allons sortir.

— *Et si justement c'est un fêlé que tu cherchais...*, poursuivit Morton sans lui accorder la moindre attention.

— George, qu'est-ce que vous racontez? insista Peter en le prenant par le bras. Venez avec moi.

— *... Éteins la lumière, n'essaie pas de me sauver...*

— Je n'essaie pas de vous sauver.

— Alors, buvons un autre martini, reprit Morton d'une voix normale, le regard dur, chargé d'une pointe d'animosité. Je crois que je l'ai bien mérité.

— Harry vous en préparera un dans la voiture, fit Peter en éloignant Morton de la table. Si vous restez, vous allez devoir attendre. Vous n'avez certainement pas envie d'attendre pour boire un verre...

Tandis que Peter continuait de parler, Morton se laissa entraîner vers la sortie en se remettant à chanter.

— *... Trop tard pour une scène, trop tard pour me changer...*

Avant même qu'ils franchissent la porte, les projecteurs d'une caméra de télévision étaient braqués sur eux et deux journalistes agitaient des petits magnétophones sous le nez de Morton. Tout le monde posait des questions en hurlant.

— Excusez-nous, fit Peter en gardant la tête baissée. Pardon... Laissez-nous passer, merci...

Morton continuait à chanter comme si de rien n'était. Ils commencèrent à traverser le hall de l'hôtel. Les journalistes couraient devant eux en essayant de prendre assez de recul pour les filmer en train de marcher. Peter tenait fermement son client par le coude. Morton chantait.

— *Je voulais seulement m'amuser, je ne faisais de mal à personne et, pour une fois, tout le monde était content.*

— Par ici, George, fit Peter en s'approchant de la sortie.

— *... Paumé dans la zone des combats.*

Ils franchirent enfin la porte de l'hôtel. Morton cessa brusquement de chanter quand il sentit le froid de la nuit. Ils attendirent l'arrivée de sa limousine. Sarah s'avança vers Morton. Sans dire un mot, elle posa la main sur son bras.

La meute des journalistes s'approcha à grands pas ; les projecteurs s'allumèrent. Drake apparut à son tour, prêt à apostropher le milliardaire. Il s'interrompit en voyant les caméras, lança un regard mauvais à Morton et fit demi-tour. Les caméras restaient braquées sur les trois silhouettes immobiles. Après une attente interminable, la limousine arriva. Harry en descendit et ouvrit la portière pour son patron.

— Allez-y, George, dit Peter.

— Non, pas ce soir.

— Harry attend, George.

— J'ai dit pas ce soir.

Un son rauque et puissant déchira l'obscurité et un cabriolet Ferrari gris métallisé vint se garer à côté de la limousine.

— C'est ma voiture, dit Morton en descendant les quelques marches d'un pas hésitant.

— George, glissa Sarah, je ne crois pas...

Mais il s'était déjà remis à chanter.

— *Tu m'as demandé de ne pas conduire, mais je suis arrivé à bon port. La preuve, comme tu dis, que je suis bon à enfermer.*

— Bon à enfermer, c'est sûr, lâcha un des journalistes.

De plus en plus inquiet, Peter suivit Morton qui tendit un billet de cent dollars au voiturier.

— Tenez, mon bon, voici vingt dollars.

Il essaya d'ouvrir la portière, dut s'y reprendre à deux fois.

— Saleté de bagnole italienne ! marmonna-t-il.

Il se mit au volant et appuya sur la pédale d'accélérateur. Le rugissement du moteur lui arracha un sourire.

— Quel son viril !

— Laissez Harry conduire, George, fit Peter en se penchant vers Morton. Et puis il me semble que nous devons parler de quelque chose.

— Absolument pas.

— Mais je croyais...

— Suffit. Laissez-moi partir.

Les projecteurs étaient toujours braqués sur eux. Morton se recula pour se placer dans l'ombre du corps de Peter.

— Vous savez ce que disent les bouddhistes ?
— Non, répondit Peter.
— Écoutez attentivement. Ils disent : « Tout ce qui importe ne se trouve pas à distance du bouddha. »
— George, je ne pense pas qu'il soit prudent de conduire.
— Vous vous souviendrez de ce que je viens de dire ?
— Oui.
— Écoutez la voix de la sagesse. Au revoir, Peter.
Un coup d'accélérateur et la Ferrari fila vers la sortie du parking, obligeant Peter à s'écarter d'un bond. Le bolide argenté prit le virage en faisant crisser ses pneus, brûla le stop et disparut.
— Venez, Peter.
En se retournant, Peter vit Sarah près de la limousine ; Harry était en train de s'installer au volant. Peter monta à l'arrière avec Sarah et ils se lancèrent à la poursuite de Morton.

Au pied de la colline, la Ferrari tourna à gauche et disparut après le virage. Harry conduisait avec dextérité l'énorme limousine.
— Savez-vous où il va ? demanda Peter en se tournant vers Sarah.
— Aucune idée.
— Qui a écrit son discours ?
— Il l'a fait tout seul.
— C'est vrai ?
— Il a passé toute la journée d'hier à travailler et n'a pas voulu me montrer ce qu'il faisait.
— Et Montaigne ?
— Il avait un recueil de citations sur son bureau.
— Où est-il allé pêcher ce nom de Dorothy ?
— Je n'en sais rien.
Le long du parc du Golden Gate la Ferrari se faufilait à toute allure entre les rares véhicules. Le pont leur apparut, illuminé dans la nuit. Morton accéléra ; la Ferrari roulait à cent quarante kilomètres à l'heure.
— Il va vers Marin City, fit Sarah.

Le portable de Peter sonna : c'était Drake.
— Qu'est-ce que c'est que ce bordel ? Allez-vous m'expliquer ?
— Désolé, Nick. Je ne sais pas ce qui se passe.
— Il parlait sérieusement ? Quand il a dit qu'il retirait son soutien financier ?
— Je crois.
— C'est inimaginable ! Il fait une dépression !
— Je ne sais que dire.
— C'est ce que je redoutais, poursuivit Drake. Je redoutais quelque chose de ce genre. Vous vous souvenez ? Je vous l'ai dit dans l'avion qui nous ramenait d'Islande et vous avez répondu que je n'avais pas à m'inquiéter. C'est toujours votre avis ? Que je n'ai pas à m'inquiéter ?
— Je ne sais pas où vous voulez en venir, Nick.
— Ann Garner a dit qu'il avait signé des papiers dans l'avion.
— C'est exact.
— Ces papiers avaient-ils un rapport avec sa volte-face ? Sa brusque et inexplicable décision de retirer son soutien à une organisation à laquelle il était tellement attaché ?
— Il semble en effet qu'il ait changé d'avis.
— Pourquoi ne m'avez-vous rien dit ?
— J'avais des instructions.
— Allez vous faire foutre, Peter.
— Je regrette.
— Vous n'avez pas fini de le regretter !
Drake coupa la communication ; Peter referma son portable.
— Il est furieux ? demanda Sarah.
— Fou de rage.

À la sortie du pont, Morton s'éloigna des lumières de l'autoroute et prit la direction de l'ouest, sur une petite route mal éclairée qui contournait les collines. Il conduisait de plus en plus vite.
— Savez-vous où nous sommes, Harry ?
— Je crois que nous traversons un parc naturel de l'État.
Le chauffeur s'efforçait de ne pas perdre de terrain mais sur l'étroite route sinueuse la limousine n'était pas en

mesure de suivre la Ferrari. L'écart se creusait entre les deux véhicules. Bientôt, ils ne virent plus que les feux arrière du cabriolet avant qu'il disparaisse dans les virages, quatre ou cinq cents mètres devant.

— Il va nous semer, fit Peter.

— J'en doute, monsieur.

Mais la limousine perdait régulièrement du terrain. Après un virage abordé trop vite – l'arrière du long véhicule chassa et glissa vers la paroi rocheuse bordant la route –, Harry fut contraint de lever le pied. Ils traversèrent un espace désolé. L'obscurité était profonde, la paroi rocheuse menaçante; un mince croissant de lune se mirait dans les eaux sombres de l'océan, en contrebas de la route.

Ils ne voyaient plus les feux arrière de la Ferrari, comme s'ils roulaient seul dans la nuit.

En sortant d'un virage, ils virent le suivant, à une centaine de mètres, obscurci par un panache de fumée grise.

— Oh! non! souffla Sarah en portant la main à sa bouche.

La Ferrari s'était retournée après avoir dérapé et heurté un arbre. Il restait une carcasse informe et fumante. Elle avait failli basculer dans l'à-pic; le capot était au-dessus du vide.

Peter et Sarah se précipitèrent vers la voiture. Il se laissa tomber à quatre pattes et commença à ramper jusqu'au bord de l'escarpement pour essayer de voir les sièges avant. Il ne distinguait pas grand-chose : le pare-brise était aplati, la caisse au ras de la chaussée. Harry apporta une torche électrique; Peter projeta le faisceau à l'intérieur.

La voiture était vide. Il ne restait de Morton qu'un nœud papillon noir accroché à la poignée de la portière.

— Il a dû être éjecté.

Peter éclaira la paroi de l'abrupt, un éboulis de roches jaunes qui dégringolait sur plus de vingt mètres jusqu'à l'océan. Aucune trace de Morton.

Sarah sanglotait doucement sur le bord de la route. Harry était allé chercher un extincteur dans la limousine. Peter promena le faisceau lumineux le long de la paroi rocheuse.

Il ne voyait pas le corps de George ni même aucune trace laissée par un corps. Pas de pierres déplacées, pas de traînée, pas de lambeaux de tissu. Rien.

En entendant derrière lui le bruit de l'extincteur, il s'écarta du bord de l'à-pic.

— L'avez-vous vu, monsieur ? demanda Harry, le visage marqué par le chagrin.

— Non, je n'ai rien vu.

— Peut-être... là-bas, suggéra le chauffeur en montrant l'arbre.

Il avait raison. Si Morton avait été éjecté de la voiture au moment du choc, il pouvait être resté au bord de la route, une vingtaine de mètres en arrière.

Peter repartit et fit courir le faisceau de la torche le long de l'à-pic. La pile commençait à se décharger : le rayon lumineux perdait de sa puissance. Mais au bout de quelques secondes, Peter distingua un reflet de lumière sur un mocassin verni coincé dans les rochers, au bord de l'eau.

Il s'assit sur le bas-côté, se prit la tête entre les mains. Et il pleura.

Point Moody
Mardi 5 octobre
3 h 10

Quand la police eut fini de leur poser des questions et qu'une équipe de sauveteurs eut descendu l'à-pic en rappel pour récupérer le mocassin, il était 3 heures du matin. Mais il n'y avait aucune autre trace du corps. Les policiers estimèrent d'un commun accord que les courants entraîneraient certainement le corps jusqu'à la plage de Pismo. « On le retrouvera dans huit jours, déclara l'un d'eux. Ce que les grands requins blancs auront laissé. »

L'épave venait d'être chargée sur un camion à plateau. Peter était pressé de partir mais le jeune fonctionnaire de la police de la route qui avait pris sa déposition ne cessait de revenir lui poser des questions. Il n'avait guère plus de vingt ans et ne devait pas avoir l'habitude des situations de ce genre.

— Combien de temps, à votre avis, êtes-vous arrivés sur le lieu de l'accident après qu'il a eu lieu ? avait-il demandé la première fois.

— Je ne sais pas exactement. La Ferrari était sept ou huit cents mètres devant nous. Nous roulions à peine à soixante-dix kilomètres à l'heure. Je dirais... pas plus d'une minute.

— Vous rouliez à soixante-dix en limousine ? lança le jeune policier. Sur cette route ?

— Faites comme si je n'avais rien dit.

Le policier était revenu à la charge un peu plus tard.

— Vous avez dit que vous étiez le premier arrivé sur le lieu de l'accident. Que vous aviez avancé à quatre pattes sur le bas-côté de la route...

— Exact.

— Vous avez donc marché sur des fragments de verre ?

— Oui. Le pare-brise avait volé en éclats. J'en ai eu sur les mains aussi, quand j'ai rampé vers la voiture.

— Cela explique pourquoi les éclats de verre avaient été déplacés.

— Oui.

— Vous avez eu de la chance de ne pas vous couper.

— Oui.

Le policier était revenu une troisième fois, avec une autre question.

— Selon vous, à quelle heure l'accident s'est-il produit ?

— À quelle heure ? répéta Peter en regardant sa montre. Je n'en sais rien. Voyons...

Il essaya de reconstituer la chaîne des événements. Drake avait pris la parole vers 20 h 30 ; Morton avait dû quitter l'hôtel à 21 heures. Ils avaient traversé la ville, franchi le pont...

— Je dirais 21 h 45, pas plus de 22 heures.

— Il y a donc cinq heures ? En gros ?

— Oui.

— Je vois, fit le jeune homme, comme s'il subsistait un doute dans son esprit.

Peter se tourna vers le camion sur lequel avait été chargée la carcasse déformée de la Ferrari. Un policier se tenait sur le plateau du camion, près de l'épave ; trois autres discutaient avec animation sur la chaussée. Ils étaient en compagnie d'un autre homme, en tenue de soirée. Quand il se retourna, Peter eut un mouvement de surprise : c'était John Kenner.

— Que se passe-t-il ? demanda Peter au jeune policier.

— Je ne sais pas. On vient de me demander de vérifier l'heure de l'accident.

Le conducteur du camion monta dans la cabine et mit le moteur en marche.

— Laisse tomber, Eddie ! cria un des policiers à son jeune collègue.

— Bon, je vous laisse. Je pense qu'il n'y a pas de problème.

Peter jeta un coup d'œil en direction de Sarah. Appuyée sur la portière de la limousine, elle parlait au téléphone. Peter eut le temps de voir Kenner monter dans une conduite intérieure noire conduite par le Népalais. La voiture démarra aussitôt.

Les policiers s'apprêtaient à repartir. Le camion manœuvra pour faire un demi-tour et prit la direction de la ville.

— Je pense que nous pouvons y aller, fit Harry.

Peter rejoignit Sarah dans la limousine. Harry démarra ; au loin ils distinguaient les lumières de San Francisco.

Destination Los Angeles
Mardi 5 octobre
12 h 02

Dans le jet de Morton qui repartait à Los Angeles l'atmosphère était lugubre. Les passagers – les mêmes qu'à l'aller et une poignée d'autres – restaient dans leur siège et ne parlaient guère. Les quotidiens avaient publié dans leur dernière édition un article sur George Morton. Déprimé par le décès de son épouse Dorothy, le milliardaire et philanthrope avait prononcé un discours incohérent (qualifié de « sans queue ni tête » par le *San Francisco Chronicle*) avant de trouver la mort, quelques heures plus tard, dans un tragique accident de la route en essayant sa nouvelle Ferrari.

Le journaliste indiquait dans le troisième paragraphe que les accidents mortels où un seul véhicule se trouvait en cause étaient fréquemment dus à un état dépressif non diagnostiqué et constituaient un suicide déguisé. Il citait ensuite un psychiatre selon lequel c'était l'explication probable de la mort de George Morton.

Après une dizaine de minutes de vol, l'acteur Ted Bradley se leva.

— Je pense, déclara-t-il, que nous devrions porter un toast en l'honneur de George et observer une minute de silence.

Tout le monde applaudit; on fit circuler des coupes de champagne.

— À la mémoire de George Morton, reprit Ted. Un grand Américain, un grand ami et un grand protecteur de l'environnement. Nous le regretterons, nous et la planète.

Pendant les dix minutes qui suivirent, le manque d'entrain fut encore perceptible, puis les conversations s'animèrent et les célébrités finirent, comme à leur habitude, par se chamailler. À l'arrière de l'appareil, Peter occupait le même siège qu'à l'aller. Il suivait de loin ce qui se passait autour de la table centrale. Bradley expliquait que la part des énergies renouvelables ne représentait aux États-Unis que deux pour cent de la consommation totale et qu'il fallait lancer un programme ambitieux de construction de milliers de parcs d'éoliennes offshore, comme en Angleterre et au Danemark. La conversation glissa vers les piles à combustible, les voitures à hydrogène et les maisons équipées de panneaux photovoltaïques, sans consommation d'énergie électrique.

Certains se disaient très attachés à leurs voitures hybrides, qu'ils avaient achetées pour leurs employés.

En les écoutant, Peter sentait son moral remonter. Après la disparition de George, il y avait encore quantité de gens de cette trempe, des gens en vue, influents, prêts à reprendre le flambeau du changement et à conduire la génération future vers un avenir plus responsable.

Il commençait à s'assoupir quand Nicholas Drake se laissa tomber dans le siège voisin.

— Peter, je vous dois des excuses pour ce que j'ai dit hier soir, commença-t-il en se penchant dans l'allée.

— Ce n'est pas grave.

— Je n'aurais pas dû dire cela. Je m'en veux de m'être comporté de la sorte. J'étais bouleversé et très inquiet. George se conduisait si bizarrement depuis une quinzaine de jours : il avait des raisonnements étranges, il était agressif. Ce devait être les premiers signes de sa dépression nerveuse, mais je ne le savais pas. Vous étiez au courant?

— Je ne suis pas sûr qu'il s'agissait d'une dépression nerveuse.

— Bien sûr que si ! répliqua Drake. Que voulez-vous que ce soit d'autre ? Un homme qui renie l'œuvre de toute une vie et qui va se tuer en voiture ! À propos, les papiers qu'il a signés hier n'ont aucune valeur. Les circonstances des événements montrent à l'évidence qu'il n'avait pas toute sa tête. Vous ne pouvez le contester. Vous êtes déjà assez tiraillé par le fait de travailler à la fois pour lui et pour nous. Vous auriez dû vous récuser et charger un avocat extérieur de la rédaction de ces documents. Je ne vous accuserai pas de faute professionnelle mais vous avez singulièrement manqué de jugement.

Peter ne trouva rien à dire : la menace était assez claire.

— Quoi qu'il en soit, Peter, poursuivit Drake en posant la main sur son genou, je tenais seulement à m'excuser. Je sais que vous avez fait de votre mieux dans une situation délicate. Et je pense que tout se terminera bien pour tout le monde.

Le jet se posa à Van Nuys. Une douzaine de limousines SUV noires, le dernier cri de la mode, étaient alignées sur le tarmac. Les célébrités se quittèrent avec force étreintes et embrassades, et montèrent dans leur voiture.

Peter fut le dernier à partir. Sa position ne lui permettait pas d'avoir une voiture avec chauffeur. Il se rendit à pied sur le parking où il avait garé la veille sa petite Prius hybride et prit l'autoroute pour se rendre à son bureau. D'un seul coup, il sentit des larmes couler; il s'essuya les yeux et comprit qu'il était trop fatigué pour aller travailler. Il allait rentrer chez lui et essayer de dormir.

Juste avant d'arriver, son portable sonna : c'était Jennifer Haynes.

— Je suis tellement triste pour George, commença-t-elle. C'est vraiment terrible. Ici tout le monde est bouleversé, comme vous pouvez l'imaginer. Il nous retire son soutien financier, c'est bien ça?

— Oui, mais Nick ne se laissera pas faire. Vous aurez votre financement.

— Il faut que nous déjeunions ensemble.

— Eh bien, nous pourrions...

— Aujourd'hui?

Il allait refuser mais quelque chose dans la voix de Jennifer le retint.

— Je vais essayer.
— Appelez-moi quand vous serez arrivé.
Il coupa la communication. La sonnerie se fit entendre presque aussitôt : c'était Margo Lane, la maîtresse de Morton, visiblement furieuse.
— Alors, qu'est-ce que vous foutez ?
— De quoi parlez-vous, Margo ?
— Personne n'allait me prévenir, c'est ça ?
— Désolé, Margo...
— Je viens de voir un reportage à la télé. L'accident à San Francisco... On n'a pas retrouvé le corps mais il est présumé mort. Ils ont montré des images de la voiture.
— J'allais vous appeler en arrivant au bureau, protesta Peter.
Au vrai, il n'avait pas eu une pensée pour Margo.
— Quand, Peter ? La semaine prochaine ? Vous ne valez pas mieux que votre tire-au-flanc d'assistante ! Vous êtes l'avocat de George. Faites votre boulot ! Ce qui s'est passé n'est pas franchement une surprise. Je savais que cela allait arriver ; tout le monde le savait. Je veux que vous passiez me voir.
— J'ai une journée chargée...
— Juste un moment.
— D'accord, soupira-t-il. Juste un moment.

Los Angeles Ouest
Mardi 5 octobre
15 h 04

Margo Lane vivait au quatorzième étage d'une résidence, dans le Wilshire Corridor. Le concierge téléphona pour annoncer l'arrivée de Peter avant de le laisser prendre l'ascenseur. Margo savait qu'il montait mais elle ouvrit enveloppée dans une serviette

— Oh ! je n'imaginais pas que vous seriez là si vite ! Entrez... Je sors de la douche.

Elle faisait souvent ce coup-là. Peter entra et prit place sur le canapé. Elle s'installa en face de lui ; la serviette lui couvrait à peine le haut du corps.

— Alors, qu'est-ce que c'est que cette histoire d'accident ?

— Je suis navré, répondit Peter. George a eu un accident à grande vitesse avec sa Ferrari sur une route en corniche. Il a été éjecté, a roulé jusqu'au pied de l'à-pic – on a retrouvé une chaussure – et est tombé dans l'océan. Son corps n'a pas été retrouvé mais la police pense qu'il réapparaîtra dans huit ou dix jours.

Il était sûr que Margo, avec son goût pour le théâtre, allait fondre en pleurs. Mais les yeux qu'elle braquait sur lui restaient secs.

— Arrêtez vos conneries ! lâcha-t-elle.

— Pourquoi dites-vous cela, Margo ?

— Parce que... Il se cache, vous le savez.

— Pourquoi se cacherait-il ?

— Pour rien, probablement. Il était devenu complètement parano. Vous le savez aussi bien que moi.

En prononçant ces mots, elle croisa les jambes ; Peter s'obligea à garder les yeux fixés sur son visage.

— Parano ?

— Ne faites pas comme si vous n'aviez rien remarqué, Peter. Cela sautait aux yeux.

— Pas aux miens.

— La dernière fois qu'il est venu, c'était avant-hier. À peine entré, il s'est avancé vers la fenêtre, s'est caché derrière le rideau et a regardé dans la rue. Il avait la certitude d'être suivi.

— Avait-il déjà fait cela ?

— Je ne sais pas. Je ne le voyais plus beaucoup depuis quelque temps : il était toujours par monts et par vaux. Chaque fois que je l'appelais pour demander quand il passerait me voir, il répondait qu'il n'était pas prudent de venir ici.

Peter se leva, fit quelques pas vers la fenêtre et se plaça sur le côté pour regarder dans la rue.

— On vous suit, vous aussi ? demanda Margo.

— Je ne crois pas.

Sur Wilshire Boulevard, au début de l'heure de pointe, la circulation était dense sur trois voies, dans les deux sens. Un grondement sourd montait jusqu'au quatorzième étage. Il n'y avait pas de place pour se garer. Impossible de se dégager du flot ininterrompu de voitures. Une Prius hybride bleue s'était immobilisée le long du trottoir, bloquant les véhicules qui la suivaient ; des coups de klaxon commençaient à retentir. Au bout d'un moment, la voiture redémarra.

— Vous voyez quelque chose de louche ?

— Non.

— Je n'ai jamais rien remarqué non plus. Mais George voyait – ou croyait voir – une voiture suspecte.

— A-t-il dit par qui il était suivi ?

— Non, répondit Margo en décroisant les jambes. Je pensais qu'il devait se faire soigner ; je le lui ai dit.

— Qu'a-t-il répondu ?

— Il a dit que j'étais en danger, moi aussi. Il m'a conseillé de m'éloigner quelque temps de Los Angeles, d'aller voir ma sœur dans l'Oregon. Je ne veux pas partir.

La serviette commençait à glisser sur la poitrine ferme de Margo ; elle resserra le nœud sans la remonter.

— Croyez-moi, reprit-elle, George se cache. Et vous devriez le retrouver rapidement, car il a besoin d'aide.

— Je vois, fit Peter. Mais supposons qu'il ne se cache pas, qu'il ait réellement été victime d'un accident de la route. Il y a, dans ce cas, un certain nombre de choses que vous devez faire sans délai.

Il expliqua que si George ne réapparaissait pas, ses comptes pourraient être bloqués, ce qui signifiait que Margo devait vider le compte bancaire sur lequel il lui faisait un virement mensuel. Pour être sûre d'avoir de l'argent devant elle.

— C'est idiot, protesta-t-elle. Je sais qu'il va revenir dans quelques jours.

— Simple précaution.

— Sauriez-vous quelque chose que vous me cachez ? lança-t-elle d'un ton soupçonneux.

— Non, répondit Peter. Je dis seulement qu'il faudra peut-être attendre un certain temps avant que la lumière soit faite.

— George est malade, reprit Margo. Vous êtes son ami : trouvez-le.

Peter promit d'essayer. Dès qu'il fut sorti, Margo fila dans sa chambre pour s'habiller avant d'aller à la banque.

En débouchant dans la lumière laiteuse, Peter se sentit accablé de fatigue. Il n'avait qu'une envie : rentrer chez lui et se mettre au lit. Il monta dans sa voiture et prit la route de son domicile. Juste avant d'arriver, son portable sonna. C'était Jennifer ; elle voulait savoir où il était.

— Désolé, Jennifer. Je ne peux pas venir aujourd'hui.

— C'est important, Peter. Vraiment important.

Il s'excusa de nouveau, promit de la rappeler.

Juste après, Lisa, la secrétaire de Herb Lowenstein, appela pour dire que Drake essayait de le joindre depuis le début de l'après-midi.

— Il tient absolument à vous parler.

— D'accord, dit Peter. Je vais l'appeler.

— Il avait l'air furieux.

— Bon, bon...

— Mais vous devriez d'abord appeler Sarah.

— Pourquoi ?

La communication fut brutalement coupée; il n'y avait pas de réception dans l'allée. Peter glissa le téléphone dans la poche de sa chemise; il rappellerait plus tard. Il roula jusqu'au bout de l'allée et gara la voiture à sa place.

Il prit l'escalier, glissa la clé dans la serrure, poussa la porte de l'appartement.

Et resta planté sur le seuil, les yeux écarquillés.

Tout était sens dessus dessous, les meubles renversés, les coussins éventrés. Des papiers jonchaient le sol au milieu des livres tombés des étagères.

Peter resta dans l'entrée, abasourdi. Au bout d'un moment, il s'avança dans le séjour et releva un fauteuil dans lequel il se laissa tomber. L'idée lui vint enfin d'appeler la police. Il se leva, ramassa le téléphone qui traînait par terre et composa le numéro d'urgence. Au même moment, le portable se mit à vibrer dans sa poche. Il raccrocha le fixe, répondit sur le portable. C'était Lisa.

— Nous avons été coupés. Vous devriez appeler Sarah sans tarder.

— Pourquoi ?

— Elle est chez Morton. Il y a eu un cambriolage.

— Quoi ?

— Vous avez bien entendu. Appelez-la; elle avait l'air bouleversée.

Peter referma son portable et se dirigea vers la cuisine où tout était pêle-mêle. Il passa la tête par la porte de la chambre : la pièce était dans le même état que les autres. Et la femme de ménage qui ne viendrait pas avant le mardi suivant ! Comment allait-il faire pour remettre de l'ordre dans toute cette pagaille ?

Il reprit le téléphone, composa le numéro du portable de Sarah.

— C'est vous, Peter ?

— Oui. Que s'est-il passé ?

— Je ne veux pas parler au téléphone. Vous êtes chez vous ?

— Je viens d'arriver.

— Et... C'est pareil pour vous ?

— Oui. Chez moi aussi.

— Pouvez-vous venir ?

— Oui.

— Dans combien de temps ?

Il perçut de la peur dans sa voix

— Dix minutes.

— D'accord. Je vous attends.

Peter tourna la clé de contact ; le moteur de la Prius se mit en marche avec un bruit feutré. Il était content d'avoir cette voiture hybride pour laquelle le délai de livraison dépassait six mois, à Los Angeles. Il avait été obligé d'en prendre une gris clair ; on ne lui avait pas laissé le choix de la couleur. Il aimait cette voiture et voyait avec une satisfaction discrète qu'elles étaient de plus en plus nombreuses dans les rues.

En tournant dans Olympic Street, il remarqua le long du trottoir opposé une Prius bleue semblable à celle qu'il avait vue s'arrêter sous la fenêtre de Margo. Elle était d'un bleu électrique, une couleur criarde ; il se dit qu'il préférait la sienne. Il tourna d'abord à droite, puis à gauche pour traverser Beverly Hills en direction du nord. Il voulait gagner Sunset Boulevard où la circulation serait un peu plus fluide.

Au feu tricolore de Wilshire, il vit une autre Prius bleue derrière lui. De la même couleur agressive. Il y avait deux hommes dans la voiture, pas jeunes. À l'intersection de Sunset Boulevard, la Prius était toujours là, derrière deux autres voitures.

Il tourna à gauche, en direction de Holmby Hills.

La Prius tourna aussi. Elle le suivait.

Peter s'arrêta devant le portail de la résidence de Morton et appuya sur le bouton de l'interphone. La caméra de surveillance placée au-dessus du portier électronique se mit à clignoter.

— Que désirez-vous ?

— Peter Evans pour Sarah Jones.

Après un moment d'attente, un bourdonnement se fit entendre. Les grilles s'ouvrirent lentement sur l'allée ; un coude cachait la maison aux regards.

En attendant l'ouverture complète des grilles, Peter jeta un coup d'œil dans son rétroviseur. Il vit la Prius bleue se rapprocher, passer sans ralentir et disparaître dans un virage.

Peut-être ne le suivait-elle pas.

Il prit une longue inspiration, exhala lentement.

Les grilles s'immobilisèrent. Peter engagea sa voiture sur l'allée.

Holmby Hills
Mardi 5 octobre
15 h 54

Il était près de 16 heures quand la Prius de Peter s'arrêta devant la résidence de George Morton. Les abords de la maison grouillaient d'agents de sécurité. Plusieurs hommes fouillaient les buissons et les arbres, d'autres étaient rassemblés au bord de l'allée, autour de trois camionnettes portant l'inscription ANDERSON SECURITY SERVICE. Peter gara la Prius à côté de la Porsche de Sarah et s'avança vers la porte d'entrée. Un agent de sécurité lui ouvrit.

— Mlle Jones est dans le salon.

Peter traversa l'entrée spacieuse en passant devant le grand escalier en courbe qui menait à l'étage. En arrivant à la porte du salon, il s'attendait à trouver la pièce dans le même désordre que son appartement, mais tout semblait en place, comme dans son souvenir.

Le salon était disposé de manière à mettre en valeur la riche collection d'antiquités orientales de George. Au-dessus de la cheminée s'étalait un grand paravent chinois décoré de nuages d'un or chatoyant. Près du canapé s'élevait une grosse tête en pierre de la région d'Angkor, montée sur un piédestal ; les lèvres charnues s'ouvraient sur un demi-sourire. Contre un mur luisaient les panneaux de bois précieux d'un *tansu* japonais du XVIIe siècle. Des estampes rarissimes d'Hiroshige, vieilles de deux siècles, occupaient le mur du fond. Un bouddha birman debout, sculpté dans un bois décoloré, se tenait devant l'entrée de la salle multimédia, dans le prolongement du salon.

Entourée par les objets d'art, affalée sur le canapé, Sarah regardait fixement par la fenêtre. Elle tourna la tête à l'entrée de Peter.

— Ils sont passés chez vous ?

— Oui. C'est le foutoir.

— Ils ont pénétré dans la maison par effraction ; cela a dû se passer cette nuit. Les gens de la sécurité essaient de comprendre comment cela a pu arriver. Venez voir.

Elle se leva et poussa le piédestal qui soutenait la tête cambodgienne. Malgré le poids de la tête, le support pivota aisément, découvrant un coffre-fort encastré dans le sol. La porte du coffre était ouverte : Peter vit à l'intérieur des chemises en papier kraft soigneusement empilées.

— Qu'ont-ils pris ? demanda-t-il.

— Autant que je sache, rien. Tout semble être à sa place, mais je ne sais pas exactement ce que George gardait dans ses coffres. Je n'y avais pas souvent accès.

Sarah se dirigea vers le *tansu*, fit coulisser un panneau central, puis un faux panneau arrière qui cachait un autre coffre-fort, ouvert, lui aussi.

— Il y a six coffres dans la maison, expliqua-t-elle. Trois au rez-de-chaussée, un dans son bureau, à l'étage, un au sous-sol et un autre dans la penderie de sa chambre. Ils ont tous été ouverts.

— Forcés ?

— Non. Quelqu'un connaissait les combinaisons.

— Avez-vous prévenu la police ?

— Non.

— Pourquoi ?

— Je voulais vous parler avant.

La tête de Sarah était tout près de la sienne. Il percevait les nuances discrètes de son parfum.

— Me parler de quoi ?

— Quelqu'un connaissait les combinaisons, Peter.

— Vous voulez dire que ce serait quelqu'un de la maison ?

— Nécessairement.

— Qui dort ici ?

— Deux domestiques ont une chambre dans l'aile mais c'était leur soir de congé. Ils n'étaient pas là.

— Il n'y avait donc personne dans la maison ?

— Exact.

— Et l'alarme ?

— Je l'ai branchée moi-même hier, avant de partir à San Francisco.

— Elle ne s'est pas déclenchée ?

Sarah secoua la tête.

— Quelqu'un connaissait donc le code, poursuivit Peter. Ou savait comment la neutraliser. Et les caméras de surveillance ?

— Il y en a partout, à l'intérieur de la maison et à l'extérieur. Les images sont enregistrées sur un disque dur, dans le sous-sol.

— Vous les avez visionnées ?

— Il n'y a rien, Peter. Tout a été effacé. Les gars de la sécurité essaient de récupérer quelque chose mais... je ne crois pas qu'ils réussissent.

Seuls des cambrioleurs de haut vol seraient capables d'effacer un disque dur, se dit Peter.

— Qui connaît le code du système d'alarme et les combinaisons des coffres ?

— Je croyais être la seule avec George, répondit Sarah. À l'évidence, il y a quelqu'un d'autre.

— Faut-il que j'appelle la police ?

— Ils cherchaient quelque chose, murmura pensivement Sarah. Quelque chose qui était en possession de George et qu'ils croient que nous détenons maintenant. Ils croient que George nous l'a remis.

— Dans ce cas, fit remarquer Peter, l'air dubitatif, pourquoi ont-ils voulu laisser des traces de leur passage ? Ils ont tout mis sens dessus dessous chez moi et ici ils ont laissé les coffres ouverts, pour être sûrs que l'effraction ne passe pas inaperçue.

— Exactement, reprit Sarah en se mordillant la lèvre. Ils veulent que nous sachions. Ils attendent que nous allions précipitamment récupérer ce qu'ils cherchent. Ils nous suivront et s'en empareront.

— Avez-vous une idée de ce que cela pourrait être? demanda Peter après un moment de réflexion.

— Non. Et vous?

Peter pensait à la liste à laquelle George avait fait allusion dans l'avion. Il n'avait pas eu le temps d'expliquer de quoi il s'agissait et il était mort. George avait seulement dit qu'il avait dépensé une fortune pour obtenir cette liste dont il ne savait rien. Quelque chose le fit hésiter à s'en ouvrir à Sarah.

— Non, répondit-il.

— George vous a confié quelque chose?

— Rien.

— À moi non plus, fit Sarah en recommençant à se mordiller la lèvre. Je crois que nous devrions partir.

— Partir?

— Quitter Los Angeles quelque temps.

— Il est naturel de réagir comme ça après un cambriolage mais je pense que ce qu'il convient de faire maintenant, c'est d'avertir la police.

— George n'aimerait pas cela.

— George n'est plus avec nous, Sarah.

— George détestait la police de Beverly Hills.

— Sarah...

— Jamais il ne faisait appel à eux. Il s'adressait toujours à des sociétés privées.

— C'est possible, mais...

— Ils feront un rapport, c'est tout.

— Peut-être, mais...

— Vous les avez appelés, pour votre cambriolage?

— Pas encore. Je vais le faire.

— Eh bien, avertissez-les. Vous verrez bien ce qui se passe; c'est une perte de temps.

Le portable de Peter émit un signal sonore. Un message s'affichait sur l'écran : N. DRAKE VENEZ IMMÉDIATEMENT AU BUREAU. URGENT.

— Il faut que j'aille voir Nick, Sarah.

— Ne vous inquiétez pas pour moi.

— Je reviens aussi vite que possible.

— Ne vous inquiétez pas.

Dans un geste impulsif, il la prit dans ses bras. Elle était si grande que leurs épaules se touchaient.

— Tout ira bien, murmura Peter. Ne vous en faites pas, tout ira bien.

— Ne refaites jamais cela, Peter, déclara-t-elle dès qu'il l'eut lâchée. Je ne suis pas au bord de la crise de nerfs. À tout à l'heure.

Se sentant ridicule, il se dirigea en hâte vers la porte.

— À propos, Peter, lança-t-elle juste avant qu'il ne sorte, avez-vous une arme ?

— Non. Et vous ?

— Un Beretta 9 mm. C'est mieux que rien.

— Bien, bien.

Décidément, se dit-il en sortant de la maison, la femme moderne n'a que faire du réconfort d'une présence masculine.

Il monta dans sa voiture et prit la route du bureau de Drake.

Juste avant de pénétrer dans l'immeuble, Peter tourna la tête. La Prius bleue était garée à l'angle du pâté de maisons. Deux hommes étaient assis dans la voiture.

Ils l'observaient.

Beverly Hills
Mardi 5 octobre
16 h 45

— Non, non et non !

Entouré par une demi-douzaine de graphistes, Nicholas Drake pestait au centre de la salle de communications du NERF. Les murs et les tables étaient couverts d'affiches, de prospectus, de tasses à café, de piles de communiqués de presse et de matériel publicitaire. Sur tous les supports figurait un bandeau allant du vert au rouge, sur lequel s'étalaient les mots : Changements climatiques brutaux : les dangers qui nous guettent.

— Je déteste ça ! rugit Drake. C'est affligeant !

— Pourquoi ?

— C'est trop fade ! Il faut du punch, du mordant !

— S'il m'en souvient bien, objecta un des concepteurs, vous vouliez au départ éviter tout ce qui pouvait ressembler à une dramatisation.

— Moi ? Certainement pas. Henley voulait éviter la dramatisation. Il pensait que la présentation devait être celle d'une conférence classique. Mais si nous faisons cela, nous n'attirerons pas l'attention des médias. Savez-vous combien de conférences sur les changements climatiques sont organisées chaque année dans le monde ?

— Non, monsieur. Combien ?

— Euh... quarante-sept. Mais la question n'est pas là.

Drake tapota le slogan de la jointure de ses doigts.

— Regardez-moi ça ! Le mot « dangers » est si vague qu'il peut signifier n'importe quoi.

— J'avais cru comprendre que c'était ce que vous vouliez : qu'il ait toutes les significations possibles.

— Non. Je veux « crise », ou « catastrophe ». « La crise qui nous guette. » « La catastrophe qui nous guette. » C'est mieux. « Catastrophe » est bien mieux.

— Vous avez utilisé le mot « catastrophe » la dernière fois, pour la conférence sur l'extinction des espèces.

— Je m'en fous. Nous utilisons ce mot parce qu'il est efficace. Notre conférence doit nous amener à l'idée d'une catastrophe...

— Pardon, monsieur, glissa un des graphistes. Si je puis me permettre, est-il exact que les changements climatiques brutaux nous conduiront à une catastrophe ? D'après la documentation que l'on nous a fournie...

— Bien sûr que cela nous conduira à la catastrophe ! coupa Drake avec virulence. Vous pouvez me croire, bordel ! Refaites-moi ça !

Les graphistes considérèrent le matériel accumulé sur la table.

— La conférence s'ouvre dans quelques jours..., hasarda l'un d'eux.

— Comme si je ne le savais pas ! gronda Drake. Vous croyez que je ne le sais pas ?

— Je ne suis pas sûr que nous puissions réaliser en si peu...

— Je veux le mot « catastrophe » ! Supprimez « dangers » et remplacez-le par « catastrophe » ! C'est tout ce que je vous demande ! Je ne vois pas où est la difficulté !

— Nous pouvons reprendre le matériel publicitaire mais les tasses à café posent un problème.

— Pourquoi donc ?

— Elles sont fabriquées en Chine et...

— En Chine ! Ce foyer de pollution ! Qui a eu cette idée saugrenue ?

— Nous faisons toujours venir de Chine les tasses à café pour...

— Pas question ! Pas pour le NERF, bon Dieu ! Combien en avons-nous ?

— Trois cents. Elles sont distribuées aux journalistes, avec le dossier de presse.

— Nous devons trouver des tasses acceptables pour des écologistes, déclara Drake. On n'en fabrique pas au Canada ? Personne ne se plaint jamais de ce qui se fait au Canada. Achetez des tasses canadiennes et faites apparaître le mot « catastrophe » dessus. C'est simple.

Les graphistes échangèrent des regards dubitatifs.

— Il y a un grossiste à Vancouver...

— Mais les tasses sont crème...

— Elles peuvent être vert fluo, je m'en fous ! coupa Drake d'un ton cinglant. Faites ce que je demande ! Passons aux communiqués de presse.

Un des graphistes tendit une feuille.

— Un tirage en quadrichromie imprimé à l'encre biodégradable sur du papier de luxe recyclé.

— Il est recyclé ? s'étonna Drake en prenant la feuille. Il me paraît très bien.

— En réalité, répondit nerveusement le graphiste, c'est du papier normal, mais cela ne se verra pas.

— Vous ne m'avez rien dit, fit Drake. Il est essentiel que les matières recyclées présentent bien.

— Oui, monsieur, ne vous inquiétez pas.

— Voyons la suite, poursuivit Drake en se tournant vers les techniciens en communication. Quel est le programme de la campagne ?

— Un lancement tous azimuts pour sensibiliser le public au thème des changements climatiques brutaux, répondit un des communicateurs en se levant. Nous aurons nos premiers messages dans les talk-shows du dimanche et les suppléments dominicaux des quotidiens. On annoncera l'ouverture de la conférence, avec des interviews d'intervenants de premier plan : Stanford, Levine, les plus télégéniques. Nous nous y sommes pris assez longtemps à l'avance pour avoir des articles dans tous les grands magazines d'information : *Time, Newsweek, Der Spiegel, Paris Match, Oggi, The Economist.* En tout, une cinquantaine d'hebdos pour informer les leaders d'opinion. Nous avons demandé des articles de fond et des encarts avec un graphique ; sinon, ils ne publiaient rien. Nous espérons au moins une vingtaine de couvertures.

— Très bien, fit Drake en hochant lentement la tête.

— Des écologistes de renom, charismatiques et des politiciens de premier plan des nations industrialisés prendront la parole lors de la conférence. Il y aura des délégués du monde entier ; les prises de vue de l'assistance présenteront des images multiraciales. Il va sans dire que les pays industrialisés comprennent aujourd'hui l'Inde, la Corée et le Japon. Les membres de la délégation chinoise assisteront aux débats en qualité d'observateurs. Les deux cents journalistes de télévision invités seront logés au Hilton. La presse y disposera pour les interviews d'une salle qui s'ajoutera à celles du Centre de conférences, de sorte que les orateurs auront la possibilité de faire passer leur message sur des enregistrements vidéo. Un certain nombre de journalistes de la presse écrite se chargeront de porter la bonne parole aux élites, celles qui lisent et ne regardent pas la télévision.

— Bien, approuva Drake, visiblement satisfait.

— Un symbole graphique représentera le thème du jour : les inondations, les incendies, la montée des eaux, la sécheresse, les icebergs, les typhons, les cyclones et ainsi de suite. Chaque jour un contingent de politiciens du monde entier assistera aux débats et fera part en salle de presse de ses craintes au sujet des risques climatiques.

— Bien, bien.

— Les politiciens ne resteront qu'une journée – quelques heures pour certains. Ils n'auront pas le temps d'assister aux conférences et se feront juste photographier dans le public ; ils savent ce qu'ils ont à faire et le feront bien. Nous aurons aussi tous les jours des écoliers de dix à douze ans qui viendront s'informer sur les dangers... pardon, la catastrophe que l'avenir leur réserve. Les instituteurs recevront du matériel éducatif pour leur permettre d'expliquer aux enfants l'ampleur des changements climatiques brutaux.

— Quand ce matériel sera-t-il disponible ?

— Il devait être prêt aujourd'hui mais nous allons faire modifier le slogan.

— Bon, poursuivit Drake. Et pour le secondaire ?

— Nous avons des difficultés, répondit le professionnel de la communication. Nous avons montré le matériel à un échantillon de professeurs de sciences et... euh...

— Et quoi ? lança Drake.

— D'après les réactions que nous avons eues, il n'a pas été très bien reçu.

— Pourquoi ? interrogea Drake, le visage rembruni.

— Le programme de sciences du secondaire vise à préparer les élèves à l'enseignement supérieur et ne laisse pas beaucoup de place aux matières facultatives...

— Comme si l'avenir de la planète était facultatif !

— Et... euh... ils avaient le sentiment que c'étaient des conjectures dénuées de tout fondement. Ils demandaient où étaient les preuves scientifiques. Je ne fais que répéter leurs propos...

— Ce ne sont pas des conjectures, bon Dieu ! coupa Drake. C'est une réalité !

— Nous n'avons peut-être pas mis à leur disposition le matériel qui prouverait...

— Et merde ! éructa Drake. De toute façon, il est trop tard. Mais, croyez-moi, c'est une réalité. Vous pouvez en être sûr... Peter ? lança-t-il en se retournant. Depuis combien de temps êtes-vous là ?

Peter se tenait à la porte depuis un moment ; il avait suivi la plus grande partie de la conversation.

— Je viens d'arriver.

— Très bien, fit Drake en s'adressant à ses collaborateurs. Je crois que nous avons fait le tour de la question. Peter, venez avec moi.

— J'ai besoin de votre avis, Peter, commença Drake en faisant le tour de son bureau pour prendre des papiers qu'il fit glisser vers Peter. Qu'est-ce que c'est que ces conneries ?

— C'est l'annulation de la donation de George.

— Vous avez rédigé ce texte ?

— Oui.

— Qui a eu l'idée du paragraphe 3*a* ?

— Le paragraphe 3*a* ?

— Oui. Ce morceau de bravoure est de vous ?

— Je ne me souviens pas précisément...

— Permettez-moi de vous rafraîchir la mémoire, reprit Drake en saisissant le document. « Dans le cas où on prétendrait que je ne suis pas sain d'esprit, il se peut que l'on tente de faire annuler par la justice les dispositions de ce document. Il autorise en conséquence le paiement de cinquante mille dollars par semaine au NERF dans l'attente d'une décision de justice à l'issue d'un procès. Cette somme est jugée suffisante pour couvrir les dépenses engagées par le NERF et implique le renoncement à toute procédure. » Avez-vous écrit cela, Peter ?

— Oui.

— Qui en a eu l'idée ?

— George.

— George n'est pas avocat. Quelqu'un l'a aidé.

— Pas moi, répliqua Peter. Il a plus ou moins dicté cette clause ; je n'y aurais jamais pensé.

— Cinquante mille dollars par semaine ! lança Drake avec un ricanement de dégoût. À ce rythme, il nous faudra quatre ans pour toucher les dix millions de dollars de la donation.

— C'est ce que George voulait voir figurer dans le document.

— Mais qui a eu cette idée ? répéta Drake. Si ce n'est vous, qui ?

— Je ne sais pas.

— Découvrez-le.

— Je ne sais pas si ce sera possible. George est mort et j'ignore qui il a pu consulter.

— Êtes-vous, oui ou non, de notre côté ? demanda Drake, un regard noir dardé sur Peter.

Il commença à discourir en arpentant la pièce.

— Le procès Vanutu est indiscutablement le dossier le plus significatif sur lequel nous nous sommes engagés. Les enjeux sont considérables. Le réchauffement planétaire est le grand péril que l'humanité devra affronter. Vous le savez et je le sais. La majeure partie du monde civilisé en a conscience. Nous *devons* agir pour sauver la planète avant qu'il soit trop tard.

— Oui, admit Peter, je sais tout ça.
— Vraiment ? Nous avons ce procès, un procès de la plus haute importance pour lequel tout le monde doit œuvrer. Avec cinquante mille dollars par semaine, nous serons étranglés.
Peter n'était pas de cet avis.
— C'est déjà une grosse somme, objecta-t-il. Je ne vois pas comment vous pourriez être étranglés...
— Si je dis que nous serons étranglés, rugit Drake, nous serons étranglés ! C'est comme ça !
Surpris par sa propre véhémence, il agrippa le bord de son bureau pour essayer de se dominer.
— Écoutez, reprit-il en se radoucissant, il ne faut surtout pas oublier qui nous avons en face de nous. Les forces de l'industrie ont une puissance phénoménale. Et l'industrie aspire à polluer en toute impunité. Polluer chez nous, au Mexique, en Chine, partout où elle est implantée. Les enjeux, croyez-moi, sont énormes.
— Je comprends.
— Quantité d'intérêts puissants s'intéressent à cette affaire, Peter.
— Je n'en doute pas.
— Tous les moyens leur seront bons pour nous faire perdre.
Perplexe, Peter se demanda où Drake voulait en venir.
— Leur influence s'étend partout, Peter. Elle peut s'exercer sur certains de vos confrères, dans votre cabinet. Ou sur d'autres personnes que vous connaissez. Des gens à qui vous croyez pouvoir faire confiance. Il n'en est rien : ils se trouvent dans l'autre camp et ne le savent même pas.
Peter garda le silence, le regard braqué sur Drake.
— Soyez prudent, Peter. Surveillez vos arrières. Ne parlez de ce que vous faites avec personne – je dis bien personne – d'autre que moi. Essayez d'utiliser le moins possible votre portable, évitez les e-mails et assurez-vous que vous n'êtes pas suivi.
— D'accord... À propos, je suis déjà suivi. Il y a une Prius bleue...
— C'est nous. Je ne sais pas ce qu'ils font ; je leur ai demandé d'arrêter il y a plusieurs jours.

— C'est vous ?

— Oui. Une nouvelle société de surveillance que nous prenons à l'essai. À l'évidence, ils ne sont pas très compétents.

— Vous me surprenez, s'étonna Peter. Le NERF a sa propre société de surveillance ?

— Absolument ; depuis plusieurs années. À cause du danger qui nous menace. Ne vous y trompez pas, Peter, nous sommes tous en danger. Comprenez-vous la portée de ce procès si nous le gagnons ? Des milliards de dollars que l'industrie devra débourser dans les années à venir pour mettre un terme aux émissions qui provoquent le réchauffement global. Avec de tels enjeux, quelques vies humaines sont de peu d'importance. Alors, je le répète, soyez très prudent.

Peter affirma qu'il le serait ; Drake hocha la tête avec satisfaction.

— Je veux savoir, reprit-il, qui a conseillé George pour la rédaction de ce paragraphe. Et je veux que cet argent soit mis à notre disposition pour être utilisé comme nous l'entendrons. À vous de jouer, Peter. Bonne chance.

Juste avant de sortir, Peter heurta un jeune homme qui gravissait l'escalier quatre à quatre ; le choc fut si rude qu'il faillit perdre l'équilibre. Le jeune homme balbutia quelques mots d'excuse et reprit son ascension. Il ressemblait à tous ceux qui préparaient la conférence. Peter se demanda ce qu'il y avait de si urgent pour l'obliger à courir de la sorte.

En débouchant sur le trottoir, il regarda de droite et de gauche. La Prius bleue avait disparu.

Il monta dans sa voiture et reprit la route de la résidence de Morton, où Sarah l'attendait.

Holmby Hills
Mardi 5 octobre
17 h 57

Sur Sunset Boulevard, où les voitures avançaient à touche-touche, Peter eut le temps de réfléchir à la conversation avec Drake dont il conservait une impression bizarre. Leur entretien le laissait perplexe, comme s'il n'avait pas été vraiment nécessaire, comme si Drake avait simplement voulu s'assurer qu'il lui suffisait de convoquer Peter pour le voir rappliquer. Comme s'il cherchait à affirmer son autorité ou quelque chose de ce genre.

Une impression désagréable. Et cette histoire de société de surveillance le mettait mal à l'aise; cela ne lui paraissait pas bien. Le NERF était une organisation écologiste qui n'avait pas à faire suivre les gens. Les mises en garde paranoïaques de Drake ne l'avaient pas convaincu; il avait dramatisé, comme cela lui arrivait si souvent.

Drake avait le goût du tragique; il ne pouvait s'en empêcher. Tout était critique, tout était d'une gravité extrême, tout était d'une importance cruciale. Il vivait dans un monde où l'urgence était la règle, mais ce n'était pas nécessairement le monde réel.

Peter appela Heather; elle était déjà partie. Il appela Lowenstein; Lisa lui répondit.

— J'ai besoin de votre aide, Lisa.

— Bien sûr, Peter, fit-elle d'un ton de connivence.

— J'ai été cambriolé.

— Non... Vous aussi ?

— Oui, moi aussi. Et il faut que j'avertisse la police.

— Certainement... Mon Dieu ! Vous a-t-on volé quelque chose ?

— Je ne crois pas mais je veux déposer une plainte et j'ai beaucoup à faire, avec Sarah... Je crains de ne pas avoir le temps de m'en occuper dans l'immédiat.

— Je comprends. Voulez-vous que je déclare votre cambriolage à la police ?

— Vous pourriez ? Vous me rendriez vraiment service.

— C'est tout naturel, Peter. Comptez sur moi. Y a-t-il, reprit-elle dans un souffle, après un silence, une chose sur laquelle vous ne voudriez pas que la police tombe ?

— Non.

— Cela ne me dérange pas, vous savez. Tout le monde à Los Angeles a ses petits vices, sinon nous ne serions pas ici...

— Non, Lisa. Il n'y a pas de drogue chez moi, si c'est à cela que vous faites allusion.

— Oh ! je ne pensais pas à ça ! protesta-t-elle. Il n'y a pas de photos, des choses comme ça ?

— Non, Lisa.

— Rien... avec des mineurs...

— Je crains que non.

— Parfait. Je voulais juste être sûre.

— Je vous remercie de vous occuper de cela. Pour entrer, vous trouverez la clé...

— Sous le paillasson de la porte de derrière.

— Oui, confirma Peter. Comment le savez-vous ? reprit-il après un silence.

— Peter, fit Lisa, visiblement froissée, vous pouvez compter sur moi pour savoir ces choses-là.

— C'est vrai. En tout cas, je vous remercie.

— Il n'y a pas de quoi. Et Margo ? Comment va-t-elle ?

— Elle va bien.

— Vous êtes allé la voir ?

— Oui, ce matin...

— Je voulais dire à l'hôpital... Vous n'êtes pas au courant ? En revenant de la banque, elle a trouvé des cambrioleurs dans son appartement. Trois cambriolages dans la même journée ! Vous, Margo, George ! Que se passe-t-il ? Avez-vous une idée ?

— Non, répondit Peter. C'est un mystère.

— Comme vous dites.

— Et Margo...

— Euh... J'imagine qu'elle a voulu se battre avec les cambrioleurs. Elle n'aurait pas dû faire ça. Ils l'ont tabassée, assommée peut-être ; elle avait un œil au beurre noir. Pendant que la police était chez elle, elle a perdu connaissance. Complètement paralysée, elle ne pouvait plus faire un geste. Elle a même cessé de respirer.

— Vous plaisantez ?

— Non. J'ai eu une longue conversation avec l'inspecteur qui était près d'elle. D'un seul coup, elle s'est trouvée incapable de bouger et elle avait la peau bleue quand une équipe médicale est arrivée pour la transporter à l'hôpital. Elle a passé l'après-midi en réanimation. Les médecins attendent pour l'interroger sur le cercle bleu.

— Quel cercle bleu ?

— Juste avant d'être paralysée, elle articulait très mal mais elle a parlé d'un cercle bleu ou du cercle bleu de la mort.

— Que voulait-elle dire ?

— Personne ne le sait ; elle n'est toujours pas capable de parler. Elle se drogue ?

— Non, c'est une fana de diététique.

— Bon. D'après les médecins, elle devrait se remettre : c'était une paralysie temporaire.

— Je passerai la voir.

— Voulez-vous m'appeler après, pour me donner des nouvelles ? Je m'occupe de votre cambriolage, ne craignez rien.

Il arriva chez Morton à la nuit tombante. Les agents de sécurité avaient disparu ; il ne restait que la Porsche de Sarah. Il sonna ; elle ouvrit la porte en survêtement.

— Tout va bien ? demanda-t-il.

— Oui.

Ils traversèrent l'entrée pour se diriger vers le salon. Les lumières étaient allumées, la pièce accueillante.

— Où sont les agents de sécurité ?
— Ils sont partis dîner. Ils vont revenir.
— Ils sont *tous* partis ?
— Ils vont revenir. Venez, je veux vous montrer quelque chose.
Elle prit une baguette sur laquelle était fixé un compteur électronique. Elle la passa sur le corps de Peter, comme pour un contrôle de sécurité dans un aéroport. Elle tapota sa poche gauche.
— Videz-la.
Elle ne contenait que ses clés de voiture ; il les posa sur la table basse. Sarah passa la baguette sur sa poitrine et sur sa veste. Elle indiqua la poche droite de la veste, lui fit signe de la vider.
— Allez-vous m'expliquer...
Elle secoua la tête sans répondre.
Il prit dans sa poche une pièce d'un *cent*, la posa sur la table.
Elle demanda d'un geste s'il y en avait d'autres.
Il plongea la main au fond de sa poche : rien.
Elle approcha la baguette des clés de voiture. Il y avait un rectangle en plastique sur la chaîne ; elle glissa la lame d'un canif entre les deux moitiés pour faire levier.
— Qu'est-ce que vous faites ?
Le morceau de plastique s'ouvrit avec un bruit sec. Il contenait un circuit intégré, une pile de montre. Sarah retira un minuscule composant électronique, à peine plus gros que la pointe d'un crayon.
— Bingo !
— C'est ce que je crois ?
Elle laissa tomber le petit élément dans un verre d'eau. Puis elle se pencha sur la pièce d'un *cent*, l'examina minutieusement et la plaça entre ses doigts pour exercer une pression. Au grand étonnement de Peter, elle se brisa en deux : elle contenait des composants électroniques.
Sarah les fit tomber dans le verre d'eau, avec l'autre.
— Où est votre voiture ? demanda-t-elle.
— Devant la maison.
— Nous l'examinerons plus tard.

— Vous m'expliquez, maintenant ?

— Les agents de la société de surveillance ont découvert des micros sur moi. Et dans toute la maison. C'était vraisemblablement la raison du cambriolage : cacher des micros un peu partout. Et vous en aviez aussi sur vous.

— Il n'y en a plus ici ?

— Ils ont tout passé au peigne fin. Ils ont découvert une douzaine de micros ; il ne devrait plus y en avoir.

Ils prirent place côte à côte sur le canapé.

— Ceux qui sont responsables de cela, reprit Sarah, pensent que nous savons quelque chose. Et je commence à croire qu'ils sont dans le vrai.

Peter lui fit part des allusions de Morton à la mystérieuse liste.

— Il a acheté une liste ? s'étonna Sarah.

— C'est ce qu'il a dit.

— A-t-il précisé de quoi il s'agissait ?

— Non. Il s'apprêtait à m'en dire plus mais nous avons été interrompus.

— Il n'a rien dit d'autre pendant que vous étiez seul avec lui ?

— Je n'en ai pas souvenance.

— En montant dans l'avion ?

— Non.

— À table, pendant le dîner ?

— Non, je ne crois pas.

— Quand vous l'avez accompagné jusqu'à sa voiture ?

— Non. Il chantait tout le temps. Pour ne rien vous cacher, c'était assez embarrassant. Il est monté dans la Ferrari et... Attendez ! Il a dit quelque chose de bizarre, poursuivit Peter en se redressant.

— Qu'a-t-il dit ?

— C'était une maxime philosophique bouddhiste. Il m'a dit de ne pas l'oublier.

— J'écoute.

— Je ne m'en souviens plus, fit Peter. Pas précisément. Quelque chose du genre : « Tout ce qui importe se trouve près du bouddha. »

— George ne s'intéressait pas au bouddhisme, affirma Sarah. Pourquoi vous aurait-il dit ça ?

— « Tout ce qui importe se trouve près du bouddha », répéta Peter.

Il avait le regard fixé droit devant lui, en direction de la salle multimédia adjacente au salon.

— Sarah...

Juste devant eux, baignant dans la lumière d'un plafonnier, s'élevait une grande sculpture en bois représentant un bouddha assis. Birmanie, XIVe siècle.

Peter se leva et passa dans l'autre pièce, Sarah sur ses talons. Haute d'un mètre vingt, la sculpture reposait sur un piédestal. Peter en fit le tour.

— Vous croyez... ? fit Sarah.

— Peut-être.

Il fit courir ses doigts sur le socle de la statue. Il y avait un espace entre les jambes croisées. Il y glissa les doigts. Il s'accroupit pour regarder : rien. Les fentes dans le bois ne contenaient rien non plus.

— Il faudrait peut-être déplacer le socle, suggéra-t-il.

— Il est monté sur des roulettes.

Ils le firent glisser, ne virent que de la moquette blanche.

Peter poussa un long soupir.

— Il n'y a pas d'autres bouddhas ? demanda-t-il à Sarah, à quatre pattes sur la moquette.

— Peter...

— Quoi ?

— Venez voir.

Il se mit à plat ventre. Entre le socle et la moquette il y avait un vide de deux ou trois centimètres. Il distingua, à peine visible, le coin d'une enveloppe fixée sur la partie inférieure du socle.

— Ça alors !

— C'est une enveloppe, fit Sarah en glissant les doigts sous le socle.

— Vous y arriverez ?

— Je crois... Ça y est !

C'était une enveloppe longue, cachetée, sans inscription.

— C'est peut-être ce que nous cherchons ! s'écria Sarah, tout excitée. Je crois que nous avons trouvé !

Les lumières s'éteignirent ; la maison fut plongée dans les ténèbres.

Ils se relevèrent précipitamment.
— Que se passe-t-il ? demanda Peter.
— Ce n'est rien, dit Sarah. Le groupe électrogène va se mettre en marche.
— Je ne pense pas, lança une voix dans l'obscurité.

Ils reçurent en pleine figure les faisceaux lumineux de deux puissantes torches électrique. Peter cligna les yeux, aveuglé par la lumière ; Sarah leva la main pour protéger son visage.
— Puis-je avoir cette enveloppe, je vous prie ? fit la voix.
— Non, répondit Sarah sans hésiter.
Il y eut un petit bruit sec, évoquant l'armement d'un pistolet.
— Si vous ne la donnez pas de votre plein gré, reprit la voix, nous la prendrons de force.
— Certainement pas, répliqua Sarah.
— *Sarah !* souffla Peter.
— Taisez-vous, Peter. Il n'est pas question de la leur donner.
— Nous n'hésiterons pas à faire usage de nos armes.
— Sarah, donnez-leur cette fichue enveloppe !
— Qu'ils viennent la prendre ! lança-t-elle d'un ton de défi.
— *Sarah !*
— Salope ! rugit la voix dans l'obscurité.
Une détonation retentit. Peter ne voyait rien. Il entendit quelqu'un crier, vit une des torches rebondir sur la moquette et s'immobiliser, le faisceau lumineux dirigé vers un angle de la pièce. Il distingua dans l'ombre une silhouette massive qui se jetait sur Sarah ; elle poussa un cri, essaya de repousser son assaillant à coups de pied. Sans réfléchir, Peter s'élança vers l'agresseur et s'agrippa à la manche d'une veste de cuir. Il l'entendit grogner, sentit son haleine chargée de bière. Puis on le saisit par-derrière et on le jeta au sol ; il reçut un grand coup de pied dans les côtes.
Il roula sur lui-même, heurtant des meubles. Soudain, une nouvelle voix, plus grave, se fit entendre et il reçut dans les yeux le faisceau lumineux d'une torche.

— Écartez-vous tout de suite !

L'homme avec qui il se battait se tourna aussitôt dans la direction d'où venait la voix. Peter regarda Sarah ; l'homme qui la maintenait au sol se leva, la tête tournée vers la torche électrique.

Peter entendit une sorte de grésillement; l'homme poussa un cri et tomba à la renverse. Le faisceau de la torche pivota pour se fixer sur l'homme à la veste de cuir.

— Vous. Par terre.

L'homme s'allongea illico sur la moquette.

— Sur le ventre.

Il se retourna.

— Je préfère ça, poursuivit la nouvelle voix. Vous n'avez pas de mal, vous deux ?

— Ça va, fit Sarah en reprenant son souffle, le regard braqué sur la torche. Je peux savoir qui vous êtes ?

— Je suis déçu que vous ne me reconnaissiez pas, Sarah, fit la voix.

À cet instant, les lumières se rallumèrent.

— John ! s'écria Sarah.

Sous les yeux stupéfaits de Peter, elle enjamba le corps inerte de son assaillant pour se jeter dans les bras de John Kenner, professeur d'ingénierie géo-environnementale au MIT.

Holmby Hills
Mardi 5 octobre
20 h 03

— Je pense avoir droit à une explication, lança Peter à l'adresse de Kenner qui s'était accroupi pour passer les menottes aux deux hommes dont un n'avait toujours pas repris connaissance.

— C'est un *taser* à modulation. Il envoie une fléchette de cinq cents mégahertz qui provoque une secousse de quatre millisecondes et un arrêt du fonctionnement du cervelet. Le corps s'affaisse ; la perte de connaissance est immédiate. Mais elle ne dure que quelques minutes.

— Je ne parlais pas de ça, fit Peter.

Kenner leva la tête, un petit sourire sur les lèvres.

— Vous voulez savoir ce que je fais ici ?

— Oui.

— John est un très bon ami de George, glissa Sarah.

— Vraiment ? Depuis quand ?

— Depuis notre première rencontre, qui remonte à quelques semaines. Le jour où vous avez fait aussi la connaissance de mon partenaire, Sanjong Thapa.

Un homme jeune, râblé, au teint mat et aux cheveux en brosse entra dans la pièce. Comme la première fois, Peter fut frappé par ce qu'il y avait de martial dans son allure.

— La lumière est revenue partout, professeur, annonça Sanjong Thapa avec un accent britannique. Voulez-vous que j'appelle la police ?

— Pas tout de suite, Sanjong, répondit Kenner. Venez m'aider.

Les deux hommes entreprirent de faire les poches de leurs prisonniers menottés.

— C'est bien ce que je craignais, déclara Kenner en se relevant. Ils n'ont pas de papiers.

— Qui sont-ils ?

— À la police de le découvrir.

Les prisonniers commençaient à reprendre connaissance en toussant.

— Emmenons-les ailleurs, Sanjong.

Ils mirent les deux hommes debout et les firent sortir de la pièce en les traînant et en les soutenant.

— Comment Kenner est-il entré ? demanda Peter quand il se trouva seul avec Sarah.

— Il était au sous-sol. Il a passé le plus clair de l'après-midi à fouiller la maison.

— Pourquoi ne m'avez-vous rien dit ?

— Parce que je le lui avais demandé, lança Kenner de la porte du salon. J'avais des doutes sur vous ; c'est une affaire très compliquée. Et si nous jetions un coup d'œil à cette enveloppe, poursuivit-il en se frottant les mains.

— Bien sûr, fit Sarah.

Elle s'assit sur le canapé, décacheta l'enveloppe. Elle ne contenait qu'une feuille soigneusement pliée en deux. Sarah la considéra d'un regard incrédule ; son visage se ferma.

— Qu'est-ce que c'est ? demanda Peter.

Sans un mot, elle lui tendit la feuille.

C'était une facture de la galerie d'art Edwards, de Torrance, Californie, pour la construction d'un socle en bois destiné à servir de support à une représentation sculptée d'un bouddha. La facture avait trois ans.

Découragé, Peter se laissa tomber dans le canapé à côté de Sarah.

— Et alors ? lança Kenner. Vous jetez déjà l'éponge ?

— Je ne sais plus quoi faire.

— Vous pourriez commencer par me raconter ce que vous a dit précisément George Morton.

— Je ne m'en souviens pas exactement.

— Dites-moi ce dont vous vous souvenez.

— Il a cité une maxime philosophique qui disait à peu près : « Tout ce qui importe se trouve près du bouddha. »

— Impossible, déclara Kenner d'un ton catégorique.

— Pourquoi ?

— Il n'a pas pu dire cela !

— Pourquoi ?

— J'aurais cru que c'était évident pour tout le monde, soupira Kenner. Si Morton avait voulu donner des instructions – ce que nous supposons –, il n'aurait pas été si imprécis. Il a dû dire autre chose.

— C'est tout ce dont je me souviens, répliqua Peter, sur la défensive.

La brusquerie de Kenner était presque insultante ; Peter commençait à le trouver antipathique.

— C'est vraiment tout ? insista Kenner. Reprenons. Où George a-t-il cité cette maxime ? Ce devait être après être sorti de l'hôtel.

— Vous étiez là ? demanda Peter, perplexe.

— Oui, j'étais là. Sur le parking, à l'écart.

— Pourquoi ?

— Nous verrons cela plus tard. Vous disiez donc que vous êtes sorti avec George et...

— Oui, coupa Peter, nous sommes sortis de l'hôtel. Il faisait froid. George a cessé de chanter en sentant le froid. Nous avons attendu sur les marches l'arrivée de la voiture.

— Continuez...

— La limousine est arrivée mais il est monté dans la Ferrari. Je lui ai dit que je ne trouvais pas prudent qu'il conduise. Sans répondre, il m'a demandé : « Vous savez ce que disent les bouddhistes ? » J'ai dit non. Il a poursuivi : « Tout ce qui importe ne se trouve pas loin du bouddha. »

— Pas loin ?

— C'est ce qu'il a dit.

— Bon, dit Kenner. Où étiez-vous à ce moment-là ?

— Je m'étais appuyé sur la voiture.

— La Ferrari ?

— Oui.

— Quand George a cité cette maxime bouddhiste, qu'avez-vous répondu ?
— Rien. Je lui ai demandé de ne pas prendre la route.
— Avez-vous répété la phrase ?
— Non.
— Pourquoi ?
— J'étais inquiet. Il n'était pas en état de conduire. Mais je me rappelle avoir pensé que la formulation était maladroite. « ... pas à distance du bouddha. »
— Pas à distance ? s'écria Kenner.
— Oui.
— C'est ce qu'il a dit : « Pas à distance » ?
— Oui.
— C'est beaucoup mieux.
Il se mit à aller et venir fébrilement dans la pièce. Son regard se déplaçait dans toutes les directions ; il prenait un objet, le reposait, passait au suivant.
— Pourquoi est-ce beaucoup mieux ? demanda Peter avec agacement.
— Regardez autour de vous, Peter, lança Kenner avec un geste circulaire du bras. Que voyez-vous ?
— Je vois une salle multimédia.
— Précisément.
— Je ne comprends toujours pas...
— Asseyez-vous sur le canapé, Peter.
Peter attendit la suite, les bras croisés, la mine renfrognée, un regard noir braqué sur Kenner.
La sonnerie de la porte d'entrée le fit sursauter ; c'était la police.
— Laissez-moi m'en occuper, fit Kenner en se dirigeant vers la porte. Ce sera plus facile si on ne vous voit pas.
Peter entendit plusieurs hommes dans l'entrée parler des deux hommes menottés. À voix basse, comme une conversation entre copains.
— Kenner est-il dans la police ? demanda Peter à Sarah.
— Pas exactement.
— Mais encore ?
— On dirait qu'il connaît des gens...
— Il connaît des gens ? répéta Peter, perplexe.

— Toutes sortes de gens. Il a envoyé George en voir un certain nombre. Kenner a des relations d'une incroyable diversité, surtout dans le milieu écologiste.

— C'est ce que fait le Centre d'analyse des risques ? Les risques écologiques ?

— Je ne sais pas exactement.

— Pourquoi est-il en congé sabbatique ?

— C'est à lui qu'il faut poser ces questions.

— Je vais le faire.

— Vous ne l'aimez pas beaucoup, n'est-ce pas ?

— Si, mais je pense que c'est un connard suffisant.

— Il est très sûr de lui, concéda Sarah.

— C'est bien ce que je dis.

Peter se leva et s'avança vers la porte, de manière à voir ce qui se passait dans l'entrée. Kenner discutait avec les policiers. Il signa un document, remit les prisonniers entre leurs mains. Les policiers blaguaient ; à l'écart, Sanjong gardait le silence.

— Et le petit bonhomme qui ne le quitte pas ? reprit Peter en se tournant vers Sarah.

— Kenner a fait la connaissance de Sanjong Thapa au Népal, à l'occasion d'une ascension. C'était un officier détaché par l'armée népalaise pour aider une équipe de scientifiques étudiant l'érosion du sol dans l'Himalaya. Kenner l'a invité à venir travailler avec lui aux États-Unis.

— Oui, c'est vrai, confirma Peter, sans parvenir à cacher son agacement, Kenner fait aussi de l'alpinisme. Et il a failli être sélectionné dans l'équipe olympique de ski.

— C'est un être d'exception, affirma Sarah. Même si vous ne l'aimez pas.

Peter reprit place sur le canapé, les bras croisés.

— En cela, vous ne vous trompez pas, fit-il. Je n'aime pas ce type.

— Je crains que vous ne soyez pas le seul, glissa Sarah. La liste des gens qui détestent John Kenner est interminable.

Peter poussa un ricanement de mépris.

Ils étaient encore sur le canapé quand Kenner entra à grands pas dans la pièce. Il se frottait les mains.

— Une bonne chose de faite, déclara-t-il. Nos deux amis n'ont ouvert la bouche que pour dire qu'ils voulaient parler à un avocat. Comme par hasard, ils en connaissent un. Nous en saurons plus dans quelques heures. Alors, poursuivit-il en s'adressant à Peter, le mystère est résolu ? Le mystère du bouddha ?

— Non, répondit Peter, le regard noir.

— Vraiment ? C'est pourtant tout simple.

— Ayez la bonté de nous éclairer.

— Étendez le bras droit en direction de la table, poursuivit Kenner.

Peter tendit la main vers la table sur laquelle étaient posées cinq télécommandes.

— Oui. Et alors ?

— À quoi servent-elles ?

— Nous sommes dans une salle multimédia. Je pense que cela ne fait de doute pour personne.

— Assurément, approuva Kenner. Mais *à quoi servent-elles* ?

— Elles servent à l'évidence à commander à distance le téléviseur, le lecteur de DVD, le magnétoscope, tout le matériel.

— Laquelle commande quoi ? insista Kenner.

Peter regarda la table ; d'un seul coup, la solution lui apparut.

— Bon sang ! souffla-t-il. Vous avez raison !

Evans les retournait l'une après l'autre dans sa main.

— Voilà l'écran plat... le DVD... le satellite... la télévision haute définition...

Il s'interrompit. Il y en avait une en trop.

— On dirait qu'il y a deux commandes à distance pour le lecteur de DVD.

La seconde, noire et bombée, présentant les touches habituelles, était un peu plus légère que l'autre.

Peter ouvrit le compartiment des piles. Il y en avait une seule ; à la place de l'autre se trouvait un morceau de papier roulé très serré.

— Je l'ai ! s'écria-t-il en prenant le bout de papier.

Tout ce qui importe ne se trouve pas à distance du bouddha, avait dit George. C'est donc ce papier qui importait.

Peter déroula lentement le bout de papier, l'étala sur la table basse et le lissa du plat de la main.

Il ouvrait de grands yeux.

Il n'y avait sur la feuille que des colonnes de chiffres et de mots.

662262	3982293	24FXE 62262 82293	**TERROR**
882320	4898432	12FXE 82232 54393	**SNAKE**
774548	9080799	02FXE 67533 43433	**LAUGHER**
482320	5898432	22FXE 72232 04393	**SCORPION**
ALT			
662262	3982293	24FXE 62262 82293	**TERROR**
382320	4898432	12FXE 82232 54393	**SEVER**
244548	9080799	02FXE 67533 43433	**CONCH**
482320	5898432	22FXE 72232 04393	**SCORPION**
ALT			
662262	3982293	24FXE 62262 82293	**TERROR**
382320	4898432	12FXE 82232 54393	**BUZZARD**
444548	9080799	02FXE 67533 43433	**OLD MAN**
482320	5898432	22FXE 72232 04393	**SCORPION**
ALT			
662262	3982293	24FXE 62262 82293	**TERROR**
382320	4898432	12FXE 82232 54393	**BLACK MESA**
344548	9080799	02FXE 67533 43433	**SNARL**
482320	5898432	22FXE 72232 04393	**SCORPION**

— C'est *ça* que tout le monde cherche ?

Sarah regardait par-dessus son épaule.

— Je ne comprends pas, commença-t-elle. Qu'est-ce que cela représente ?

Peter passa le bout de papier à Kenner ; un coup d'œil furtif lui suffit.

— Pas étonnant, déclara-t-il, qu'ils tiennent tant à mettre la main dessus.

— Vous savez ce que c'est ?

— Cela ne fait aucun doute, répondit Kenner en tendant la feuille à Sanjong. Il s'agit d'une liste de coordonnées géographiques.

— De quoi ?

— Il va falloir les calculer, glissa Sanjong. C'est une projection UTM, ce qui signifie que la liste était peut-être destinée à des pilotes.

Kenner vit le même air ébahi sur le visage de Peter et de Sarah.

— La Terre est un globe, expliqua-t-il, alors qu'une carte est plate. Les cartes sont donc des projections d'une sphère sur une surface plane. L'une de ces représentations nommée Universal Transverse Mercator divise le globe terrestre en soixante fuseaux de six degrés. À l'origine, c'est un système utilisé par l'armée mais on le trouve sur certaines cartes de l'aviation civile.

— Ces chiffres représentent donc des latitudes et des longitudes sous une forme particulière ? demanda Peter.

— Exact. Une forme utilisée par l'armée.

Kenner fit courir son index du haut en bas de la feuille.

— Il s'agit apparemment de séries de coordonnées de quatre positions. La première et la dernière position de chaque groupe sont toujours les mêmes. Pour une raison qui m'échappe...

Le front soucieux, le regard fixe, il s'interrompit.

— C'est inquiétant ? demanda Sarah.

— Je ne sais pas encore, répondit Kenner. Mais c'est possible, oui.

Il se tourna vers Sanjong qui inclina la tête avec gravité.

— Quel jour sommes-nous ? demanda le Népalais.

— Mardi.

— Alors... il reste très peu de temps.

— Sarah, déclara Kenner, nous allons avoir besoin de l'avion de George. Combien de pilotes a-t-il ?

— Deux, en général.

— Il nous en faudra au moins quatre. Combien de temps vous faut-il pour les trouver ?

— Cela dépend. Où voulez-vous aller ?

— Au Chili.

— Au Chili ! Et quand voulez-vous partir ?

— Dès que possible. Minuit, au plus tard.

— Il va me falloir un certain temps pour prendre toutes les dispositions...

— Mettez-vous tout de suite au travail, coupa Kenner. Le temps presse, Sarah.

Peter suivit Sarah des yeux quand elle quitta la pièce, puis il se tourna vers Kenner.

— Qu'y a-t-il au Chili ? demanda-t-il, l'air résigné.

— Un aérodrome de taille suffisante, j'imagine, répondit Kenner. Avec un dépôt de kérosène. Vous avez bien fait de poser cette question, Peter, ajouta-t-il en faisant claquer ses doigts. Sarah !... Quel modèle, l'avion ?

— G-5 !

Kenner se tourna vers Sanjong Thapa qui pianotait sur un petit ordinateur portable.

— Vous êtes connecté à Akamai ?

— Oui.

— J'avais vu juste ?

— Je n'ai vérifié que les premières coordonnées, mais c'est bien au Chili que nous devons aller.

— Terror est bien Terror ? poursuivit Kenner.

— Oui, je crois.

— Terror est Terror ? fit Peter, déconcerté, en regardant les deux hommes.

— Absolument, s'amusa Kenner.

— Ce que dit Peter est intéressant, glissa Sanjong.

— Allez-vous enfin m'expliquer ce qui se passe ? lança Peter.

— Oui, répondit Kenner, mais je dois d'abord savoir si vous avez votre passeport.

— Je l'ai toujours sur moi.

— Très bien.... Qu'est-ce qui est intéressant, Sanjong ?

— C'est une projection UTM, professeur. Des fuseaux de six degrés.

— Bien sûr ! s'écria Kenner avec un nouveau claquement de doigts. Où avais-je la tête ?

— J'abandonne, soupira Peter. Je ne comprends rien.

Kenner était en proie à une agitation fébrile. Il saisit nerveusement la télécommande posée sur la table basse, l'examina attentivement, la tourna vers la lumière.

— Un fuseau de six degrés, déclara-t-il enfin, signifie que

ces coordonnées ne sont précises qu'à mille mètres près. Ce n'est pas suffisant.

— Pourquoi ? Quelle devrait être la précision ?

— Trois mètres, répondit Sanjong.

— En supposant qu'ils utilisent PPS, poursuivit Kenner sans détacher les yeux de la télécommande. Dans ce cas... Ah ! c'est bien ce que je pensais ! Le coup classique !

Il détacha tout l'arrière de la télécommande, mettant à nu le circuit imprimé. Il souleva le support isolant et découvrit un second morceau de papier plié. Très fin, semblable à du papier de soie, il portait des rangées de chiffres et de symboles.

— Parfait, dit Kenner. Je préfère ça.

— Qu'est-ce que c'est ? interrogea Peter.

— Les coordonnées précises. Probablement pour les mêmes positions.

— Terror est Terror ? poursuivit Peter en se sentant vaguement ridicule.

— Oui, Peter, répondit Kenner. Il s'agit du mont Terror, un volcan éteint. Vous connaissez ce nom ?

— Pas du tout.

— Eh bien, c'est là que nous allons.

— Où se trouve-t-il ?

— Je croyais que vous auriez deviné. C'est dans l'Antarctique, Peter.

II

TERROR

Destination Punta Arenas
Mardi 5 octobre
21 h 44

L'aéroport Van Nuys s'éloignait sous le jet. Cap au sud, ils traversaient à présent les scintillements du bassin de Los Angeles. L'hôtesse apporta un café à Peter. Un petit écran indiquait un trajet d'un peu moins de dix mille kilomètres pour une durée de vol estimée à douze heures.

L'hôtesse demanda s'ils désiraient dîner et partit préparer le repas.

— Il y a trois heures, fit Peter, je suis allé donner un coup de main à Sarah après un cambriolage et me voilà en route pour l'Antarctique. Quelqu'un pourrait-il enfin m'expliquer ce qui se passe ?

— Avez-vous entendu parler du Front de libération de l'environnement ? demanda Kenner. Le FLE ?

— Non, répondit Peter.

— Moi non plus, glissa Sarah.

— C'est un groupe extrémiste clandestin. Il serait formé d'anciens de Greenpeace et d'Earth First! qui jugent ces organisations trop modérées. Le FLE a choisi la violence pour soutenir des causes écologistes. Ses membres ont incendié des hôtels dans le Colorado et des maisons à Long Island, fait brûler des voitures en Californie.

— J'ai lu un article là-dessus, dit Peter. Ni le FBI ni les autres agences gouvernementales ne parviennent à infiltrer cette organisation composée de cellules indépendantes qui ne communiquent pas entre elles.

— C'est ce qu'on croit, rectifia Kenner. Des conversations téléphoniques sur des portables ont été enregistrées. Nous savions depuis un certain temps que ce groupe allait passer la vitesse supérieure, qu'il préparait une série d'actions de grande envergure sur toute la planète. Cela doit commencer dans les jours qui viennent.

— Des actions de quelle nature ?

— Cela, nous l'ignorons, répondit Kenner. Mais nous avons de bonnes raisons de penser qu'elles seront spectaculaires et destructrices.

— Qu'est-ce que cela a à voir avec George ? demanda Sarah.

— Le financement, répondit Kenner. Si le FLE prépare des actions violentes aux quatre coins de la planète, il lui faut beaucoup d'argent. La question est donc de savoir comment il se le procure.

— Êtes-vous en train d'insinuer que George a financé un groupe extrémiste ?

— Pas intentionnellement. Le FLE est une organisation criminelle mais des groupes légaux quoique radicaux tels que le PETA lui apportent un soutien financier. Pour ne rien vous cacher, je trouve cela honteux. La question était donc de savoir si des organisations écologistes réputées honorables finançaient aussi le FLE.

— Auxquelles pensez-vous ?

— N'importe lesquelles.

— Une seconde, lança Sarah. Vous laissez entendre que l'Audubon Society et le Sierra Club financent des groupes terroristes ?

— Non, répondit Kenner. Je dis simplement que personne ne sait précisément ce que ces associations font de leur argent. En matière de surveillance des ONG, les pouvoirs publics sont d'une incroyable négligence. Jamais elles ne sont auditées, jamais leur comptabilité n'est contrôlée. Aux États-Unis, les groupes écologistes disposent d'un demi-milliard de dollars par an ; aucune surveillance n'est exercée sur ces fonds.

— George savait cela? demanda Peter, visiblement perplexe.

— Quand j'ai fait sa connaissance, il commençait à s'interroger sur le NERF. Que faisaient-ils de leur argent – quarante-quatre millions de dollars par an?

— Vous n'allez pas me dire que le NERF...

— Pas directement, Peter, coupa Kenner, mais le NERF consacre près de soixante pour cent de son budget à des collectes de fonds. Ils ne peuvent le reconnaître, bien sûr; cela ferait mauvais effet. Ils contournent le problème en sous-traitant la majeure partie du travail à des sociétés de publipostage et de démarchage par téléphone. Ces sociétés portent des noms trompeurs, comme le Fonds international de préservation de la nature, une société de démarchage par correspondance dont le siège se trouve à Omaha et qui, à son tour, sous-traite le travail au Costa Rica.

— Vous plaisantez? fit Peter.

— Pas du tout. L'an dernier, sur les six cent cinquante mille dollars dépensés par la société d'Omaha pour recueillir des renseignements sur des questions d'écologie, trois cent mille ont été versés à une organisation portant le nom de Coalition pour la défense de la forêt pluviale, qui est en réalité une boîte postale à Elmira, New York. La même somme a été versée à une société de Calgary, Seismic Services, une autre boîte postale.

— Ce qui veut dire...

— Une boîte postale : un cul-de-sac. C'est la véritable raison du désaccord entre Morton et Drake. George avait le sentiment que Drake ne lui disait pas tout. Voilà pourquoi il voulait un audit externe de l'organisation. Quand Drake a refusé, George s'est sérieusement inquiété. En sa qualité d'administrateur du NERF, il a une responsabilité. Il a donc engagé une équipe d'enquêteurs pour mener des investigations sur le NERF.

— Il a fait ça?

— Il y a quinze jours.

— Vous étiez au courant? demanda Peter à Sarah.

Elle hésita, détourna la tête, puis regarda Peter dans les yeux.

— Il m'avait fait promettre de ne rien dire.

— George a fait ça ?

— Pas George, moi, fit Kenner.

— Alors, vous êtes derrière tout cela ?

— Tout s'est fait en accord avec George ; c'était son affaire. Il fallait prouver qu'il est impossible ou presque de savoir ce que devient l'argent versé à un sous-traitant.

— Bon Dieu ! lâcha Peter. Et moi qui ai cru tout ce temps que George se faisait du souci pour le procès Vanutu.

— Non, reprit Kenner. La partie est probablement perdue. Il est hautement improbable que l'affaire aille en justice.

— Balder a dit que lorsqu'il disposerait de bonnes données sur le niveau des océans...

— Balder est en possession de ces données. Il les a depuis plusieurs mois.

— Quoi ?

— Les données ne montrent aucune élévation du niveau des eaux dans le Pacifique Sud depuis trente ans.

— *Quoi ?*

— Il est toujours comme ça ? demanda Kenner en se tournant vers Sarah.

L'hôtesse disposa devant eux des sets de table, des serviettes et de l'argenterie.

— J'ai des fusillis avec du poulet, des asperges et des tomates séchées, annonça-t-elle. Puis une salade verte. Quelqu'un désire du vin ?

— Blanc, répondit Peter.

— J'ai du puligny-montrachet. Je ne suis pas sûre du millésime ; je crois que c'est un 98. M. Morton aimait ce millésime.

— Apportez-moi donc la bouteille, lança Peter pour plaisanter.

Kenner l'avait perturbé. Extrêmement nerveux chez Morton, il était maintenant très calme. Implacable. Il avait l'attitude d'un homme énonçant des évidences, même si rien de ce qu'il disait n'était évident pour Peter.

— Je m'étais trompé, reconnut Peter. Si ce que vous dites est vrai...

Kenner hocha la tête en silence.

Il me laisse le temps de remettre les choses en place, se dit Peter.

— Saviez-vous cela aussi ? demanda-t-il à Sarah.

— Non, répondit-elle, mais je savais que quelque chose n'allait pas. George était très préoccupé depuis une quinzaine de jours.

— Vous croyez que c'est pour cela qu'il a fait cet étrange discours avant de se tuer ?

— Il voulait embarrasser le NERF, expliqua Kenner. Il voulait que les médias focalisent leur attention sur cette organisation. Il voulait surtout tuer dans l'œuf ce qui est en train de se préparer.

L'hôtesse servit le vin dans des verres en cristal taillé. Peter vida le sien d'un trait et le tendit à l'hôtesse pour qu'elle le remplisse.

— Qu'est-ce qui est en train de se préparer ? demanda-t-il.

— D'après notre liste, répondit Kenner, il y aura quatre opérations. En quatre endroits différents de la planète. Une par jour ou presque.

— Des opérations de quelle nature ? demanda Peter.

— Nous disposons maintenant de trois indices.

— C'est du lin ! s'étonna Sanjong en palpant sa serviette. Et du vrai cristal, ajouta-t-il, admiratif.

— Joli, non ? fit Peter en vidant son verre.

— Alors ? lança Sarah. Ces indices ?

— D'abord le fait que l'horaire n'est pas précis. On peut supposer qu'une action terroriste est minutée ; ce n'est pas le cas ici.

— Ce groupe n'est peut-être pas assez bien organisé.

— Je doute que ce soit l'explication, répliqua Kenner. Le deuxième indice est très important. Comme vous l'avez vu sur la liste, il existe plusieurs endroits possibles pour chacune de ces opérations. On pourrait, là encore, imaginer qu'un groupe terroriste choisisse un endroit et s'y tienne. Ce n'est pas le cas.

— Pourquoi ?

— J'imagine que cela reflète le genre d'opérations qu'ils préparent. Il doit y avoir une certaine incertitude inhérente à l'opération elle-même ou bien dans les conditions nécessaires à sa réalisation.

— C'est assez vague.

— Nous en savons déjà plus qu'il y a douze heures.

— Et le troisième indice ? demanda Peter en faisant signe à l'hôtesse de le resservir.

— Le troisième, nous le connaissons depuis quelque temps. Certaines agences gouvernementales ont pour rôle de surveiller les ventes de matériel de haute technologie susceptible d'être utilisé par des terroristes. Par exemple tout ce qui peut entrer dans la production d'armes nucléaires – centrifugeuses, certains métaux, etc. Elles surveillent également les ventes de tous les explosifs conventionnels ainsi que certaines applications sensibles de la biotechnologie. Et aussi le matériel susceptible d'être utilisé pour perturber les réseaux de communications – impulsions électromagnétiques, par exemple, ou bien fréquences radio à haute intensité

— Oui...

— Pour accomplir cette tâche, on se sert d'ordinateurs à réseaux neuronaux qui recherchent des constantes dans d'énormes masses de données, en l'occurrence des milliers de factures. Il y a huit mois, les ordinateurs ont détecté quelque chose qui semblait indiquer une origine commune pour des acquisitions de matériel électronique et de terrassement très varié.

— Comment l'ordinateur décide-t-il cela ?

— Il ne nous le dit pas. Il indique simplement qu'il existe une convergence, après quoi des agents vont enquêter sur le terrain.

— Et alors ?

— Nous avons eu la confirmation de ce que l'ordinateur avait découvert. Le FLE achetait du matériel high-tech sophistiqué à Vancouver, Londres, Osaka, Helsinki et Séoul.

— Quel genre de matériel ?

— Des cuves de fermentation pour des bactéries AOB, des unités de dispersion de particule – utilisation militaire –, des générateurs d'impulsions tectoniques, des compteurs magnéto-hydrodynamiques transportables, des génératrices de cavitation hypersonique.

— Je n'ai pas la moindre idée de ce que c'est, soupira Peter.

— Vous n'êtes pas le seul, dit Kenner. Une partie de ce matériel, les cuves de fermentation, par exemple, est d'une utilisation courante dans le traitement industriel des eaux usées. Une autre partie a des applications militaires mais il est en vente libre. Le reste est expérimental. En tout état de cause, ce matériel est très coûteux.

— À quoi doit-il servir ? demanda Sarah.

— Personne ne le sait, répondit Kenner. À nous de le découvrir.

— À quoi pensez-vous qu'il doive servir ? insista Sarah.

— Je déteste les supputations, déclara Kenner en prenant la corbeille de pain. Qui veut un petit pain ?

Destination Punta Arenas
Mercredi 6 octobre
3 h 01

À l'avant de la cabine, où toutes les lumières étaient éteintes, Sarah et Sanjong dormaient sur des lits de fortune. À l'arrière, incapable de fermer l'œil, Peter regardait par le hublot les reflets argentés de la lune sur la couche de nuages.

— C'est beau, n'est-ce pas ? fit Kenner, assis en face de lui. La vapeur d'eau est un élément distinctif de notre planète ; elle lui confère une grande beauté. Il est étonnant de constater que les scientifiques en savent si peu sur la vapeur d'eau.

— Vraiment ?

— L'atmosphère demeure un mystère, même si nous rechignons à le reconnaître. Un exemple très simple : personne n'est en mesure de prévoir avec certitude si le réchauffement planétaire provoquera une augmentation ou une diminution de la masse des nuages.

— Allons donc ! Le réchauffement planétaire produira une élévation de la température, l'évaporation des océans augmentera et les nuages seront plus nombreux.

— C'est une théorie. Mais il y en a une autre : une température plus élevée implique qu'il y a plus de vapeur d'eau dans l'air et donc moins de nuages.

— Laquelle est la bonne ?

— Personne ne le sait.

— Dans ce cas, comment réalise-t-on la modélisation informatique du climat ?

— Pour ce qui est des nuages, au pifomètre, répondit Kenner en souriant.

— Qu'est-ce que vous racontez ?

— Il y a d'autres mots pour le dire. On parle d'estimation, de représentation paramétrique ou d'approximation. Mais quand on ne comprend pas quelque chose, on ne fait même pas d'approximation : on y va au jugé.

Peter commençait à avoir mal à la tête.

— Je crois que je ferais mieux de dormir un peu, fit-il.

— Bonne idée, approuva Kenner. Il nous reste huit heures de vol.

L'hôtesse apporta un pyjama à Peter ; il alla se changer dans le cabinet de toilette. À son retour, Kenner n'avait pas bougé : il regardait par le hublot les nuages frangés d'argent.

— À propos, ne put s'empêcher de demander Peter, vous avez dit tout à l'heure que le procès Vanutu n'aurait pas lieu...

— Exact.

— Pourquoi ? À cause des relevés du niveau des eaux ?

— En partie. Il est difficile de prétendre que son pays va être englouti à cause du réchauffement climatique s'il n'y a pas de montée du niveau de l'océan.

— J'ai du mal à le croire, déclara Peter. Tout ce qu'on lit affirme le contraire, tous les reportages télévisés...

— Vous souvenez-vous des abeilles tueuses d'Afrique ? coupa Kenner. On en a parlé pendant des années. Elles sont là aujourd'hui et il ne semble pas y avoir de problème. Et vous souvenez-vous d'Y2K ? Tout le monde disait à l'époque qu'un désastre était imminent ; cela a duré plusieurs mois. En fin de compte, ce n'était pas vrai.

Peter se dit que cela ne prouvait rien pour la montée des eaux. Il aurait bien lancé la conversation sur le sujet mais il se surprit à étouffer un bâillement.

— Il est tard, dit Kenner. Nous pourrons reparler de tout cela demain matin.

— Vous n'allez pas dormir ?

— Pas tout de suite. J'ai du travail.

Peter s'avança vers la zone de pénombre où les deux autres dormaient. Il s'étendit près de Sarah, de l'autre côté de l'allée, et remonta la couverture jusqu'à son menton. Ses pieds n'étaient plus couverts. Il se mit sur son séant, enveloppa ses orteils dans la couverture et s'allongea de nouveau. La couverture ne montait plus qu'à la moitié de ses épaules. Il se dit qu'il allait se lever pour en demander une autre à l'hôtesse.

Et il s'endormit.

La lumière crue du soleil le fit ciller quand il ouvrit les yeux. Il entendit des cliquetis de couverts, huma une odeur de café. Il se frotta les yeux, se redressa lentement. À l'arrière, les autres prenaient le petit déjeuner.

Il regarda sa montre ; il avait dormi plus de six heures.

Il se dirigea vers le petit groupe.

— Venez manger, fit Sarah. Nous atterrissons dans une heure.

En posant le pied sur le tarmac de Marso del Mar, le vent glacé soufflant de l'océan les fit frissonner. Autour d'eux s'étendait un terrain plat, marécageux et froid ; Peter distinguait au loin les crêtes enneigées de la cordillère El Fogara.

— Je croyais que c'était l'été ! lança-t-il.

— C'est l'été, fit Kenner. La fin du printemps, plus exactement.

L'aérodrome consistait en une petite construction en bois et une rangée de hangars en tôle ondulée, comme de grandes baraques en préfabriqué. Il y avait sept ou huit autres appareils, des quadrimoteurs à hélices. Certains avaient des skis relevés au-dessus du train d'atterrissage.

— Juste à l'heure, observa Kenner en indiquant les collines qui s'élevaient derrière le terrain d'aviation.

Un Land Rover s'approchait en cahotant.

— Allons-y, reprit Kenner.

Dans la salle principale de la petite aérogare, aux murs tapissés de cartes aériennes décolorées et tachées, ils essayèrent les parkas, les bottes et le reste de l'équipement apporté par le conducteur du Land Rover. Les parkas étaient toutes de couleur vive, rouge ou orange.

— J'ai essayé d'avoir la bonne taille pour tout le monde, déclara Kenner. N'oubliez pas les caleçons longs et les polaires.

Peter tourna la tête vers Sarah. Assise par terre, elle mettait des grosses chaussettes et des bottes. Sans fausse pudeur, elle se déshabilla, ne gardant que son soutien-gorge, et enfila un haut en laine polaire. Ses gestes étaient vifs, précis ; elle ne regardait pas les hommes.

Sanjong examinait les cartes sur les murs ; l'une d'elles semblait retenir toute son attention.

— Qu'est-ce que c'est ? demanda Peter en s'avançant vers lui.

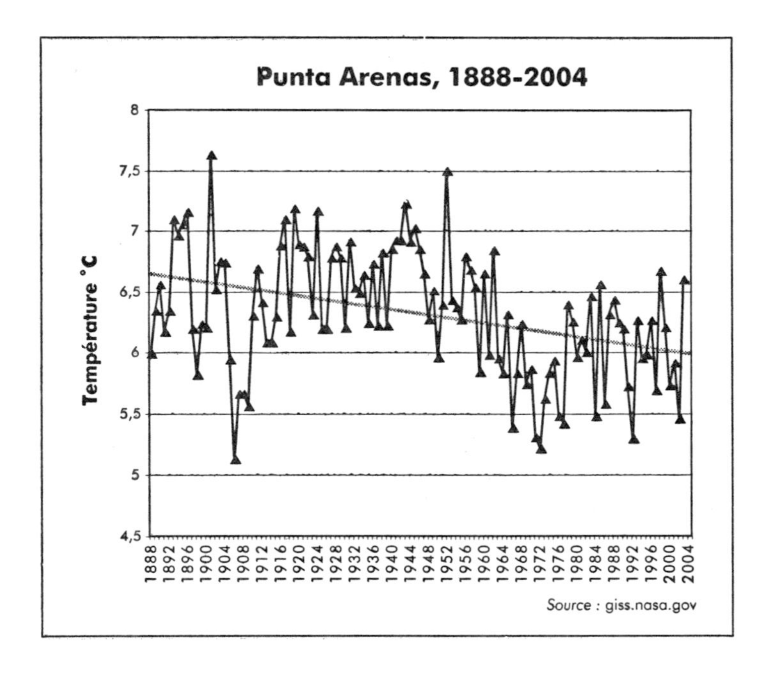

— Les relevés de la station météorologique de Punta Arenas, tout près d'ici, la ville la plus proche de l'Antarctique. Voilà votre réchauffement planétaire, ajouta-t-il en riant.

Peter considéra la carte avec perplexité.

— On se dépêche ! lança Kenner en jetant un coup d'œil à sa montre. Notre avion décolle dans dix minutes.

— Où allons-nous exactement ? demanda Peter.

— À la base la plus proche du mont Terror. La station Weddell, tenue par des Néo-Zélandais.

— Qu'est-ce qu'il y a là-bas ?

— Pas grand-chose, répondit en riant le conducteur du Land Rover. Mais avec le temps que nous avons depuis quelques jours, vous pourrez vous estimer heureux si vous y arrivez en un seul morceau !

Destination station Weddell
Mercredi 6 octobre
8 h 04

Peter gardait le visage collé contre l'étroit hublot du Hercules. Les vibrations des hélices l'assoupissaient mais il était fasciné par ce qu'il voyait sous l'appareil : des kilomètres et des kilomètres de glace grise, une étendue uniforme, rompue de loin en loin par une écharpe de brume ou un affleurement de roche noire. Un paysage monochrome d'où le soleil était absent. Une immensité inconcevable.

— C'est gigantesque, glissa Kenner, qui occupait le siège voisin. On se fait une idée fausse de l'Antarctique qui n'apparaît que comme une tache blanche au bas de la plupart des cartes. L'Antarctique est une réalité géographique majeure de la surface de la Terre et un élément déterminant de notre climat. C'est un grand continent qui fait une fois et demie la taille de l'Europe ou des États-Unis et contient quatre-vingt-dix pour cent de la glace de toute la planète.

— Quatre-vingt-dix pour cent? s'étonna Sarah. Il n'y a plus que dix pour cent pour le reste du monde?

— Sachant que le Groenland en a quatre pour cent, expliqua Kenner, les autres glaciers du monde – le Kilimandjaro, les Alpes, l'Himalaya, ceux de Suède, de Norvège, du Canada et de Sibérie – ne représentent à eux tous que les six pour cent restants. La majeure partie de l'eau congelée de notre planète se trouve sur le continent antarctique. En de nombreux endroits, la glace a une épaisseur de huit à neuf mille mètres.

— Pas étonnant, glissa Peter, que la fonte des glaces soit un sujet de préoccupation.

Kenner garda le silence.

Sanjong secoua lentement la tête.

— Les glaces fondent dans l'Antarctique, c'est une réalité, insista Peter.

— Non, elles ne fondent pas, déclara Sanjong. Je peux, si vous le désirez, vous donner les références.

— Pendant que vous dormiez, reprit Kenner, nous avons cherché le moyen de clarifier les choses pour vous, puisque vous êtes si mal informé.

— Mal informé ? répéta Peter, vexé.

— Je ne sais comment l'exprimer autrement, poursuivit Kenner. Vous êtes un homme de cœur, Peter, mais vous ne savez pas de quoi vous parlez.

— Les glaces fondent dans l'Antarctique ! reprit Peter en contenant sa colère.

— Vous croyez que le fait de répéter quelque chose le rend véridique ? Les observations montrent qu'une zone relativement peu étendue, portant le nom de péninsule Antarctique, est en train de fondre et que d'énormes icebergs s'en détachent. C'est ce qu'on nous rabâche. Mais l'ensemble du continent se refroidit et l'épaisseur de la glace augmente.

— L'Antarctique se refroidit ?

Sanjong était en train de connecter une petite imprimante à bulles d'encre à son ordinateur portable.

— Nous avons décidé, poursuivit Kenner, de vous donner dorénavant des références. Pour ne plus nous échiner à tout vous expliquer.

Un bourdonnement se fit entendre ; une feuille sortit de l'imprimante. Sanjong la fit passer à Peter.

Doran, P. T., Priscu, J. C., Lyons, W. B., Walsh, J. E., Fountain, A. G., McKnight, D. M., Moorhead, D. L., Virginia, R. A., Wall, D. H., Clow, G. D., Fritsen, C. H., McKay, C. P., et Parsons, A. N., « Refroidissement du climat de l'Antarctique et réaction de l'écosystème terrestre », *Nature*, 415, p. 517-520, 2002.

De 1986 à 2000, les vallées centrales de l'Antarctique ont connu un refroidissement de 0,7 °C par décennie, avec de sérieux dégâts provoqués par le froid sur l'écosystème.

Comiso, J. C., « Variabilité et tendances dans les températures de surface de l'Antarctique, d'après les mesures *in situ* et infrarouges par satellite », *Journal of Climate*, 13, p. 1674-1696, 2000.

Les relevés par satellite et par les stations au sol montrent un léger refroidissement sur les vingt dernières années.

Joughin, I., et Tulaczyk, S., « Bilan de masse positive des déplacements des glaces sur la banquise de Ross, Antarctique ouest », *Science*, 295, p. 476-480, 2002.

Des mesures radar montrent que la glace de l'Antarctique Ouest augmente au rythme de 26,8 gigatonnes par an. Une inversion de la tendance à la fonte des 6 000 dernières années.

Thompson, D. W. J., et Solomon, S., « Interprétation d'un changement climatique récent dans l'hémisphère Sud », *Science*, 296, p. 895-899, 2002.

La péninsule Antarctique s'est réchauffée de plusieurs degrés tandis que l'intérieur se refroidissait légèrement. Les plates-formes se sont réduites mais les glaces flottantes sont en augmentation.

Petit, J. R., Jouzel, J., Raynaud, D., Barkov, N. I., Barnola, J.-M., Basile, I., Bender, M., Chappellaz, J., Davis, M., Delaygue, G., Delmotte, M., Kotlyakov, V. M., Legrand, M., Lipenkov, V. Y., Lorius, C., Pepin, L., Ritz, C., Saltzman, E. et Stievenard, M., « Climat et histoire atmosphérique sur 420 000 ans dans les forages de Vostok, Antarctique », *Nature*, 399, p. 429-436, 1999.

Pendant les quatre dernières périodes interglaciaires, qui remontent à 420 000 ans, la Terre était plus chaude qu'elle ne l'est aujourd'hui.

Anderson, J. B. et Andrews, J. T., « Contraintes du radiocarbone sur les avancées et les reculs de la couche de glace dans la mer de Wessell, Antarctique », *Geology*, 27, p. 179-182, 1999.

La glace de l'Antarctique fond moins aujourd'hui qu'au cours de la dernière période interglaciaire.

Liu, J., Curry, J. A. et Martinson, D. G., « Interprétation de la variabilité récente des glaces flottantes », *Geophysical Research Letters*, 31, p. 10.1029/2003 GLO18732, 2004.

Les glaces flottantes de l'Antarctique ont augmenté depuis 1979.

Vyas, N. K., Dash, M. K., Bhandari, S. M., Khare, N., Mitra, A. et Pandey, P. C., « Sur les tendances séculaires de l'augmentation des glaces flottantes dans la région antarctique, d'après les observations de OCEANSAT-1 MSMR », *International Journal of Remote Sensing*, 24, p. 2277-2287, 2003.
La tendance à l'augmentation des glaces flottantes pourrait s'accélérer.

Parkinson, C. L., « Tendances dans la durée de la saison des glaces dans l'océan Austral, 1979-1999 », *Annals of Glaciology*, 34, p. 435-440, 2002.
La plus grande partie de l'Antarctique connaît une saison des glaces plus longue de 21 jours qu'elle ne l'était en 1979.

— D'accord, admit Peter, mais je vois que l'on parle d'un *léger* refroidissement. Je vois aussi que le réchauffement de la péninsule est de plusieurs degrés. C'est assurément plus significatif. Et cette péninsule doit représenter une grande partie du continent, non ? Franchement, ajouta-t-il en laissant tomber la feuille, ça me laisse froid.

— La péninsule représente deux pour cent du continent, expliqua posément Sanjong. Et, *franchement*, je suis surpris que vous n'ayez pas dit un mot sur le fait le plus significatif de ces données.

— À savoir ?

— Quand vous avez dit que l'Antarctique fondait, aviez-vous conscience que ce processus s'est poursuivi pendant *six mille* ans ?

— Pas précisément, non.

— D'une manière générale, vous le saviez ?

— Non, je ne le savais pas.

— Vous pensiez que la fonte de l'Antarctique était un phénomène récent ?

— Je croyais que les glaces fondaient plus rapidement qu'avant.

— Nous ferions peut-être mieux de laisser tomber, soupira Kenner.

Sanjong acquiesça de la tête en repoussant son ordinateur.

— Non, non, protesta Peter. Ce que vous dites m'intéresse. J'ai l'esprit ouvert ; j'accepte les idées nouvelles.

— Nous venons de vous en donner, répliqua Kenner.

Peter prit la feuille, la plia soigneusement et la glissa dans sa poche.

— Ces études sont probablement financées par l'industrie houillère, déclara-t-il.

— Probablement, renchérit Kenner. Cela expliquerait tout. Mais tout le monde est payé par quelqu'un. Qui paie vos honoraires ?

— Le cabinet qui m'emploie.

— Qui paie ce cabinet ?

— Les clients. Nous avons plusieurs centaines de clients.

— Vous travaillez pour tous ces clients ?

— Personnellement ? Non.

— En fait, poursuivit Kenner, vous travaillez essentiellement pour des clients écologistes. C'est bien cela ?

— Essentiellement.

— Peut-on dire en toute honnêteté que ces clients paient vos honoraires ?

— C'est une manière de voir les choses.

— Je pose simplement la question, Peter. Peut-on dire en toute honnêteté que des écologistes paient vos honoraires ?

— Oui.

— Très bien. Dans ce cas, peut-on dire que vous soutenez certaines opinions parce que vous travaillez pour des écologistes ?

— Absolument pas...

— Vous n'êtes pas un laquais à la solde du mouvement écologiste ?

— Non. En réalité...

— Vous n'êtes pas le larbin de l'écologisme ? Pas le porte-parole d'une grande machine médiatisée à collecter des fonds, une industrie qui brasse des milliards de dollars et dont les intérêts ne vont pas nécessairement dans le sens de l'intérêt public ?

— Enfin !...

— Je vous fais chier, là ?

— Et comment !

— Très bien, dit Kenner. Vous comprenez maintenant ce que ressentent des scientifiques honnêtes quand leur intégrité est mise en cause par des réactions orientées comme celle que vous venez d'avoir. Nous vous avons fourni, Sanjong et moi, des données soigneusement vérifiées, établies par plusieurs équipes de scientifiques de différentes nationalités. Votre réaction, dans un premier temps, a été de ne pas en tenir compte, puis d'accuser l'industrie houillère de les avoir financées. Vous n'avez pas réfuté les données, vous ne leur avez rien opposé. Vous n'avez répondu que par des insinuations calomnieuses.

— Merde ! lâcha Peter. Vous croyez avoir réponse à tout, mais il y a un problème : personne n'est d'accord avec vous. Personne au monde ne croit que l'Antarctique se refroidit !

— Ces scientifiques le croient, répliqua Kenner. Ils ont publié les résultats de leurs travaux.

— Ça suffit ! s'écria Peter en levant les deux mains. Je ne veux plus parler de ça.

Il se dirigea vers l'avant de l'appareil, se laissa tomber dans un siège, les bras croisés sur la poitrine, la tête tournée vers le hublot.

Kenner se tourna vers Sanjong et Sarah.

— Quelqu'un veut un café ?

Sarah avait suivi la discussion avec une certaine gêne. Elle avait travaillé deux ans pour Morton sans jamais partager la passion de son employeur pour les questions d'écologie. Pendant ces deux années, Sarah avait eu une liaison tumultueuse avec un jeune et séduisant acteur. Une suite ininterrompue de soirées torrides, d'affrontements violents, de départs précipités, de rabibochages et de larmes, d'infidélités et de crises de jalousie. Une relation dans laquelle il lui fallait reconnaître qu'elle s'était un peu trop investie. À vrai dire, elle n'avait pas accordé plus d'attention au NERF et aux autres centres d'intérêt de Morton que ce que son travail exigeait. En découvrant un jour dans *People* la photographie de son amant paradant sans vergogne au bras d'une starlette, elle avait décidé que la coupe était pleine. Après avoir fait disparaître le numéro du traître du répertoire de son portable, elle s'était jetée à corps perdu dans le travail.

Elle partageait en tout état de cause les vues de Peter Evans sur l'état de la planète. Peter était peut-être plus véhément dans leur expression et plus confiant dans ses assertions mais, sur le fond, elle était d'accord avec lui. Et Kenner qui jetait à tout bout de champ le doute dans son esprit !

Elle se demandait si Kenner était réellement dans le vrai pour tout ce qu'il disait et aussi comment Morton avait pu se lier avec cet homme.

— Aviez-vous les mêmes discussions avec George ? demanda-t-elle en se tournant vers Kenner.

— Les dernières semaines de sa vie, oui.

— S'opposait-il à vous comme le fait Evans ?

— Non, répondit Kenner. Il avait compris.

— Compris quoi ?

Ils furent interrompus par un grésillement et la voix du pilote.

— Le ciel s'est dégagé au-dessus de la station Weddell. Atterrissage prévu dans dix minutes. Pour ceux d'entre vous qui ne se sont jamais posés sur la glace, la ceinture de sécurité doit être serrée et basse, les bagages soigneusement arrimés. Prière de respecter ces consignes.

L'appareil amorça un virage et commença sa descente. Par le hublot Sarah découvrit une étendue de glace couverte d'une croûte de neige. Elle distingua au loin, sur une éminence, une rangée de constructions de couleur vive – rouge, bleu-vert – dominant l'océan aux eaux grises et agitées.

— La station Weddell, annonça Kenner.

Station Weddell
Mercredi 6 octobre
11 h 04

Ils avançaient péniblement vers les structures ressemblant à des cubes géants. Peter tapa violemment du pied dans un gros morceau de glace. Il était d'une humeur de chien. Il en avait assez de se faire humilier par Kenner, en qui il avait reconnu le genre de type à s'opposer à toutes les opinions conventionnelles pour la seule raison qu'elles étaient conventionnelles.

Il allait être obligé de supporter plusieurs jours la compagnie de ce détraqué mais il se promit de tout faire pour l'éviter. En tout cas, de refuser toute nouvelle conversation avec lui. Il ne servait à rien de discuter avec un extrémiste.

Il tourna la tête vers Sarah qui marchait à côté de lui. Le froid lui rosissait les joues ; elle était très belle.

— Je crois que ce type est cinglé, fit Peter.

— Kenner ?

— Oui. Qu'en pensez-vous ?

— Peut-être, répondit-elle avec un petit haussement d'épaules.

— Je parie que les références qu'il m'a données sont fausses.

— Ce sera facile à vérifier.

Ils arrivèrent devant la première construction, tapèrent du pied pour se débarrasser de la neige et entrèrent.

La station de recherches abritait une trentaine de personnes, scientifiques, étudiants, techniciens et personnel d'entretien. Peter découvrit avec plaisir que l'endroit était confortable ; il comportait une cafétéria accueillante, une salle de détente et un gymnase bien équipé. De grandes fenêtres offraient une vue panoramique sur l'océan houleux ; d'autres, orientées à l'ouest, donnaient sur l'immensité glacée de la plate-forme de Ross. Le chef de la station les accueillit chaleureusement. C'était un scientifique massif et barbu du nom de MacGregor, une sorte de père Noël en parka fourrée. Peter constata avec agacement que MacGregor semblait connaître Kenner, au moins de réputation. Les deux hommes engagèrent sans tarder une conversation amicale.

Peter demanda s'il pouvait prendre connaissance de ses e-mails. On le conduisit dans une salle équipée de plusieurs postes de travail ; il se connecta directement au site de la revue *Science.*

Quelques minutes lui suffirent pour établir que les références fournies par Sanjong étaient authentiques. Après avoir lu les abrégés proposés par le site, puis le texte intégral, il commença à se sentir mieux. Kenner avait correctement résumé les données brutes mais en avait tiré une interprétation différente de celle des auteurs. Les auteurs de ces études étaient des partisans convaincus du réchauffement planétaire et le disaient clairement.

Pour la plupart d'entre eux.

C'était un peu compliqué. Ainsi, dans un article, les auteurs faisaient état de la menace constituée par le réchauffement climatique alors que les données qu'ils fournissaient semblaient indiquer le contraire de ce qu'ils disaient. Peter soupçonnait que cette confusion apparente était due au fait qu'une demi-douzaine de scientifiques avaient signé cet article. Ils *écrivaient* qu'ils soutenaient la théorie du réchauffement de la planète. C'est ce qui comptait.

Plus troublant était celui qui traitait de l'augmentation de l'épaisseur de la glace de la plate-forme de Ross. L'auteur affirmait d'abord que la banquise fondait depuis six mille ans, depuis le milieu de l'holocène. Peter n'avait jamais entendu dire que la fonte des glaces de l'Antarctique s'étalait sur une période de six mille ans. Si c'était vrai, le phénomène n'avait rien de nouveau. L'auteur de l'article donnait par ailleurs à entendre que ce qui était nouveau était la fin de cette période de fonte et l'observation des premiers signes d'épaississement de la glace. Il allait jusqu'à parler de signes avant-coureurs d'une prochaine période glaciaire.

Une période glaciaire !

On frappa à la porte; Sarah passa la tête dans l'embrasure.

— Kenner veut nous voir, annonça-t-elle. Il a découvert quelque chose. Je pense que nous allons faire une balade sur la glace.

Occupant tout un mur, une carte montrait l'énorme continent en forme d'étoile. Dans l'angle inférieur droit apparaissaient la station Weddell et le grand arc formant la plate-forme de Ross.

— Nous avons appris, commença Kenner, qu'un navire arrivé il y a cinq jours a déchargé des caisses de matériel pour un scientifique américain du nom de James Brewster, de l'Université du Michigan. Brewster est un nouveau venu, autorisé à débarquer ici à la dernière minute grâce à une bourse de recherche exceptionnellement généreuse en matière de frais généraux. En d'autres termes, avec de l'argent dont la station avait besoin pour ses opérations.

— Il a payé pour venir ? s'étonna Peter.

— Exactement.

— Quand est-il arrivé ?

— La semaine dernière.

— Où est-il maintenant ?

— Sur le terrain, répondit Kenner en indiquant une zone sur la carte. Quelque part au sud du mont Terror. C'est notre destination.

— Vous avez dit que c'est un scientifique du Michigan ? demanda Sarah.

— Nous avons vérifié. Il existe bien un professeur James Brewster, géophysicien à l'Université du Michigan, mais il est en ce moment à Ann Arbor, où sa femme doit accoucher d'un jour à l'autre.

— Alors, qui est ce type ?

— Personne ne le sait.

— Et le matériel qui a été déchargé ?

— Personne n'en a la moindre idée non plus. Nous savons qu'il a été transporté par hélicoptère dans les caisses d'origine. Brewster est là-bas depuis une semaine avec deux prétendus étudiants. On ne sait pas ce qu'il fait mais il travaille apparemment sur une zone étendue et déplace fréquemment son camp de base. Nul ne sait où il se trouve exactement. Un des étudiants est revenu hier pour travailler sur ordinateur, poursuivit Kenner en baissant la voix. Pour des raisons évidentes, nous ne lui demanderons pas de nous conduire là-bas. Nous ferons appel à un membre du personnel de la station, Jimmy Bolden, en qui nous avons toute confiance. Les conditions météo étant trop instables pour prendre un hélicoptère, il nous faudra utiliser des chenillettes. Le camp de base se trouve à un peu plus de vingt-cinq kilomètres ; nous devrions y arriver en deux heures. C'est le printemps dans l'Antarctique et la température extérieure est idéale : – 32 °C. Alors, couvrez-vous bien. Des questions ?

— La nuit ne va pas bientôt tomber ? demanda Peter en jetant un coup d'œil à sa montre.

— La nuit est beaucoup plus courte depuis que le printemps est arrivé, répondit Kenner. Il fera jour tout le temps que nous serons partis. Le seul problème se trouve là, ajouta-t-il en indiquant un endroit sur la carte. Il nous faudra traverser la zone de friction.

Zone de friction
Mercredi 6 octobre
12 h 09

— La zone de friction ? fit Jimmy Bolden tandis qu'ils avançaient péniblement vers le hangar abritant les véhicules. Il n'y a rien de particulier. Il faut être prudent, c'est tout.

— Qu'est-ce que c'est ? insista Sarah.

— Une zone où la glace est soumise à des forces latérales, des forces de friction, un peu comme le sol en Californie. Mais au lieu de séismes, ce sont des crevasses qui se forment. Des tas de crevasses. Profondes.

— Il va falloir traverser cette zone ?

— Aucun danger. Il y a deux ans, on a construit une route qui permet de traverser la zone en toute sécurité. Toutes les crevasses ont été comblées le long de la route.

En entrant dans le hangar en tôle ondulée, Peter vit une rangée de véhicules trapus, avec une cabine rouge, montés sur chenilles.

— Voilà les autoneiges, annonça Bolden. Vous en partagerez une avec Sarah, le Dr Kenner en prendra une autre et je conduirai la troisième, pour ouvrir la route.

— On ne peut pas tous monter dans un seul ? demanda Peter.

— Précaution d'usage : ne pas charger les véhicules. Vous ne voulez pas tomber dans une crevasse ?

— Je croyais qu'il y avait une route où toutes les crevasses avaient été comblées.

— Exact, mais la route est sur un champ de glace et la glace se déplace de cinq centimètres par jour. Cela signifie que la route se déplace. Ne vous inquiétez pas : elle est indiquée de manière très visible avec des fanions. Je vais vous montrer ce que vous avez à savoir, poursuivit Bolden en grimpant sur la chenille d'un véhicule. Cela se conduit comme une voiture normale : embrayage, frein à main, accélérateur, volant. Vous réglez le chauffage avec ce bouton et vous ne le coupez jamais. La température restera voisine de – 10 °C dans la cabine. Cette grosse balise orange sur le tableau de bord est le transpondeur. Vous appuyez sur ce bouton pour le mettre en marche. Il s'allume automatiquement quand le véhicule s'incline de plus de trente degrés par rapport à l'horizontale.

— Vous voulez dire si nous tombons dans une crevasse ? glissa Sarah.

— Ne craignez rien : cela n'arrivera pas. Je vous montre l'équipement, c'est tout. Il émet un message d'identification propre à chaque véhicule, ce qui permet de le retrouver sans risque d'erreur. Si, pour une raison ou pour une autre, vous devez être secourus, sachez que l'attente est en moyenne de deux heures avant l'arrivée des secours. La nourriture est là, avec l'eau ; il y en a assez pour dix jours. Vous avez une trousse de premiers secours, avec morphine et antibiotiques. Un extincteur. Le matériel d'escalade est dans ce compartiment : crampons, cordes, mousquetons, tout ça. Il y a des couvertures chauffantes qui maintiendront une température au-dessus de 0 °C pendant une semaine, quand vous vous glisserez à l'intérieur. C'est à peu près tout. Nous communiquons par radio. Haut-parleur dans la cabine, microphone au-dessus du tableau de bord. Commande vocale... Il suffit de parler. Pigé ?

— Pigé, dit Sarah en grimpant dans la cabine.

— Alors, en route. Et vous, docteur, vous êtes prêt ?

— Je suis prêt, répondit Kenner en se mettant au volant du véhicule voisin.

— Une dernière chose, ajouta Bolden. N'oubliez pas que si vous devez descendre de votre véhicule, la température extérieure sera de – 30 °C. Protégez votre visage et vos mains. Le froid provoque des engelures en moins d'une minute. Au bout de cinq minutes, on risque de perdre ses extrémités. Nous n'avons pas envie de vous voir repartir sans doigts ni orteils. Ou sans votre nez.

Il monta dans la troisième autoneige.

— Nous roulons l'un derrière l'autre, reprit-il, en respectant une distance de trois longueurs de cabine. Jamais moins, en aucune circonstance, et jamais plus. Si une tempête se lève, si la visibilité devient mauvaise, nous maintenons la même distance en réduisant notre vitesse. D'accord ?

Tout le monde acquiesça de la tête.

— En route.

Une porte roulante en tôle ondulée s'ouvrit au fond du hangar avec des grincements de métal gelé. Dehors le soleil brillait.

— Belle journée pour une balade, lança Bolden.

Avec un bruit sourd de moteur diesel, la première autoneige franchit la porte du hangar.

Ils étaient secoués en tous sens dans le véhicule bringuebalant. Le champ de glace qui, de loin, paraissait plat, sans relief, était étonnamment accidenté quand on le traversait et présentait des creux allongés et des bosses en pente raide. Peter avait l'impression d'être sur un bateau ballotté par la houle mais cette mer était de glace et ils avançaient lentement.

Sarah conduisait avec assurance ; Peter, assis à côté d'elle, s'agrippait au tableau de bord pour ne pas perdre l'équilibre.

— À quelle vitesse allons-nous ?

— Le compteur indique vingt-deux kilomètres à l'heure.

Peter émit un grognement quand ils plongèrent dans une tranchée d'où ils sortirent aussitôt.

— Il va falloir supporter ça pendant deux heures ?

— C'est ce qu'il a dit. À propos, avez-vous vérifié les références de Kenner ?

— Oui, répondit Peter, l'air maussade.

— Étaient-elles truquées ?

— Non.

Ils fermaient la marche du petit convoi. Devant eux se trouvait la chenillette de Kenner, qui suivait Bolden.

La radio grésilla.

— Voilà, fit la voix de Bolden, nous arrivons dans la zone de friction. Maintenez la distance entre les véhicules et restez à l'intérieur des fanions.

Peter ne voyait aucune différence dans le paysage. C'était toujours la même étendue de glace scintillant au soleil sauf que la route était bordée des deux côtés de fanions rouges fixés sur des piquets d'environ deux mètres.

Tandis que l'autoneige poursuivait sa route, Peter distingua des crevasses ouvertes dans la glace. D'un bleu profond, elles semblaient émettre une sorte de lueur.

— Quelle est la taille des crevasses ?

— La plus profonde que nous avons trouvée faisait mille mètres, répondit Bolden à la radio. Certaines font trois cents mètres, la plupart moins de cent.

— Elles ont toutes cette couleur ?

— Oui, mais ce n'est pas la peine d'aller voir de plus près.

Ils traversèrent sans encombre la zone dangereuse ; les fanions disparurent derrière eux. Sur leur gauche ils virent apparaître une montagne surmontée de nuages blancs.

— Le mont Erebus, annonça Bolden. Un volcan en activité. C'est de la vapeur qui sort par le cratère. Il lui arrive de projeter des blocs de lave mais nous ne risquons rien. Le mont Terror, lui, est éteint. Vous le voyez là-bas, cette petite éminence.

Peter se sentit déçu. Il avait imaginé, avec un nom pareil, découvrir quelque chose de terrifiant, pas cette élévation de rien du tout, couronnée de roche. Si on ne la lui avait pas montrée, il ne l'aurait peut-être pas vue.

— Pourquoi l'appelle-t-on le mont Terror ? demanda-t-il. Il n'a rien d'effrayant.

— Rien à voir, répondit Bolden. Les points de repère de l'Antarctique ont reçu le nom des navires des premiers explorateurs. Le *Terror* était l'un des navires de Ross, au XIXe siècle.

— Et le camp de Brewster ? demanda Sarah.

— Nous allons bientôt le voir, affirma Bolden. Alors, vous êtes des inspecteurs ?

— Nous faisons partie de l'IADG, répondit Kenner. L'agence d'inspection internationale. Notre mission consiste à nous assurer qu'aucun projet de recherche américain n'enfreint les accords internationaux sur l'Antarctique.

— Je vois...

— Le Dr Brewster s'est décidé si vite, poursuivit Kenner, qu'il n'a pas soumis sa proposition de bourse de recherche à l'approbation de l'IADG. Nous venons donc faire une inspection sur le terrain. Une procédure de routine.

Le silence se fit. Ils continuèrent de rouler en cahotant pendant quelques minutes. Toujours aucun signe d'un camp.

— Peut-être a-t-il changé d'emplacement, hasarda Bolden.

— En quoi consistent ses recherches ? demanda Kenner.

— Je ne sais pas exactement, répondit Bolden, mais j'ai cru comprendre qu'il étudie la mécanique du vêlage. Vous savez, la glace qui se déplace vers le bord de la plate-forme et se détache pour glisser dans la mer. Brewster a placé des GPS dans la glace pour suivre son avancée vers la mer.

— Nous sommes près de la mer ? demanda Peter.

— Elle est à seize ou dix-sept kilomètres d'ici. Au nord.

— S'il étudie la formation des icebergs, glissa Sarah, pourquoi travaille-t-il si loin de la côte ?

— En réalité, répondit Kenner, ce n'est pas si loin. Il y a deux ans, un iceberg s'est détaché de la plate-forme de Ross. Il faisait soixante-cinq kilomètres de long et près de sept kilomètres de large, la superficie de Rhode Island. Un des plus grands jamais observés.

— Pas à cause du réchauffement climatique, rétorqua Peter avec un ricanement amer. Le réchauffement climatique ne peut pas être responsable de cela. Certainement pas !

— En effet, déclara Kenner, il n'en était pas responsable. Les conditions locales ont provoqué la formation de cet iceberg.

— Comme il fallait s'y attendre, soupira Peter.

— Pourquoi refuser l'idée même de conditions locales, Peter ? L'Antarctique est un continent. Il serait étonnant qu'il n'y ait pas des conditions météorologiques particulières, indépendamment d'une évolution générale qui se dessine plus ou moins clairement.

— C'est vrai, glissa Bolden. Il y a des conditions locales particulières : les vents catabatiques, par exemple.

— Comment ?

— Les vents catabatiques sont des vents gravitationnels. Vous avez certainement remarqué qu'il y a beaucoup plus de vent ici qu'à l'intérieur. L'intérieur du continent est relativement calme.

— Qu'est-ce qu'un vent gravitationnel ? demanda Peter.

— L'Antarctique ressemble à un grand dôme de glace, expliqua Bolden. L'intérieur est plus élevé que les côtes. Et plus froid. L'air froid descend en prenant de la vitesse ; le vent peut souffler à cent ou cent vingt kilomètres à l'heure quand il atteint la côte. Aujourd'hui, nous n'avons pas à nous plaindre.

— Quel soulagement ! lâcha Peter.

— Regardez, droit devant ! s'écria Bolden. Le camp du professeur Brewster !

Camp Brewster
Mercredi 6 octobre
14 h 04

Il n'y avait pas grand-chose à voir : deux tentes igloos orange, une grande et une petite, la toile claquant au vent. La plus grande semblait abriter le matériel ; ils voyaient des caisses dont les angles déformaient la toile. Piquetant la glace à partir du camp, une ligne de fanions orange espacés de quelques centaines de mètres s'étirait au loin. Les émetteurs GPS.

— Nous allons faire une halte, reprit Bolden. Je crains que le Dr Brewster ne soit pas là ; pas d'autoneige en vue.

— Je vais jeter un coup d'œil, déclara Kenner.

Ils coupèrent le moteur des chenillettes et descendirent des véhicules. Peter avait trouvé qu'il faisait froid dans la cabine ; l'air glacial lui coupa le souffle. Il se mit à haleter, à tousser. Kenner paraissait insensible au froid. Il se dirigea vers la tente abritant le matériel et disparut à l'intérieur.

— Vous voyez les traces du véhicule, reprit Bolden. Elles sont parallèles aux fanions. Le Dr Brewster a dû aller vérifier que tout était en place. La ligne s'étire sur cent cinquante kilomètres, vers l'ouest.

— Cent cinquante kilomètres ? répéta Sarah.

— Exact. Il a disposé ses GPS sur cette distance. Il reçoit les données des émetteurs et enregistre leur déplacement dans la glace.

— Il ne peut pas y avoir de grands déplacements...

— Pas en quelques jours, bien sûr, mais ces émetteurs resteront en place un an ou plus. Les données seront transmises à la station Weddell.

— Le Dr Brewster doit rester si longtemps ?

— Non, il va repartir. Il serait trop coûteux de le garder ici. Sa bourse lui donne droit à un premier séjour de vingt et un jours, suivi de visites de contrôle d'une durée d'une semaine tous les trois mois. Mais nous lui ferons parvenir ses données. En fait, nous venons de les publier sur Internet ; il peut y accéder de n'importe où dans le monde.

— Vous avez ouvert une page Web sécurisée ?

— Exactement.

— Alors, lança Peter en tapant du pied pour se réchauffer, Brewster revient ou pas ?

— Il devrait revenir, répondit Bolden, mais je ne sais pas quand.

— Peter ! cria Kenner de l'intérieur de la grande tente.

— Je crois qu'il a besoin de moi.

— Vous pouvez l'accompagner, si vous voulez, suggéra Bolden à Sarah voyant que Peter se dirigeait vers la tente. Nous n'allons pas rester très longtemps, ajouta-t-il en montrant le ciel qui s'assombrissait au sud. J'ai l'impression que le temps se gâte. Nous avons deux heures devant nous et ce ne sera pas drôle si une tempête se lève. Quand la visibilité se réduit à deux ou trois mètres, il faut s'arrêter et attendre que le ciel se dégage. Cela peut prendre deux ou trois jours.

— Je vais les prévenir, lança Sarah.

Peter écarta le pan de toile ; une clarté orangée baignait l'intérieur de la tente. Sur les débris des caisses en bois qui jonchaient le sol étaient entassés des dizaines de cartons. Ils portaient tous le logo de l'Université du Michigan et la même inscription verte au pochoir :

Université du Michigan
Département des sciences environnementales
Contenu : matériel de recherche
Extrêmement fragile
MANIPULER AVEC PRÉCAUTION

— Tout semble en règle, fit Peter. Vous êtes sûr que ce Brewster n'est pas un vrai scientifique ?

— Voyez par vous-même, répondit Kenner en ouvrant un des cartons.

Peter découvrit une pile de cônes en plastique, de la taille des cônes de signalisation mais noirs.

— Vous savez ce que c'est ?

— Non, répondit Peter.

— Bolden dit qu'une tempête va se lever et qu'il ne faut pas rester ici, lança Sarah de l'entrée de la tente.

— Ne vous en faites pas, Sarah, nous n'allons pas rester, fit Kenner. Pouvez-vous me rendre un service : allez voir dans l'autre tente si vous trouvez un ordinateur. N'importe quel type – portable, contrôleur de laboratoire, tout ce qui peut contenir un microprocesseur. Cherchez aussi du matériel radio.

— Un émetteur ou une radio pour écouter ?

— Tout ce qui a une antenne.

— D'accord, fit-elle en ressortant.

Peter était toujours dans les cartons. Il en ouvrit trois, puis un quatrième. Ils contenaient tous les mêmes cônes noirs.

— Je ne comprends pas.

Kenner prit un des cônes, le tourna vers la lumière du jour. Il y avait une inscription en relief : UNIT PTBC-XX-904/8776-AW203 US DOD.

— Du matériel militaire ? demanda Peter.

— Exact.

— Qu'est-ce que c'est ?

— Les enveloppes protectrices de PTB coniques.

— Quoi ?

— Explosion à déclenchement de haute précision. Des explosifs dont la détonation est réglée à la milliseconde par ordinateur afin de provoquer des effets de résonance. Chaque explosion n'est pas très forte mais la synchronisation produit des ondes stationnaires dans la matière environnante. C'est de là que provient le pouvoir destructeur : de l'onde stationnaire.

— Qu'est-ce qu'une onde stationnaire ? demanda Peter.

— Vous avez déjà regardé des petites filles jouer à la corde à sauter ? Oui ? Eh bien, si, au lieu de faire tourner la corde, elles la font monter et descendre, ce mouvement produit des ondes qui se propagent dans les deux sens sur toute la longueur de la corde.

— Je vois...

— Mais si les fillettes secouent la corde à la bonne vitesse, les ondes donnent l'impression de ne plus se propager. La corde prend une forme incurvée et la conserve. Vous avez vu ça ? Eh bien, c'est une onde stationnaire. Ses oscillations sont parfaitement synchronisées et elle donne l'impression de ne pas se propager.

— Ces explosifs font la même chose ?

— Oui. Dans la nature, les ondes stationnaires ont une puissance incroyable. Elles peuvent démolir un pont suspendu ou provoquer l'effondrement d'un gratte-ciel. Les effets les plus destructeurs des séismes sont provoqués par des ondes stationnaires qui se forment dans la croûte terrestre.

— Brewster a placé les explosifs sur une ligne de... cent cinquante kilomètres. C'est bien ce que Bolden a dit ? Cent cinquante kilomètres ?

— Exact. Ses intentions sont parfaitement claires. Notre ami Brewster espère provoquer une fracture de la plateforme de glace sur une longueur de cent cinquante kilomètres et détacher du glacier le plus grand iceberg de l'histoire de notre planète.

Sarah passa la tête dans l'ouverture de la tente.

— Avez-vous trouvé un ordinateur ? demanda Kenner.

— Non. Il n'y a rien là-bas. Rien du tout. Ni duvet, ni provisions, ni vêtements. La tente est vide. L'oiseau s'est envolé.

Kenner étouffa un juron.

— Bon, fit-il. Écoutez bien. Voici ce que nous allons faire.

Retour vers la station Weddell
Mercredi 6 octobre
14 h 22

— Non, fit Jimmy Bolden en secouant vigoureusement la tête. Je ne peux pas vous laisser faire ça, c'est trop dangereux.

— Pourquoi ? demanda Kenner. Vous ramenez les deux autres à la station et je suis les traces de l'autoneige de Brewster jusqu'à ce que je le retrouve.

— Non, professeur. Nous restons tous ensemble.

— Jimmy, déclara Kenner avec fermeté, nous allons nous séparer.

— Sans vouloir vous offenser, professeur, vous ne connaissez pas la région ni les conditions...

— Vous oubliez que je suis inspecteur de l'IADG, coupa Kenner. J'ai passé six mois dans la station Vostock, pendant l'hiver 99. Et trois mois à Morval en 91. Je sais exactement ce que je fais.

— Écoutez, moi, je ne sais pas...

— Appelez Weddell. Le chef de station vous le confirmera.

— Si vous présentez les choses de cette manière...

— Précisément, déclara Kenner d'un ton tranchant. Ramenez-les à la station. Le temps presse.

— Bon, si vous pensez que tout se passera bien, soupira Bolden. Allons-y, ajouta-t-il à l'adresse de Peter et de Sarah. En voiture !

Quelques minutes plus tard, Peter et Sarah roulaient en cahotant sur la piste derrière le véhicule de Bolden. Kenner, lui, avançait parallèlement à la ligne de fanions orange. En se retournant, Peter le vit s'arrêter, descendre de son autoneige pour inspecter un des fanions et remonter dans le véhicule.

Bolden aussi l'avait vu.

— Qu'est-ce qu'il fabrique ? demanda-t-il avec nervosité.

— Il a regardé le GPS, c'est tout.

— Il ne devrait pas descendre de son véhicule, reprit Bolden. Et il ne devrait pas rester seul sur le glacier. C'est contraire au règlement.

Sarah avait le sentiment que Bolden s'apprêtait à faire demi-tour.

— Puis-je vous dire quelque chose au sujet du professeur Kenner, Jimmy ?

— Allez-y !

— Vous n'avez pas intérêt à l'énerver.

— C'est vrai ?

— C'est vrai, Jimmy. Je ne vous le conseille pas.

— Bon... N'en parlons plus.

Ils suivirent une longue montée, puis une descente. Le camp de Brewster avait disparu, l'autoneige de Kenner aussi. Devant eux il n'y avait plus que l'immensité de la plate-forme de Ross s'étendant jusqu'à l'horizon grisâtre.

— Deux heures de route, annonça Bolden. Et une douche chaude.

La première heure s'écoula sans incident si ce n'est, de temps en temps, un cahot plus violent que les autres qui tirait Peter de sa somnolence. Aussitôt, il se laissait de nouveau aller doucement au sommeil en dodelinant de la tête, jusqu'à la secousse suivante.

— Vous n'êtes pas fatiguée ? demanda-t-il à Sarah qui conduisait depuis le début.

— Pas du tout.

Le soleil était bas sur l'horizon voilé par le brouillard. Le paysage présentait un camaïeu continu de gris pâle, sans séparation ou presque entre le ciel et la terre. Peter étouffa un bâillement.

— Vous voulez que je prenne le volant ?
— Ça va, merci.
— Je conduis bien.
— Je sais.
Malgré son charme et sa beauté, elle était décidément trop autoritaire. Le genre de femme à porter la culotte.
— Je parie que vous aimez prendre les décisions, dans le couple.
— Vous croyez ? fit-elle en souriant.
Il était agaçant de constater qu'elle ne le prenait pas au sérieux – en tant qu'homme. Comme s'il n'était pas quelqu'un à qui elle pouvait s'intéresser. Au vrai, Sarah était un peu trop distante à son goût. Un peu trop froide. Un peu trop maîtresse d'elle-même, au-delà de son éclat.
Ils entendirent le bruit de la radio et la voix de Bolden.
— Il y a du mauvais temps en vue. Je n'aime pas ça. Nous ferions mieux de prendre un raccourci.
— Quel raccourci ?
— Il fait à peine un kilomètre mais nous permettra de gagner vingt minutes. Suivez-moi.
L'autoneige vira sur la gauche, abandonnant la piste de neige tassée pour s'engager sur la glace de la plate-forme.
— D'accord ! lança Sarah. Nous vous suivons.
— C'est bien, reprit Bolden. Il reste une heure de route jusqu'à la station. Je connais ce raccourci : un vrai billard. Surtout, restez juste derrière moi. Ni à droite ni à gauche, juste derrière. Compris ?
— Compris, répondit Sarah.
— Bien.
En quelques minutes, ils s'étaient éloignés de plusieurs centaines de mètres de la route. La glace dure et lisse crissait sous les chenilles de l'autoneige.
— Nous roulons sur la glace, dit Bolden.
— J'ai remarqué.
— Ce ne sera plus long.
Peter regarda par la vitre ; la route avait complètement disparu. Il ne savait même plus dans quelle direction elle se trouvait. Tout se ressemblait, dans ce paysage uniforme. Une appréhension le saisit.

— Nous sommes perdus ?

L'autoneige dérapa et commença à se mettre en travers ; Peter s'agrippa au tableau de bord. Sarah remit aussitôt le véhicule en ligne droite.

Peter poussa un ouf de soulagement.

— Vous êtes toujours aussi nerveux ? demanda Sarah.

— Un peu.

— Dommage qu'on ne puisse avoir un peu de musique, poursuivit-elle. Ce n'est pas possible ?

— Si, répondit Bolden. Weddell émet en continu. Attendez, j'arrive.

Il immobilisa son véhicule, en descendit et s'avança vers la deuxième autoneige à l'arrêt. Il grimpa sur la chenille, ouvrit la portière, laissant entrer une bouffée d'air glacial.

— Il arrive que cet appareil provoque des interférences, fit-il en détachant le transpondeur du tableau de bord. Voilà, vous pouvez essayer la radio.

Tandis que Sarah tournait le bouton de la radio, Bolden repartit vers sa chenillette rouge, le transpondeur à la main. Quand il mit la première en prise, le pot d'échappement cracha une fumée noire.

— Il pourrait être un peu plus respectueux de l'environnement, grommela Peter.

— Je ne trouve pas de musique, dit Sarah.

— Ça ne fait rien, je n'en ai pas envie.

Ils parcoururent encore une centaine de mètres avant que le véhicule de Bolden s'immobilise de nouveau.

— Que se passe-t-il encore ? demanda Peter.

Bolden descendit de l'autoneige et en fit le tour pour inspecter les chenilles.

Sarah appuyait sur les différentes touches des fréquences mais n'obtenait que des bruits parasites.

— Je ne suis pas sûr que ce soit mieux, observa Peter. Laissez tomber... Mais pourquoi nous sommes-nous arrêtés ?

— Je ne sais pas, répondit Sarah. On dirait qu'il vérifie quelque chose.

Bolden s'était retourné et les regardait. Immobile sur la glace, il fixait les yeux dans leur direction.

— Vous croyez qu'il faut descendre ? demanda Peter.

La radio grésilla, une voix leur parvint.

— ... Weddell CM à 401. M'entendez-vous, docteur Kenner ? Weddell CM à Kenner. Êtes-vous à l'écoute ?

— Voilà, fit Sarah en souriant. Nous avons enfin quelque chose.

Un sifflement de la radio, de nouveaux grésillements.

— ... venons de trouver Jimmy Bolden inconscient... dans la salle de maintenance, reprit la voix. Nous ignorons qui... avec vous... mais ce n'est pas...

— Merde ! s'écria Peter en regardant l'homme qui se tenait devant eux. Ce type n'est pas Bolden ! Qui est-ce ?

— Je ne sais pas, répondit Sarah, mais il bloque le passage. On dirait qu'il attend.

— Il attend quoi ?

Un craquement sourd se fit entendre derrière eux. Le son se répercuta dans la cabine comme une détonation. L'autoneige glissa légèrement.

— Pas question de rester ici ! lança Sarah. Nous avancerons, même si je dois lui passer sur le corps !

Elle passa la marche arrière ; la chenillette recula, s'éloignant de l'autre véhicule. Elle changea de vitesse pour repartir vers l'avant.

Un nouveau craquement menaçant.

— Allez-y ! s'écria Peter. Vite !

Deux craquements se succédèrent. L'autoneige fit une embardée et s'inclina fortement. Peter regarda l'homme qui s'était fait passer pour Bolden.

— C'est la glace, fit Sarah. Il attend que le poids de l'autoneige la fasse céder.

— Renversez-le ! s'écria Peter.

L'imposteur faisait des signes. Il fallut un moment à Peter pour comprendre.

Il leur faisait au revoir de la main.

Sarah écrasa la pédale d'accélérateur, faisant rugir le moteur, mais la glace céda complètement et la chenillette commença à s'enfoncer. Peter vit apparaître la paroi de glace bleutée d'une crevasse. Puis le véhicule bascula dans le vide. Ils passèrent fugitivement dans un monde d'azur irréel avant de plonger dans les ténèbres.

Zone de friction
Mercredi 6 octobre
15 h 51

En ouvrant les yeux, Sarah vit une énorme étoile bleue rayonnant dans toutes les directions. Elle avait le front glacé et sa nuque la faisait terriblement souffrir. Elle déplaça son corps avec précaution, vérifia l'état de chacun de ses membres. C'était douloureux mais elle pouvait tout bouger, sauf sa jambe droite qui était coincée. Elle toussa, s'efforça de faire le point. Elle était allongée sur le flanc, le visage plaqué contre le pare-brise que son front avait fait éclater en le heurtant. Ses yeux se trouvaient à quelques centimètres du verre brisé. Elle écarta lentement la tête et regarda autour d'elle.

Elle baignait dans une vague clarté crépusculaire. Une lumière incertaine venait de sa gauche. La cabine de l'autoneige était couchée sur le côté, les chenilles appuyées contre la paroi de la crevasse ; elle avait dû être arrêtée dans sa chute par une saillie de la glace. Sarah leva les yeux et constata avec étonnement que l'ouverture de la crevasse était proche, une trentaine de mètres, pas plus. Assez près pour espérer.

Elle regarda ensuite en bas, pour voir où se trouvait Peter. Il faisait trop sombre ; elle ne voyait rien. Elle accommodait petit à petit. Elle étouffa un cri.

Il n'y avait pas de saillie.

Leur véhicule avait dégringolé dans la crevasse qui allait en se rétrécissant ; il était coincé entre les parois, les chenilles d'un côté, le toit de la cabine de l'autre. La cabine elle-même était suspendue au-dessus du vide d'un noir d'encre. La portière du passager était grande ouverte.

Peter ne se trouvait plus dans la cabine.

Il était tombé.

Dans les profondeurs ténébreuses.

— Peter ?

Pas de réponse.

— Vous m'entendez, Peter ?

Elle tendit l'oreille. Rien. Pas un son, pas un mouvement.

Elle prit brusquement conscience de la situation. Elle était seule, à trente mètres de profondeur, au beau milieu d'un champ de glace, loin de l'itinéraire balisé, à des kilomètres de la station.

Un long frisson la parcourut quand elle comprit que cette crevasse serait son tombeau.

Bolden – ou plutôt celui qui se faisait passer pour Bolden – avait bien préparé son coup. Il avait pris leur transpondeur : il lui suffirait de jeter l'appareil dans une crevasse profonde après avoir parcouru quelques kilomètres. Quand les secours se mettraient en route, ils suivraient la direction indiquée par le signal du transpondeur, loin de l'endroit où Sarah se trouvait. Les sauveteurs passeraient plusieurs jours à explorer les lieux avant de renoncer.

Même s'ils élargissaient le périmètre des recherches, ils ne trouveraient pas la chenillette ; elle n'était pas très loin au-dessous de la surface du glacier mais aurait aussi bien pu se trouver à cent mètres de profondeur. Elle ne pourrait être repérée par un hélicoptère survolant la zone ni par un véhicule passant à proximité. Il n'y aurait pas de véhicule. On penserait que l'autoneige s'était écartée de l'itinéraire balisé et les recherches se concentreraient le long de la route. Pas à plusieurs centaines de mètres. La route faisait plus de vingt-cinq kilomètres ; plusieurs jours seraient nécessaires pour en ratisser les abords.

Non, se dit Sarah, jamais on ne me retrouvera.

Et même si elle parvenait à remonter à la surface du glacier, que ferait-elle ? Elle n'avait ni compas, ni carte, ni GPS.

Pas de radio non plus : l'appareil était écrasé sous son genou. Elle ne savait même pas dans quelle direction se trouvait la station Weddell.

Certes, elle avait une parka rouge qui serait visible de loin et elle disposait de provisions et de matériel, ce dont le prétendu Bolden avait parlé, juste avant qu'ils se mettent en route. Qu'y avait-il exactement ? Elle se rappelait vaguement l'avoir entendu mentionner du matériel d'escalade, des crampons et des cordes.

Sarah se plia en deux pour dégager son pied coincé sur le plancher de la cabine par une boîte à outils, puis elle rampa vers l'arrière en prenant soin de ne pas tomber par la portière béante. La clarté crépusculaire qui baignait la crevasse lui permit de distinguer le compartiment contenant les provisions et le matériel. Un choc l'avait enfoncé ; elle ne réussit pas à l'ouvrir.

Elle se retourna pour aller chercher la caisse à outils. Elle y prit un marteau et un tournevis, et passa près d'une demiheure à essayer d'ouvrir le compartiment. Enfin, avec un grincement de métal, la porte s'ouvrit. Elle regarda à l'intérieur.

Il était vide.

Rien à manger, rien à boire, pas de matériel d'escalade. Pas de couverture chauffante non plus.

Rien.

Sarah prit une longue inspiration et exhala lentement. Elle restait calme, refusant de céder à l'affolement, prenant le temps de la réflexion. Sans cordes ni crampons, impossible de remonter à la surface. Quels outils pouvait-elle utiliser ? Le tournevis, pour faire office de piolet ? Trop petit, sans doute. Peut-être parviendrait-elle à désassembler le levier de vitesse pour le convertir en piolet. Ou bien à démonter une partie des chenilles, dont les pièces en métal pourraient lui être utiles.

Elle n'avait pas de crampons, mais si elle trouvait des objets pointus, des vis par exemple, elle pourrait les enfoncer dans la semelle de ses chaussures et s'en servir pour grimper. Pour la corde... Il devait y avoir du tissu quelque part. Elle fit du regard le tour de la cabine. Peut-être pourrait-elle arracher l'étoffe recouvrant les sièges ? La découper en lanières ?

Voilà comment elle gardait le moral. En cherchant des solutions. Même si ses chances de succès étaient minimes, elles existaient. Sarah concentrait toute son énergie là-dessus.

Où était Kenner ? Comment réagirait-il lorsqu'il entendrait le message radio de la station ? Sans doute l'avait-il déjà entendu... Allait-il retourner à Weddell ? Certainement. Et il se lancerait à la recherche de celui qui s'était fait passer pour Bolden. Mais Sarah en était sûre, l'imposteur avait disparu.

Et cette disparition réduisait à néant son espoir d'être secourue.

Le verre de sa montre était brisé. Elle ne savait pas depuis combien de temps elle était dans la crevasse mais la lumière commençait à baisser. Au-dessus de sa tête, l'ouverture n'était plus aussi lumineuse. Soit le temps changeait à la surface, soit le soleil était à son déclin. Cela voulait dire qu'elle avait passé deux ou trois heures dans sa prison de glace.

Elle commençait à s'ankyloser, pas seulement à cause de la chute mais parce qu'elle avait froid. La cabine n'était plus chauffée du tout.

L'idée lui vint de mettre le moteur en marche pour faire fonctionner le chauffage. Cela valait la peine d'essayer. Elle alluma les phares. Un des deux marchait : il projeta un faisceau lumineux sur la paroi de glace. La batterie produisait encore du courant électrique.

Elle tourna la clé de contact ; le moteur ne démarra pas.

Soudain, elle entendit une voix.

— Ohé !

Sarah leva les yeux vers la surface. Elle ne vit rien d'autre que l'ouverture de la crevasse et une bande de ciel gris.

— Ohé !

Elle plissa les yeux pour mieux voir. Y avait-il quelqu'un là-haut ?

— Ohé ! répondit-elle. Je suis là !
— Je sais où vous êtes, reprit la voix.
Sarah se rendit compte que la voix venait de dessous. Elle baissa la tête, regarda dans les profondeurs de la crevasse.
— Peter ?

La voix monta des ténèbres.
— Je suis gelé !
— Êtes-vous blessé ?
— Non, je ne crois pas. Je ne sais pas... je ne peux pas bouger. Je suis coincé dans une sorte de faille.
— À quelle profondeur êtes-vous ?
— Je ne sais pas. Je ne peux pas tourner la tête. Je suis coincé, Sarah !
Sa voix tremblait. Il paraissait terrifié.
— Vous ne pouvez pas bouger du tout ?
— Juste un bras.
— Vous voyez quelque chose ?
— De la glace. Une paroi bleue. À soixante centimètres de ma tête.
Un pied de chaque côté de la portière ouverte, Sarah commença à fouiller l'obscurité du regard. Il faisait très sombre en bas, mais elle avait l'impression que la crevasse s'étrécissait. Dans ce cas, il n'était peut-être pas très loin d'elle.
— Remuez votre bras, Peter. Pouvez-vous le remuer ?
— Oui.
— Agitez-le.
— C'est ce que je suis en train de faire.
Elle ne voyait rien. Tout était noir.
— C'est bon, fit-elle. Vous pouvez arrêter.
— Vous m'avez vu ?
— Non.
— Merde !
Il se mit à tousser.
— Il fait vraiment froid, Sarah.
— Je sais. Tenez bon.
Il fallait qu'elle trouve le moyen de localiser cette fissure. Elle regarda sous le tableau de bord, près de l'endroit où se

trouvait l'extincteur. S'il y avait un extincteur, il y avait probablement une torche. Il devait y avoir une torche... quelque part.

Pas sous le tableau de bord.

Dans la boîte à gants, peut-être? Elle ouvrit le compartiment, glissa la main à l'intérieur, tâtonna dans l'obscurité. Elle perçut un froissement de papier. Ses doigts se refermèrent sur un gros cylindre.

Une torche électrique.

Elle l'alluma; elle marchait. Elle dirigea le faisceau vers les profondeurs de la crevasse.

— Je vois, dit Peter. Je vois la lumière.

— Bien. Recommencez à agiter votre bras.

— C'est ce que je fais.

— Vous êtes en train d'agiter votre bras?

— Oui.

— Je ne vois rien, Peter, déclara Sarah en scrutant l'obscurité. Ah! attendez!

Elle l'avait vu! Juste le bout de ses doigts gantés de rouge, au bord des chenilles, dépassant à peine.

— Peter.

— Oui?

— Vous êtes tout près. À moins de deux mètres de moi.

— Tant mieux. Pouvez-vous me sortir de là?

— Je le ferais si j'avais une corde.

— Il n'y a pas de corde?

— Non. J'ai réussi à ouvrir le compartiment du matériel. Il n'y avait rien.

— Les cordes ne sont pas là, fit Peter. Elles sont sous le siège.

— Vous êtes sûr?

— Je les ai vues. Les cordes et le reste du matériel sont sous le siège du passager.

Sarah se baissa pour vérifier. Le siège reposait sur un socle d'acier solidement fixé au plancher du véhicule; il n'y avait ni ouverture ni compartiment visible. Il était difficile dans sa position de regarder tout autour du siège mais elle en était sûre : il n'y avait rien. Une idée lui vint. Elle souleva le coussin du siège et découvrit un compartiment. À la lumière de la torche elle vit des cordes, des mousquetons, des piolets, des crampons...

— J'ai trouvé ! Vous aviez raison, tout est là.

— Ouf !

Elle sortit le matériel avec précaution, pour être sûre que rien ne tombait par la portière. Ses doigts commençaient à s'engourdir. Tant bien que mal, elle attrapa une corde de nylon de quinze mètres, terminée par un crochet à trois dents.

— Si je fais descendre une corde, Peter, pourrez-vous la saisir ?

— Peut-être. Je crois.

— Pourrez-vous la tenir bien serrée, pour que je vous hisse ?

— Je ne sais pas. J'ai un seul bras libre ; l'autre est coincé sous moi.

— Aurez-vous assez de force pour tenir la corde avec un seul bras ?

— Je n'en sais rien... Je ne crois pas. Imaginons que je sois à moitié sorti et que je n'arrive pas à me retenir...

La voix brisée, il s'interrompit. Il était au bord des larmes.

— Ne vous inquiétez pas, Peter, tout ira bien.

— Je suis coincé, Sarah !

— Mais non.

— Si, je suis coincé ! gémit Peter, l'affolement perceptible dans sa voix. Je vais mourir dans cette putain de crevasse !

— Arrêtez, Peter, poursuivit Sarah en enroulant la corde autour de sa taille. Tout va bien se passer. J'ai un plan.

— Quel plan ?

— Je vais faire descendre un crochet sur la corde. Pouvez-vous le fixer à quelque chose ? À votre ceinture ?

— À ma ceinture, non... Je suis coincé, Sarah. Je ne peux pas bouger, je ne peux pas atteindre ma ceinture.

Sarah essaya de se représenter sa situation. Il devait se trouver bloqué dans une faille de la paroi de glace. Cette image lui donna des frissons ; pas étonnant qu'il soit terrifié.

— Pouvez-vous l'accrocher à quelque chose ? reprit-elle.

— Je vais essayer.

— Voilà, ça vient, déclara Sarah en faisant glisser la corde qui disparaissait au fur et à mesure dans l'obscurité. Vous voyez le crochet?

— Oui.

— Pouvez-vous l'attraper?

— Non.

— Bon. Je vais balancer la corde vers vous.

Elle commença à remuer doucement le poignet pour produire un balancement de la corde. Le crochet disparut, réapparut, disparut de nouveau.

— Je n'y arrive pas... Continuez, Sarah.

— Je continue.

— Je ne peux pas.

— Essayez encore.

— Il faudrait qu'il soit plus bas.

— D'accord. Quelle longueur de corde?

— Trente centimètres.

Elle déroula trente centimètres de corde.

— C'est mieux?

— Balancez maintenant.

Elle l'entendait ahaner mais à chaque mouvement de la corde elle voyait revenir le crochet.

— Je ne peux pas, Sarah...

— Si. Continuez.

— Je n'y arrive pas. J'ai les doigts gelés.

— Continuez... Le crochet revient.

— Je n'y arrive pas, Sarah, je n'y arrive pas... Ho!

— Qu'est-ce qu'il y a?

— J'ai failli l'attraper.

Elle se pencha, vit le crochet réapparaître en tournant sur lui-même. Peter l'avait touché.

— Encore une fois, Peter. Vous allez réussir.

— Je fais ce que je peux, mais je n'ai pas beaucoup de... Ça y est, Sarah, je l'ai!

Elle poussa un long soupir de soulagement.

Il se mit à tousser. Elle attendit qu'il ait fini.

— Je l'ai accroché sur mon blouson.

— Où ?
— Devant. Sur ma poitrine.
Elle se dit que si le crochet se détachait, il lui labourerait le menton.
— Non, Peter. Placez-le sous votre aisselle.
— Je ne peux pas. Il faudrait que vous me tiriez sur une cinquantaine de centimètres.
— Bon. Dites-moi quand vous serez prêt.
— Sarah, reprit Peter après une nouvelle quinte de toux, êtes-vous sûre d'avoir assez de force pour me sortir de là ?
Elle avait évité de se poser la question ; elle s'était simplement dit qu'elle réussirait à le faire. Elle ne savait pas quelle était sa position dans cette faille mais...
— Oui, répondit-elle. Je vais vous sortir de là.
— Vous en êtes bien sûre ? Je pèse soixante-douze kilos. Peut-être un peu plus, disons soixante-quinze.
— J'ai attaché la corde au volant de la chenillette.
— Très bien, mais... ne me laissez pas tomber.
— Je vous retiendrai, Peter.
— Combien pesez-vous ? reprit-il après un silence.
— On ne pose pas cette question à une femme, Peter. Surtout à Los Angeles.
— Nous ne sommes pas à Los Angeles.
— Je ne sais pas combien je pèse.
Elle le savait précisément, bien entendu : soixante-deux kilos. Peter faisait donc une douzaine de kilos de plus qu'elle.
— Je sais que je peux vous remonter. Êtes-vous prêt ?
— Je n'en sais rien !
— Êtes-vous prêt ou non ?
— Oui... Allez-y.
Elle tendit la corde, puis s'accroupit, les deux pieds solidement plantés de chaque côté de la portière, dans la posture d'un sumo avant son combat. Elle savait qu'elle avait beaucoup plus de force dans les jambes que dans les bras : c'était sa seule chance de réussir. Elle inspira profondément.
— Prêt ?
— Je crois.

Sarah commença à se redresser, les muscles des jambes tremblant sous la violence de l'effort. La corde se tendit, puis commença à monter, lentement, de quelques centimètres. Elle montait.

— Arrêtez maintenant. Arrêtez !
— Quoi ?
— Arrêtez !
Elle avait encore les jambes à demi fléchies.
— D'accord, mais je ne tiendrai pas longtemps dans cette position.
— Continuez à tirer. Lentement. Encore un mètre.
Elle comprit qu'elle avait déjà dû le faire sortir en partie de la faille. Il toussait de plus en plus mais, quand il parlait, sa voix était plus claire. La peur en était presque absente.
— Peter ?
— Une seconde. Je mets le crochet à ma ceinture.
— D'accord.
— Je vois ce qu'il y a au-dessus de moi, reprit Peter. Je vois les chenilles. À deux mètres au-dessus de ma tête.
— Très bien.
— Mais quand vous me soulèverez, la corde frottera sur le bord des chenilles.
— Tout se passera bien, Peter.
— Et je serai suspendu dans le vide...
— Je ne vous lâcherai pas.
Encore une quinte de toux. Elle attendit.
— Dites-moi quand vous serez prête, reprit-il.
— Je suis prête.
— Alors, finissons-en avant que j'aie vraiment trop peur.

Il y eut un moment difficile quand, après l'avoir remonté de plus d'un mètre et entièrement sorti de la faille, elle eut à supporter d'un seul coup le poids de tout son corps. Elle fut surprise ; la corde redescendit d'un mètre. Il poussa un hurlement.
— *Sarah !*
Elle serra la corde de toutes ses forces pour l'empêcher de continuer à filer entre ses doigts.

— Merde !
— Pardon...
Elle banda ses muscles pour résister à l'augmentation du poids de la charge et recommença à tirer avec effort. Elle vit bientôt apparaître une main qui s'agrippa à une plaque métallique pour se hisser sur les chenilles. Puis l'autre main et la tête de Peter.
Sarah ne put retenir un mouvement de surprise. Il avait le visage et les cheveux maculés de sang. Mais il souriait.
— Oh ! hisse ! lança Peter.
— Contente de vous voir !

Sarah attendit qu'il ait grimpé dans la cabine pour se laisser tomber par terre. Ses jambes tremblaient violemment, tout son corps était secoué de spasmes. Étendu à côté d'elle, la respiration sifflante, entrecoupée de quintes de toux, Peter ne se rendait compte de rien. Quand les tremblements s'atténuèrent, Sarah prit la trousse de secours et entreprit de nettoyer le visage de Peter.
— La blessure est superficielle, fit-elle, mais il vous faudra une suture.
— Si jamais nous sortons d'ici.
— Nous sortirons, ne vous inquiétez pas.
— J'envie votre optimisme, reprit Peter en levant les yeux vers les parois de la crevasse. Avez-vous déjà fait de l'ascension de glacier.
— Non, mais j'ai fait beaucoup de varappe. Je ne crois pas que ce soit très différent.
— Plus glissant, peut-être. Et que ferons-nous, si nous arrivons là-haut ?
— Je ne sais pas.
— Nous ne saurons pas quelle direction prendre.
— Nous suivrons les traces de l'autre chenillette.
— Si elles sont encore visibles. Si le vent ne les a pas effacées. Et nous sommes à une douzaine de kilomètres de la station.
— Peter..., soupira-t-elle.
— Si une tempête se lève, peut-être vaut-il mieux rester à l'abri.

— Je ne veux pas rester ici, déclara Sarah. Si je dois mourir, ce sera à la lumière du jour.

L'ascension de la paroi de la crevasse se passa bien. Après que Sarah eut trouvé la bonne manière de planter les crampons fixés à ses bottes et la force qu'elle devait donner à son piolet pour qu'il morde dans la glace, il ne lui fallut que sept à huit minutes pour gravir la paroi et déboucher à la surface. Sur le glacier, tout était exactement pareil. Même lumière voilée, même grisaille à l'horizon ; où la terre se confondait avec le ciel, même immensité sans relief.

Elle aida Peter à se hisser à la surface. Sa blessure avait recommencé à saigner et plaquait un masque rouge sur son visage.

— On gèle ici ! lança-t-il. Quelle direction, à votre avis ?

Sarah regardait le soleil. Il était bas, mais descendait-il sur l'horizon ou se levait-il ? Et quelle direction indiquait-il quand on se trouvait au pôle Sud ? Elle demeurait dans l'indécision, anxieuse de ne pas se tromper.

— Nous allons suivre les traces, déclara-t-elle après un long moment de réflexion.

Elle retira ses crampons et ils se mirent en route.

Peter était dans le vrai : il faisait beaucoup plus froid à la surface du glacier. Au bout d'une demi-heure, le vent se leva, les obligeant à se courber, ce qui rendait leur marche pénible. Puis la neige se mit à tomber, poussée par le vent.

— Nous perdons les traces, lança Peter.

— Je sais.

— Le vent les efface.

— *Je sais !*

Il se conduisait parfois comme un enfant. Qu'y pouvait-elle s'il neigeait et si le vent soufflait ?

— Qu'allons-nous faire ? reprit-il.

— Je n'en sais rien, Peter ! C'est la première fois que je suis perdue dans l'Antarctique.

— Moi aussi.

Ils continuèrent à marcher en luttant contre le vent.

— C'est vous qui avez eu l'idée de remonter, reprit Peter.

— Allons, ressaisissez-vous !

— Me ressaisir ? Il fait un froid horrible, Sarah ! Je ne sens plus ni mon nez, ni mes oreilles, ni mes doigts, ni mes orteils...

Sarah s'arrêta pour le prendre par les épaules et le secouer.

— Fermez-la, Peter !

Il en resta coi. Il la regarda par les fentes de son masque de sang gelé ; ses cils étaient saupoudrés de glace.

— Moi non plus, je ne sens pas mon nez, déclara Sarah.

Elle lança un regard circulaire en s'efforçant de ne rien montrer du désespoir qui montait en elle. Le vent faisait tournoyer la neige devant ses yeux ; elle ne voyait plus grand-chose. Tout paraissait encore plus plat, encore plus gris, dépourvu de profondeur. Si cela continuait, ils ne pourraient bientôt plus voir assez bien pour éviter les crevasses.

Ils seraient obligés de s'arrêter.

Au beau milieu de l'immensité glacée.

— Vous savez que vous êtes encore plus belle quand vous êtes en colère.

— Peter, je vous en prie !

— C'est vrai.

Elle se remit en route, pliée en deux, essayant de distinguer les traces des chenilles.

— Venez, Peter.

Les traces rejoindraient peut-être bientôt la route. Il serait plus facile de suivre la route dans la tourmente et d'éviter les crevasses.

— Je crois que je suis en train de tomber amoureux, Sarah.

— Peter...

— Il fallait que je le dise. Je n'aurai peut-être plus l'occasion de le faire.

Il s'interrompit, secoué par une quinte de toux.

— Économisez votre souffle, Peter.

— Quel froid !

Ils continuèrent d'avancer en silence. Le vent mugissait ; la parka de Sarah était plaquée sur son corps. Il devenait de plus en plus difficile de progresser mais elle ne baissait pas les bras. Elle n'aurait su dire combien de temps elle continua de marcher ainsi. Soudain, elle leva la main et s'arrêta. Peter ne devait rien voir : il la heurta, poussa un grognement de surprise, s'immobilisa à son tour.

Il leur fallut rapprocher leurs têtes l'une de l'autre et hurler pour s'entendre dans le vent furieux.

— Il faut s'arrêter ! cria-t-elle.

— Je sais !

Ne sachant que faire, elle se laissa tomber par terre, remonta les jambes et posa la tête sur ses genoux en s'efforçant de retenir ses larmes. Les mugissements du vent allaient en s'amplifiant, tout était obscurci par les bourrasques de neige.

Peter vint s'asseoir à côté d'elle.

— On va crever ici, lâcha-t-il.

Zone de friction
Mercredi 6 octobre
17 h 02

Sarah commença à frissonner : des frémissements rapides pour commencer, puis un tremblement ininterrompu. Elle avait l'habitude de faire du ski et savait ce que cela signifiait : sa température avait dangereusement baissé ; les tremblements constituaient une réaction physiologique pour réchauffer son corps.

Elle claquait des dents. Elle avait de la peine à parler mais son esprit continuait de fonctionner, de chercher une solution.

— Il ne serait pas possible de construire un igloo ? parvint-elle à articuler.

Le vent emporta la réponse de Peter.

— Savez-vous comment faire ?

Cette fois, Peter ne répondit pas.

De toute façon, il était trop tard. Elle commençait à perdre le contrôle de son corps. Les tremblements qui la secouaient étaient si forts qu'elle avait du mal à garder les bras serrés autour de ses genoux.

Et des somnolences la prenaient.

Elle se tourna vers Peter : il était couché sur le côté.

Elle lui donna un coup de coude, puis un coup de pied. Aucune réaction. Elle aurait voulu hurler mais elle ne pouvait pas : les claquements de ses dents étaient trop violents.

Elle luttait pour ne pas perdre conscience mais l'envie de dormir devenait irrésistible. Elle faisait des efforts désespérés pour garder les yeux ouverts. À son profond étonnement, des images fugitives de son passé se mirent à défiler : sa mère, l'école maternelle, une leçon de danse classique, le bal de fin d'année de sa classe de terminale...

Toute sa vie se déroulait devant elle. Comme dans les livres, juste avant de mourir. En levant la tête, elle vit une lumière au loin, comme dans les livres. Une lumière au bout d'un long tunnel obscur...

Elle ne pouvait plus résister. Elle s'étendit par terre ; elle ne sentait même plus le sol. Elle était seule dans un monde de douleur et d'épuisement. La lumière qui se rapprochait devenait de plus en plus vive... maintenant, il y avait deux autres lumières qui clignotaient, une jaune et une verte...

Une jaune et une verte ?

Luttant pour ne pas s'abandonner au sommeil, elle essaya de se remettre sur son séant : impossible. Ses muscles étaient trop faibles, ses bras deux blocs gelés. Elle ne pouvait plus bouger.

Les lumières, la jaune et la verte, devenaient plus grosses. Entre les deux, il y avait une blanche. Très blanche, comme un halogène. Elle commençait à percevoir des détails dans les tourbillons de neige. Un dôme argenté, des roues et de grosses lettres brillantes...

NASA.

Secouée par une quinte de toux, elle vit quelque chose sortir de la neige. C'était un petit véhicule, haut d'à peine un mètre, pas plus gros qu'une tondeuse à gazon autotractée. Les roues étaient grosses, le dôme aplati ; il émettait un signal sonore tout en fonçant droit sur elle.

En fait, il allait passer sur elle. Elle ne s'en inquiéta pas ; elle ne pouvait rien faire pour l'éviter. Elle resta étendue, hébétée, résignée. Les roues ne cessaient de grossir. La dernière chose dont elle se souvint fut une voix mécanique qui disait : « Bonjour. Bonjour. Veuillez dégager le passage. Merci pour votre coopération. Bonjour. Bonjour. Veuillez dégager le passage... »

Puis elle sombra dans l'inconscience.

Station Weddell
Mercredi 6 octobre
20 h 22

Ténèbres. Douleur. Voix dures.

Douleur.

Une friction. Partout, sur ses bras et ses jambes. Comme du feu courant sur tout son corps.

Elle ne put retenir un gémissement.

Une voix, râpeuse, lointaine. Elle crut comprendre : « Marc de café. »

La friction se poursuivit, rapide, appuyée, atroce. Et un bruit évoquant celui du papier de verre, un raclement rude, horrible.

Quelque chose la frappa au visage, sur la bouche. Elle passa la langue sur ses lèvres. C'était de la neige. Glacée.

— *Cousins set ?* demanda une voix.

— *Nod eely.*

Une langue étrangère. Du chinois, quelque chose comme cela. Elle entendait plusieurs voix. Elle essaya d'ouvrir les yeux, sans succès. Ils étaient maintenus fermés par quelque chose de lourd plaqué sur son visage, un masque ou...

Elle essaya de porter les mains à sa tête : impossible. Ses membres étaient immobilisés. Et la friction continuait, semblait ne jamais devoir cesser.

Elle poussa un nouveau gémissement, essaya de parler.

— *Thin song now whore nod ?*

— *Don thin song.*

— *Kee pub yar wok.*

La douleur.

On la frictionnait pendant qu'elle était immobilisée dans le noir. Des sensations revenaient petit à petit dans ses membres et sur son visage. Elle s'en serait bien passée : la douleur ne cessait d'empirer. Elle avait l'impression d'être brûlée par tout le corps.

Les voix flottaient autour d'elle, désincarnées. Elles étaient plus nombreuses maintenant. Quatre, cinq, elle n'aurait su le dire. Que des voix de femmes, semblait-il.

Elle sentit soudain que les femmes lui faisaient autre chose. Elles la violaient. Elles enfonçaient quelque chose dans son corps. Quelque chose de fuselé et de froid. Pas douloureux. Froid.

Les voix continuaient de flotter autour d'elle, près de sa tête, de ses pieds. On la touchait sans ménagement.

C'était un rêve. Ou bien la mort. Elle se dit avec un étrange détachement qu'elle était peut-être morte. La douleur lui donnait ce détachement. Puis elle entendit une voix de femme tout près d'elle, dans son oreille, très distincte.

— Sarah ?

Elle remua les lèvres.

— Vous êtes réveillée, Sarah ?

Elle inclina légèrement la tête.

— Je vais retirer la poche de glace qui est sur votre visage. D'accord ?

Elle remua la tête. Le masque cessa de peser sur son visage.

— Ouvrez les yeux. Lentement.

Elle vit en entrouvrant les paupières qu'elle se trouvait dans une pièce mal éclairée, aux murs blancs. D'un côté du lit un moniteur et un enchevêtrement de fils verts ; on eût dit une chambre d'hôpital. Une femme penchée sur elle la regardait avec sollicitude. Elle portait une veste de duvet sur une blouse blanche d'infirmière. La pièce était froide. Sarah voyait la vapeur de son haleine.

— N'essayez pas de parler, ordonna la femme.

Sarah resta immobile.

— Vous êtes déshydratée ; vous en avez encore pour quelques heures. Nous faisons remonter lentement votre température. Vous avez beaucoup de chance, Sarah : vous ne perdrez rien.

Vous ne perdrez rien.

Alarmée, elle remua les lèvres. Elle avait la bouche sèche, la langue pâteuse. Un son rauque sortit de sa gorge.

— Ne parlez pas, ordonna la femme. Il est trop tôt. Vous souffrez beaucoup ? Je vais vous donner quelque chose.

Elle leva une seringue devant les yeux de Sarah.

— Votre ami vous a sauvé la vie, vous savez. Il a réussi à se relever et à trouver le radiotéléphone sur le robot de la NASA. C'est grâce à lui que nous avons su où vous étiez.

Sarah remua les lèvres.

— Il est dans la pièce voisine. Nous pensons qu'il s'en sortira aussi. Maintenant, reposez-vous.

Elle sentit quelque chose de froid dans ses veines.

Ses yeux se fermèrent.

Station Weddell
Jeudi 7 octobre
19 h 34

Les infirmières se retirèrent pour laisser Peter s'habiller. Il lui fallut du temps pour mettre ses vêtements ; il se sentait bien mais ses côtes lui faisaient mal quand il respirait. Il avait un gros hématome sur le côté gauche de la poitrine, un autre sur la cuisse et une horrible marque rouge sur l'épaule. Une rangée de points de suture sur le cuir chevelu. Tout son corps était raide et endolori. Il grimaça de douleur en mettant ses chaussettes et ses chaussures.

Mais il se sentait bien. Mieux que cela, en réalité. Il se sentait tout neuf; il avait presque le sentiment d'une renaissance. Sur le glacier il avait eu la certitude qu'il allait mourir. Il ignorait comment il avait trouvé la force de se relever. Il avait senti que Sarah lui donnait des coups de pied mais avait été incapable de réagir. Puis il avait entendu le signal sonore et, en levant les yeux, il avait lu le mot *NASA*.

Il avait vaguement pensé que, si c'était un véhicule, il devait y avoir un conducteur. Les pneus avant s'étaient arrêtés à quelques centimètres de son corps. Il avait réussi à se mettre sur les genoux et à se relever en prenant appui sur les pneus. Il n'avait pas compris pourquoi le conducteur ne descendait pas pour venir à son aide. En examinant le véhicule, il avait constaté qu'il était bas et renflé, haut d'un mètre à peine. Trop petit pour être conduit par un homme :

c'était une sorte de robot. Il avait dégagé la neige du toit en forme de dôme pour découvrir une inscription : NASA. Véhicule téléguidé d'étude des météorites.

Le véhicule parlait : il répétait sans arrêt un texte enregistré. Peter ne comprenait pas ce qu'il disait, à cause du vent qui hurlait dans ses oreilles. Il avait continué de dégager la neige en se disant qu'il devait y avoir un moyen de communication, une antenne ou bien...

Sa main avait effleuré une plaque métallique percée d'un trou. Il y avait glissé un doigt et avait tiré pour ouvrir. À l'intérieur du compartiment, se trouvait un téléphone : un combiné ordinaire, d'un rouge vif. Il avait porté l'appareil à son visage gelé. Il n'entendait pas de tonalité mais il avait quand même dit : « Allô ! Allô ! »

Rien d'autre.

Il était retombé sur la glace.

D'après les infirmières, cela avait suffi pour envoyer un signal à la station de la NASA de Patriot Hills. La NASA avait informé Weddell ; l'équipe de sauveteurs envoyée par la station les avait retrouvés en dix minutes. Il était temps. Leur vie ne tenait plus qu'à un fil.

Ces événements remontaient à plus de vingt-quatre heures.

Il avait fallu douze heures à l'équipe médicale pour faire remonter leur température à la normale ; il ne fallait pas précipiter les choses. On avait assuré Peter qu'il se rétablirait, mais il risquait de perdre un ou deux orteils. Il serait fixé dans quelques jours.

Il avait les pieds bandés, avec des attelles autour des orteils. Comme il ne rentrait pas dans ses chaussures, on lui avait trouvé des baskets de géant, au moins du 46. Il avait l'impression de porter des chaussures de clown. Mais elles ne lui faisaient pas mal aux pieds.

Il se mit debout avec précaution. Il tremblait mais, pour le reste, tout allait bien. L'infirmière entra.

— Vous avez faim ?

— Pas encore.

— Vous avez mal ?

— J'ai l'impression d'avoir mal partout.

— Cela ne va pas s'arranger, déclara-t-elle en lui tendant un petit flacon de pilules. Prenez-en une toutes les quatre heures, si nécessaire. Pendant quelques jours, vous en aurez certainement besoin pour dormir.

— Et Sarah ?

— Vous la verrez plus tard.

— Où est Kenner ?

— Dans la salle des ordinateurs.

— Quelle direction ?

— Vous devriez vous appuyer sur mon épaule...

— Je me sens bien, coupa Peter. Montrez-moi la direction.

Elle indiqua la droite. Il s'engagea dans le couloir mais son pas était mal assuré. Ses muscles ne fonctionnaient pas correctement ; ses jambes flageolaient. Il perdit l'équilibre. L'infirmière s'élança et passa prestement l'épaule sous son bras.

— Je vais vous accompagner, dit-elle.

Cette fois, il ne protesta pas.

Kenner était en compagnie de MacGregor, le chef de la station, et de Sanjong Thapa. Tous trois avaient la mine soucieuse.

— Nous l'avons trouvé, annonça Kenner en montrant un moniteur. Vous reconnaissez votre ami ?

— Oui, répondit Peter en regardant l'écran. C'est bien cette ordure.

L'écran affichait une photographie de l'homme qui s'était fait passer pour Bolden. Son véritable nom était David R. Kane. Vingt-six ans. Né à Minneapolis. Licence à l'université Notre-Dame, maîtrise à l'Université du Michigan. Doctorat en océanographie à l'Université du Michigan, Ann Arbor. Sujet de thèse : Dynamique du glissement de la plate-forme de Ross mesuré par des émetteurs GPS. Directeur de thèse : James Brewster, université du Michigan.

— Il s'appelle Kane, fit MacGregor. Il est arrivé il y a une semaine avec Brewster.

— Où est-il maintenant ? demanda Peter, le visage sombre.

— Aucune idée. Il n'est pas revenu à la station ; Brewster non plus. Nous pensons qu'ils ont pu se rendre à McMurdo pour sauter dans l'avion du matin. Nous avons appelé McMurdo pour leur demander de faire le compte des véhicules mais ils n'ont pas encore répondu.

— Vous êtes sûr qu'il n'est pas revenu ? insista Peter.

— Sûr et certain. Il faut une carte d'identification pour ouvrir les portes extérieures ; nous savons exactement qui est dans la station. Ni Kane ni Brewster n'ont ouvert une de nos portes ces douze dernières heures. Ils ne sont pas là.

— Vous pensez donc qu'ils peuvent être dans l'avion ?

— Les gens de la tour de contrôle de McMurdo ne savaient pas très bien. Il y a une certaine négligence pour ce qui est du vol quotidien : si quelqu'un veut prendre l'avion, il monte à bord et voilà tout. C'est un C-130 ; il y a toujours de la place. Le plus souvent, ceux qui bénéficient d'une bourse de recherche ne sont pas autorisés à s'absenter pendant la durée de leurs travaux, mais il y a des anniversaires, des réunions de famille auxquels ils tiennent. Ils font un saut et ils reviennent. Ni vu ni connu.

— Si ma mémoire est bonne, glissa Kenner, Brewster est venu avec deux étudiants. Qu'est devenu le second ?

— Bonne question. Il a pris l'avion à McMurdo hier matin, le jour de votre arrivée.

— Ils ont donc tous réussi à s'enfuir, dit Kenner. Il faut reconnaître qu'ils sont habiles. Allons voir s'ils ont laissé quelque chose, poursuivit-il en regardant sa montre.

La plaque indiquait : Dave Kane, Université du Michigan. Peter poussa la porte. Il vit un lit défait, un bureau encombré de papiers et de quatre canettes de Coca light. Il y avait une valise ouverte dans un coin de la petite pièce.

— Au travail, déclara Kenner. Je prends le lit et la valise. Occupez-vous du bureau.

Peter commença à fourrager dans les papiers, presque tous des polycopiés d'articles scientifiques. Certains portaient un tampon UNIV MICH BIBLI GEO, suivi d'un chiffre.

— Une façade, déclara Kenner en jetant un coup d'œil aux papiers. Il n'y a rien d'autre, rien de personnel ?

Peter ne voyait rien d'intéressant. Des passages de certains articles étaient surlignés en jaune. Il y avait une pile de cartes de format 8 × 12. Certaines portaient des notes qui semblaient avoir trait aux articles polycopiés.

— Vous croyez que ce type est vraiment un étudiant de troisième cycle ?

— C'est possible, répondit Kenner, mais j'en doute. Les éco-terroristes n'ont pas, pour la plupart, un haut niveau d'instruction.

Il y avait des photographies de fonte de glaciers et un certain nombre de photos satellite. Peter les passa rapidement en revue ; il s'arrêta sur l'une d'elles.

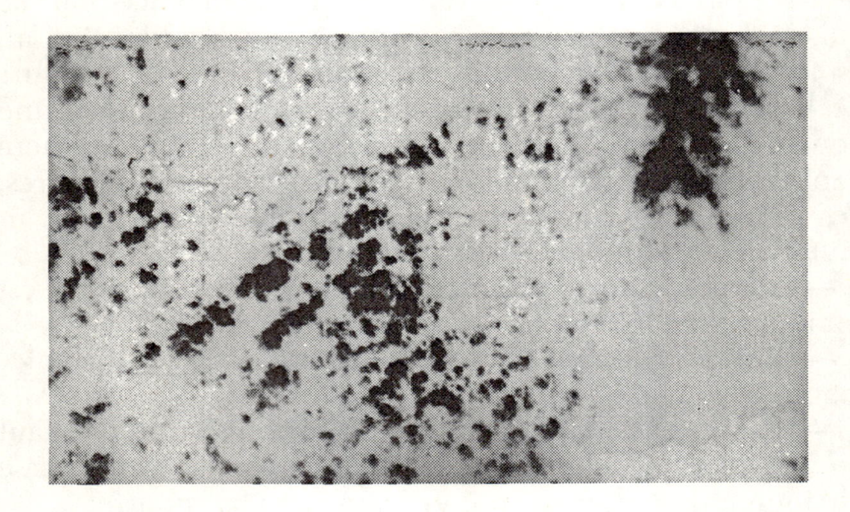

La légende avait retenu son attention.

— Dites-moi, lança-t-il à l'adresse de Kenner, sur les quatre emplacements de la liste des coordonnées, n'y en avait-il pas un qui s'appelait Scorpion ?

— Si...

— Il est là, dans l'Antarctique. Regardez.

— Ce n'est pas possible..., commença Kenner. C'est extrêmement intéressant, Peter. Bien joué ! C'était dans cette pile ? Regardez les autres.

Sensible malgré lui aux compliments de Kenner, Peter poursuivit ses recherches.

— J'en ai une autre, fit-il au bout d'un moment.

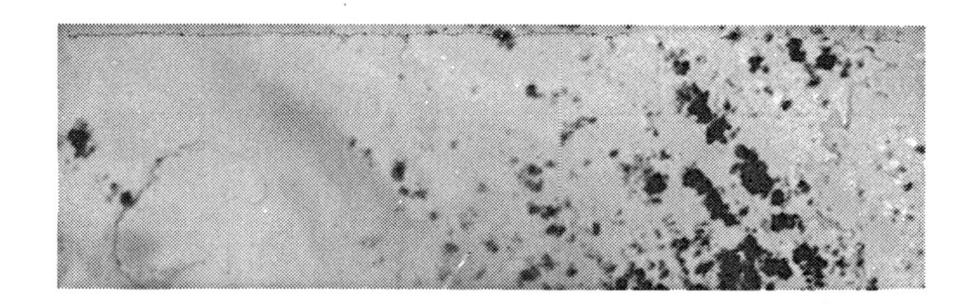

— C'est la même image d'un affleurement de roche dans la neige, expliqua-t-il, tout excité. Ces lignes à peine visibles... des routes, peut-être ? Des rochers en partie recouverts de neige ?

— Oui, répondit Kenner. Sans doute.

— Si ce sont des vues aériennes, on doit pouvoir en retrouver l'origine. Croyez-vous que ces chiffres soient des coordonnées ?

— Indiscutablement.

Kenner prit dans sa poche une petite loupe et se pencha sur l'image pour l'examiner avec attention.

— Vous avez fait du bon boulot, dit-il.

Le visage de Peter s'illumina.

— Vous avez trouvé quelque chose ? lança MacGregor de la porte. Je peux vous aider ?

— Je ne pense pas, répondit Kenner. Nous nous débrouillerons.

— Peut-être reconnaîtra-t-il...

— Non, Peter, coupa Kenner. Nous trouverons cela dans les bases de données de la NASA. Continuons.

Ils poursuivirent leurs recherches pendant quelques minutes. Kenner se baissa et entreprit à l'aide d'un canif de découper la doublure de la valise ouverte.

— Voilà, fit-il en se redressant.

Il tenait entre les doigts deux morceaux cintrés d'une matière caoutchouteuse de ton clair.

— Qu'est-ce que c'est ? demanda Peter. De la silicone ?

— Ou quelque chose de très voisin, répondit Kenner, visiblement satisfait. Un plastique tendre, en tout cas.

— Cela sert à quoi ?

— Je ne sais pas.

Kenner reprit sa fouille de la valise. Peter se demanda en son for intérieur pourquoi il semblait si content. Manifestement, il ne voulait pas parler devant MacGregor. À quoi donc pouvaient bien servir ces deux bouts de caoutchouc ?

Peter parcourut une seconde fois les documents entassés sur le bureau mais il ne trouva rien d'autre. Il souleva la lampe, regarda sous le socle. Il se mit à quatre pattes pour inspecter le dessous du bureau, pour le cas où quelque chose y aurait été fixé. Rien.

— Il n'y a rien d'autre, fit Kenner. Je m'en doutais. Nous avons eu de la chance de trouver quelque chose. Où est Sanjong ? poursuivit-il en se tournant vers MacGregor.

— Dans la salle du serveur. Comme vous l'avez demandé, il déconnecte Brewster et son équipe du système.

La « salle du serveur » avait la taille d'un grand placard. Sur deux rangs des processeurs occupaient tout un mur. Le plafond à claire-voie retenait l'ensemble des câbles. Aux côtés d'un technicien de la station, Sanjong était assis devant un écran posé sur une petite table en acier. Il avait l'air soucieux.

Peter et Kenner restèrent dans le couloir. Peter était soulagé de se sentir assez bien pour rester debout ; ses forces revenaient vite.

— Cela n'a pas été facile, expliqua Sanjong. La station a pour règle de faire bénéficier chacun des chercheurs d'un stockage d'informations personnel et de connexions radio et Internet directes. Brewster et ses acolytes ont su en tirer profit. Le troisième individu était apparemment le spécialiste de l'informatique. Dans les vingt-quatre heures qui ont suivi son arrivée, il est entré dans le système et a introduit un peu partout des *back doors* et des *trojans.* Nous ne savons pas combien il y en a ; nous essayons de les éliminer.

— Il a aussi ajouté quelques comptes utilisateur bidon, ajouta le technicien.

— Une vingtaine, précisa Sanjong. Mais cela ne m'inquiète pas. Si nous avons affaire à un type intelligent – ce que je crois –, il s'est ouvert un accès au système en se servant d'un utilisateur existant, de manière à passer inaperçu. Nous sommes en train de rechercher les utilisateurs qui ont ajouté dans le courant de la dernière semaine un mot de passe secondaire. Mais ce système n'a pas un utilitaire d'exploitation très performant ; nous avançons lentement.

— Et les chevaux de Troie ? demanda Kenner. Comment sont-ils programmés ?

Dans le jargon informatique, un cheval de Troie, ou *trojan*, est un programme d'aspect innocent introduit dans un ordinateur à l'insu de l'utilisateur de la même manière que les Grecs avaient fait entrer leur cheval de bois dans la cité de Troie. Il est conçu pour s'activer à un moment déterminé et effectuer une action quelconque.

Le cheval de Troie le plus répandu est celui que laissent des employés licenciés dans le système informatique de leur société de façon qu'il efface tous les disques durs trois mois après leur départ. Mais il en existe de nombreuses autres versions.

— Tous ceux que j'ai trouvés sont programmés pour s'activer dans des délais très courts, répondit Sanjong. Un ou deux jours. Un seul dans trois jours. Rien n'est prévu après cela.

— Comme nous le supposions, fit Kenner.

— Exactement, approuva Sanjong. C'était imminent.

— De quoi parlez-vous ? demanda Peter.

— Du vêlage de l'iceberg géant.

— Pourquoi si tôt ? Ils auraient encore été sur place.

— Permettez-moi d'en douter. En tout état de cause, le choix de la date a été déterminé par autre chose.

— Ah bon ? s'étonna Peter. Quoi ?

— Nous en reparlerons, fit Kenner. Et les connexions radio ? poursuivit-il à l'adresse de Sanjong.

— Nous avons mis hors service toutes les connexions directes. J'imagine que vous avez fait ce qu'il faut sur le terrain.

— Oui.

— Qu'avez-vous fait ? demanda Peter.

— Des déconnexions aléatoires.

— De quoi ?

— Je vous expliquerai plus tard.

— En tout cas, nous avons doublonné, dit Sanjong.

— Il est encore possible, observa Kenner, qu'ils aient à l'intérieur de la station un complice qui défera ce que nous avons fait.

— J'aimerais bien savoir de quoi vous parlez, glissa Peter.

— Plus tard, fit sèchement Kenner.

Vexé, Peter n'insista pas.

— Mlle Jones est réveillée, annonça MacGregor. Elle est en train de s'habiller.

— Parfait, reprit Kenner. Je pense que notre travail est terminé ici. Nous décollons dans une heure.

— Pour aller où ? demanda Peter.

— Je croyais que c'était évident. Helsinki, en Finlande.

Dans l'avion
Vendredi 8 octobre
6 h 04

Sarah dormait dans un siège, Sanjong travaillait sur son ordinateur portable, Kenner regardait par un hublot la lumière ruisselante du matin.

— Alors, demanda Peter, assis à côté de lui, qu'avez-vous déconnecté de manière aléatoire ?

— Les charges des cônes. Ils étaient alignés à des intervalles précis de quatre cents mètres. J'en ai déconnecté cinquante au hasard, la plupart vers l'extrémité est de la ligne. Cela suffira pour empêcher la propagation de l'onde stationnaire.

— Alors, il n'y aura pas d'iceberg ?

— C'est le but recherché.

— Pourquoi allons-nous à Helsinki ?

— Nous n'y allons pas ; j'ai dit cela pour le technicien. En réalité, nous allons à Los Angeles.

— Pourquoi Los Angeles ?

— C'est là que se tient la conférence du NERF sur les changements climatiques brutaux.

— Tout cela a un rapport avec cette conférence ?

Kenner hocha la tête.

— Ces types voulaient faire coïncider la désagrégation de la falaise de glace avec la conférence du NERF ?

— Précisément. Dans le cadre d'une opération médiatique tous azimuts. Provoquer une catastrophe dont les images apporteraient de l'eau au moulin des thèses soutenues au cours de la conférence.

— Vous paraissez prendre cela avec beaucoup de calme.

— C'est comme ça que ça se passe, Peter, fit Kenner avec un haussement d'épaules fataliste. Les problèmes écologiques ne viennent pas par hasard à la connaissance du public.

— Que voulez-vous dire ?

— Prenez une crainte qui vous est chère, celle du réchauffement planétaire. Le phénomène a été annoncé en 1988 par James Hansen, un célèbre climatologue, qui déposait devant une commission parlementaire présidée par le sénateur Wirth, du Colorado. Les auditions étaient programmées pour le mois de juin, si bien que Hansen a pu mettre à profit une vague de chaleur pour faire son annonce. Une mise en scène efficace.

— Je ne vois rien à redire à cela, affirma Peter. Il est parfaitement légitime de profiter du retentissement des travaux d'une commission parlementaire pour faire prendre conscience au public...

— Vraiment ? Vous ne faites donc pas de distinction entre une déposition devant une commission parlementaire et une conférence de presse ?

— Je veux seulement dire que c'est une pratique courante.

— Exact. Ce n'en est pas moins de la manipulation. La déposition de Hansen n'est pas le seul exemple de manipulation médiatique qui a eu lieu pendant cette campagne de sensibilisation au réchauffement de la planète. Je pense aux changements de dernière minute effectués sur le rapport du GIEC, en 1995.

— Le GIEC ? Quels changements de dernière minute ?

— Le Groupe intergouvernemental sur l'évolution du climat a été créé en 1988 par les Nations unies. Un organisme composé de bureaucrates et de scientifiques à leurs ordres. Le réchauffement planétaire étant une menace à l'échelle mondiale, il était normal que les Nations unies se chargent de centraliser les conclusions des études climatologiques et de publier des rapports à intervalles rapprochés. Selon le premier, publié en 1990, il était très difficile d'attribuer à l'homme une influence sur l'évolution du climat, mais il fallait rester vigilant. Changement de ton dans le deuxième rapport, publié en 1995 : celui-ci affirmait avec conviction qu'il était à présent constaté une « influence perceptible des activités humaines sur le climat ». Cela vous rappelle quelque chose ?

— Vaguement.

— Eh bien, sachez que cette affirmation a été insérée après coup dans le rapport. Dans le document original, il était dit que les scientifiques ne pouvaient mettre en évidence une influence des activités humaines sur le climat et qu'ils ignoraient quand ils seraient en mesure de le faire. Ils disaient explicitement qu'ils ne le savaient pas. Ce passage a été supprimé et remplacé par cette affirmation qu'il existait une influence perceptible des activités humaines. Le changement est d'importance.

— C'est vrai ?

— Oui. La modification apportée au document a fait du bruit dans la communauté scientifique. Ses partisans et opposants ont multiplié les déclarations, au point qu'il est impossible de savoir qui dit la vérité. Mais chacun peut retrouver sur Internet le texte original et donc se faire sa propre idée. La liste des corrections faites démontre à l'évidence que le GIEC est une organisation politique et non scientifique.

Peter ne savait que dire. Il avait entendu parler du GIEC, bien sûr, mais d'une manière assez vague.

— La question que je me pose est très simple, reprit Kenner. Si une menace est réelle, si un problème exige que l'on passe à l'action, pourquoi certains éprouvent-ils le besoin d'exagérer les données ? Pourquoi faut-il orchestrer une campagne médiatique ?

— Je peux proposer une réponse simple, fit Peter. Les médias sont très sollicités ; le public est bombardé par des milliers de messages. Il faut parler d'une voix forte et appuyer le trait pour se faire entendre. Et il faut mobiliser les énergies du monde entier pour signer le protocole de Kyoto.

— Parlons-en. Quand Hansen a annoncé, pendant l'été 1988, que le réchauffement planétaire était en cours, il prédisait une élévation des températures de 0,35 °C dans les dix années à venir. Savez-vous de combien a été l'augmentation réelle ?

— Je suis sûr que vous allez me dire que c'était moins que cela.

— Beaucoup moins, Peter. Le Dr Hansen s'est trompé de trois cent pour cent : l'augmentation réelle a été de 0,11 °C.

— Mais il y a eu une augmentation...

— Dix ans après sa déposition devant la commission parlementaire, il a déclaré que les forces qui gouvernent les changements climatiques sont si mal comprises que toute prévision à longue échéance est impossible.

— Il n'a pas dit ça.

— Sanjong ? lança Kenner avec un soupir.

Sanjong jeta un coup d'œil sur l'écran de son portable.

— Actes de l'Académie nationale des sciences. Octobre 1998 [1].

— Hansen n'a pas dit que toute prévision était *impossible*...

— Il a dit, je cite : « Les forces qui gouvernent les changements climatiques à long terme ne sont pas connues avec assez d'exactitude pour déterminer l'évolution du climat. » Il a avancé qu'il serait souhaitable que les scientifiques travaillent dans l'avenir sur une multiplicité de scénarios pour définir un éventail des évolutions possibles du climat.

— Ce n'est pas exactement...

— Cessez d'ergoter, Peter, coupa Kenner. Hansen a dit cela. Pourquoi croyez-vous que Balder se fait du souci au sujet des témoins qu'il compte faire déposer dans l'affaire Vanutu ? À cause de déclarations comme celles-là. Quelle que soit la manière dont on aborde la question, il est clairement établi que nos connaissances sont limitées. Et Hansen n'est pas le

1. James E. Hansen, Makiko Sato, Andrew Lacis, Reto Ruedy, Ina Tegen et Elaine Matthews, « Dérèglements climatiques à l'ère industrielle », *Débats de la National Academy of Sciences*, 95, octobre 1998, p. 12753-12758.

seul. Même le GIEC, dans son rapport de 2001, a émis des restrictions [1].

— Hansen croit toujours au réchauffement planétaire.

— Assurément. Mais dans ses prévisions de 1988, il s'est trompé de trois cents pour cent.

— Et alors ?

— Vous faites fi de l'ampleur de son erreur, poursuivit Kenner. Reportons-la dans d'autres domaines. Quand la NASA, par exemple, a lancé vers Mars la fusée transportant le robot d'exploration Rover, elle a annoncé que le module se poserait sur la surface de Mars deux cent cinquante-trois jours plus tard, à 20 h 11, heure de Californie. Il s'est posé à 20 h 35. L'erreur était infime : les ingénieurs de la NASA savaient de quoi ils parlaient.

— D'accord, d'accord. Mais, dans certains domaines, on doit se contenter d'estimations.

— Vous avez entièrement raison. On fait beaucoup d'estimations. On estime les ventes, les bénéfices, les dates de livraison... À propos, faites-vous une estimation du montant de votre impôt sur le revenu ?

— Oui, tous les trimestres.

— Quelle marge d'erreur est autorisée ?

— Euh... Il n'y a pas de règle précise.

— Quelle marge d'erreur sans pénalité, Peter ?

— De l'ordre de quinze pour cent.

— Si vous vous trompez de trois cents pour cent, vous êtes bon pour une pénalité ?

— Oui.

— Hansen s'est trompé de trois cents pour cent.

— Le climat n'a rien à voir avec l'impôt sur le revenu, protesta Peter.

— Dans le monde réel, poursuivit Kenner, une erreur de

---

1. GIEC, *Changement climatique 2001 : la base scientifique*, Cambridge, Royaume-Uni, Cambridge University Press, 2001, p. 774. « Dans les études sur le climat et la modélisation, il faut reconnaître que nous sommes devant un système chaotique non linéaire et que la prévision à long terme des états futurs du climat n'est pas possible. » Voir aussi : GIEC, *Changement climatique 1995 : la science du changement climatique*, p. 330. « La variabilité naturelle du climat sur de longues périodes continuera à rendre problématiques l'analyse et la détection du CO_2 dû au changement climatique. »

trois cents pour cent est l'indication que l'on n'a pas une bonne compréhension de ce qu'on estime. Si le pilote d'un avion annonce que la durée du vol est de trois heures mais que l'appareil arrive à destination au bout d'une heure, pensez-vous que ce pilote connaît son métier ?

— La climatologie est plus compliquée que cela, répondit Peter avec un soupir.

— En effet, Peter, la climatologie est compliquée. Si compliquée que personne n'est en mesure de prévoir l'évolution du climat avec précision. Malgré les milliards de dollars investis et les centaines de personnes qui y travaillent dans le monde entier. Pourquoi ne parvenez-vous pas à regarder en face cette vérité dérangeante ?

— Les prévisions météorologiques sont plus précises qu'avant, glissa Peter. Grâce à l'informatique.

— C'est vrai, concéda Kenner, il y a une amélioration, mais elles ne vont jamais au-delà de dix jours. Contrairement aux modélisations qui prétendent prédire ce que la température sera dans un siècle. Parfois dans mille ans, voire trois mille.

— Elles aussi sont de plus en plus précises.

— C'est discutable. Prenons l'exemple d'El Niño, qui fait partie d'un système de fluctuation climatique global. Le phénomène se produit à peu près tous les quatre ans, mais les modèles climatiques sont incapables de prévoir son apparition, pas plus que sa durée ni son intensité. Si nous ne sommes pas en mesure de prévoir le prochain El Niño, la valeur des modèles utilisés dans d'autres domaines est sujette à caution.

— Il paraît qu'on peut prévoir un El Niño.

— On l'a prétendu en 1998 mais ce n'est pas vrai [1]. La climatologie n'est pas encore fiable, Peter. Elle le sera un jour. Pas maintenant.

---

1. C. Landsea, *et al.*, « Avec quelle précision a-t-on prévu la force de El Niño de 1997 et 1998 ? », *Bulletin of the American Meteorological Society*, 81, p. 2107-2119. « [...] on peut avoir d'autant moins confiance dans les études anthropogéniques sur le réchauffement global, en raison du manque de précision dans les prévisions d'El Niño [...]. Les réussites dans les prévisions d'" Enso " ont été exagérées (parfois considérablement) et mal appliquées dans d'autres domaines. »

Destination Los Angeles
Vendredi 8 octobre
14 h 22

Tandis que Sanjong tapotait inlassablement sur le clavier de son portable, Kenner demeurait immobile devant le hublot. Sanjong avait l'habitude : il savait que Kenner pouvait rester des heures sans faire un geste ni dire un mot. Il ne tourna la tête que lorsque le Népalais étouffa un juron.

— Que se passe-t-il ?

— J'ai perdu la connexion satellite à Internet. Cela faisait un moment que la liaison était mauvaise.

— Avez-vous réussi à trouver l'origine des images ?

— Oui, sans difficulté. J'ai l'emplacement exact. Evans croyait-il vraiment que c'étaient des photographies de l'Antarctique ?

— Absolument. Il croyait qu'elles montraient des roches noires sur un fond de neige. Je n'ai pas voulu le contredire.

— Le véritable emplacement, expliqua Sanjong, porte le nom de Resolution Bay. Au nord-est de Gareda.

— Quelle distance de Los Angeles ?

— À peu près six mille milles nautiques.

— Soit un temps de propagation de douze à treize heures.

— Oui.

— Nous verrons cela plus tard, déclara Kenner. Il y a des problèmes plus urgents.

Peter dormit d'un sommeil agité sur un siège au dossier rabattu dont la couture médiane était placée juste sous sa hanche. Tandis qu'il se tournait et se retournait, il percevait des bribes de la conversation entre Kenner et Sanjong. Le bourdonnement des moteurs couvrait les voix mais il en entendit assez.

J'ai besoin de lui pour le faire.

Il refusera, John.

... que cela lui plaise ou non. Evans est au centre de tout.

Bien réveillé tout à coup, Peter tendit l'oreille et souleva la tête.

Je ne l'ai pas contredit.

Véritable emplacement... Resolution Bay... Gareda.

Quelle distance... ?

... Milles nautiques...

... temps de propagation... treize heures...

Le temps de propagation ? s'interrogea Peter. De quoi parlaient-ils ?

Il se dressa sur son siège, s'avança à grands pas vers l'arrière de l'appareil et se planta devant eux.

— Bien dormi ? demanda Kenner sans sourciller.

— Non, je n'ai pas bien dormi. Je pense que vous me devez quelques explications.

— À quel sujet ?

— Les photos satellite, pour commencer.

— Je ne pouvais pas vous dire la vérité là-bas, devant les autres, répondit Kenner. Et je ne voulais pas casser votre enthousiasme.

— Très bien, dit Peter en se versant un café. Que montrent réellement ces photos ?

Sanjong fit pivoter son portable pour lui montrer l'écran.

— N'ayez pas de regrets. Vous n'auriez jamais pu soupçonner la vérité : c'étaient des négatifs. On les présente souvent ainsi, pour augmenter le contraste.

— Des négatifs ?

— En réalité, les roches noires sont blanches. Ce sont des nuages.

Peter poussa un long soupir.

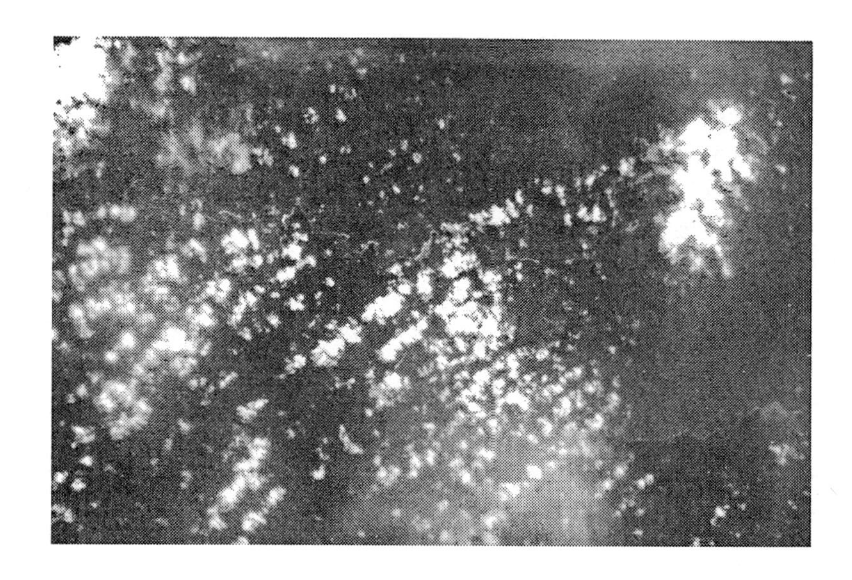

— Et cette terre ?

— C'est une île du nom de Gareda, au sud des îles Salomon.

— Qui se trouvent...

— À l'est de la Nouvelle-Guinée, au nord-est de l'Australie.

— Dans le Pacifique Sud ? Le type de l'Antarctique avait une photographie d'une île du Pacifique ?

— Exact.

— Et les coordonnées de Scorpion ?

— Nous ne savons pas, répondit Sanjong. Sur les cartes, les coordonnées sont celles de Resolution Bay. Peut-être l'appelle-t-on localement Scorpion Bay.

— Qu'ont-ils prévu de faire sur cette île ?

— Nous ne le savons pas non plus, glissa Kenner.

— Je vous ai entendu parler de temps de propagation. De quoi s'agissait-il ?

— Vous avez mal entendu, fit Kenner d'un ton désinvolte. Je parlais de temps d'interrogation.

— Qu'est-ce que c'est ?

— Nous espérions pouvoir identifier au moins un des trois hommes de l'Antarctique. Nous avons de bonnes photos d'eux et le personnel de la station les a vus. Mais je crains que la chance ne soit pas avec nous.

Sanjong expliqua qu'il avait transmis les photos de Brewster et des deux étudiants à plusieurs bases de données, à Washington, où des ordinateurs de reconnaissance de formes les avaient comparées à des individus ayant un casier judiciaire. Avec un peu de chance, l'ordinateur trouvait la personne recherchée. Cette fois, non.

— Cela fait déjà plusieurs heures ; je crois qu'il n'y a plus rien à espérer.

— Il fallait s'y attendre, ajouta Kenner.

— Oui, approuva Sanjong, il fallait s'y attendre.

— Parce qu'ils n'ont pas de casier judiciaire ?

— Non. Il est possible qu'ils en aient un.

— Alors, pourquoi les ordinateurs n'ont-ils rien trouvé ?

— Parce que c'est une guerre du Net, répondit Kenner. Et, pour le moment, nous la perdons.

Destination Los Angeles
Vendredi 8 octobre
15 h 27

Kenner expliqua que la presse présentait le plus souvent le Front de libération de l'environnement comme une association peu structurée d'éco-terroristes opérant par petits groupes, de leur propre initiative, et employant des moyens relativement peu sophistiqués pour semer le désordre – allumer des incendies, saccager des SUV sur des parkings, etc.

La réalité était différente. Depuis la création du groupe, un seul membre du FLE avait été appréhendé, un étudiant de vingt-neuf ans, inscrit à l'Université de Californie, à Santa Cruz. Il avait été surpris en train de saboter un derrick à El Segundo, Californie. Il avait nié tout relation avec le groupe d'activistes et affirmé qu'il agissait de son propre chef.

Les enquêteurs s'étaient interrogés sur l'appareil fixé sur le front de l'étudiant, qui modifiait la forme de son crâne et lui donnait des sourcils proéminents. Il portait aussi de fausses oreilles. Un déguisement troublant, qui donnait à entendre que l'étudiant en savait long sur les logiciels des services de police.

Ces logiciels étaient programmés pour ne pas tenir compte des changements dans la pilosité faciale – perruque, barbe, moustache –, le moyen le plus couramment employé pour transformer son apparence. Ils étaient également conçus pour tenir compte des changements dus à l'âge :

lourdeur des traits, affaissement des chairs, début de calvitie. Les oreilles, elles, ne changeaient pas. La forme du front non plus. Les logiciels s'appuyaient en conséquence sur la forme des oreilles et du front. Si on les modifiait, l'ordinateur serait incapable de faire coïncider deux visages.

L'étudiant de Santa Cruz le savait. Il savait que les caméras de surveillance le filmeraient quand il s'approcherait du derrick. Il avait donc modifié son apparence de manière à ne pas être identifié par les ordinateurs.

De même, les extrémistes de Weddell avaient mis en œuvre de gros moyens pour mener à bien leur action terroriste. Des mois de préparation avaient été nécessaires, les coûts étaient élevés et ils avaient à l'évidence bénéficié d'un important soutien logistique pour se procurer des références universitaires, faire apposer le logo de l'université sur leurs caisses, utiliser des sociétés bidon pour expédier le matériel dans l'Antarctique, ouvrir de faux sites Web et s'occuper de la multitude de détails nécessaires à la réalisation de leur entreprise. Leur projet dans sa conception et son exécution était extrêmement sophistiqué.

— Ils auraient réussi, ajouta Kenner, si George Morton ne s'était procuré cette liste de coordonnées peu avant sa mort.

Tout cela indiquait que, si le FLE avait jamais été une association peu structurée et composée d'amateurs, il n'en était plus rien. Elle formait aujourd'hui un réseau supérieurement organisé, utilisant une multiplicité de moyens de communication – e-mail, téléphone cellulaire, radio, texto – pour éviter de se faire repérer. Les gouvernements se préoccupaient depuis longtemps de la forme à donner à la lutte contre ces réseaux et des « guerres du Net » qui s'ensuivraient.

— Le concept de guerre du Net est longtemps resté théorique, poursuivit Kenner. Des études avaient été menées par le RAND mais elles étaient restées lettre morte. L'idée d'un ennemi – organisation terroriste ou criminelle – opérant sur la Toile était trop mal définie pour que les autorités se penchent sérieusement sur elle.

C'étaient précisément les caractéristiques du réseau – fluidité, évolution rapide – qui le rendaient si difficile à combattre. Impossible de l'infiltrer, impossible d'écouter les conversations si ce n'est fortuitement, impossible de le localiser, puisqu'il ne se trouvait pas en un lieu déterminé. Au vrai, le réseau constituait un champ de bataille d'une nature radicalement nouvelle, sur lequel on combattait avec des techniques radicalement nouvelles.

— Les militaires n'ont pas su faire ce qu'il fallait, conclut Kenner, mais, que cela nous plaise ou non, nous sommes engagés dans une guerre du Net.

— Comment mène-t-on une guerre de ce genre ? demanda Peter.

— Le seul moyen d'affronter un réseau est de lui opposer un autre réseau. On multiplie les postes d'écoute, on décrypte en continu, on tend des pièges, on use de subterfuges.

— À savoir ?

— C'est technique, répondit Kenner d'un ton vague. Les Japonais sont à la pointe de cette lutte. Nous leur faisons confiance : ils sont les meilleurs. Grâce à ce que nous avons appris à Weddell, nous étendons nos recherches dans toutes les directions.

Kenner passait au crible plusieurs bases de données. Il avait mobilisé des services gouvernementaux. Il avait lancé des investigations pour savoir comment les terroristes avaient pu agir sous l'égide de l'Université du Michigan, comment ils s'étaient procuré les émetteurs radio cryptés, les charges explosives, les détonateurs commandés par ordinateur. Ce n'était pas du matériel ordinaire ; il devait être possible d'en retrouver l'origine.

— Aurez-vous le temps ? demanda Peter.

— Je n'en suis pas sûr, répondit Kenner, visiblement inquiet.

— Alors, poursuivit Peter, que voulez-vous que je fasse ?

— Quelque chose de très simple.

— Expliquez-vous.

Un sourire éclaira le visage de Kenner.

III

ÁNGEL

Los Angeles
Samedi 9 octobre
7 h 04

— Est-ce vraiment nécessaire ? demanda Peter avec une pointe d'inquiétude.

— Absolument, répondit Kenner.

— Mais c'est illégal, insista Peter.

— Pas du tout, affirma Kenner avec force.

— Parce que vous appartenez aux services de sécurité ?

— Bien sûr. N'ayez aucune inquiétude.

L'avion était en approche au-dessus de l'aéroport Van Nuys. Le soleil brillait à travers les hublots. Au milieu de la cabine, Sanjong était penché sur la table où était posé le téléphone portable de Peter, dont l'arrière avait été retiré. Le Népalais fixait sur la pile une plaquette grise de la taille de l'ongle de son pouce.

— Qu'est-ce que c'est, exactement ? s'enquit Peter.

— Cela vous permettra d'enregistrer quatre heures de conversation en format compressé.

— Je vois, fit Peter. Que suis-je censé faire ?

— Gardez le téléphone à la main et agissez normalement.

— Et si je me fais prendre ?

— Vous ne vous ferez pas prendre, affirma Kenner. Vous pouvez l'emporter partout ; vous franchirez les contrôles sans encombre.

— Mais s'ils ont des détecteurs de micros...

— Ils ne détecteront rien, car vous ne transmettrez rien. L'émetteur ne fonctionne que deux secondes par heure : c'est une transmission par rafales. Le reste du temps, il ne se passe rien. Ce n'est qu'un téléphone cellulaire, Peter, ajouta Kenner en soupirant. Tout le monde en a un.

— Bien sûr, mais cela me met mal à l'aise. Je ne veux pas être un mouchard.

— Qui est un mouchard?

Sarah s'avançait vers eux en bâillant pour se déboucher les oreilles.

— C'est ce que j'ai l'impression d'être, affirma Peter.

— Là n'est pas la question, déclara Kenner. Montrez-lui la liste, Sanjong.

Sanjong fit passer une feuille imprimée à Peter. C'était la liste de Morton, à laquelle des précisions avaient été apportées.

662262	3982293	24FXE 62262 82293	**TERROR**	**Mt Terror, Antarctique**
882320	4898432	12FXE 82232 54393	**SNAKE**	**Snake Butte, Arizona**
774548	9080799	02FXE 67533 43433	**LAUGHER**	**Laugher Cay, Bahamas**
482320	5898432	22FXE 72232 04393	**SCORPION**	**Resolution, îles Salomon**
ALT				
662262	3982293	24FXE 62262 82293	**TERROR**	**Mt Terror, Antarctique**
382320	4898432	12FXE 82232 54393	**SEVER**	**Sever City, Arizona**
244548	9080799	02FXE 67533 43433	**CONCH**	**Conch Cay, Bahamas**
482320	5898432	22FXE 72232 04393	**SCORPION**	**Résolution, îles Salomon**
ALT				
662262	3982293	24FXE 62262 82293	**TERROR**	**Mt Terror, Antarctique**
382320	4898432	12FXE 82232 54393	**BUZZARD**	**Buzzard Gulch, Utah**
444548	7080799	02FXE 67533 43433	**OLD MAN**	**Old Man Is., Turks & Caicos**
482320	5898432	22FXE 72232 04393	**SCORPION**	**Résolution, îles Salomon**
ALT				
662262	3982293	24FXE 62262 82293	**TERROR**	**Mt Terror, Antarctique**
382320	4898432	12FXE 82232 54393	**BLACK MESA**	**Black Mesa, Nouveau-Mexique**
344548	9080799	02FXE 67533 43433	**SNARL**	**Snarl Cay, Antilles britanniques**
482320	5898432	22FXE 72232 04393	**SCORPION**	**Resolution, îles Salomon**

— Comme vous le voyez, poursuivit Kenner, Sanjong a retrouvé les coordonnées GPS exactes. Vous avez certainement remarqué qu'il y a des similitudes dans chaque groupe. Pour la première opération terroriste, nous savons à quoi nous en tenir. La deuxième aura lieu aux États-Unis, quelque part dans le désert de l'Utah, de l'Arizona ou du Nouveau-Mexique. La troisième aura pour cadre les Antilles, à l'est de Cuba. La dernière se situera aux îles Salomon.

— Et alors ?

— Nous devons maintenant nous concentrer sur la deuxième opération. Le problème est qu'entre l'Utah, l'Arizona et le Nouveau-Mexique il y a cent trente mille kilomètres carrés de désert. Si nous n'obtenons pas des renseignements complémentaires, jamais nous ne trouverons.

— Vous avez les coordonnées GPS exactes...

— Ils les changeront certainement en apprenant l'échec de leur opération dans l'Antarctique.

— Vous croyez qu'ils ont déjà modifié leurs plans ?

— Évidemment. Dès notre arrivée à la station Weddell, ils ont compris que quelque chose clochait. C'est certainement pour cette raison que le premier a filé ; il devait être le chef.

— Vous voulez donc que j'aille voir Drake, dit Peter.

— Exactement. Pour essayer d'apprendre quelque chose.

— Cela ne me plaît pas du tout.

— Je comprends, fit Kenner. Mais il faut que vous le fassiez.

Peter se tourna vers Sarah, encore ensommeillée, qui se frottait les yeux. Il constata avec une pointe d'agacement qu'elle semblait fraîche et dispose, le visage lisse, plus belle que jamais.

— Comment vous sentez-vous ? demanda-t-il.

— Il faut que je me brosse les dents. Dans combien de temps atterrissons-nous ?

— Dix minutes.

Elle se leva et se dirigea vers l'arrière de l'appareil.

Peter se retourna vers le hublot; l'éclat du soleil était insoutenable. Il n'avait pas assez dormi. Les sutures tiraient la peau de son crâne. Il se sentait tout endolori d'être resté si longtemps coincé dans la crevasse ; même son coude posé sur l'accoudoir du siège lui faisait mal.

Il poussa un long soupir.

— Ces types ont essayé de vous tuer, Peter, reprit Kenner. À votre place, je n'aurais pas autant de scrupules.

— Peut-être, mais je suis avocat.

— À l'heure actuelle, l'avocat que vous êtes pourrait se trouver dans un cercueil de glace.

Peter engagea sa voiture hybride sur l'autoroute venant de San Diego, douze voies sur une surface cimentée de la largeur d'un demi-terrain de football. Soixante-cinq pour cent de la superficie de Los Angeles étaient consacrés à la voiture; la population se tassait dans le peu d'espace restant. Une répartition inhumaine, une absurdité environnementale. Les distances étaient telles qu'aucun trajet ne pouvait se faire à pied et la pollution était effrayante.

Des gens comme Kenner passaient leur temps à critiquer le travail des organisations écologistes, sans qui, à Los Angeles, l'environnement serait encore bien pire.

Il fallait voir les choses en face. Le monde avait besoin d'aide, il avait désespérément besoin de perspectives écologiques. Les manipulations insidieuses de Kenner ne changeraient rien à cette réalité.

Il continua de remuer dans sa tête des pensées de cette nature jusqu'à ce qu'il arrive en haut de Mulholland et commence la descente vers Beverly Hills.

En tournant la tête, il vit le portable trafiqué briller au soleil sur le siège avant. Il décida de se rendre directement au bureau de Drake et d'en finir avec cette histoire. Il téléphona; on lui répondit que Drake était chez le dentiste et qu'il reviendrait plus tard. La secrétaire ne savait pas exactement quand.

Peter se dit qu'il avait le temps de passer chez lui pour prendre une douche.

Il laissa sa voiture dans le garage et traversa le jardin de derrière. Le soleil brillait entre les bâtiments et les rosiers étaient en fleur. La seule chose qui gâchait la beauté de la scène était une odeur de cigare flottant dans l'air. Il trouvait choquant que quelqu'un ait fumé un cigare et que ce qu'il en restait soit...

— Psst !... Evans !

Il s'arrêta, regarda autour de lui. Rien.

Il entendit une sorte de chuchotement, fort, presque un sifflement.

— Tournez à droite... Cueillez une rose !

— Quoi ?

— Ne parlez pas, imbécile ! Et cessez de tourner la tête dans toutes les directions. Venez par ici et cueillez une rose.

Peter se dirigea vers l'endroit d'où venait la voix ; l'odeur de la fumée de cigare devenait plus forte. Derrière l'enchevêtrement de la végétation, il découvrit un vieux banc de pierre, couvert de mousse, qu'il n'avait jamais vu. La tête rentrée dans les épaules, un homme en veste sport, un cigare aux lèvres, était assis sur le banc.

— Qui...

— Ne dites rien, intima l'homme à mi-voix. Combien de fois faudra-t-il vous le dire ? Approchez la fleur de vos narines ; cela vous donnera une raison de rester un moment ici. Ouvrez grand vos oreilles. Je suis détective privé ; j'ai été engagé par George Morton.

Peter huma la rose. Et la fumée du cigare.

— J'ai quelque chose d'important à vous remettre, poursuivit l'inconnu. Je l'apporterai chez vous dans deux heures. Mais je veux d'abord que vous repartiez, pour qu'ils vous suivent. Ne fermez pas votre porte à clé.

Peter fit tourner la rose entre ses doigts, comme pour l'examiner. En fait, il observait l'inconnu dont le visage lui semblait vaguement familier. Il était sûr de l'avoir déjà vu.

— Oui, oui, poursuivit l'inconnu, comme s'il lisait dans ses pensées.

Il retourna le revers de sa veste pour montrer un badge.

— AV Network Systems. Vous m'avez vu dans les locaux du NERF. Ça y est, vous me remettez ? Ne remuez pas la tête ! Montez dans votre appartement, changez-vous et partez faire un tour. Allez au gymnase ou n'importe où... Ces salauds vous attendent depuis un moment. Ne les décevez pas.

L'appartement avait été remis en état. Lisa avait fait du bon boulot : les coussins éventrés étaient retournés, les livres avaient repris place sur les étagères de la bibliothèque. En désordre, mais il s'en occuperait plus tard.

Les fenêtres du séjour donnaient sur la verdure de Roxbury Park. Des enfants jouaient près des petits groupes de nounous occupées à papoter. Aucun signe d'une surveillance.

Tout avait l'air absolument normal.

Il commença à déboutonner sa chemise, s'écarta pudiquement de la fenêtre. Il resta un long moment sous la douche, offrant son corps au jet brûlant. Il regarda ses orteils d'un rouge violacé inquiétant, une couleur peu naturelle. Il les remua ; il n'avait pas beaucoup de sensations mais tout semblait normal.

Une serviette autour de la taille, il alla interroger son répondeur. Il y avait un message de Janis, lui demandant s'il était libre le soir. Un autre, qui annonçait d'une voix nerveuse que son ami était revenu à l'improviste et qu'elle ne serait pas libre – ce qui voulait dire : ne me rappelle pas. Un message de Lisa, l'assistante de Lowenstein, qui cherchait à le joindre. Herb voulait étudier des documents avec lui ; c'était important. Un message de Heather, disant plus ou moins la même chose. Un message de Margo Lane passé depuis l'hôpital, qui se demandait pourquoi il ne l'avait pas rappelée. Un dernier de son client, le concessionnaire BMW, qui l'invitait à venir voir les derniers modèles.

Et une dizaine d'appels sans message. Beaucoup plus qu'à l'accoutumée.

Il en eut la chair de poule.

Il s'habilla rapidement, en costume-cravate. De retour dans le séjour, en proie à une vague anxiété, il alluma la télévision, juste à l'heure pour les informations. Il faisait demi-tour quand il entendit : « Deux études récentes soulignent une fois de plus les dangers du réchauffement planétaire. D'après la première, publiée en Angleterre, il aurait une incidence sur la rotation de la Terre : les jours raccourciraient. »

Se retournant, Peter vit deux présentateurs, un homme et une femme. L'homme expliquait qu'une autre étude encore plus inquiétante indiquait que la calotte glaciaire du

Groenland allait fondre dans sa totalité, ce qui provoquerait une montée de six mètres du niveau des mers.

— Dans ces conditions, lança le journaliste avec entrain, on peut dire adieu à Malibu ! Cela ne se produira pas avant un certain nombre d'années, bien sûr, mais cela va arriver... à moins que nous ne changions notre mode de vie.

Peter se dirigea vers la porte en se demandant ce que Kenner trouverait à répondre aux conclusions de ces deux études. Changer la vitesse de rotation de la Terre ! Il secoua la tête en pensant à l'énormité de la chose. Et la fonte de toute la glace du Groenland ! Quel camouflet pour Kenner !

Il rejetterait certainement tout en bloc, selon sa bonne habitude.

Peter ouvrit la porte, la tira simplement derrière lui sans donner un tour de clé et descendit l'escalier.

Century City
Samedi 9 octobre
9 h 08

Dans le couloir menant à son bureau, il se trouva nez à nez avec Herb Lowenstein.

— Où étiez-vous passé, Peter? lança Lowenstein. Personne ne savait où vous joindre!

— Je faisais un travail confidentiel pour un client.

— Eh bien, la prochaine fois, assurez-vous que votre fichue secrétaire puisse vous joindre. Vous avez une mine épouvantable. Vous vous êtes battu, ou quoi? Et ça, au-dessus de votre oreille? Ce sont des points de suture?

— J'ai fait une mauvaise chute.

— Ouais, ouais... Pour quel client faisiez-vous ce travail confidentiel?

— Nick Drake, pour ne rien vous cacher.

— C'est drôle, il ne m'en a pas parlé.

— Ah bon?

— Non. Il vient de partir. J'ai passé deux heures avec lui. Il n'arrive pas à digérer le document annulant la donation de dix millions de dollars de la Fondation Morton. Surtout la nouvelle clause...

— Je sais, dit Peter.

— Il veut savoir qui est à l'origine de cette clause.

— Je sais.

— Alors?

— George m'a demandé de ne pas le divulguer.

— George est mort.
— Pas officiellement.
— Cessez de dire des conneries, Peter. Qui est à l'origine de cette clause ?
— Je regrette, Herb, j'ai reçu des instructions explicites de mon client.
— Nous travaillons dans le même cabinet ; votre client est aussi le mien.
— Il m'a donné des instructions par écrit, Herb.
— Par écrit ? C'est de la couillonnade ! George n'écrivait jamais rien.
— J'ai un mot de sa main.
— Nick veut revenir sur les termes du contrat.
— Je n'en doute pas.
— Je lui ai dit que nous le ferions pour lui, ajouta Lowenstein.
— Je ne vois pas comment.
— Morton n'avait pas toute sa tête.
— Si, Herb, il avait toute sa tête. Vous voulez détourner dix millions de sa succession, mais si quelqu'un en touche un mot à sa fille...
— Une toxico...
— ... Qui jette l'argent par les fenêtres, je sais. Si quelqu'un lui en touche un mot, le cabinet sera tenu pour responsable du détournement des dix millions et passible de dommages-intérêts punitifs pour complicité d'escroquerie. En avez-vous parlé aux autres associés ?
— Vous faites de l'obstruction.
— Je suis prudent, c'est tout. Je devrais peut-être exprimer mes réserves par e-mail.
— Ce n'est pas de cette manière que vous prendrez du galon dans notre cabinet.
— Je crois agir dans l'intérêt du cabinet, Herb. Je ne vois pas comment vous pourriez annuler ce document sans avoir, à tout le moins, demandé une opinion écrite à des confrères de l'extérieur.
— Aucun confrère ne cautionnerait...
Lowenstein laissa sa phrase en suspens.
— Drake va vouloir vous parler de tout cela, reprit-il en lançant un regard mauvais à Peter.

— Volontiers.

— Je vais lui dire que vous l'appellerez.

— Parfait.

Lowenstein s'éloigna, l'air furieux. Au bout de quelques pas, il se retourna.

— Et cette histoire de police, chez vous ? De quoi s'agit-il ?

— Mon appartement a été cambriolé.

— Que cherchait-on ? De la drogue ?

— Non, Herb.

— Mon assistante a été obligée de s'absenter pour aller régler vos affaires.

— C'est vrai. Un service strictement personnel, qu'elle m'a rendu après les heures de travail, si je ne me trompe.

Avec un ricanement de mépris, Lowenstein se remit en marche.

Peter se promit d'appeler Drake. Et d'en finir une fois pour toutes avec cette histoire.

Los Angeles
Samedi 9 octobre
11 h 04

Sous le soleil donnant à plein, Kenner gara sa voiture sur le parking et s'engagea sur le trottoir en compagnie de Sarah. Toutes les enseignes étaient en espagnol, sauf quelques mots comme : « Encaissement de chèques », ou « Prêteur ». Des haut-parleurs crachotaient de la musique mexicaine.

— Tout est prêt ? demanda Kenner.

Sarah fit courir sa main sur le petit sac de sport qu'elle portait en bandoulière. Un filet de nylon plaqué sur le côté dissimulait l'objectif de la caméra vidéo.

— C'est bon, répondit-elle.

Ils se dirigèrent vers le magasin à l'angle de la rue : Brader. Surplus Armée/Marine.

— Qu'allons-nous faire ? demanda Sarah.

— Le FLE a acheté une grande quantité de roquettes.

— Des roquettes ?

— Des projectiles de petite taille, légers, soixante centimètres de long. Une version périmée du Hotfire, un projectile des années 80, à l'époque du pacte de Varsovie. Portable, filoguidé, combustible solide, portée de neuf cents mètres.

— Ce sont des armes ? demanda Sarah qui n'était pas sûre d'avoir tout compris.

— Je doute que ce soit pour se battre qu'ils les ont achetés.

— Combien en ont-ils acheté ?

— Cinq cents. Avec les postes de tir.

— C'est dingue !

— Disons que ce ne sont pas des amateurs.

Au-dessus de la porte une inscription jaune et vert, à la peinture écaillée, indiquait : Matériel de camping – Paintball – Blousons de parachutistes – Boussoles – Sacs de couchage et quantité d'autres articles à découvrir.

Ils poussèrent la porte d'entrée ; un carillon retentit. Le magasin était vaste, en désordre, envahi de matériel militaire disposé sur des présentoirs et entassé par terre. Il y avait une odeur de renfermé, semblable à celle qui se dégage d'une vieille toile. Les clients étaient peu nombreux. Kenner se dirigea vers le comptoir derrière lequel se tenait un jeune employé. Il montra sa carte, demanda à parler à M. Brader.

— Il est derrière.

Tandis que Kenner se dirigeait vers le fond du magasin, le jeune homme sourit à Sarah.

— Vous pouvez peut-être m'aider, commença-t-elle.

— Je ferai l'impossible, affirma-t-il avec un sourire radieux.

Il ne devait pas avoir plus de vingt ans. Il avait les cheveux en brosse, un tee-shirt noir portant les mots THE CROW en grosses lettres et des bras brunis par le soleil.

— Je cherche un type, expliqua Sarah en faisant glisser une feuille de papier sur le comptoir.

— J'aurais plutôt imaginé qu'un type vous cherchait désespérément.

L'employé prit la feuille qui montrait une photo de l'homme qu'ils connaissaient sous le nom de Brewster.

— Oui, fit le jeune homme sans hésiter. Bien sûr que je le connais ; il passe de temps en temps.

— Savez-vous comment il s'appelle ?

— Non, mais il est ici.

— Dans le magasin ?

Sarah chercha Kenner du regard. Il était au fond, en train de discuter avec le patron. Elle n'osait pas l'appeler ni bouger, de crainte d'attirer l'attention sur elle.

Le jeune homme s'était mis sur la pointe des pieds pour mieux voir.

— Enfin, il était là il y a quelques minutes. Il est venu acheter des minuteurs.

— Montrez-moi vos minuteurs.

— Suivez-moi.

Il fit le tour du comptoir et entraîna Sarah entre des piles de treillis si hautes qu'elles lui bouchaient la vue. Elle ne voyait plus Kenner.

— Vous êtes une sorte de détective privé ? lança le jeune homme par-dessus son épaule.

— On peut dire ça.

Ils avançaient entre les amas de vêtements quand le carillon de l'entrée retentit. Sarah se retourna : par-dessus un tas de gilets pare-balles, elle eut le temps d'apercevoir une tête aux cheveux châtains et une chemise blanche au col rouge. Mais déjà la porte s'était refermée

— Il s'en va...

Sans réfléchir, Sarah se mit à courir vers la porte. Le sac de sport battait contre sa hanche. Elle franchit d'un bond un tas de bidons, accéléra encore l'allure.

— Hé ! s'écria le jeune homme. Vous revenez ?

Sarah se précipita vers l'entrée sans répondre.

Elle déboucha sur le trottoir; soleil de plomb et foule compacte. Elle tourna la tête de droite et de gauche ; elle ne voyait plus la chemise blanche au col rouge. L'homme n'avait pas eu le temps de traverser la rue. Elle regarda plus loin, sur le trottoir et le vit marcher d'un pas nonchalant, en direction de la 5e Rue. Elle le suivit.

Âgé d'à peu près trente-cinq ans, il portait des vêtements sport, un pantalon froissé, des chaussures de marche usées. Il avait des lunettes à verres teintés et une petite moustache bien taillée. Le genre à vivre en plein air, mais pas un ouvrier du bâtiment, plutôt un contremaître. Peut-être un entrepreneur ou un inspecteur. Quelque chose de ce genre.

Elle s'efforçait de remarquer des détails, de les mémoriser. Elle gagnait du terrain. Elle se dit que c'était une mauvaise idée et le laissa reprendre ses distances.

Brewster s'arrêta pour regarder une devanture ; il considéra attentivement les articles en vitrine et reprit sa marche.

Arrivée à la hauteur de la vitrine, Sarah vit que c'était un magasin de vaisselle bon marché. Elle se demanda si Brewster savait qu'il était suivi.

Filer un terroriste dans une rue animée donnait un peu l'impression à Sarah d'être dans un film sauf que c'était plus effrayant qu'elle ne l'aurait cru. Le magasin de surplus militaires semblait déjà très loin et elle ne savait pas ce que faisait Kenner. Elle aurait aimé qu'il soit avec elle. Et elle ne passait pas inaperçue, avec ses cheveux blonds et sa haute taille, dans ce quartier en majorité hispanique.

Elle descendit du trottoir, suivit le bord de la chaussée, à côté de la foule, ce qui la rapetissait d'une quinzaine de centimètres. La blondeur éclatante de ses cheveux continuait de trancher sur la foule de têtes brunes mais elle ne pouvait rien y faire.

Elle laissa Brewster prendre une vingtaine de mètres d'avance. Elle ne voulait pas que la distance soit plus grande ; elle avait peur de le perdre.

Il traversa la 5e Rue, poursuivit son chemin. Il parcourut une centaine de mètres avant de tourner dans une ruelle. Arrivée à l'entrée de la ruelle, Sarah s'arrêta. Des sacs-poubelles étaient disséminés le long des murs ; une odeur de pourriture s'en dégageait. Un gros camion de livraison bloquait le passage à l'autre bout de la ruelle.

Pas de Brewster.

Il avait disparu.

Impossible, sauf s'il était passé par une des petites portes donnant dans la ruelle. Il y en avait une tous les six ou sept mètres, en retrait pour la plupart dans le mur de brique.

Elle se mordit les lèvres. Elle n'aimait pas savoir qu'elle ne le voyait plus. Mais il y avait les livreurs avec leur camion...

Elle s'engagea dans la ruelle.

Elle regarda les portes, l'une après l'autre. Certaines étaient obstruées par des planches, d'autres fermées à clé. Sur quelques-unes, une pancarte crasseuse indiquait le nom de la société et demandait d'utiliser l'entrée principale ou de sonner pour les livraisons.

Toujours pas de Brewster.

Elle était à peu près à mi-chemin quand quelque chose l'incita à se retourner. Elle eut le temps de voir Brewster sortir par une des portes et se faufiler dans la ruelle.

Elle s'élança à sa poursuite.

En passant devant la porte, elle vit une vieille femme dans l'embrasure. La pancarte indiquait : Soieries Munro.

— Qui est cet homme? cria Sarah.

La vieille femme haussa les épaules.

— Il s'est trompé de porte. Ça arrive tout le temps...

Sarah n'entendit pas la fin de sa phrase.

Elle atteignit le trottoir, tourna en direction de la 4e Rue. Elle vit Brewster devant elle, à une cinquantaine de mètres. Il marchait d'un pas vif.

Il traversa la 4e Rue. Un pick-up s'arrêta le long du trottoir, quelques mètres devant lui. Le véhicule bleu, cabossé, était immatriculé dans l'Arizona. Brewster bondit dans le pick-up qui démarra sur les chapeaux de roues.

Sarah était en train de noter le numéro minéralogique quand la voiture de Kenner pila à sa hauteur.

— Montez.

Elle prit place à côté de lui; il repartit immédiatement.

— Où étiez-vous passé?

— Je prenais la voiture. Je vous ai vue sortir. Avez-vous réussi à le filmer?

Elle avait oublié le sac sur son épaule.

— Oui, je crois.

— Bien. Le propriétaire du magasin m'a donné un nom.

— Ah?

— Probablement faux. David Poulson. Et une adresse d'expédition.

— Pour les roquettes?

— Non. Pour les postes de tir.

— Où?

— À Flagstaff, Arizona.

Le pick-up bleu était toujours devant eux.

Ils le suivirent dans la 2e Rue, où il longea l'immeuble du *Los Angeles Times* et le palais de justice avant de prendre l'autoroute. Kenner était habile : il parvenait à rester à distance du pick-up sans jamais le perdre de vue.

— Vous avez déjà fait ça? demanda Sarah.

— Pas vraiment.

— Qu'est-ce que c'est que cette petite carte que vous montrez à tout le monde?

Kenner prit son porte-cartes et l'ouvrit. Il contenait un badge argenté, ressemblant à celui de la police mais portant le sigle NSIA et une carte de l'Agence nationale de renseignement, avec sa photographie.

— Je n'ai jamais entendu parler de cette agence.

Kenner referma le porte-cartes sans répondre.

— Quel est son rôle? insista Sarah.

— Non officiel. Avez-vous des nouvelles de Peter?

— Vous ne voulez rien dire?

— Il n'y a rien à dire, affirma Kenner. Le terrorisme de l'intérieur met les agences de renseignement en porte-à-faux. Elles sont trop laxistes ou trop répressives. À la NSIA, tout le monde reçoit une formation spécifique. Voulez-vous appeler Sanjong et lui communiquer le numéro du pick-up pour qu'il fasse des recherches?

— Vous luttez donc contre le terrorisme de l'intérieur?

— Entre autres activités.

Le pick-up bleu prit l'autoroute A5, en direction de l'est, le long des bâtiments jaunis du centre hospitalier du comté.

— Où vont-ils? demanda Sarah.

— Je ne sais pas. Mais c'est la route de l'Arizona.

Sarah prit le téléphone et appela Sanjong.

Sanjong nota le numéro minéralogique. Il rappela trois ou quatre minutes plus tard.

— L'adresse est celle d'un ranch, le Lazy-Bar, dans les faubourgs de Sedona. Un hôtel et centre de cure, apparemment. Le pick-up n'a pas fait l'objet d'une déclaration de vol.

— Bon. À qui appartient le ranch?

— Un holding du nom de Great Western Environmental Associates. Il possède une chaîne d'établissements dans l'Arizona et le Nouveau-Mexique.

— Qui contrôle ce holding ?

— Je suis en train de chercher. Il faudra un peu de temps.

Sanjong raccrocha.

Devant, le pick-up déboîta pour passer sur la file de droite. Le conducteur mit son clignotant.

— Ils vont sortir, fit Kenner.

Le pick-up traversait une zone industrielle sinistre. De temps à autre, une enseigne indiquait TÔLERIE ou CONSTRUCTION DE MACHINES-OUTILS, mais la plupart des bâtiments ne laissaient rien paraître de ce qu'ils abritaient. Le ciel était chargé de brume. Au bout de trois kilomètres, le pick-up tourna à droite, juste après un panneau marqué LTSI CORP. Au-dessous, le dessin stylisé d'un aérodrome et une flèche.

— Ce doit être un terrain privé, observa Kenner.

— Et le sigle LTSI ? demanda Sarah.

— Je ne sais pas.

Un peu plus loin, ils virent apparaître le terrain d'aviation. Plusieurs avions à hélices, des Cessna et des Piper, étaient stationnés sur un côté. Le pick-up se gara près d'un bimoteur.

— Un Twin Otter, dit Kenner.

— C'est-à-dire ?

— Décollage sur courte distance, charge utile importante. On l'utilise, entre autres, pour la lutte contre les incendies.

Brewster descendit du pick-up et s'avança vers le cockpit pour échanger quelques mots avec le pilote. Il remonta dans son véhicule qui parcourut encore une centaine de mètres et s'arrêta devant un énorme hangar rectangulaire en tôle ondulée. Deux autres pick-up étaient garés devant le bâtiment. Sur le hangar, le sigle LTSI était peint en grosses lettres bleues.

Brewster redescendit et fit le tour du véhicule tandis que le conducteur ouvrait sa portière.

— L'ordure ! lâcha Sarah.

Le conducteur était l'homme qu'ils avaient connu sous le nom de Bolden. Il portait maintenant un jean, une casquette de base-ball et des lunettes de soleil mais c'était bien lui.

— Gardez votre calme, dit Kenner.

Ils virent Brewster et Bolden entrer dans le hangar par une petite porte qui claqua derrière eux avec un bruit métallique.

— Restez ici, ordonna Kenner.

Il descendit de la voiture, se dirigea d'un pas vif vers la petite porte et entra à son tour dans le hangar.

La main en visière pour se protéger du soleil, Sarah attendit. Le temps s'écoulait lentement. Elle plissa les yeux pour essayer de déchiffrer sur le côté du hangar de petites lettres blanches sous les grosses lettres bleues du sigle LTSI. Mais elle était trop loin.

Elle écarta la tentation d'appeler Sanjong. Elle se demandait avec inquiétude ce qui se passerait si Brewster et Bolden sortaient du hangar mais pas Kenner. Elle serait obligée de les suivre seule ; elle ne pouvait les laisser lui fausser compagnie.

Cela l'incita à passer sur le siège du conducteur. Elle posa les mains sur le volant, regarda sa montre. Kenner devait être parti depuis près de dix minutes. Elle scrutait le hangar dans l'espoir d'y percevoir des signes d'activité mais le bâtiment était manifestement conçu pour assurer la plus grande discrétion à ce qui se passait à l'intérieur.

Elle regarda de nouveau sa montre.

Elle commençait à se sentir un peu lâche de rester dans la voiture sans rien faire. Toute sa vie, elle avait affronté ce qui lui faisait peur. C'est pour cette raison qu'elle avait appris à faire du ski sur la glace, de la varappe malgré sa taille, de l'exploration sous-marine.

Et là, elle attendait dans une voiture, en plein soleil, sans que rien ne se passe.

Ça suffit ! se dit-elle. Et elle descendit de la voiture.

À la porte du hangar il y avait deux petits panneaux. Le premier indiquait LTSI : LIGHTNING TEST SYSTEMS INTERNATIONAL. Le second portait l'inscription : DANGER. ACCÈS AU BANC D'ESSAI INTERDIT DANS L'INTERVALLE DES DÉCHARGES.

Sarah ouvrit prudemment la porte. Il y avait une zone d'accueil mais elle était déserte. Sur un bureau en bois brut un écriteau placé près d'un interphone portait une inscription manuscrite : APPUYER SUR L'INTERPHONE POUR TOUT RENSEIGNEMENT.

Elle poursuivit son chemin, ouvrit une autre porte sur laquelle était placardé un avis :

ACCÈS INTERDIT
DÉCHARGES ÉLECTRIQUES HAUTE TENSION
STRICTEMENT RÉSERVÉ AU PERSONNEL

Sarah pénétra dans un local industriel sans cloisons, chichement éclairé – tuyaux courant au plafond, passerelle métallique, dalles de caoutchouc au sol. Seul un espace vitré, sur deux niveaux, au centre de la salle, était éclairé à profusion. Un espace assez vaste, de la taille du salon de Sarah. Elle vit à l'intérieur quelque chose qui ressemblait à un réacteur d'avion monté sur une petite section d'aile. D'un côté de l'espace vitré, une grande plaque de métal était fixée contre un mur. À l'extérieur, un homme était assis devant un pupitre de commande. Aucun signe de Brewster ni de Bolden.

À l'intérieur de l'espace vitré, l'écran d'un moniteur encastré se mit à clignoter en affichant un message : DÉGAGEZ LA ZONE D'ESSAIS.

« Veuillez dégager la zone d'essais, annonça une voix métallique. Début des essais dans... trente secondes. »

Sarah entendit un bruit strident dont l'intensité allait en augmentant, accompagné du souffle d'une pompe. Mais rien ne semblait se passer.

Curieuse, elle s'avança.

— Psitt !

Elle regarda autour d'elle ; elle ne savait pas d'où venait l'appel.

— Psitt !

Elle leva la tête. Kenner était au-dessus d'elle, sur la passerelle. Il lui fit signe de venir le rejoindre en indiquant un escalier dans l'angle de la salle.

« Début des essais dans... vingt secondes », fit la voix métallique.

Sarah grimpa les marches et s'accroupit près de Kenner. Le bruit strident se transformait en hurlement et le martèlement saccadé de la pompe devenait continu.

— Ils font un essai sur des pièces d'avion, souffla Kenner en montrant le réacteur.

Il expliqua en quelques mots que les avions étant souvent exposés à la foudre, leurs pièces devaient en être protégées.

Il ajouta autre chose, mais le vacarme couvrit sa voix.

Les lumières s'éteignirent dans l'espace central, ne laissant qu'une lueur bleue autour du moteur et de son capot. La voix métallique effectuait le compte à rebours.

« Zéro... Début des essais. »

Il y eut un bruit sec, si fort qu'on eût cru une détonation. Un éclair jaillit d'un mur et frappa le moteur. Il fut suivit presque aussitôt de plusieurs autres, venant des autres murs, qui frappèrent le réacteur de tous côtés. Les éclairs crépitaient sur le capot en zébrant l'air de rayures blanches avant de se diriger brusquement vers le sol où Sarah découvrit un objet métallique en dôme, d'une trentaine de centimètres de diamètre.

Elle remarqua que quelques éclairs frappaient directement le dôme de métal, en ratant le réacteur.

Les éclairs devenaient de plus en plus larges, de plus en plus brillants. Ils émettaient un craquement prolongé en filant vers leur cible et laissaient sur le capot métallique de longues traînées noires. L'un d'eux toucha les pales du ventilateur qui continua de tourner silencieusement.

Sarah ne pouvait détacher les yeux du spectacle. Elle avait l'impression que le nombre d'éclairs qui frappaient le petit dôme de métal allait croissant. Au bout d'un moment, elle constata qu'un réseau d'éclairs, venant de tous les côtés, se dirigeait directement vers le dôme.

L'essai s'acheva brusquement. Le bruit strident cessa, les lumières se rallumèrent. Une fumée légère s'élevait du capot. Sarah tourna la tête vers le pupitre ; Brewster et Bolden se tenaient derrière le technicien. Les trois hommes se dirigèrent vers le moteur et s'accroupirent pour inspecter le dôme de métal.

— Qu'est-ce que c'est? murmura Sarah à l'oreille de Kenner.

Il mit un doigt sur ses lèvres, secoua la tête. Il n'aimait pas ce qu'il voyait.

Les hommes retournèrent le dôme. Sarah entraperçut du matériel sophistiqué – des circuits imprimés sur des supports verts, des accessoires de métal luisant –, mais les trois hommes en grande conversation autour de l'objet l'empêchaient de bien voir. Ils reposèrent le dôme et s'éloignèrent.

Ils riaient, se congratulaient, visiblement très satisfaits. Sarah entendit l'un d'eux proposer une tournée de bière; ils sortirent en riant. Le silence revint dans la salle.

La porte extérieure claqua.

Sarah et Kenner attendirent.

Elle se tourna vers lui. Il demeura immobile une minute, à l'affût du moindre bruit.

— Allons voir cela de plus près, déclara-t-il enfin.

Ils descendirent de la passerelle.

Arrivés en bas, ils n'entendirent toujours rien; l'installation était apparemment déserte. Kenner indiqua du doigt l'espace vitré; ils entrèrent.

La lumière était crue. Une odeur âcre flottait dans l'air.

— De l'ozone, annonça Kenner. Produit par les décharges.

Il s'avança vers le dôme de métal.

— Qu'est-ce que c'est? demanda Sarah.

— Je ne sais pas encore, répondit Kenner. Ce doit être un générateur de charge portable. Vous voyez, poursuivit-il en se baissant pour retourner le dôme, si on produit une charge négative assez forte...

Il s'interrompit. Le dôme était vide : le matériel électronique avait été retiré.

Dans leur dos, la porte de l'espace vitré se ferma avec un claquement sinistre.

Sarah pivota sur elle-même. Bolden se tenait de l'autre côté du battant sur lequel il fixait calmement un cadenas.

— Merde..., souffla-t-elle.

Elle vit Brewster devant le pupitre ; il tournait des boutons. Il mit un interphone en marche.

— L'accès à cette installation est formellement interdit. Des panneaux l'indiquent clairement. J'imagine que vous ne les avez pas lus...

Brewster s'écarta du pupitre ; les lumières s'éteignirent, ne laissant que la lueur bleue. Sarah entendit le bruit strident qui commençait à prendre de l'intensité. L'inscription DÉGAGEZ LA ZONE D'ESSAIS se mit à clignoter sur l'écran. Elle entendit la voix métallique.

« Veuillez dégager la zone d'essais. Début des essais dans... trente secondes. »

Brewster et Bolden se dirigèrent vers la porte du hangar sans un regard en arrière.

— Je ne supporte pas l'odeur de la chair grillée, fit Bolden.

Ils sortirent. La porte claqua.

« Début des essais dans... quinze secondes », annonça la voix métallique.

— Qu'allons-nous faire ? demanda Sarah en se tournant vers Kenner.

Devant le hangar, Brewster et Bolden montèrent dans le pick-up bleu. Quand Bolden mit le moteur en marche, Brewster posa la main sur son épaule.

— Attendons un peu.

Ils tournèrent la tête vers la porte. Une lumière rouge se mit à clignoter, lentement d'abord, puis de plus en plus vite.

— L'essai a commencé, observa Brewster.

— Quel dommage ! lança Bolden. Combien de temps crois-tu qu'ils pourront survivre ?

— Une décharge devrait suffire, peut-être deux. À la troisième, ils seront morts, c'est sûr. Ils brûleront comme des torches.

— Quel dommage ! répéta Bolden.

Il embraya. Le pick-up se dirigea vers l'avion qui attendait au bord de la piste.

IV

FLASH

City of Commerce
Samedi 9 octobre
12 h 13

À l'intérieur de l'espace vitré, l'air devenait électrique, comme avant un orage. Sarah vit les poils de ses bras se dresser. Ses vêtements collaient à son corps, plaqués sur elle par la charge électrique.

— Vous avez une ceinture ? demanda Kenner.

— Non.

— Une pince à cheveux ?

— Non.

— Rien de métallique ?

— Non ! Je n'ai rien !

Kenner se jeta contre la paroi vitrée mais il rebondit sur le verre. Il le frappa du talon, sans résultat. Il pesa de tout son poids contre la porte, mais le cadenas était solide.

« Début des essais dans... dix secondes », annonça la voix métallique.

— *Qu'allons-nous faire ?* cria cette fois Sarah, prise de panique.

— Déshabillez-vous !

— Quoi ?

— Allez-y. Il n'y a pas de temps à perdre.

Kenner enlevait sa chemise en arrachant les boutons.

— Allez-y, Sarah. Le pull d'abord !

Elle portait un pull-over soyeux en angora, un cadeau de

son ex, une des premières choses qu'il lui eût offertes. Elle l'enleva, fit de même avec son tee-shirt.

— La jupe, ordonna Kenner, déjà en caleçon, enlevant ses chaussures.

— Qu'est-ce que...

— Elle a une fermeture éclair !

Sarah défit sa jupe avec des gestes maladroits pour se retrouver en sous-vêtements. Elle frissonna. La voix métallique égrenait les dernières secondes.

« Huit... sept... six... »

Kenner disposait les vêtements sur le moteur. Il saisit la jupe, l'étala sur les autres et plaça le pull-over en angora sur le dessus.

— Qu'est-ce que vous faites ?

— Allongez-vous ! À plat, collée contre le sol... et surtout ne bougez pas !

Elle se plaqua au sol. Le béton était froid ; son cœur battait la chamade. L'air était parcouru de vibrations. Un frisson la secoua.

« Trois... deux... un... »

Kenner se jeta par terre à côté d'elle ; le premier éclair zigzagua dans l'espace clos. Elle fut surprise par la violence de la décharge et par le souffle qui balaya son corps. Ses cheveux se dressèrent sur sa tête ; elle ne sentait plus leur poids sur sa nuque. Avec un fracas terrifiant, les décharges se succédaient, projetant une lumière bleue si vive qu'elle la percevait à travers ses paupières plissées. Elle se colla autant qu'elle le pouvait contre le sol, expirant longuement, prête à faire ses prières.

Il y eut soudain une lumière d'une autre couleur, plus jaune, tremblante, accompagnée d'une odeur âcre.

Le feu.

Un bout enflammé du pull-over en angora tomba sur son épaule nue. Elle ressentit une douleur atroce.

— Il y a le feu...

— Ne bougez pas ! gronda Kenner.

Les décharges continuaient de se succéder à une cadence de plus en plus rapide. Du coin de l'œil, Sarah vit que les vêtements entassés sur le moteur étaient en feu ; de la fumée emplissait l'espace vitré.

Mes cheveux brûlent, se dit Sarah. Elle sentit une chaleur sur sa nuque, à la base du cuir chevelu.

Des jets d'eau inondèrent brusquement la pièce et les décharges cessèrent. Sarah entendit le chuintement des extincteurs automatiques d'incendie. Le feu s'éteignit, le froid la saisit, le ciment était trempé.

— Je peux me relever ?

— Oui, répondit Kenner. Vous pouvez vous relever.

Il passa plusieurs minutes à essayer sans succès de briser la paroi de verre. Puis, renonçant, il se mit à réfléchir, le regard fixe, les cheveux emmêlés, l'eau dégoulinant sur son visage.

— Je ne comprends pas, dit-il. Il y a nécessairement dans un endroit comme celui-là un mécanisme de sûreté qui permet à ceux qui sont à l'intérieur de sortir.

— Ils ont fermé la porte avec un cadenas, vous l'avez vu.

— Exact. Ils l'ont cadenassée. Le cadenas doit servir à s'assurer que personne de l'extérieur ne peut entrer. Mais il y a certainement un moyen de sortir quand on est à *l'intérieur.*

— S'il y en a un, fit Sarah, je ne le vois pas.

Elle frissonnait. La brûlure de son épaule la faisait souffrir. Ses sous-vêtements étaient trempés. Ce n'était pas une question de pudeur ; elle avait froid. Et il discutaillait à propos de...

— Il doit y avoir un moyen, répéta Kenner en tournant lentement sur lui-même.

— On ne peut pas casser la vitre... ?

— Non, on ne peut pas.

Cela sembla lui donner une idée. Il s'accroupit pour examiner soigneusement le châssis de la paroi vitrée, faisant courir son doigt le long du mur.

Sarah l'observait en frissonnant. Les extincteurs automatiques d'incendie continuaient de fonctionner ; elle avait de l'eau jusqu'aux chevilles. Elle ne comprenait pas comment il pouvait s'absorber à ce point dans...

— Je savais bien...

Les doigts de Kenner avaient touché un petit loquet

encastré dans le châssis. Il en trouva un autre de l'autre côté du panneau de verre, l'ouvrit, puis il fit pivoter le bas de la vitre sur la charnière médiane.

— Ce n'était pas grand-chose, fit-il en tendant la main à Sarah pour l'aider à sortir. Puis-je vous proposer des vêtements secs ?

— Avec plaisir, répondit-elle en prenant sa main.

L'équipement des toilettes était sommaire mais Sarah et Kenner purent s'essuyer avec des serviettes en papier avant de passer les combinaisons de mécanicien trouvées dans une armoire. En se regardant dans un miroir, Sarah vit que cinq centimètres de ses cheveux avaient brûlé sur le côté gauche. Il ne restait que des racines noircies, frisottantes.

— Cela aurait pu être pire, soupira-t-elle.

Elle serait obligée de porter une queue-de-cheval un certain temps.

Kenner soigna son épaule : une brûlure du premier degré, avec quelques cloques. Tout en plaçant de la glace sur la lésion, il expliqua qu'une brûlure était une réaction nerveuse du corps ; on pouvait donc empêcher la formation de cloques en appliquant de la glace, qui engourdissait les nerfs responsables de cette réaction.

Comme elle ne pouvait voir la région de la brûlure, elle était obligée de le croire sur parole. Elle commençait à avoir mal. Kenner trouva une trousse à pharmacie et lui apporta de l'aspirine.

— De l'aspirine ? s'étonna Sarah.

— C'est mieux que rien, fit Kenner en lui mettant deux comprimés dans la main. La plupart des gens l'ignorent mais l'aspirine est un remède miracle. C'est un analgésique puissant, un anti-inflammatoire, un antipyrétique...

— Je vous en prie, coupa Sarah. Pas maintenant.

Elle ne se sentait pas en état de supporter un nouveau cours magistral.

Sans un mot de plus, Kenner lui mit un bandage. Décidément, il savait tout faire.

— Y a-t-il quelque chose que vous ne savez pas faire ? demanda-t-elle.

— Bien sûr.
— Dites-moi. Danser ?
— Non, je suis un bon danseur. Mais j'ai du mal avec les langues étrangères.
— Quel soulagement !
Sarah aimait les langues. Elle avait passé sa troisième année de fac en Italie et parlait assez bien l'italien et le français. Elle avait aussi étudié le chinois.
— Et vous ? demanda Kenner. Quel est votre point faible ?
— Les rapports humains, répondit-elle devant le miroir, en tirant sur ses mèches noircies.

Beverly Hills
Samedi 9 octobre
13 h 13

En montant chez lui, Peter entendit la télévision brailler dans l'escalier. Le son paraissait plus fort qu'à son départ de l'appartement. Il entendit des applaudissements et des rires ; un spectacle enregistré en public. Il ouvrit la porte, entra dans le salon. Assis sur le canapé, le privé qu'il avait vu sur le banc du jardin regardait la télévision. Il avait jeté sa veste sur une chaise ; ses doigts tambourinaient sur le dossier du canapé.

— Faites comme chez vous, je vous en prie ! lança Peter. Vous ne trouvez pas que c'est un peu fort ? Auriez-vous l'amabilité de baisser le son ?

L'homme ne répondit pas, ne se retourna pas.

— Vous avez entendu ? reprit Peter. Voulez-vous baisser le son ?

Aucune réaction. Seuls les doigts de l'homme continuaient de tapoter nerveusement le dossier du canapé.

Peter s'avança pour le regarder en face.

— Excusez-moi, je ne connais pas votre nom, mais...

Il laissa sa phrase en suspens. Le privé continuait de regarder fixement le téléviseur. Immobile, il semblait pétrifié. Ses yeux ne remuaient pas ; ils ne clignaient même pas. La seule partie animée de son corps était ses doigts. Ils avaient ce petit mouvement convulsif. Comme des spasmes.

— Tout va bien ? demanda Peter en se plantant devant lui.

Le visage de l'homme était sans expression. Ses yeux fixés droit devant lui, comme si Peter n'existait pas.

— S'il vous plaît ?

La respiration du privé était courte ; sa poitrine se soulevait à peine. Il avait un teint terreux.

— Pouvez-vous bouger ? Que vous est-il arrivé ?

Rien. L'homme demeurait raide sur le canapé.

Exactement comme Margo. La même rigidité, la même absence d'expression. Peter prit le téléphone et appela la police. Il donna son adresse, demanda une ambulance.

— Les secours vont arriver, dit-il au privé.

L'homme n'eut aucune réaction visible mais Peter avait l'impression qu'il entendait, qu'il était pleinement conscient malgré sa paralysie.

Il regarda autour de lui dans l'espoir de trouver un indice lui permettant de comprendre ce qui était arrivé au privé. Mais il ne remarqua rien de particulier. Dans un coin de la pièce, une chaise semblait avoir été déplacée. Le cigare du privé était par terre, comme s'il avait roulé sur le sol ; il avait légèrement brûlé le bord du tapis.

Peter le ramassa.

Il l'emporta dans la cuisine, le passa sous le robinet et le jeta dans la poubelle. Une idée lui vint. Il revint dans le séjour.

— Vous deviez m'apporter quelque chose, dit-il au privé.

Aucun mouvement. Juste les contractions spasmodiques des doigts sur le canapé.

— Cet objet est ici ?

Les doigts cessèrent de tambouriner. Plus précisément, ils continuèrent à remuer mais plus lentement. L'homme faisait visiblement un effort pour exprimer quelque chose.

— Pouvez-vous contrôler le mouvement de vos doigts ?

Ils se remirent à tambouriner, puis s'immobilisèrent.

— Très bien. Maintenant dites-moi si ce que vous vouliez me montrer est ici.

Les doigts se mirent en mouvement.

Ils s'arrêtèrent.

— Je considère que la réponse est oui.

Peter s'écarta de l'homme. Il perçut le hurlement lointain d'une sirène. L'ambulance serait là dans quelques minutes.

— Je vais me déplacer dans une direction, reprit-il. Si c'est la bonne, remuez les doigts.

Les doigts s'agitèrent, puis s'immobilisèrent comme pour répondre qu'il avait compris.

Peter fit quelques pas sur sa droite, en direction de la cuisine, et se retourna.

Les doigts restèrent immobiles.

— Ce n'est donc pas la bonne direction.

Peter se dirigea ensuite vers le téléviseur.

Les doigts restèrent immobiles.

— Là-bas non plus.

Il partit de l'autre côté, se dirigea vers les fenêtres. Les doigts ne bougeaient toujours pas. Il ne restait plus qu'une direction. Il passa derrière le canapé, là où l'homme immobile ne pouvait pas le voir.

— Je suis derrière vous et je me dirige vers la porte d'entrée, fit-il à voix haute.

Aucun mouvement des doigts.

— Vous n'avez peut-être pas compris, reprit Peter. Je vous demandais de remuer les doigts si je prenais la bonne direction...

Les doigts se mirent à gratter le tissu du canapé.

— Bon, d'accord, mais dans quelle direction ? J'ai essayé les quatre et...

La sonnette retentit. Quand Peter ouvrit, deux infirmiers portant un brancard se ruèrent dans l'appartement. Ils lui posèrent des questions en rafales et chargèrent le privé sur le brancard. La police arriva quelques minutes plus tard ; nouveau feu roulant de questions. Les policiers venaient du poste de Beverly Hills. Ils étaient courtois mais insistants. Il y avait un homme paralysé dans l'appartement de Me Evans qui semblait ne pas savoir ce qui s'était passé.

Un homme en complet brun arriva. Il se présenta : inspecteur Ron Perry. Il montra sa carte à Evans qui lui tendit la sienne. Le policier y jeta un coup d'œil, releva vivement la tête.

— J'ai déjà vu cette carte, fit-il. Ça y est, je me souviens... un appartement de Wilshire. Où nous avons trouvé une femme paralysée.

— Cette femme est ma cliente.

— Et cela se reproduit, constata Perry. La même paralysie. Une coïncidence, à votre avis?

— Je n'en ai aucune idée, répondit Peter. Je n'étais pas là. Je ne sais pas ce qui s'est passé.

— Les gens se retrouvent paralysés partout où vous allez, c'est ça?

— Non, protesta Peter. Je vous l'ai dit, je ne sais pas ce qui s'est passé.

— Cet homme est-il aussi un de vos clients?

— Non.

— Qui est-il?

— Aucune idée.

— Vraiment? Comment est-il entré chez vous?

Peter s'apprêtait à répondre qu'il avait laissé sa porte ouverte mais il se ravisa. Cela aurait été trop long, trop difficile à expliquer.

— Euh... je ne sais pas... Il m'arrive de ne pas fermer la porte à clé.

— Il faut toujours fermer sa porte à clé, maître. Question de bon sens.

— Vous avez raison.

— Votre porte ne se ferme pas automatiquement, quand vous sortez?

— Je vous l'ai dit, répéta Peter en regardant le policier droit dans les yeux. Je ne sais pas comment il est entré.

L'inspecteur soutint son regard.

— D'où viennent ces points de suture? demanda-t-il.

— Je suis tombé.

— Une méchante chute, dirait-on.

— En effet.

— Ne serait-il pas plus simple de me dire qui est cet homme, maître? Ce type se trouve dans votre appartement et vous prétendez ne savoir ni qui il est ni comment il est entré. Vous me permettrez de croire que vous ne me dites pas tout.

— C'est vrai.

— Allez-y, dit Perry en prenant son calepin. Je vous écoute.

— C'est un détective privé.

— Je sais.

— Comment le savez-vous ?

— Les infirmiers ont fouillé ses poches. Ils ont trouvé un portefeuille et sa licence. Continuez.

— Il m'a dit qu'il avait été engagé par un de mes clients.

— Très bien. Son nom ?

— Je ne peux pas vous le dire.

— Allons, maître...

— Désolé. Secret professionnel.

— Bon, soupira le policier. Cet homme est donc un détective privé engagé par un de vos clients.

— Il a pris contact avec moi. Il a dit qu'il voulait me voir, pour me remettre quelque chose.

— Pour vous remettre quelque chose ?

— Exact.

— À vous, pas à votre client ?

— Ce n'était pas possible.

— Pourquoi ?

— Mon client est, disons, injoignable.

— Je vois. C'est donc à vous qu'il s'est adressé ?

— Oui. Comme il était un peu paranoïaque, il voulait que nous nous voyions dans mon appartement.

— Voilà pourquoi vous avez laissé la porte ouverte.

— Oui.

— Pour quelqu'un que vous ne connaissiez pas.

— Je savais qu'il travaillait pour mon client.

— Comment le saviez-vous ?

— Secret professionnel.

— Soit. Ce type est donc entré chez vous. Où étiez-vous, pendant ce temps ?

— Au bureau.

Peter passa rapidement en revue ses déplacements des deux dernières heures.

— Quelqu'un vous a vu au bureau ?

— Oui.

— Vous avez parlé à quelqu'un ?
— Oui.
— Plus d'une personne ?
— Oui.
— Avez-vous vu quelqu'un d'autre ?
— Je me suis arrêté pour prendre de l'essence.
— Le pompiste vous reconnaîtra ?
— Oui. J'ai payé avec ma carte de crédit.
— Quelle station-service ?
— Shell, sur Pico.
— Bien. Vous vous absentez deux heures, vous revenez et vous trouvez le détective...
— Comme vous l'avez vu. Paralysé.
— Que devait-il vous donner ?
— Je n'en ai pas la moindre idée.
— Vous n'avez rien trouvé dans l'appartement ?
— Non.
— Avez-vous autre chose à me dire ?
— Non.

Nouveau soupir de l'inspecteur.

— Si deux personnes de ma connaissance se trouvaient mystérieusement paralysées, je pense que je m'inquiéterais. Mais vous ne paraissez pas inquiet.
— Je le suis, croyez-moi, affirma Peter.
— Bon, concéda l'inspecteur après un silence sceptique. Vous invoquez le secret professionnel. De mon côté, je dois vous informer que j'ai reçu des réponses du labo de l'Université de Californie et du Centre de contrôle des maladies au sujet de cette paralysie. Avec ce deuxième cas, ils vont approfondir les recherches. Je vais vous demander de passer au poste de police, ajouta-t-il en refermant son calepin, pour faire une déposition écrite. Est-ce possible dans la journée ?
— Je pense.
— 16 heures ?
— D'accord.
— L'adresse est sur ma carte. Demandez mon bureau à l'accueil. Le parking se trouve sous le bâtiment.
— Très bien, fit Peter.

— À tout à l'heure.

L'inspecteur inclina la tête et se dirigea vers la porte.

Dès qu'il fut sorti, Peter s'adossa au chambranle, soulagé d'être enfin seul. Il fit lentement le tour de l'appartement en s'efforçant de faire le point. Le téléviseur était toujours en marche mais le son avait été coupé. Il s'arrêta devant le canapé où il avait trouvé le privé ; la marque de son corps était encore visible.

Peter disposait d'une demi-heure avant de repartir voir Drake. Il voulait absolument savoir ce que le privé avait apporté. À chaque direction prise, les doigts de l'homme avaient signalé une fausse route.

Cela signifiait-il qu'il n'avait pas apporté ce qu'il voulait montrer à Peter ? Que l'objet était ailleurs ? Que celui ou ceux qui avaient provoqué sa paralysie le lui avaient pris ?

Peter poussa un soupir d'agacement. La question clé – celle qu'il n'avait pas posée au détective privé – était de savoir si l'objet se trouvait dans l'appartement. Peter n'y avait pas pensé.

Si oui, où pouvait-il être ?

Aucun des points cardinaux n'était le bon.

Cela voulait dire...

Quoi ?

Peter secoua la tête ; il avait de la peine à se concentrer. En vérité, l'état dans lequel il avait trouvé le privé l'avait secoué plus qu'il ne voulait le reconnaître. Il regarda de nouveau le canapé et l'empreinte du corps de l'homme. Il ne pouvait plus bouger ; cela devait être terrifiant. Les infirmiers l'avaient soulevé comme un sac de patates, en le prenant à bras-le-corps, pour le poser sur le brancard. Les coussins étaient encore en désordre.

Peter commença à arranger le canapé, à remettre les coussins en place, à les tapoter...

Il sentit quelque chose de dur dans un coussin. Il glissa la main à l'intérieur de l'enveloppe.

— Bien sûr ! souffla-t-il.

À la réflexion, c'était évident. Essayer de trouver la bonne direction en s'éloignant du canapé ne servait à rien ; le privé voulait que Peter s'avance *vers* lui. Il était assis sur l'objet qu'il avait glissé à l'intérieur d'un coussin.

C'était un DVD.

Peter le glissa dans le lecteur ; il vit apparaître un menu, avec une liste de dates. Remontant à quelques semaines au plus.

Il cliqua sur la première date.

Il vit une image de la salle de réunion du NERF. Une vue oblique, de l'angle de la pièce, à hauteur d'homme. La caméra devait avoir été dissimulée dans le pupitre. Le détective privé l'avait sans doute installée le jour où Peter l'avait vu dans la salle de réunion du NERF.

Au bas de l'écran, des chiffres défilaient rapidement. Peter se concentrait sur l'image qui montrait Nicholas Drake en train de discuter avec John Henley, le responsable des relations publiques. Drake était très agité.

— J'en ai assez du réchauffement climatique ! lança-t-il avec véhémence. J'en ai par-dessus la tête ! C'est un désastre !

— Le phénomène est établi depuis de nombreuses années, répliqua posément Henley. Il faut faire avec.

— Faire avec ! Mais ça ne marche pas ! Ça ne rapporte pas un sou, surtout en hiver. Dès qu'il commence à neiger, les gens oublient le réchauffement climatique. Ou alors ils se disent qu'un peu plus de chaleur ne serait pas une mauvaise chose. Quand ils pataugent dans la neige, ils prient pour que le climat se réchauffe ! Ce n'est pas comme la pollution, John. La pollution marchait et elle marche encore. La pollution leur flanque la trouille ! Il suffit de leur dire qu'ils vont attraper le cancer et ils signent un chèque. Personne n'a peur de quelques degrés de plus, surtout si cela doit arriver dans un siècle !

— Il existe différents moyens de présenter la chose, affirma Henley.

— Plus maintenant, riposta Drake. Nous avons tout essayé. L'extinction des espèces due au réchauffement de la planète : tout le monde s'en fout. Ils ont entendu dire que la plupart des espèces menacées d'extinction sont des insectes. On ne peut récolter de l'argent pour la protection des insectes. Les maladies nouvelles provoquées par le réchauffement du climat? Tout le monde s'en contrefout. Notre grande campagne de l'année dernière visant à lier les virus Ebola et Hanta au réchauffement climatique a fait un bide. Quant à la montée des eaux provoquée par le réchauffement de la planète, nous savons à quoi nous en tenir. Le procès Vanutu se présente très mal; tout le monde tiendra pour acquis que le niveau des océans ne s'élève pas. Et ce Scandinave, le spécialiste du niveau des océans, ne cesse de nous mettre des bâtons dans les roues. Il a porté plainte contre le GIEC pour incompétence.

— Oui, fit patiemment Henley. Tout cela est vrai mais...

— J'aimerais qu'on m'explique comment je vais vendre le réchauffement climatique. Il faut que je lève des fonds pour faire tourner notre organisation. J'ai besoin de quarante-deux millions de dollars par an. Les fondations ne m'en apporteront que le quart cette année. Les célébrités viennent parader aux dîners de charité mais elles ne donnent rien. Ces égocentriques s'imaginent que leur présence vaut bien un chèque. Le procès contre l'Agence pour la protection de l'environnement nous rapportera trois ou quatre millions; avec les subventions, nous arriverons à cinq. Nous sommes très loin du compte, John. Le réchauffement climatique ne comblera pas le trou. Il me faut une cause! Une cause qui fonctionne!

— Je comprends, assura Henley sans se départir de son calme. Vous oubliez la conférence.

— Ah! la conférence! Ces abrutis ne sont même pas capables de faire des affiches correctes. Bendix est notre meilleur orateur mais sa femme a des ennuis de santé : on lui fait une chimio. Gordon devait prendre la parole mais il a un procès sur le dos : des notes utilisées pour ses recherches auraient été falsifiées...

— Ce sont des détails, Nicholas, coupa Henley. Je vous demande de garder une vue d'ensemble de la situation...

Il fut interrompu par la sonnerie du téléphone. Drake décrocha, écouta quelques secondes, puis il couvrit l'appareil de la main en se tournant vers Henley.

— Nous reprendrons cette conversation, John. Une affaire urgente à régler.

Henley se leva et quitta la pièce.

Fin de l'enregistrement.

Peter demeura immobile devant l'écran noir. Il se dit qu'il allait être malade ; un vertige le saisit. Il gardait la télécommande à la main, incapable d'appuyer sur une autre touche.

Il reprit lentement ses esprits, inspira profondément. À la réflexion, ce qu'il venait de voir n'avait rien de surprenant. Comme tout un chacun, Drake était plus explicite en privé – et il avait besoin d'argent. Sa frustration était parfaitement compréhensible : depuis ses origines, le mouvement écologiste s'attachait à vaincre l'apathie du grand public. Le commun des mortels n'avait pas de vision de l'avenir ; il n'avait pas conscience de la lente dégradation de l'environnement. Inciter le public à faire ce qui est dans son intérêt avait toujours été une tâche ardue.

Le combat était loin d'être terminé. En réalité, il ne faisait que commencer.

Il devait effectivement être difficile de collecter des dons sur le thème du réchauffement climatique : Drake avait du pain sur la planche.

Les organisations écologistes fonctionnaient avec des budgets très modestes. Quarante-quatre millions pour le NERF, la même chose pour le NRDC, une cinquantaine pour le Sierra Club. Le plus gros budget était celui du Conservatoire pour la nature qui disposait de sept cent cinquante millions. Qu'était-ce en comparaison des milliards de dollars que les grandes sociétés pouvaient mettre sur le tapis ? David et Goliath. Drake était David, comme il ne manquait jamais de le rappeler.

Peter regarda sa montre : il était l'heure de partir.

Il sortit le DVD du lecteur, le glissa dans sa poche et sortit. Sur la route, il répéta son texte. À plusieurs reprises, comme un acteur, pour que ce soit parfait. Il faudrait être très prudent : tout ce que Kenner lui avait demandé de dire n'était que mensonges.

Beverly Hills
Samedi 9 octobre
15 h 12

— Peter, Peter ! s'écria Nicholas Drake en lui serrant chaleureusement la main. Je suis content de vous revoir. Vous étiez en voyage ?

— Oui.

— Vous n'avez pas oublié ce que j'avais demandé ?

— Non, Nick.

— Prenez un siège.

Peter s'assit dans un fauteuil, Drake à son bureau.

— Allez-y.

— Je suis remonté à l'origine de la clause qui vous préoccupe.

— Oui ?

— Vous aviez raison. C'est un avocat qui en a donné l'idée à George.

— Je le savais ! Qui ?

— Un confrère qui ne fait pas partie de notre cabinet.

Peter prenait soin de répéter exactement les paroles de Kenner.

— Son nom ?

— Il y a malheureusement des documents, Nick. Des versions préliminaires annotées de la main de George.

— Merde ! Cela remonte à quand ?

— Six mois.

— Six mois !

— Il semble que George s'interrogeait depuis quelque temps sur... les associations qu'il soutient.

— Il ne m'a jamais rien dit.

— À moi non plus. Voilà pourquoi il s'est adressé à un avocat extérieur.

— Je veux voir cette correspondance.

— L'avocat s'y opposera.

— George est mort.

— Peu importe. La confidentialité ne s'arrête pas à la mort. Rappelez-vous l'affaire « Sidler et Berlin contre les États-Unis d'Amérique ».

— Ce sont des conneries, Peter, vous le savez bien.

— Cet avocat est à cheval sur les principes, répliqua Peter avec un petit haussement d'épaules. Je vous en ai peut-être déjà trop dit.

— Nous avons absolument besoin de cet argent pour le procès Vanutu, insista Drake en pianotant sur son bureau.

— Il est venu à mes oreilles que la procédure pourrait être abandonnée.

— Absurde !

— Que les données scientifiques ne montrent pas une élévation des eaux du Pacifique.

— Il faut être prudent quand on avance des choses de ce genre. D'où tenez-vous cela ? Il ne peut s'agir que d'une opération de désinformation de la grande industrie, Peter. Il est indiscutable que le niveau des mers s'élève sur toute la planète ; cela a été démontré scientifiquement à maintes reprises. Tenez, il n'y a pas si longtemps, j'ai lu un article sur les mesures du niveau des océans effectuées par satellite, une technique assez récente. Les données satellite montrent une élévation de plusieurs millimètres en une seule année.

— Une étude a été publiée ?

— Je ne peux pas vous le dire comme ça, répondit Drake en le regardant d'un drôle d'air. C'était dans une des lettres d'information que je reçois.

Peter n'avait pas prévu de poser des questions de ce genre : elles lui venaient spontanément aux lèvres. Et il avait conscience du scepticisme de ses propos. Pas étonnant que Drake le regarde de cet air bizarre.

— C'est seulement à cause de ces rumeurs..., commença-t-il.

— Et vous vouliez en avoir le cœur net, fit Drake. Quoi de plus naturel ? Je suis content que vous m'en ayez parlé, Peter. Je vais appeler Henley pour lui demander de se renseigner sur ces bruits que l'on propage. C'est un combat qui n'aura jamais de fin, vous le savez. Il faut faire face aux idées archaïques de l'Institut pour la compétitivité de l'entreprise, de la Fondation Hoover et de l'Institut Marshall. Des groupes financés par des extrémistes de droite et des conservateurs à tous crins, qui disposent malheureusement de ressources illimitées.

— Je comprends, dit Peter en se levant. Avez-vous encore besoin de moi ?

— Je ne vous cacherai pas, répondit Drake, que je suis déçu Nous en restons donc à cinquante mille dollars par semaine ?

— Étant donné les circonstances, nous n'avons pas le choix.

— Eh bien, nous ferons avec, soupira Drake. À propos, le procès avance bien, mais je dois concentrer toute mon énergie sur la conférence.

— Quand commence-t-elle ?

— Mercredi, répondit Drake. Dans quatre jours. Maintenant, si vous voulez bien m'excuser...

— Naturellement, fit Peter.

Il sortit du bureau, laissant son portable sur une petite table.

En arrivant au rez-de-chaussée, après avoir pris l'escalier, il vint à l'esprit de Peter que Drake ne lui avait pas posé de questions sur ses points de suture. Tout le monde lui avait demandé comment c'était arrivé, pas Drake. Il avait certainement l'esprit trop occupé par les préparatifs de la conférence.

L'attention de Peter fut attirée par une activité fébrile à l'entrée de la salle de réunion du rez-de-chaussée. Une banderole déployée sur le mur annonçait : CHANGEMENTS CLIMATIQUES BRUTAUX – LA CATASTROPHE QUI NOUS GUETTE. Une vingtaine de jeunes gens étaient agglutinés autour d'une grande table sur laquelle trônait la maquette d'un auditorium et du parking attenant. Peter s'arrêta pour observer la scène.

Un jeune homme disposait sur le parking des petits cubes de bois représentant des véhicules.

— Il ne va pas aimer ça, lança un autre bénévole. Il veut que les emplacements les plus proches du bâtiment soient réservés aux cars de régie de la télévision.

— J'en ai laissé trois, protesta le premier. Ça ne suffit pas ?

— Il en veut dix.

— Dix emplacements ? Il s'imagine que toutes les chaînes de télé vont se battre pour couvrir cette conférence ?

— Je n'en sais rien. Il a demandé de garder dix emplacements et de prévoir des branchements électriques et des lignes téléphoniques supplémentaires.

— Pour une conférence sur les changements climatiques ? Je ne comprends pas. Qu'est-ce qu'on peut encore dire sur les ouragans et la sécheresse ? Il pourra s'estimer heureux d'avoir trois équipes de télévision.

— C'est lui qui décide. Garde dix emplacements pour la télé et ne t'occupe pas du reste.

— Cela obligera les cars à se garer au fond du parking.

— Dix emplacements, Jack.

— Bon, ça va !

— Près du bâtiment. Les branchements reviennent chers : l'auditorium fait payer un max pour tous les suppléments.

— Est-ce qu'il fera sombre dans les espaces réservés aux expositions ? demanda une jeune fille à l'autre bout de la table. Assez sombre pour projeter des vidéos ?

— Non, il n'y a que des écrans plats.

— Certains des exposants viendront avec des projecteurs autonomes.

— Ça devrait aller.

— Puis-je vous renseigner, monsieur ? demanda une jeune femme en s'avançant vers Peter.

Certainement une hôtesse. Elle en avait la joliesse inexpressive.

— Oui, répondit-il en indiquant la salle de réunion d'un signe de tête. Je me demandais comment faire pour assister à cette conférence.

— C'est seulement sur invitation, expliqua-t-elle. La conférence n'est pas ouverte au public.

— Je sors du bureau de Nicholas Drake et je n'ai pas pensé à lui demander...

— Ah !... En fait, il me reste quelques billets gratuits au comptoir. Savez-vous quel jour vous viendrez ?

— Tous les jours, répondit Peter.

— Quel courage ! dit-elle en souriant. Si vous voulez bien me suivre...

Le trajet était court entre le siège du NERF et l'auditorium où devait se tenir la conférence, à Santa Monica. Des ouvriers grimpés dans une nacelle étaient en train de placer des lettres sur le grand panneau. Peter lut : CHANGEMENTS CLIMATIQUES BRU et, au-dessous : LA CATASTR.

Il faisait une chaleur étouffante dans sa voiture. Il décrocha le téléphone, appela Sarah.

— C'est fait. J'ai laissé le portable dans son bureau.

— Très bien. J'espérais que vous appelleriez plus tôt. Je pense que cela n'a plus d'importance.

— Pourquoi ?

— Je crois que Kenner a trouvé ce qu'il cherchait.

— C'est vrai ?

— Oui. Je vous le passe.

Elle est avec lui ? se dit Peter.

— Kenner à l'appareil.

— C'est Peter.

— Où êtes-vous ?

— À Santa Monica.

— Rentrez chez vous et faites votre valise, avec des vêtements de marche. Et attendez-nous.

— Pour quoi faire ?

— Ne gardez aucun des vêtements que vous portez aujourd'hui. Ne prenez rien de ce que vous avez sur vous.

— Pourquoi ?

— Plus tard.

Un déclic. La communication était coupée.

De retour chez lui, Peter fit rapidement ses bagages. Il se rendit ensuite dans le séjour pour remettre le DVD dans le lecteur.

Il choisit la deuxième date sur la liste.

À l'image, les mêmes personnages : Drake et Henley. Ce devait être le même jour ; ils portaient les mêmes vêtements. Mais il était plus tard. Drake avait tombé la veste ; elle était sur le dossier d'une chaise.

— Je vous ai écouté une fois, lança Drake avec une pointe d'animosité, mais vos conseils n'ont rien donné.

— Réfléchissez structurellement, fit Henley en se renversant dans son fauteuil, les yeux levés au plafond, les mains jointes.

— Que voulez-vous dire ?

— Voyez la manière dont fonctionne l'information. Ce qu'elle représente, ce qui la représente.

— Cessez de jargonner !

— J'essaie de vous aider, Nicholas ! fit sèchement Henley.

— Excusez-moi, dit Drake, l'air confus, la tête légèrement baissée.

Peter s'interrogea. Il avait l'impression en regardant la vidéo que Henley menait la barque.

— Laissez-moi vous expliquer comment vous allez résoudre votre problème, reprit Henley. La solution est simple. Vous m'avez dit que...

On frappa avec force à la porte de l'appartement. Peter arrêta le DVD, le retira du lecteur par sécurité et le glissa dans sa poche. Tandis qu'il se dirigeait vers la porte, on frappa de nouveau, à coups rapprochés, impatients.

C'était Sanjong Thapa. Il avait le visage fermé.

— Il faut partir, déclara-t-il. Tout de suite.

V

SNAKE

Diablo
Dimanche 10 octobre
14 h 43

L'hélicoptère survolait le désert de l'Arizona, à trente kilomètres à l'est de Flagstaff, pas très loin de Canyon Diablo. Sanjong était assis à l'arrière, à côté de Peter. Il lui tendit des photographies et des listings.

— Nous supposons que les réseaux du FLE sont alertés, expliqua-t-il. Mais tous les nôtres sont en état d'alerte et nous avons recueilli un indice inespéré. De l'Association des directeurs de parc du Sud-Ouest.

— Qu'est-ce que c'est ?

— Une organisation regroupant les directeurs de parc de la région. On a découvert qu'il s'était passé quelque chose de très curieux. Un pourcentage important des parcs de l'Utah, de l'Arizona et du Nouveau-Mexique ont été réservés et payés d'avance pour recevoir des groupes, pique-niques scolaires, anniversaires et ainsi de suite pendant le week-end. Il s'agit chaque fois de réunions de famille regroupant parents et enfants, parfois les grands-parents.

C'était certes un long week-end de trois jours mais toutes les réservations ou presque étaient pour le lundi. Quelques-unes seulement avaient pour date le samedi ou le dimanche. Jamais, de mémoire de directeur de parc, cela ne s'était produit.

— Je ne comprends pas, s'étonna Peter.

— Eux non plus, poursuivit Sanjong. Ils ont pensé qu'il pouvait s'agir de la célébration d'un culte quelconque. Tout rassemblement à but religieux étant interdit dans l'enceinte des parcs, ils ont téléphoné à quelques-uns des organisateurs. Ils ont ainsi découvert que chacun des groupes concernés avait reçu une donation exceptionnelle pour que la réunion ait lieu ce week-end.

— Qui a fait ces donations ?

— Des associations. La situation était toujours la même. On leur avait envoyé un courrier disant : « Nous avons bien reçu votre récente demande de subvention. Nous avons le plaisir de vous informer que nous apporterons un soutien financier à votre réunion du lundi 11 octobre, dans tel ou tel parc. Un chèque vous a été expédié. Nous vous souhaitons une excellente journée. »

— Mais ces groupes n'avaient jamais fait de réservation ?

— Non. Quand ils appelaient l'association, on leur répondait qu'il devait y avoir eu une erreur mais que, les chèques étant partis, autant en profiter au jour fixé. C'est ce que la plupart ont décidé de faire.

— Et les associations ?

— Vous n'en avez jamais entendu parler. Le Fonds Amy Rossiter. Le Fonds pour une nouvelle Amérique. La Fondation Roger V. et Eleanor T. Malkin. La Fondation Joiner. Il y en a une douzaine en tout.

— Elles existent vraiment ?

— Nous pensons que non. Nous sommes en train de vérifier.

— Je ne comprends toujours pas.

— Quelqu'un veut que les parcs soient fréquentés ce week-end.

— Mais pourquoi ?

Sanjong lui tendit une photographie. C'était un cliché aérien montrant une forêt dont les arbres d'un rouge vif se détachaient sur un fond bleu foncé. Sanjong posa le doigt au centre de la photo. Dans une clairière, au cœur de la forêt, Peter vit une sorte de toile d'araignée sur le sol : une série de lignes concentriques réunissant des points espacés. Exactement comme une toile d'araignée.

— Qu'est-ce que c'est?

— Une batterie de roquettes, répondit Sanjong. Les points que vous voyez, poursuivit-il en déplaçant son index sur la photo, sont les postes de tir, les lignes sont les câbles destinés à contrôler le lancement. Regardez, il y a une autre batterie ici et une troisième là-bas. Elles forment un triangle d'environ huit kilomètres de côté.

Peter voyait distinctement les trois toiles d'araignée au centre des clairières.

— Trois batteries de roquettes...

— Oui. Nous savons qu'ils ont acheté cinq cents roquettes à combustible solide. Les projectiles sont d'assez petite taille. Une analyse approfondie de la photographie montre que les postes de tir ont un diamètre de dix à quinze centimètres, ce qui signifie que les projectiles pourront atteindre une hauteur de trois cents mètres, au plus. Chaque batterie est composée d'une cinquantaine de roquettes reliées entre elles. Certainement programmées pour ne pas être mises à feu en même temps. Vous remarquerez que les postes de tir sont assez espacés...

— Dans quel but? demanda Peter. Ces projectiles sont loin de tout; ils s'élèvent de quelques centaines de mètres et retombent. C'est tout? Quel est l'intérêt?

— Nous l'ignorons, répondit Sanjong mais nous avons un autre indice. La photo que vous avez entre les mains a été prise hier; en voici une autre, de ce matin.

Sur la photo la plus récente, les toiles d'araignée avaient disparu.

— Que s'est-il passé? demanda Peter.

— Ils ont tout démonté et ils sont partis. Sur la première photo vous voyez des camionnettes garées au bord des clairières. Ils ont dû charger les camionnettes et s'en aller.

— Parce qu'ils avaient été repérés?

— Ils ne savent probablement pas qu'ils étaient repérés.

— Alors, pourquoi?

— Nous pensons qu'ils sont partis pour choisir un emplacement plus favorable.

— Plus favorable pour quoi? insista Peter. Que préparent-ils?

— Il est intéressant de savoir, poursuivit Sanjong, qu'en même temps que les roquettes ils ont acheté cent cinquante kilomètres de microfilament.

Il regarda Peter en hochant la tête, comme si cela expliquait tout.

— Cent cinquante kilomètres...

Sanjong indiqua du regard le pilote de l'hélicoptère et secoua la tête.

— Nous en reparlerons plus tard, Peter.

Il tourna la tête pour regarder par la vitre.

Un paysage désertique se déroulait à perte de vue sous l'appareil, avec des élévations de terrain striées d'orange et de rouge sur un fond brun. Peter voyait l'ombre de l'hélicoptère filer cap au nord au-dessus du désert, déformée par les ondulations du sable.

Des roquettes. Sanjong avait énoncé des chiffres, comme s'il pouvait comprendre ce qu'ils représentaient. Cinq cents roquettes. Des groupes espacés de cinquante postes de tir. Cent cinquante kilomètres de microfilament.

Cela devait avoir un sens mais Peter n'avait pas la moindre idée de ce que c'était. Des batteries de petites roquettes... pour quoi faire ?

Il fit un rapide calcul de tête : si ce microfilament était relié aux roquettes, cela faisait trois cents mètres pour chaque projectile.

La hauteur, à en croire Sanjong, à laquelle les roquettes devaient s'élever.

Elles allaient donc monter à une altitude de trois cents mètres en entraînant le filament derrière elles. Dans quel but ? Le filament était-il destiné à récupérer les roquettes après leur chute ? Non, impossible. Elles retomberaient dans la forêt et le filament se briserait.

Et pourquoi les projectiles étaient-ils espacés ? S'ils ne faisaient que quelques centimètres de diamètre, ne pouvaient-ils être groupés ?

Si sa mémoire était bonne, l'armée disposait de lance-roquettes sur lesquels les projectiles étaient si proches les uns des autres que les ailettes se touchaient presque. Alors, pourquoi ces roquettes étaient-elles si espacées ?

Une roquette s'élève, entraînant un fil très mince... Elle monte jusqu'à trois cents mètres et...

Et quoi ?

Il y avait peut-être des instruments dans l'ogive des roquettes. Le microfilament servait peut-être à transmettre des informations au sol. Mais quels instruments ?

Cela ne rimait à rien.

Il se retourna vers Sanjong qui était penché sur une autre photographie.

— Que faites-vous ?

— J'essaie d'imaginer où ils sont allés.

La perplexité se peignit sur le visage de Peter quand il regarda de plus près la photographie que tenait Sanjong : c'était une carte météo prise par satellite.

Tout cela avait-il un rapport avec la météorologie ?

Flagstaff
Dimanche 10 octobre
20 h 31

— Oui, fit Kenner en se penchant sur la table du restaurant.

Ils étaient attablés dans un grill de Flagstaff, au fond de la salle. Près du bar, le juke-box passait un vieux succès d'Elvis Presley, *Don't Be Cruel*. Kenner et Sarah venaient d'arriver. Peter la trouvait tendue, préoccupée ; elle avait perdu son entrain.

— Oui, déclara Kenner, nous pensons que cela a un rapport avec la météo. En fait, nous en sommes sûrs.

Il s'interrompit quand la serveuse apporta leurs salades.

— Et ce pour deux raisons, reprit-il. Premièrement, le FLE a acheté en quantité considérable du matériel de haute technologie qui ne semble rien avoir en commun si ce n'est, peut-être, de tenter d'influencer les conditions météo. Deuxièmement...

— Pas si vite ! s'écria Peter. Vous parlez d'influencer les conditions météo ?

— Exactement.

— Comment cela ?

— En les contrôlant.

— C'est de la folie ! lança Peter. Vous voulez me faire croire que ces types s'imaginent pouvoir contrôler la météo.

— Ils peuvent, glissa Sarah.

— Comment ? insista Peter. Comment peuvent-ils ?

— Les recherches sont pour la plupart classées secrètes.

— Alors, comment sont-ils au courant ?

— Bonne question, fit Kenner, dont nous aimerions connaître la réponse. Nous supposons que ces roquettes en batterie sont destinées à produire un violent orage ou à amplifier la puissance d'un orage existant.

— En faisant quoi ?

— En provoquant un changement du potentiel électrique dans les couches inférieures des nuages.

— J'ai bien fait de demander, soupira Peter. C'est d'une grande clarté.

— Nous ne connaissons pas les détails, poursuivit Kenner, mais nous saurons bientôt à quoi nous en tenir.

— L'indice le plus probant, précisa Sanjong, est celui des réservations dans les parcs. Le FLE a fait en sorte que soient organisés le même jour une quantité de pique-niques à l'intérieur d'une vaste zone s'étendant sur trois États. Cela signifie qu'ils attendront sans doute le dernier moment pour choisir l'endroit où ils agiront, compte tenu des conditions atmosphériques.

— L'endroit où ils agiront ? répéta Peter. Que vont-ils faire ?

Personne ne répondit.

Il fit du regard le tour de la table.

— Alors ?

— Tout ce que nous savons, observa Kenner, c'est qu'ils veulent qu'il y ait des traces de leur opération. On peut être certain qu'il y aura pour le pique-nique d'une école ou une réunion de famille avec des enfants quantité de caméras vidéo et d'appareils photo.

— Et les équipes de télévision arriveront au pas de charge, ajouta Sanjong.

— Pourquoi ?

— Le sang attire les caméras, déclara Kenner.

— Vous voulez dire qu'ils veulent faire des victimes ?

— Il ne fait aucun doute qu'ils vont essayer.

Une heure plus tard, à Shoshone, Arizona, à trente kilomètres au nord de Flagstaff, Sanjong brancha un lecteur de

DVD portable sur le téléviseur de la chambre d'un motel miteux. Les autres avaient pris place sur les lits au sommier défoncé.

Peter retrouva Drake et Henley dans la salle de réunion du NERF.

— Je vous ai écoutés une fois, lança Drake avec une pointe d'animosité, mais vos conseils n'ont rien donné.

— Réfléchissez structurellement, fit Henley en se renversant dans son fauteuil, les yeux levés au plafond, les mains jointes.

— Que voulez-vous dire ?

— Voyez la manière dont fonctionne l'information. Ce qu'elle représente, ce qui la représente.

— Cessez de jargonner !

— J'essaie de vous aider, Nicholas, fit sèchement Henley.

— Excusez-moi, murmura Drake, l'air confus, la tête légèrement baissée.

— On a l'impression que Henley mène la barque, non ? observa Peter avec perplexité.

— Il a toujours mené la barque, répondit Kenner. Vous ne le saviez pas ?

— Laissez-moi vous expliquer comment vous allez résoudre votre problème, poursuivit Henley. La solution est simple. Vous m'avez dit que le thème du réchauffement climatique est insatisfaisant, car il sort de l'esprit des gens chaque fois qu'il y a un coup de froid.

— Oui, c'est ce que...

— Il vous appartient donc, poursuivit Henley, de structurer l'information de telle manière qu'elle renforce votre message, quelles que soient les conditions atmosphériques. Polariser l'attention sur les changements climatiques brutaux vous permet de mettre à profit tout ce qui se produit. Il y aura toujours des inondations, des tempêtes de neige, des cyclones et des ouragans. Ces phénomènes feront toujours la une des quotidiens et l'ouverture des journaux télévisés. En chacune de ces circonstances, vous pourrez affirmer qu'il s'agit d'un exemple de changement climatique provoqué par le réchauffement de la planète. Le message s'en trouvera renforcé, le sentiment d'urgence sera accru.

— Je ne sais pas, objecta Drake d'un air sceptique. Nous avons déjà essayé, ces deux ou trois dernières années.

— Oui, en ordre dispersé. Certains politiciens ont fait isolément des déclarations après telle ou telle tempête ou une inondation particulière. C'est le cas de Clinton, de Gore ou de cet imbécile de ministre de la Recherche, en Angleterre. Nous ne parlons pas de déclarations isolées, Nicholas, mais d'une campagne organisée à l'échelle mondiale pour faire comprendre au grand public que le réchauffement planétaire est responsable de phénomènes climatiques brutaux et extrêmes.

— Vous savez que quantité d'études ne montrent aucune augmentation des phénomènes climatiques extrêmes...

— Je vous en prie ! coupa Henley en ricanant. De la désinformation, l'œuvre de sceptiques !

— Ce sera dur à avaler. Ces études sont trop nombreuses...

— De quoi parlez-vous, Nicholas ? Rien de plus facile à faire avaler au grand public ; il est déjà convaincu que les industriels sont derrière ces études. Quoi qu'il en soit, poursuivit-il en soupirant, je vous promets qu'il y aura bientôt de nouvelles modélisations informatiques qui montreront que les phénomènes météorologiques extrêmes sont en augmentation. Les scientifiques les exploiteront pour arriver aux conclusions souhaitées.

Drake se mit à marcher de long en large, visiblement mécontent.

— Cela ne rime à rien, reprit-il. Il n'est pas logique de dire qu'une vague de froid est causée par le réchauffement de la planète.

— Qu'est-ce que la logique a à voir là-dedans ? répliqua Henley. Il suffit que les médias s'en fassent l'écho. N'oubliez pas que la plupart des Américains croient encore que la criminalité augmente dans notre pays alors qu'elle est en baisse depuis douze ans. Le taux d'homicides n'est pas plus élevé qu'au début des années 70 mais les Américains n'ont jamais eu aussi peur. Le temps d'antenne consacré à la criminalité est si long qu'ils supposent naturellement qu'il s'agit du reflet de la réalité. Réfléchissez à ce que je vous dis, Nicholas, poursuivit Henley en se redressant. Une tendance qui dure depuis douze ans et à laquelle personne ne croit. Quelle meilleure preuve que la seule réalité est la réalité médiatique ?

— Les Européens sont mieux avertis...

— Il sera encore plus facile de faire passer en Europe le message de changements climatiques brutaux, vous pouvez me croire. Il suffira de passer par le canal de Bruxelles ; les bureaucrates verront les avantages de cette nouvelle thématique.

Drake garda le silence. La tête baissée, les mains dans les poches, il se remit à marcher de long en large.

— Regardez le chemin que nous avons parcouru ! reprit Henley. Dans les années 1970, les climatologues croyaient à la venue d'une période glaciaire ; ils pensaient que la planète se refroidissait. Dès que la thèse du réchauffement a été avancée, ils en ont reconnu les avantages. Le réchauffement planétaire provoque une situation de crise, pousse à l'action. Une crise implique des études, un financement, la mise en place de structures politiques et bureaucratiques à l'échelle mondiale. En un clin d'œil, un nombre incalculable de météorologistes, de géologues, d'océanographes sont devenus des spécialistes du climat et se sont attelés à la gestion de cette crise. Ce sera la même chose, Nicholas.

— Le thème des changements climatiques brutaux a déjà été débattu : il a fait un bide.

— C'est pour cette raison que vous organisez la conférence, répliqua patiemment Henley. Elle bénéficiera d'une bonne couverture médiatique et coïncidera avec des événements dramatiques montrant clairement les dangers des changements climatiques brutaux. Lorsqu'elle s'achèvera, vous aurez établi la réalité du problème.

— Je ne sais pas...

— Cessez de geindre, Nicholas. Avez-vous oublié combien de temps il a fallu pour que l'on prenne conscience de la menace de l'hiver nucléaire ? *Cinq jours.* Ce samedi de 1983 où s'est ouvert un grand congrès médiatisé, personne au monde n'avait entendu parler de l'hiver nucléaire. Le mercredi suivant, il était une menace universelle, sans avoir été étayé par une seule publication scientifique.

Drake poussa un long soupir.

— Cinq jours ont suffi, Nicholas. Cela a été fait, vous le referez. Votre conférence va changer les règles du jeu en matière de climatologie.

Fin de l'enregistrement.

— Seigneur ! souffla Sarah.

Peter resta silencieux, les yeux fixés sur l'écran noir.

Sanjong était déjà depuis quelques minutes sur son ordinateur portable.

— À quand remonte cette conversation ? demanda Kenner.

— Je ne sais pas, répondit Peter en regardant autour de lui, l'air hébété. Je ne connais pas la date de l'enregistrement. Pourquoi ?

— C'est vous qui tenez la télécommande, fit Kenner.

— Oh ! pardon !

Peter appuya sur quelques touches ; le menu s'afficha.

— Quinze jours, annonça Peter.

— Morton a donc fait installer une caméra dans les locaux du NERF il y a quinze jours, fit pensivement Kenner.

— On dirait.

Peter repassa l'enregistrement, sans le son, cette fois. Il étudia les deux hommes, Drake qui marchait nerveusement, Henley qui restait tranquillement assis, sûr de lui. La première scène enregistrée lui avait semblé assez raisonnable. Drake se plaignait des difficultés qu'il avait à sensibiliser le public à une véritable menace écologique, le réchauffement climatique, dont tout le monde cessait évidemment de se préoccuper à la saison froide. Cela se tenait.

Mais la seconde conversation... Celle-là, il la trouvait inquiétante.

— Je l'ai ! s'écria Sanjong en tapant dans ses mains. J'ai l'emplacement !

Il fit pivoter l'ordinateur afin que tout le monde puisse voir.

— C'est le radar NEXRAD, de Flagstaff-Pulliam. Vous voyez le centre de précipitations qui se forme au nord-est de Payson. Un orage devrait éclater demain, vers midi.

— C'est loin d'ici ? demanda Sarah.

— Cent cinquante kilomètres.
— Je pense qu'il faut prendre l'hélicoptère, glissa Kenner.
— Pour quoi faire ? demanda Peter. Il est 10 heures du soir.
— Habillez-vous chaudement, ajouta Kenner sans répondre.

Les arbres étaient légèrement flous dans l'image vert et noir qui défilait devant les yeux de Peter. Les lunettes de vision nocturne étaient pressées contre son front et trop serrées sur ses oreilles. Comme lui, les autres regardaient par les vitres de l'hélicoptère la forêt qui se déroulait interminablement.

Ils cherchaient des clairières. Ils en avaient déjà survolé une douzaine, certaines habitées, les maisons se découpant comme des rectangles sombres aux fenêtres éclairées. D'autres étaient désertes, avec des constructions plongées dans l'ombre : des villes mortes, des cités abandonnées.

Ils n'avaient pas encore trouvé ce qu'ils cherchaient.

— En voilà une, annonça Sanjong, le bras tendu.

Peter regarda sur sa gauche ; il découvrit la clairière, très étendue. Les postes de tir reliés par les câbles formant une toile d'araignée étaient en partie dissimulés par les hautes herbes. À la lisière de la forêt, était garé un camion de livraison, de la taille de ceux qui approvisionnent les supermarchés. Peter distingua le logo A & P, en grosses lettres noires, sur les flancs du véhicule.

— Le terrorisme alimentaire, observa Sarah.

Cela ne fit rire personne.

Quand ils arrivèrent à l'autre bout de la clairière, l'hélicoptère poursuivit son chemin. Le pilote avait reçu des instructions strictes : ne pas ralentir ni tourner au-dessus des clairières.

— C'étaient bien eux, fit Peter. Où sommes-nous ?

— La forêt de Tonto, à l'ouest de Prescott, répondit le pilote. J'ai relevé les coordonnées.

— Nous devrions en trouver deux autres, annonça Sanjong. Dans un triangle de huit kilomètres.

L'hélicoptère continua de survoler la forêt dans la nuit. Il leur fallut une heure pour repérer les deux autres emplacements, après quoi l'appareil fit demi-tour.

Parc McKinley
Lundi 11 octobre
10 heures

La matinée était chaude et ensoleillée malgré quelques gros nuages menaçants au nord. L'école primaire de Lincoln organisait pour les élèves sa sortie annuelle dans le parc McKinley. Des ballons étaient attachés aux tables de pique-nique, des barbecues fumaient, prêts à nourrir trois cents personnes – les élèves et leur famille. Les uns jouaient au frisbee, les autres au base-ball dans le pré, au bord de la cascade, ou le long de la Cavender, la petite rivière qui serpentait paisiblement dans le parc. Sur les berges sablonneuses, les plus jeunes s'ébattaient dans les mares rocheuses laissées par la baisse des eaux.

Kenner et les autres observaient la scène de loin, près de leurs voitures.

— Quand la rivière débordera, déclara-t-il, le parc sera inondé et l'eau emportera tous ceux qui s'y trouvent.

— Le parc est grand, observa Peter. Vous croyez vraiment qu'il sera inondé ?

— Il n'en faut pas beaucoup. L'eau sera boueuse, le débit rapide. Quinze centimètres d'eau s'écoulant rapidement suffisent à déséquilibrer un homme ; sur le sol glissant, il ne peut se relever. Il y aura des pierres dans l'eau, des débris de toute sorte ; la boue l'aveuglera, il heurtera des arbres ou des rochers, perdra connaissance. La plupart des noyades sont dues aux tentatives des victimes pour se déplacer dans une masse d'eau de faible hauteur.

— Mais quinze centimètres...

— Un torrent d'eau boueuse a une grande force, coupa Kenner. Quinze centimètres de boue en mouvement suffisent largement à emporter une voiture : privé d'adhérence, le véhicule quitte la route.

Peter avait de la peine à croire Kenner qui évoquait maintenant une crue de triste mémoire, dans le Colorado. En quelques minutes, elle avait coûté la vie à cent quarante personnes.

— Des voitures écrasées comme des canettes de bière, des gens dépouillés de leurs vêtements par la boue. Ne vous faites pas d'illusion.

— Mais là, insista Peter en montrant le pré qui s'étendait devant eux, si l'eau commence à monter, les gens auront le temps de s'éloigner...

— Pas si c'est une crue éclair. Quand ils s'en rendront compte, il sera trop tard. Voilà pourquoi nous allons faire en sorte que cela ne se produise pas.

Il regarda sa montre, leva la tête pour scruter le ciel qui allait s'assombrissant et se dirigea vers les voitures. Ils avaient trois SUV garés l'un derrière l'autre. Kenner en conduirait un, Sanjong un autre, Peter et Sarah prendraient le troisième.

— Avez-vous une arme ? demanda Kenner à Peter en ouvrant la portière arrière de sa voiture.

— Non.

— Vous en voulez une ?

— Croyez-vous que ce sera nécessaire ?

— Possible. Depuis combien de temps n'êtes-vous pas allé à un stand de tir.

— Un sacré bout de temps...

En fait, Peter n'avait jamais tiré de sa vie et il en était fier.

— Je ne suis pas un fana des armes à feu, ajouta-t-il.

Kenner tenait un revolver à la main. Il avait ouvert le barillet et s'assurait que tout fonctionnait bien. Devant la deuxième voiture Sanjong inspectait son arme, un fusil à lunette à la crosse d'un noir mat, à l'aspect terrifiant. Ses gestes étaient rapides et sûrs. Un soldat. On va rejouer OK Corral ? se demanda Peter, mal à l'aise.

— Ne vous inquiétez pas pour nous, dit Sarah à Kenner. J'ai une arme.

— Vous savez vous en servir ?

— Oui.

— Qu'est-ce que c'est ?

— Un Beretta 9 mm.

— Saurez-vous vous débrouiller avec un .38 ?

— Bien sûr.

Il lui remit un pistolet dans son étui. Elle attacha l'étui à la ceinture de son jean ; elle semblait savoir ce qu'elle faisait.

— Vous croyez vraiment qu'il nous faudra tirer sur quelqu'un ? demanda Peter.

— Seulement si c'est nécessaire, répondit Kenner. Mais vous aurez peut-être à vous défendre.

— Vous croyez qu'ils seront armés ?

— Possible. Oui.

— Il ne manquait plus que cela.

— Pour ma part, lança Sarah, j'abattrai ces salopards avec plaisir.

Sa voix était dure, vibrante de colère.

— Très bien, conclut Kenner. La question est réglée. En voiture.

Kenner traversa le parc et s'arrêta pour échanger quelques mots avec un gendarme de la police de la route dont la voiture noir et blanc était garée en bordure d'une clairière. Il avait pris des dispositions pour rester en contact radio avec le gendarme. En fait, ils seraient tous en contact radio : le plan d'action exigeait une coordination parfaite. Il leur faudrait attaquer les trois sites au même moment.

Kenner expliqua que les roquettes étaient destinées à réaliser ce qu'il appelait une « amplification de charge » de l'orage. L'idée remontait à une dizaine d'années, date à laquelle les scientifiques avaient commencé à étudier la foudre sur le terrain, au cœur des orages. On considérait avant cela que chaque coup de foudre diminuait l'intensité de l'orage en réduisant la différence de potentiel des charges électriques entre les nuages et le sol. Mais certains chercheurs avaient conclu de leurs observations que les coups de foudre avaient l'effet inverse : ils augmentaient sensiblement la puissance des orages. Le mécanisme n'était pas connu mais on supposait qu'il avait un rapport soit avec la brusque émission de chaleur produite par l'éclair, soit avec l'onde de choc qu'il créait, ce qui aggravait les turbulences au cœur de l'orage. En tout état de cause, d'après cette théorie, plus il y avait de coups de foudre, plus l'orage était violent.

— Et les toiles d'araignée ? demanda Peter.

— Ce sont de petites roquettes auxquelles sont attachés des microfilaments, expliqua Kenner. Elles s'élèvent de trois cents mètres pour atteindre la couche de nuages où le filament crée une conduction de faible résistance et donne naissance à une décharge électrique.

— Les roquettes provoquent des coups de foudre ? C'est ce qu'ils veulent faire ?

— En gros, oui.

— Qui finance ces recherches ? poursuivit Peter, visiblement sceptique. Les compagnies d'assurances ?

— Non, répondit Kenner. Tout est classé top-secret.

— Vous voulez dire que c'est l'armée ?

— Exact.

— L'armée finance des recherches sur la météo ?

— Cela vous étonne ?

Cela n'étonnait pas Peter mais il était sceptique quant aux résultats pour tout ce qui touchait à l'armée. L'idée que le contribuable payait pour ces recherches lui paraissait être un gaspillage aussi absurde que les sièges de toilettes à six cents dollars pièce qui avaient défrayé la chronique.

— Si vous voulez mon avis, c'est de l'argent jeté par les fenêtres.

— Le FLE a un point de vue différent.

C'est alors que Sanjong prit la parole, avec une véhémence inhabituelle. Peter avait oublié qu'il était militaire de carrière. Sanjong affirma que celui qui serait en mesure de contrôler les conditions météo contrôlerait le champ de bataille. Un vieux rêve des militaires. Ils étaient prêts à payer cher pour le voir se réaliser.

— Vous voulez dire que c'est possible ? demanda Peter.

— Oui, répondit Sanjong. Pourquoi croyez-vous que nous sommes ici ?

Le SUV suivait la route qui serpentait dans les collines boisées, au nord du parc McKinley. Le paysage offrait une alternance de forêts denses et de vastes étendues dégagées. Sarah observait Peter du coin de l'œil. Il était beau et avait le physique d'un athlète mais il lui arrivait de se comporter comme une mauviette.

— Faites-vous du sport ?

— Bien sûr.

— Quoi ?

— Du squash. Un peu de football.

— Je vois...

— Enfin, protesta Peter, ce n'est pas parce que je n'aime pas les armes à feu... Je suis avocat, que diable !

Elle était déçue, sans savoir exactement pourquoi. Probablement parce qu'elle se sentait nerveuse ; elle aurait préféré être accompagnée par quelqu'un de solide. Elle aimait la compagnie de Kenner ; il savait tant de choses. Il comprenait tout ce qui se passait et était prompt à réagir en toute circonstance.

Peter, lui, était un gentil garçon.

Elle observa ses mains sur le volant ; il conduisait bien et, ce jour-là, c'était important.

Le soleil s'était caché. Obscurci par les nuages orageux, le ciel devenait lugubre, menaçant. Devant eux, la route déserte s'enfonçait dans la forêt ; ils n'avaient pas vu une autre voiture depuis qu'ils avaient quitté le parc.

— Quelle distance ? demanda Peter.

Sarah consulta le GPS.

— Encore huit kilomètres.

Il inclina la tête en silence. En changeant de position

pour éviter que le revolver appuie sur sa hanche, elle jeta un coup d'œil dans le rétro.

— Merde ! lâcha-t-elle.

— Qu'est-ce qu'il y a ?

Ils étaient suivis par un vieux pick-up bleu. Immatriculé dans l'Arizona.

Auroraville
Lundi 11 octobre
10 h 22

— Les ennuis commencent, dit Sarah.

— Pourquoi ? demanda Peter.

Il regarda dans le rétroviseur, vit le pick-up.

— Qu'est-ce qu'il se passe ?

— Kenner ? fit Sarah, la radio à la main. Ils nous ont repérés.

— Qui nous a repérés ? demanda Peter. Vous savez qui c'est ?

La radio grésilla.

— Où êtes-vous ? demanda Kenner.

— Sur la nationale 95, à six kilomètres de l'objectif.

— Bon, reprit Kenner. Faites ce qui était prévu. Bonne chance.

— Qui est-ce ? répéta Peter.

Le pick-up bleu roulait vite, très vite. Dans le rétro, Peter le vit se rapprocher ; quelques secondes plus tard, il heurta l'arrière de leur voiture. Surpris, il donna un coup de volant mais parvint à garder le contrôle du véhicule.

— Bordel de merde !

— Continuez à rouler, Peter.

Sarah sortit le revolver de son étui et le posa sur ses genoux, le regard fixé sur le rétroviseur extérieur.

Le pick-up qui s'était laissé distancer se rapprochait de nouveau à toute allure.

— Il est là...

Peter appuya au dernier moment sur l'accélérateur, amortissant l'impact. Il sentit à peine le choc. Il prit un virage serré sans quitter le rétro des yeux.

Le pick-up bleu se laissa de nouveau distancer ; il les suivit sur près d'un kilomètre sans se rapprocher à moins de trente mètres.

— Je ne comprends pas, s'étonna Peter. On ne joue plus aux autos tamponneuses ?

— Sans doute. Voyons ce qui se passe si vous ralentissez.

Peter leva le pied, réduisant la vitesse du SUV à soixante kilomètres à l'heure. Le pick-up ralentit à son tour.

— Ils se contentent de nous suivre, fit Sarah.

Pourquoi ?

Les premières gouttes s'écrasèrent sur le pare-brise. Des taches mouillées apparurent sur la route mais il ne pleuvait pas encore vraiment.

Derrière, le pick-up était de plus en plus loin.

À la sortie d'un virage, ils virent devant eux un gros camion argenté avec une énorme remorque. Il roulait lentement, à moins de cinquante kilomètres à l'heure. À l'arrière, Peter vit l'inscription A & P en grosses lettres noires.

— Merde ! souffla-t-il.

Un coup d'œil dans le rétro : le pick-up bleu les suivait toujours.

— Nous sommes pris en sandwich, dit Peter.

Il déboîta pour essayer de dépasser le semi-remorque mais le conducteur braqua aussitôt pour se porter au milieu de la route, obligeant Peter à freiner.

— Nous sommes coincés...

— Il y a quelque chose que je ne comprends pas, fit Sarah.

Le poids lourd les empêchait de passer mais le pick-up bleu était maintenant à plusieurs centaines de mètres derrière eux.

Elle réfléchissait encore à la situation quand la foudre tomba ; l'éclair toucha le sol à moins de dix mètres du SUV, accompagné d'une détonation. Ils sursautèrent.

— Ce n'était pas loin ! fit Peter.

— Non...

— Je n'avais jamais vu la foudre de si près.

Avant que Sarah ait eu le temps de dire quoi que ce soit, une deuxième décharge électrique frappa le sol, juste devant la voiture. Il y eut une explosion ; Peter donna instinctivement un coup de volant.

— Bon Dieu !

Sarah commençait à avoir des soupçons quand le troisième impact frappa la voiture. Une détonation assourdissante, un souffle qui lui déchira les tympans, une clarté fulgurante qui enveloppa la voiture. Peter poussa un cri de terreur et lâcha le volant. Sarah le saisit et redressa.

Un quatrième impact se produisit du côté du conducteur, à quelques centimètres du véhicule. La vitre s'étoila avant de se briser en éclats.

— Bordel de bordel ! répétait Peter. Qu'est-ce que ça veut dire ?

Pour Sarah, ce n'était que trop évident.

Ils attiraient la foudre.

La décharge suivante toucha la route ; elle fut immédiatement suivie par une autre qui frappa le capot de la voiture en formant des lignes brisées d'un blanc éblouissant. Quand tout fut terminé, il resta sur le capot un grand creux noirci.

— Ça ne peut pas continuer, se mit à répéter Peter. Ça ne peut pas continuer comme ça...

— Conduisez, Peter ! lança Sarah en lui serrant le bras avec force. Conduisez !

Deux nouvelles décharges rapprochées frappèrent la voiture ; Sarah perçut une odeur de brûlé. Elle comprenait pourquoi le pick-up bleu les avait tamponnés si mollement : le choc avait pour seul but de fixer quelque chose sur leur voiture. Un appareil électronique qui attirait la foudre.

— Qu'allons-nous faire ? lança Peter d'une voix gémissante.

Il hurlait à chaque impact. Ils étaient coincés sur la route étroite, bordée des deux côtés par une forêt de pins. Une forêt, se répéta Sarah. Une forêt... Cela devrait me donner une idée...

Un coup de foudre fêla la lunette arrière du SUV. L'impact suivant fut si violent que la voiture se souleva, comme frappée par un marteau géant.

— J'en ai marre ! s'écria Peter en braquant brusquement pour s'engager dans un chemin de terre qui filait entre les arbres.

Sarah entraperçut sur un poteau de bois une pancarte portant le nom d'une agglomération. Ils s'enfoncèrent sous le couvert des grands pins. Ils étaient plongés dans la pénombre ; les décharges électriques avaient cessé.

Bien sûr, se dit Sarah. *Les arbres.*

Même si leur voiture attirait la foudre, elle frapperait d'abord les arbres.

C'est ce qui arriva. Ils entendirent un craquement juste derrière la voiture et virent une boule incandescente descendre le long d'un grand pin, éventrant le tronc. Aussitôt, l'arbre prit feu.

— Nous allons déclencher un incendie de forêt...

— Je m'en fous, répliqua Peter.

Il roulait vite, le véhicule faisait des bonds sur le chemin de terre. C'était un SUV : ils ne risquaient rien.

En se retournant, Sarah vit l'arbre en flammes et les langues de feu qui s'étiraient sur le sol.

Un grésillement de radio : c'était Kenner.

— Que se passe-t-il, Sarah ?

— Nous avons été obligés de quitter la route. La voiture a été touchée par la foudre.

— Plusieurs fois ! hurla Peter. Sans arrêt !

— Il faut trouver ce qui l'attire.

— Quelque chose qui doit être fixé...

Avant qu'elle ait eu le temps de terminer sa phrase, un coup de foudre s'abattit sur le chemin, juste devant eux. La lumière fut si aveuglante que Sarah vit danser des rayures vertes devant ses yeux.

— Abandonnez la voiture, lança Kenner. Éloignez-vous en restant courbés.

Il coupa la communication. Peter continua de rouler à tombeau ouvert ; le SUV sautait dans les ornières.

— Je ne veux pas descendre, déclara-t-il. Je pense que nous sommes mieux protégés à l'intérieur. On dit toujours qu'il vaut mieux rester dans sa voiture, que le caoutchouc des pneus est un isolant.

— Mais il y a quelque chose qui brûle, observa Sarah en humant l'air.

La voiture fit un violent cahot. Sarah s'agrippa à son siège en prenant soin de ne pas toucher le métal de la portière.

— Je m'en fiche, répliqua Peter. Je pense qu'il vaut mieux rester dans la voiture.

— Le réservoir d'essence pourrait exploser...

— Je ne veux pas sortir, je ne veux pas sortir !

Il serrait si fort le volant que les jointures de ses doigts étaient blanches. Sarah vit apparaître une clairière ; elle était vaste, couverte de hautes herbes jaunes.

Une nouvelle décharge s'abattit avec un craquement terrifiant sur le rétroviseur extérieur, qui explosa comme une bombe. Puis la voiture commença à s'incliner sur le côté.

— Merde ! lâcha Peter. Un pneu a éclaté !

— Fini l'isolant...

La voiture perdit de la vitesse dans une ornière, le châssis frottant sur le sol avec d'affreux grincements de métal.

— Peter...

— D'accord, d'accord ! Je vais essayer d'atteindre la clairière.

— Je crois que nous n'avons plus le temps.

Au bout de l'ornière, le sol redevint plat. Peter réussit à s'engager dans la clairière en roulant sur la jante. Des gouttes de pluie s'écrasèrent sur le pare-brise. Sarah distingua au-dessus des hautes herbes les toits de constructions en bois décolorées par le soleil. Il lui fallut un certain temps pour comprendre que c'était une ville fantôme.

Devant eux une pancarte indiquait : AURORAVILLE. 82 HABITANTS. Quand la foudre toucha le sol, Peter donna un coup de volant et la voiture renversa la pancarte.

— Nous y sommes, Peter, fit Sarah.

— D'accord... Je vais m'approcher un peu plus...

— Tout de suite, Peter !

Il coupa le contact ; ils ouvrirent leur portière dans le même mouvement. Au moment où Sarah se jetait par terre de tout son long une nouvelle décharge frappa le sol, si près d'elle que le souffle d'air brûlant la fit basculer sur le côté et rouler dans l'herbe. La détonation l'assourdit.

Elle rampa dans les herbes hautes pour gagner l'arrière du véhicule. De l'autre côté du SUV Peter hurlait quelque chose qu'elle ne comprenait pas. Elle examina le pare-chocs arrière.

Il n'y avait rien.

Elle n'eut pas le temps de réfléchir. La foudre frappa l'arrière du véhicule ; la lunette arrière explosa, projetant sur elle une pluie d'éclats de verre. Sans céder à la panique, elle se mit à quatre pattes pour contourner la voiture et s'enfoncer dans l'herbe en direction de la construction la plus proche.

Peter était devant. Il criait quelque chose mais sa voix était couverte par les roulements du tonnerre. Elle ne voulait surtout pas d'une nouvelle décharge électrique, pas tout de suite... Juste quelques secondes de répit.

Ses mains touchèrent du bois. Une planche.

Une marche.

Elle leva la tête en écartant les herbes. Elle était devant le porche d'une construction délabrée ; une pancarte dont le bois était si décoloré que l'inscription était devenue illisible se balançait au bord du toit. Sarah continua d'avancer malgré les échardes qui pénétraient dans ses doigts. Peter était à l'intérieur ; il hurlait à tue-tête.

Elle finit par comprendre ce qu'il criait.

Attention aux scorpions !

Il y en avait partout sous le porche – petits, d'un jaune pâle, l'aiguillon dressé. Ils se déplaçaient avec une rapidité étonnante, de côté, comme des crabes. Il devait y en avoir une vingtaine.

— Relevez-vous !

Elle se mit debout, commença à courir. Elle entendait le bruit que faisaient les arachnides sous ses semelles. Un coup de foudre frappa le toit de la maison et fit tomber la pancarte qui s'écrasa sur le porche dans un nuage de poussière.

Sarah était enfin à l'intérieur. Peter se tenait devant elle, les poings levés.

— Hourra ! On a réussi !

— Heureusement que ce n'étaient pas des serpents, fit Sarah d'une voix haletante.

— Pourquoi ?

— Il y a toujours des crotales dans ces maisons abandonnées.

— Il ne manquerait plus que ça !

Un roulement de tonnerre se fit entendre.

Et la foudre éclata.

Plantée devant la vitre crasseuse de la fenêtre disjointe, Sarah regardait le SUV en se disant que, depuis qu'ils avaient quitté la voiture, la foudre ne la frappait plus... Elle n'avait rien trouvé sur le pare-chocs... alors pourquoi le pick-up l'avait-il tamponné ? Quel était le but de cette manœuvre ? Elle se dirigea vers Peter pour lui demander s'il avait remarqué...

Un nouveau coup de foudre s'abattit sur le toit de la maison abandonnée, défonçant la charpente, projetant des planches dans toutes les directions, frappant le sol à l'endroit où se tenait Sarah quelques secondes plus tôt. Il laissa sur le plancher une grande marque noire, un ensemble de traits irréguliers semblables à l'ombre d'un buisson épineux. L'odeur d'ozone était forte ; de la fumée montait des planches sèches.

— Toute la maison va s'écrouler ! s'écria Peter.

Il s'élança vers une petite porte qu'il ouvrit pour sortir.

— Restez courbé ! ordonna Sarah en le suivant.

La pluie devenait plus forte : de grosses gouttes s'écrasaient sur le dos et les épaules de Sarah tandis qu'elle courait vers la construction voisine. Elle avait une cheminée en briques et paraissait plus solide, mais les fenêtres étaient pareilles : vitres brisées, épaisse couche de poussière et de saleté. Ils essayèrent d'ouvrir la porte la plus proche ; elle était bloquée. Ils contournèrent la maison au pas de course et trouvèrent la porte du porche grande ouverte. Sarah entra. Une décharge électrique tomba derrière elle, faisant ployer le toit du porche et éclater le bois d'un pilier avant de toucher le sol. L'onde de choc fit voler en éclats les fenêtres de la façade qui projetèrent sur Sarah une pluie de verre sale. Elle se couvrit les yeux des deux mains. Quand elle les rouvrit, elle vit qu'elle se trouvait dans l'atelier d'un forgeron. Une grande forge occupait le centre de la pièce; toutes sortes d'outils en fer étaient suspendus au plafond. Il y avait sur les murs des fers à cheval, des tenailles, des instruments en métal.

La pièce était remplie de métal

Elle perçut un grondement de tonnerre menaçant.

— Il faut sortir d'ici! s'écria Peter. C'est un endroit...

Il n'eut pas le temps d'achever sa phrase. Il fut jeté au sol par la foudre qui traversa le toit, fit tournoyer les outils suspendus et frappa la forge, projetant les briques en tous sens. Sarah se baissa en protégeant sa tête; elle sentit les briques tomber sur son dos, ses épaules et ses jambes. Elle perdit l'équilibre, ressentit une douleur aiguë au front. Des étoiles passèrent fugitivement devant ses yeux, puis elle sombra dans les ténèbres.

Forêt
Lundi 11 octobre
11 h 11

À vingt-cinq kilomètres de là, Kenner roulait vers l'est sur la nationale 47 en écoutant la radio de Sarah. Elle avait gardé son émetteur branché, fixé à sa ceinture. Il était difficile de savoir exactement ce qui se passait : chaque coup de foudre produisait un bruit de friture qui durait une quinzaine de secondes. Mais il avait compris le plus important : Peter et Sarah avaient quitté leur voiture sans que cela fasse cesser les décharges électriques. Il semblait en réalité que la foudre les suivait.

Kenner hurlait depuis un moment pour essayer d'attirer l'attention de Sarah mais elle avait dû baisser le volume de sa radio ou elle avait trop à faire pour échapper à la foudre dans la ville abandonnée.

— Elle vous suit ! répétait-il. Elle vous suit !

Pas de réponse.

Encore un bruit de friture qui s'éternisa, puis le silence. Il changea de canal

— Sanjong ?

— Oui, professeur.

— Vous étiez à l'écoute ?

— Oui.

— Où êtes-vous ?

— Sur la nationale 190, cap au nord. Distance estimée du site : cinq kilomètres.

— Avez-vous eu des coups de foudre ?
— Non, mais la pluie commence à tomber. Quelques gouttes sur le pare-brise.
— Très bien. Restez à l'écoute.
Kenner repassa sur le canal de Sarah. Il y avait encore des parasites mais le bruit s'estompait.
— Sarah ! Vous m'entendez ? Sarah ?
Il entendit un toussotement, une toux étouffée.
— Sarah !
Un déclic. Une détonation assourdie. Quelqu'un tripotait la radio en toussant.
— C'est Peter... Evans !
— Que se passe-t-il ?
— ... morte.
— Quoi ?
— Elle est morte... Sarah est morte. Elle a reçu une brique sur la tête, elle est tombée, un coup de foudre est arrivé directement sur elle et elle est morte. Je suis juste à côté d'elle. Elle est morte... Merde, elle est morte !
— Essayez le bouche-à-bouche.
— Je vous dis qu'elle est morte !
— Faites-lui le bouche-à-bouche, Peter !
— Bon Dieu !... Elle est toute bleue !
— Ça veut dire qu'elle est en vie.
— C'est comme un cadavre... comme un cadavre...
— Écoutez-moi, Peter !
Mais Peter n'écoutait pas : il gardait la touche d'émission enfoncée. Kenner jura tout bas. Il y eut de nouveau un bruit de friture. Il savait ce que cela signifiait.
Un coup de foudre. Un méchant coup de foudre.

— Sanjong ?
Il y avait aussi de la friture sur le canal de Sanjong ; le bruit se prolongea une quinzaine de secondes. Sanjong aussi recevait des décharges électriques. C'est alors que Kenner comprit ce qui se passait.
Sanjong rétablit le contact ; il toussait.
— Tout va bien ? demanda Kenner.
— Un coup de foudre. Tout près de la voiture, vraiment très près.

— Je crois que ce sont les radios, Sanjong.
— Les radios ?
— D'où viennent-elles ?
— Elles sont arrivées de Washington, par FedEx.
— Le colis vous a été remis en main propre ?
— Non. À la réception du motel ; le gérant me l'a donné à notre arrivée. Mais le colis était plombé...
— Jetez votre radio, ordonna Kenner.
— Il n'y a pas de réseau, nous n'aurons plus de contact...
La communication fut coupée. Kenner entendit un bruit de friture.

— Peter ?
Pas de réponse sur l'autre canal. Même pas de friture : le silence.
— Vous m'entendez, Peter ? Répondez...
Rien. La communication était coupée.
Kenner attendit un moment. Pas de réponse de Peter.
En voyant les premières gouttes de pluie sur son pare-brise, il baissa sa vitre et se débarrassa de la radio. Elle rebondit sur l'asphalte, se perdit dans les herbes bordant la chaussée.
La voiture avait à peine parcouru une centaine de mètres qu'un coup de foudre tomba au bord de la route.
C'étaient bien les radios.
Quelqu'un les avait trafiquées. À Washington ou dans l'Arizona ? Difficile de le savoir ; de toute façon, cela n'avait pas d'importance. Leur plan tombait à l'eau et la situation devenait très dangereuse. Ils avaient prévu d'attaquer simultanément les trois sites : c'était devenu irréalisable. Kenner pouvait évidemment atteindre le sien. Si Sanjong était encore en vie, il lui serait possible d'attaquer le deuxième, mais leur offensive devenait aléatoire par manque de coordination. Si l'un des deux passait à l'action après l'autre, l'équipe du deuxième site aurait été avertie par radio et les attendrait de pied ferme. Kenner s'attendait à un accueil musclé.
Peter et Sarah, eux, étaient morts ou hors d'état d'agir. Leur véhicule étant inutilisable, ils ne pourraient, en tout état de cause, arriver au troisième site.

Un seul site de lancement des roquettes pourrait donc être détruit. Deux, au plus.

Serait-ce suffisant ?

Kenner espérait que oui.

Il concentrait son attention sur le ruban clair de la route étiré sous le ciel de plomb. Il ne se posait pas la question de savoir si ses amis étaient encore en vie. Peut-être étaient-ils morts tous les trois. Mais s'il ne réussissait pas à empêcher les lancements des roquettes, c'est par centaines que se compteraient les morts. Des enfants, des familles entières. Les sauveteurs auraient à les extraire d'une gangue de boue.

Il devait empêcher cela.

Il appuya sur l'accélérateur, se rapprochant de l'orage sous le ciel de plus en plus noir.

McKinley
Lundi 11 octobre
11 h 29

— Maman !... Maman !... Brad m'a tapé ! Dis-lui d'arrêter !

— Ça suffit, les enfants...

— Bradley ! Combien de fois faudra-t-il te dire de laisser ta sœur tranquille ?

Devant sa voiture garée en bordure du champ, le gendarme Rodriguez, de la police de la route de l'Arizona, observait la scène. Il était 11 h 30 : les enfants commençaient à avoir faim. Ils se chamaillaient. Un peu partout des barbecues étaient allumés ; il voyait la fumée monter vers le ciel qui allait en s'assombrissant. Certains parents levaient des regards inquiets vers les nuages noirs ; pourtant aucune famille n'avait quitté les lieux. Il n'avait pas encore commencé à pleuvoir mais ils avaient déjà vu des éclairs et entendu des roulements de tonnerre à quelques kilomètres au nord.

Rodriguez tourna la tête vers le porte-voix posé sur le siège avant de sa voiture. Depuis une demi-heure, il attendait l'ordre d'évacuation que devait lui envoyer l'agent Kenner.

Il n'avait pas reçu d'appel radio.

L'agent Kenner lui avait donné des instructions précises : ne pas faire évacuer le parc McKinley avant d'en avoir reçu l'ordre.

Rodriguez ne comprenait pas pourquoi il était nécessaire d'attendre mais Kenner avait insisté. Il avait même dit que c'était une question de sécurité nationale. Rodriguez ne comprenait pas non plus en quoi un pique-nique familial dans un parc pouvait être une question de sécurité nationale.

Mais Rodriguez obéissait aux ordres. Il attendait donc avec impatience, de plus en plus inquiet en observant le ciel. Même après avoir entendu la météo locale lancer une alerte de risque de crue éclair dans les comtés est de l'État – de Kayenta à Two Guns et Camp Payson, une zone incluant le parc McKinley –, Rodriguez continua d'attendre.

Il ne pouvait savoir que l'appel radio qu'il attendait ne lui parviendrait jamais.

Auroraville
Lundi 11 octobre
11 h 40

Ce qui avait sauvé Peter Evans, c'était le léger picotement qu'il avait ressenti dans la main qui tenait la radio. Il avait compris depuis quelques minutes que quelque chose guidait la foudre sur eux. Il n'était pas un scientifique mais il devinait que ce quelque chose devait être métallique ou électronique. En parlant à Kenner, il avait senti le picotement électrique produit par l'appareil au contact de sa peau moite, et l'avait instinctivement lancé à l'autre bout de la pièce. La radio avait heurté une sorte d'étau, genre piège à ours.

Quelques secondes plus tard, la foudre était tombée avec un fracas terrible et une lumière aveuglante. Peter s'était jeté sur le corps inerte de Sarah. Tremblant de peur, les oreilles bourdonnantes, il avait cru fugitivement sentir bouger le corps étendu sous lui.

Dès qu'il s'était relevé, il avait commencé à tousser; la pièce était pleine de fumée. Le mur du fond avait pris feu. Les flammes, encore petites, léchaient le bois au-dessus du plancher. Il regarda Sarah : elle avait la peau bleue et froide. Il ne faisait aucun doute dans l'esprit de Peter qu'elle était morte. Le mouvement qu'il avait cru sentir devait être le produit de son imagination.

Il se pencha sur elle, lui pinça le nez et entreprit de lui faire le bouche-à-bouche. Elle avait les lèvres si froides qu'il ne put retenir un frisson. Sarah était morte. Des cendres et des particules incandescentes flottaient dans la pièce enfumée. Il faudrait qu'il sorte avant que la construction s'embrase et s'effondre sur lui. Il soufflait dans les poumons de Sarah ; il ne savait plus où il en était.

À quoi bon continuer ? Les flammes crépitaient autour de lui. En levant la tête, il vit que les poutres commençaient à brûler.

Pris de panique, il se releva, courut jusqu'à la porte et sortit.

Il fut surpris par la pluie battante qui le cingla et le trempa instantanément. Cela lui remit les idées en place. En se retournant, il vit Sarah étendue sur le plancher ; il ne pouvait pas la laisser là.

Il repartit au pas de course, prit la jeune femme par les bras et la traîna hors de la forge. Le corps inerte était étonnamment lourd. Elle avait la tête rejetée en arrière, les yeux clos, la bouche grande ouverte : aucun doute, elle était morte.

De retour sous la pluie torrentielle, Peter lâcha Sarah dans les hautes herbes et s'agenouilla pour reprendre son bouche-à-bouche. Combien de temps s'acharna-t-il à insuffler de l'air dans les poumons de la jeune femme à un rythme régulier ? Une minute, deux minutes ? Cinq, peut-être ? C'était manifestement inutile mais il continuait quand même ; il avait l'étrange impression que la régularité de son souffle lui permettait de lutter contre l'affolement en l'obligeant à se concentrer sur quelque chose. Il était là, sous une pluie diluvienne, dans une ville abandonnée, au pied d'une maison en flammes et...

Sarah eut un haut-le-corps. Elle se cambra brusquement ; surpris, Peter suspendit son geste. Elle eut un spasme de l'estomac, aussitôt suivi d'une quinte de toux.

— Sarah...

Elle poussa un gémissement, roula sur elle-même. Il la prit dans ses bras et la serra. Elle respirait mais battait violemment des cils. Elle ne semblait pas vraiment consciente.

— Allons, Sarah...

Elle toussait, tremblait de tout son corps. Peter se demanda si elle était en train de s'étouffer.

— Sarah...

Elle secoua la tête, comme pour rassembler ses idées. Elle ouvrit les yeux, le regarda.

— Oh là là ! Qu'est-ce que j'ai mal à la tête !

Il sentit les larmes lui monter aux yeux.

Sanjong regarda sa montre. La pluie tombait de plus en plus dru ; les essuie-glaces fonctionnaient à toute vitesse. Il faisait si sombre qu'il avait allumé ses phares.

Depuis qu'il s'était débarrassé de sa radio, la foudre ne suivait plus sa voiture. Mais elle tombait ailleurs : il entendait des grondements de tonnerre lointains. En consultant le GPS, il se rendit compte qu'il ne se trouvait plus qu'à quelques centaines de mètres du site de lancement qu'il était censé neutraliser.

Il scruta la route, à l'affût d'une intersection. C'est alors qu'il vit le premier groupe de roquettes s'élancer dans le ciel, compact, comme une nuée d'oiseaux noirs prenant leur envol vers les nuages ténébreux.

Quelques instants plus tard, une grêle de décharges électriques propagées par les microfilaments s'abattit sur le sol.

À une quinzaine de kilomètres au nord, Kenner vit la batterie de roquettes s'élancer du troisième site. Il estima leur nombre à une cinquantaine, ce qui signifiait qu'il en restait une centaine d'autres au sol.

Il s'engagea sur une petite route perpendiculaire et tomba presque aussitôt sur la clairière. Un semi-remorque était garé à l'orée de la forêt ; deux hommes en ciré jaune se tenaient près de la cabine. L'un d'eux avait un boîtier à la main : le dispositif de mise à feu.

Sans hésiter, Kenner braqua pour foncer droit sur la cabine. Les deux hommes restèrent cloués sur place et ne s'écartèrent qu'au dernier moment, juste avant que la voiture vienne racler la portière du camion dans un grand crissement de métal avant de se diriger vers le site de lancement.

Kenner vit dans son rétroviseur les deux hommes se relever. Il était déjà au milieu de la batterie de roquettes, roulant sur les fils, faisant en sorte d'écraser les postes de tir sous ses pneus. Il espérait que cela suffirait à perturber le lancement; il se trompait.

Juste devant lui, il vit un autre groupe compact de cinquante roquettes cracher des flammes et filer vers le ciel.

En arrivant dans la clairière, Sanjong vit sur la droite une cabane en bois et un gros camion garé à proximité. Il y avait de la lumière dans la petite construction; il aperçut des ombres en mouvement. Trois hommes. Des fils électriques passant par la porte de la cabane se perdaient dans l'herbe.

Il fonça sur la cabane en bloquant le volant.

Il vit un homme apparaître sur le seuil, un pistolet-mitrailleur sous le bras. Des flammes jaillirent du canon et le pare-brise du SUV vola en éclats. Sanjong sauta de la voiture, son fusil aussi éloigné que possible du corps et fit un roulé-boulé dans l'herbe.

Il leva la tête juste au moment où le SUV s'écrasait contre la cabane. De la fumée s'éleva, des cris retentirent. Sanjong était à moins de vingt mètres; il attendit. Au bout d'un moment, l'homme au pistolet-mitrailleur fit le tour de la voiture pour chercher le conducteur. Il poussait des hurlements de rage.

Le Népalais tira une seule balle : l'homme tomba à la renverse.

Sanjong attendit encore. Un deuxième homme sortit en criant sous la pluie. Il vit son compagnon à terre, bondit en arrière pour se mettre à l'abri derrière le pare-chocs avant du SUV. Il se pencha pour appeler l'homme étendu dans l'herbe. Sanjong tira. L'homme disparut mais le Népalais n'était pas sûr de l'avoir touché.

Il devait changer de position. La pluie avait rabattu les herbes au sol; il était difficile de se mettre à couvert. Il roula rapidement sur lui-même, se déplaçant latéralement sur une dizaine de mètres, puis s'avança en rampant, avec prudence. Il leva la tête pour regarder à l'intérieur de la cabane mais la voiture avait défoncé la porte et les lumières s'étaient éteintes. Il était sûr qu'il y avait d'autres hommes. Il ne voyait personne; les cris avaient cessé. Il ne percevait que le grondement du tonnerre et le crépitement régulier de la pluie.

Aux aguets, l'oreille tendue, il entendit enfin des grésillements de radio et des voix.

Il y avait encore du monde dans la cabane.

L'attente se poursuivit.

La pluie coulait dans les yeux de Peter tandis qu'il tournait la clé cruciforme pour serrer l'écrou de la roue avant du SUV. La roue de secours était en place. Il s'essuya les yeux et donna encore un petit tour de clé à chaque écrou, par sécurité. La route qui le ramènerait sur la nationale était défoncée et la pluie l'aurait certainement rendue glissante. Il ne voulait pas prendre de risques.

Sarah attendait sur la banquette arrière. Il l'avait à moitié traînée, à moitié portée jusqu'à la voiture, où elle demeurait prostrée dans un état d'hébétude. Il fut surpris de l'entendre crier assez fort pour couvrir le bruit de la pluie.

Il leva la tête.

Il vit les phares d'une voiture, à l'autre bout de la clairière.

Il plissa les yeux.

C'était le pick-up bleu.

— Peter !

Il lâcha la clé, se précipita vers la portière du conducteur tandis que Sarah mettait le moteur en marche. Peter s'installa au volant et mit la voiture en prise. Le pick-up se rapprochait à toute allure.

— Allez ! lança Sarah.

Peter écrasa la pédale d'accélérateur, braqua pour faire demi-tour et fonça dans la forêt, sur la route par laquelle ils étaient arrivés. La pluie avait éteint l'incendie ; la forge n'était plus qu'une ruine fumante d'où s'échappaient des nuages de vapeur.

Le pick-up bleu passa devant sans ralentir et s'élança à leur poursuite.

Kenner fit demi-tour pour revenir vers le semi-remorque devant lequel se tenaient les deux hommes. L'un avait toujours à la main le dispositif de mise à feu, l'autre avait sorti un pistolet. Il commença à tirer sur la voiture. Kenner accéléra, fonçant droit sur les deux cirés jaunes. Il heurta violemment l'homme au pistolet, qui fut projeté en l'air et passa par-dessus le SUV. L'autre avait disparu. Kenner braqua pour revenir en arrière.

L'homme qu'il avait renversé se relevait en titubant, l'arme au poing ; au moment où il allait tirer, le SUV le heurta de plein fouet et roula sur son corps. Kenner chercha l'autre, celui qui tenait le dispositif de mise à feu.

Il n'était plus là.

Kenner manœuvra pour revenir en arrière. Il n'y avait qu'un seul endroit où l'homme avait pu trouver refuge.

Le SUV fonça vers le semi-remorque.

Tapi dans les hautes herbes, Sanjong entendit soudain le bruit du moteur d'un pick-up. Le SUV qu'il avait fracassé contre la cabane l'empêchait de voir. Le pick-up caché par le SUV commença à reculer.

Sanjong se redressa et se mit à courir. Une balle siffla à ses oreilles ; il se laissa retomber dans l'herbe.

Ils avaient laissé quelqu'un dans la cabane.

Sanjong avança en rampant dans la direction du pick-up. Des balles passaient près de lui. Malgré les hautes herbes, le tireur connaissait sa position...

Il se mit sur le côté pour faire face à la cabane. Il s'essuya les yeux, regarda dans le viseur de son fusil.

Le tireur se trouvait sur le toit de la cabane, à peine visible, sauf lorsqu'il se levait pour faire feu.

Sanjong tira juste au-dessous du faîte ; il savait que la balle transpercerait le bois. Il ne vit pas l'homme tomber mais son fusil glissa sur le toit.

Il se remit debout pour courir vers le pick-up mais le véhicule était déjà loin, à la lisière de la clairière. Sanjong regarda les points rouges des feux arrière s'éloigner sous la pluie en direction de la nationale.

Kenner descendit de sa voiture. Il voyait la silhouette jaune de l'homme sous le semi-remorque.

— Ne tirez pas ! Ne tirez pas !

— Sortez lentement en montrant vos mains, cria Kenner. Je veux voir vos mains.

— Vous ne tirerez pas...

— Sortez de là. Très lentement et...

Une rafale de pistolet-mitrailleur crépita autour de Kenner sur l'herbe mouillée.

Il se jeta au sol, le visage contre la terre, et attendit sans bouger.

— Plus vite ! fit Sarah en se retournant pour regarder derrière le SUV qui tressautait sur la route boueuse.

— Je ne crois pas pouvoir..., protesta Peter.

— Ils nous rattrapent ! Il faut rouler plus vite !

Ils étaient presque sortis de la forêt. Peter voyait la nationale, à quelques dizaines de mètres. Il se souvenait que la dernière portion du chemin de terre était en meilleur état ; il écrasa la pédale d'accélérateur.

En arrivant sur la route, il prit la direction du sud.

— Que faites-vous ? s'écria Sarah. Il faut rejoindre le site des roquettes.

— Trop tard, dit Peter. Nous retournons au parc.

— Nous avons promis à Kenner...

— Trop tard, répéta Peter. Regardez le ciel : l'orage a déjà éclaté. Nous devons retourner au parc pour aider les gens qui sont là-bas.

Il régla les essuie-glaces à la puissance maximale et suivit la route sous la pluie battante.

Arrivé au carrefour, le pick-up bleu tourna et se lança à leur poursuite.

Le gendarme Rodriguez gardait l'œil fixé sur la cascade. Vaporeuse et limpide une heure plus tôt, l'eau était maintenant teintée de brun et son volume avait augmenté. Le niveau de la rivière commençait à s'élever, elle coulait plus vite et se mêlait de boue.

Il ne pleuvait pas encore dans le parc mais l'air y devenait sensiblement plus humide. Quelques gouttes étaient tombées, sans plus. Des familles avaient laissé leur barbecue s'éteindre ; d'autres chargeaient les voitures en prévision de l'orage mais la plupart avaient choisi de ne pas s'en préoccuper. Le directeur de l'école se déplaçait entre les groupes de pique-niqueurs pour les rassurer : l'orage passerait, ils pouvaient rester.

Nerveux, gêné par l'humidité, Rodriguez tirait sur le col de son uniforme. Il se mit à faire les cent pas devant sa voiture dont la portière restait ouverte. La radio de la police annonça un risque de crue éclair dans le comté de Clayton, où se trouvait le parc McKinley. Rodriguez ne voulait plus attendre mais il hésitait encore.

Il ne comprenait pas pourquoi Kenner n'avait pas appelé. Le parc était situé dans un canyon et tout indiquait que le risque y était maximal. Rodriguez avait passé toute sa vie dans l'Arizona : il savait que le moment était venu de faire évacuer le parc.

Pourquoi Kenner n'avait-il pas appelé ?

Il tambourina sur la portière de la voiture.

Il décida d'attendre encore cinq minutes.

Cinq, pas une de plus.

Ce qui l'inquiétait surtout, c'était la cascade. La couleur brunâtre de l'eau dissuadait les gens de se baigner. La plupart s'étaient éloignés mais un groupe d'adolescents pataugeait encore dans le bassin, au pied de la paroi rocheuse. Rodriguez savait que des pierres pouvaient tomber à tout moment du haut de la chute d'eau ; même une petite pierre pouvait tuer quelqu'un.

Il s'apprêter à en faire évacuer les abords quand son attention fut attirée par quelque chose qui lui parut étrange. Au sommet de la paroi rocheuse, là où l'eau se déversait, il vit une camionnette surmontée d'une antenne. Le véhicule ressemblait à un car de télévision. Il ne portait aucune inscription, seulement un logo que Rodriguez, à cette distance, ne distinguait pas bien. Il vit un homme descendre de la camionnette et prendre position au bord de la chute d'eau, la caméra sur l'épaule, braquée sur le parc. Une femme en jupe et chemisier vint se placer à ses côtés. Apparemment, elle lui indiquait les divers plans possibles, car l'homme orientait la caméra en fonction de ses gestes.

C'était bel et bien une équipe de télévision.

Une équipe de télévision pour un pique-nique scolaire? se dit Rodriguez.

Tarabusté par cette idée, il reporta son attention sur la camionnette pour essayer de reconnaître le logo. Bleu et jaune, formé de cercles entrelacés, il ne lui rappelait aucune chaîne locale. Et il y avait quelque chose de louche dans le comportement de ces journalistes qui débarquaient juste au moment où l'orage allait éclater sur le parc. Rodriguez décida de monter les voir.

Kenner voulait éviter de tuer l'homme au ciré jaune, roulé en boule sous le semi. Jamais aucun membre du FLE n'avait été capturé ; celui-ci ferait l'affaire. Au son de sa voix, Kenner savait qu'il était terrifié. Et il devait être jeune, guère plus de vingt-cinq ans. Il était certainement bouleversé par la mort de son ami et peut-être pas très à l'aise avec un pistolet-mitrailleur.

Il avait peur de mourir lui aussi et peut-être commençait-il à avoir des doutes sur le bien-fondé de sa cause.

— Sortez de là ! cria Kenner. Sortez et tout se passera bien.

— Je vous emmerde ! répliqua l'homme au ciré jaune. Et qui êtes-vous, d'abord ? C'est quoi, votre problème ? Vous ne comprenez donc pas que nous essayons de sauver la planète !

— Vous enfreignez la loi.

— La loi ! La loi est au service de la grande industrie qui pollue l'environnement et détruit la vie.

— Si quelqu'un détruit des vies humaines, c'est vous, riposta Kenner.

Le tonnerre grondait, des éclairs jetaient une clarté fugace derrière les nuages d'encre. Il était absurde d'avoir cette conversation en plein orage.

Mais si cela lui permettait de prendre vivant un membre du FLE...

— Je ne tue personne, moi ! Même pas vous !

— Vous voulez tuer de jeunes enfants, poursuivit Kenner. Vous voulez tuer des gens qui pique-niquent en famille dans un parc.

— Les pertes sont inévitables pour accomplir le changement social. L'histoire le démontre.

Kenner ne savait pas si le terroriste croyait à son propre discours, si on lui avait bourré le crâne à l'université ou si la peur l'égarait. À moins qu'il ne cherche à détourner son attention...

Il regarda sur sa droite et vit sous le SUV des jambes qui faisaient le tour du véhicule pour se rapprocher de lui.

Kenner fut déçu. Il visa soigneusement, tira une balle qui toucha l'homme à la cheville. Il poussa un cri de douleur et tomba à la renverse. Kenner le vit sous la voiture. Celui-là n'était pas jeune : la quarantaine, barbu. Il tenait un pistolet-mitrailleur. Il roula sur lui-même pour riposter...

Kenner tira deux fois. La tête de l'homme fut rejetée en arrière ; il lâcha son arme et ne bougea plus. Il resta étendu dans une posture bizarre.

Celui qui s'était réfugié sous le semi-remorque tira une longue rafale, une grêle de balles dont plusieurs touchèrent le SUV avec un bruit mat.

Kenner resta allongé dans l'herbe, la tête collée au sol.

— Dernière chance ! cria-t-il quand la fusillade cessa.

— Allez vous faire foutre !

Kenner attendit. Il y eut un long silence pendant lequel il n'entendit que le bruit de la pluie qui tombait de plus en plus dru.

— Vous m'avez entendu, pauvre con ? hurla l'homme sous le camion.

— Oui, répondit Kenner.

Il pressa la détente.

Quel déluge ! se dit Peter, agrippé à son volant. La pluie tombait à verse ; malgré les essuie-glaces fonctionnant à pleine vitesse, il lui était presque impossible de voir la route. Il ralentissait toujours plus. Quatre-vingts kilomètres à l'heure, puis soixante. Il roulait maintenant à cinquante. Le pick-up lancé à leur poursuite avait ralenti lui aussi ; pas moyen de faire autrement.

Il vit deux ou trois voitures dont les conducteurs avaient eu la prudence de se garer sur le bas-côté. Le revêtement de la chaussée était inondé ; des nappes d'eau se formaient par endroits. Il n'était pas toujours possible d'en estimer la profondeur ; pour ne pas noyer l'allumage, il donnait des coups d'accélérateur.

Pas le moindre panneau indicateur en vue. Il faisait presque aussi sombre qu'en pleine nuit et les phares n'y changeaient rien. Peter ne voyait qu'à quelques mètres à travers le rideau de pluie.

Il regarda Sarah du coin de l'œil ; elle avait les yeux fixés droit devant elle. Elle ne bougeait pas, elle ne disait rien. Peter se demanda si elle s'était vraiment remise.

Quand il regardait dans le rétroviseur, il voyait le plus souvent les phares du pick-up bleu, pas toujours.

— Je pense que nous sommes tout près du parc, annonça-t-il. Mais je n'en suis pas sûr.

L'intérieur du pare-brise commençait à se couvrir de buée. Il l'essuya avec sa manche, ce qui produisit un crissement sur la vitre. Il voyait un peu mieux : la voiture arrivait au sommet d'une côte qui descendait vers...

— Merde !

— Qu'est-ce qu'il y a ? demanda Sarah.

— Regardez !

Au pied de la côte, au-dessus d'un fossé de quatre à cinq mètres de profondeur, la route enjambait une rangée de gros tuyaux par lesquels s'écoulait l'eau d'un petit ruisseau. Celui-ci avait gonflé au point de recouvrir le goudron.

Peter hésita ; il ne savait pas si le cours d'eau en crue était profond.

— Nous nous sommes arrêtés, Peter, fit Sarah.

— Je sais.

— Il ne faut pas s'arrêter.

— Je ne sais pas si je peux traverser. Je ne connais pas la profondeur de l'eau...

Quinze centimètres d'eau suffisent pour entraîner une voiture.

— Nous n'avons pas le choix.

Peter vit apparaître les phares du pick-up dans le rétroviseur. Il commença à descendre la côte, les yeux rivés sur le rétro pour voir ce que faisaient leurs poursuivants. Le pick-up avait ralenti mais il restait derrière eux.

— Croisons les doigts ! fit Peter.

— C'est fait, répondit Sarah.

Le SUV entra dans l'eau, projetant deux gerbes qui s'élevèrent jusqu'aux vitres. Peter redoutait de noyer l'allumage, mais tout se passait bien. Il étouffa un soupir de soulagement : il était presque au milieu de la masse d'eau et elle n'était pas trop profonde. Pas plus de soixante à soixante-dix centimètres. Il allait réussir.

— Peter..., cria Sarah, l'index tendu.

Un semi-remorque déboulait sur la route en faisant des appels de phares, sans faire mine de ralentir.

— Un cinglé ! lâcha Peter.

Il tourna doucement le volant pour se rapprocher du côté droit de la route et faire de la place au camion.

Le semi-remorque dévia aussitôt de sa direction pour se placer juste en face de lui.

Roulant toujours à tombeau ouvert.

Peter distingua le logo qui s'étalait au-dessus de la cabine, en grosses lettres rouges : A & P.

— Faites quelque chose, Peter !

— Quoi ?

— Quelque chose !

Des tonnes d'acier fonçaient droit sur eux en rugissant. Un coup d'œil dans le rétro : le pick-up bleu s'était rapproché.

Ils voulaient les forcer à quitter la route.

Le semi s'était engagé dans l'eau, projetant de chaque côté une gerbe immense.

— *Peter !...*

Plus le choix.

Peter donna un coup de volant. Le SUV quitta la route et plongea dans le flot tumultueux.

Quand la voiture piqua du nez, l'eau passa par-dessus le capot et monta jusqu'au pare-brise ; Peter crut qu'ils allaient couler à pic. Au bout de quelques secondes, le pare-chocs racla le lit rocheux, les pneus trouvèrent de l'adhérence, le véhicule se redressa.

L'espace d'un instant, Peter se sentit grisé à l'idée de conduire la voiture sur le lit du ruisseau – l'eau n'était vraiment pas profonde –, mais, presque aussitôt, le moteur s'étouffa et l'arrière décrocha.

Ils furent entraînés par le courant, sans rien pouvoir faire.

Peter essaya en vain de redémarrer le moteur. Le SUV avançait doucement, tanguant légèrement, heurtant des rochers. De loin en loin, le véhicule s'immobilisait – Peter se demandait s'il ne valait pas mieux l'abandonner –, puis il se remettait en mouvement, porté par le courant.

Quand il se retourna pour regarder en arrière, il fut étonné de voir que la route était déjà loin. Comme le moteur ne tournait plus, l'intérieur de la voiture s'embuait rapidement ; Peter essuya les vitres.

Agrippée aux accoudoirs de son siège, Sarah ne disait mot.

La voiture s'immobilisa, coincée par un rocher.

— Nous descendons ? demanda Sarah.

— Je ne crois pas, répondit Peter qui sentait le véhicule frémir dans le courant.

— Je pense que cela vaudrait mieux.

Le SUV se remit en mouvement. Peter essaya de mettre le moteur en marche ; l'alternateur émit un ronflement discontinu.

— Ouvrez votre vitre, Sarah.

— Comment ?

— Ouvrez votre vitre.

Elle actionna la commande.

— Ça ne marche pas.

Peter essaya de son côté : rien. Les circuits électriques étaient morts.

Il fit une dernière tentative avec les vitres arrière ; celle de gauche descendit sans à-coups.

— Victoire !

Sarah garda le silence ; elle regardait devant. Le courant se renforçait, la voiture prenait de la vitesse.

Peter n'arrêtait pas d'essuyer la buée des vitres. Soudain, la voiture tressauta et tout changea. Le véhicule avança de plus en plus vite et se mit à tourner lentement sur lui-même : les pneus ne touchaient plus le sol.

— Que se passe-t-il ? Où sommes-nous ?

Ils frottèrent fébrilement le pare-brise embué pour voir où ils allaient.

— Seigneur ! souffla Sarah.

Ils se trouvaient maintenant au milieu d'une rivière impétueuse aux eaux bouillonnantes, charriant de grosses branches et des débris de toute sorte. Entraînée par le courant, la voiture allait de plus en plus vite.

De l'eau entrait par le plancher. Ils avaient les pieds mouillés.

Peter comprit ce que cela voulait dire : le véhicule était en train de couler.

— Il faut sortir de la voiture, Peter.

— Non.

Il observait le courant agité : il y avait des rapides, de gros rochers, des creux. Avec des casques et des gilets, ils auraient pu essayer de se laisser porter par le courant. Sans protection, ils étaient condamnés.

La voiture s'inclina sur la droite, puis se redressa, mais Peter sentait bien qu'elle allait tôt ou tard se coucher sur le côté et couler. Et que cela ne prendrait pas longtemps.

— Vous reconnaissez quelque chose ? demanda-t-il à Sarah. Sur quelle rivière sommes-nous ?

— Je m'en fiche ! hurla Sarah.

— Regardez ! s'écria Peter.

En voyant le SUV ballottant et tournoyant sur la rivière, Rodriguez actionna immédiatement la sirène de sa voiture. Il saisit son porte-voix, se tourna vers les pique-niqueurs.

— Dégagez la zone, s'il vous plaît ! La rivière est en crue ! Que tout le monde gagne immédiatement un endroit plus élevé !

Un deuxième coup de sirène.

— Dépêchez-vous ! Ne perdez pas de temps à ramasser vos affaires ! Faites vite !

Il se retourna pour regarder où était le SUV. La voiture avait presque disparu, emportée par le courant vers le pont McKinley ; juste après, elle arriverait au bord de la cascade et ferait une chute de vingt-sept mètres.

La voiture et ses occupants se fracasseraient en bas. Plus personne ne pouvait rien pour eux.

Peter était incapable de réfléchir, de trouver une solution. Il ne pouvait que s'agripper au volant du véhicule secoué en tous sens, qui s'enfonçait lentement dans l'eau. Elle lui arrivait aux genoux, elle était glacée et elle semblait rendre la voiture plus instable dans le courant. À un moment, sa tête heurta celle de Sarah qui poussa un grognement de douleur, puis elle alla dinguer contre le montant de la portière, le laissant étourdi.

Un pont franchissait la rivière. L'ouvrage était soutenu par de lourdes piles de béton qui retenaient des débris charriés par le courant. Elles étaient prises dans un enchevêtrement de branches, de troncs noircis, de planches pourries et de tout un bric-à-brac flottant, ne laissant qu'un étroit passage.

— Détachez votre ceinture, Sarah !

Celle de Peter était déjà sous l'eau glacée ; il essaya en tâtonnant de se libérer.

— Je n'y arrive pas, fit Sarah. Je ne la trouve pas !... Qu'allons-nous faire ?

— Nous allons sortir de la voiture.

Entraîné par le courant, le SUV se prit dans une masse de branches ; le véhicule oscilla mais resta bloqué. Il heurta ensuite un vieux réfrigérateur qui montait et descendait comme un bouchon dans le flot tumultueux, à proximité d'un pilier de maçonnerie. La rivière était si haute que le pont ne se trouvait plus qu'à trois mètres au-dessus de l'eau.

— Il faut sortir, Sarah.

— Ma ceinture est coincée... Je ne peux rien faire.

Peter se pencha pour l'aider, plongea les mains dans l'eau boueuse, tâtonna pour trouver la boucle.

Il sentait la voiture se dégager des branchages.

Elle allait reprendre sa course folle.

Sanjong roulait à toute allure sur la route qui enjambait la rivière. Il vit Peter et Sarah dans le SUV poussé par le courant ; la voiture s'échoua sur une pile du pont et s'immobilisa dans une position précaire.

Les véhicules qu'il croisait sur le pont fuyaient le parc, les conducteurs klaxonnaient, les passagers cédaient à l'affolement. La confusion était totale. Il s'arrêta sur l'autre rive, descendit de sa voiture et revint en courant sur le pont pour se placer au-dessus du véhicule de Peter et Sarah.

La voiture était ballottée en tous sens par les eaux furieuses, le réfrigérateur la pilonnait, encore et encore, des branches se glissaient à l'intérieur par les vitres brisées. La ceinture de Sarah restait coincée, la boucle inutilisable ; les doigts gourds de Peter, plongés dans l'eau glacée, ne parvenaient pas à l'ouvrir. La voiture ne resterait pas longtemps dans cette position : il sentait le courant exercer une traction latérale.

— Je n'arrive pas à l'ouvrir, Sarah !

L'eau continuait de monter : elle atteignait maintenant leur poitrine.

— Qu'allons-nous faire ? gémit Sarah.

Peter vit l'affolement dans son regard. Il ne savait que répondre. *Quel imbécile tu fais,* se dit-il brusquement. Il se jeta sur les jambes de Sarah, plongea la tête sous l'eau, tâtonna pour trouver le montant de la portière. Il tira un mètre de la ceinture et ressortit la tête de l'eau, la bouche grande ouverte.

— Passez par-dessous ! cria-t-il à Sarah. Par-dessous !

Elle comprit ce qu'il voulait. Elle s'appuya des deux mains sur son épaule pour se glisser sous la ceinture. La tête de Peter repartit sous l'eau ; il sentit qu'elle se dégageait. Elle se glissa sur la banquette arrière en lui donnant un coup de pied dans la tempe au passage.

Peter sortit la tête de l'eau, reprit son souffle.

— Sortez par la vitre ! hurla Peter.

La voiture commençait à se déplacer, les branches craquaient, le réfrigérateur tapait contre la carrosserie.

Sa souplesse sauva Sarah : elle se coula dans l'ouverture, s'accrocha au bord du toit.

— Saisissez les branches ! Grimpez dessus !

Peter redoutait que le courant l'emporte si elle restait agrippée à la voiture. Il passa à l'arrière avec des gestes gauches, s'engagea maladroitement dans l'ouverture de la vitre. La voiture commença à vibrer, puis elle se mit en mouvement, contournant l'amas de branchages ; il avait encore la moitié du corps à l'intérieur.

— Peter ! cria Sarah.

Il se jeta au milieu des branches qui lui égratignèrent le visage. Ses mains se refermèrent sur deux grosses branches qui lui permirent de s'extraire de la voiture au moment où le courant l'entraînait sous le pont.

Elle s'éloigna rapidement.

Il vit Sarah escalader la masse de débris et s'agripper au parapet du pont. Il la suivit, frissonnant de froid et de peur. Quelques secondes plus tard, une main vigoureuse saisissait la sienne. Il leva la tête, vit Sanjong qui lui souriait.

— On peut dire que vous avez de la veine, vous.

Peter enjamba le parapet et se laissa tomber par terre, hors d'haleine, à bout de forces.

Il entendit le hurlement lointain d'une sirène ; quelqu'un aboyait des ordres dans un porte-voix. Il prit conscience de l'embouteillage, des coups de klaxon, de la panique générale.

— Venez, fit Sarah en l'aidant à se remettre debout. Vous allez vous faire écraser si vous restez là.

Le gendarme Rodriguez s'acharnait à faire monter tout le monde en voiture mais c'était le bazar sur le parking comme sur le pont. La pluie tombait avec violence ; cela avait l'avantage de les faire dégager plus vite.

Rodriguez jeta un coup d'œil inquiet vers la cascade : l'eau devenait de plus en plus sombre et le débit avait encore augmenté. Il constata que l'équipe de télévision était partie ; la camionnette avait disparu. Il trouva cela curieux : les journalistes auraient pu rester pour filmer le sauve-qui-peut général.

Des voitures klaxonnaient sur le pont où la circulation était bloquée. Il vit plusieurs personnes qui regardaient par-dessus le parapet, de l'autre côté, en conclut que le SUV était tombé du haut de la paroi rocheuse.

Il se glissa derrière le volant de sa voiture et mit la radio en marche pour demander une ambulance. On l'informa qu'on avait déjà appelé une ambulance à Dos Cabezas, à vingt kilomètres au nord. Une querelle avait éclaté, à ce qu'il semblait, entre plusieurs chasseurs pris de boisson et des coups de feu avaient été tirés. Bilan : deux morts et un blessé. Rodriguez secoua la tête. Les gars partaient avec leur fusil et une bouteille de bourbon chacun. Bloqués par la pluie, ils se mettaient à picoler et ils se tiraient dessus. Tous les ans, c'était la même histoire, surtout en période de vacances.

Flagstaff
Lundi 11 octobre
16 h 03

— Je ne vois pas en quoi c'est nécessaire ! lança Sarah en se dressant sur son séant.

On lui avait appliqué des électrodes sur la poitrine et sur les jambes.

— Ne bougez pas, s'il vous plaît, ordonna l'infirmière. Nous allons faire un électrocardiogramme.

Sarah se trouvait dans un box du service des urgences de l'hôpital de Flagstaff. Kenner, Sanjong et Peter avaient insisté pour l'y conduire. Ils attendaient dans le couloir ; elle les entendait parler à voix basse.

— J'ai vingt-huit ans, protesta Sarah. Je ne vais pas faire une crise cardiaque.

— Le médecin veut s'assurer que la conduction électrique du myocarde est satisfaisante.

— Quoi ? fit Sarah. Bien sûr qu'elle est satisfaisante.

— Étendez-vous, je vous prie, et ne bougez pas.

— Mais c'est...

— Et ne parlez pas.

Sarah s'allongea en soupirant. Elle tourna la tête vers le moniteur sur lequel apparaissaient des lignes blanches ondulées.

— C'est ridicule. Je n'ai rien au cœur.

— En effet, tout semble normal, fit l'infirmière en montrant le moniteur d'un petit signe de tête. Vous avez eu beaucoup de chance.

— Alors, je peux me lever ?
— Oui. Et ne vous inquiétez pas pour les marques de brûlure, ajouta l'infirmière. Elles vont s'atténuer avec le temps.
— Quelles marques de brûlure ?
— Elles sont superficielles, affirma l'infirmière en montrant la poitrine de Sarah.
Sarah se remit en position assise pour regarder dans son corsage. Elle vit les adhésifs blancs des électrodes mais aussi des traces d'un brun clair, des lignes brisées qui couraient sur sa poitrine et son abdomen. Un peu comme des zigzags...
— Qu'est-ce que c'est ?
— Des marques de la foudre.
— Quoi ?
— Vous avez été frappée par la foudre, expliqua l'infirmière.
— Qu'est-ce que vous racontez ?
Le médecin entra. Étonnamment jeune, le crâne prématurément dégarni, il paraissait très occupé et préoccupé.
— Ne vous inquiétez pas pour les brûlures, lança-t-il, elles disparaîtront en un rien de temps.
— La foudre ?
— C'est assez courant, en réalité. Savez-vous où vous êtes ?
— À l'hôpital de Flagstaff.
— Quel jour sommes-nous ?
— Lundi.
— Bon. Très bien. Voulez-vous regardez mon doigt ?
Il tendit l'index devant le visage de Sarah, le remua de droite à gauche, puis de haut en bas.
— Suivez-le des yeux... C'est bien. Merci. Avez-vous mal à la tête ?
— J'avais mal à la tête, c'est passé. J'ai vraiment été frappée par la foudre ?
— Et comment ! lança-t-il en se penchant pour frapper le tendon rotulien de Sarah avec un marteau en caoutchouc. Mais vous ne montrez aucun signe d'hypoxie.
— Qu'est-ce que c'est ?

— Une diminution de la quantité d'oxygène. Nous le constatons lorsqu'il y a eu un arrêt du cœur.

— De quoi parlez-vous ?

— Il est normal de ne pas s'en souvenir, expliqua le médecin, mais, d'après vos amis, vous avez fait un arrêt du cœur et l'un d'eux vous a réanimée. Il affirme qu'il a fallu quatre ou cinq minutes.

— Vous voulez dire que j'étais morte ?

— Vous seriez morte s'il n'avait pas pratiqué la respiration artificielle.

— Peter m'a réanimée ?

Ce ne pouvait être que lui.

— Je ne sais pas lequel c'est, fit le médecin en frappant les coudes de Sarah avec son marteau, mais vous avez eu beaucoup de chance. Par ici, la foudre fait trois ou quatre victimes par an et provoque de graves brûlures. Vous vous en sortez bien.

— C'est le plus jeune ? demanda Sarah. Peter Evans ? C'est lui ?

Le médecin haussa les épaules en signe d'ignorance.

— À quand remonte votre dernière injection antitétanique ?

— Je ne comprends pas, dit Peter. On a annoncé aux informations que c'étaient des chasseurs. Un accident de chasse ou une dispute...

— Exact, répondit Kenner.

— Mais vous venez de dire que c'est vous qui les avez tués, insista Peter en regardant successivement Kenner et Sanjong.

— Ils ont tiré les premiers, observa Kenner.

— Trois morts ! soupira Peter en se mordant la lèvre.

Dans son for intérieur, il éprouvait des sentiments contradictoires. Il aurait cru que sa prudence naturelle prendrait le dessus. Plusieurs victimes, peut-être tuées de sang-froid... Il était complice, au mieux témoin, il pouvait être appelé à comparaître, il risquait le déshonneur, la radiation... C'est ainsi que son esprit fonctionnait habituellement, c'est ce que sa formation juridique lui avait inculqué.

Et pourtant il ne ressentait aucune anxiété. Des terroristes avaient été démasqués et abattus ; il n'en était ni surpris ni troublé. Tout au contraire, il éprouvait une certaine satisfaction.

Peter comprit que l'expérience vécue dans la crevasse l'avait profondément, irrémédiablement changé. On avait essayé de le tuer. Jamais il n'aurait pu imaginer une telle chose pendant sa jeunesse dans les faubourgs de Cleveland, ni au lycée, ni en fac, ni plus tard, quand il avait commencé à exercer à Los Angeles.

Il n'aurait pu prévoir qu'une telle expérience le changerait à ce point. Comme s'il avait été déplacé physiquement, comme si on l'avait soulevé pour le reposer quelques mètres plus loin. Il n'était plus au même endroit. Mais la métamorphose était aussi intérieure. Il ressentait une sorte de solidité tranquille qu'il n'avait jamais éprouvée. Il y avait dans le monde des réalités déplaisantes. Le Peter d'avant préférait détourner les yeux, changer de sujet ou trouver des excuses pour ce qui s'était passé. Il imaginait que c'était une stratégie acceptable, un comportement plus humain. Il ne croyait plus à cela.

Quand quelqu'un essayait de vous tuer, il était impossible de détourner les yeux, impossible de changer de sujet. On était obligé de réagir en fonction des desseins de l'autre. Cette expérience conduisait à la perte de certaines illusions.

Le monde n'était pas ce que l'on souhaitait qu'il fût.

Le monde était ce qu'il était.

Il y avait des méchants : il fallait les empêcher de nuire.

— C'est cela, fit pensivement Kenner. Trois morts. N'est-ce pas, Sanjong ?

— Absolument, fit le Népalais.

— Ils n'ont eu que ce qu'ils méritaient, lâcha Peter.

Sanjong approuva de la tête. Kenner garda le silence.

Dans le jet qui les ramenait à Los Angeles, Sarah avait pris place à l'avant. Elle regardait par le hublot en écoutant les hommes réunis à l'arrière. Kenner exposait la suite du programme. Les trois morts étaient en cours d'identification, des investigations étaient menées sur les armes, les vêtements et les véhicules. L'équipe de télévision avait déjà été retrouvée : les journalistes travaillaient pour KBBD, une chaîne câblée de Sedona. Un coup de téléphone anonyme les avait informés que la police de la route avait commis une grave imprudence en autorisant un pique-nique scolaire malgré les bulletins météo alarmistes et qu'il fallait s'attendre au pire. C'est pour cette raison que KBBD avait envoyé une équipe dans le parc McKinley.

Personne, semblait-il, ne s'était posé la question de savoir pourquoi la chaîne câblée avait reçu cet appel une demi-heure avant le premier bulletin d'alerte du NEXRAD. On avait retrouvé l'origine de l'appel : une cabine téléphonique à Calgary, au Canada.

— Un bel exemple d'organisation, poursuivit Kenner. Ils connaissaient le numéro de la chaîne câblée de l'Arizona avant même de déclencher leur opération.

— Pourquoi Calgary ? demanda Peter. Qu'y a-t-il de particulier là-bas ?

— Calgary semble être une des bases opérationnelles de ce groupe, répondit Kenner.

Sarah contemplait les nuages que le jet survolait. Le soleil couchant ourlait l'horizon d'une lumière dorée. La vue lui procurait une étrange sérénité : les événements de la journée écoulée semblaient avoir eu lieu des mois auparavant.

Elle baissa la tête pour regarder sur sa poitrine les marques brunâtres laissées par la foudre. Elle avait pris une aspirine, mais cela recommençait à la brûler légèrement. Elle était marquée dans sa chair.

Sarah n'écoutait plus ce que disaient les hommes ; elle se laissait bercer par le son de leurs voix. Elle avait remarqué que celle de Peter avait perdu son indécision juvénile. Il ne protestait plus contre tout ce que disait Kenner. Il paraissait plus mûr, plus solide.

Au bout d'un moment, il vint la rejoindre.

— Vous voulez que je vous tienne compagnie ?

— Volontiers, répondit-elle en l'invitant à s'asseoir.

Peter se laissa tomber dans le siège en grimaçant légèrement.

— Comment vous sentez-vous ? demanda-t-il.

— Bien. Et vous ?

— J'ai un peu mal. En fait, j'ai mal partout : je me suis cogné dans la voiture.

Elle hocha la tête, regarda un moment par le hublot. Puis elle se retourna vers Peter.

— Quand allez-vous vous décider à me le dire ?

— À vous dire quoi ?

— Que vous m'avez sauvé la vie... Une deuxième fois.

— Je croyais que vous le saviez, fit Peter avec un petit haussement d'épaules.

— Non, je ne le savais pas.

Elle sentit une bouffée de colère monter en elle au moment où elle prononçait ces mots. Elle ne comprenait pas pourquoi. Peut-être parce qu'elle était son obligée ou bien... non, elle ne savait pas. Il y avait juste cette colère.

— Désolé, dit Peter.

— Merci.

— À votre service ! lança-t-il en souriant.

Il se leva, repartit à l'arrière de l'avion.

Curieux, se dit Sarah. Il y avait quelque chose de nouveau chez Peter, une fermeté qu'elle n'avait jamais remarquée jusqu'alors.

Quand elle se retourna vers le hublot, le soleil s'était couché. Le halo doré prenait des teintes plus intenses, plus sombres.

Destination Los Angeles
Lundi 11 octobre
18 h 25

À l'arrière de l'avion, devant un martini, Peter gardait les yeux rivés sur le moniteur encastré. Ils avaient la liaison satellite avec la chaîne d'informations de Phoenix. Il y avait trois présentateurs, deux hommes et une femme, autour d'une table incurvée. Derrière eux, on lisait sur un écran : TROIS MORTS AU PAYS DES CANYONS. Il semblait être question des hommes de Flagstaff mais Peter était arrivé trop tard pour entendre le début.

— Nous apprenons aussi qu'un bulletin d'alerte de risque de crue éclair lancé à temps a permis de sauver la vie de trois cents enfants réunis pour un pique-nique dans le parc McKinley. Le gendarme Mike Rodriguez, de la police de la route de l'Arizona, raconte à notre correspondante, Shelly Stone.

Suivit une brève interview de Rodriguez qui donna une version succincte des faits, sans faire mention de Kenner.

Des images montrèrent ensuite le SUV de Peter, fracassé au pied de la chute d'eau. Rodriguez expliqua que personne, par bonheur, ne se trouvait dans la voiture quand elle avait été emportée par la rivière en crue.

Peter vida son martini d'un trait.

Retour au studio, où un journaliste expliqua que l'alerte restait en vigueur, même si les crues étaient rares à cette époque de l'année.

— On dirait que le climat change, observa la présentatrice en rejetant ses cheveux en arrière.

— En effet, Maria, c'est une évidence : le climat change. Sur ce sujet, écoutons maintenant Johnny Rivera.

Gros plan sur un homme assez jeune, apparemment le présentateur météo.

— Merci, Terry. Bonsoir à vous tous. L'évolution du temps n'a probablement pas échappé à ceux d'entre vous qui résident depuis longtemps dans l'État du Grand Canyon. Les scientifiques en apportent la confirmation et désignent le coupable : le réchauffement climatique. La crue d'aujourd'hui n'est qu'un nouvel exemple des dérèglements à venir : des événements météo extrêmes – inondations, tornades, sécheresse – résultant du réchauffement planétaire.

Sanjong donna un petit coup de coude à Peter en lui tendant une feuille. C'était le texte imprimé d'un communiqué de presse publié sur le site Web du NERF. Sanjong posa le doigt sur un paragraphe. « ... les scientifiques s'accordent pour dire que des dérèglements sont à craindre : des événements météo extrêmes – inondations, tornades, sécheresse – résultant du réchauffement planétaire. »

— Ce type est en train de lire un communiqué de presse ? s'étonna Peter.

— Cela se fait de plus en plus, glissa Kenner. Ils ne se donnent même pas la peine de changer un mot ; ils lisent le texte tel quel. Et ce qu'il dit n'est évidemment pas vrai.

— Alors, qu'est-ce qui provoque la multiplication des événements extrêmes dans le monde entier ? lança Peter.

— Il n'y a pas de multiplication des événements extrêmes.

— Des études l'ont prouvé ?

— À maintes reprises. Les études ne montrent aucune augmentation du nombre d'événements météo extrêmes au cours du dernier siècle. Pas plus qu'au cours des quinze dernières années. La théorie du réchauffement planétaire suppose plutôt une *diminution* des événements extrêmes.

— Alors, ce qu'il dit est un ramassis de conneries ?

— Oui. Comme le communiqué de presse.

« ... situation est si mauvaise, poursuivait le présentateur météo, qu'on prédit – écoutez bien – la fonte puis la disparition des glaciers du Groenland. Ces glaciers ont cinq mille mètres d'épaisseur ! Un gros paquet de glace ! Une étude récente estime par ailleurs à six mètres ou plus l'élévation probable du niveau des océans. Alors, ne perdez pas de temps pour vendre votre maison sur la plage ! »

— Qu'en dites-vous ? demanda Peter. On en a parlé hier aux informations, à Los Angeles.

— Ce n'est pas vraiment nouveau, répondit Kenner. Des scientifiques de Reading ont réalisé des simulations numériques dont les conclusions donnaient à penser que la banquise du Groenland *pourrait* avoir disparu dans mille ans.

— Mille ans ? répéta Peter.

— *Pourrait* avoir disparu.

— Ce type n'a pas parlé de mille ans, poursuivit Peter en montrant le présentateur.

— Étonnant, non ? lança Kenner. Il a oublié de le préciser.

— Vous avez dit que ce n'était pas nouveau...

— Dites-moi, coupa Kenner, passez-vous beaucoup de temps à vous préoccuper de ce qui pourrait arriver dans mille ans ?

— Non.

— Croyez-vous qu'il faudrait s'en préoccuper ?

— Non.

— C'est tout.

Peter sentait le sommeil le gagner. Tout son corps était endolori : quelle que soit la position qu'il prenait dans le siège de l'avion, il avait mal quelque part – le dos, les jambes, les hanches. Il était épuisé... et la tête lui tournait légèrement.

Il ferma les yeux en se demandant comment on pouvait faire l'annonce aux informations d'événements devant se produire un millier d'années plus tard.

Comme s'il s'agissait de nouvelles toutes chaudes, d'une importance capitale pour la planète.

Un millier d'années.

Il avait les paupières lourdes. Il piqua du nez, releva brusquement la tête quand l'interphone grésilla.

— Veuillez attacher vos ceintures, demanda le pilote. Nous atterrissons à Van Nuys.

Van Nuys
Lundi 11 octobre
19 h 30

Peter n'avait qu'une envie – dormir –, mais dès l'atterrissage, il consulta la messagerie de son portable. Il avait manqué à pas mal de monde.

« Bonjour, monsieur Evans. C'est Eleanor, la secrétaire de Nicholas Drake. Vous avez oublié votre téléphone cellulaire ; je vous le garde. À propos, M. Drake aimerait vous parler. »

« Peter, c'est Jennifer Hayes. John Balder aimerait que vous passiez le voir demain, avant 10 heures. C'est important. Si, pour une raison ou pour une autre, cela ne vous est pas possible, passez-moi un coup de fil. À demain. »

« Appelez-moi, Peter, voulez-vous ? C'est Margo. Je suis sortie de l'hôpital. »

« Bonjour, monsieur Evans. Ron Perry, de la police de Beverly Hills. Vous deviez passer à 16 heures pour faire une déposition. Je ne tiens pas à faire délivrer un mandat d'arrêt contre vous. Appelez-moi : vous avez le numéro. »

« Herb Lowenstein à l'appareil. Où êtes-vous encore passé ? Nous n'aimons pas voir nos collaborateurs disparaître jour après jour. Vous avez du travail ici. La secrétaire de Balder a appelé : il veut vous voir demain matin à Culver City, à 10 heures pétantes. Un bon conseil si vous ne voulez pas perdre votre boulot : soyez à l'heure. »

« Monsieur Evans, c'est encore Ron Perry, police de Beverly Hills. Ayez l'amabilité de me rappeler aussi vite que possible. »

« J'attends votre appel, Peter. C'est Margo. »

« Peter ? C'est Janis. Veux-tu qu'on se voie ce soir ? Appelle-moi. »

« Monsieur Evans, je vous passe M. Drake... »

« Peter ? C'est Lisa, la secrétaire de M. Lowenstein. La police vous cherche. J'ai pensé que vous aimeriez le savoir. »

« C'est encore Margo. Quand je téléphone à mon avocat, j'attends de lui qu'il me rappelle. Vous m'agacez, Peter. Rappelez-moi. »

« Ron Perry, police de Beverly Hills. Si je n'ai pas de nouvelles, je serai contraint de demander à un juge de délivrer un mandat d'arrêt contre vous. »

« Herb Lowenstein à l'appareil. Vous êtes vraiment insupportable, Peter ! La police va demander un mandat d'arrêt contre vous. Réglez ça tout de suite ! Personne de notre cabinet ne s'est jamais fait arrêter ! »

Fin des messages. Peter poussa un long soupir.

— Des ennuis ? demanda Sarah.

— Non, mais je crains de ne pas pouvoir me reposer avant un petit moment.

Il appela Ron Perry. On l'informa que l'inspecteur avait terminé son service et qu'il devait se rendre au tribunal le lendemain matin. Il ne serait pas joignable. Peter laissa un numéro de téléphone.

Il appela Drake. Il était déjà parti.

Il appela Lowenstein. Il n'était pas dans son bureau.

Il appela Margo. Pas de réponse.

Il appela Jennifer Hayes pour dire qu'il serait à l'heure au rendez-vous, le lendemain matin.

— Mettez-vous sur votre trente et un, fit-elle.

— Pourquoi ?

— Vous passerez à la télé.

Culver City
Mardi 12 octobre
9 h 51

Il y avait deux cars de régie blancs garés devant les locaux où travaillait l'équipe du procès Vanutu. À l'intérieur, Peter vit des ouvriers qui installaient des projecteurs et changeaient des ampoules fluorescentes au plafond. Quatre équipes vidéo essayaient différents angles de prise de vues mais personne ne filmait encore.

Peter remarqua que les bureaux avaient été transformés. Les graphiques et les diagrammes tapissant les murs avaient un aspect plus compliqué, plus technique. Il y avait d'énormes agrandissements de Vanutu, des vues aériennes pour certains. Plusieurs photographies montraient l'érosion du littoral, des maisons de guingois, prêtes à basculer dans la mer. Sur une photo de classe étaient alignés de beaux enfants au teint hâlé et au visage souriant. Au centre de la pièce trônait la maquette de l'île principale, éclairée pour les caméras.

Jennifer portait un chemisier, une jupe et des chaussures à talons qui lui donnaient une beauté mystérieuse. Peter remarqua que tout le monde était bien mieux habillé qu'à l'occasion de sa première visite. Plus de jeans ni de tee-shirts. Les chercheurs étaient en costume-cravate et ils paraissaient beaucoup plus nombreux.

— Alors, demanda Peter, que se passe-t-il ici ?

— La télévision va nous filmer sans le son, juste des

images, pour un reportage. Nous présentons aussi un dossier de presse vidéo.

— Mais vous n'avez pas encore annoncé que le procès aura lieu.

— C'est pour cet après-midi. Conférence de presse à 13 heures, devant l'entrepôt. Vous y serez, bien sûr ?

— Euh... je n'avais pas prévu...

— Je sais que John Balder compte sur votre présence. Pour représenter George Morton.

C'était gênant ; cela risquait de le placer dans une situation délicate au sein du cabinet.

— Il y a plusieurs avocats ayant plus d'ancienneté que moi, qui se sont occupés de...

— Drake a demandé expressément que vous soyez là.

— Ah bon ?

— Il a dit que vous vous occupiez de faire signer les papiers qui permettront de financer le procès.

C'était donc ça. On allait le faire passer à la télé afin de l'empêcher de parler plus tard de la donation de dix millions de dollars au NERF. On allait le placer tout au fond pendant l'annonce de l'ouverture de l'action judiciaire. Drake déclarerait ensuite que les dix millions de dollars allaient arriver ; si Peter ne le contredisait pas, son silence serait considéré comme un consentement. Si, par la suite, il émettait des objections, on pourrait lui rétorquer : mais vous étiez là, Evans. Pourquoi n'avez-vous rien dit ?

— Je comprends, fit-il.

— Vous avez l'air inquiet.

— Je le suis.

— Écoutez-moi, dit Jennifer. Vous n'avez pas à vous inquiéter.

— Vous ne savez même pas...

— Croyez-moi, vous n'avez pas à vous inquiéter, répéta-t-elle en le regardant dans les yeux.

— Très bien.

Cela partait d'un bon sentiment mais Peter n'en éprouvait pas moins une sensation d'anxiété. La police s'apprêtait à demander un mandat d'arrêt contre lui, le cabinet se plaignait de ses absences et on allait maintenant essayer de le réduire au silence... en le faisant passer à la télévision.

— Pourquoi m'a-t-on demandé de venir si tôt?

— Nous voulons vous remettre sur la sellette, pour notre expérience de sélection du jury.

— Désolé, je ne peux pas...

— Vous n'avez pas le choix. Vous l'avez déjà fait... Un café ?

— Volontiers.

— Vous avez l'air fatigué. Passons au maquillage.

Une demi-heure plus tard, Peter se retrouva dans la salle d'interrogatoire, au bout de la longue table, sous le regard curieux de toute une bande de jeunes chercheurs.

— Aujourd'hui, commença Jennifer, nous allons aborder les sujets du réchauffement planétaire et de l'utilisation du sol. Connaissez-vous ces questions?

— Pas très bien.

Jennifer fit un signe de tête à l'adresse d'un des jeunes chercheurs.

— Raimundo? Voulez-vous lui fournir quelques éléments?

L'étudiant avait un fort accent mais Peter le suivait sans difficulté.

— Il est bien connu que les modifications de l'utilisation du sol provoquent une hausse de la température. Les villes sont plus chaudes que les campagnes environnantes : c'est ce qu'on appelle l'effet thermique urbain. Les terres cultivées sont plus chaudes que les terrains boisés, et ainsi de suite.

— Je vois, fit Peter en hochant lentement la tête.

Il n'avait jamais entendu parler de ce concept mais cela paraissait évident.

— Un pourcentage important de stations météo qui, il y a quarante ans, se trouvaient en pleine campagne sont aujourd'hui entourées de béton, d'asphalte, d'immeubles... ce qui fait que les températures enregistrées sont plus élevées.

— Je comprends, dit Peter.

Du coin de l'œil, il vit à travers la paroi vitrée les équipes de télévision. Il se prit à espérer que les journalistes n'allaient pas entrer ; il ne voulait pas paraître ignare devant eux.

— Ces faits, poursuivit Raimundo, sont connus de tous les spécialistes. Les scientifiques relèvent les données brutes des stations proches des villes et abaissent légèrement les températures de manière à compenser la différence.

— Comment cette correction est-elle calculée ?

— Elle varie selon les chercheurs mais la plupart des algorithmes prennent en compte l'importance de la population. Plus la population est nombreuse, plus on abaisse la température.

— Je dirais que c'est logique, fit Peter.

— Il semble malheureusement que cela ne le soit pas. Prenons l'exemple de Vienne, une ville étudiée par Bohm il y a quelques années. La population n'a pas augmenté depuis 1950 mais la consommation d'énergie a plus que doublé et l'espace construit a sensiblement augmenté. L'effet thermique urbain est plus fort mais le correctif n'a pas été changé, car il dépend de l'évolution de la population [1].

— La chaleur urbaine est donc sous-estimée, dit Peter.

— C'est plus grave que cela, déclara Jennifer. On supposait jusqu'alors qu'elle était de peu d'importance puisqu'elle ne représentait qu'une fraction du réchauffement planétaire. La planète s'est réchauffée de 0,3 °C au cours des trois dernières décennies alors que la température ne se serait élevée dans les grandes villes que de 0,1 °C.

— Oui. Et alors ?

— Alors, cette différence ne reflète pas la réalité. Par exemple, d'après les études faites par les Chinois, la tempé-

1. R. Bohm, « Influence urbaine dans les relevés de température – une étude de cas pour la ville de Vienne, Autriche », *Climatic Change*, 38, 1998 : 113-1128. Ian G. McKendry, « Climatologie appliquée », *Progress in Physical Geography*, 27, 4, 2003, p. 597-606 : « Les corrections apportées en fonction de l'importance de la population aux États-Unis sous-estiment peut-être l'effet thermique urbain. »

rature se serait élevée de 1 °C à Shanghai au cours des vingt dernières années [1], soit plus que le réchauffement planétaire en un siècle. L'exemple de Shanghai n'est pas unique. À Houston, la température s'est élevée de 0,8 °C en douze ans [2]. En Corée du Sud, de grandes villes se réchauffent rapidement [3]. À Manchester, il ferait 8 °C de plus que dans la campagne avoisinante [4]. Les petites villes aussi sont bien plus chaudes que les zones périphériques.

Jennifer se tourna vers ses diagrammes.

— Il faut savoir, poursuivit-elle, que les graphiques que vous voyez ne montrent pas des données brutes. Elles ont été bricolées pour compenser la chaleur urbaine. Probablement pas assez.

La porte s'ouvrit, une des quatre équipes vidéo entra, le projecteur de la caméra allumé. Sans un instant d'hésitation, Jennifer prit quelques diagrammes pour les présenter à la caméra.

— Ils filment sans le son, murmura-t-elle. Soyons actifs et montrons-leur des supports visuels. Vous allez voir quelques exemples de relevés de stations météo, poursuivit-elle à voix haute en se tournant vers la caméra. Voici, pour commencer, un graphique représentant l'évolution de la température à Pasadena depuis 1930 [5].

---

1. L. Chen, *et al.*, « Caractéristiques de l'effet thermique urbain à Shanghai et son mécanisme possible », *Advances in Atmospheric Sciences*, 20, 2003, p. 991-1001.

2. D. R. Streutker, « Augmentation mesurée par satellite de l'effet thermique urbain à Houston, Texas », *Remote Sensing of Environment*, 85, 2003, p. 282-289 : « Entre 1987 et 1999, la température moyenne de surface nocturne à Houston a augmenté de 0,82 °C + ou – 0,10 °C. »

3. Y. Choi, H. S. Jung, K. Y. Nam et W. T. Kwon, « Influence urbaine sur la température régionale moyenne en surface, en Corée du Sud. 1968-1999 », *International Journal of Climatology*, 23, 2003, p. 577-591.

4. http://news.bbc.co.uk/1/hi/in-depth/sci-tech/2002/leicester-2002/2253636.stm. La BBC ne fournit aucune référence significative pour les 8 °C annoncés.

5. La population de Los Angeles est de 14 531 000 habitants, celle de Berkeley de 6 250 000, celle de New York de 19 345 000.

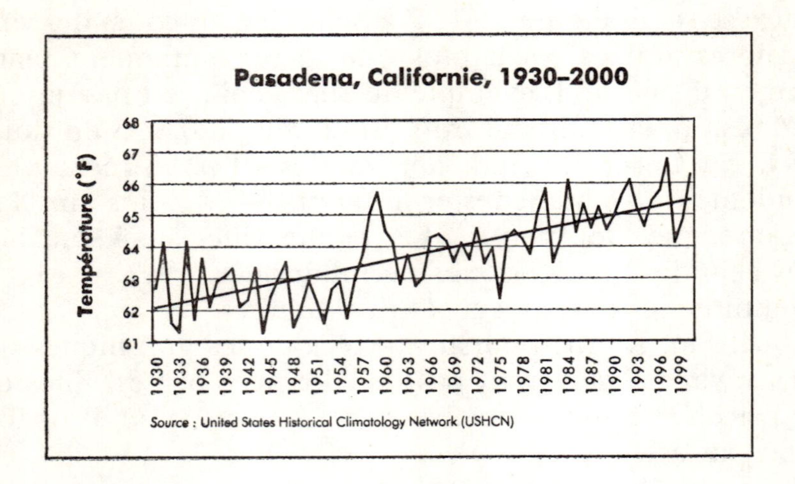

— Il indique, comme vous pouvez le voir, une forte élévation de la température. Et voici Berkeley depuis 1930.

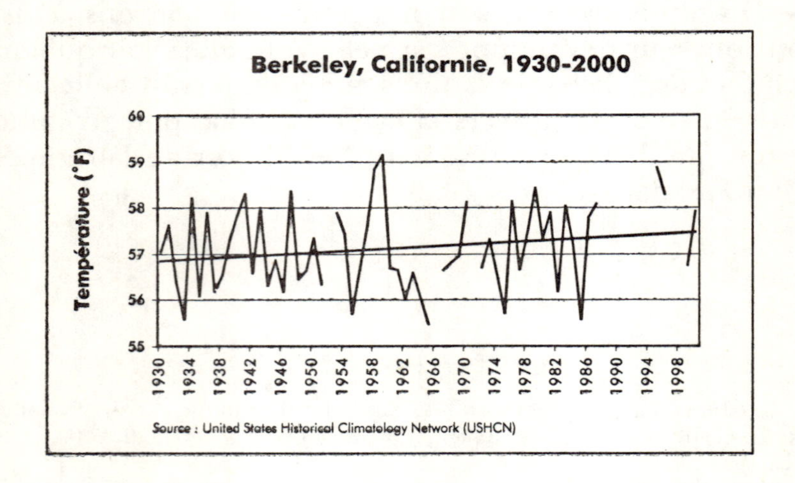

— Des relevés curieusement incomplets. C'est parce que ce sont des données brutes que vous pouvez constater qu'il manque des années. La tendance au réchauffement est nette, indiscutable. Vous ne trouvez pas ?

— Si, répondit Peter en se disant que ce n'était pas grand-chose, moins de 1 °F.

— Passons maintenant à la vallée de la Mort, un des endroits les plus chauds, les plus secs de la planète. Aucune urbanisation, bien sûr. Il manque, là aussi, les relevés de plusieurs années.

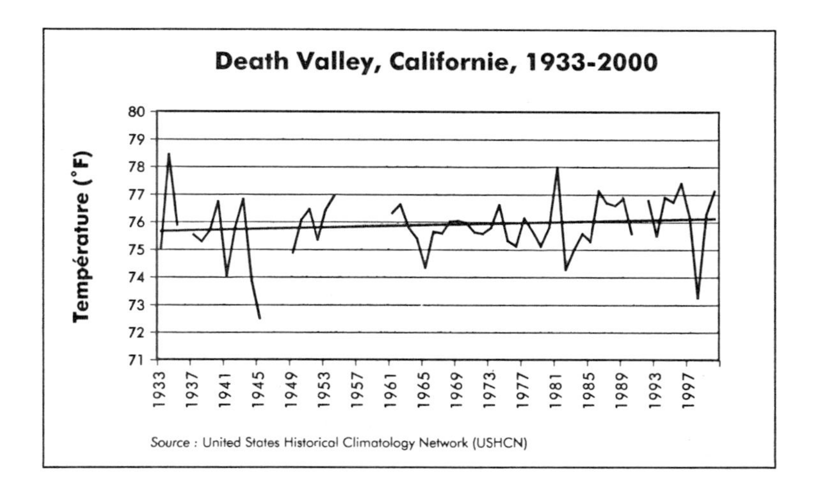

Peter ne fit aucun commentaire; il se dit que ce devait être une anomalie. Jennifer présenta d'autres graphiques.

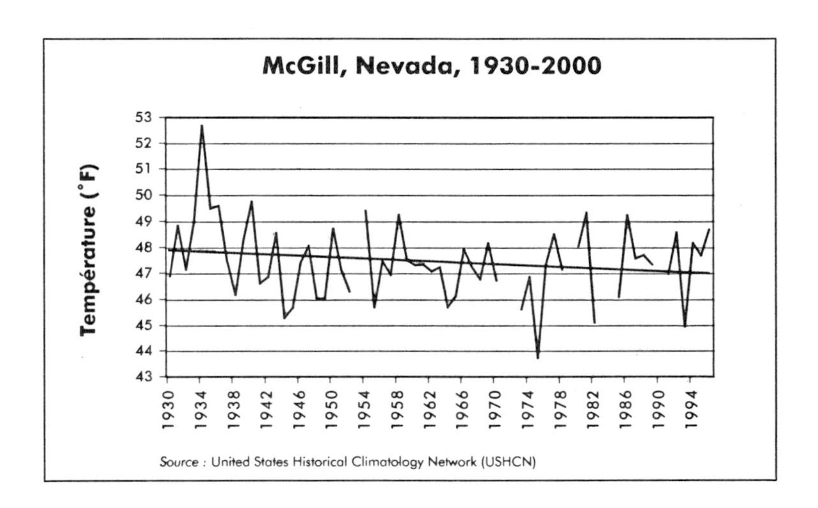

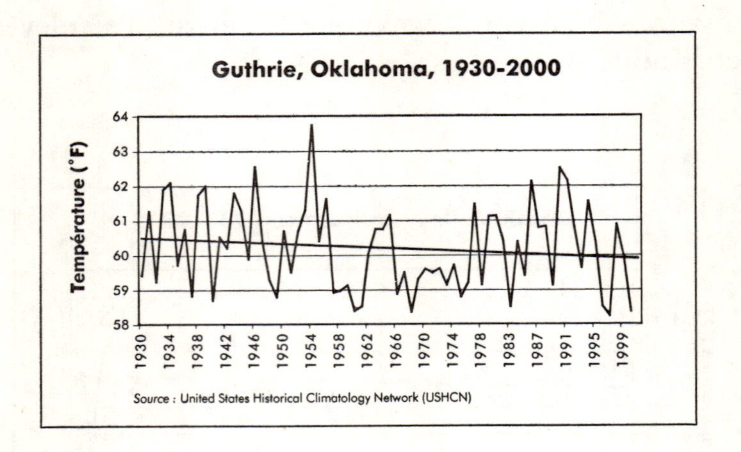

— Ce sont des stations du désert du Nevada et des plaines de l'Oklahoma, expliqua-t-elle. Les graphiques montrent des températures stables ou en légère baisse. Et pas seulement dans les zones rurales. Voici maintenant Boulder, Colorado. C'est intéressant, car c'est là que se trouvent les locaux du Centre national pour les recherches atmosphériques (NCAR), haut lieu des études sur le réchauffement planétaire.

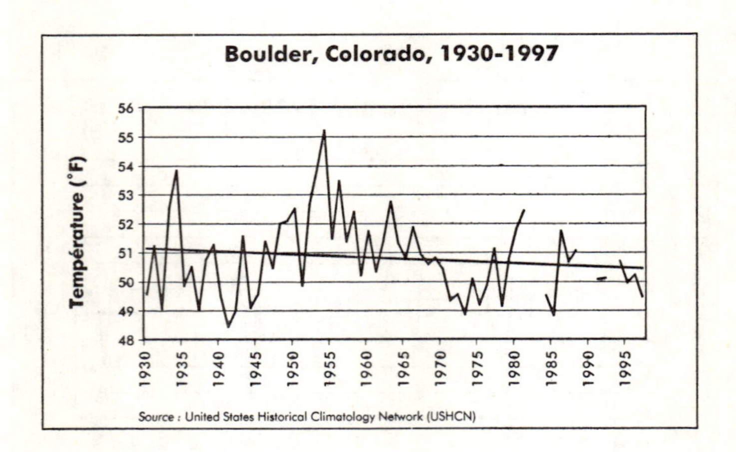

— Et voici quelques villes de moindre importance, poursuivit Jennifer. Truman, Missouri, pour commencer...

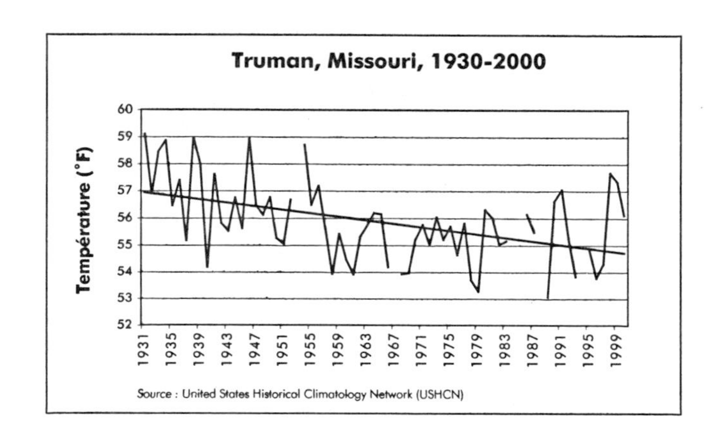

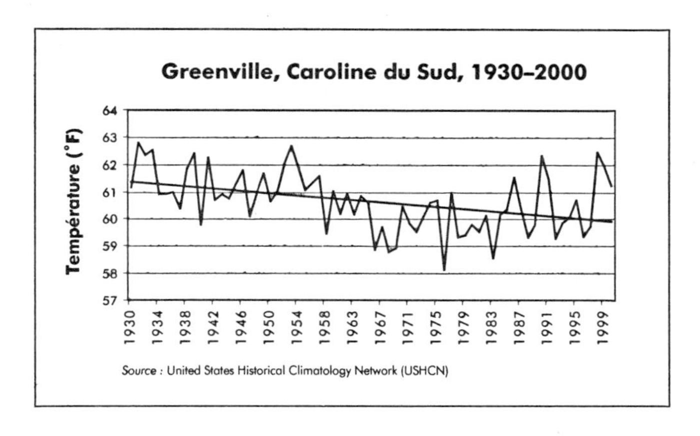

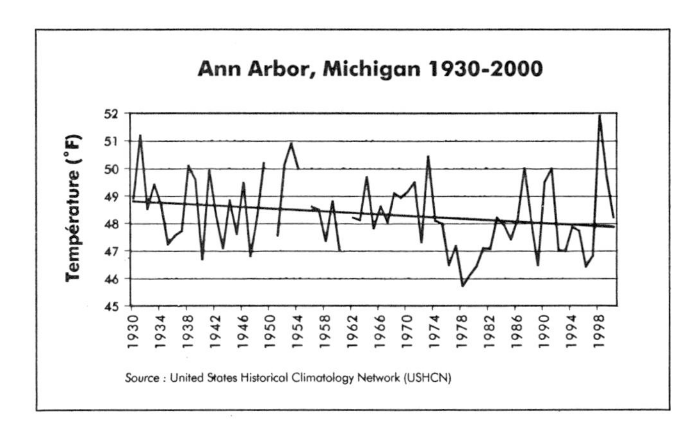

— La baisse n'est pas spectaculaire, reconnaissez-le, lança Peter.

— Tout dépend de ce que l'on entend par spectaculaire. Depuis 1930, la température a baissé de 2,5 °F à Truman, de 1,5 °F à Greenville et de 1 °F à Ann Arbor. Si la planète se réchauffe, ces villes n'ont pas été concernées.

— Voyons des villes plus importantes, reprit Peter. Charleston, par exemple.

— J'ai justement Charleston, fit Jennifer en cherchant dans ses graphiques.

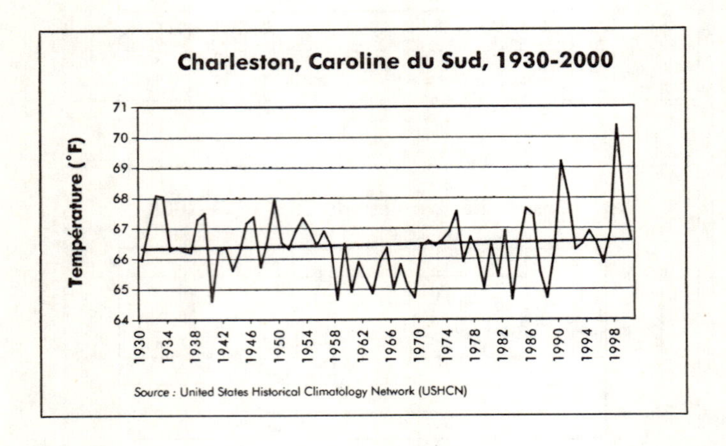

— Vous voyez, observa Peter. Quand la ville est plus grosse, la température monte. Et New York ?

— J'ai plusieurs enregistrements de New York, la ville et l'État.

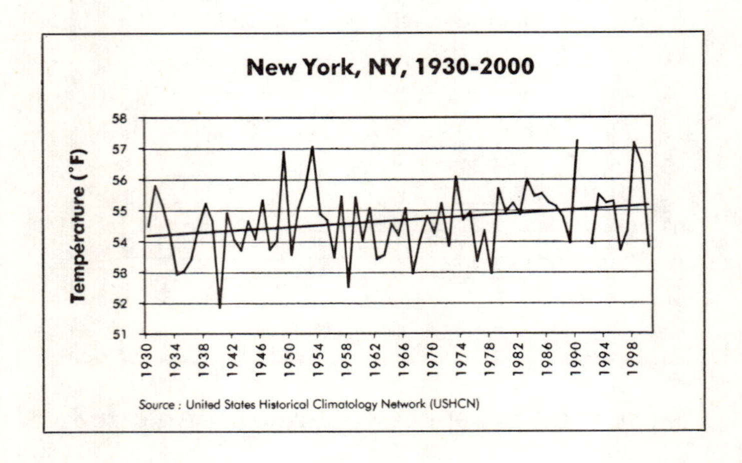

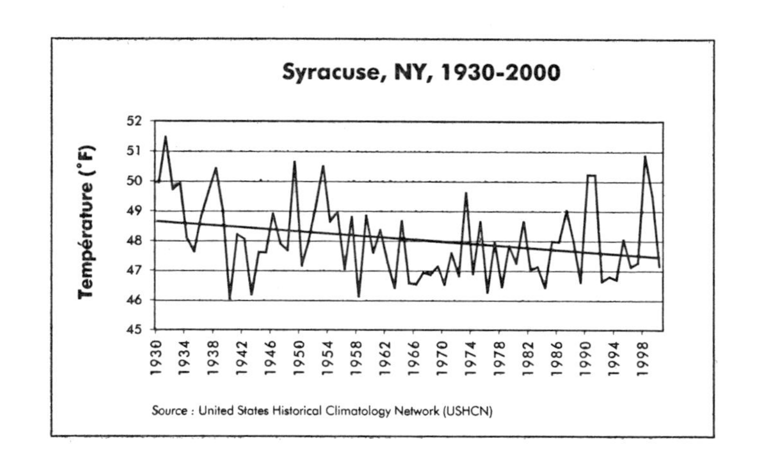
Syracuse, NY, 1930-2000
Température (°F)
52
51
50
49
48
47
46
45
1930
1934
1938
1942
1946
1950
1954
1958
1962
1966
1970
1974
1978
1982
1986
1990
1994
1998
Source : United States Historical Climatology Network (USHCN)

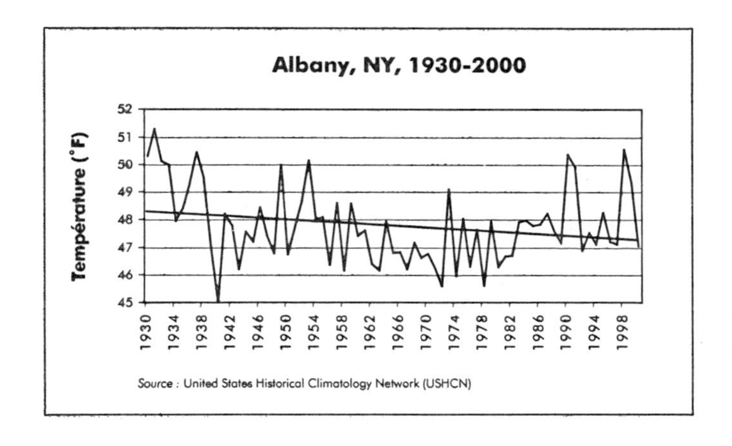
Albany, NY, 1930-2000
Température (°F)
52
51
50
49
48
47
46
45
1930
1934
1938
1942
1946
1950
1954
1958
1962
1966
1970
1974
1978
1982
1986
1990
1994
1998
Source : United States Historical Climatology Network (USHCN)

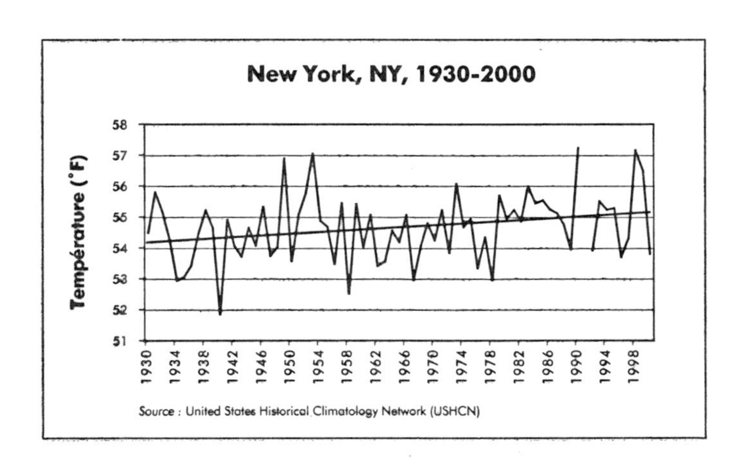
New York, NY, 1930-2000
Température (°F)
58
57
56
55
54
53
52
51
1930
1934
1938
1942
1946
1950
1954
1958
1962
1966
1970
1974
1978
1982
1986
1990
1994
1998
Source : United States Historical Climatology Network (USHCN)

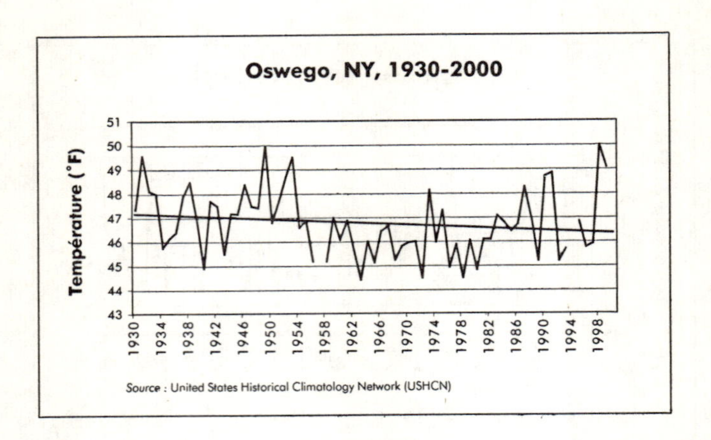

— Comme vous pouvez le constater, reprit Jennifer, il fait plus chaud à New York City mais dans d'autres parties de l'État la température a baissé depuis 1930, d'Oswego à Albany.

Peter était gêné par la caméra braquée sur lui. Il hocha la tête d'une manière qui, espérait-il, marquait l'intelligence et la réflexion.

— D'où tenez-vous ces données ? demanda-t-il.

— Du Réseau de climatologie historique, répondit Jennifer. Une banque de données gouvernementale, conservée au Laboratoire national d'Oak Ridge.

— C'est fort intéressant, fit Peter, mais j'aimerais voir d'autres relevés effectués en Europe et en Asie. N'oublions pas qu'il s'agit d'un phénomène mondial.

— Naturellement, approuva Jennifer qui jouait, elle aussi, son rôle devant la caméra. J'aimerais auparavant savoir ce que vous pensez des données dont vous venez de prendre connaissance. Il semble, vous avez pu le constater, qu'il n'y ait pas eu de réchauffement depuis 1930 dans de nombreuses régions des États-Unis.

— Je suis sûr que vous avez soigneusement sélectionné les stations, objecta Peter.

— Dans une certaine mesure. Comme le fera la défense, n'en doutez pas.

— Les résultats ne me surprennent pas, poursuivit Peter. Il y a toujours eu et il y aura toujours des variations climatiques locales... À propos, pourquoi vos enregistrements ne remontent-ils qu'à 1930 ? Il existe des relevés de température bien plus anciens, non ?

— Excellente remarque, fit Jennifer en hochant la tête d'un air approbateur. Cela fait effectivement une différence. Prenons un exemple...

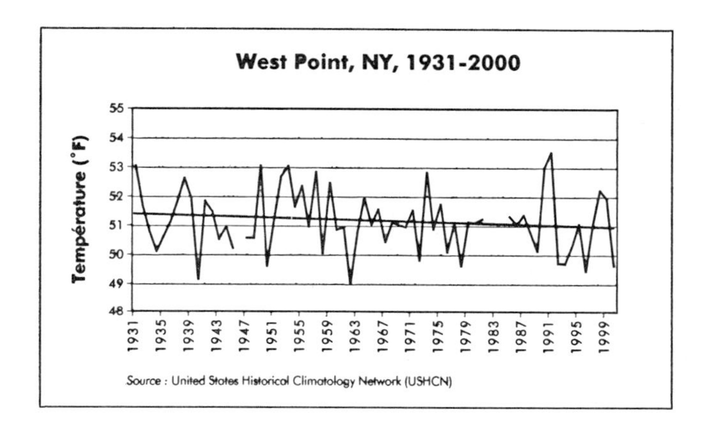

— Voici les relevés à West Point, New York, de 1931 à 2000. La tendance est à la baisse des températures.

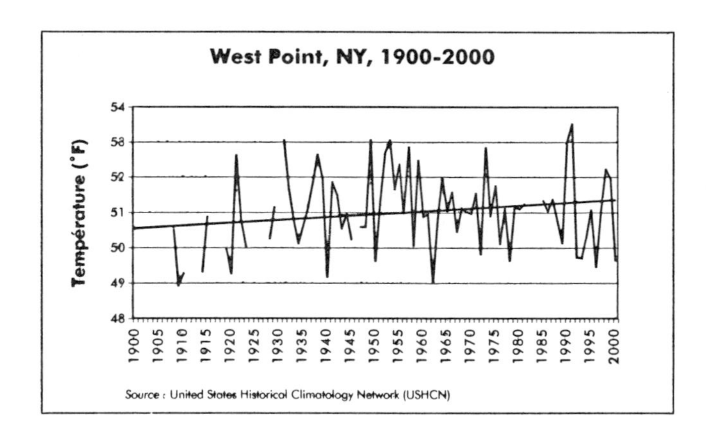

— Et voici West Point, de 1900 à 2000. Cette fois, la tendance est à la hausse...

— Ha ! fit Peter. Vous manipulez les données... Vous avez choisi la période qui allait dans votre sens !

— Absolument, reconnut Jennifer. Parce que, dans bien des régions des États-Unis, les températures étaient plus élevées dans les années 30 qu'aujourd'hui.

— Les résultats n'en sont pas moins faussés.

— Assurément. La défense ne laissera pas passer l'occasion de montrer au jury quantité d'exemples de truquage, pris dans les publications écologistes. Le choix d'années particulières qui semblent prouver que la situation empire.

— Dans ce cas, poursuivit Peter, sans relever l'insulte faite aux associations écologistes, ne permettons aucun truquage. Prenons les relevés complets... Ils remontent jusqu'à quelle date ?

— À West Point, 1826.

— Parfait. Voulez-vous nous montrer le graphique ?

Peter se sentait confiant : il savait qu'une tendance générale au réchauffement avait commencé vers 1850. Depuis cette date, sur les cinq continents, il faisait plus chaud. Les relevés de West Point allaient le confirmer.

Jennifer devait le savoir aussi ; elle parut d'un seul coup bien plus hésitante. Elle se retourna vers sa pile de graphiques, commença à les feuilleter en fronçant les sourcils, comme si elle ne parvenait pas à trouver celui qu'elle cherchait.

— Vous ne l'avez pas, peut-être ? glissa Peter.

— Si, si, je l'ai... Ah ! le voilà !

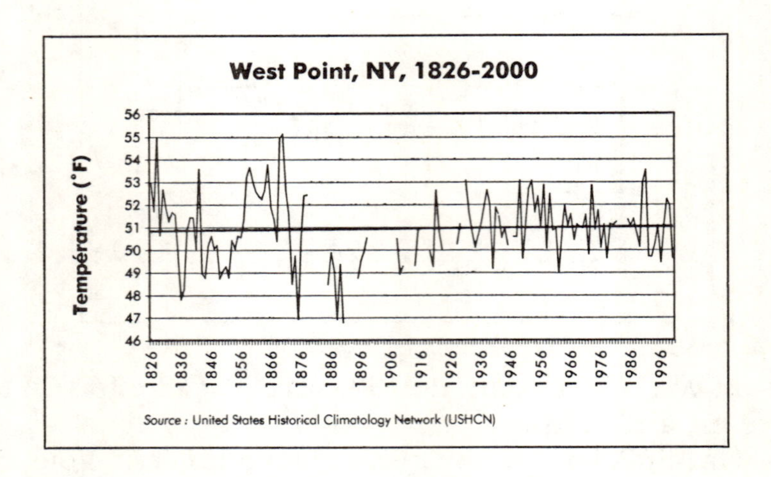

Un coup d'œil au graphique suffit à Peter pour comprendre qu'il s'était fait avoir.

— Comme vous l'aviez supposé, fit Jennifer, ce graphique est particulièrement éloquent. En cent soixante-quatorze ans, la température moyenne relevée à West Point est restée exactement la même. Elle était de 51 °F en 1826, elle est de 51 °F en 2000.

— Ce sont les relevés d'une station, répliqua Peter sans se laisser abattre. Il y en a des quantités. Des centaines, des milliers...

— Vous pensez que d'autres relevés indiqueront une tendance différente ?

— J'en suis certain. Surtout en prenant les enregistrements complets, depuis 1826.

— Vous avez raison. Les relevés peuvent montrer différentes tendances.

Peter se cala dans son siège d'un air satisfait. Il croisa les mains sur sa poitrine.

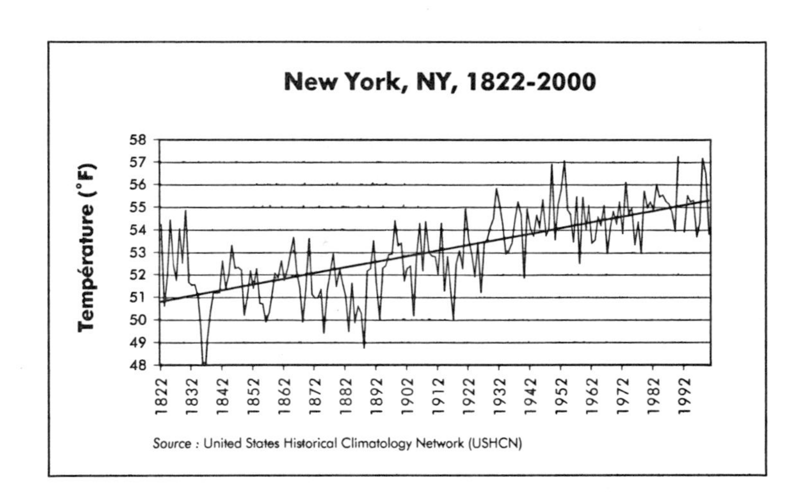

— New York City : une élévation de 5 °F en cent soixante-dix-huit ans.

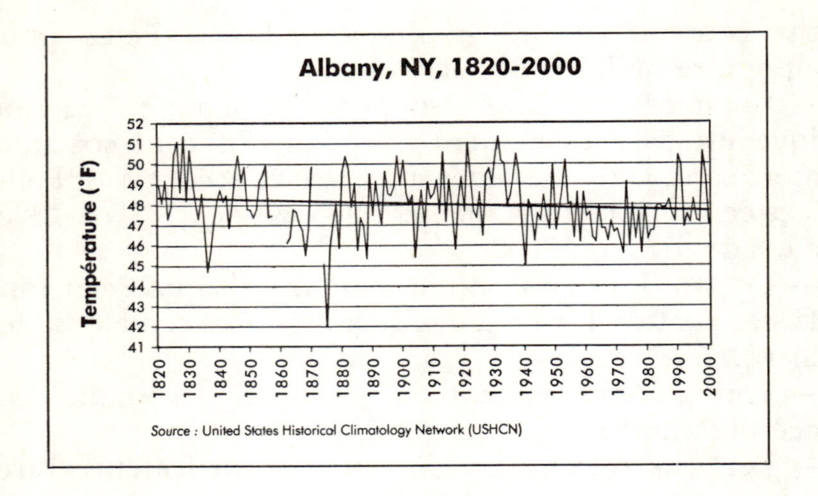

— Albany, une baisse de 0,5 °F en cent quatre-vingts ans.

— Des variations locales, fit Peter avec un haussement d'épaules. Nous en avons déjà parlé.

— Permettez-moi de me demander, répliqua Jennifer, comment ces variations locales peuvent cadrer avec la théorie du réchauffement global. Si j'ai bien compris, le réchauffement planétaire serait provoqué par une augmentation des gaz dits à effet de serre – comme le dioxyde de carbone –, qui retiennent la chaleur dans l'atmosphère et l'empêchent de s'échapper. Sommes-nous d'accord ?

— Oui, répondit Peter, soulagé de ne pas avoir à donner lui-même une définition.

— D'après cette théorie, poursuivit Jennifer, l'atmosphère elle-même se réchauffe, comme à l'intérieur d'une serre ?

— Oui.

— Et ces gaz contribuant à l'effet de serre sont émis sur toute la planète ?

— Oui.

— Nous savons que les émissions de dioxyde de carbone – le gaz qui nous préoccupe – ont augmenté dans les mêmes proportions dans le monde entier...

Elle présenta un nouveau graphique [1].

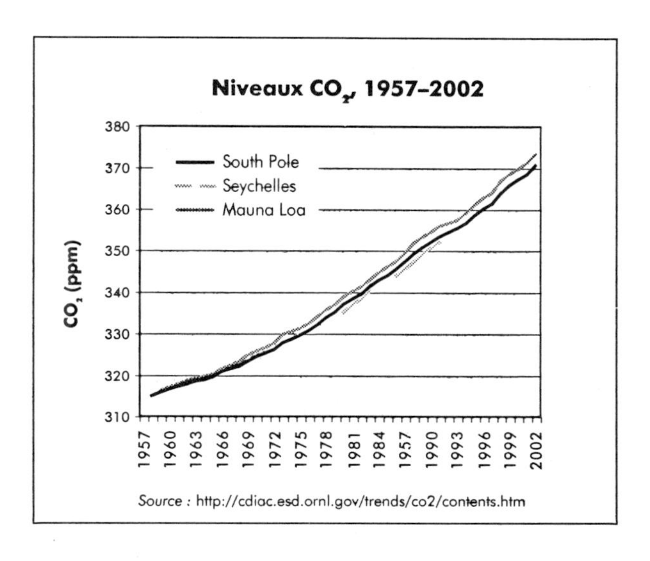

— Oui...

— Et que ses effets sont très probablement les mêmes sur toute la planète. C'est pour cette raison qu'on parle de réchauffement *global*.

— Oui...

— Les villes de New York et d'Albany ne sont pourtant distantes que de deux cent vingt kilomètres, moins de trois heures de route. Les niveaux de dioxyde de carbone y sont identiques mais la température de l'une s'est sensiblement élevée alors qu'elle baissait légèrement dans l'autre. Est-ce le signe d'un réchauffement *global* ?

— Il y a des conditions atmosphériques locales, répondit Peter. Certains endroits sont plus chauds ou plus froids que d'autres, tout le monde le sait.

1. Pôle Sud, Mauna Loa : C. D. Keeling, T. P. Whorf et le Groupe de recherche sur le dioxyde de carbone, Scripps Institute of Oceanography, Université de Californie, La Jolla, CA 92093, États-Unis.

Seychelles : Thomas J. Conway, Pieter Tans, Lee S. Waterman, Administration nationale océanique et atmosphérique, surveillance du climat et laboratoire de diagnostic, 325 Broadway, Boulder CO 80303. Voir http://cdiac.esd.ornl.gov/trends/co2/contents.htm.

— Nous parlons du climat, pas du temps qu'il fait. Le climat, c'est le temps qu'il fait sur une longue période.

— Oui...

— Je serais d'accord avec vous si les relevés des deux stations montraient une hausse de la température, quel que soit l'écart. Ce n'est pas le cas : il fait plus chaud à un endroit, un peu moins à l'autre. Et à West Point, qui se situe à mi-chemin entre les deux, la température est restée constante.

— Je crois, déclara Peter, que la théorie du réchauffement planétaire prédit que certains endroits deviendront plus froids.

— Vraiment ? Et pourquoi ?

— Je ne sais pas exactement mais je l'ai lu quelque part.

— Alors, l'atmosphère de toute la planète se réchauffe et, en conséquence, certains endroits deviennent plus froids.

— Je crois.

— En y réfléchissant bien, cette idée ne vous paraît pas absurde ?

— Si, mais vous savez que le climat est un système complexe.

— Ce qui signifie ?

— Euh... c'est compliqué. Il n'est pas toujours ce que l'on attend.

— Parfaitement vrai, dit Jennifer. Pour en revenir à nos deux villes, le fait qu'elles soient si proches et que les relevés de température montrent une évolution différente pourrait inciter un jury à se demander si nous mesurons autre chose qu'un effet *global*. Depuis cent quatre-vingt-cinq ans, la population de New York est passée à huit millions d'habitants alors que celle d'Albany s'est accrue dans des proportions bien moindres.

— Oui.

— Et nous savons que l'urbanisation rend les villes plus chaudes que les campagnes qui les entourent.

— Oui...

— Cet effet est un phénomène local, sans rapport avec le réchauffement global ?

— Oui...

— Alors, expliquez-moi comment vous pouvez savoir que la forte augmentation de la température à New York est due au réchauffement global et non à l'abondance de béton et d'immeubles.

— Eh bien, fit Peter d'une voix hésitante, je n'ai pas la réponse à cette question. Mais j'imagine qu'elle est connue.

— Si des villes comme New York deviennent de plus en plus peuplées et de plus en plus chaudes, elles feront augmenter la température moyenne globale, n'est-ce pas ?

— Je suppose...

— Dans ce cas, à mesure que la population des grandes villes augmente sur toute la planète, nous pourrions constater une élévation de la température moyenne par le seul fait de l'urbanisation, sans qu'aucun effet atmosphérique soit en cause.

— Je suis sûr que les scientifiques se sont déjà penchés sur cette question, avança Peter. Et qu'ils ont trouvé une réponse.

— En effet. Leur réponse a été de compenser l'effet de l'urbanisation en le retranchant des données brutes de températures.

— Vous voyez...

— Pardon ? En votre qualité d'avocat, vous connaissez parfaitement les précautions prises lors d'un procès pour s'assurer que personne ne manipule les éléments de preuve.

— Certes, mais...

— Dans le cas qui nous intéresse, les éléments de preuve sont les données brutes. Et elles sont tripatouillées par les scientifiques, ceux-là mêmes qui affirment que le réchauffement global est un danger planétaire.

— Oui, mais ils corrigent les données en abaissant les températures !

— La question que la défense posera est de savoir s'ils les abaissent *suffisamment*.

— Je ne sais pas, soupira Peter. Cela devient très technique, très pointu.

— Pas vraiment : c'est une question clé. Urbanisation ou gaz à effet de serre en tant que cause de l'augmentation de la température moyenne. De quoi apporter de l'eau au moulin de la défense. Plusieurs études récentes donnent à penser que la correction effectuée pour tenir compte de l'urbanisation a été insuffisante [1]. L'une d'elles conclut même que l'élévation de la température observée proviendrait pour moitié de l'urbanisation. S'il en va ainsi, le réchauffement planétaire sur les cent dernières années serait inférieur à trois dixièmes de degré. Pas de quoi mettre l'avenir de la Terre en péril.

Peter ne trouva rien à répondre. Il s'efforçait de prendre un air intelligent pour la caméra.

— Les conclusions de cette étude peuvent évidemment être contestées, reprit Jennifer. Il n'en est pas moins vrai que, dès que l'on apporte une correction aux données, on risque de se voir reprocher de l'avoir surestimée ou sous-estimée. Mais la défense insistera surtout sur le fait que nous avons laissé corriger les données par ceux-là mêmes qui ont le plus à y gagner.

— Vous insinuez que les climatologues ont des agissements contraires à l'éthique ?

— Je dis simplement qu'on ne peut être juge et partie. De tels procédés ne sont jamais utilisés en médecine, par exemple, où l'expérimentation en double aveugle est indispensable.

— Vous mettez donc vraiment en cause l'éthique des climatologues ?

— Non, je dis qu'il y a de bonnes raisons pour instituer l'expérimentation en double aveugle. Un scientifique a toujours une idée des résultats auxquels peut aboutir une expérience, sinon il ne la réaliserait pas. Il attend quelque chose, mais d'une manière mystérieuse, totalement inconsciente. Que savez-vous des études sur le parti pris scientifique ?

— Rien, répondit Peter.

— Bon. Simple exemple : un groupe de rats génétique-

1. Pour un résumé, voir Ian G. McKendry, « Climatologie appliquée ». *Progress in Physical Geography*, n° 27, 4, 2003, p. 597-606 : « Des études récentes donnent à penser que les tentatives faites pour supprimer l'“ influence urbaine ” des observations climatiques de longue durée (et permettre de déterminer l'ampleur de l'augmentation de l'effet de serre) sont peut-être par trop simplistes. »

ment identiques est soumis à des expériences dans deux laboratoires différents. Un des labos est informé que les rats sont intelligents et qu'ils parcourront un labyrinthe plus vite que la normale ; l'autre qu'ils ont une intelligence limitée et qu'il leur faudra du temps pour parcourir le labyrinthe. Les résultats indiquent que les rats du premier labo ont été rapides et ceux du second que les animaux ont été lents. Or, tous les rats étaient génétiquement identiques.

— Les résultats ont donc été traficotés.

— On le nie. Mais ce n'est pas tout : prenons un autre exemple. On explique à une équipe de sondeurs qu'ils peuvent influencer insidieusement les résultats d'une enquête et qu'on tient à éviter cela. On leur demande, lorsqu'ils feront du porte-à-porte, de se contenter de lire ce qui sera écrit sur une carte : « Bonjour, je fais une enquête et je lis le texte que l'on m'a remis afin de ne pas vous influencer, etc. » Les enquêteurs ne doivent rien dire d'autre que ce qui est écrit. On dit à la moitié d'entre eux que le questionnaire recueillera soixante-dix pour cent de réponses positives et à l'autre moitié qu'il en obtiendra seulement trente pour cent. Les questionnaires sont identiques. Le premier groupe obtient soixante-dix pour cent de réponses positives, le second trente pour cent.

— Comment est-ce possible ? demanda Peter.

— Peu importe. Ce qui compte – des centaines d'études l'ont démontré –, c'est que les prévisions déterminent le résultat. On trouve ce que l'on pense trouver. C'est la raison de l'expérimentation en double aveugle. Pour éliminer tout parti pris, l'expérience est réalisée par plusieurs personnes qui ne se connaissent pas. Les chercheurs qui la préparent ne connaissent pas ceux qui la réalisent ni ceux qui l'analysent. Les groupes travaillent dans des universités différentes, de préférence dans des pays différents. C'est ainsi que l'on expérimente les nouveaux médicaments. Il n'existe pas d'autre moyen pour éviter le parti pris.

— D'accord, d'accord...

— Pour en revenir à nos relevés de température, il faut apporter des corrections de toute sorte. Pas seulement pour l'urbanisation. Les stations météo changent d'emplacement. Le matériel est modernisé : la sensibilité des appareils de mesure peut être différente. En cas de mauvais fonctionnement, il faudra se passer de certaines données. Quand on s'en remet à son jugement personnel, le parti pris peut entrer en ligne de compte. C'est possible.

— C'est possible ?

— On ne peut pas savoir, poursuivit Jennifer, mais lorsqu'une seule équipe de chercheurs fait l'ensemble du travail, il y a des risques de parti pris. Si c'est la même équipe qui construit un modèle, le teste et analyse les résultats, il y a un risque.

— Alors, les relevés de température ne valent rien ?

— Ils sont suspects. Un bon avocat réfutera les chiffres en un tournemain. Ce que nous nous proposons de faire...

L'équipe vidéo se leva brusquement et quitta la pièce.

— Ne vous inquiétez pas, fit Jennifer en posant la main sur le bras de Peter. Ils ont filmé sans le son... Je voulais que cela ait l'apparence d'une discussion animée.

— Je me sens stupide.

— Vous présentez bien. C'est tout ce qui compte pour la télévision.

— Non, dit Peter en se penchant vers Jennifer. Je parlais de ces réponses que j'ai données. Je ne disais pas ce que je pense réellement... Je suis en train de remettre en question des tas de choses auxquelles je croyais.

— C'est vrai ?

— Oui, répondit posément Peter. Les graphiques de températures, par exemple. Ils poussent à s'interroger sur la réalité du réchauffement planétaire.

Jennifer hocha lentement la tête en l'observant avec attention.

— Vous aussi ? hasarda Peter.

Elle continua à hocher la tête.

Ils déjeunèrent au même restaurant mexicain. L'établissement était presque vide. Comme la première fois, un groupe de monteurs des studios Sony rigolaient à la table du fond ; ils devaient venir là tous les jours.

Et pourtant, pour Peter, tout était différent. Non seulement parce que tout son corps était douloureux et qu'il devait lutter de toutes ses forces contre le sommeil. Il avait l'impression d'être devenu un autre homme ; ses relations avec Jennifer, elles aussi, avaient changé.

Elle mangeait tranquillement, sans parler ou presque. Peter avait le sentiment qu'elle attendait qu'il fasse le premier pas.

— Vous savez, fit-il au bout d'un long moment, il serait absurde d'imaginer que le réchauffement planétaire n'est pas un phénomène réel.

— Absurde, approuva Jennifer.

— Tout le monde y croit.

— C'est vrai, admit Jennifer. Mais seul le jury nous préoccupe et la défense s'en donnera à cœur joie.

— L'exemple que vous m'avez donné ?

— C'est bien pire. L'argumentation de la défense devrait se présenter comme ceci : Mesdames et messieurs les jurés, vous avez certainement entendu dire qu'il se produit un phénomène appelé « réchauffement global », qui serait dû à une augmentation dans l'atmosphère des émissions de dioxyde de carbone et d'autres gaz dits à effet de serre. Mais on ne vous a pas dit que le dioxyde de carbone n'a augmenté que dans des quantités infimes. La partie adverse vous montrera un graphique de l'augmentation de la teneur en dioxyde de carbone qui ressemble à un versant du mont Everest. La réalité est différente. Les émissions de dioxyde de carbone sont passées de 316 à 376 parties par millions en volume (ppmv). Soit une augmentation de 60 ppmv. Une modification de l'atmosphère si infime qu'on a du mal à l'imaginer.

Jennifer s'enfonça dans son siège, les mains écartées.

— La défense produira ensuite un tableau montrant un terrain de football. Représentons-nous la composition de l'atmosphère terrestre comme un terrain de football, diront-ils. L'atmosphère est composée en majeure partie d'azote. En partant d'une ligne de but, l'azote représente soixante-dix-huit mètres d'un terrain long de cent mètres. Sur les vingt-deux mètres restants, vingt et un sont de l'oxygène. Il ne reste plus qu'un petit mètre, composé en grande partie d'argon, un gaz inerte. L'argon s'arrête à neuf centimètres de la limite du terrain, à peu près la largeur de la ligne de but. Sur ces neuf centimètres, le dioxyde de carbone en représente deux et demi. Voilà la quantité de CO_2 contenue dans l'atmosphère : l'équivalent de deux centimètres et demi sur la longueur d'un terrain de football.

Jennifer s'interrompit pour voir l'effet produit par ses paroles.

— Mesdames et messieurs les jurés, poursuivit-elle, on vous dit que la quantité de gaz carbonique contenue dans l'atmosphère a augmenté ces cinquante dernières années. Savez-vous ce que cette augmentation représente sur notre terrain de football ? Moins d'un centimètre ! Le dioxyde de carbone a certes augmenté dans des proportions importantes mais la quantité demeure infime à l'échelle de l'atmosphère. On vous demande pourtant de croire que cette modification imperceptible de l'atmosphère terrestre a déclenché un dangereux processus de réchauffement de l'ensemble de la planète.

— On peut facilement...

— Attendez, coupa Jennifer. La défense n'a pas terminé. D'abord, susciter des doutes, puis proposer des explications. Ils montreront le diagramme des températures pour la ville de New York, celui que vous avez vu, qui constate une élévation de 5 °F. Au début des observations, disons vers 1815, la population de New York était de cent vingt mille habitants contre huit millions aujourd'hui. Soit une augmentation de *six mille pour cent.* Sans parler des gratte-ciel, des appareils de climatisation, des espaces bétonnés. Je vous pose la question : est-il raisonnable de croire qu'une ville dont la population a été multipliée par soixante est devenue plus chaude à cause d'une toute petite augmentation du dioxyde de carbone dans l'atmosphère terrestre ? Ou bien y fait-il plus chaud parce que la population a augmenté dans des proportions considérables ?

— Il est facile de réfuter cet argument, affirma Peter. Les exemples de petites causes produisant de grands effets ne manquent pas. Prenez la détente d'un pistolet : elle ne représente qu'une petite partie de l'arme mais suffit pour faire partir le coup.

— Si vous faisiez partie du jury, Peter, reprit Jennifer, et qu'on vous pose cette question sur la ville de New York, quelle serait votre position ? Réchauffement de la planète ou trop de béton ? Qu'en pensez-vous, à titre personnel ?

— Je pense que la température s'est élevée à cause de l'augmentation de la population.

— Très bien.

— Mais il reste le problème de la montée des eaux.

— Malheureusement, l'élévation du niveau de l'océan à Vanutu n'est pas significative. Selon les bases de données, le niveau est resté stable ou il s'est élevé de quarante millimètres. Autant dire rien.

— Alors, vous n'avez aucune chance de gagner ce procès, observa Peter.

— Exactement. Mais je dois dire que l'exemple de la détente du pistolet est un bon argument.

— Si vous n'êtes pas en mesure de gagner, poursuivit Peter, quel est le but de cette conférence de presse ?

— Merci à tous d'être venus, commença John Balder en s'avançant sous le crépitement des flashs jusqu'à la grappe de micros tendus. À mes côtés se trouvent Nicholas Drake, le président du NERF, Jennifer Haynes, mon assistante, et Me Peter Evans, du cabinet Hassle & Black. Nous vous annonçons que nous avons décidé d'intenter une action en justice contre l'Agence pour la protection de l'environnement des États-Unis d'Amérique, au nom de l'État indépendant des îles Vanutu, dans l'océan Pacifique.

Peter commença à se mordiller les lèvres, puis il se dit qu'il n'avait aucune raison de prendre une expression susceptible d'être interprétée comme de la nervosité.

— Le peuple déjà pauvre de Vanutu risque de voir sa situation se dégrader encore en raison de la plus grande menace écologique de notre époque, le réchauffement planétaire et son corollaire, les changements climatiques brutaux.

Il revint à l'esprit de Peter que Drake, quelques jours plus tôt, avait qualifié les changements climatiques brutaux d'éventualité lointaine. En moins d'une semaine, cette éventualité s'était muée en certitude.

Avec des trémolos dans la voix, Balder évoqua le calvaire des habitants de Vanutu chassés de leurs terres ancestrales par la montée des eaux, en mettant l'accent sur les enfants, dont l'héritage serait emporté par les flots engendrés par l'inhumanité d'un géant industriel.

— Pour rendre justice à la population de Vanutu, conclut Balder, et pour préserver l'avenir de notre planète, aujourd'hui sous la menace de changements climatiques brutaux, nous annonçons l'introduction d'une procédure judiciaire.

Sur ce, il se déclara prêt à répondre aux questions des journalistes. La première fusa aussitôt.

— Quand, précisément, allez-vous engager cette procédure ?

— C'est une affaire complexe, répondit Balder. Nous avons aujourd'hui quarante chercheurs qui travaillent jour et nuit sur ce dossier. Quand leur tâche sera achevée, nous réclamerons des dommages-intérêts en réparation du préjudice causé.

— Devant quel tribunal ?

— Le tribunal fédéral de grande instance de Los Angeles.

— Quel montant demanderez-vous ?

— Comment va réagir le ministère ?

— Le tribunal aura-t-il le taux de compétence voulu ?

Les questions arrivaient en rafale ; Balder était dans son élément. Peter tourna la tête vers Jennifer qui tapota sa montre. Peter inclina la tête. Il regarda sa propre montre, fit une grimace et s'écarta des micros. Jennifer lui emboîta le pas.

Ils entrèrent dans l'entrepôt gardé par deux vigiles.

La surprise figea Peter sur place.

Culver City
Mardi 12 octobre
13 h 20

On avait baissé l'éclairage et la plupart des jeunes gens que Peter avait vus avant la conférence de presse avaient disparu. On vidait toutes les pièces : le mobilier était empilé, les documents rangés dans des caisses métalliques. Des déménageurs emportaient des cartons sur des chariots.

— Que se passe-t-il ? demanda Peter.

— Notre bail arrive à expiration, expliqua Jennifer.

— Alors, vous déménagez ?

— Non, nous vidons les lieux.

— Comment cela ?

— Nous partons, Peter. Nous cherchons du travail ailleurs. Nous n'allons pas jusqu'au procès.

Ils entendirent la voix de Balder répercutée par un haut-parleur.

— Nous avons le ferme dessein de demander réparation dans les trois mois. J'accorde ma confiance pleine et entière aux quarante chercheurs et chercheuses qui nous apportent un soutien précieux dans cette démarche inédite.

Peter s'écarta pour laisser passer deux déménageurs chargés d'une table ; celle devant laquelle on l'avait interrogé quelques heures auparavant. Un troisième homme les suivait avec des cartons remplis de matériel vidéo.

— Comment allez-vous faire ? demanda-t-il à Jennifer. Comment les gens vont-ils savoir ce qui se passe ?

— Ce qui va se passer est parfaitement logique. Nous allons déposer une requête pour obtenir une injonction préliminaire ; nous pensons qu'elle sera rejetée par le tribunal de grande instance pour incompétence. Nous soumettrons donc le litige à la juridiction supérieure et nous irons probablement jusqu'à la Cour suprême. La procédure ne pourra suivre son cours tant que la question de l'injonction ne sera pas réglée, ce qui peut prendre plusieurs années. Et nous autorise à nous séparer d'un personnel pléthorique et à quitter ces locaux coûteux pour ne conserver qu'une équipe juridique réduite au strict minimum.

— Elle est en place ?

— Non, mais vous m'avez demandé comment nous allions procéder.

— Personne n'a jamais eu l'intention d'aller jusqu'au procès, n'est-ce pas ? fit Peter en regardant passer des chariots chargés de cartons.

— Voyons les choses autrement. Le pourcentage d'affaires gagnées par Balder est extrêmement élevé. Il n'y a qu'un seul moyen d'arriver à un tel résultat : laisser tomber les dossiers voués à l'échec bien avant le procès.

— Voilà pourquoi il laisse tomber celui-là ?

— Croyez-moi, fit Jennifer, aucun tribunal n'accordera des dommages-intérêts en réparation d'une production excessive de dioxyde de carbone par l'industrie américaine. Écoutez, poursuivit-elle en montrant le haut-parleur. Drake lui a demandé de mettre l'accent sur les changements climatiques brutaux, ce qui coïncide parfaitement avec la conférence qui doit s'ouvrir demain.

— Oui, mais...

— Vous savez aussi bien que moi, coupa Jennifer, que le seul objectif de ce procès est de faire du battage. Ils ont leur conférence de presse : pas besoin d'aller plus loin.

Tandis que Jennifer expliquait aux déménageurs où ranger les documents et le matériel, Peter entra dans la salle où il avait été interrogé. En voyant la pile de graphiques dans un coin, il eut envie de jeter un coup d'œil à ceux qu'elle ne lui avait pas montrés. Il en prit quelques-uns au hasard, en provenance de différentes stations météo du monde entier.

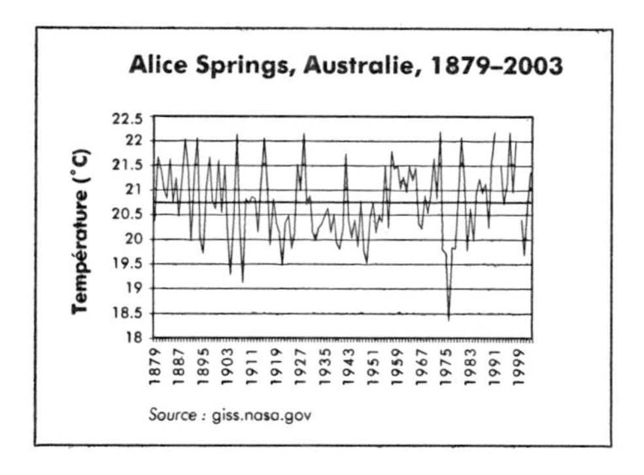

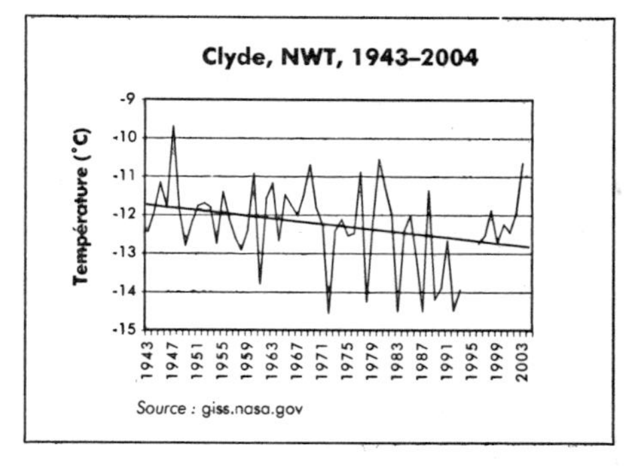

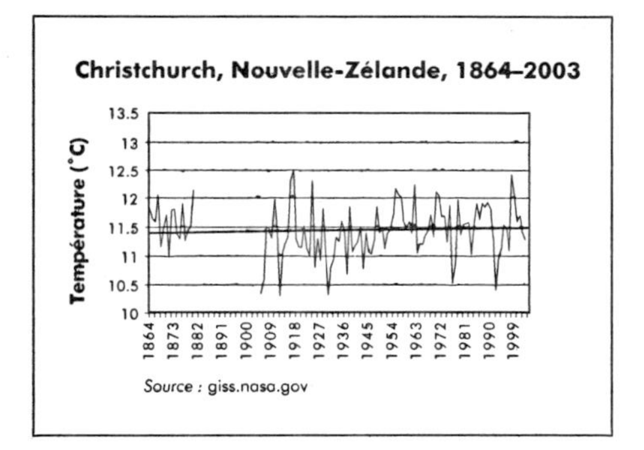

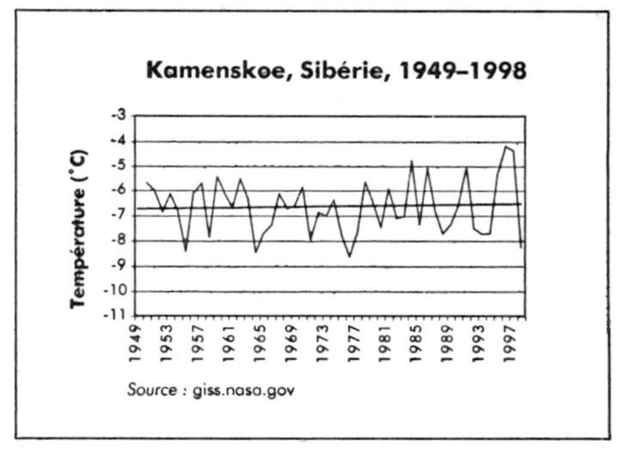

Peter savait que ces graphiques avaient été choisis pour soutenir le point de vue de la partie adverse. C'est pourquoi ils ne montraient pratiquement aucune élévation de la température moyenne. Il était néanmoins troublant de constater que quantité d'entre eux, venus de toutes les parties du monde, présentaient des relevés similaires.

Il vit une pile marquée EUROPE, passa rapidement les graphiques en revue.

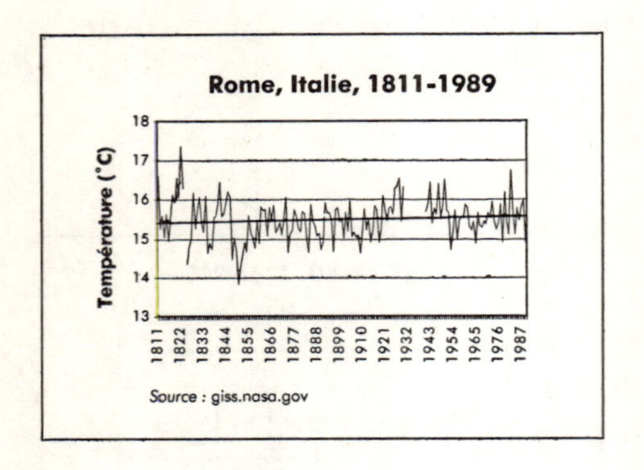
Rome, Italie, 1811-1989
Température (°C)
Source : giss.nasa.gov

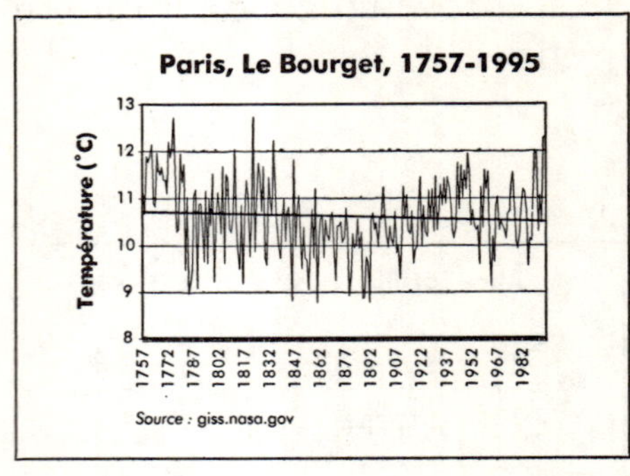
Paris, Le Bourget, 1757-1995
Température (°C)
Source : giss.nasa.gov

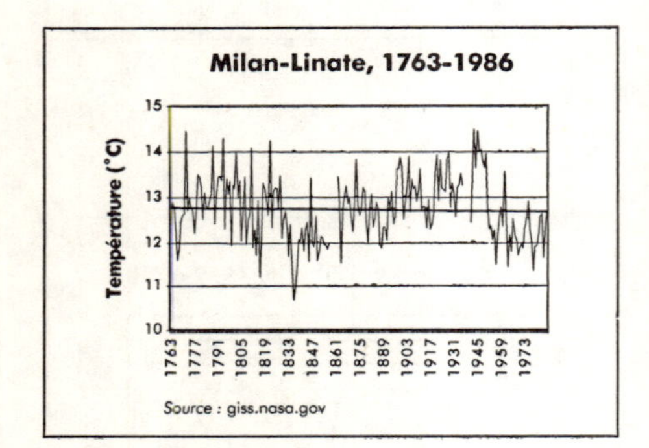
Milan-Linate, 1763-1986
Température (°C)
Source : giss.nasa.gov

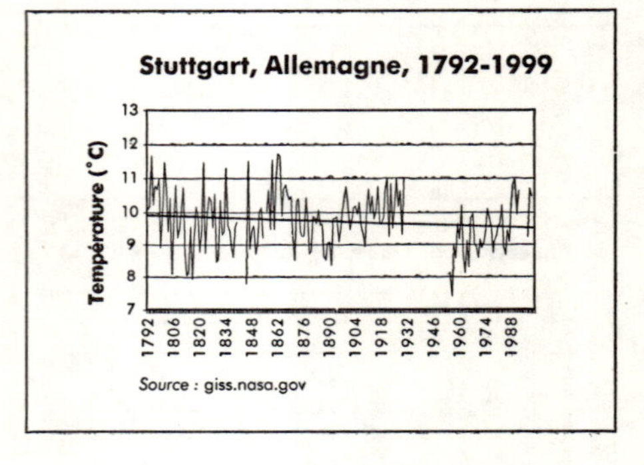
Stuttgart, Allemagne, 1792-1999
Température (°C)
Source : giss.nasa.gov

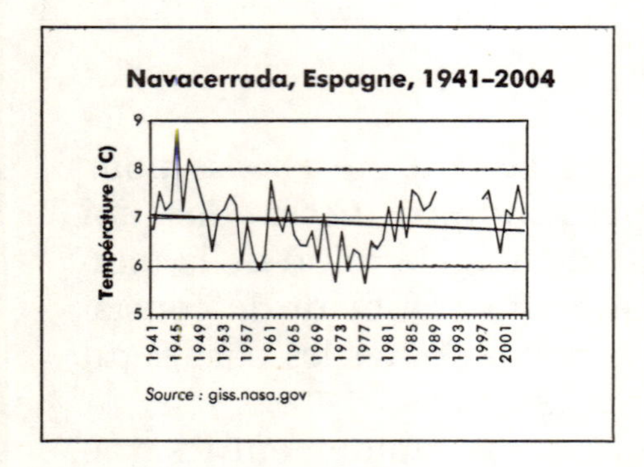
Navacerrada, Espagne, 1941-2004
Température (°C)
Source : giss.nasa.gov

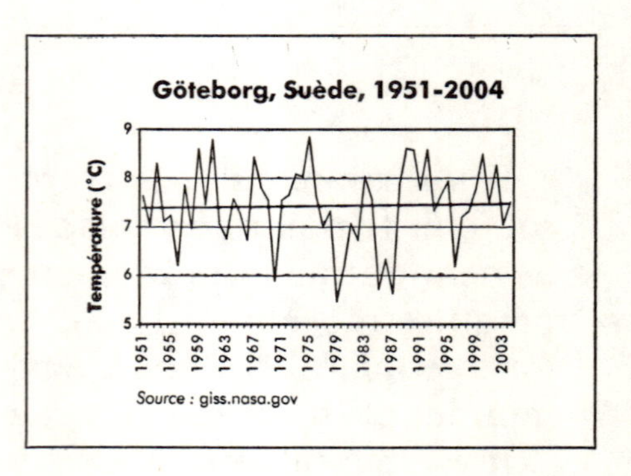
Göteborg, Suède, 1951-2004
Température (°C)
Source : giss.nasa.gov

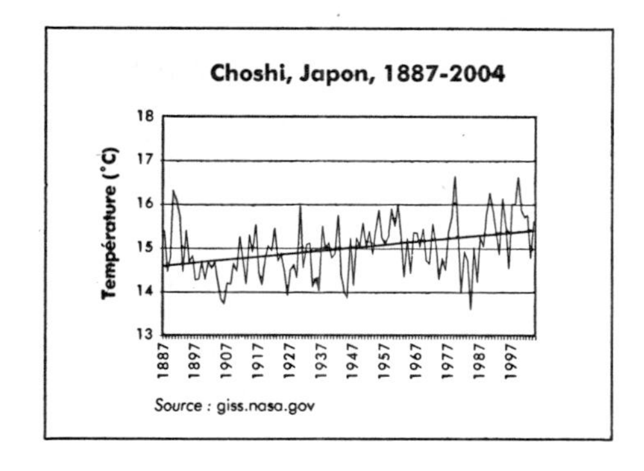

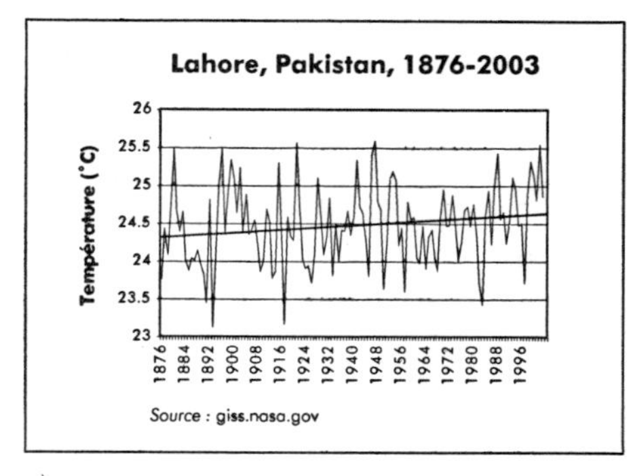

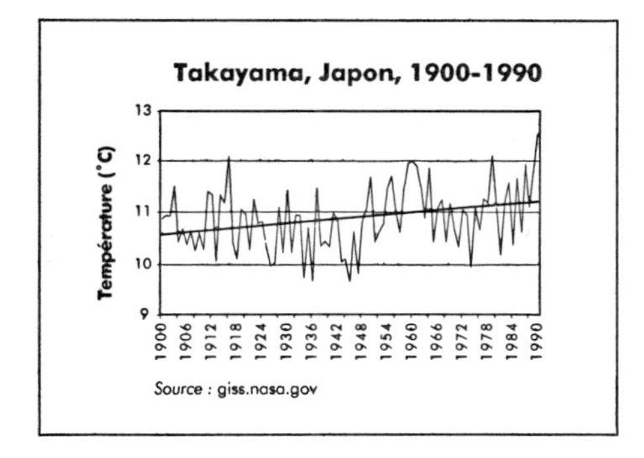

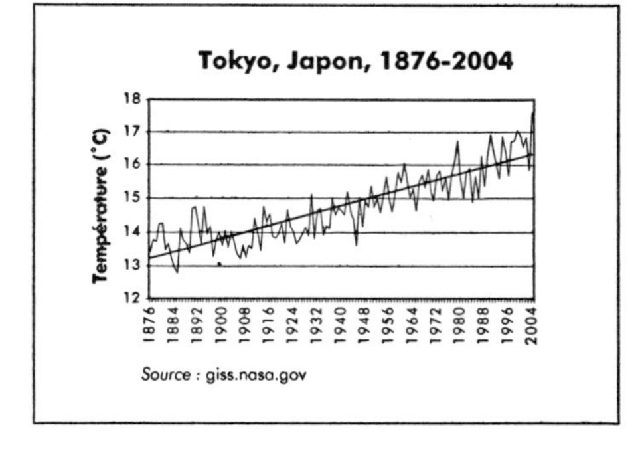

— Peter ?
C'était la voix de Jennifer.

Son bureau était déjà vide. Elle n'avait que quelques cartons qu'il l'aida à transporter jusqu'à sa voiture.
— Qu'allez-vous faire maintenant ? demanda Peter. Retourner à Washington auprès de votre petit ami ?
— Je ne crois pas.
— Alors, quoi ?
— En fait, je pensais rester avec vous.
— Avec moi ?
— Vous travaillez avec John Kenner, si je ne me trompe.
— Comment le savez-vous ? demanda Peter.
Elle sourit sans répondre.

En sortant par l'arrière de l'entrepôt, ils reconnurent la voix de Drake amplifiée par le haut-parleur. Il remerciait les journalistes d'être venus si nombreux, les invitait à sa conférence et affirmait que le véritable danger induit par le réchauffement planétaire était celui de changements climatiques brutaux.

— Je tiens maintenant, ajouta-t-il, à vous faire part d'une nouvelle qui m'emplit de tristesse. J'apprends à l'instant que l'on vient de retrouver le corps de mon très cher ami, George Morton.

Culver City
Mardi 12 octobre
14 h 15

La nouvelle fit les titres des bulletins d'information de l'après-midi. Le corps de George Morton, le richissime homme d'affaires disparu dans un accident de voiture, avait été rejeté par la mer près de la plage de Pismo. L'identification était en cours ; la victime portait des vêtements et une montre. Le corps était mutilé, certainement par des requins, d'après le présentateur.

La famille du philanthrope avait été prévenue ; aucune date n'était encore fixée pour les obsèques. Dans une déclaration, Nicholas Drake, le directeur du NERF, précisait que son ami George Morton avait consacré sa vie au mouvement écologiste, en particulier à l'œuvre d'organisations telles que le NERF qui venait justement de nommer le cher disparu Citoyen de l'année. George Morton était particulièrement préoccupé par les terribles changements climatiques qui survenaient dans le monde entier. Depuis sa disparition, Drake conservait l'espoir de le voir revenir sain et sauf. Il apprenait avec une tristesse infinie qu'il ne reverrait jamais cet ami dévoué et pleurait sa mort. George Morton manquerait à beaucoup de gens.

Peter était au volant quand Lowenstein appela sur le téléphone de voiture.

— Qu'est-ce que vous faites ?

— Je reviens de la conférence de presse à laquelle on m'a ordonné d'assister.

— Vous partez à San Francisco.

— Pourquoi ?

— On a retrouvé Morton : il faut identifier le corps.

— Et sa fille ?

— Elle est en cure de désintox.

— Et son ex-femme ?

— Evans, vous êtes chargé de procéder à l'identification : prenez vos dispositions. Les gars de l'institut médico-légal veulent l'autopsier sans tarder ; il faut que ce soit fait avant l'heure du dîner.

— Mais...

— Pas de discussion ! Prenez l'avion de George, bon Dieu ! Je me suis laissé dire que vous ne vous en êtes pas privé, ces derniers temps. Maintenant qu'il est mort, soyez plus discret. Ah ! encore une chose... Comme vous n'êtes pas de la famille, il faut être deux pour l'identification.

— Je peux emmener Sarah, sa secrétaire...

— Non. Drake veut que vous preniez Ted Bradley.

— Pourquoi ?

— Comment voulez-vous que je le sache ? Bradley tient à y aller ; Drake veut lui faire plaisir. Bradley doit s'imaginer qu'il y aura des caméras. C'est un acteur, avant tout, et un proche de George.

— Si l'on peut dire...

— Il était à sa table, au banquet.

— Sarah serait mieux...

— Vous n'avez pas bien compris, Evans ? Vous partez à San Francisco et vous emmenez Bradley avec vous, un point c'est tout.

Peter poussa un long soupir.

— Où est Bradley ?

— Au Séquoia. Vous le prenez au passage.

— Séquoia ?

— Le parc national. C'est sur votre route.

— Mais...

— Il a été prévenu. Ma secrétaire vous donnera le numéro de la morgue de San Francisco. Je vous laisse, Evans. Et pas de conneries.

Fin de la communication.

— Un problème ? demanda Jennifer.

— Non, mais il faut que j'aille à San Francisco.

— Je vous accompagne. Qui est Sarah ?

— La secrétaire particulière de Morton. Son assistante de longue date.

— J'ai vu des photos d'elle. Elle n'a pas l'air si « datée » que ça.

— Où avez-vous vu ces photos ?

— Dans une revue. C'est une championne de tennis, quelque chose comme ça.

— Sans doute.

— Comme vous passiez pas mal de temps avec Morton, j'aurais cru que vous la connaissiez bien.

— Pas vraiment. Je l'ai vue assez souvent ces derniers temps, mais...

— Ça ne me dérange pas, Peter, fit Jennifer en souriant. Elle est très jolie ; c'est tout naturel.

— Non, non, ce n'est pas du tout ça, protesta Peter en décrochant le téléphone.

Impatient de mettre fin à cette conversation, il composa le numéro du poste de police de Beverly Hills, demanda à parler à l'inspecteur Perry. L'inspecteur n'était pas encore revenu du tribunal ; Peter laissa un message et raccrocha.

— Que se passe-t-il quand on délivre un mandat d'arrêt contre quelqu'un ? demanda-t-il à Jennifer.

— Je n'y connais rien en droit criminel. Désolée.

— Moi non plus.

— On va vous arrêter ?

— J'espère que non.

Le portable de Peter sonna : c'était Lisa, l'assistante de Lowenstein.

— Bonjour, Peter. J'ai les numéros de Bradley et de l'institut médico-légal de San Francisco qui ferme à 20 heures. Aurez-vous le temps d'y arriver ? Herb veut le savoir ; il est à cran.

— À quel propos ?

— Je ne l'ai jamais vu dans cet état... enfin, depuis plusieurs semaines.

— Que se passe-t-il ?
— Je crois que c'est la mort de George qui l'a bouleversé. Et Drake le harcèle au téléphone ; il a dû appeler cinq fois aujourd'hui. Je crois qu'ils parlent de vous.
— De moi ?
— Oui.
Lisa baissa la voix et prit un ton de conspirateur.
— Herb avait fermé la porte de son bureau mais... euh... j'ai quand même entendu ce qu'il disait.
— Il disait quoi ?
— Vous n'en parlerez à personne ?
— Promis.
— Je n'écoutais pas vraiment... J'ai pensé que vous aimeriez être au courant.
— Bien sûr.
— On parle beaucoup de vous ici... de votre départ.
— Du cabinet ?
— Oui... Euh..., j'ai pensé que vous aimeriez le savoir.
— Je vous remercie, Lisa. Qui en parle ?
— Euh... Herb. Don Blandings aussi et deux autres associés, Bob et Louise. Je ne sais pas pourquoi mais Nick Drake est furieux contre vous. Et contre quelqu'un avec qui vous passez beaucoup de temps, un nommé Kanner ou Connor...
— Je vois.
— M. Drake en veut beaucoup à ce Connor.
— Pourquoi donc ?
— Il dit que c'est un espion. Qu'il est au service de l'industrie. Des pollueurs.
— Je vois.
— En tout cas, M. Drake est un client important et il ne vous supporte plus. Ils n'oseraient jamais vous virer si George Morton était encore de ce monde mais il est mort. Et puis vous êtes tout le temps parti. Et la police téléphone au cabinet pour vous parler, ce qui n'est vraiment pas une bonne chose. Cela rend tout le monde nerveux, vous comprenez. Et il y a ce M. Connor... qu'est-ce que vous faites avec lui ?
— C'est une longue histoire.
— Je vous ai dit ce que je savais, Peter.

Lisa était mécontente ; il allait devoir lui donner quelque chose en échange.

— Eh bien, reprit Peter en faisant mine d'hésiter, je m'acquitte d'une mission que Morton m'a confiée avant sa mort.

— Ah bon ? Quelle mission ?

— C'est un secret. Je ne peux pas encore en parler.

— George Morton vous a confié une mission ?

— Par écrit, répondit Peter en se disant que cela devrait les calmer un peu.

— Alors, ils n'oseront pas vous virer, si vous travaillez pour le cabinet.

— Il faut que je vous laisse, Lisa.

— Si jamais ils le faisaient, ce serait un licenciement abusif et vous pourriez...

— Lisa !

— D'accord, d'accord, je sais que vous ne pouvez rien dire, mais... Bonne chance, Peter.

Il coupa la communication, vit Jennifer qui souriait.

— Très habile, fit-elle.

— Merci.

Peter, lui, ne souriait pas. Il avait le sentiment désagréable que l'étau se resserrait sur lui ; il se sentait traqué et terriblement fatigué.

Il appela Sarah pour retenir l'avion mais tomba sur son répondeur. Il appela le pilote ; on l'informa qu'il était en l'air.

— Comment ça ?

— Il effectue un vol.

— Où est-il ?

— Je ne peux rien dire, monsieur. Voulez-vous sa messagerie vocale ?

— Non, répondit Peter. Je veux louer un appareil.

— Pour quand ?

— Dans une demi-heure. Pour San Francisco, avec une halte à l'aérodrome le plus proche du parc Séquoia. Retour ce soir.

— Je vais voir ce que je peux faire.

Recru de fatigue, il se rangea sur le bas-côté, descendit de la voiture.

— Que se passe-t-il ? demanda Jennifer.

— Vous connaissez la route de Van Nuys ?

— Bien sûr.

— Prenez le volant.

Peter prit place à l'avant, boucla sa ceinture. Il eut le temps de voir la voiture démarrer avant de fermer les yeux et de sombrer dans le sommeil.

Séquoia
Mardi 12 octobre
16 h 30

La forêt était sombre et fraîche. Des rayons de soleil filtraient à travers le feuillage des arbres majestueux qui les entouraient. Des effluves de pin embaumaient l'air ; le sol était souple, élastique.

C'était un endroit agréable, constellé de taches de lumière. Les cadreurs avaient dû allumer leurs projecteurs pour filmer les enfants de la classe de CE1 assis en cercles concentriques autour de Ted Bradley. Le célèbre acteur et écologiste portait un tee-shirt noir qui mettait en valeur son beau visage au teint hâlé.

— Ces arbres séculaires sont votre héritage, expliqua-t-il avec un geste ample du bras. Ils vivent ici depuis des siècles, bien avant votre naissance, bien avant la naissance de vos parents, de vos grands-parents et de vos arrière-grands-parents. Certains étaient là avant que Christophe Colomb découvre l'Amérique, avant les Indiens, avant tous les habitants de ce pays ! Ces arbres sont les plus anciens êtres vivants de notre planète. Ils sont les gardiens de la Terre, ils détiennent la sagesse et ont un message à nous transmettre : *Ne touchez pas à la Terre.* Ne la saccagez pas, disent ces arbres ; il faut les écouter.

Les gamins écoutaient bouche bée, médusés. Les caméras restaient braquées sur Bradley.

— Aujourd'hui, reprit-il, ces arbres grandioses qui ont affronté tant de périls – incendies, bûcherons, érosion du sol, pluies acides – sont face à la plus grave des menaces : le réchauffement planétaire. Vous savez ce que c'est, les enfants ?

Des mains se levèrent autour de lui.

— Je sais !

— Moi, monsieur !

— Je suis content de voir que vous le savez, poursuivit Bradley en leur faisant signe de baisser la main – il voulait être le seul à parler. Ce que vous ne savez peut-être pas, c'est que ce réchauffement va provoquer un brusque changement de notre climat. Dans quelques mois, quelques années au plus, il va faire bien plus chaud ou bien plus froid. Des hordes d'insectes et des maladies qui feront tomber ces arbres magnifiques.

— Quels insectes ? demanda un gamin.

— Des méchants, répondit Bradley. Ceux qui mangent les arbres, qui se glissent à l'intérieur et les dévorent.

Il agita les doigts pour montrer le mouvement de l'insecte creusant le bois.

— Il doit falloir très longtemps à un insecte pour manger un arbre, hasarda une petite fille.

— Pas du tout ! répliqua Bradley. C'est bien le problème. À cause du réchauffement planétaire, nous aurons une invasion d'insectes et ils seront si nombreux qu'ils dévoreront les arbres à toute vitesse !

Jennifer qui se tenait à l'écart se pencha vers Peter.

— Il veut faire croire des âneries pareilles à ces pauvres gosses ? souffla-t-elle.

Peter étouffa un bâillement. Il avait dormi dans l'avion et encore somnolé dans la voiture, pendant le trajet entre l'aérodrome et le parc national Séquoia. Il se sentait vaseux et Bradley l'agaçait.

Voyant les gamins qui commençaient à s'agiter, l'acteur se tourna vers les caméras. Il se mit à parler avec l'autorité tranquille dont il s'était imprégné au long de toutes les années où il avait joué le rôle du président à la télévision.

— La menace de changements climatiques brutaux est d'une telle gravité pour l'humanité et pour toute la vie de la planète que les conférences se multiplient dans le monde entier. À l'occasion de celle qui doit s'ouvrir demain à Los Angeles, des scientifiques présenteront ce que nous pouvons faire pour atténuer cette terrible menace. Si nous ne faisons rien, la catastrophe nous guette. Et ces arbres majestueux, magnifiques ne seront plus qu'un souvenir, une carte postale d'un temps révolu, un instantané de l'inhumanité de l'homme avec la nature. Nous sommes responsables d'un changement climatique désastreux; il nous incombe d'y remédier.

Il se tourna légèrement pour présenter son meilleur profil, lança aux caméras un dernier regard perçant de ses yeux d'un bleu délavé.

— J'ai envie de faire pipi, dit une petite fille.

L'avion quitta la piste et s'éleva pour survoler la forêt.

— Désolé de vous bousculer, s'excusa Peter, mais nous devons être à la morgue avant 6 heures.

— Pas de problème, fit Bradley avec un sourire plein d'indulgence.

Après son petit discours, il avait pris quelques minutes pour signer des autographes aux gamins, devant les caméras, bien entendu. Il se tourna vers Jennifer avec un sourire enjôleur.

— Et vous, mademoiselle Hadley, que faites-vous ?

— Je fais partie de l'équipe juridique des recherches sur le réchauffement planétaire.

— Alors, vous êtes des nôtres... Le procès se présente bien ?

— Oui, oui, répondit Jennifer en coulant un regard en direction de Peter.

— J'ai le sentiment que votre beauté n'a d'égale que votre intelligence.

— Mais non.

Peter voyait que l'acteur agaçait Jennifer.

— Vous êtes trop modeste. C'est charmant.

— Je suis franche, rectifia Jennifer, et je n'aime pas la flatterie.

— Vous appelez cela de la flatterie ?

— Vous appelez cela de la franchise ?

— Croyez-moi quand je dis que j'admire sincèrement ce que vous faites, insista Bradley. Je suis impatient de vous voir semer la panique dans les bureaux de l'Agence pour la protection de l'environnement. Il ne faut pas leur laisser le moindre répit. C'est pour cette raison que je suis venu parler aux enfants. Cela fera un joli reportage télévisé. Et je trouve que cela s'est extrêmement bien passé. Vous ne croyez pas ?

— Assez bien, tout compte fait.

— Pourquoi tout compte fait ?

— C'était un tissu d'inepties.

Le sourire resta figé sur le visage de Bradley mais son regard se fit plus dur.

— De quoi parlez-vous exactement ?

— De tout ce que vous avez dit, de l'ensemble de votre discours. Les séquoias gardiens de la planète, qui ont un message pour nous.

— Eh bien, c'est vrai...

— Ce sont des arbres, Ted, de gros arbres. Ils n'ont pas plus de message à transmettre à l'humanité qu'une aubergine.

— Je pense que vous...

— Ils ont réussi à résister aux incendies ? On peut difficilement dire cela, car ils dépendent du feu pour se reproduire. Le séquoia a des graines très dures qui ne s'ouvrent qu'à la chaleur du feu. Les incendies sont indispensables à la perpétuation de la forêt de séquoias.

— Je pense, reprit assez sèchement Bradley, que vous n'avez pas bien compris ce que je voulais dire.

— Vraiment ? Qu'est-ce que je n'ai pas compris ?

— J'essayais d'exprimer, avec un peu trop de lyrisme, peut-être, le caractère intemporel de ces grandes forêts primitives et...

— Intemporel ? Primitif ? Que savez-vous de ces forêts ?

— Je crois savoir un certain nombre de choses.

La voix était plus sèche. La colère gagnait Ted Bradley.

— Regardez par le hublot, poursuivit Jennifer en montrant la forêt qu'ils survolaient. Depuis combien de temps votre forêt primitive est-elle telle que vous la voyez ?

— Des centaines de milliers d'années...
— C'est faux, Ted. L'homme vivait ici des milliers d'années avant l'apparition de ces forêts. Le saviez-vous ?
Les dents serrées, Bradley regarda devant lui sans répondre.
— Je vais vous raconter comment cela s'est passé, reprit Jennifer.

— Il y a vingt mille ans, les glaciers de la période glaciaire se sont retirés de la Californie en creusant la vallée de Yosemite et nombre d'autres sites pittoresques. En disparaissant, ils ont laissé derrière eux une plaine gorgée d'eau, avec quantité de lacs alimentés par la fonte de la glace mais dépourvue de végétation. Le sol était, en gros, formé de sable humide. Il a fallu plusieurs milliers d'années à la terre pour s'assécher tandis que les glaciers poursuivaient leur recul vers le nord. Cette région de Californie est devenue une toundra couverte de hautes herbes, où vivaient souris et écureuils. L'homme s'y était déjà établi : il chassait les petits animaux et allumait des feux. Vous êtes d'accord ? Il n'y a pas encore de forêt primitive.
— J'écoute, grogna Bradley qui avait visiblement du mal à se contenir.
— Au début, poursuivit Jennifer, les plantes herbacées de type arctique étaient les seules à pouvoir prendre racine dans ce sol encore gelé en profondeur. En se décomposant, au fil des millénaires, elles ont formé une couche d'humus qui a engendré une succession de colonisations végétales comme à peu près partout dans l'Amérique du Nord post-glaciaire.
Le pin *lodgepole* est arrivé le premier, il y a quatorze mille ans. Il a été rejoint plus tard par l'épicéa, le sapin du Canada, l'aulne, des espèces vivaces mais qui ne peuvent être les premières sur un sol. Ces arbres constituaient la véritable « forêt primitive ». Ils ont peuplé la région pendant quatre mille ans. Puis le climat s'est encore réchauffé et tous les glaciers de Californie ont fondu. Dans cette contrée à présent chaude et sèche, les incendies étaient fréquents. Ils ont dévoré la forêt primitive qui a été remplacée

par une végétation composée de chênes et d'associations herbeuses. Quelques pins de Douglas aussi, mais pas beaucoup : le climat était trop sec pour les pins. Il y a six mille ans, le climat a encore changé. Il est devenu plus humide : le pin de Douglas, le sapin et le cèdre ont colonisé la région, formant les forêts à couche supérieure dense que l'on voit aujourd'hui. En fait, on peut considérer le pin comme une plante nuisible, une sorte de mauvaise herbe géante qui a tout envahi et étouffé la végétation indigène. La canopée fait trop d'ombre pour que les autres espèces d'arbres puissent survivre. Et comme les incendies étaient fréquents, les forêts de hauts arbres se sont énormément étendues. Elles ne sont pas intemporelles, Ted, elles sont les dernières de la liste.

— Elles ont quand même six mille ans, grogna Bradley.

— Faux, répliqua implacablement Jennifer. Des études ont montré que la composition des forêts changeait continuellement. Chaque millénaire était différent du précédent. Et puis, il y avait les Indiens.

— Quoi, les Indiens ?

— Grands observateurs de la nature, ils avaient remarqué que les forêts anciennes, aussi impressionnantes soient-elles, épuisaient le sol. Ils allumaient donc des feux pour faire en sorte qu'elles brûlent périodiquement tout en s'assurant qu'il restait des zones boisées au milieu des plaines et des prairies. Les forêts que les premiers Européens ont vues n'étaient pas primitives, tant s'en faut, elles étaient *cultivées*. Il n'est pas étonnant qu'il y ait eu moins de forêt il y a cent cinquante ans qu'aujourd'hui. Les Indiens étaient réalistes ; aujourd'hui, nous baignons dans une mythologie romantique [1].

— Très joli discours, fit Bradley. Mais ce ne sont que des objections techniques qui n'intéressent heureusement personne. Vous dites que ces forêts ne sont pas véritablement anciennes et qu'elles ne valent donc pas la peine d'être préservées. J'affirme au contraire qu'elles nous rappellent la beauté et la puissance de la nature et qu'il faut les préserver

1. Alston Chase, *In a Dark Wood*, p. 157 et s. Voir aussi p. 404 et s.

coûte que coûte. Surtout de la terrible menace du réchauffement planétaire.

— Il faut que je boive quelque chose, soupira Jennifer.

— La-dessus, nous sommes d'accord, fit Bradley.

Pour Peter qui, pendant cette discussion, avait essayé à plusieurs reprises de joindre l'inspecteur Perry, le point dérangeant de la conversation était l'idée de changement constant. Il n'avait jamais prêté une attention particulière au fait que les Indiens avaient vécu à l'époque de la dernière glaciation. Il le savait, bien sûr. Il savait que les premiers Indiens avaient chassé le mammouth et d'autres grands mammifères jusqu'à l'extinction de ces espèces mais il ne lui était jamais venu à l'esprit qu'ils aient pu brûler des forêts et transformer l'environnement parce que cela les arrangeait.

Peter avait tout autant de mal à se représenter la succession de forêts peuplées d'essences différentes ; il ne s'était jamais demandé ce qui existait avant les forêts de séquoias. Il avait cru, lui aussi, qu'il s'agissait des forêts primitives.

Et le paysage, après le retrait des glaciers, il n'y avait jamais pensé non plus. Il devait ressembler à ce qu'il avait vu en Islande : des terres froides, humides, rocheuses, désolées. Il allait de soi que des générations de plantes avaient dû y vivre et y mourir pour former une couche d'humus.

Il avait toujours imaginé que le recul des glaciers avait été immédiatement suivi de l'apparition des premiers séquoias et de la formation des forêts, comme dans un film d'animation. Stupide.

Peter avait aussi remarqué, au fil de l'exposé de Jennifer, qu'elle avait parlé à plusieurs reprises de changements du climat. Froid et humide pour commencer, puis chaud et sec, ce qui avait provoqué la fonte des glaciers, puis de nouveau humide, avec le retour des glaciers. Que de changements !

Le climat changeait constamment.

Au bout d'un moment, Bradley se leva pour aller téléphoner à son agent à l'avant de l'appareil.

— Comment saviez-vous tout cela ? demanda Peter à Jennifer dès qu'ils furent seuls.

— Pour la raison évoquée par Bradley : la « terrible menace du réchauffement planétaire ». Une équipe de chercheurs se consacrait à ces menaces. Nous voulions réunir le maximum d'éléments afin de constituer un dossier en béton.

— Et alors ?

— La menace du réchauffement planétaire, déclara posément Jennifer, est pratiquement inexistante. Même s'il s'agissait d'un phénomène réel, il aurait probablement des effets bénéfiques sur la majeure partie de notre planète.

L'interphone grésilla. Le pilote leur demanda de s'asseoir : l'appareil commençait son approche vers l'aéroport de San Francisco.

San Francisco
Mardi 12 octobre
18 h 31

Le vestibule de la morgue était gris, froid et empestait le désinfectant. L'employé en blouse blanche, assis à un bureau, se mit à pianoter sur le clavier de son ordinateur.

— Morton... Morton... George Morton. Voilà. Et votre nom...

— Peter Evans. Je suis l'avocat de M. Morton.

— Et, moi, Ted Bradley, lança l'acteur.

Il tendit la main, changea d'avis, la ramena le long de son corps.

— Ah oui ! fit le technicien. Votre tête me disait quelque chose... Vous êtes le secrétaire d'État ?

— Non, je suis le président.

— Mais oui, bien sûr, le président. Je savais que je vous connaissais... Et votre femme est alcoolique ?

— Non, c'est la femme du secrétaire d'État qui est alcoolique.

— Je ne regarde pas souvent cette série, vous savez.

— Elle ne passe plus, maintenant.

— Cela explique tout.

— Mais vous la trouverez facilement par l'intermédiaire d'un syndicat de distribution.

— Si nous pouvions procéder à l'identification sans tarder, glissa Peter.

— Bien sûr. Signez ici ; je vais vous chercher des badges.

Jennifer resta dans le vestibule tandis que Peter et Ted Bradley suivaient le technicien.

— Qu'est-ce qu'elle fait, déjà ? demanda l'acteur en jetant un coup d'œil par-dessus son épaule.

— Elle est avocate, répondit Peter. Elle fait partie de l'équipe qui travaille sur le réchauffement planétaire.

— Je dirais plutôt que c'est une taupe à la solde de l'industrie. Une extrémiste, visiblement.

— Elle est juste au-dessous de Balder, Ted.

— Je comprends ça, ricana Bradley. J'aimerais bien aussi qu'elle soit au-dessous de moi... Non, mais, vous l'avez entendue ? Les vieilles forêts épuisent le sol ! C'est l'industrie qui parle... Je crois, ajouta-t-il en se penchant vers Peter, que vous devriez vous débarrasser d'elle.

— Pourquoi ?

— Elle mijote quelque chose. À propos, pourquoi est-elle avec nous ?

— Je ne sais pas ; elle voulait venir. Et vous, Ted, pourquoi êtes-vous ici ?

— J'ai un travail à faire.

Le drap recouvrant le corps était souillé de taches grises ; le technicien le souleva.

— Seigneur ! souffla Ted Bradley en détournant précipitamment la tête.

Peter se força à regarder le corps. Costaud de son vivant, Morton paraissait encore plus massif, avec son torse d'un gris teinté de pourpre et tout gonflé. L'odeur du cadavre en putréfaction était forte. Un cercle clair au-dessus du poignet creusait la chair boursouflée.

— La montre ? demanda Peter.

— Oui, répondit le technicien. Nous l'avons enlevée ; nous avons eu du mal à faire passer la main. Vous voulez la voir ?

— Oui.

Peter se pencha en bloquant sa respiration pour résister à l'odeur. Il voulait voir les mains et les ongles. Morton avait gardé de son enfance les traces d'une blessure à l'annulaire de la main droite dont l'ongle était déformé. Une des mains manquait ; l'autre était rongée, mutilée. Impossible d'être sûr de quoi que ce fût.

— Vous avez terminé ? fit Bradley.

— Pas encore.

— Bon Dieu !

— Alors, demanda le technicien, la diffusion de la série va reprendre ?

— Non, elle est déprogrammée.

— Pourquoi ? J'aimais bien cette série, moi.

— On aurait dû vous consulter.

Penché sur la poitrine, Peter essayait de se souvenir de la forme de la toison de Morton qu'il avait souvent vu en maillot de bain. Mais les chairs gonflées et la peau tendue ne lui facilitaient pas la tâche. Il secoua la tête. Il ne pouvait être certain que le corps était bien celui de Morton.

— Alors, c'est fini ? lança Bradley.

— Oui.

Le drap recouvrit le corps ; ils sortirent.

— Il a été découvert par des maîtres nageurs de Pismo, expliqua le technicien. Ils ont averti la police qui a reconnu ses vêtements.

— Il avait encore des vêtements ?

— Oui. Une jambe de pantalon et presque tout le veston. Du sur mesure. La police a appelé le tailleur, à New York : il a confirmé que le costume avait été exécuté pour George Morton. Voulez-vous emporter ses effets personnels ?

— Je ne sais pas, répondit Peter.

— Vous êtes son avocat.

— Bon, je vais les prendre.

— Il faudra signer.

Ils regagnèrent le vestibule où ils avaient laissé Jennifer. Elle téléphonait sur son portable.

— Oui, je comprends. Oui. Il n'y a que nous qui puissions le faire.

Elle mit fin à la conversation en les voyant entrer.

— C'est fait ?

— Oui.

— Et c'était...

— C'était bien George, déclara Ted.

Peter garda le silence. Il suivit le couloir, signa pour retirer les effets personnels de Morton. Le technicien apporta un sac et le tendit à Peter qui plongea la main à l'intérieur. Il en sortit le smoking en lambeaux, qui portait un petit badge du NERF sur le revers du veston. Peter prit ensuite la montre, une Rolex Submariner, le même modèle que celle de Morton. Peter la retourna pour lire l'inscription qui y était gravée : GM 31 12 89. Il hocha la tête, remit la montre dans le sac.

Tout cela appartenait bien à George. Une tristesse indicible envahit Peter.

— Je pense que c'est terminé, fit-il. Allons-nous-en.

Ils repartirent vers la voiture garée devant la morgue.

— Nous avons une autre halte à faire, annonça Jennifer quand ils furent installés.

— Ah bon ? fit Peter.

— Oui. Il faut passer au garage municipal d'Oakland.

— Pour quoi faire ?

— La police nous y attend.

Oakland
Mardi 12 octobre
19 h 22

C'était une énorme construction en béton, contiguë à un vaste parking, dans les faubourgs d'Oakland. Sous la lumière crue des projecteurs à halogène, derrière le grillage galvanisé, étaient alignées des voitures, bonnes pour la casse pour la plupart. Il y avait aussi quelques Cadillac et des Bentley. La limousine s'arrêta à l'entrée.

— Qu'est-ce qu'on est venus faire ici ? demanda Bradley. Je ne comprends pas.

Un policier s'avança vers la voiture.

— Monsieur Evans ? Peter Evans ?

— C'est moi.

— Voulez-vous me suivre, s'il vous plaît ?

Tout le monde commença à ouvrir sa portière.

— Seulement M. Evans, précisa le policier.

— Mais nous sommes..., bredouilla Bradley.

— Désolé, monsieur. Ils ne veulent voir que M. Evans. Vous allez attendre ici.

— Je vais vous tenir compagnie, fit Jennifer en souriant.

— Génial !

Peter descendit et suivit le policier qui franchit la porte métallique donnant dans le garage. L'intérieur était divisé en longues allées où des mécaniciens travaillaient sur les voitures ; la plupart semblaient s'occuper de la réparation des véhicules de police. Peter perçut l'odeur âcre produite par les chalumeaux à acétylène. Il évita des taches d'huile et des mares de graisse sur le sol.

— Où allons-nous ? demanda-t-il au policier qui l'accompagnait.

— On vous attend, monsieur.

En se dirigeant vers le fond du garage, ils passèrent devant quelques épaves de voitures déformées portant des traces de sang. Peter vit des sièges imbibés, des vitres couvertes de traînées d'un rouge sombre. Sur certaines épaves étaient attachés des bouts de ficelle qui partaient dans différentes directions ; deux techniciens en blouse bleue étaient en train de prendre des mesures sur un véhicule complètement détruit qu'un troisième homme photographiait avec un appareil monté sur un trépied télescopique.

— C'est un policier, lui aussi ? demanda Peter.

— Non, un avocat. Nous sommes obligés de leur ouvrir les portes du garage.

— C'est ici que vous travaillez sur les véhicules accidentés ?

— Quand il le faut.

Au bout de l'allée, Peter découvrit Kenner en compagnie de trois policiers en civil et de deux techniciens en blouse bleue. Ils se tenaient autour de l'épave de la Ferrari Spyder de Morton élevée sur un pont de graissage, sous les feux croisés de plusieurs projecteurs.

— Ah ! Peter ! lança Kenner. Avez-vous identifié le corps de George ?

— Oui.

— C'est bien.

Peter fit quelques pas, s'arrêta sous la voiture. Des bouts de tissu jaune étaient disposés à plusieurs endroits de la carcasse.

— Qu'est-ce que ça signifie ?

Les policiers en civil échangèrent un regard. L'un d'eux répondit.

— Nous avons examiné ce véhicule, monsieur Evans.

— Je vois.

— Il s'agit bien de la Ferrari que M. Morton a achetée récemment à Monterey ?

— Je crois.
— Quand l'a-t-il achetée ?
— Je ne saurais le dire avec précision, répondit Peter. Il n'y a pas longtemps, à peu près un mois. C'est Sarah Jones, son assistante, qui m'en a parlé.
— Qui l'a achetée ?
— Elle.
— Quel a été votre rôle ?
— Je ne suis pas intervenu. Sarah m'a simplement informé que George avait fait l'acquisition d'une voiture.
— Vous n'avez pas signé un chèque ni pris contact avec la compagnie d'assurances ?
— Non. Tout a été réglé par les comptables de George.
— Vous n'avez jamais vu de papiers concernant ce véhicule ?
— Non.
— Quand avez-vous vu ce véhicule pour la première fois ?
— Le soir où George l'a pris à la sortie de l'hôtel Mark Hopkins. Le soir de sa mort.
— Aviez-vous vu la voiture avant ce soir-là ?
— Non.
— Aviez-vous demandé à quelqu'un de travailler sur ce véhicule ?
— Non.
— Le véhicule a été transporté de Monterey à un garage privé de Sonoma, où il est resté deux semaines avant d'être expédié à San Francisco. Avez-vous réservé ce garage ?
— Non.
— Le contrat de location était à votre nom.
— Je ne suis pas au courant, affirma Peter. Morton mettait souvent des locations ou des baux au nom de ses comptables ou de ses avocats, quand il ne voulait pas que le véritable propriétaire ou locataire soit connu.
— Quand il le faisait, il vous en informait ?
— Pas nécessairement.
— Vous ne saviez donc pas quand votre nom était utilisé ?
— Non.
— Qui a travaillé sur la voiture, à Sonoma ?
— Je l'ignore.

— Voyez-vous, monsieur Evans, on a trafiqué cette Ferrari avant que M. Morton en prenne livraison. Le châssis a été attaqué aux endroits marqués par les bouts de tissu jaune. Le système antiblocage – rudimentaire sur une voiture aussi ancienne – a été mis hors service et les disques des freins ont été desserrés sur les roues avant droite et arrière gauche. Vous me suivez ?

Peter prit un air perplexe.

— Ce véhicule était un cercueil roulant, monsieur Evans. Quelqu'un s'en est servi pour tuer votre client. Les travaux ont été faits dans un garage de Sonoma dont le contrat de location est à votre nom.

Dans la voiture, Ted Bradley pressait Jennifer de questions. Il la trouvait jolie mais rien en elle ne lui plaisait, ni son genre, ni son attitude de dure et surtout pas ses opinions. Elle avait dit qu'elle travaillait sur le procès, qu'elle était payée par le NERF mais Ted n'y croyait pas. Il était connu pour ses relations étroites avec le NERF ; une employée aurait dû le savoir et montrer du respect pour ses opinions.

Qualifier d'inepties les informations qu'il avait transmises aux écoliers – rien ne l'obligeait à faire cette petite causerie ; il n'avait agi que par bonté d'âme et par passion pour la cause écologiste – était proprement scandaleux. De la provocation ! Un manque total de respect ! Ted savait que ce qu'il avait dit était vrai. Le NERF lui avait remis, comme toujours, un pense-bête, un mémo contenant la liste des différents sujets sur lesquels il devait insister ; on ne lui aurait pas demandé d'énoncer des contrevérités. Le mémo ne parlait pas de période glaciaire : ce que Jennifer avait dit ne tenait pas debout.

Les séquoias étaient des arbres magnifiques, les sentinelles de la nature, comme c'était écrit dans le mémo. Il le sortit de sa poche pour s'en assurer.

— J'aimerais bien y jeter un coup d'œil, glissa Jennifer.

— Vous m'étonnez !

— Quel est votre problème ?

Et voilà ! toujours cette attitude agressive, provocatrice. Elle reprit aussitôt :

— Vous êtes une de ces vedettes de la télé qui s'imaginent que tout le monde ne pense qu'à vous lécher les bottes. Eh bien, pas moi. Pour moi, vous n'êtes qu'un acteur.

— Et vous une taupe. Une espionne à la solde des multinationales.

— Je ne dois pas être très bonne puisque vous m'avez démasquée.

— Parce que vous avez une grande gueule.

— Ça, c'est *mon* problème.

Depuis le début de la conversation, Bradley sentait une tension particulière monter dans sa poitrine. Les femmes ne contredisaient pas Ted Bradley. Elles pouvaient être hostiles un moment, mais seulement parce qu'elles étaient intimidées par lui, par son charme, par son aura de vedette. Elles avaient envie de coucher avec lui ; souvent, il leur donnait ce qu'elles voulaient. Mais elles ne le contredisaient pas. Celle-ci, si : cela l'excitait et le mettait hors de lui. La tension devenait presque insoutenable. Son calme, la manière directe dont elle le regardait dans les yeux sans être aucunement intimidée, tout cela montrait une indifférence à sa célébrité qui le rendait fou.

Bon, après tout, elle était belle !

Il prit son visage entre ses deux mains et l'embrassa sur la bouche, avec violence.

Il sentait qu'elle aimait cela. Pour parfaire sa domination, il lui enfonça la langue dans la bouche.

C'est à ce moment-là qu'il ressentit une douleur fulgurante dans la tête et dans le cou. Il dut perdre connaissance quelques secondes ; quand il revint à lui, il était assis au pied de son siège, la bouche ouverte. Il regarda le sang couler sur sa chemise. Il ne comprenait pas comment il s'était retrouvé par terre, ni pourquoi il saignait, ni pourquoi sa tête le faisait atrocement souffrir. Puis il se rendit compte que le sang venait de sa langue.

Il leva les yeux vers Jennifer. Elle croisa posément les jambes, découvrant le haut de ses cuisses. Il s'en fichait.

— Vous m'avez mordu la langue ? lança-t-il.

— Non, connard, vous vous êtes mordu la langue tout seul.

— Vous m'avez agressé !

Elle prit un air étonné.

— Si, vous m'avez agressé !... Une chemise toute neuve ! De chez Maxfield !

Elle le regarda sans ciller.

— Vous m'avez agressé, répéta-t-il.

— Vous n'avez qu'à porter plainte.

— Je vais me gêner !

— Vous feriez mieux d'en parler d'abord à votre avocat.

— Pourquoi ?

— Vous oubliez le chauffeur, répondit Jennifer en montrant l'avant de la voiture d'un petit signe de tête.

— Quoi, le chauffeur ?

— Il a tout vu.

— Et alors ? poursuivit Bradley d'une voix sifflante. Vous m'avez encouragé, vous avez cherché à me séduire : un homme ne se trompe pas là-dessus.

— Vous, si, apparemment.

— Une chieuse, voilà ce que vous êtes !

Il se tourna pour prendre la bouteille de vodka posée sur le siège. Il fallait qu'il se rince la bouche. Il se servit un verre, se retourna.

Elle était en train de lire le mémo. Il se jeta sur elle pour le lui arracher des mains.

— Ce n'est pas à vous !

D'un geste preste, elle éloigna le papier et leva l'autre main en lui présentant le tranchant, prête à frapper.

— Ça ne vous a pas suffi, Ted ?

— Allez vous faire foutre !

Il descendit une lampée de vodka ; il avait la langue en feu. *Quelle salope !* se dit-il. Il se promit que, dès le lendemain, elle aurait à chercher du travail ailleurs. Une petite aguicheuse de son espèce n'allait pas se foutre de la gueule de Ted Bradley et s'en tirer comme ça.

Debout sous l'épave de la Ferrari, entouré par les policiers en civil, Peter subit encore dix minutes d'un interrogatoire en règle. Il ne comprenait rien à toute cette histoire.

— George était un bon conducteur, affirma-t-il. Si la voiture a été sabotée, il s'est certainement rendu compte que quelque chose n'allait pas.

— Peut-être, sauf s'il avait beaucoup bu.

— Il avait bu, c'est sûr.

— Qui lui apportait à boire ?

— George se servait tout seul.

— Le serveur a déclaré que vous poussiez M. Morton à boire.

— C'est faux. J'essayais au contraire de l'en empêcher.

Les policiers changèrent brusquement de sujet.

— Qui a travaillé sur la Ferrari, monsieur Evans ?

— Je n'en sais rien.

— Nous savons que vous avez loué un garage à Sonoma, sur la nationale 54. Un endroit tranquille, écarté. Ceux qui ont travaillé sur la voiture ont pu aller et venir à leur guise, sans être vus. Pourquoi avez-vous choisi ce garage ?

— Je ne l'ai pas choisi.

— Le contrat de location est à votre nom.

— Comment a-t-il été établi ?

— Par téléphone.

— Qui a payé ?

— Règlement en espèces.

— Par qui ?

— Par coursier.

— Ma signature y figure ? Vous avez des empreintes ?

— Non, juste votre nom.

— Je regrette, fit Peter avec un petit haussement d'épaules, je n'étais pas au courant. Tout le monde sait que je suis l'avocat de George Morton ; n'importe qui a pu donner mon nom. Si on a saboté cette voiture, c'est à mon insu.

Peter se disait que les policiers auraient pu interroger Sarah... S'ils avaient fait leur boulot correctement, ils l'avaient déjà vue.

Sur ces entrefaites, elle apparut au bout de l'allée, le portable collé à l'oreille. Elle fit un petit signe de tête à Kenner, qui s'avança vers le groupe de policiers.

— Très bien, messieurs, si vous n'avez plus de questions à poser à M. Evans, je vais l'emmener. Je me porte garant de lui ; je ne pense pas qu'il risque de s'enfuir.

Les policiers finirent par accepter après s'être fait prier. Kenner leur remit sa carte, saisit fermement le bras de Peter et se dirigea vers la sortie.

Sarah les suivit de loin ; les policiers restèrent agglutinés sous la Ferrari.

— Désolé pour tout ça, fit Kenner quand ils arrivèrent à la porte. La police ne vous a pas tout dit. Ils ont photographié la Ferrari sous différents angles et entré les clichés dans un ordinateur équipé d'un programme de simulation d'accident. Les photographies des dégâts ne correspondaient pas au programme.

— Je ne savais pas qu'on pouvait faire cela.

— Si, si. Tout le monde utilise des modèles maintenant. Avec les résultats de la simulation, la police est repartie examiner l'épave et a découvert que la voiture avait été trafiquée. Jamais cela ne leur était venu à l'esprit ; maintenant, ils en ont la certitude. Un bel exemple de la manière dont un modèle informatique peut changer la vision d'une réalité. La police s'est fiée à la simulation et non aux observations faites sur le terrain.

— Je vois.

— Le programme de simulation était évidemment optimisé pour les modèles les plus courants des véhicules circulant aux États-Unis. Le modèle était incapable de prévoir le comportement d'une voiture de course italienne vieille de quarante ans, fabriquée en nombre limité. Ils ont quand même fait la simulation.

— Qu'est-ce que c'est que cette histoire de garage à Sonoma ? demanda Peter.

— Vous n'êtes pas au courant, Sarah non plus, répondit Kenner. On ne peut même pas vérifier si la voiture y est réellement restée. Quelqu'un a loué ce garage, probablement George, mais on ne connaîtra jamais la vérité.

Arrivé à la limousine, Peter ouvrit la portière et monta. Il fut stupéfait de voir le menton et le devant de la chemise de Ted Bradley couverts de sang.

— Que s'est-il passé ?

— Il a glissé, répondit Jennifer. Et il s'est blessé.

Destination Los Angeles
Mardi 12 octobre
22 h 31

Dans l'avion qui les ramenait à Los Angeles, Sarah se trouvait en pleine confusion. En premier lieu, elle était encore sous le choc ; elle avait toujours espéré revoir George vivant, et voilà qu'on avait identifié son corps. Et puis, il y avait Peter. Au moment où elle commençait à avoir de l'affection pour lui, à voir en lui autre chose qu'une mauviette, à apprécier des qualités de solidité, de résistance cachées sous son manque d'assurance, en un mot à éprouver les premiers frémissements d'une attirance envers l'homme à qui elle devait la vie, une nouvelle venue, cette Jennifer, entrait en scène. Et manifestement elle ne laissait pas Peter indifférent.

En outre, il y avait maintenant Ted Bradley. Sarah ne se faisait aucune illusion sur l'acteur qu'elle avait vu à l'œuvre lors des nombreuses manifestations organisées par le NERF. Elle s'était même laissé séduire – elle était incapable de résister à un comédien – avant de se raviser au dernier moment, parce qu'il lui rappelait trop son ex. Pourquoi cette faiblesse pour les acteurs ? Ils étaient si charmants, ils donnaient si bien l'impression de s'intéresser à autrui, ils avaient une telle intensité dans les sentiments. Il était difficile, en leur compagnie, de ne pas oublier que c'étaient des êtres pleins d'eux-mêmes et prêts à tout pour se faire aimer.

Ted Bradley, en tout cas, était comme cela.

Comment s'était-il blessé ? En se mordant la langue ? Sarah avait le sentiment que cette blessure avait un rapport avec Jennifer. Il avait dû lui faire des avances. Elle était assez jolie, à sa manière, avec ses cheveux bruns, son visage volontaire et son corps aux muscles fins. Le type même de la New-Yorkaise speedée ; tout le contraire de Sarah.

Et Peter lui faisait les yeux doux.

Il était à sa botte.

Il y avait de quoi être dégoûtée, mais elle devait reconnaître qu'elle se sentait déçue, à titre personnel. Juste au moment où il commençait à lui plaire. Elle poussa un soupir.

Bradley était en grande discussion avec Kenner. Ils parlaient d'écologie. L'acteur faisait étalage de ses connaissances ; Kenner le regardait comme un python regarde un rat.

— Ainsi, fit Kenner, le réchauffement planétaire est une menace pour la Terre ?

— Absolument, déclara Bradley. Une menace pour la planète entière.

— En quoi consiste exactement cette menace ?

— Pénurie des récoltes, désertification, apparition de maladies nouvelles, extinction des espèces, fonte de tous les glaciers – même le Kilimandjaro –, élévation du niveau des mers, météo extrême, tornades, ouragans, fréquence accrue d'El Niño...

— Cela paraît en effet extrêmement grave, dit Kenner.

— Oui, vraiment grave.

— Êtes-vous sûr de ce que vous avancez ?

— Naturellement.

— Pouvez-vous étayer vos affirmations par des références scientifiques ?

— Pas personnellement, mais des scientifiques peuvent le faire.

— En réalité, les études scientifiques ne vont pas dans votre sens. Prenons l'exemple de la pénurie des récoltes. L'augmentation de dioxyde de carbone stimulerait plutôt la croissance des végétaux, comme le montrent certaines observations. D'autre part, les plus récentes images satellite révèlent que l'étendue du Sahara s'est réduite depuis le début des années 80 [1]. Pour ce qui est des maladies nouvelles, ce n'est pas vrai. Le rythme d'apparition de maladies nouvelles n'a pas changé depuis 1960.

— Des maladies comme le paludisme réapparaîtront aux États-Unis et en Europe.

— Pas d'après les spécialistes [2].

Bradley poussa un ricanement et croisa les mains sur sa poitrine.

— L'extinction des espèces n'a pas été prouvée non plus. Dans les années 70, Norman Myers avait prédit qu'un million d'espèces auraient disparu en l'an 2000. Paul Ehrlich, lui, avait prédit que cinquante pour cent de toutes les espèces existantes auraient disparu à la même date. C'étaient des opinions qui n'engageaient que leurs auteurs [3]. Savez-vous comment on appelle une opinion qui ne repose sur aucune preuve ? Une idée préconçue. Savez-vous combien d'espèces il y a sur notre planète ?

— Non.

— Personne ne le sait. Les estimations vont de trois à cent millions : une fourchette énorme [4].

— Où voulez-vous en venir ?

— Il est difficile de savoir combien d'espèces sont en voie d'extinction quand on ne connaît pas leur nombre total.

---

1. Fred Pearce, « Les Africains retournent vers leurs terres tandis que la végétation reprend possession du désert », *New Scientist*, n° 175, 21 septembre 2002, p. 4-5 : « Les déserts africains reculent [...] L'analyse des images satellite révèle que les dunes sont en recul dans la région du Sahel [...] La végétation repousse le sable sur une bande de 6 000 kilomètres. D'après les analystes, ce reverdissement progressif est en cours depuis le milieu des années 1980 mais il est passé largement inaperçu. »

2. Paul Reiter *et al.*, « Réchauffement global et paludisme : une exigence de précision », *Lancet*, 4, n° 1, juin 2004, « Un grand nombre de ces prévisions dont on parle beaucoup sont pleines d'inexactitudes et trompeuses. »

3. Discussion : Bjorn Lomborg, *The Skeptical Environmemtalist*, Cambridge, 2002, p. 252.

4. Morjorie L. Reaka-Kudia *et al.*, *Biodiversité II. Compréhension et protection de nos ressources biologiques*, Washington, National Academies Press, 1997 : « Les biologistes ont fini par reconnaître que nous en savons bien peu sur les organismes avec lesquels nous partageons la planète Terre. En particulier, les tentatives faites pour déterminer le nombre total d'espèces se sont révélées étonnamment infructueuses. » Myers : « Il est impossible de connaître le taux d'extinction réel dans les forêts tropicales, même d'une manière approximative. » Dans Lomborg, p. 254.

Comment pourrez-vous dire qu'on vous a volé de l'argent si vous ne savez pas combien vous aviez dans votre portefeuille ? Sachez aussi que quinze mille nouvelles espèces sont découvertes chaque année. À propos, connaissez-vous le taux d'extinction des espèces ?

— Non.

— Parce qu'il n'y a pas de taux connu. Savez-vous comment on calcule le nombre d'espèces existantes et celui des espèces disparues ? On envoie un pauvre bougre dans une zone d'un hectare et on le charge de dénombrer tous les insectes, tous les animaux et toutes les plantes qui y vivent. Il y retourne au bout de dix ans et recompte. Mais, dans l'intervalle, les insectes sont peut-être partis dans une zone adjacente. Vous vous voyez en train de compter tous les insectes vivant dans une zone d'un hectare ?

— Ce serait difficile.

— C'est le moins que l'on puisse dire. Et très imprécis, ce qui est bien plus important. Pour ce qui est de la fonte des glaciers, c'est une réalité pour certains, pas pour d'autres [1].

— Pour la quasi-totalité d'entre eux.

— Ce qui représente quelle quantité ? demanda Kenner en esquissant un sourire.

— Des dizaines.

— Combien de glaciers y a-t-il sur notre planète, Ted ?

— Je ne sais pas.

— Donnez un chiffre.

— Je dirais... deux cents.

— Il y en a plus de deux cents en Californie [2]. Et cent soixante mille dans le monde. Soixante-sept mille ont été décrits mais ceux qui ont été étudiés avec soin sont peu nombreux. Les mesures s'étendant sur cinq ans ou plus ne concernent que soixante-dix neuf glaciers de la planète.

---

1. Roger J. Braithwaite, « Masse des glaciers, les cinquante premières années de surveillance internationale ». *Progress in Physical Geography*, 26, n° 1 (2002), p. 76-95 : « Il n'y a aucune tendance globale évidente de l'augmentation de la fonte des glaciers ces dernières années. »

2. La Californie compte 497 glaciers ; Raub *et al.*, 1980 ; Guyton : 108 glaciers et 401 petits glaciers, *Glaciers de Californie*, p. 115.

Alors comment pouvez-vous affirmer qu'ils sont tous en train de fondre ? Personne ne peut le savoir [1].

— Le Kilimandjaro fond.

— Pour quelle raison ?

— À cause du réchauffement climatique.

— En réalité, le Kilimandjaro fond rapidement depuis les années 1800, bien avant que l'on parle du réchauffement climatique. La fonte de ce glacier a fait l'objet de nombreuses études depuis plus d'un siècle. Ce phénomène reste un mystère : le Kilimandjaro, vous le savez certainement, est un volcan équatorial, qui se trouve donc dans une région chaude. Les mesures satellite effectuées dans cette région ne montrent aucun signe d'élévation de la température à l'altitude du Kilimandjaro. Alors, pourquoi fond-il ?

— Vous allez me le dire, répondit Bradley, la mine boudeuse.

— À cause de la déforestation, Ted. La forêt pluviale qui s'étend au pied du massif volcanique ayant été en partie détruite, l'air qui remonte a perdu son humidité. Les spécialistes pensent que si la forêt est replantée, le glacier regagnera du terrain.

— C'est absurde !

— Je vous donnerai les références de la publication scientifique [2]... Parlons maintenant de l'élévation du niveau

---

1. H. Kieffer *et al.*, « De nouveaux yeux dans le ciel mesurent les glaciers et les couches de glace », *EOS, Transactions, American Geophysical Union*, n° 81, 2000, p. 265, 270-271. Voir aussi R. J. Braithwaite et Y. Zhang. « Relations entre la variabilité inter-annuelle de la masse des glaciers et le climat », *Journal of Glaciology*, n° 45, 2000, p. 456-462.

2. Betsy Mason, « Les glaces africaines sous emballage » *Nature*, n° 24, novembre 2003 : « Bien qu'il soit tentant d'accuser le réchauffement global de la fonte des glaces, les chercheurs pensent que la déforestation des contreforts est le coupable le plus vraisemblable. » http ://www.nature.com/nsu/031117/031117-8.html.

Kaser *et al.*, « Le recul récent du glacier du Kilimandjaro témoigne d'un changement climatique : observations et faits », *International Journal of Climatology*, 24, 2004, p. 329-339 : « Ces dernières années, le Kilimandjaro et le recul de ses glaces sont devenus une " icône " du réchauffement global... [mais] des phénomènes autres que la température de l'air déterminent le recul des glaces [...] Une diminution brutale de l'humidité atmosphérique à la fin du XIXe siècle et les conditions climatiques plus sèches sont probablement à l'origine du recul du glacier. »

des océans. C'est bien la menace suivante que vous avez mentionnée ?

— Oui.

— Le niveau des océans s'élève, c'est vrai.

— Vous voyez !

— Il s'élève depuis six mille ans, depuis le début de l'holocène, au rythme de dix à vingt centimètres par siècle [1].

— L'élévation est plus forte aujourd'hui.

— Pas du tout.

— Les observations satellite le prouvent.

— Pas du tout [2].

— Les modèles informatiques le prouvent [3].

— La modélisation informatique ne *prouve* rien, Ted. Une prévision ne peut tenir lieu de preuve, puisqu'il ne s'est rien passé. Et ces modèles se sont montrés très imprécis dans leurs prévisions sur les dix ou quinze dernières années. Mais si vous voulez croire en eux, il n'y a pas à discuter. Qu'y avait-il ensuite sur votre liste ? La météo extrême : une fois de plus, ce n'est pas vrai. De nombreuses études montrent qu'il n'y a pas d'augmentation de ces phénomènes [4].

---

1. Voir, par exemple, http://www.csr.utexas.edu/gmsl/main.html. « Au cours du dernier siècle, le changement global du niveau des océans a été généralement estimé par une moyenne à long terme des mesures des marégraphes. Les estimations les plus récentes de l'élévation moyenne du niveau des océans avec ce type de mesures vont de 1,7 à 2,4 mm/an.

2. La moyenne globale de l'élévation du niveau des océans d'après les mesures effectuées par les satellites est de 3,1 mm/an sur la dernière décennie. Mais les satellites montrent des variations considérables. Le niveau du Pacifique Nord s'est élevé alors que celui du Pacifique Sud a baissé de plusieurs millimètres ces dernières années.

3. Lomborg, p. 289-290 sur l'inadéquation des modèles du GIEC.

4. Voir Henderson-Sellers *et al.*, « Cyclones tropicaux et changement climatique global : évaluation après le rapport du GIEC », *Bulletin of the American Meteorological Society*, 79, 1997, p. 9-38. C. Nicholls Landsea *et al*, « Tendance à la baisse dans la fréquence des ouragans atlantiques violents au cours des cinq dernières décennies. *Geophysical Research Letters*, n° 23, p. 527-530, 1996. D'après le GIEC, « l'examen des observations météorologiques ne confirme pas [l'accroissement de la fréquence et de la gravité d'événements climatiques extrêmes] dans le contexte d'un changement climatique à long terme », GIEC, 1995, p. 11. « D'une manière générale, rien ne montre que des événements climatiques extrêmes ou une variabilité du climat aient augmenté globalement au cours du XXe siècle... », GIEC, *Changement climatique*, 1995. Dans le rapport du GIEC de 2001 : « Aucune tendance à long terme n'est évidente » pour les tempêtes tropicales et extra-tropicales, ni aucun change-

— Même si cela vous amuse de me rabaisser, le fait est que quantité de gens pensent que les événements météo extrêmes vont se multiplier, que les ouragans, les tornades, les cyclones seront plus nombreux.

— Quantité de gens le pensent, certes, mais les études scientifiques ne le confirment pas [1]. C'est pour cette raison que la science existe, Ted, pour voir si nos opinions se vérifient dans le monde réel ou si elles ne sont que le fruit de notre imagination.

— Tous ces ouragans ne sortent pas de notre imagination.

Kenner ouvrit son ordinateur portable en soupirant.

— Que faites-vous ?

— Une seconde, fit Kenner. Je vais vous montrer.

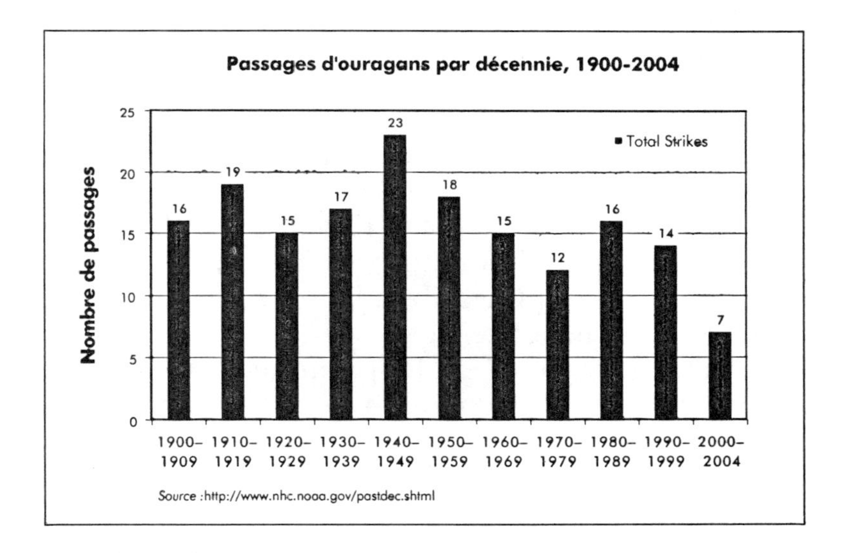

— Voici le résultat des observations sur un siècle, reprit Kenner. Vous pouvez constater que les ouragans ne sont pas plus nombreux sur le territoire américain. De même, les

ment systématique dans la « fréquence des tornades, des journées d'orage et de la grêle ». *Executive Summary*, p. 2. Pour une discussion complète, voir Lomborg, p. 292 et s.

1. Richard Feynman : « La science est ce que nous avons appris sur le moyen de ne pas être dupes. »

événements météo extrêmes ne sont globalement pas en augmentation. Les données scientifiques ne confirment pas vos dires. Vous avez aussi parlé d'El Niño, non ?

— Si...

— Comme vous devez le savoir, El Niño fait partie d'un système de fluctuation climatique qui se déclenche quand la température de l'océan le long de la côte occidentale de l'Amérique du Sud reste plus élevée que la normale pendant plusieurs mois. El Niño dure à peu près dix-huit mois et a une incidence sur les conditions météo de toute la planète. Le phénomène se produit à peu près tous les quatre ans – vingt-trois fois pendant le siècle écoulé – et se répète depuis des milliers d'années. Il n'a donc rien à voir avec votre réchauffement global [1]. Mais quel danger pourrait-il représenter pour les États-Unis, Ted ? Un El Niño important s'est produit en 1998.

— Inondations, destruction des récoltes, des choses comme ça.

— Tout cela a eu lieu, en effet. Sur le plan économique le résultat a pourtant été un gain de quinze milliards de dollars, grâce à un allongement de la période de croissance des récoltes et une réduction de la période de chauffage. Après déduction d'un milliard et demi pour les dégâts causés par les inondations et les pluies abondantes survenues en Californie, il reste un bénéfice net.

— J'aimerais voir cette étude, grommela Bradley.

— Je vous la communiquerai, n'ayez crainte [2]. Elle laisse évidemment supposer que, s'il se produit réellement un réchauffement de la planète, il pourrait bénéficier à la plupart des nations.

— Pas toutes !

— Non, Ted, pas toutes.

— Quelle est précisément votre position ? poursuivit Bradley. Vous dites qu'il n'est pas nécessaire de se pré-

---

1. Lomborg, page 292.

2. Stanley A. Changnon, 1999 : « Impact d'El Niño 1997-1998 sur les conditions atmosphériques aux États-Unis », *Bulletin of the American Meteorological Society*, 80, n° 9 ; 1999, p. 1819-1828. « Le bénéfice économique net fut étonnamment positif [...] les pertes directes de l'ordre de 4 milliards de dollars et les profits de l'ordre de 19 milliards. »

occuper de l'environnement, que la nature est bien comme elle est, que nous pouvons laisser les industriels polluer tout leur saoul et que tout ira pour le mieux dans le meilleur des mondes ?

Sarah crut un moment que Kenner allait sortir de ses gonds, mais il se maîtrisa.

— Si on est contre la peine de mort, demanda-t-il à Bradley, cela signifie-t-il qu'on est partisan de ne rien faire pour s'opposer à la criminalité ?

— Non.

— On peut être contre la peine de mort et être partisan de punir les criminels ?

— Naturellement.

— Je peux donc affirmer que le réchauffement planétaire n'est pas une menace tout en étant partisan d'un contrôle de l'environnement ?

— Je n'ai pas l'impression que c'est ce que vous dites.

Kenner poussa un soupir résigné.

Sarah avait suivi la conversation en se faisant la réflexion que Bradley n'écoutait pas vraiment Kenner.

— Alors ? reprit l'acteur, comme pour confirmer ce qu'elle pensait. Ne dites-vous pas que l'environnement n'a pas besoin que nous le protégions ? N'est-ce pas ce que vous voulez réellement dire ?

— Non, répondit Kenner d'un ton indiquant que la conversation était terminée.

Ted est vraiment un imbécile, se dit Sarah. Il parle de choses dont il ne sait pratiquement rien. Comme un acteur habitué à travailler avec un script, qui est perdu quand la conversation s'écarte de son texte.

Elle se retourna pour regarder vers l'avant de l'appareil. Peter et Jennifer étaient en train de discuter, tête contre tête. Il y avait dans leur comportement une sorte d'intimité sur laquelle on ne pouvait se méprendre.

Elle se sentit soulagée quand le pilote annonça qu'ils allaient atterrir à Los Angeles.

Van Nuys
Mardi 12 octobre
23 h 22

Sanjong Thapa les attendait à l'aéroport, l'air inquiet. Il entraîna aussitôt Kenner dans une voiture et démarra. Tandis que Sarah rentrait chez elle, Bradley grimpa dans une limousine avec un petit signe distrait de la main ; il avait déjà son portable à l'oreille. Peter conduisit Jennifer à Culver City, où elle avait laissé sa voiture. Il y eut un moment de gêne à l'instant de se séparer. Peter avait envie de l'embrasser mais il sentit une réserve et préféra s'abstenir. Elle promit de l'appeler le lendemain matin.

Au long du trajet vers son appartement, il pensa à elle. Pas à Sarah.

Il était près de minuit quand il arriva chez lui. Il était épuisé. Il enlevait sa chemise quand le téléphone sonna. C'était Janis.

— Où étais-tu passé, beau gosse ?

— Je voyageais.

— Je t'ai appelé tous les jours. Plusieurs fois par jour... parfois toutes les heures !

— Que se passe-t-il ?

— Mon copain m'a larguée.

— Désolé, fit Peter. Cela a dû être pénible...

— Je peux passer te voir ?

— Tu sais, Janis, soupira-t-il, je suis vraiment fatigué...

— Il faut que je te parle. Je te promets de ne pas rester longtemps si tu n'as pas envie que je reste. Je suis tout près de chez toi... Dans cinq minutes ?

Il soupira de nouveau, plus fort cette fois.

— Tu sais, Janis, ce soir, ce n'est peut-être pas...

— D'accord. À tout de suite !

Fin de la communication.

Il lança sa chemise dans le panier à linge sale. Janis n'écoutait jamais : c'était ça, le problème. Lorsqu'elle arriverait, il lui demanderait de repartir. Tout simplement. C'était décidé.

En serait-il capable ?

Janis n'était pas compliquée ; cela convenait parfaitement à Peter. Il se déchaussa en se disant qu'il ne voulait pas que Janis soit là le lendemain matin, au cas où Jennifer appellerait. Appellerait-elle ? Elle l'avait promis. Connaissait-elle son numéro ? Il n'en était pas sûr.

Il décida de prendre une douche. Comme il risquait de ne pas l'entendre quand il serait sous la douche, il entrouvrit la porte d'entrée et se dirigea vers la salle de bain. Le couloir était sombre ; il eut le temps d'apercevoir une ombre du coin de l'œil avant de recevoir un coup violent sur la tête. Il poussa un cri. La douleur était terrible. La bouche ouverte pour chercher de l'air, il tomba sur les genoux. On le frappa de nouveau, sur l'oreille cette fois ; il s'affaissa sur le côté.

Il avait les yeux à la hauteur d'une paire de chaussures, avec des chaussettes sales. Hébété, il sentit qu'on le traînait dans le séjour. Des hommes – ils étaient trois – tournaient autour de lui. Ils portaient un masque noir. L'un d'eux posa les pieds sur ses deux bras, pour le clouer au sol. Un autre s'assit lourdement sur ses jambes.

— Ne parlez pas, gronda-t-il d'une voix menaçante. Ne bougez pas.

De toute façon, Peter ne pouvait pas bouger. Encore groggy, il chercha le troisième homme du regard. Il entendit un clapotis, vit passer dans son champ de vision quelque chose qui ressemblait à un sac en plastique.

— Tenez-le bien, ordonna le troisième homme à voix basse.

Il s'accroupit près de l'épaule de Peter, écarta son bras. Sous le masque, sa respiration était sifflante.

— Vous savez ce que c'est? reprit-il de la même voix étouffée.

Il souleva le sac en plastique; l'eau était trouble. Peter vit une sorte de boule charnue. Il sentit la panique l'envahir. *Ce sont des testicules qu'ils ont coupés.* Puis il vit la boule se déplacer en ondulant. Elle était brune avec des taches blanches, de la taille d'une balle de golf.

— Vous savez? répéta l'homme.

Peter secoua la tête.

— Vous apprendrez, murmura l'homme en ouvrant le sac.

Il plaça l'ouverture contre le dessous du bras de Peter, qui sentit quelque chose d'humide. L'homme tripotait le sac, appuyait sur la boule. Peter essayait de voir ce qu'il faisait mais c'était difficile...

La boule se mit à bouger, à étendre des sortes de petites ailes... Non, pas des ailes. C'était une pieuvre! Minuscule! Elle ne devait peser que quelques grammes. Un corps brun cerclé de blanc. L'homme appuyait sur le sac, le pressait pour pousser le petit animal vers le bras de Peter.

C'est alors qu'il comprit.

Il commença à se débattre en gémissant mais ses ravisseurs le tenaient fermement. Il sentit le contact de la pieuvre : c'était collant, un peu comme de la cellophane. Horrifié, il souleva la tête, vit l'homme tapoter le sac avec son doigt pour essayer de stimuler la pieuvre qui s'était collée sur sa peau. En une fraction de seconde, les cercles du corps de l'animal virèrent du blanc au bleu.

Le cercle bleu de la mort.

— C'est parce qu'elle est furieuse, fit l'homme qui tenait le sac. Vous ne sentirez rien.

Mais Peter sentit la morsure du bec minuscule, une piqûre semblable à celle d'une aiguille. Il retira son bras; l'homme écarta le sac et le referma.

— Tenez-le bien, murmura-t-il.

Il disparut, revint avec un torchon. Il essuya le bras de Peter, épongea l'eau par terre.

— Vous ne sentirez rien pendant quelques minutes, reprit-il avant de se diriger vers le téléphone.

Il arracha le fil de la prise, fracassa l'appareil sur le sol.

— Vous n'appellerez personne.

Les deux autres hommes lâchèrent Peter. Ils se dirigèrent rapidement vers la porte et sortirent.

Il se mit à quatre pattes en toussant. Il regarda son bras : la morsure n'avait laissé qu'une petite marque, un point rose juste au-dessous des poils de l'aisselle. Personne n'y prêterait attention.

Peter ne sentait rien d'autre qu'un léger picotement à l'endroit où il avait été mordu. Sa bouche était sèche ; ce devait être la peur. Il avait mal à la tête. Il leva la main, sentit le contact poisseux du sang, comprit qu'ils avaient dû rouvrir sa suture.

Il essaya de se mettre debout mais son bras lâcha : il retomba, roula par terre. Encore hébété, il regarda l'éclairage au plafond. Le plafond de l'appartement avait un aspect rustique qu'il détestait ; il aurait voulu le refaire mais c'était trop cher. De toute façon, il s'était toujours dit qu'il déménagerait sous peu. Il réussit à prendre appui sur les coudes. Sa bouche devenait de plus en plus sèche : l'effet du poison.

Le poison de ce crapaud. Non, ce n'était pas ça, pas un crapaud. C'était...

Il ne s'en souvenait même plus.

Une pieuvre.

C'était ça. Une petite pieuvre, toute mignonne.

Les Indiens d'Amazonie enduisaient du poison de ces animaux la pointe de leurs flèches. Non, c'étaient les crapauds. Il n'y avait pas de pieuvres en Amazonie. Il n'en savait rien.

Tout se brouillait dans sa tête. Il sentit son corps se couvrir d'une sueur froide. Encore l'effet du poison, sans doute. Il fallait qu'il mette la main sur un téléphone. Il ne devait plus disposer que de quelques minutes avant de perdre connaissance.

Il rampa jusqu'au meuble le plus proche... un vieux fauteuil rembourré. Il l'avait depuis la fac de droit... Il était en piteux état... Il avait voulu s'en débarrasser quand il avait emménagé mais ne s'était pas décidé... Il fallait un siège à cet endroit du séjour... Il l'avait fait retapisser en deuxième année de droit... Le tissu était sale maintenant... Il n'avait jamais trouvé le temps de s'en occuper. Tout se bousculait dans sa tête. Il se souleva jusqu'à ce que son menton repose sur le bord du fauteuil. Il était hors d'haleine, comme s'il venait de gravir une montagne. Il se demanda ce qu'il faisait par terre. Pourquoi avait-il le menton sur ce fauteuil ? Il lui revint à l'esprit qu'il essayait de se hisser sur le siège, de s'y asseoir.

Assieds-toi.

Il posa le coude, appuya pour se soulever. Il réussit à hisser sa poitrine sur le fauteuil, puis le reste de son corps. Ses membres s'engourdissaient, devenaient plus froids, plus lourds. Trop lourds pour bouger. Tout son corps était affreusement lourd. Il parvint à se mettre presque droit dans le fauteuil. Il y avait un téléphone tout près, sur la table, mais son bras était trop lourd pour l'atteindre. Il essaya vainement de déplacer son bras. Ses doigts remuaient légèrement, c'était tout. Il avait de plus en plus froid, se sentait de plus en plus lourd.

Il commença à perdre l'équilibre, glissa lentement de côté jusqu'à ce que son torse repose sur le bras du fauteuil, la tête au-dessus du sol. Il resta dans cette position, incapable de bouger. Il ne pouvait ni soulever sa tête ni bouger ses bras. Il ne pouvait même plus remuer les yeux. Il gardait le regard fixé sur le tissu du fauteuil et sur la moquette.

C'est la dernière chose que je verrai avant de mourir.

VI

BLEU

Beverly Hills
Mercredi 13 octobre
1 h 02

Peter n'aurait su dire depuis combien de temps il gardait les yeux fixés sur la moquette. Le bras du fauteuil pressé contre sa poitrine le gênait ; il lui était de plus en plus difficile de respirer. Des images du passé défilaient devant ses yeux ; le sous-sol où il avait joué avec son premier ordinateur, la bicyclette bleue volée le soir où on la lui avait offerte, le jour où il s'était avancé, les jambes tremblantes, vers le bureau du professeur Whitson pour faire un exposé en cours de droit constitutionnel...

— Peter ? Tu es là, Peter ?

Il était terrorisé ; Whitson terrorisait tous ses étudiants. Et le dîner à Los Angeles, avant de décrocher son premier poste, quand il avait renversé de la soupe sur sa chemise devant les associés qui faisaient semblant ne de rien voir. Et...

— Peter ! Qu'est-ce que tu fais là ? Peter ? Debout, Peter !

Il sentit des mains sur ses épaules, des mains brûlantes, et on le remit en position assise. Il reconnut la voix de Janis.

— Voilà, c'est mieux.

Elle se pencha vers lui, approcha son visage à quelques centimètres du sien.

— Qu'est-ce qui t'arrive ? Qu'est-ce que tu as pris ? Dis quelque chose !

Mais il ne pouvait ni parler ni bouger. Elle portait un justaucorps, un jean et des sandales. Elle s'écarta, sortit de son champ de vision.

— Je commence à être inquiète, Peter. As-tu pris de l'ecstasy ? As-tu fait un malaise cardiaque ? Non, tu es trop jeune pour ça, mais j'imagine que cela peut arriver. Surtout avec tes habitudes alimentaires... Je te l'ai dit, pas plus de soixante-cinq grammes de matières grasses par jour. Si tu étais végétarien, il ne te serait rien arrivé... Pourquoi est-ce que tu ne dis rien ?

Avec un regard interrogateur, elle posa la main sur sa joue. Peter avait la tête qui tournait ; il ne respirait presque plus. Comme si un rocher de vingt tonnes lui écrasait la poitrine. Il était assis dans le fauteuil mais le rocher pesait sur sa poitrine.

Téléphone à l'hôpital, Janis.

— Je ne sais pas quoi faire, Peter, reprit-elle. Je voulais juste te parler et regarde dans quel état tu es ! Tu me fais peur. Je voudrais que tu me parles... Tu peux parler, Peter ?

Téléphone à l'hôpital.

— Tu vas peut-être m'en vouloir, mais comme je ne sais pas ce que tu as pris, qui t'a mis dans cet état, je vais appeler la police et demander une ambulance. Je ne voudrais pas te causer des ennuis mais tu me fiches la trouille !

Elle sortit de son champ de vision pour décrocher le téléphone posé sur la table, près du fauteuil.

Oui. Fais vite.

— Ton téléphone ne marche pas, annonça-t-elle en revenant dans le champ de vision de Peter. Tu sais qu'il ne marche pas ?

Utilise ton portable.

— Où est ton portable ? J'ai laissé le mien dans la voiture.

Va le chercher.

— Tu as peut-être un autre fixe qui marche. Tu devrais le faire réparer, Peter. Ce n'est pas bien de ne pas avoir le téléphone chez soi... Tiens ? On a arraché le fil de la prise ? Un accès de colère ?

On frappa à une porte. Le bruit venait de la porte palière.

— Peter ? Il y a quelqu'un ? Vous êtes là, Peter ?

Une voix de femme. Il ne voyait pas qui c'était.
— Qui êtes-vous ? demanda Janis.
— Et vous ?
— Janis, l'amie de Peter.
— Sarah. Je travaille avec Peter.
— Vous êtes grande.
— Où est Peter ?
— Là, dans le fauteuil. Il ne va pas très bien.
Il avait entendu cet échange de paroles sans rien voir ; il ne pouvait tourner la tête. Des taches grises commençaient à danser devant ses yeux : il allait bientôt perdre connaissance. Il rassembla toute l'énergie qui lui restait pour gonfler sa poitrine et essayer de faire entrer un peu d'air dans ses poumons.
— Peter ?
La voix de Sarah. Elle se plaça devant lui, le regard empli d'inquiétude.
— Vous êtes paralysé ?
Oui. Appelez l'hôpital.
— Il est couvert de sueur, reprit Sarah. De sueur froide.
— Il était comme ça quand je suis arrivée, expliqua Janis. Qu'est-ce que vous faites là, vous ? Vous connaissez bien Peter ?
— Avez-vous appelé une ambulance ?
— Non, j'ai laissé mon portable dans la voiture...
— Je m'en occupe.
Peter vit Sarah ouvrir son portable. La dernière image qu'il garda avant de s'enfoncer dans les ténèbres.

Brentwood
Mercredi 13 octobre
1 h 22

Au cœur de la nuit, dans la maison plongée dans l'obscurité, Nicholas Drake était assis à son bureau. Son domicile se trouvait à Brentwood, près de Santa Monica, à 4,6 kilomètres de la plage – il avait récemment mesuré avec précision la distance sur le compteur de sa voiture. Le NERF avait fait l'acquisition de cette propriété à son nom un an auparavant. Il y avait eu des grincements de dents – on lui avait aussi acheté une maison à Georgetown –, mais il avait fait valoir qu'il lui fallait une résidence sur la côte Ouest, pour recevoir les célébrités et les gros donateurs.

La Californie était l'État le plus sensibilisé aux problèmes de l'environnement, le premier à voter – cela remontait à près de dix ans – des lois antitabac. Ni à New York ni dans aucun autre État de la côte Est on n'était allé aussi loin. Même quand, en 1998, un tribunal fédéral avait débouté l'Agence pour la protection de l'environnement sur la question des risques que faisait courir à autrui la fumée de cigarette, au motif que l'agence gouvernementale avait violé ses propres règles en interdisant une substance dont elle n'était pas en mesure de prouver la nocivité – le juge fédéral ne pouvait venir que d'un État où on cultivait le tabac –, la Californie n'avait pas réagi. Les lois antitabac étaient restées en vigueur. Santa Monica s'apprêtait même à proscrire le tabac en plein air, y compris sur la plage ! Un grand pas en avant !

La vie était agréable, en Californie.

Quant à trouver des gros donateurs... c'était une autre paire de manches. On pouvait compter sur les petites fortunes de l'industrie du spectacle mais avec ceux qui détenaient la vraie richesse – les banquiers d'affaires, les gestionnaires de portefeuille, les PDG, les promoteurs immobiliers, ceux qui pesaient cinq cents millions ou quelques milliards –, avec ceux-là, ce n'était pas si facile. Ils vivaient dans une autre Californie, fréquentaient des clubs de golf qui n'ouvraient pas leurs portes aux acteurs. Les grosses fortunes étaient entre les mains de pionniers, d'entrepreneurs de haute technologie, rusés, durs en affaires. Ils avaient presque tous des connaissances scientifiques ; ils étaient même, pour la plupart, des scientifiques.

Voilà pourquoi il était si difficile pour Drake de boucler son budget. Le regard fixé sur l'écran de son ordinateur, il s'apprêtait à se servir un scotch quand le clignotement du curseur indiqua l'ouverture d'une nouvelle fenêtre.

SCORPION-L : Vous pouvez parler ?

Voilà l'autre imbécile, se dit-il en tapant la réponse.

Oui. Allez-y.

Drake changea de position, orienta la lampe du bureau afin qu'elle éclaire son visage et regarda l'objectif placé juste au-dessus de l'écran.

La fenêtre s'ouvrit. Il vit Ted Bradley à son bureau, dans sa maison de la vallée de San Fernando.

— Alors ?

— C'est bien ce que vous supposiez. Evans est passé dans le camp des méchants.

— Mais encore ?

— Il était avec cette fille, Jennifer, qui travaille sur le procès...

— Jennifer Haynes ?

— Oui.

— Elle croit tout savoir, cette salope.

Drake garda le silence. Il écoutait le son de la voix de Bradley : l'acteur avait encore picolé.

— Nous avons déjà parlé de cela, Ted : toutes les femmes n'ont pas envie de se faire draguer par vous.

— Mais si... Enfin, presque toutes.

— Ce n'est pas l'image que nous voulons donner, Ted.

— Elle a cherché à m'humilier.

— D'accord, d'accord. Il y avait donc Jennifer Haynes...

— C'est une espionne à la solde des pollueurs !

— Qui d'autre était là ?

— Sarah Jones.

— Ah ! ah ! Elle était allée voir le corps ?

— Je ne sais pas ce qu'elle faisait là. Elle accompagnait un type du nom de Kenner. Un triste con qui croit tout savoir, lui aussi.

— Décrivez-le.

— La quarantaine, brun, un peu lourd. Une dégaine de militaire.

— Bon. C'est tout ?

— C'est tout.

— Pas d'étranger ? Personne d'autre ?

— Seulement ceux dont je viens de parler.

— À votre avis, Peter Evans connaissait Kenner ?

— Oui. Je dirais même qu'il le connaissait bien.

— Vous avez eu l'impression qu'ils travaillaient ensemble ?

— Ils avaient l'air très proches.

— Très bien, Ted. Je me fie à votre instinct.

Drake regarda Bradley se rengorger comme un paon.

— Je pense que vous avez mis le doigt sur quelque chose, reprit-il. Evans pourrait devenir un problème.

— Ça ne m'étonnerait pas.

— J'avais toute confiance en lui. Je l'ai encore reçu dans mon bureau il y a quelques jours, pour lui confier une mission. S'il a retourné sa veste, il pourrait faire des dégâts.

— Sale traître ! lança Bradley.

— Je veux que vous restiez près de lui dans les jours qui viennent.

— Avec grand plaisir.

— Accrochez-vous à ses basques. Ne le quittez pas d'une semelle. Copain-copain, vous voyez ce que je veux dire.

— J'ai compris, Nick. Je vais le coller.

— Je suis sûr qu'il sera là demain matin, pour l'ouverture de la conférence, ajouta Drake tout en songeant que Peter aurait peut-être un empêchement de dernière minute.

Westwood
Mercredi 13 octobre
3 h 40

— Je dois dire que c'était un excellent choix, fit Kenner. *Hapalochlaena fascinata*, la plus venimeuse des trois espèces de pieuvre à cercle bleu. Lorsqu'il se sent menacé, l'animal change de couleur et produit sur sa peau des cercles d'un bleu vif. On le trouve partout dans les eaux côtières de l'Australie. L'animal est minuscule, la morsure presque indécelable, l'envenimation souvent mortelle. Il n'existe pas d'antidote et il est peu vraisemblable que l'on identifie rapidement cette morsure dans un hôpital de Los Angeles. Un choix remarquable [1].

Couché dans la salle des urgences de l'hôpital UCLA, un masque sur le visage, Peter le regardait sans rien dire. Il était encore incapable de parler mais il avait bien moins peur. Janis venait de partir en prétextant un cours, le lendemain matin de bonne heure. Sarah était à son chevet ; elle lui caressait la main. Elle était très belle.

— Comment se la sont-ils procurée ? demanda-t-elle.

— J'imagine qu'ils en ont plusieurs, répondit Kenner. Ces pieuvres sont fragiles et ne vivent pas longtemps. On les capture en assez grande quantité : les Australiens essaient

---

1. Voir S. K. Sutherland *et al.*, « Toxines et mode d'envenimation de la pieuvre cerclée commune ou à bandes bleues », *Med. J. Aust.*, 1, 1969, p. 893-898. Aussi H. Flecker *et al.*, « Morsure fatale de la pieuvre », *Med. J. Aust.*, 2, 1955, p. 329-331.

de mettre au point un antidote. Vous savez probablement que c'est en Australie qu'on trouve les animaux les plus venimeux, aussi bien chez les serpents que les mollusques ou les poissons.

Génial, se dit Peter.

— Mais il y a déjà eu trois cas à UCLA. Ils travaillent dessus.

— C'est exact, lança un interne en entrant dans la salle.

Il commença par vérifier la perfusion et le masque avant de s'adresser à Peter.

— Nous avons les résultats de l'analyse de sang : c'est une tétrodotoxine, comme les autres. Vous devriez être tiré d'affaire dans trois heures ; vous pouvez dire que vous avez eu de la chance.

Il adressa un sourire charmeur à Sarah et sortit.

— Je suis content de savoir que tout ira bien, reprit Kenner. Cela aurait été gênant de vous perdre.

Qu'est-ce qu'il raconte ? se demanda Peter.

Les muscles de ses yeux commençaient à lui obéir. Il jeta un coup d'œil en direction de Sarah qui lui sourit.

— Oui, Peter, poursuivit Kenner, j'ai besoin de vous vivant. Encore quelque temps.

— Ça y est ! fit Sanjong, assis dans un coin de la salle, le portable à l'oreille. Il y a du nouveau.

— Là où nous pensions ? demanda Kenner.

— Oui.

— Quelles nouvelles ?

— Nous venons d'être avisés qu'ils ont loué un appareil le mois dernier. Un AC-57.

— Fichtre !

— Qu'est-ce que c'est ? demanda Sarah.

— Un gros avion de transport. Ils s'en serviront certainement pour pulvériser.

— Pulvériser quoi ? fit Sarah.

— Il est évident, répondit Sanjong, qu'ils veulent répandre des bactéries AOB en grande quantité. Peut-être aussi des nanoparticules hydrophiles.

— Pour quoi faire ?

— Contrôler le trajet d'une tempête. Des études ont montré que des bactéries AOB répandues en altitude peuvent modifier le trajet d'un ouragan ou d'un cyclone. Les nanoparticules hydrophiles augmentent cette action, du moins en théorie. Je ne sais pas si on a fait des essais à grande échelle.

— Ils veulent contrôler le trajet d'un ouragan ?

— Ils vont essayer.

— Ce n'est pas sûr, rectifia Sanjong. D'après Tokyo, des conversations sur téléphones cellulaires et sur Internet laisseraient supposer que ce projet-là pourrait être abandonné.

— Toutes les conditions ne sont pas réunies ?

— Il semblerait que non.

Peter se mit à tousser.

— C'est bien, fit Kenner. Votre corps recommence à fonctionner. Reposez-vous maintenant, Peter, poursuivit-il en lui tapotant le bras. Essayez de dormir. Demain, vous le savez, c'est le grand jour.

— Quel grand jour ? demanda Sarah.

— La conférence commence dans cinq heures et demie, expliqua Kenner.

Il se leva pour partir, se retourna vers Peter.

— Sanjong va passer le reste de la nuit avec vous. Vous devriez être en sécurité ici, mais ils ont déjà essayé de vous tuer. Je ne voudrais pas qu'ils recommencent.

Sanjong vint s'asseoir en souriant au chevet de Peter et posa une pile de revues près de lui. Il ouvrit le dernier numéro de *Time.* Un titre annonçait en couverture : « Changements climatiques : l'apocalypse est pour demain ». Il avait aussi *Newsweek* : « Changements climatiques brutaux : un nouveau scandale pour le gouvernement ». *The Economist* : « Les changements climatiques à l'horizon », et *Paris Match* : « Climat : le nouveau péril américain ».

— Vous pouvez vous reposer, dit Sanjong avec un sourire rassurant.

Peter ferma les yeux.

Santa Monica
Mercredi 13 octobre
9 h 00

À 9 heures du matin, les invités à la Conférence sur les changements climatiques brutaux étaient encore rassemblés par petits groupes ; personne n'avait pris place dans la salle. Près de l'entrée, Peter buvait un café. Il se sentait incroyablement fatigué ; pour le reste, tout allait bien. Il avait eu les jambes un peu flageolantes mais c'était du passé.

Les congressistes appartenaient à l'évidence au milieu universitaire. Ils étaient pour la plupart habillés d'une manière donnant à entendre qu'ils vivaient au grand air – pantalon kaki et chemise L. L. Bean, pataugas et veste Patagonia.

— On se croirait à un congrès de bûcherons, observa Jennifer qui se tenait près de Peter. Comment imaginer que ces gars-là passent le plus clair de leur temps devant un ordinateur ?

— Sans blague ?

— Pour beaucoup, oui.

— Et ces chaussures de marche ?

— Le look rustique est à la mode.

Nicholas Drake s'avança sur la scène et tapota le micro.

— Bonjour à tous. Nous allons commencer dans dix minutes.

Il se retira pour aller discuter avec Henley.

— Ils attendent les caméras, expliqua Jennifer. Il y a eu des problèmes électriques ; les techniciens ne sont pas encore prêts.

— Alors, à cause de la télévision, on fait attendre tout le monde.

Du remue-ménage et des cris à l'entrée attirèrent leur attention. Peter se retourna et vit un vieux monsieur en veste de tweed qui se débattait entre deux agents de sécurité.

— Je suis invité ! criait-il. J'ai le droit d'être là !

— Désolé, monsieur, déclara un des vigiles, votre nom ne figure pas sur la liste.

— Je vous dis que je suis invité !

— Bon sang ! soupira Jennifer.

— Qui est-ce ?

— Le professeur Norman Hoffman. Vous le connaissez ?

— Non. Pourquoi ?

— L'écologie de la pensée, cela vous dit quelque chose ? Hoffman est un sociologue réputé. Extrêmement critique du credo écologiste et qui ne mâche pas ses mots. Nous l'avons interrogé pour connaître ses positions ; c'était une erreur. Jamais il ne s'arrête. Il parle à jet continu, multiplie les digressions, dans tous les azimuts, et il n'y a pas moyen de le faire taire. Un peu comme un téléviseur qui zapperait tout seul et dont on aurait perdu la télécommande.

— Pas étonnant qu'ils ne veuillent pas de lui ici.

— Il vient pour semer la pagaille... Regardez, c'est déjà fait.

À l'entrée, le vieil homme essayait d'échapper aux agents de sécurité.

— Lâchez-moi ! Comment osez-vous ? J'ai été invité par George Morton en personne ! Nous sommes de vieux amis !

Le nom de George fut comme un déclic pour Peter qui se dirigea vers le perturbateur.

— Vous allez le regretter, lança Jennifer en le regardant s'éloigner.

— Excusez-moi, fit Peter en s'arrêtant devant les vigiles. Je suis l'avocat de M. Morton. Puis-je vous aider ?

— Je suis le professeur Norman Hoffman et George Morton m'a invité ! s'écria le vieux monsieur en se tortillant.

De près, Peter vit qu'il était peu soigné de sa personne, mal rasé, les cheveux en bataille.

— Pourquoi croyez-vous que je vienne à ce sinistre rassemblement ? Pour une seule raison : George m'a demandé de le faire. Il voulait connaître mes impressions. J'aurais d'ailleurs pu les lui donner depuis longtemps. Il n'y a pas de surprise à attendre, vous pouvez me croire. Tout se déroulera avec le cérémonial d'un enterrement de première classe !

Peter se dit que Jennifer avait eu raison de le mettre en garde.

— Avez-vous un billet, monsieur ? demanda-t-il courtoisement.

— Non, je n'ai pas de billet. Je n'ai pas besoin d'un billet. Vous ne comprenez donc pas, jeune homme ? Je suis le professeur Hoffman, un ami personnel de George Morton... De toute façon, mon billet, ils l'ont pris !

— Qui ?

— Ces gorilles !

— Avez-vous pris le billet de ce monsieur ? demanda Peter aux vigiles.

— Il n'en avait pas.

— Avez-vous gardé le talon ? demanda Peter à Hoffman.

— Mais, non, je n'ai pas de talon. Je n'ai pas besoin de tout ça !

— Je regrette, professeur, mais...

— J'ai quand même réussi à garder *ça*, dit Hoffman en tendant à Peter le coin arraché d'un billet valable pour la conférence.

— Où est le reste ?

— Je vous l'ai dit, ils me l'ont pris.

Un des vigiles fit signe à Peter de s'approcher et lui montra le reste du billet qu'il cachait dans le creux de sa main.

— Désolé, déclara-t-il, nous avons reçu des instructions strictes de M. Drake pour que ce monsieur n'entre pas.

— Mais il avait un billet, objecta Peter.

— Vous feriez peut-être mieux d'en parler avec M. Drake.

Attirée par le tapage, une équipe de télévision s'était approchée. Hoffman recommença aussitôt à se débattre pour la caméra.

— Ne vous occupez pas de Drake! hurla-t-il. Pour Drake, la vérité n'a pas droit de cité dans cette assemblée! Drake est un charlatan immoral, sa conférence une mise en scène insultante pour les pauvres du monde! Je le dis au nom des enfants qui meurent en Afrique et en Asie, qui rendent le dernier soupir à cause de conférences comme celle-là! Prophètes de mauvais augure! Marchands de peur!

Il se débattait rageusement, les yeux exorbités, la bave aux lèvres. Il donnait l'impression d'un fou furieux. Les caméras cessèrent de tourner; les cadreurs s'éloignèrent, visiblement gênés. Hoffman mit aussitôt fin à son manège.

— J'ai dit ce que j'avais à dire, déclara-t-il. Cela n'intéresse personne, comme d'habitude. Vous pouvez me lâcher, ajouta-t-il à l'adresse des vigiles. J'en ai assez de cette comédie. Je ne supporterai pas de rester une minute de plus. Lâchez-moi!

— Laissez-le, fit Peter.

Les vigiles lâchèrent Hoffman qui s'élança aussitôt au centre du hall où une autre équipe de télévision interviewait Ted Bradley.

— Cet homme est un maquereau! déclara le professeur en se plaçant devant Bradley. Un maquereau écolo au service d'un establishment écologiste corrompu qui gagne sa vie en répandant des peurs sans fondement! Vous ne comprenez pas? Les peurs sans fondement sont un fléau, un fléau moderne!

Les vigiles le saisirent à bras-le-corps pour l'entraîner hors du hall. Cette fois, il ne résista pas. Il se laissa porter, les talons de ses chaussures raclant le sol.

— J'ai le dos fragile, lança-t-il avant de franchir la porte. Si vous me faites mal, je porte plainte pour coups et blessures.

Ils le déposèrent sur le trottoir, époussetèrent sa veste et s'écartèrent.

— Bonne journée, monsieur.

— J'espère bien. Mes jours sont comptés.

Peter alla rejoindre Jennifer en gardant un œil sur Hoffman.

— Vous ne pourrez pas dire que je ne vous avais pas prévenu, fit-elle.

— Quelle histoire ! Qui est ce type exactement ?

— Il est professeur émérite de l'Université de Californie du Sud. L'un des premiers à étudier d'une manière statistique rigoureuse les médias et leurs effets sur la société. Il est intéressant mais, comme vous avez pu le constater, il a des opinions, disons tranchées.

— Vous croyez que Morton l'a réellement invité ?

— Peter, j'ai besoin de vous, dit une voix.

Peter se retourna et vit Drake qui s'avançait vers eux.

— Que voulez-vous ?

— Ce cinglé, répondit Drake en indiquant Hoffman de la tête, va probablement aller voir la police pour se plaindre d'avoir été maltraité. Nous n'avons pas besoin de ça. Allez lui parler, essayez de le calmer.

— Je ne sais pas ce que je pourrai faire, objecta prudemment Peter.

— Demandez-lui de vous expliquer ses théories farfelues. Cela prendra des heures.

— Dans ce cas, je ne pourrai pas assister à la conf...

— Vous nous serez plus utile avec lui. Avec le vieux fou.

Une foule nombreuse était rassemblée devant le centre de conférences. Les laissés-pour-compte regardaient un écran géant de télévision où ils lisaient les sous-titres défilant sous l'orateur. Peter se fraya un passage dans la foule pour se diriger vers le professeur.

— Je sais pourquoi vous me suivez, fit Hoffman quand il vit Peter. Ça ne marchera pas.

— Professeur...

— Vous êtes jeune, intelligent, poseur. Nick Drake vous envoie pour me détourner de mon but.

— Pas du tout...

— Mais si. Ne mentez pas. Je ne supporte pas qu'on me mente.

— C'est vrai, reconnut Peter. Drake m'a envoyé.

Hoffman haussa un sourcil, étonné par cette franchise.

— Je le savais. Que vous a-t-il demandé de faire ?

— Vous empêcher d'aller vous plaindre à la police.

— Mission accomplie. Allez le lui dire. Je ne vais pas me plaindre à la police.

— C'est pourtant l'impression que vous donnez.

— L'*impression* que je donne ! Vous êtes de ceux qui croient à l'apparence.

— Non, professeur, mais vous...

— Je me fiche de l'apparence. Je ne m'intéresse qu'à ce qui est. Vous me suivez ?

— Je ne suis pas sûr...

— Dans quelle branche travaillez-vous ?

— Je suis avocat.

— J'aurais dû m'en douter. Tout le monde est avocat, de nos jours. Une extrapolation de la croissance statistique de la profession aux États-Unis montre qu'en 2035 tout le monde sera avocat, y compris les nouveau-nés. Ils seront des avocats-nés. Qu'est-ce que cela fera, à votre avis, de vivre dans une telle société ?

— Vous avez fait des remarques intéressantes dans le hall, professeur...

— Intéressantes ? Je les ai accusés d'immoralité flagrante et vous appelez cela *intéressant* ?

— Pardon, fit Peter, qui s'efforçait d'orienter la conversation vers les sujets favoris du professeur. Vous n'avez pas expliqué pourquoi vous pensiez...

— Je ne pense pas, jeune homme, je *sais*. C'est le but de mes recherches : savoir les choses et non présumer. Ni émettre des hypothèses. Ni me livrer à des conjectures. *Savoir* par des recherches directes sur le terrain. Un art qui se perd dans le monde universitaire, jeune homme. Vous n'êtes pas si jeune que ça... Comment vous appelez-vous ?

— Peter Evans.

— Et vous travaillez pour Drake, monsieur Evans ?

— Non, pour George Morton.

— Pourquoi ne l'avez-vous pas dit plus tôt ? George était un grand homme, oui, un grand homme. Venez, monsieur

Evans. Je vais vous offrir un café et nous pourrons discuter. Savez-vous en quoi consistent mes travaux ?

— Je crains que non...

— J'étudie l'écologie de la pensée et la manière dont elle a conduit à un État de peur.

Santa Monica
Mercredi 13 octobre
9 h 33

Ils s'étaient installés sur un banc, de l'autre côté de la rue, derrière la foule rassemblée devant l'entrée du centre de conférences. Il y avait du mouvement mais Hoffman ne s'occupait pas de ce qui se passait autour de lui. Il parlait rapidement, avec animation, en agitant les mains si vivement qu'il heurtait Peter sans même s'en rendre compte.

— Il y a dix ans, j'ai commencé par la mode et l'argot, ce dernier étant évidemment une sorte de mode verbale. Je voulais connaître les déterminants du changement dans la mode et la langue familière. Je me suis rapidement rendu compte qu'il n'existe pas de déterminants identifiables. La mode change pour des raisons arbitraires et, même si l'on peut observer des cycles, des périodicités, des corrélations, le travail est purement descriptif et n'a pas valeur d'explication. Vous me suivez ?

— Je crois.

— Quoi qu'il en soit, j'ai compris que ces périodicités et ces corrélations pouvaient être considérées comme des systèmes en soi. Des écosystèmes, si vous préférez. Une hypothèse heuristique que j'ai expérimentée et trouvée valable. Tout comme il existe une écologie des milieux naturels – les forêts, les montagnes, les océans –, il y a une écologie du monde humain des abstractions mentales, des idées, de la pensée. Voilà ce que j'ai étudié.

— Je vois.
— Dans la culture moderne, les idées vont et viennent constamment. Pendant un moment, tout le monde croit quelque chose, puis, petit à petit, on cesse d'y croire. Plus personne ne se souvient de ce à quoi on croyait, tout comme on oublie l'ancien argot. Les idées, dans un sens, sont elles aussi des passades. Vous voyez ?
— Je comprends, professeur, mais pourquoi...
— Vous vous demandez pourquoi les idées se démodent, nota pensivement Hoffman. Il n'y a pas de réponse : elles se démodent, tout simplement. Dans la mode comme dans l'écologie des milieux naturels, il se produit des perturbations, des révisions brutales de l'ordre établi. La foudre tombe sur une forêt, une nouvelle espèce apparaît sur le terrain consumé par le feu. Des causes accidentelles, imprévisibles provoquent un changement brutal. Le monde nous le montre dans tous les domaines.
— Professeur...
— Les idées peuvent certes changer en très peu de temps mais elles peuvent aussi perdurer. Certaines continuent d'être entretenues par le grand public bien après que les scientifiques les ont abandonnées. La distinction entre cerveau gauche et cerveau droit en est une bonne illustration. Cette idée est devenue populaire dans les années 1970, à la suite des travaux de Sperry qui étudiait à Caltech un groupe particulier de patients du service de neurochirurgie. Ses conclusions se limitaient à ce groupe de patients ; Sperry refusait de leur donner une portée générale. Dès 1980, il est apparu évident que la distinction entre les hémisphères cérébraux est une idée fausse : les deux moitiés du cerveau ne fonctionnent pas séparément chez une personne en bonne santé. Mais cette idée a mis vingt ans à s'estomper dans la culture populaire. Les gens en parlent, y croient, écrivent sur le sujet bien des années après que les scientifiques s'en sont détournés.
— Tout cela est très intéressant, mais...
— De la même manière, dans le domaine de l'environnement, le concept d'« équilibre de la nature » était très répandu. Si on laisse faire la nature, elle se maintient dans

un état d'équilibre. Une belle idée qui remonte à l'Antiquité : les Grecs y croyaient, il y a trois mille ans, sans qu'elle repose sur quoi que ce soit. Elle leur plaisait, c'est tout. Dès 1990, plus un seul scientifique ne croit à l'équilibre de la nature. Même les écologistes y ont renoncé. Une idée fausse, une création de l'esprit. Ils parlent aujourd'hui de déséquilibre dynamique, d'états d'équilibre multiples. Ils ont compris que la nature n'est *jamais* en équilibre. Elle ne l'a jamais été et ne le sera jamais. Tout au contraire, la nature est toujours en *déséquilibre,* ce qui signifie...

— J'aimerais vous demander, professeur...

— Ce qui signifie que l'homme, défini autrefois comme le grand perturbateur de l'ordre naturel, ne l'est aucunement. L'environnement est, de toute façon, soumis à des perturbations constantes.

— George Morton...

— Oui, vous vous demandez de quoi je parlais avec George. J'y arrive ; je ne me suis pas écarté du sujet. George voulait évidemment en savoir plus sur les idées écologistes, plus particulièrement sur l'idée de crise de l'environnement.

— Que lui avez-vous dit ?

— Quand on étudie les médias, comme je le fais avec mes étudiants de troisième cycle, pour chercher des changements dans la conceptualisation normative, on découvre quelque chose d'extrêmement intéressant. Nous avons analysé des transcriptions de bulletins d'informations des grandes chaînes nationales, NBC, ABC, CBS. Nous avons aussi étudié des articles publiés dans les quotidiens de New York, Washington, Miami, Seattle et Los Angeles. Nous avons dénombré la fréquence de certains termes et de certains concepts employés par les journalistes. Les résultats ont été saisissants.

Hoffman s'interrompit pour laisser Peter lui poser la question qu'il attendait.

— Qu'avez-vous découvert ?

— Un changement d'importance s'est produit à l'automne 1989. Avant cette date, les médias faisaient une utilisation modérée de termes tels que *crise, catastrophe, cata-*

clysme, fléau ou désastre. Dans les années 1980, pour prendre un exemple, le mot *crise* n'apparaissait pas plus souvent dans les bulletins d'informations que le mot *budget.* En outre, avant 1989, des termes tels que *désastreux, sans précédent, redoutable* étaient rares, aussi bien à la télévision que dans les journaux. Et puis, tout a changé.

— De quelle manière ?

— L'emploi de ces termes est soudain devenu de plus en plus fréquent. Le mot catastrophe a été utilisé cinq fois plus en 1995 qu'en 1985. En l'an 2000, ce chiffre avait encore doublé. La teneur des articles changeait, elle aussi. On insistait beaucoup plus sur la peur, l'inquiétude, le danger, l'incertitude, l'affolement.

— Pourquoi cela a-t-il changé en 1989 ?

— Bonne question... Question déterminante. À bien des égards, 1989 semble être une année normale. Un sous-marin soviétique coule en Norvège ; les événements de la place T'ian'anmen ; l'*Exxon Valdez* ; la sentence de mort lancée contre Salman Rushdie ; le divorce de Jane Fonda, Myke Tyson, Bruce Springsteen ; l'Église épiscopalienne ordonne une femme évêque ; la Pologne reconnaît le droit de grève aux syndicats ; *Voyager* part pour Neptune ; à San Francisco, un séisme détruit des autoroutes ; l'Union soviétique, les États-Unis, la France et l'Angleterre effectuent des essais nucléaires. Une année comme les autres. Mais on peut situer avec une certaine précision l'accroissement de la fréquence du mot *crise* à cet automne 1989. Il coïncide étrangement avec la chute du mur de Berlin, qui a eu lieu le 9 novembre de cette même année.

Hoffman s'interrompit de nouveau. Visiblement content de lui, il lança à Peter un regard lourd de sens.

— Je regrette, professeur, je ne saisis pas.

— Nous non plus, au début. Nous avons cru à une concordance fallacieuse, mais il n'en était rien. La chute du mur de Berlin marque l'effondrement de l'empire soviétique et la fin de la Guerre froide, qui avait duré près d'un demi-siècle.

Encore un silence accompagné d'un regard satisfait.

— Désolé, fit Peter. J'avais treize ans à l'époque et... Je ne vois pas où vous voulez en venir.

— Je veux en venir à la notion de contrôle social, Peter. À la nécessité pour tout État souverain d'exercer un contrôle sur le comportement des citoyens, d'imposer une certaine discipline, une certaine docilité. De faire en sorte qu'ils continuent de rouler à droite ou à gauche, selon le pays. Qu'ils paient leurs impôts. Et nous savons que ce contrôle social s'exerce surtout par la peur.

— La peur, répéta Peter.

— Exactement. Depuis cinquante ans, les nations occidentales maintiennent la population dans un état de peur perpétuelle. Peur de l'autre camp. Peur de la guerre nucléaire. La menace communiste, le rideau de fer, l'empire du mal. Même chose dans les pays d'obédience communiste ; la crainte de l'Occident. D'un seul coup, à l'automne de 1989, tout cela se termine. Fini, plus rien. La chute du mur crée un vide de la peur. La nature a horreur du vide, c'est bien connu. Il faut mettre quelque chose à la place.

— Vous voulez dire que les crises liées à l'environnement ont remplacé la Guerre froide ?

— Notre étude le prouve. Il y a bien sûr aujourd'hui le fondamentalisme et le terrorisme d'après le 11 Septembre qui entretiennent la peur. Ce sont de vraies raisons d'avoir peur mais là n'est pas mon propos. Je veux dire que la peur a toujours une cause. Cette cause peut varier au fil du temps mais la peur est toujours avec nous. Avant le terrorisme, nous avions peur de polluer l'environnement, encore avant c'était de la menace communiste. Il importe de savoir que si la cause spécifique de notre peur peut changer, la peur elle-même est toujours là. La peur envahit la société dans tous ses aspects. En permanence.

Hoffman changea de position sur le banc de ciment. Il tourna le dos à la foule.

— Vous êtes-vous jamais interrogé, reprit-il, sur la culture des sociétés occidentales ? Les nations industrialisées fournissent aux populations sécurité, soins médicaux et confort à des niveaux sans précédent. La durée de vie moyenne a augmenté de cinquante pour cent au cours du dernier siècle. Les gens vivent malgré cela dans une peur abjecte. Ils ont peur des inconnus, des maladies, de la criminalité, de l'environnement. Ils ont peur des maisons dans lesquelles ils vivent, de la nourriture qu'ils mangent, de la technologie qui les entoure. Ils sont terrorisés par ce qu'ils ne peuvent même pas voir : les microbes, les produits chimiques, les additifs, les polluants. Ils sont craintifs, nerveux, déprimés. Plus étonnant encore, ils sont convaincus que l'environnement sur toute la planète est en voie de destruction. Tout comme la croyance en la sorcellerie, c'est une véritable aberration, une fantasmagorie collective digne du Moyen Âge. Tout part à vau-l'eau et nous devons vivre dans la peur. Stupéfiant ! Comment ces notions ont-elles été instillées dans les esprits ? Nous croyons vivre dans des pays différents – la France, l'Allemagne, le Japon, les États-Unis – alors qu'en réalité nous partageons le même État, l'État de Peur. Comment en sommes-nous arrivés là ?

Peter choisit de ne pas répondre. Ce n'était pas nécessaire.

— Eh bien, je vais vous l'expliquer, poursuivit Hoffman. Il y a un certain temps de cela, avant votre naissance, Peter, les Occidentaux croyaient que leurs pays étaient dominés par ce qu'on appelait le complexe militaro-industriel. Dans les années 60, Eisenhower avait mis les Américains en garde et les Européens, après les deux guerres mondiales, savaient ce que ça voulait dire chez eux. Le complexe militaro-industriel n'est plus aujourd'hui le moteur premier de la société. Nous sommes depuis une quinzaine d'années sous le contrôle d'un complexe tout à fait nouveau, bien plus puissant et infiniment plus pernicieux. Je l'appelle le complexe politico-juridico-médiatique. Son but est de promouvoir la peur dans la population, sous prétexte de promouvoir la sécurité.

— La sécurité est importante...

— Je vous en prie ! Les nations occidentales jouissent d'une extraordinaire sécurité. La population n'en a pourtant pas le sentiment, à cause de ce complexe politico-juridico-médiatique qui est puissant et stable précisément parce qu'il réunit différentes institutions. Les politiciens ont besoin de la peur pour contrôler la population. Les avocats ont besoin de la violence pour plaider et gagner de l'argent. Les médias ont besoin de rumeurs alarmistes pour captiver leur audience. Ces trois institutions réunies sont si persuasives qu'elles reçoivent l'adhésion du public même si la peur qu'elles instillent est sans aucun fondement. Prenons l'exemple des implants mammaires en silicone.

— Les implants mammaires..., soupira Peter.

— Oui. Vous vous souvenez certainement que l'on a accusé ces implants d'être à l'origine de cancers et de maladies auto-immunes. Malgré les données statistiques démontrant qu'il n'en était rien, le sujet a donné lieu à des articles, des procès et des déclarations politiques retentissants. Le fabricant, Dow Corning, a été contraint de déposer son bilan après avoir versé trois milliards deux cents millions de dommages-intérêts ; les jurys avaient accordé de gros dédommagements en espèces aux plaignants et à leurs avocats. Quatre ans plus tard, des études épidémiologiques prouvaient définitivement que les implants mammaires ne provoquaient aucune maladie. Mais le mal était fait et le complexe politico-juridico-médiatique déjà passé à autre chose, comme une machine insatiable, toujours en quête de nouvelles peurs, de nouvelles terreurs. C'est ainsi que fonctionne la société moderne, par la création constante de peurs. Et il n'existe rien pour contrebalancer la puissance de ce complexe, aucun contrepoids, rien qui fasse barrière à cette promotion permanente de la peur...

— Nous avons la liberté d'expression, la liberté de la presse...

— La réponse classique du complexe, qui lui permet d'aller de l'avant. Il n'est pas correct, vous en conviendrez, de crier « au feu ! » dans une salle de théâtre bondée. Alors, pourquoi permettrait-on de crier « alerte au cancer ! » dans les pages du *New Yorker*, sans aucune raison de tirer la sonnette d'alarme ? Nous avons dépensé plus de vingt-cinq milliards de dollars pour mettre un terme à la psychose des lignes à haute tension prétendument génératrices de cancers[1]. Vous pensez, je le lis sur votre visage, que nous sommes riches, que nous pouvons nous le permettre. Il ne s'agit que de vingt-cinq milliards de dollars ! Eh bien, cette somme, voyez-vous, est supérieure au PIB *total* des cinquante pays les plus pauvres du monde. La moitié de la population de la planète vit avec deux dollars par jour. Ces vingt-cinq milliards suffiraient à nourrir trente-quatre millions de personnes pendant un an. Ils nous auraient permis d'aider ceux qui meurent du sida en Afrique. Au lieu de cela, nous jetons l'argent par les fenêtres à cause d'une élucubration publiée par une revue prise au sérieux par ses lecteurs. Un gaspillage scandaleux, presque criminel. On pourrait imaginer un nouveau procès de Nuremberg pour dilapidation forcenée des richesses de l'Occident, avec présentation de photographies de bébés morts en Afrique et en Asie, conséquence de cette gabegie.

Hoffman s'interrompit un instant pour reprendre son souffle.

— Il s'agit à tout le moins d'un scandale révoltant. Les chefs religieux et les grandes figures de l'humanitaire devraient s'élever contre ce gaspillage et toutes les vies qui auraient pu être épargnées. Entendons-nous la voix des chefs religieux ? Non. Tout au contraire, ils hurlent avec les loups. Ils ont oublié que Jésus aurait chassé du Temple les faux prophètes et les marchands de peur.

Le vieil homme s'échauffait de plus en plus.

— Cette situation est profondément immorale, reprit-il. Elle suscite le dégoût. Le complexe politico-juridico-médiatique fait montre d'un mépris cynique pour le sort des plus déshérités afin de maintenir des politiciens prospères au pouvoir, des présentateurs enrichis à la télévision et des avocats malhonnêtes dans leurs luxueux bureaux. Sans oublier les professeurs d'université !

— Pourquoi ? demanda Peter. Qu'ont-ils à voir là-dedans ?

---

1. Estimation du bureau scientifique de la Maison-Blanche pour l'ensemble des coûts liés à cette psychose, y compris la dévaluation des biens immobiliers et le déplacement des lignes à haute tension. Cité dans Park, *Voodoo Science*, p. 161. (Park est un des participants à la controverse.)

— C'est un autre sujet de discussion.

— Pouvez-vous en parler en quelques mots ?

— Difficile. Les gros titres ne sont pas l'information, Peter. Mais je peux essayer de faire court. Le monde a bien changé depuis cinquante ans. Nous vivons aujourd'hui dans une société de savoir, une société de communication, donnez-lui le nom que vous voulez. Cela a eu un impact énorme sur nos universités. Il y a un demi-siècle, pour vivre ce qu'on appelait « la vie de l'esprit », c'est-à-dire être un intellectuel, il fallait appartenir au monde universitaire. Dans la société prise globalement, seuls quelques journalistes de la presse écrite trouvaient leur place. L'université attirait ceux qui renonçaient de leur plein gré aux choses de ce monde pour se cloîtrer dans une existence purement intellectuelle et transmettre des valeurs intemporelles aux jeunes générations. L'université avait l'apanage du travail intellectuel. Mais aujourd'hui des secteurs entiers de la société vivent la vie de l'esprit; toute l'économie repose sur le travail intellectuel. Trente-six pour cent de ceux qui ont un emploi sont des travailleurs intellectuels, soit plus que le nombre d'employés dans l'industrie. Quand des professeurs ont décidé de ne plus enseigner, de laisser cette tâche à leurs étudiants de troisième cycle dont les connaissances et maîtrise de la langue étaient inférieures aux leurs, les universités sont entrées en crise. À quoi servaient-elles dorénavant ? Elles avaient perdu l'apanage de la vie de l'esprit; elles n'assuraient plus la transmission du savoir. Seul l'habituelle flopée d'essais sur la sémiotique de Foucault pouvait voir le jour. Qu'allaient devenir nos universités ? Quel rôle leur serait dévolu dans la société moderne ?

Hoffman se leva, comme si cette question lui avait redonné une énergie nouvelle.

— La réponse est la suivante : dans les années 80, les universités se sont transformées. Ces anciens bastions de la liberté intellectuelle, ces hauts lieux de la liberté sexuelle et de l'expérimentation sont devenus les espaces les plus restrictifs de la société. Elles avaient un nouveau rôle à jouer : la création de nouvelles peurs. Les universités d'aujourd'hui sont des fabriques de peur. Elles inventent les nouvelles terreurs, les nouvelles appréhensions sociales, les nouveaux codes restrictifs. Les mots qu'il ne faut pas prononcer. Les pensées qu'il ne faut pas avoir. Elles produisent un flot continu d'appréhensions, de dangers, de terreurs qui seront utilisés par les politiciens, les avocats, les journalistes. La nourriture mauvaise pour la santé, les comportements inacceptables. Interdit de fumer, interdit de jurer, interdit de baiser, interdit de *penser*. Ces institutions du savoir ont pris un virage à 180° en une génération. C'est proprement impensable. L'État de peur moderne ne pourrait exister s'il n'était alimenté par les universités. Le mode de pensée néo-stalinien exigé pour entretenir tout cela ne peut s'épanouir que dans un environnement restrictif, à l'abri des regards indiscrets, en toute impunité. Seules les universités – jusqu'à présent – en sont arrivées là. Présenter ces institutions comme libérales est une mauvaise blague. Elles sont fondamentalement fascistes, vous pouvez me croire.

Il s'interrompit pour montrer quelqu'un qui traversait la rue.

— Qui est ce type qui vient vers nous ? Sa tête me dit quelque chose.

— C'est Ted Bradley, l'acteur.

— Dans quoi l'ai-je vu ?

— Il joue le rôle du président dans une série télévisée.

— Ah oui ! Je vois qui c'est.

Bradley s'arrêta devant eux, le souffle court.

— Je vous cherche partout, Peter. Vous avez coupé votre portable ?

— Oui, je...

— Sarah a essayé de vous appeler. Elle dit que c'est important. Nous devons partir sans tarder... Prenez votre passeport.

— Nous ? s'étonna Peter. En quoi est-ce que cela vous concerne ?

— Je vous accompagne.

Ils se mirent en route mais Hoffman retint Peter par la manche. Une nouvelle idée lui était venue.

— Nous n'avons pas parlé d'un ironique retournement des choses. Vingt-cinq milliards de dollars et dix ans plus tard, les riches terrifiés par la menace du cancer provoqué par les lignes à haute tension achètent des aimants pour les attacher à leur poignet ou les poser sur leur matelas – les aimants japonais sont les meilleurs et les plus chers – afin de profiter des *effets bénéfiques des champs magnétiques.* Les mêmes effets magnétiques – mais aujourd'hui, ils en redemandent !

— Il faut que je parte, professeur.

— Pourquoi ne s'allongeraient-ils pas contre un écran de télévision ? Ou ne se serreraient-ils pas contre un appareil électroménager ? Tout ce qui les terrifiait il n'y a guère.

— Nous en reparlerons, affirma Peter en dégageant son bras.

— On vend même des aimants dans les magazines de santé ! Une vie saine grâce aux champs magnétiques ! Insanités ! Tout le monde a oublié ce qui s'est passé il y a quelques années. George Orwell... Il n'y a plus de mémoire !

— Qui est cet excentrique ? demanda Bradley quand ils se furent un peu éloignés. Il est un peu agité, non ?

Santa Monica
Mercredi 13 octobre
10 h 33

— Les catastrophes sont enregistrées dans les profondeurs de la glace disait l'orateur, un Russe qui s'exprimait avec un fort accent. Les glaces du Groenland montrent que, depuis cent mille ans, quatre changements climatiques brutaux se sont produits. Certains ont été très rapides, quelques années au plus. Les mécanismes ayant conduit à ces phénomènes sont encore à l'étude mais ces brusques évolutions climatiques démontrent que de petits changements – y compris ceux dont l'homme est responsable – peuvent avoir des effets d'une ampleur catastrophique. Nous en avons eu un avant-goût ces derniers jours avec le vêlage du plus grand iceberg du monde et la crue meurtrière dans le sud-ouest des États-Unis. On peut prédire sans difficulté que nous en verrons d'autres...

L'orateur s'interrompit. Drake était monté précipitamment sur la scène et lui murmurait quelques mots à l'oreille avant de repartir en regardant sa montre.

— Je vous demande de me pardonner, reprit le Russe. J'ai apporté par mégarde une ancienne version de ma communication. Ah ! les traitements de texte ! C'est un passage d'un vieux discours de 2001. Je voulais donc dire que le vêlage de cet iceberg en 2001 – d'une surface supérieure à celle de nombreux États américains – et les conditions météorologiques anormales que connaît la planète, y compris la belle région du sud-ouest des États-Unis, présagent une instabilité climatique accrue. Nous n'en sommes qu'au commencement.

Sarah Jones était debout au fond de la salle, en compagnie d'Ann Garner qui parlait sans discontinuer, catégorique, comme à son habitude.

— Savez-vous ce qui est venu à mes oreilles ? Une campagne est actuellement en cours, financée par la grande industrie, pour discréditer les ONG. L'industrie a peur de l'influence grandissante du mouvement écologiste et elle est prête à tout, à *tout*, pour y mettre un frein. Nous avons remporté de modestes succès depuis quelques années, cela les met hors d'eux et...

— Excusez-moi, Ann, fit Sarah. J'en ai pour une minute.

Elle s'était tournée vers le Russe au micro. *Qu'est-ce qu'il vient de dire ?*

Elle se dirigea rapidement vers la table de presse où les journalistes étaient alignés devant leurs ordinateurs portables. Ils recevaient la transcription en temps réel de la conférence.

Elle regarda par-dessus l'épaule de Ben Lopez, le journaliste du *Los Angeles Times*. Ben ne lui en voudrait pas ; il la draguait depuis des mois.

— Bonjour, ma belle.

— Bonjour, Ben. Tu permets que je vérifie quelque chose ?

Elle prit la souris, fit défiler le texte en arrière.

— Avec plaisir... Qu'est-ce que tu sens bon.

DE PETITS CHANGEMENTS – Y COMPRIS CEUX DONT L'HOMME EST RESPONSABLE – PEUVENT AVOIR DES EFFETS D'UNE AMPLEUR CATASTROPHIQUE. NOUS EN AVONS EU UN AVANT-GOÛT ~~CES DERNIERS JOURS AVEC LE VÊLAGE DU PLUS GRAND ICEBERG DU MONDE ET LA CRUE MEURTRIÈRE DANS LE SUD-OUEST DES ÉTATS-UNIS. ON PEUT PRÉDIRE SANS DIFFICULTÉ QUE NOUS EN VERRONS D'AUTRES.~~

Le texte changea pendant qu'elle regardait. Le passage barré disparut, aussitôt remplacé par un autre :

DE PETITS CHANGEMENTS – Y COMPRIS CEUX DONT L'HOMME EST RESPONSABLE – PEUVENT AVOIR DES EFFETS D'UNE AMPLEUR CATASTROPHIQUE. NOUS EN AVONS EU

UN AVANT-GOÛT AVEC LE VÊLAGE EN 2001 D'UN ICEBERG D'UNE SURFACE SUPÉRIEURE À CELLE DE NOMBREUX ÉTATS AMÉRICAINS. LES CONDITIONS MÉTÉOROLOGIQUES ANORMALES QUE CONNAÎT LA PLANÈTE, Y COMPRIS LA BELLE RÉGION DU SUD-OUEST DES ÉTATS-UNIS, PRÉSAGENT UNE INSTABILITÉ CLIMATIQUE ACCRUE.

— Merde ! lâcha Sarah.

— Il y a quelque chose qui ne va pas ?

— Oui, le pauvre. Le décalage horaire, sans doute. Et il ne maîtrise pas bien la langue...

Le texte original avait disparu ; on l'avait corrigé. Mais il ne faisait aucun doute que le Russe *était au courant du vêlage de l'iceberg et de la crue.* C'était écrit en toutes lettres dans son discours. On avait simplement oublié de l'informer à sa descente d'avion que ces événements n'avaient pas eu lieu.

Il était au courant.

On avait corrigé le texte, supprimé la mention des deux événements. Elle jeta un coup d'œil en direction de la caméra vidéo qui enregistrait les interventions. Sarah était sûre que le passage sur l'iceberg et la crue disparaîtrait aussi de la bande vidéo.

Ce salopard était au courant.

— Je ne comprends pas ce qui te met dans cet état, fit Ben. Tu veux bien m'expliquer ?

— Plus tard, je te le promets.

Avec une petite tape sur l'épaule de Ben, elle alla rejoindre Ann.

— Nous avons donc cette campagne lancée par l'industrie, insidieuse, ultra-conservatrice, bien orchestrée, disposant de gros moyens, qui vise à détruire le mouvement écologiste devenu une gêne.

Après ce qu'elle venait de voir, Sarah n'était pas d'humeur à supporter ce blabla.

— Vous est-il jamais venu à l'esprit, Ann, que vous pourriez être parano ?

— Non. De toute façon, même les paranos ont des ennemis.

— Combien de cadres de l'industrie siègent en ce moment au conseil d'administration du NERF ? poursuivit Sarah.

— Euh... Pas tant que ça.

Sarah savait que sur les trente administrateurs, douze occupaient un poste important dans l'industrie. Il en allait de même pour toutes les organisations écologistes : elles travaillaient depuis vingt ans avec des représentants de l'industrie.

— Avez-vous interrogé les administrateurs sur cette campagne secrète ?

— Non, répondit Ann en regardant Sarah d'un drôle d'air.

— Croyez-vous possible, poursuivit Sarah, que des ONG comme le NERF soient elles-mêmes engagées dans une campagne secrète ?

— Qu'est-ce que vous racontez ? fit sèchement Ann. Sarah ? Nous sommes les gentils.

— Vraiment ?

— Oui... Qu'est-ce qui vous prend, Sarah ?

Sur le parking du centre de conférences, Sanjong Thapa était assis dans une voiture, son ordinateur sur les genoux. Connecté sur le réseau WiFi utilisé par les journalistes, il recevait la transcription du texte de l'intervenant, immédiatement sauvegardé. Il avait choisi cette méthode par crainte d'être repéré et aussitôt chassé des lieux. Il disposait donc de la transcription intégrale, révisions comprises. Elle allait plaire à Kenner.

Sur un autre écran, Sanjong surveillait les images satellite de l'Atlantique Ouest, au large des côtes de Floride. Une vaste zone de haute pression commençait à être animée par un mouvement giratoire : un ouragan était en formation. Une opération avait été programmée, qui supposait un ouragan mais elle semblait avoir été abandonnée.

Sanjong explorait aussi d'autres voies. Kenner se préoccupait particulièrement d'un sous-marin de poche, le DOEV/2, et de son ravitailleur, l'*AV Scorpion*. Le submersible et le navire avaient été loués par CanuCo, une société de production de gaz naturel basée à Calgary, pour effectuer des recherches de dépôts de gaz sous-marins dans le Pacifique Sud. Le *Scorpion* avait gagné Port Moresby, en

Nouvelle-Guinée, puis il avait quitté ce port et avait été vu près de Bougainville, dans les îles Salomon.

Rien de très intéressant jusqu'à ce qu'on apprenne que CanuCo n'était pas immatriculée au Canada, où la société n'avait rien d'autre qu'un site et une adresse Web. Le site était au nom de CanuCo Leasing Corp, une autre société fantôme. Le règlement de la location des navires avait été prélevé sur un compte des îles Caïmans et effectué en euros. Le compte était au nom de Seismic Services, une société également domiciliée à Calgary, à la même adresse postale que CanuCo.

Il s'agissait à l'évidence de la même personne morale. Seismic Services avait essayé une première fois de louer un sous-marin ; on pouvait supposer qu'elle était responsable de la mort de Nat Damon, à Vancouver.

À Washington, des agences scrutaient les cartes satellite pour essayer de repérer le *Scorpion,* qui devait se trouver quelque part dans l'archipel des Salomon. Mais la couverture nuageuse avait jusque-là empêché le satellite de localiser le navire.

C'était assez préoccupant : il était possible que le navire se soit déjà mis à l'abri, peut-être dans un bassin couvert.

Et le Pacifique était un océan immense.

Tout aussi préoccupant était le fait que le *Scorpion* avait d'abord fait escale à Vancouver, où il avait embarqué trente tonnes de matériel industriel, dans des conteneurs de cinq tonnes. Croyant que le navire transportait illégalement des automobiles, les autorités canadiennes avaient ouvert un conteneur. Il contenait du matériel que les contrôleurs des douanes avaient classé dans la catégorie génératrices à moteur diesel.

Sanjong ne savait pas ce qu'il y avait dans ces conteneurs mais il était sûr qu'il ne s'agissait pas de génératrices à moteur diesel. Inutile d'aller à Vancouver pour en trouver ! C'était donc préoccupant...

— Hé ! Vous, là-bas !

Il leva la tête, vit deux agents de sécurité qui traversaient le parking en se dirigeant vers sa voiture. Son branchement pirate avait été repéré : il était temps de partir. Il mit le contact et se dirigea vers la sortie du parking en adressant au passage un petit signe de la main aux agents de sécurité.

— Que se passe-t-il, Sarah ? Vous êtes dans la lune ?

— Non, non, Ann. Je réfléchissais, c'est tout.

— À quoi ? insista Ann en posant la main sur le bras de Sarah. Et pourquoi m'accusez-vous d'être parano ? Je m'inquiète pour vous, vous savez ?

Moi aussi, Ann, je m'inquiète pour vous, se dit Sarah.

En vérité, c'est elle, la parano, songeait-elle. Elle regarda autour d'elle, croisa le regard de Drake. Il l'observait du fond de la salle. Depuis combien de temps ? L'avait-il vue filer vers la table de presse ? Qu'en avait-il conclu ? Savait-il qu'elle avait compris ?

— Sarah, fit Ann en lui secouant le bras.

— Je suis vraiment désolée, Ann. Il faut que j'y aille.

— Vous m'inquiétez, Sarah.

— Tout va bien, je vous assure, fit Sarah en se tournant vers la porte.

— Je vais vous accompagner.

— Ce n'est pas la peine, merci.

— Je suis vraiment inquiète.

— Je crois que j'ai besoin d'être seule un moment.

— C'est comme ça qu'on traite une amie ? J'insiste, Sarah. Vous avez besoin qu'on s'occupe de vous, je le vois bien.

Sarah poussa un soupir résigné.

Nicholas Drake suivit Sarah des yeux jusqu'à ce qu'elle soit sortie. Ann ne la quittait pas d'une semelle, comme il l'avait demandé. Ann Garner était dévouée et tenace. Sarah n'arriverait pas à se débarrasser d'elle, sauf si elle décidait de prendre la fuite en courant. Dans ce cas... ils seraient obligés de prendre des mesures plus radicales. Dans un moment crucial, des mesures radicales pouvaient s'imposer. Comme en temps de guerre.

Mais Drake ne pensait pas que des mesures radicales seraient nécessaires. Si Kenner avait réussi à perturber les deux premières opérations, c'est parce que le FLE était une bande d'amateurs. Leur spontanéité brouillonne de bricoleurs n'était pas adaptée aux exigences des médias modernes. Il l'avait dit un nombre incalculable de fois à Henley, qui ne l'avait pas écouté. Tout ce qui l'intéressait, c'était la possibilité de démentir avoir été en rapport avec ces charlots. Une bande d'incapables !

La dernière opération serait différente. Préparée avec infiniment de soins – il le fallait –, elle était entre les mains de professionnels. Jamais Kenner ne réussirait à la faire capoter. Il ne pourrait arriver à temps. De plus, avec Ted et Ann, il avait des yeux et des oreilles pour surveiller la progression de l'ennemi. Et il avait d'autres surprises en réserve pour Kenner.

Il ouvrit son portable pour appeler Henley.

— Ils sont sous surveillance, déclara-t-il.

— Bien.

— Où êtes-vous ?

— Je vais annoncer la nouvelle à V. J'arrive chez lui.

Kenner suivait avec ses jumelles la Porsche cabriolet gris métallisé qui venait de s'arrêter devant la grille de la maison donnant sur la plage. Un homme grand et brun, en chemisette de golf et pantalon écru en descendit. Il portait une casquette de base-ball et des lunettes noires. Kenner le reconnut aussitôt : c'était Henley, le directeur de la communication du NERF.

La boucle est bouclée, se dit-il en posant les jumelles. Il prit un moment pour réfléchir.

— Vous le connaissez ? demanda le jeune agent du FBI – il ne devait guère avoir plus de vingt-cinq ans – qui se tenait à ses côtés.

— Oui, répondit Kenner. Je sais qui c'est.

Les deux hommes avaient pris position sur les falaises surplombant l'océan et la plage de Santa Monica. Entre le rivage et la piste cyclable, la grève était large de plusieurs centaines de mètres. De l'autre côté, une rangée de maisons serrées les unes contre les autres le long de l'autoroute du littoral. Derrière les maisons, les six voies chargées de véhicules vrombissants.

Bien que construites en bordure de l'autoroute, les maisons atteignaient des prix pharamineux – on parlait de vingt à trente millions de dollars, peut-être beaucoup plus. Ceux qui y habitaient comptaient parmi les plus grosses fortunes de Californie.

Henley était en train de relever la capote de sa voiture. Ses gestes étaient précis, méticuleux. Quand il eut terminé, il sonna à la grille. La maison était ultra-moderne, toute en verre et en courbes; elle miroitait comme une pierre précieuse au soleil.

La grille se referma automatiquement derrière Henley.

— Les gens qui entrent ne vous intéressent pas..., glissa l'agent du FBI.

— Exact.

— Vous n'avez pas besoin de la liste ou de l'identité de ceux qui...

— Non.

— Cela pourrait prouver...

— Non, répéta sèchement Kenner.

Le jeune homme cherchait à se rendre utile mais c'était agaçant.

— Tout cela ne m'intéresse pas. Je veux juste savoir quand ils partiront tous.

— Comme s'ils partaient... en vacances?

— C'est ça.

— Ils laisseront peut-être un domestique?

— Non.

— Je suis sûr que si. Des gens comme ça laissent toujours quelqu'un pour surveiller la maison.

— La maison sera vidée, affirma Kenner. Tout le monde s'en ira.

— À propos, poursuivit le jeune homme avec une moue dubitative, à qui appartient-elle?

— Un nommé V. Allen Willy, répondit Kenner. Un philanthrope, ajouta-t-il.

— Je vois... C'est une histoire de mafia?

— On pourrait dire ça. Une sorte de racket.

— Je comprends. On ne peut avoir gagné tant d'argent sans avoir trempé dans des affaires louches. Vous voyez ce que je veux dire.

Kenner approuva de la tête. L'histoire d'Al Willy était typiquement américaine. Il avait monté une chaîne de boutiques de vêtements bon marché, qu'il faisait confectionner dans les ateliers du tiers-monde et revendait trente fois le prix d'achat dans les pays industrialisés. Au bout de dix ans, il avait vendu sa société quatre cents millions de dollars. Peu après, il était devenu (selon sa propre expression) un socialiste engagé, un militant du développement durable et un chantre de la protection de l'environnement.

Il s'attaquait aujourd'hui, grâce à l'argent qu'elle lui avait rapporté, à l'exploitation des ouvriers du tiers-monde. Un mélange de fougue et de bonne conscience lui permettait souvent de contraindre ses adversaires à se retirer des ateliers du tiers-monde, aussitôt rachetés par des sociétés chinoises qui versaient aux ouvriers des salaires encore plus bas. En fin de compte, V. Allen Willy aurait exploité deux fois ces ouvriers : la première lui avait permis de faire fortune, la seconde de se donner bonne conscience à leurs dépens. Fort séduisant, loin d'être bête, c'était avant tout un être narcissique et bien intentionné. À en croire la rumeur, il était en train de rédiger un ouvrage sur le principe de précaution.

Il avait aussi créé la Fondation V. Allen Willy qui soutenait la cause de la justice environnementale par le biais de dizaines d'organisations, au nombre desquelles figurait le NERF. Un homme assez important pour que Henley aille lui rendre visite en personne.

— C'est donc un écologiste riche ? fit l'agent du FBI.

— Exact.

— Bon, dit le jeune fonctionnaire en hochant la tête, mais je n'ai toujours pas compris ce qui vous fait croire qu'un type aussi riche abandonnerait sa maison sans surveillance.

— Je ne peux pas vous le dire, reprit Kenner, mais je vous assure que c'est ce qu'il fera. Et je veux être prévenu dès que cela arrivera. Appelez-moi à ce numéro, ajouta-t-il en tendant une carte au jeune homme.

— C'est tout ?

— C'est tout, fit Kenner.

— Quand est-ce que cela doit se produire ?
— Bientôt.
Le portable de Kenner sonna. Il l'ouvrit : c'était un SMS de Sanjong.
AV SCORPION REPÉRÉ.
— Il faut que je vous laisse, déclara Kenner.

Autoroute 405
Mercredi 13 octobre
12 h 22

— Pas d'accord ! lança Ted Bradley, assis à l'arrière de la voiture que Peter conduisait en direction de l'aéroport Van Nuys. Vous ne voulez pas être seul à prendre du bon temps ? Je sais que vous avez fait des petits voyages en secret depuis une semaine. Cette fois, je vous accompagne.

— Vous ne pouvons pas, Ted. Ils ne voudront pas.

— Laissez-moi m'en occuper, dit Bradley avec un grand sourire.

Peter se demanda ce que cela signifiait. L'acteur le suivait comme son ombre.

Son portable sonna : c'était Sarah.

— Où êtes-vous ? demanda-t-elle.

— J'arrive à Van Nuys. Je suis avec Ted.

— Oui, oui, fit Sarah d'un ton vague indiquant qu'elle n'était pas seule. Voilà, Peter, nous sommes à l'aéroport et il semble y avoir un problème.

— De quelle nature ?

— Juridique.

— Comment cela ?

À ce moment, Peter tourna pour se diriger vers la grille donnant accès aux pistes. Il vit par lui-même de quoi il s'agissait.

Herb Lowenstein était là, entouré par huit agents de

sécurité. Ils étaient apparemment en train de sceller les portes du jet de Morton.

Peter franchit la grille, coupa le contact et descendit de la voiture.

— Que se passe-t-il, Herb ?

— Conformément à la loi, cet appareil est mis sous scellés, répondit Lowenstein.

— Quelle loi ?

— La succession de Morton est en cours d'homologation, pour le cas où cela vous serait sorti de l'esprit. Tous ses biens, comptes bancaires, biens immobiliers et autres possessions sont immobilisés en attendant une évaluation d'un tribunal fédéral et le calcul du montant des droits de succession. L'avion restera sous scellés jusqu'au terme de ce processus, soit pour une période de six à neuf mois.

Peter entendit une voiture arriver : c'était Kenner. Il se présenta, serra la main de Lowenstein.

— C'est une question de liquidation de la succession ? demanda Kenner.

— Absolument.

— Je m'étonne de vous entendre dire cela.

— Pourquoi ? George Morton est décédé.

— Ah bon ? Je n'étais pas au courant.

— On a retrouvé son corps hier. Evans et Bradley sont allés procéder à l'identification.

— Le médecin légiste a confirmé ?

Lowenstein hésita une fraction de seconde.

— Je suppose.

— Vous supposez ? L'institut médico-légal a dû vous le notifier. L'autopsie a été pratiquée hier soir.

— Je suppose... je crois que nous avons reçu les documents.

— Pourrais-je les voir ?

— Je pense qu'ils sont au cabinet.

— Pourrais-je les voir ? répéta Kenner.

— Cela ne ferait que retarder inutilement ce que j'ai à faire ici, protesta Lowenstein en se tournant vers Peter.

— Evans, avez-vous oui ou non identifié le corps de Morton ?

— Oui.
— Et vous, Ted ?
— Oui, fit Bradley. C'était bien lui. C'était bien ce pauvre George.
— J'aimerais quand même voir les documents de l'institut médico-légal, reprit Kenner.
— De quel droit ? riposta Lowenstein. Je m'y oppose ! Je suis l'avocat chargé de sa succession et son exécuteur testamentaire ! Je vous ai déjà dit que les documents se trouvent à mon cabinet !
— J'ai bien entendu, poursuivit imperturbablement Kenner, mais il me semble qu'une fausse déclaration est considérée comme un abus de droit. Cela pourrait avoir de lourdes conséquences.
— Je ne sais pas à quoi vous jouez, mais...
— Je demande seulement à voir ces documents, affirma posément Kenner. Il y a un télécopieur dans le bureau, là-bas, poursuivit-il en indiquant le bâtiment qui jouxtait la piste. Vous pouvez vous faire envoyer le document en quelques secondes et régler définitivement la question. Il vous est aussi possible de téléphoner à l'institut médico-légal pour demander confirmation de l'identification du corps.
— Mais nous sommes en présence de deux témoins qui...
— Nous vivons à l'époque des tests ADN, répliqua Kenner en regardant sa montre. Je vous conseille de passer ces coups de téléphone... Vous pouvez ouvrir l'appareil, poursuivit-il en s'adressant aux agents de sécurité.
— Monsieur Lowenstein ? demanda l'un d'eux, visiblement déconcerté.
— Attendez une minute, juste une minute ! lança l'avocat en se dirigeant vers le bureau, le portable à l'oreille.
— Ouvrez les portes de l'appareil ! ordonna Kenner en montrant sa carte aux agents de sécurité.
— Bien, monsieur.
Une autre voiture s'arrêta : Sarah et Ann Garner en descendirent.
— Qu'est-ce qui se passe ici ? lança Ann.
— Un petit malentendu, rien de grave. Je me présente : John Kenner.

— Je sais qui vous êtes, fit-elle en cachant mal son hostilité.

— Cela ne m'étonne pas, répondit Kenner en souriant.

— Je dois vous dire, poursuivit Ann, que ce sont des gens comme vous – satisfaits d'eux-mêmes, sans scrupules, immoraux – qui ont fait de notre environnement un dépotoir. Jouons cartes sur table, monsieur Kenner. Je n'aime ni ce que vous êtes, ni ce que vous faites, ni ce que vous représentez.

— Intéressant, admit Kenner. Peut-être pourrions-nous un jour avoir une conversation plus détaillée sur ce qui cloche dans notre environnement et sur ceux qui portent la responsabilité d'en avoir fait un dépotoir.

— Quand vous voudrez ! lança Ann, furieuse.

— Bien. Avez-vous une formation juridique ?

— Non.

— Une formation scientifique ?

— Non.

— Qu'avez-vous fait ?

— J'étais productrice de films documentaires avant d'arrêter de travailler pour élever mes enfants.

— Ah !

— Mais je suis une fervente adepte de la cause écologiste. Je lis tout. Les pages scientifiques du *New York Times* du mardi, de la première à la dernière, le *New Yorker* et la *New York Review*. Je suis extrêmement bien informée.

— Dans ce cas, fit Kenner, je me réjouis à l'avance d'avoir cette conversation avec vous.

Les pilotes arrivaient devant la grille. Ils attendirent pendant qu'elle s'ouvrait.

— Je pense que nous allons pouvoir décoller dans quelques minutes, annonça Kenner. Peter, voulez-vous aller demander à M. Lowenstein si tout est en ordre ?

— D'accord.

— Je tiens à ce que vous sachiez, glissa Ann, que nous partons avec vous, Ted et moi.

— Ce sera un plaisir, fit Kenner.

Peter trouva Lowenstein au téléphone dans la salle réservée aux pilotes.

— Puisque je vous dis qu'il ne veut rien entendre, qu'il veut voir ce document... Écoutez, Nick, reprit-il après un silence, je risque gros dans cette affaire. Kenner a fait son droit à Harvard.

Peter frappa à la porte.

— Tout est en règle ? demanda-t-il. Nous pouvons partir ?

— Une seconde, murmura Lowenstein dans le microphone du combiné avant de placer la main sur l'écouteur. Vous partez tout de suite ?

— Oui. Sauf si vous avez le document...

— Il semble y avoir une certaine confusion pour ce qui est de l'état de la succession de Morton.

— Dans ce cas, nous partons, Herb.

— D'accord, d'accord...

Lowenstein reprit le téléphone.

— Ils partent, Nick. Si vous voulez les en empêcher, faites-le vous-même.

Quand tout le monde fut installé dans l'appareil, Kenner distribua des feuilles de papier.

— Qu'est-ce que c'est ? demanda Bradley en cherchant le regard d'Ann.

— Une décharge, répondit Kenner.

Ann commença à lire à voix haute.

— « ... toute responsabilité en cas de décès, de blessure grave, d'infirmité, de perte des membres... » Qu'est-ce que c'est que ça ?

— Vous devez comprendre, expliqua Kenner, que nous nous rendons dans un endroit extrêmement dangereux. Je vous conseille vivement, à vous deux, de ne pas venir. Si vous décidez de ne pas m'écouter, il faut signer cette décharge.

— Où allons-nous ? demanda Bradley.

— Je ne peux rien dire avant que nous ayons décollé.

— Pourquoi est-ce dangereux ?

— Cela vous gêne de signer ce papier ?

— Mais non, pas du tout, affirma Bradley en griffonnant une signature.

— Ann ?

Elle hésita en se mordillant les lèvres, se décida à signer.

Le pilote ferma les portes. Les moteurs se mirent en marche et l'appareil commença à rouler sur la piste. L'hôtesse vint demander ce qu'ils désiraient boire.

— Un puligny-montrachet, répondit Peter.

— Où allons-nous ? demanda Ann.

— Sur une île proche des côtes de la Nouvelle-Guinée.

— Pour quoi faire ?

— Il y a un problème que nous devons régler.

— Pourriez-vous être plus précis ?

— Attendez un peu.

L'avion traversa la couche de nuages qui recouvrait Los Angeles et mit le cap à l'ouest, au-dessus du Pacifique.

En vol
Mercredi 13 octobre
16 h 10

Sarah se sentit soulagée quand Jennifer Haynes passa à l'avant pour aller se reposer; en un clin d'œil, elle fut endormie. Mais Sarah restait gênée par la présence d'Ann et de Ted. La conversation manquait de naturel; Kenner ne parlait presque pas.

— Il faut que vous sachiez, Ann, dit Ted qui buvait comme un trou, que M. Kenner ne croit à rien de ce à quoi les gens normaux croient. Il ne croit ni au réchauffement planétaire ni au protocole de Kyoto.

— Bien sûr qu'il ne croit pas à Kyoto. C'est un agent de l'industrie. Il défend les intérêts du charbon et du pétrole.

Sans rien dire, Kenner lui tendit sa carte.

— Centre d'analyse des risques, lut Ann à voix haute. Je ne le connaissais pas, celui-là. Il faudra l'ajouter à la liste des organismes bidon de droite.

Kenner garda le silence.

— Tout cela est de la désinformation pure et simple, poursuivit Ann. Les études, les communiqués de presse, les prospectus, les sites Web, les campagnes de propagande et de diffamation. L'industrie a été ravie que les États-Unis refusent de ratifier le protocole de Kyoto !

Kenner se frotta le menton sans rien dire.

— Nous sommes les plus gros pollueurs du monde, reprit Ann, et notre gouvernement s'en contrefout.

Kenner sourit poliment.

— Notre pays est devenu un paria de la communauté internationale. Il s'est isolé du reste du monde et mérite le mépris dont on l'accable après avoir refusé de signer ce protocole qui vise à attaquer de front un problème planétaire.

Elle continua sur le même ton, jusqu'à ce que Kenner en ait assez.

— Parlez-moi de Kyoto, Ann. Pourquoi aurions-nous dû signer ce protocole ?

— Pourquoi ? Parce que nous avons l'obligation morale de nous joindre au reste du monde civilisé qui s'est engagé à ramener les émissions de CO_2 à leur niveau de 1990.

— Quel effet aurait ce traité ?

— Tout le monde le sait. La réduction des températures en 2100.

— De combien ?

— Je ne vois pas où vous voulez en venir.

— Vraiment ? La réponse est bien connue : l'accord de Kyoto permettrait d'abaisser les températures de 0,04 °C d'ici à 2100. Quatre centièmes de degré. Vous mettez en doute cette estimation ?

— Absolument. Quatre centièmes de degré... C'est ridicule !

— Donc vous refusez de croire que tel est le résultat envisagé par le protocole de Kyoto ?

— Euh... peut-être. Ce qui est normal, puisque les États-Unis ne l'ont pas signé...

— Non. C'était le chiffre envisagé *avec* notre signature. Quatre centièmes de degré.

— Je ne vous crois pas.

— Ce chiffre a été publié dans différentes revues scientifiques. Je peux vous donner les références [1].

— Il est vraiment très fort pour les références, glissa Bradley en levant son verre.

---

1. Estimations les plus récentes. *Nature*, 22 octobre 2003, p. 395-741, estimait – avec la signature de la Russie – que le protocole de Kyoto amènerait une réduction de la température de 0,02 °C d'ici 2050. Les modèles du GIEC sont plus optimistes mais aucun n'excède 0,15 °C. Lomborg, p. 302. Wigley, 1998 : « Les réductions du réchauffement global sont faibles, comprises entre 0,08 et 0,28 °C. »

— Si c'est par opposition aux discours creux, riposta Kenner, je m'en réjouis.

— Quatre centièmes de degré ? poursuivit Bradley en étouffant un renvoi. En cent ans ? Un ramassis de conneries !

— On peut dire ça.

— Je viens de le dire.

— Kyoto n'est qu'une première étape, reprit Ann. C'est ça l'important. Quand on croit au principe de précaution, comme moi...

— Je ne pensais pas que l'accord de Kyoto avait pour objectif d'être une première étape, coupa Kenner. Je pensais qu'il s'agissait de réduire le réchauffement planétaire.

— Oui, c'est ça.

— Dans ce cas, pourquoi signer un traité qui n'aura aucun résultat ? Qui, en fait, ne servira à rien ?

— C'est une première étape, je le répète.

— Dites-moi, Ann, est-il possible, à votre avis, de réduire les émissions de dioxyde de carbone ?

— Naturellement. Il existe quantité d'énergies alternatives qui attendent d'être développées. L'éolien, le solaire, la bio-énergie, le géothermique...

— Tom Wigley et un groupe de dix-sept scientifiques et ingénieurs du monde entier, au terme d'une étude sérieuse, ont conclu que ce n'était pas possible. Leur article a été publié dans la revue *Science*. Ils disaient qu'aucun procédé industriel connu n'est en mesure de réduire les émissions de gaz carbonique ni même de les maintenir à des niveaux plusieurs fois supérieurs à ceux d'aujourd'hui. Ils ajoutaient que ni l'éolien, ni le solaire, ni même le nucléaire ne seraient suffisants pour résoudre le problème. Ils concluaient en disant qu'une technologie nouvelle, encore inconnue, serait nécessaire [1].

---

1. Martin Hoffert *et al.*, « Voies de la technologie avancée vers une stabilité du climat global : énergie pour une planète à effet de serre », *Science*, n° 298, novembre 2002, p. 981-987 : « Les sources d'énergie pouvant produire 100 à 300 % de la consommation mondiale actuelle sans émissions à effet de serre n'existent pas. »

— Absurde ! s'écria Ann. Amory Lovins a tout expliqué il y a vingt ans. Les énergies éoliennes et solaires, la conservation, l'efficacité énergétique... Il n'y a pas de problème.

— Apparemment, ce n'est pas si simple. Lovins avait prédit que trente-cinq pour cent de l'énergie consommée aux États-Unis en l'an 2000 proviendrait des énergies renouvelables. À cette date, le chiffre était de six pour cent.

— Manque de subventions.

— Dans aucun pays au monde, Ann, la part des énergies renouvelables n'atteint trente-cinq pour cent.

— Certains, comme le Japon sont en avance sur nous.

— Le Japon est à cinq pour cent d'énergies renouvelables, même chose pour l'Allemagne. L'Angleterre est à deux pour cent.

— Le Danemark ?

— Huit pour cent.

— Eh bien, cela signifie qu'il nous reste beaucoup à faire.

— C'est certain. Les éoliennes déchiquètent les oiseaux en vol, ce qui ne plaît pas à tout le monde. Les panneaux solaires sont une solution. Silencieux, efficaces...

— Le solaire est génial.

— J'en conviens, admit Kenner. Il suffit d'installer vingt-sept mille kilomètres carrés de capteurs et le tour est joué. De couvrir de panneaux solaires la superficie de l'État du Massachusetts et nous serons tranquilles. Comme nos besoins énergétiques auront triplé en 2050, il vaudrait peut-être mieux choisir l'État de New York.

— Ou le Texas, glissa Ann. Je ne connais personne qui aime le Texas.

— Voilà la solution : couvrez dix pour cent du Texas de panneaux solaires. Mais les Texans préféreront certainement que l'on commence par Los Angeles.

— Vous plaisantez ?

— Pas le moins du monde. Disons plutôt le Nevada qui, de toute façon, est un désert... Mais je suis curieux de connaître votre expérience personnelle en matière d'énergies renouvelables. Parlons un peu de vous, Ann : quelle utilisation en faites-vous ?

— La piscine est chauffée au solaire, notre domestique conduit une voiture hybride.

— Et vous ?

— J'ai besoin d'une voiture plus grosse pour les enfants.

— Grosse comment ?

— Je conduis un SUV... De temps en temps.

— Et votre résidence ? Avez-vous des panneaux solaires pour votre électricité ?

— Euh... Des techniciens sont venus à la maison, mais Jerry – mon mari – dit que l'installation serait trop coûteuse. J'essaie de le convaincre.

— Vos appareils électroménagers ?

— Ils fonctionnent tous à Energystar. Tous.

— Bien. Combien êtes-vous dans votre famille ?

— J'ai deux fils. Neuf et sept ans.

— Félicitations. Votre maison est grande ?

— Oui, je ne sais pas exactement...

— La surface, en mètres carrés ?

Ann hésita.

— Allez, Ann, dis-lui ! lança Bradley. Elle a une baraque énorme ! Elle doit bien faire mille ou douze cents mètres carrés. Magnifique ! Et je ne parle pas du jardin... Cinq ou six mille mètres, arrosage automatique, paysagé, superbe ! Elle organise des dîners pour collecter des fonds... des soirées grandioses !

Kenner se tourna vers Ann.

— Onze cents mètres carrés..., avoua-t-elle.

— Pour quatre personnes ?

— Ma belle-mère vit avec nous, une partie du temps. Et la domestique a sa chambre à l'arrière.

— Avez-vous une résidence secondaire ? poursuivit Kenner.

— Non, glissa Bradley, elle en a deux ! Un chalet fabuleux à Aspen et une maison magnifique dans le Maine.

— Dont nous avons hérité, protesta Ann. Mon mari...

— J'oubliais l'appartement à Londres, poursuivit Bradley. Il est à ton mari ou au cabinet ?

— Au cabinet.

— Et pour vos voyages ? reprit Kenner. Vous avez un jet privé ?

— Non, nous n'avons pas d'avion, mais nous voyageons dans ceux de nos amis. Quand ils partent quelque part, nous aidons à remplir l'avion, ce qui est une bonne chose.

— Absolument, approuva Kenner, mais je dois avouer que je suis plongé dans la perplexité par la philosophie...

— Écoutez, coupa Ann en contenant difficilement sa colère. Le milieu social où je vis exige un certain niveau de vie. Il est indispensable aux affaires de mon mari... Et vous, comment vivez-vous ?

— J'ai un appartement à Cambridge.

— Quelle surface ?

— Quatre-vingt-cinq mètres carrés. Je n'ai pas de voiture. Je voyage en classe éco.

— Je ne vous crois pas.

— Tu ferais mieux de le croire, glissa Bradley. Ce type sait ce...

— La ferme, Ted ! Tu es bourré !

— Pas encore, protesta Bradley, vexé.

— Je ne vous juge pas, Ann, reprit posément Kenner. Je sais que vous êtes un défenseur passionné de votre cause. J'essaie simplement de comprendre votre position sur l'environnement.

— Ma position est que l'homme réchauffe et empoisonne la planète, et que nous avons l'obligation morale envers la biosphère – les plantes et les animaux qui sont détruits – et envers les générations futures d'empêcher des changements catastrophiques de se produire.

— Nous avons donc une obligation envers d'autres – des plantes, des animaux, nos descendants ?

— Exactement.

— Que devons-nous faire dans leur intérêt ?

— Ce qui est dans l'intérêt de tous.

— Il est concevable que leur intérêt diffère du nôtre. Les intérêts sont souvent contradictoires.

— Toutes les créatures ont le droit de vivre sur notre planète.

— Vous ne dites pas ça sérieusement ?

— Si. Toutes les créatures, quelle que soit leur espèce.

— Même le parasite de la malaria ?

— Il fait partie de la nature.
— Vous êtes donc contre l'éradication de la variole et de la poliomyélite ? Ces virus étaient dans la nature, eux aussi.
— Vous me voyez obligée de dire que cela relève du comportement arrogant de l'homme qui change le monde au mieux de ses intérêts. Des effets de la testostérone, étrangers aux femmes...
— Vous ne m'avez pas répondu. Êtes-vous contre l'éradication de la variole et de la poliomyélite ?
— Vous jouez avec les mots.
— Pas vraiment. Est-il anormal de changer le monde au mieux de ses intérêts ?
— Naturellement. C'est influer sur la nature.
— Avez-vous déjà vu une termitière ? Un barrage de castors ? Ces animaux transforment profondément leur environnement et modifient les conditions de vie de nombreuses espèces. Peut-on dire qu'ils influent sur la nature ?
— Les termitières ne mettent pas la planète en danger, répondit Ann.
— C'est discutable. Le poids total des termites est supérieur à celui de tous les habitants de la planète. Mille fois supérieur. Savez-vous quelle quantité de méthane produisent les termites ? Le méthane est un gaz à effet de serre plus nocif que le CO_2.
— Restons-en là, fit Ann. Vous aimez argumenter, pas moi. Je veux seulement faire de la Terre un endroit où l'on vit mieux... Je vais lire un peu.
Elle gagna l'avant de l'avion et ouvrit une revue, le dos ostensiblement tourné à Kenner.
— Ses intentions sont bonnes, observa Sarah.
— Et ses informations mauvaises, répliqua Kenner. Un désastre garanti.

Bradley décida de se secouer. Il avait suivi la discussion entre Kenner et Ann. Il aimait bien Ann. Il était presque sûr d'avoir couché avec elle ; il ne se souvenait pas toujours de ce qu'il faisait quand il avait bu. Mais ce devait être la raison de la vague tendresse qu'il avait pour elle.

— Je vous trouve très dur avec Ann, déclara-t-il en prenant la voix assurée du président. Pourquoi dites-vous que c'est un désastre garanti ? Ces questions lui tiennent à cœur. Elle y a consacré sa vie. C'est sa passion.

— Et alors ? riposta Kenner. La passion n'est rien. L'envie de faire le bien n'est rien. Seuls comptent la connaissance et les résultats. Elle n'a pas la connaissance et elle ne le sait même pas. L'homme ne sait pas comment faire ce qui, dans l'opinion d'Ann, devrait être fait.

— Par exemple ?

— La gestion de l'environnement. Nous ne savons pas comment faire.

— Qu'est-ce que vous me chantez là ? s'écria Bradley. Bien sûr que nous savons comment gérer l'environnement.

— Croyez-vous ? Connaissez-vous l'histoire du parc de Yellowstone ? Le premier parc national créé aux États-Unis ?

— J'y suis allé.

— Ce n'est pas ce que j'ai demandé.

— Venez-en au fait, voulez-vous ? lança Bradley. Il est un peu tard pour jouer aux questions et réponses, professeur.

— Très bien, dit Kenner. Je vais vous raconter.

Il expliqua que le parc de Yellowstone avait été le premier territoire au monde à être classé réserve naturelle. La région de la rivière Yellowstone, dans le Wyoming, était depuis longtemps tenue pour un site d'une grande beauté. Romanciers et peintres avaient donné des témoignages de leur admiration. La compagnie ferroviaire Northern Pacific tenait à avoir un endroit pittoresque pour attirer les touristes vers l'ouest. C'est ainsi qu'en 1872, le président Ulysses Grant créa sur plus de huit mille kilomètres carrés le parc national de Yellowstone.

Il y avait un seul problème dont on n'a tenu compte ni à l'époque ni plus tard. Personne ne savait comment entretenir une réserve naturelle. Jamais cela n'avait été fait et l'entreprise s'est révélée bien moins facile qu'on ne l'avait cru.

Quand Theodore Roosevelt visita le parc en 1903, le territoire grouillait d'animaux sauvages. Élans, bisons, ours noirs, cerfs, pumas, grizzlis, coyotes, loups et moutons y vivaient par milliers. À l'époque, le règlement imposait de laisser les choses en l'état. Peu après, on a créé le Service du parc, composé de fonctionnaires dont le travail consistait à maintenir les lieux dans leur état d'origine.

Dix ans plus tard, le paysage giboyeux que Roosevelt avait contemplé appartenait au passé. Les responsables du parc avaient pris une succession de mesures qu'ils estimaient être dans l'intérêt du parc et des animaux qui le peuplaient. Ils s'étaient malheureusement trompés.

— Nos connaissances se sont affinées avec le temps, glissa Bradley.

— Absolument pas, répliqua Kenner. Nous prétendons toujours en savoir plus aujourd'hui qu'hier mais cela ne se vérifie pas.

Croyant à tort que l'élan était menacé d'extinction, les responsables du parc avaient décidé d'éliminer les prédateurs. Ils avaient donc abattu et empoisonné tous les loups du territoire. Ils avaient également interdit aux Indiens, pour qui Yellowstone était un terrain de chasse traditionnel, de venir chasser dans la réserve naturelle.

Ainsi protégés, les élans s'étaient multipliés et avaient dévoré certaines espèces végétales au détriment de l'équilibre écologique de la réserve. Les élans mangeaient notamment les arbres utilisés par les castors pour fabriquer leurs barrages. Ces derniers avaient donc disparu. Ce n'est qu'après leur départ que les autorités du parc découvrirent que le rôle des castors était vital pour la régulation des eaux de la réserve.

Les prairies s'asséchèrent, les truites et les loutres disparurent à leur tour. L'érosion du sol augmenta : l'écologie du parc s'en trouva encore modifiée.

Dans les années 20, on prit conscience que les élans étaient bien trop nombreux; les rangers entreprirent de les abattre, par milliers. Mais le changement survenu dans la végétation semblait irréversible : l'association originale d'arbres et d'herbes ne revint pas.

Il devint aussi de plus en plus évident que les Indiens avaient exercé une influence écologique positive en maintenant à des niveaux raisonnables les troupeaux d'élans, d'orignaux et de bisons. Ce constat tardif s'accompagnait d'une prise de conscience plus générale : les Indiens avaient façonné la « nature vierge » que les premiers hommes blancs avaient vue – ou avaient cru voir – à leur arrivée dans le Nouveau Monde. La « nature vierge » n'existait pas. Les premiers habitants du continent nord-américain exerçaient depuis des millénaires une influence déterminante sur leur environnement en brûlant l'herbe des plaines, en transformant les forêts, en réduisant certaines populations animales, en chassant certaines autres jusqu'à l'extinction de l'espèce.

Au fil du temps, on comprit que l'interdiction faite aux Indiens de chasser dans la réserve était une erreur, une des nombreuses que les autorités du parc continuaient de multiplier. Les grizzlis avaient été protégés, puis éliminés. Les loups avaient été éliminés, puis réintroduits. Les études sur le terrain avec pose de colliers émetteurs avaient été interrompues avant de reprendre quand on s'était rendu compte que certaines espèces étaient menacées. Une politique de prévention des incendies avait été mise en place sans tenir compte des effets régénérateurs du feu. Quand on avait pris le contre-pied de cette politique, plusieurs milliers d'hectares avaient brûlé, stérilisant le sol au point qu'il avait fallu réensemencer pour reconstituer les forêts. Introduite dans les années 70, la truite arc-en-ciel avait exterminé en peu de temps l'espèce indigène. Et ainsi de suite.

— Voilà donc, poursuivit Kenner, tout un passé d'ignorance, d'incompétence, d'interventions désastreuses, suivies de tentatives visant à supprimer les conséquences des erreurs commises, elles-mêmes suivies de tentatives de réparation des dégâts causés par les précédentes interventions, aussi dramatiques qu'une fuite de pétrole ou des déchets toxiques. Mais, dans le cas présent, on ne pouvait mettre cela sur le dos d'une multinationale ou des énergies fossiles. Ce désastre avait été provoqué par des écologistes chargés de la préservation d'une réserve naturelle, qui avaient commis erreur sur erreur et fait la preuve de leur méconnaissance du milieu naturel qu'ils étaient censés protéger.

— C'est absurde, protesta Bradley. Pour préserver un

espace naturel, il suffit de ne pas y toucher, de laisser l'équilibre de la nature s'en charger. Il ne faut rien d'autre.

— Totalement faux, répliqua Kenner. La protection passive – ne toucher à rien – ne permet pas plus de maintenir le statu quo dans un espace naturel que dans votre jardin. La nature est vivante, Ted. Tout est constamment en mouvement. Des espèces gagnent, perdent, se multiplient, diminuent, prennent le pouvoir, sont écartées. Ne pas toucher à la nature ne permet pas de la figer dans son état présent, pas plus qu'enfermer vos enfants à double tour dans une pièce ne les empêchera de grandir. Le monde change. Si l'on veut maintenir un territoire dans un état particulier, il faut d'abord savoir ce qu'est cet état et ensuite utiliser tous les moyens pour arriver à ses fins.

— Vous avez dit que nous ne savons pas le faire.

— Exact. Chacune de nos actions provoque des changements dans l'environnement. Des changements nuisibles à un végétal ou à un animal; c'est inévitable. Préserver des arbres de haut fût pour protéger la chouette tachetée implique que la fauvette de Kirtland et d'autres espèces ne trouveront pas les jeunes pousses qu'elles préfèrent. Rien n'est parfait.

— Mais...

— Pas de mais, Ted. Citez-moi une action humaine qui n'ait eu que des conséquences positives.

— D'accord. L'interdiction des CFC pour protéger la couche d'ozone.

— Conséquences néfastes pour les habitants du tiers-monde privés de fluides réfrigérants bon marché. La nourriture étant moins bien conservée, les empoisonnements sont devenus plus nombreux.

— La couche d'ozone est plus importante...

— Pour vous, peut-être ; ils peuvent voir les choses autrement. Mais nous parlions d'une action qui n'aurait pas de conséquences néfastes.

— Les panneaux solaires et les installations de recyclage de l'eau dans les maisons.

— Ils permettent d'établir des constructions dans des endroits sauvages, à l'écart de tout, où l'absence d'alimentation en eau et en électricité dissuadait les gens de s'installer. Une invasion de la nature qui met en danger des espèces vivant autrefois en paix.

— L'interdiction du DDT.

— On peut considérer cela comme la plus grande tragédie du xxe siècle. Le DDT était l'agent chimique le plus efficace contre les moustiques. Quoi qu'on en ait dit, il n'existait rien d'aussi efficace ni d'aussi peu nocif. Depuis son interdiction, deux millions de personnes, surtout des enfants, meurent du paludisme chaque année ; plus de cinquante millions de vies humaines auraient pu être épargnées [1]. L'interdiction du DDT a fait plus de victimes que Hitler. Et le mouvement écologiste a tout mis en œuvre pour obtenir cette interdiction [2], Ted.

— Le DDT était cancérigène !

— Absolument pas. Et tout le monde le savait quand la décision de l'interdire a été prise [3].

— Il était toxique !

— Si peu qu'on pouvait en manger. Des volontaires ont ingéré du DDT pendant deux ans, dans le cadre d'une expérience [4]. Après l'interdiction, le DDT a été remplacé par le parathion, un produit *vraiment* toxique. Plus d'une centaine d'ouvriers agricoles sont morts dans les mois qui ont suivi l'interdiction du DDT : ils n'avaient pas l'habitude de manipuler des pesticides fortement toxiques [5].

— Nous ne sommes pas d'accord.

— Vous êtes mal informés ou vous refusez d'assumer les conséquences des actions d'organisations que vous soutenez. L'interdiction du DDT sera un jour reconnue comme un scandale majeur.

— Le DDT n'a pas été interdit.

— Exact. On a simplement fait savoir à certains pays que

---

1. Certaines estimations donnent trente millions de morts.

2. Discussion complète du DDT dans Wildavsky, 1994, p. 55-80.

3. Commission Sweeney, 25 avril 1972 : « Le DDT ne présente pas de risque cancérigène pour l'homme. » Ruckelshaus a interdit le produit deux mois plus tard en déclarant que le DDT « constitue un risque cancérigène pour l'homme ». Il n'avait pas lu le rapport Sweeney.

4. Hayes, 1969.

5. John Noble Wilford : « Les décès dus au produit substitutif du DDT suscitent des inquiétudes. » *New York Times*, 21 août 1970, p. 1 ; Wildavsky, 1996, p. 73.

s'ils continuaient d'en utiliser, le montant de l'aide internationale serait revu à la baisse. Mais ce qui est indiscutable, en s'appuyant sur les statistiques de l'ONU, c'est que le paludisme, avant l'interdiction du DDT, était devenu une maladie d'importance secondaire, avec cinquante mille morts par an dans le monde. En quelques années, le paludisme est redevenu un fléau planétaire, qui a coûté la vie à cinquante millions d'êtres humains. Une fois de plus, Ted, il ne peut y avoir d'action sans conséquences néfastes.

Un long silence suivit. Bradley se tortilla dans son siège, ouvrit la bouche comme pour dire quelque chose et la referma.

— Bon, d'accord, déclara-t-il enfin en prenant le ton noble du président. Vous m'avez convaincu. Je m'incline. Et après ?

— La véritable question en matière de protection de l'environnement est de savoir si les avantages l'emportent sur les inconvénients, sachant qu'il y aura toujours des conséquences néfastes.

— Bon, bon. Venez-en au fait.

— Ce n'est pas le discours des organisations écologistes ; les esprits absolus y font la loi. Ils vont devant les tribunaux demander qu'une réglementation soit imposée sans que les coûts entrent en ligne de compte [1]. La justice a fini, après une période d'excès honteux, par imposer que toute réglementation soit accompagnée d'une analyse coûts-bénéfices. Les écologistes ont crié au scandale et continuent de protester avec force. Ils ne veulent pas que l'on sache combien leurs exigences coûtent à la société et au monde entier. Prenons l'exemple ahurissant de la réglementation sur le benzène, à la fin des années 80, si coûteuse pour un si maigre bénéfice qu'on a estimé chaque année de vie humaine sauvée à vingt milliards de dollars [2].

1. Références dans Sunstein, 2002, p. 200-201.

2. Voir l'étude du Centre d'analyse des risques de Harvard : Tengs *et al.*, 1995. Pour une discussion complète, voir Lomborg, p. 338 et s. Il conclut : « Nous ignorons le coût de nos décisions environnementales [...] dans d'autres domaines [...] et nous commettons en réalité des meurtres statistiques. » Il estime le nombre de morts inutiles à 60 000 par an, rien que pour les États-Unis.

— Si vous présentez les choses en ces termes...
— Y a-t-il d'autres termes que ceux de la vérité, Ted ? Vingt milliards de dollars par année de vie sauvée, voilà le coût de cette réglementation. Peut-on soutenir des organisations qui portent la responsabilité d'un tel gaspillage ?
— Non.
— Le principal groupe de pression au Congrès pour le benzène était le NERF. Allez-vous démissionner de son conseil d'administration ?
— Bien sûr que non.
— Et voilà, fit Kenner en secouant lentement la tête.

Sanjong montrait l'écran de son ordinateur portable ; Kenner alla s'asseoir près de lui. L'écran montrait une vue aérienne d'une île tropicale à la végétation dense, bordée par une large baie. La photo avait dû être prise d'un appareil volant très près du sol. Quatre cabanes en bois s'élevaient le long de la baie.
— Elles sont toutes nouvelles, indiqua Sanjong. Elles ont été montées il y a moins de vingt-quatre heures.
— Elles donnent l'impression d'être là depuis longtemps.
— Ce n'est qu'une impression. Un examen minutieux donne à penser qu'elles sont artificielles. Peut-être du plastique et non du bois. La plus grande semble servir à loger des gens, les trois autres à abriter du matériel.
— Quel genre de matériel ? demanda Kenner.
— Rien n'est visible sur les photographies. Le matériel a dû être débarqué de nuit. Je me suis renseigné auprès du service des douanes de Hong Kong. Le matériel consiste en trois génératrices de cavitation hypersonique.
— Ce matériel est en vente libre ?
— Je ne sais pas comment ils se le sont procuré.
Kenner et Sanjong s'entretenaient à voix basse. Peter s'avança vers eux et se pencha pour écouter.
— Qu'est-ce que c'est, votre appareil hypersonique... ? demanda-t-il à mi-voix.
— Une génératrice de cavitation, répondit Kenner, est une puissante machine utilisée pour la cavitation acous-

tique. De la taille d'un petit camion, elle produit un champ de cavitation par symétrie radiée.

Peter ouvrit des yeux ronds.

— La cavitation, expliqua Sanjong, est la formation de cavités gazeuses dans un milieu. Quand on fait bouillir de l'eau, par exemple. On peut aussi faire bouillir de l'eau avec des ultrasons : dans le cas qui nous occupe, les génératrices sont conçues pour produire des champs de cavitation dans un solide.

— Quel solide ?

— La terre, répondit Kenner.

— Je ne comprends pas, dit Peter. Ils veulent faire des bulles dans le sol, comme dans l'eau bouillante ?

— Quelque chose comme ça.

— Pour quoi faire ?

Ils s'interrompirent en voyant Ann Garner s'approcher.

— C'est une discussion entre hommes ? lança-t-elle. Ou bien tout le monde peut y participer ?

— Asseyez-vous, fit Sanjong en tapotant sur son clavier.

Un ensemble de tableaux apparut sur l'écran de l'ordinateur.

— Nous étions en train de passer en revue les concentrations de dioxyde de carbone relevées dans les carottes de glace prélevées à Vostok et dans le cadre du programme North GRIP, au Groenland.

— Vous ne pourrez pas me laisser éternellement dans l'ignorance, déclara Ann. Tôt ou tard, cet avion se posera et je saurai ce que vous mijotez.

— C'est vrai, fit Kenner.

— Pourquoi ne pas me le dire maintenant ?

Kenner secoua la tête sans répondre.

— Veuillez attacher vos ceintures, demanda le pilote à la radio. Préparez-vous pour l'atterrissage à Honolulu.

— Honolulu ! s'écria Ann.

— Où croyez-vous que nous allions ?

— Je pensais...

Elle laissa sa phrase en suspens.

Ann sait où nous allons, se dit Sarah.

Pendant le ravitaillement à Honolulu, un inspecteur des douanes monta à bord de l'appareil et demanda à voir les passeports. Il sembla amusé en reconnaissant Ted Bradley à qui il donna du « monsieur le président ». Bradley, de son côté, était ravi de l'attention que lui portait un homme en uniforme.

Après avoir examiné les passeports, le fonctionnaire s'adressa au groupe de voyageurs.

— D'après le plan de vol, votre destination est Gareda, dans les îles Salomon. Je veux m'assurer que vous êtes informés des mises en garde concernant Gareda. La plupart des ambassades déconseillent à leurs ressortissants de s'y rendre, en raison des événements récents.

— Quels événements récents ? demanda Ann.

— Il y a une rébellion sur l'île, qui a fait plusieurs victimes. L'armée australienne a débarqué l'année dernière et capturé la plupart des rebelles. Pas tous. Dans le courant de la semaine dernière, trois personnes dont deux étrangers ont été assassinées. Un des corps a été... mutilé. Et on lui a enlevé la tête.

— Comment ?

— On lui a enlevé la tête. Après sa mort.

— C'est notre destination ? demanda Ann à Kenner. Gareda ?

Kenner hocha lentement la tête.

— Quand vous dites qu'on lui a enlevé la tête, reprit Ann, qu'est-ce que cela signifie ?

— C'était vraisemblablement pour le crâne.

— Le crâne, répéta Ann. Vous... vous voulez dire que ce sont des chasseurs de têtes ?

Kenner fit signe que oui.

— Je ne resterai pas une seconde de plus dans cet avion.

Ann saisit son sac à main et commença à descendre la passerelle.

— Qu'est-ce qui lui prend ? demanda Jennifer qui venait de se réveiller.

— Elle n'aime pas les scènes d'adieux, répondit Sanjong.

Ted Bradley se frottait le menton en essayant de se donner un air pensif.

— Un étranger s'est fait couper la tête ?

— Apparemment, répondit le douanier, c'était pire que cela.

— Qu'est-ce qui peut être pire que de se faire couper la tête ? lança Bradley en riant.

— La situation sur le terrain n'est pas très claire. Nous avons reçu des rapports contradictoires.

— Sérieusement, insista Bradley. Je veux savoir ce qui est pire que de se faire couper la tête.

Il y eut un moment de silence.

— Ils l'ont mangé, fit Sanjong.

— Ils l'ont mangé ? s'écria Bradley en se jetant en arrière.

— Certaines parties du corps, précisa l'inspecteur des douanes. Si ce qu'on nous a rapporté est vrai...

— Bordel de merde ! souffla Bradley. Quelles parties... Peu importe, je ne veux pas le savoir ! Ça alors ! Ils ont mangé un homme !

— Vous n'êtes pas obligé de venir, Ted, déclara Kenner. Vous pouvez partir, vous aussi.

— J'avoue que je m'interroge, fit Bradley avec le ton posé du président. Mourir mangé, c'est une fin de carrière qui manque de classe. Imaginez les plus grands. Elvis... mangé. John Lennon... mangé. Ce n'est pas le souvenir que nous voulons laisser de nous.

Il inclina la tête, le menton sur la poitrine, apparemment plongé dans ses pensées, puis il se redressa, comme il l'avait fait cent fois devant les caméras.

— Très bien, déclara-t-il. J'affronterai le danger. Si vous y allez, j'y vais.

— Nous y allons, fit Kenner.

Destination Gareda
Mercredi 13 octobre
21 h 30

La durée du vol jusqu'à l'aéroport de Kotak, à Gareda, était de neuf heures. Dans l'appareil plongé dans l'obscurité, la plupart des passagers dormaient. Kenner, comme à son habitude, restait éveillé ; assis à l'arrière, il discutait à voix basse avec Sanjong.

Peter se réveilla au bout de quatre heures. Ses orteils le brûlaient encore, séquelles de ses aventures dans l'Antarctique, et son dos le faisait souffrir, souvenir de la rivière en crue. On lui avait demandé de surveiller quotidiennement ses orteils, pour s'assurer qu'ils ne s'infectaient pas. Il se leva pour passer à l'arrière, où Kenner était assis. Il enleva ses chaussettes, inspecta ses orteils.

— Reniflez, fit Kenner.

— Quoi ?

— Sentez vos orteils. Si vous avez la gangrène, vous le sentirez. Ils vous font mal ?

— Ils me brûlent. Surtout la nuit.

— Tout ira bien, lança Kenner d'un ton rassurant. Je pense que vous les garderez tous.

Peter s'enfonça dans son siège en se disant que cette conversation sur ses orteils était bien étrange ; du coup, il eut encore plus mal au dos. Il se rendit dans le cabinet de toilette et fouilla dans les tiroirs. Il n'y avait que de l'Advil : il en prit deux et revint voir Kenner.

— Très astucieux, cette histoire que vous avez inventée à Honolulu. Dommage que cela n'ait pas marché avec Ted.

Kenner le regarda avec des yeux ronds.

— Ce n'est pas une histoire, fit Sanjong. Il y a eu trois morts hier.

— Ah bon ? Et ils ont mangé quelqu'un ?

— Il paraît.

— Ah bon ?

En s'avançant dans la pénombre de la cabine, Peter vit Sarah se redresser sur son siège.

— Vous n'arrivez pas à dormir ? demanda-t-elle à voix basse.

— Non. J'ai un peu mal. Et vous ?

— Oui. Les orteils ; les engelures.

— Moi aussi.

— Vous croyez qu'il y a quelque chose à manger, là-bas ?

— Certainement.

Sarah se leva pour se diriger vers l'arrière, Peter sur ses talons.

— Le haut des oreilles me brûle aussi.

— Moi, ça va, dit Peter.

Elle fouilla un peu partout, finit par trouver des pâtes froides. Elle tendit une assiette à Peter qui refusa d'un signe de tête. Elle se servit, commença à manger.

— Depuis combien de temps connaissez-vous Jennifer ?

— Je ne peux pas dire que je la connais, répondit Peter. Je l'ai rencontrée il y a quelques jours.

— Pourquoi est-elle venue avec nous ?

— Je crois qu'elle connaît Kenner.

— Vrai, lança Kenner de son siège.

— Comment ?

— C'est ma nièce.

— Vraiment ? fit Sarah. Depuis combien de temps est-elle votre... Pardon, je suis fatiguée.

— C'est la fille de ma sœur. Ses parents sont morts dans un accident d'avion quand elle avait onze ans.

— Ah bon ?

— Elle a longtemps été très seule.

— Je vois.

En regardant Sarah, Peter se demanda une fois de plus comment elle pouvait paraître si belle au réveil ; c'était de la magie. Et elle avait mis ce parfum qui l'affolait depuis que la première bouffée était arrivée à ses narines.

— Elle a l'air très bien, reprit Sarah.

— Je ne... Il n'y a rien entre...

— Ce n'est pas grave. Vous n'avez pas à jouer la comédie avec moi, Peter.

— Je ne joue pas la comédie, protesta Peter en se rapprochant légèrement d'elle.

— Mais si.

Sarah s'écarta et alla s'asseoir en face de Kenner.

— Que ferons-nous en arrivant à Gareda ? demanda-t-elle.

Le problème avec Sarah, se dit Peter, était la capacité effrayante qu'elle avait de faire instantanément comme s'il n'existait pas. Elle ne le regardait pas, toute son attention était concentrée sur Kenner, avec qui elle s'entretenait comme s'ils étaient seuls au monde.

Était-ce de la provocation ? Cherchait-elle à exciter son désir pour le faire passer à l'action ? Si c'était le cas, elle se trompait du tout au tout ; cela l'agaçait prodigieusement.

Il avait envie de taper très fort dans ses mains et de crier : « Coucou, Sarah, je suis là ! » ou quelque chose de ce genre.

Mais il pensait que cela ne ferait qu'aggraver les choses. Il imaginait le regard irrité qu'elle lui lancerait. *Vous êtes tellement puéril.* Il avait envie de quelqu'un qui ne soit pas compliqué, comme Janis. Un corps superbe, une voix que l'on n'était pas obligé d'écouter. Voilà ce dont il avait besoin en ce moment.

Il poussa un long soupir.

Sarah l'entendit et se retourna.

— Venez vous asseoir et discuter avec nous, Peter, fit-elle en tapotant le dossier du siège voisin du sien.

Là-dessus, elle lui décocha un sourire éblouissant.

Décidément, se dit Peter, *je n'y comprends rien.*

— Voici Resolution Bay, annonça Sanjong.

Il leur présenta l'écran de son ordinateur. Après la baie, il montra une carte de l'île.

— La baie est située au nord-est de l'île, l'aéroport sur la côte occidentale, à une quarantaine de kilomètres.

L'île de Gareda ressemblait à un gros avocat immergé, avec des côtes déchiquetées.

— Un massif montagneux s'étire au centre de l'île, poursuivit Sanjong. À certains endroits, l'altitude est de neuf cents mètres. L'intérieur est couvert d'une végétation dense, presque impénétrable, à moins de suivre les routes ou un des sentiers qui la traversent. Mais il est impossible de couper.

— Nous prendrons donc une route, fit Sarah.

— Peut-être, reprit Sanjong. Nous savons que les rebelles occupent cette zone – il dessina avec le doigt un cercle au centre de l'île – et qu'ils se sont divisés en deux ou trois groupes. Nous ne savons pas exactement où ils se trouvent. Ils ont pris ce petit village, Pavutu, près de la côte nord, où ils semblent avoir établi leur quartier général. On peut imaginer qu'ils ont disposé des barrages sur les routes et qu'ils envoient des patrouilles sur les sentiers.

— Alors, comment pourrons-nous atteindre Resolution Bay ?

— En hélicoptère, si c'est possible, répondit Kenner. J'en ai réservé un mais, dans cette région, rien n'est sûr. Si cela ne marche pas, nous prendrons une voiture et nous verrons jusqu'où nous pouvons aller. Pour l'instant, nous sommes dans le flou.

— Et quand nous arriverons à la baie ? demanda Peter.

— Quatre constructions ont été récemment établies sur la plage. Il faudra les détruire et démonter le matériel qui se trouve à l'intérieur. Le rendre inutilisable. Il faudra aussi trouver le navire ravitailleur et le sous-marin.

— Quel sous-marin ? demanda Sarah.

— Ils ont loué un petit sous-marin de recherches qui se trouve dans les parages depuis quinze jours.

— Pour quoi faire ?

— Nous savons maintenant ce qu'ils veulent faire. La chaîne d'îles constituant les Salomon – il y en a plus de neuf cents – est située dans une région très active sur le plan géologique, en matière de tectonique des plaques. Il y a là plusieurs plaques qui se chevauchent. Voilà pourquoi les volcans y sont si nombreux et les séismes si fréquents. La plaque pacifique glisse sous le plateau de Java Oldowan. Ce mouvement a donné naissance à la fosse des Salomon, qui s'étire en arc au nord de la chaîne d'îles. Très profonde, entre six cents et mille huit cents mètres, elle se trouve juste au nord de Resolution Bay.

— Une région de forte activité géologique et une fosse, observa Peter. Je ne vois toujours pas où cela nous mène.

— Il y a des tas de volcans sous-marins, expliqua Kenner, des accumulations détritiques sur leurs versants et donc de quoi provoquer des glissements de terrain.

— Des glissements de terrain, répéta Peter en frottant ses yeux irrités par la fatigue.

— Des glissements de terrain sous-marins, précisa Kenner.

— Ils vont essayer de provoquer un glissement sous-marin ? demanda Sarah.

— C'est ce que nous croyons. Sur le versant de la fosse des Salomon, probablement entre cent cinquante et trois cents mètres de profondeur.

— Quel serait le résultat d'un glissement de terrain sous-marin ? lança Peter.

— Montrez-leur la carte, demanda Kenner à Sanjong.

Le Népalais fit apparaître la carte du bassin du Pacifique, allant de la Sibérie au Chili, de l'Australie à l'Alaska.

— Maintenant, poursuivit Kenner, tracez une ligne droite à partir de Resolution Bay et regardez où cela vous mène.

— En Californie !

— Exact. En onze heures, à peu près.

— Un glissement sous-marin..., fit Peter, l'air perplexe.

— Il déplace en très peu de temps un énorme volume d'eau. C'est ainsi que sont formés le plus souvent les tsunamis. La vague se propagera à travers le Pacifique à huit cents kilomètres à l'heure.

— Merde alors ! lâcha Peter. Une vague de quelle hauteur ?

— Plutôt une succession de vagues, ce qu'on appelle un train d'ondes. Le glissement sous-marin qui s'est produit en Alaska en 1952 a créé une vague de plus de quatorze mètres. Il est impossible de prévoir la hauteur de celle qui nous intéresse ; elle est fonction de l'inclinaison du littoral qu'elle touche. Dans certains endroits de Californie, elle peut atteindre dix-huit mètres. Un bâtiment de six étages.

Sarah en resta bouche bée.

— De combien de temps disposons-nous avant qu'ils provoquent le glissement sous-marin ? demanda Peter.

— La conférence dure encore deux jours, répondit Kenner. Il faudra une demi-journée à la vague pour traverser le Pacifique. Il reste donc...

— Un jour, fit Peter.

— Au plus. Le temps d'atterrir, de faire le trajet jusqu'à la baie et de les empêcher d'agir.

— De qui parlez-vous ? demanda Ted Bradley qui s'approchait en bâillant. Bon Dieu ! J'ai le casque ! Si je buvais un petit coup pour faire passer ma gueule de bois ?

Il s'interrompit en voyant la mine des autres.

— Qu'est-ce qui se passe ? Pourquoi faites-vous une tête d'enterrement ?

Destination Gareda
Jeudi 14 octobre
5 h 30

Trois heures plus tard, le soleil se levait quand l'avion commença sa descente. L'appareil survola à basse altitude des îles boisées, frangées d'une eau d'un bleu limpide, irréel. Les routes étaient rares, les agglomérations se réduisaient à de modestes villages.

— C'est de toute beauté ! lança Ted Bradley, le nez collé au hublot. Une beauté paradisiaque qui se fait de plus en plus rare sur notre planète.

Assis près de lui, Kenner préféra ne rien dire ; il continua, lui aussi, de regarder par le hublot.

— Le problème, poursuivit Bradley, est que nous avons perdu le contact avec la nature. Vous ne croyez pas ?

— Non, répondit Kenner. Le problème est que je ne vois pas beaucoup de routes.

— C'est l'homme blanc, insista Bradley, pas l'autochtone qui veut conquérir la nature et la soumettre à sa loi. Vous ne croyez pas ?

— Non, je ne crois pas.

— Moi, si. Je trouve que les gens qui vivent près de la terre, dans leur village, au sein de la nature, je trouve que ces gens ont le sens de leur environnement naturel et de la place qui est la leur dans cet ensemble.

— Avez-vous passé beaucoup de temps dans ce genre de village, Ted ?

— Eh bien, oui, imaginez-vous. J'ai eu un tournage au Zimbabwe, un autre au Botswana. Je sais de quoi je parle.

— Vous restiez tout le temps dans ces villages ?

— Non, je dormais à l'hôtel ; j'étais obligé, pour les assurances. Mais j'ai eu des tas d'expériences dans les villages eux-mêmes. Il est indiscutable que la vie y est meilleure, plus saine sur le plan écologique. Je pense sincèrement que tout le monde devrait vivre de cette manière et qu'il ne faut surtout pas encourager ceux qui le font à s'industrialiser. C'est ça, le problème.

— Si je comprends bien, vous préférez dormir à l'hôtel mais vous voulez que tous les autres vivent dans des villages.

— Mais non, vous n'écoutez pas...

— Où vivez-vous en ce moment, Ted ?

— À Sherman Oaks.

— Est-ce un village ?

— Non, mais... on peut dire que c'est une sorte de village. Il faut que je sois à Los Angeles, pour mon travail... Je n'ai pas le choix.

— Avez-vous déjà dormi dans un village du tiers-monde, Ted ? Même une seule nuit ?

— Je vous ai dit que j'y ai passé beaucoup de temps, pendant les tournages, répondit Bradley, visiblement mal à l'aise. Je sais de quoi je parle.

— Si la vie de village est idyllique, pourquoi croyez-vous que les gens veulent en changer ?

— Ils ne devraient pas, c'est ce que je veux dire.

— Vous êtes mieux placé qu'eux pour savoir ce qu'ils doivent faire ?

Bradley marqua une hésitation.

— Eh bien, en toute franchise, reprit-il, oui, je suis mieux placé qu'eux. J'ai l'avantage de l'éducation et d'une expérience plus étendue. Je connais bien les dangers de la société industrielle qui rend notre planète malade. Oui, je crois savoir ce qui est mieux pour eux. En tout cas, je sais ce qui est mieux pour l'équilibre écologique de la planète.

— J'ai toujours du mal à accepter, répliqua Kenner, que d'autres décident à ma place de ce qui est dans mon intérêt quand ils ne vivent pas où je vis, quand ils ne connaissent pas les conditions locales ou les problèmes locaux que j'ai à surmonter, quand ils ne vivent même pas dans le même pays que moi. Ceux qui – dans une métropole occidentale, derrière un bureau, dans un immeuble de verre, à Bruxelles, Berlin ou New York – ont le sentiment de connaître la solution à tous mes problèmes et de savoir comment je dois vivre. J'ai du mal à accepter cela.

— Quel est le problème, exactement ? Vous ne croyez pas sérieusement que tous les habitants de la planète ne devraient faire que ce qu'ils ont envie de faire ? Ce serait terrible. Ces gens ont besoin d'aide et de conseils.

— C'est vous qui les leur donnerez ? À « ces gens » ?

— D'accord... Ce n'est pas politiquement correct de parler comme ça, mais voulez-vous que ces gens aient le style de vie, avec ses affreux gaspillages, qui est le nôtre en Amérique et, dans une moindre mesure, en Europe ?

— Apparemment, vous n'y avez pas renoncé.

— Non, mais j'économise autant que possible l'énergie, je recycle. Il ne faut pas oublier que si tous ces pays s'industrialisent, cela entraînera une augmentation terrible de la pollution de la planète. Il ne faut pas que cela se fasse.

— Je suis servi mais vous n'avez pas le droit de vous servir, c'est ça ?

— Il faut regarder les réalités en face, affirma Bradley.

— Vos réalités. Pas les leurs.

Kenner vit Sanjong qui lui faisait signe de venir le rejoindre.

— Excusez-moi, dit-il en se levant.

— Vous pouvez vous en aller, lança Bradley, mais vous savez que je dis la vérité.

Il appela l'hôtesse en tendant son verre.

— Encore un, ma belle. Pour la route.

— L'hélicoptère n'est pas encore arrivé, annonça Sanjong.

— Que se passe-t-il ?

— Il devait venir d'une autre île mais l'espace aérien est fermé. On craint que les rebelles soient équipés de missiles sol-air.

— Combien de temps avant l'atterrissage ? demanda Kenner, l'air soucieux.
— Dix minutes.
— Croisons les doigts.

Se sentant abandonné, Ted Bradley changea de place pour aller s'asseoir à côté de Peter.
— C'est grandiose, n'est-ce pas ? Regardez cette eau, si cristalline, si pure. Regardez la profondeur de ce bleu. Regardez ces villages magnifiques au cœur de la nature.
Peter regardait par le hublot mais ne voyait que la pauvreté. Les villages étaient formés de groupes épars de baraques en tôle ondulée, les routes se réduisaient à des pistes défoncées et boueuses. Les habitants, pauvrement vêtus, se déplaçaient lentement ; ils avaient l'air abattus, résignés. Peter imaginait des maladies, des épidémies, la mort d'enfants en bas âge...
— Grandiose ! s'écria Bradley. La nature dans toute sa pureté ! Je suis impatient d'arriver... C'est comme des vacances. Saviez-vous que les Salomon étaient aussi belles ?
— Et peuplées de tout temps de chasseurs de têtes, lança Jennifer.
— Cela appartient au passé, répliqua Bradley. Si cela a jamais existé. Je veux dire, tout ce qu'on raconte sur le cannibalisme, mais tout le monde sait que ce n'est pas vrai. J'ai lu un livre écrit par un professeur [1] qui disait qu'il n'y a jamais eu de cannibales dans aucune région du monde. Ce n'est qu'un mythe : encore un exemple de la diabolisation des gens de couleur par l'homme blanc. Quand Christophe Colomb a débarqué dans les Grandes Antilles, il a cru qu'on lui parlait de cannibales mais ce n'était pas vrai... J'ai oublié les détails. Le cannibalisme est un mythe... Pourquoi me regardez-vous comme ça ?
Peter tourna la tête. Bradley parlait à Sanjong qui écarquillait les yeux.
— Alors ? poursuivit Bradley. Pourquoi me regardez-vous comme ça ? Bon, j'ai compris... Vous n'êtes pas d'accord avec moi.

1. William Arens, *The Man-Eating Myth*, New York, Oxford, 1979.

— Vous êtes vraiment stupide, lâcha Sanjong d'un ton incrédule. Êtes-vous déjà allé à Sumatra ?

— Non.

— En Nouvelle-Guinée ?

— Non. J'ai toujours voulu y aller pour acheter des objets d'art tribal. Ils font des choses magnifiques.

— À Bornéo ?

— Non. J'ai toujours voulu y aller aussi...

— Eh bien, si vous allez à Bornéo, vous verrez les maisons communes des Dayaks où sont encore exposés des crânes, trophées de la chasse rituelle aux têtes.

— Oh ! une attraction pour touristes.

— En Nouvelle-Guinée, il y avait une maladie nommée *kuru* qui se transmettait quand ils mangeaient la cervelle de leurs ennemis.

— Ce n'est pas vrai.

— Gajdusek a reçu le prix Nobel pour ça. Ils mangeaient de la cervelle humaine, croyez-moi.

— C'était il y a longtemps.

— Dans les années 60 et 70.

— Vous aimez raconter des horreurs aux dépens des indigènes. Regardez la vérité en face : les humains ne sont pas cannibales [1].

Sanjong ouvrait des yeux ronds. Il se tourna vers Kenner qui haussa les épaules.

— C'est vraiment magnifique, reprit Bradley en regardant par le hublot. J'ai l'impression que nous allons bientôt atterrir.

---

1. Cannibalisme dans le sud-ouest de l'Amérique : http://www.nature.com/nature/fow/000907.html; Richard A. Marlar, Leonard L. Banks, Brian R. Billman, Patricia M. Lambert et Jennifer Marlar, « Preuves biochimiques de cannibalisme sur un site préhistorique Pueblo, dans le sud-ouest du Colorado », *Nature*, p. 407, p. 74078, 7 septembre 2000. Chez les Celtes, en Angleterre : http://www.bris.ac.uk/Depts/Info-Office/news/archive/cannibal.htm. Chez les hommes de Néandertal : http://news.bbc.co.uk/1/hi/sci/tech/462048.stm. Même sujet, Jared M. Diamond, « Archéologie, à propos du cannibalisme » : « Des preuves irréfutables de cannibalisme ont été découvertes sur un site remontant à 900 ans, dans le sud-ouest des États-Unis. Pourquoi des critiques horrifiés refusent-ils d'admettre que de nombreuses sociétés ont trouvé le cannibalisme acceptable ? »

VII

RESOLUTION

Gareda
Jeudi 14 octobre
6 h 40

L'aérodrome de Kotak baignait dans une chaleur poisseuse. Ils se dirigèrent vers la petite baraque sur laquelle était peint en lettres mal tracées le mot KASTOM. Sur un des côtés de la construction, il y avait une clôture en bois et une barrière portant l'empreinte d'une main rouge et une pancarte indiquant NOGOT ROT.

— On mange du nougat par ici ? lança Bradley.

— Mais non, fit Sanjong. La main rouge veut dire *Kapu*, « Interdit ». L'inscription sur la pancarte est en pidgin. Elle signifie « Pas le droit ». Il est interdit de passer.

— Ah ! je vois !

Peter trouvait la chaleur à la limite du supportable. Il était fatigué après le long voyage en avion et redoutait ce qui les attendait. À ses côtés, Jennifer marchait d'un pas léger, apparemment fraîche et dynamique.

— Vous n'êtes pas fatiguée ? demanda Peter.

— J'ai dormi dans l'avion.

Il se retourna pour regarder Sarah qui marchait d'un bon pas ; elle aussi paraissait pleine d'énergie.

— Eh bien, moi, je me sens fatigué, reprit-il.

— Vous pourrez dormir dans la voiture, fit Jennifer.

Elle ne semblait pas très intéressée par son état physique ; il en conçut une vague irritation.

L'atmosphère chaude et moite était débilitante. Quand

ils entrèrent dans la baraque des douanes, sa chemise était trempée. La sueur coulait à grosses gouttes de son nez et de son menton sur les formulaires qu'il remplissait. L'encre du stylo se diluait dans les taches de sueur. Il leva la tête vers le douanier, un costaud aux cheveux crépus, en chemisette et pantalon blancs impeccablement repassés. Pas une trace de sueur sur sa peau ; il ne semblait même pas avoir chaud. Quand son regard croisa celui de Peter, il sourit.

— *Oh, waitman, dis no taim bilong san. You tumas hotpela.*

— Oui, c'est vrai, fit Peter en hochant la tête.

Il n'avait pas la moindre idée de ce que le douanier avait dit. Sanjong traduisit.

— Nous ne sommes pas encore au plus fort de l'été mais vous avez déjà trop chaud. *Tumas hot. Ya ?*

— C'est ça. Où avez-vous appris à parler le pidgin ?

— En Nouvelle-Guinée. J'y ai travaillé un an.

— Qu'est-ce que vous faisiez ?

Sanjong avait déjà tourné les talons pour rattraper Kenner qui faisait de grands signes à un jeune homme en Land Rover. Le conducteur sauta de la voiture. Noir de peau, il était vêtu d'un short beige et d'un tee-shirt. Il avait les épaules couvertes de tatouages et un sourire communicatif.

— Salut, Jon Kanner ! *Hamamas klok !*

Il se frappa la poitrine des deux poings et serra Kenner contre lui.

— Il a le cœur plein de joie, fit Sanjong. Ils se connaissent.

On fit les présentations ; le nouveau venu s'appelait Henry, tout court.

— Hanri ! s'écria-t-il avec un grand sourire, en secouant vigoureusement toutes les mains avant de se tourner vers Kenner.

— J'ai cru comprendre qu'il y a un problème avec l'hélicoptère, dit Kenner.

— Quoi ? *No trabel. Me got klostu long.*

Il éclata de rire.

— L'hélico est là-bas, mon ami, reprit-il dans un anglais britannique parfait.

— Bien, fit Kenner. Nous étions inquiets.

— *Yas.* Sérieusement, Jon, il faut *hariyap. Mi yet harim planti yangpelas, krosim, pasim birua, got plenti masket, noken stap gut, ya ?*

Peter eut l'impression que Henry parlait en pidgin pour que les autres ne comprennent pas.

— C'est ce que j'ai entendu dire, moi aussi, fit Kenner. Les rebelles sont nombreux. Des jeunes pour la plupart ? Très excités ? Bien armés ? Oui, j'imagine.

— Je m'inquiète pour l'hélicoptère, mon ami.

— Pourquoi ? Tu sais quelque chose sur le pilote ?

— Oui.

— Alors, quoi ? Qui est le pilote ?

En rigolant, Henry donna une grande tape dans le dos de Kenner.

— C'est moi !

— Alors, nous pouvons y aller.

Ils s'éloignèrent du terrain d'aviation en suivant la route bordée par une végétation dense. Les cigales emplissaient l'air de leurs stridulations. Peter se retourna pour regarder le superbe Gulfstream dont la blanche silhouette se découpait sur le fond bleu du ciel. Les pilotes en chemisette blanche et pantalon noir vérifiaient le train d'atterrissage. Il se demanda s'il reverrait l'avion.

Pendant ce temps, Kenner discutait avec Henry.

— Il paraît qu'il y a eu des morts.

— Ils n'ont pas seulement été tués, Jon, fit Henry en grimaçant. *Olpela. Ya ?*

— C'est ce qu'on nous a dit.

— *Ya. Distru.*

C'était donc vrai.

— Les rebelles ? demanda Kenner.

Henry hocha vigoureusement la tête.

— Oh ! ce nouveau *chif.* Il s'appelle Sambuca, comme la boisson. Ne me demande pas pourquoi il a pris ce nom. C'est un cinglé, Jon. *Longlong man tru.* Tout revient au temps de l'*olpela* pour ce fou. Un retour aux traditions. *Allatime allatime.*

— Si vous voulez mon avis, glissa Bradley qui les suivait, il n'y a rien de tel que le mode de vie traditionnel.

Henry se retourna.

— Vous avez des téléphones portables, des ordinateurs, des antibiotiques, des médicaments, des hôpitaux et vous dites que le mode de vie traditionnel est préférable ?

— Bien sûr, répondit Bradley. Il était plus humain. Croyez-moi, si vous aviez eu la possibilité de vivre au milieu des prétendus miracles modernes, vous sauriez qu'ils ne sont pas aussi merveilleux...

— Je suis diplômé de l'Université de Melbourne, coupa Henry. Ce dont vous parlez ne m'est pas tout à fait étranger.

— Ah bon ? fit Bradley... Il aurait pu me le dire, ce con, ajouta-t-il à voix basse.

— À propos, si vous voulez un bon conseil, ne faites pas ça ici. Ne parlez pas à voix basse.

— Pourquoi ?

— Dans ce pays, il y a des *pelas* qui croient que cela veut dire que vous êtes possédé par un démon. Ils prendront peur et ils pourraient vous tuer.

— Je vois. Charmant.

— Dans ce pays, si vous avez quelque chose à dire, dites-le à voix haute.

— Je m'en souviendrai.

Sarah marchait à côté de Bradley mais elle ne suivait pas leur conversation. Henry était un drôle de personnage, tiraillé entre deux mondes, qui passait sans cesse d'un anglais très britannique au pidgin ; cela ne la dérangeait pas.

Elle regardait autour d'elle. L'air brûlant, immobile était piégé entre les arbres énormes qui se dressaient des deux côtés de la route. Des arbres de douze à quinze mètres de hauteur, croulant sous un enchevêtrement de lianes. Au niveau du sol, dans la pénombre du sous-bois, des fougères géantes formaient une barrière impénétrable, un véritable mur végétal.

Il suffirait de s'enfoncer de quelques mètres là-dedans, se dit Sarah, pour se perdre et ne plus jamais en ressortir.

Les bords de la route étaient jalonnés de carcasses de voitures mangées par la rouille, le pare-brise éclaté, le châssis affaissé, jauni par la corrosion. Elle voyait en passant des sièges lacérés, des trous béants laissés dans les tableaux de bord par les pendules et les compteurs de vitesse arrachés.

Ils tournèrent à droite dans un chemin ; l'hélicoptère leur apparut. Sarah étouffa un petit cri. Il était beau, vert avec une bande blanche, les hélices brillant au soleil. Tout le monde y alla de son compliment.

— C'est vrai, reconnut Henry, l'extérieur est bien. Mais je crois que l'intérieur, le moteur, n'est peut-être pas aussi bien. Comme ci comme ça, ajouta-t-il avec un petit geste de la main.

— En ce qui me concerne, déclara Bradley, je préférerais que ce soit le contraire.

Ils ouvrirent les portières pour monter dans l'appareil. À l'intérieur, il y avait des caisses en bois empilées, de la sciure et une odeur de graisse.

— J'ai le matériel que tu as demandé, dit Henry à Kenner.

— Des munitions en quantité suffisante ?

— Oui. Tout ce que tu as demandé.

— Alors, nous pouvons y aller.

Sarah prit place à l'arrière. Elle attacha sa ceinture, mit un casque. Le moteur vrombit, les hélices commencèrent à tourner. L'appareil décolla en vibrant.

— Nous sommes trop nombreux ! s'écria Henry. Espérons que tout se passera bien ! Croisez les doigts !

Il partit d'un rire hystérique tandis que l'hélicoptère prenait de la hauteur dans l'azur du ciel.

Destination Resolution Bay
Jeudi 14 octobre
9 h 02

La forêt déroulait sous l'appareil le moutonnement ininterrompu de la canopée. En altitude, des écharpes de brume s'accrochaient de loin en loin à la cime des arbres. Sarah découvrait avec étonnement une île montagneuse, au terrain accidenté. Elle ne voyait pas de routes. Hormis quelques petits villages nichés dans une clairière, il n'y avait que la forêt, des arbres à perte de vue. Henry avait mis le cap sur le nord de l'île ; son idée était de les déposer sur la côte, à quelques kilomètres à l'ouest de Resolution Bay.

— C'est vraiment charmant, fit Bradley tandis que l'appareil survolait un village. Qu'est-ce qu'on cultive, par ici ?

— Rien, répondit Henry. La terre est trop pauvre. Ils travaillent dans les mines de cuivre.

— Quel dommage !

— Pas quand on vit ici. Un salaire représente une fortune pour une famille. Les gens tuent pour avoir un emploi dans les mines. Ils tuent vraiment ; il y a plusieurs meurtres par an.

— C'est terrible, soupira Bradley. Terrible... Mais regardez, là, ce village a des huttes à toit de chaume ! Est-ce parce qu'ils maintiennent la tradition, un art de vivre à l'ancienne ?

— Non, mon vieux, répondit Henry. C'est un village rebelle. Un style tout nouveau. De grosses *haus* de paille, impressionnantes, et une grande maison pour *chif.*

Il expliqua que Sambuca avait ordonné aux habitants de tous les villages d'élever ces énormes constructions en paille, sur trois niveaux, avec des échelles menant à des chemins de ronde. L'idée était de permettre aux rebelles de guetter par-dessus les arbres l'arrivée des troupes australiennes. Les constructions de ce genre n'avaient jamais existé à Gareda. Les maisons étaient traditionnellement basses et ouvertes, de manière à protéger de la pluie tout en laissant la fumée sortir. Il n'y avait nul besoin de maisons hautes, peu pratiques et qui, de toute façon, seraient emportées par le prochain cyclone.

— Mais Sambuca, il les veut tout de suite, reprit Henry. Il oblige les *yangpelas*, les jeunes gens, à les construire. Il y en a déjà six ou huit sur l'île, en territoire rebelle.

— Nous survolons le territoire rebelle ? demanda Bradley.

— Jusqu'à présent, tout va bien, répondit Henry en riant. Bientôt, nous allons voir la côte, dans quatre ou cinq minutes... Oh ! merde !

— Que se passe-t-il ? demanda Bradley tandis que l'appareil faisait du rase-mottes au-dessus des arbres.

— J'ai fait une grosse, grosse erreur.

— Quelle erreur ?

— *Tumas longwe es.*

— Nous sommes trop à l'est ? dit Kenner.

— Merde de merde !... Accrochez-vous !

Henry vira sèchement mais ils eurent le temps de voir une vaste clairière où quatre des hautes constructions en paille étaient élevées au milieu des maisons en bois et en tôle ondulée. Une demi-douzaine de camions étaient regroupés au centre de la clairière, certains équipés d'une mitrailleuse à l'arrière.

— Qu'est-ce que c'est que ça ? lança Bradley. Ce village est bien plus gros que les autres.

— C'est Pavutu ! Le quartier général des rebelles !

La clairière disparut, l'hélicoptère s'éloigna rapidement. Henry respirait fort ; ils entendaient son souffle dans leur casque.

Kenner scrutait le visage du pilote sans rien dire.

— Je crois que tout ira bien, déclara Bradley. On dirait qu'ils ne nous ont pas vus.

— Oh ! si ! fit Henry. Ne prenez pas vos désirs pour des réalités.

— Pourquoi ? Même s'ils nous ont vus, que peuvent-ils faire ?

— Ils ont des radios. Ils ne sont pas idiots, ces *yangpelas*.

— Je ne comprends pas.

— Ils veulent cet hélicoptère.

— Pour quoi faire ? Ils savent le piloter ?

— *Orait orait !* Ils me veulent, moi aussi.

Henry expliqua que, depuis plusieurs mois, les hélicoptères étaient interdits sur l'île. Celui-ci n'avait été autorisé à s'y poser que parce que Kenner avait des relations haut placées. Mais il ne devait à aucun prix tomber entre les mains des rebelles.

— Ils doivent penser que nous nous dirigeons vers le sud, poursuivit Bradley. C'est bien au sud que nous allons ?

— Ils ne s'y laisseront pas prendre, répliqua Henry. Ils savent.

— Ils savent quoi ? demanda Bradley.

— Le FLE a dû être obligé de payer les rebelles pour prendre pied sur l'île, expliqua Kenner. Les rebelles savent donc qu'il se prépare quelque chose à Resolution Bay. En voyant l'hélicoptère, ils ont compris où il allait.

— Ils ne sont pas idiots, affirma de nouveau Henry.

— Je n'ai jamais dit ça, protesta Bradley.

— Non, mais vous le pensez. Je vous connais, *waitman*. C'est au fond de votre langue. Vous le pensez.

— Je vous assure que non, protesta Bradley. Sincèrement, je n'ai pas ce genre de pensées. Vous m'avez mal compris, c'est tout.

— C'est ça, fit Henry.

Sarah se trouvait au milieu de la banquette avant, coincée entre Bradley et Jennifer tandis que Peter et Sanjong se partageaient la petite banquette arrière, à côté des caisses. Comme elle ne voyait pas grand-chose du paysage, elle avait de la peine à suivre la conversation. Elle ne savait pas exactement de quoi ils parlaient.

— Vous comprenez ce qui se passe? demanda-t-elle à Jennifer.

— Dès que les rebelles ont vu l'hélico, ils ont deviné qu'il se rendait à Resolution. Ils vont nous attendre autour de la baie. Ils ont des radios et sont répartis en petits groupes. Ils peuvent suivre le trajet de l'hélicoptère; ils seront là quand nous nous poserons.

— Je suis désolé, soupira Henry. Vraiment désolé.

— Ça ne fait rien, dit Kenner d'un ton neutre.

— Que faisons-nous maintenant?

— Continue exactement comme prévu. Cap au nord et dépose-nous sur la côte.

Tout le monde comprit au son de sa voix qu'il était nécessaire d'agir vite.

Tassé à l'arrière entre Sanjong et les caisses contenant les mitrailleuses, d'où s'échappait une odeur de graisse, Peter se demandait pour quelle raison il fallait agir vite. Il était 9 heures, ce qui signifiait qu'ils ne disposaient plus que de vingt heures. Mais l'île était petite, ils devaient avoir largement le temps...

Il pensa à quelque chose.

— Quelle heure est-il à Los Angeles? demanda-t-il.

— Ils sont de l'autre côté de la ligne de changement de date. Vingt-sept heures de moins que nous.

— Non, je veux dire la différence d'heures réelle.

— Six heures.

— Et vous avez calculé une durée de propagation de combien?

— Treize heures.

— Je pense que nous avons commis une erreur, fit Peter en se mordillant la lèvre.

Il ne savait pas dans quelle mesure il pouvait parler devant Henry. Il vit Sanjong qui secouait la tête pour lui indiquer *pas maintenant*.

Ils avaient bien commis une erreur; c'était indiscutable. En supposant que Drake ait voulu que le raz-de-marée se produise le dernier jour de la conférence, il avait certainement demandé que l'événement ait lieu le matin. Les dégâts seraient plus visibles et il disposerait de tout l'après-midi pour organiser des discussions et se faire interviewer par les médias. Les caméras de toutes les chaînes de télévision américaines seraient braquées sur les scientifiques réunis à l'occasion de la conférence. Un événement médiatique retentissant.

À condition que le raz de marée frappe Los Angeles le lendemain, avant midi.

Soustraire treize heures pour que la vague traverse le Pacifique.

Il fallait que l'onde océanique soit engendrée à 23 heures, heure de Los Angeles. À Gareda, heure locale, il serait donc... 17 heures.

17 heures, *aujourd'hui.*

Ils ne disposaient pas d'un jour entier pour empêcher la catastrophe de se produire.

Il leur restait huit heures.

C'est pour cette raison que Kenner était pressé et qu'il poursuivait l'exécution du plan malgré les nouvelles difficultés. Il n'avait pas le choix et il le savait. Il était obligé de débarquer sur la côte, aussi près que possible de Resolution. Il ne restait plus assez de temps pour changer de méthode.

À la pointe de la forêt, l'hélicoptère déboucha au-dessus des flots bleus. L'appareil vira, cap à l'est. Peter vit la plage, une langue de sable parsemée de blocs de lave : la mangrove s'avançait jusqu'au bord de l'eau. L'appareil descendit pour suivre la grève.

— Quelle distance jusqu'à Resolution ? demanda Kenner.

— Cinq, six kilomètres, répondit le pilote

— Et de Pavutu ?

— Une dizaine, par une mauvaise piste.

— Bon, fit Kenner. Cherchons un endroit pour nous poser.

— Je connais un bon endroit. À un kilomètre.

— D'accord, allons-y.

Peter fit un rapide calcul. Cinq kilomètres à pied sur une plage devaient prendre moins d'une heure et demie, ce qui leur permettrait d'atteindre Resolution bien avant midi. Cela leur laisserait...

— Voilà l'endroit ! annonça Henry.

Une langue de lave formant saillie s'avançait dans l'océan. Polie par les assauts séculaires des vagues, la roche était assez plate pour servir d'aire d'atterrissage.

— Vas-y, ordonna Kenner au pilote.

L'hélicoptère décrivit un cercle pour préparer sa descente. En suivant du regard la muraille végétale qui s'arrêtait au bord de la plage, Peter vit des traces de pneus sur le sable et une ouverture dans les arbres, qui devait être une route. Des traces de pneus...

— Écoutez, dit-il, je crois...

Sanjong lui balança un coup de coude dans les côtes.

Peter poussa un grognement.

— Qu'y a-t-il, Peter ? demanda Kenner.

— Euh... rien.

— Nous y sommes, annonça Henry.

L'appareil descendit lentement et se posa en douceur sur la lave. Les vagues léchaient les bords du petit promontoire. Tout était paisible. Kenner scrutait la plage par le dôme transparent de l'appareil.

— D'accord ? lança Henry qui semblait nerveux depuis qu'ils s'étaient posés. Un bon endroit ? Je ne veux pas rester trop longtemps, Jon. Ils ne vont pas tarder à arriver, peut-être...

— Je comprends.

Kenner entrouvrit la porte.

— Alors, tout va bien, Jon ?

— Très bien, Henry. C'est un bon endroit. Veux-tu aller nous ouvrir l'arrière ?

— Oui, Jon, je crois que vous pouvez...

— *Descends !*

Avec une étonnante vivacité, Kenner colla un pistolet sur la tête du pilote.

Henry poussa un gémissement terrifié en tâtonnant pour ouvrir sa porte.

— Mais, Jon, bredouilla-t-il, il faut que je reste dans l'appareil...

— Tu es un méchant garçon, Henry.

— Tu vas me tuer maintenant, Jon ?

— Pas tout de suite.

Il poussa violemment Henry hors de l'appareil. Le pilote s'étala sur la lave en poussant un cri de douleur. Kenner se glissa dans son siège et claqua la porte. Henry se releva immédiatement et se mit à tambouriner sur la verrière. La terreur se lisait dans ses yeux.

— Jon ! Jon ! Je t'en prie, Jon !

— Désolé, Henry.

Kenner poussa sur le manche ; l'hélicoptère décolla. L'appareil ne s'était pas élevé de plus de dix mètres qu'une douzaine d'hommes surgirent du couvert végétal et commencèrent à les mitrailler. L'hélicoptère survola un moment l'océan et mit le cap au nord en s'éloignant de l'île. En se retournant, ils virent Henry abandonné sur la langue de lave. Plusieurs hommes couraient dans sa direction. Il leva les mains.

— Sale petite ordure ! lâcha Bradley. Il nous aurait fait tuer !

— Ce n'est pas fini, répliqua Kenner.

Ils continuèrent de faire route au nord, survolant les eaux cristallines.

— Qu'allons-nous faire maintenant ? demanda Sarah. Nous allons nous poser de l'autre côté de la baie ?

— Non, répondit Kenner. C'est ce qu'ils attendent.

— Alors, quoi...

— Nous allons voler quelques minutes avant de repartir à l'ouest, là où nous étions.

— Ils ne s'attendent pas à cela ?

— Si, c'est possible. Nous trouverons un autre endroit.

— Plus éloigné de la baie ?

— Non, plus proche.

— Les terroristes ne nous entendront pas ?

— Peu importe. Ils savent que nous sommes là.

À l'arrière, Sanjong entreprit d'ouvrir les caisses. Il se redressa brusquement.

— Mauvaise nouvelle.

— Quoi ?
— Il n'y pas d'armes, annonça-t-il en soulevant un couvercle. Il y a les munitions mais pas les armes.
— Petite ordure ! souffla Bradley.
— Qu'allons-nous faire ? demanda Sarah.
— Nous y allons quand même, répondit Kenner.
Il changea de cap et reprit la direction de l'île en rasant les flots.

Resolution
Jeudi 14 octobre
9 h 48

L'arc de la baie était fermé à l'ouest par un escarpement boisé qui se terminait en promontoire. À l'extérieur, cet escarpement s'aplatissait pour former un plateau rocheux dominant la plage d'une quinzaine de mètres. Le plateau était abrité des regards par de hauts arbres.

C'est là que l'hélicoptère était immobilisé, sous une bâche de camouflage. Peter regarda l'appareil en espérant qu'il se fondait dans le paysage mais il le trouvait trop visible, surtout vu d'en haut. Le petit groupe avait déjà gravi une quinzaine de mètres sur la pente raide qui partait de la plage. La montée était pénible. Ils progressaient l'un derrière l'autre, en prenant toutes les précautions pour ne pas glisser sur le sol boueux. Une première chute avait fait dévaler une dizaine de mètres à Bradley. Tout son côté gauche était couvert d'une couche de terre noirâtre. Peter avait remarqué qu'une grosse sangsue s'était fixée sur sa nuque mais il avait préféré ne rien dire.

Personne ne parlait. Le petit groupe de six grimpait en silence, s'efforçant de faire aussi peu de bruit que possible. Malgré leurs efforts, la végétation craquait sous leurs pieds, de petites branches se brisaient quand ils s'y accrochaient pour se hisser.

Kenner était devant, assez loin pour que Peter ne le voie pas. Sanjong fermait la marche, un fusil sur l'épaule. Il avait apporté l'arme dans une mallette et l'avait assemblée dans l'hélico. Kenner avait son pistolet, les autres rien.

L'air était humide, d'une chaleur étouffante. Un bourdonnement incessant d'insectes emplissait la forêt. À mi-chemin, il commença à pleuvoir, des grosses gouttes qui devinrent en peu de temps un déluge tropical. En quelques secondes, ils furent trempés. L'eau ruisselait sur la pente escarpée, rendant le sol encore plus glissant.

Ils étaient à présent à soixante mètres au-dessus de la plage. Perdre l'équilibre devenait une peur de tous les instants. Peter se sentait poussif. Il leva la tête vers Sarah qui marchait juste devant lui ; elle grimpait avec son agilité et sa grâce coutumières, donnant presque l'impression de danser.

À certains moments, il avait un sentiment d'injustice.

Juste devant Sarah, Jennifer faisait montre de la même aisance. Elle avait à peine besoin de s'aider des branches d'arbre, au contraire de Peter qui s'y agrippait sans cesse et s'affolait quand ses doigts glissaient sur l'écorce moussue. En regardant Jennifer, il eut le sentiment qu'elle était trop bonne, trop habile. Il émanait d'elle une sorte d'indifférence, comme si l'escalade de cette pente pleine de pièges était la chose la plus naturelle du monde. Son attitude était celle d'un commando, d'un soldat d'élite, dur, expérimenté, conditionné. Assez inhabituel pour une avocate, mais Jennifer était la nièce de Kenner.

Encore plus haut, il y avait Bradley et sa sangsue. Il bougonnait, jurait entre ses dents et maugréait à chaque pas. Peter vit Jennifer lui donner un coup de poing dans les côtes et lui faire signe de se taire en mettant son index sur ses lèvres. Bradley fit oui de la tête ; même s'il était vexé, on ne l'entendit plus.

Arrivés à une hauteur de près de cent mètres, ils sentirent la caresse légère du vent. Peu après, ils étaient au sommet de l'escarpement. La végétation était si dense qu'il leur était impossible de voir la baie, mais ils entendaient des cris d'hommes et des ronflements intermittents de machines. Il y eut soudain une sorte de bourdonnement électronique, un son assourdi qui gagna en intensité et donna en quelques secondes l'impression d'emplir l'air.

Le bourdonnement cessa brusquement.

Peter interrogea Kenner du regard.

Kenner inclina la tête.

Sanjong grimpa sur un arbre. De ce poste d'observation, il pouvait voir la vallée. Il redescendit, indiqua une élévation de terrain qui menait à la baie. Il secoua la tête : trop abrupte. Il fit signe qu'il fallait la contourner pour trouver une pente plus douce.

Ils repartirent le long de l'escarpement qui bordait la baie. Ils ne voyaient le plus souvent que des fougères géantes aux frondes dégouttant d'eau. Au bout d'une demi-heure, une trouée dans la végétation leur offrit une vue panoramique sur Resolution Bay.

La baie s'étirait sur quinze cents mètres, semée de constructions posées sur le sable. La plus grande se trouvait sur la droite, du côté est de la baie. À l'ouest trois autres, de mêmes dimensions, formaient un triangle grossier.

Peter trouvait qu'il y avait quelque chose de bizarre dans ces baraques; le bois avait un aspect curieux. Il plissa les yeux pour mieux voir.

Sanjong lui donna un petit coup de coude et agita la main devant lui.

Peter se retourna : oui, c'était vrai. Les constructions en bois bougeaient; elles palpitaient dans le vent.

C'étaient des tentes.

Des tentes faites pour ressembler à des constructions en bois. Et très bien faites. Pas étonnant que les clichés aériens n'aient rien révélé d'anormal.

Ils virent des hommes en sortir et s'interpeller sur la plage. Ils parlaient anglais mais, avec la distance, il était difficile de comprendre ce qu'ils disaient. Des conversations techniques, semblait-il.

Peter se retourna quand Sanjong lui donna un nouveau coup de coude. Celui-ci forma une sorte de pyramide avec trois doigts, qu'il agita.

Ce devait signifier qu'ils commençaient à régler les génératrices à l'intérieur des tentes. Ou quelque chose de ce genre.

Autour de Peter, les autres semblaient ne pas s'intéresser à ces détails. Ils reprenaient leur souffle en regardant la baie. Ils devaient se dire, eux aussi, que les terroristes étaient en nombre. Au moins huit ou dix. Tous en jean et chemise.

— Bon Dieu ! soupira Bradley. C'est qu'ils sont nombreux, les salauds !

Jennifer le frappa sans ménagement dans les côtes.

« Pardon », articula-t-il en silence.

Elle secoua la tête en répondant de la même manière : « Vous voulez notre mort ? »

Bradley se renfrogna. Il trouvait à l'évidence qu'elle en faisait un peu trop.

Soudain, au-dessous d'eux, ils entendirent quelqu'un tousser.

Pétrifiés, ils attendirent en silence. Ils n'entendaient plus que le chant des cigales et, de temps en temps, l'appel lointain d'un oiseau.

On toussa encore. Une toux étouffée, comme pour essayer de ne pas faire de bruit.

Sanjong s'accroupit, l'oreille tendue. En entendant la toux pour la troisième fois, Peter trouva le son étrangement familier. Il lui rappelait son grand-père, qui souffrait d'insuffisance cardiaque. Son grand-père toussait comme ça, à l'hôpital ; une toux faible, saccadée.

Ils n'entendaient plus rien. Si le tousseur s'était éloigné, il l'avait fait silencieusement.

Kenner regarda sa montre. Il attendit encore cinq minutes, puis il leur fit signe de se remettre en marche.

Au moment où ils partaient, ils entendirent de nouveau la toux : trois petits coups rapprochés, puis plus rien.

Kenner fit signe d'accélérer l'allure.

Cent mètres plus loin, ils tombèrent sur un sentier. Une piste bien dessinée que les branches basses cachaient à moitié. Elle doit être utilisée par des animaux, se dit Peter en se demandant quels animaux il y avait sur cette île. Des cochons sauvages, sans doute ; il y en avait partout dans le monde. Il se souvenait vaguement d'histoires de promeneurs surpris et blessés par les défenses d'un mâle solitaire surgissant d'un sous-bois.

Il entendit soudain un bruit sec, métallique. Il comprit aussitôt ce que c'était : le bruit d'un fusil qu'on armait.

Tout le monde resta figé sur place. Plus un mouvement.

Un autre déclic.

Puis un troisième.

Peter regarda autour de lui : personne. Ils semblaient être seuls au milieu de la végétation exubérante.

C'est alors qu'il entendit une voix.

— *Dai. Nogot sok, waitman. Indai. Stopim !*

Peter n'avait pas compris les paroles mais leur signification était claire. Personne ne fit un geste.

Un jeune garçon sortit des buissons. Pieds nus dans des boots, il était habillé d'un short vert, d'un tee-shirt à l'effigie de Madonna et d'une casquette de base-ball portant l'inscription « Perth Glory ». Une cigarette à moitié fumée pendait de ses lèvres. Il avait une cartouchière sur une épaule, un pistolet-mitrailleur sur l'autre. Il mesurait un mètre cinquante et ne devait pas avoir plus de dix ou onze ans. Il pointa son arme sur eux avec une décontraction insolente.

— *Okay, waitman. You prisner biulong me, savve ? Bookim dano !*

D'un geste du pouce, il leur fit signe d'avancer.

— *Gohet !*

Ils restèrent immobiles, trop surpris pour bouger. D'autres gamins sortirent du sous-bois, des deux côtés de la piste.

— Ne dirait-on pas les garçons perdus de Peter Pan ? lança Bradley.

Sans que son visage trahisse la moindre émotion, un des enfants balança la crosse de son arme dans l'estomac de Bradley. Le souffle coupé, l'acteur s'effondra.

— *Stopim waitman bilong toktok.*

— Ouille ! ouille ! ouille ! gémit Bradley en se roulant par terre.

Le gamin le frappa derechef, à la tête cette fois, et lui donna un coup de pied.

— *Antap ! Antap !* s'écria-t-il en faisant signe à Bradley de se relever.

Comme l'acteur n'obéissait pas, il lui balança un autre coup de pied.

— *Antap !*

Sarah s'avança vers Bradley pour l'aider à se remettre debout. Il toussait. Sarah eut la sagesse de ne rien dire.

— *Oh, nais mari*, fit le gamin en l'éloignant de Bradley. *Antap !*

Tandis que les prisonniers se mettaient en mouvement, un autre gosse s'approcha de Bradley, le prit par le bras et lui palpa le triceps.

— *Taiis gut !* s'exclama-t-il en riant.

Peter sentit un frisson le parcourir. Ces gamins utilisaient un vocabulaire anglais ; en réfléchissant un peu, il était possible de déchiffrer leurs paroles. *Nais mari* signifiait « nice Mary ». Mary devait être le mot pour femme. *Antap* voulait dire « debout ». Et *taiis gut* « bon à manger ».

Ils s'enfoncèrent l'un derrière l'autre dans la forêt, Kenner en tête, suivi par Bradley qui saignait de la tête, Sarah et Jennifer. Peter fermait la marche. Les jeune rebelles restaient sur le côté de la piste.

Peter jeta un coup d'œil par-dessus son épaule.

Sanjong n'était pas derrière lui.

Il n'y avait qu'un gamin en haillons, armé d'un fusil.

Quand il agita son arme d'un geste menaçant, Peter pressa le pas.

Être ainsi menés en troupeau par des enfants lui faisait froid dans le dos. Étaient-ce des enfants ? Leur regard était dur, la vie leur avait déjà beaucoup appris. Leur monde n'était pas celui de Peter.

Mais il se trouvait projeté dans ce monde.

La file de prisonniers arriva devant deux jeeps garées au bord de la piste.

Il regarda sa montre : il était 10 heures.

Il ne leur restait plus que sept heures.

Cela lui paraissait maintenant de peu d'importance.

Les gamins les poussèrent dans les jeeps. Les deux véhicules démarrèrent et suivirent la piste boueuse qui se perdait dans les profondeurs de la forêt.

Pavutu
Jeudi 14 octobre
11 h 02

Il y avait des moments où Sarah aurait vraiment voulu ne pas être une femme. C'est ce qu'elle ressentait en entrant dans le village de Pavutu qui lui sembla être peuplé seulement d'hommes, tous accourus en hurlant dans la clairière pour voir les nouveaux venus. Mais il y avait aussi des femmes. Les plus âgées la regardèrent d'abord de loin, étonnées par sa taille et la couleur de ses cheveux, puis s'approchèrent pour la toucher, comme si elles doutaient qu'elle fût réelle.

Personne n'accordait la moindre attention à Jennifer, plus petite et brune, qui se tenait à côté d'elle. On les fit entrer sans ménagement dans une des énormes maisons de paille. L'intérieur formait un vaste espace ouvert, haut de trois étages. Une échelle en bois permettait d'accéder à différents niveaux, jusqu'en haut où courait une sorte de passerelle, avec un poste d'observation. Un feu brûlait au centre de la vaste pièce centrale. Près du feu était assis un homme massif, à la peau claire et à la barbe noire. Il portait des lunettes noires et un béret orné du drapeau jamaïcain.

Ce ne pouvait être que Sambuca. On poussa les prisonniers devant lui. Il lorgna les femmes avec insistance mais il fut tout de suite évident pour Sarah – elle se fiait à son instinct pour ce genre de chose – qu'elles ne l'intéressaient pas. Ted l'intéressait, Peter aussi. Il inspecta rapidement Kenner et détourna la tête.

— *Killim.*

Quelques gamins firent sortir Kenner en le poussant avec la crosse de leur fusil ; ils étaient visiblement excités par la perspective d'une exécution.

— *No nau*, grogna Sambuca. *Behain.*

Il fallut un moment à Sarah pour traduire ses paroles. « Pas maintenant. » « Derrière. » Cela devait signifier plus tard. Kenner avait un sursis, même s'il devait être de courte durée.

Sambuca se retourna pour dévisager les autres prisonniers.

— *Meris*, fit-il avec un geste dédaigneux de la main. *Goapim meri behain.*

En voyant des sourires s'épanouir sur le visage des garçons, Sarah eut l'impression qu'on les laissait libres de faire ce qu'ils voulaient des deux femmes. On les conduisit, Jennifer et elle, dans une pièce, au fond d'un passage.

Sarah restait calme. Elle savait que la situation était mauvaise mais il n'y avait encore rien d'irréparable. Jennifer ne donnait aucunement l'impression d'être bouleversée ; son visage avait la même expression neutre, aussi indifférente que si elle s'apprêtait à se rendre à un cocktail.

Dans la pièce au toit de paille où les garçons les poussèrent deux poteaux étaient fichés dans le sol en terre battue. Un jeune rebelle prit des menottes et attacha Jennifer à l'un des deux, les mains derrière le dos. Quand Sarah fut menottée de la même manière, un autre gamin s'approcha et lui pinça le bout du sein. Avec un sourire entendu, il quitta la pièce.

— Charmant, dit Jennifer quand les deux femmes furent seules. Vous tiendrez le coup ?

— Jusqu'à présent, ça va.

Des bruits de tambour leur parvinrent. Ils venaient de l'extérieur, quelque part entre les maisons de paille.

— Bien, fit Jennifer. Ce n'est pas encore la fin.

— Sanjong est...

— Oui.

— Mais nous avons fait du chemin en jeep.

— Quatre à cinq kilomètres. J'ai essayé de regarder le compteur mais il était couvert de boue. À pied, même en courant, il lui faudra un certain temps.

— Il avait son fusil ?

— Oui.

— Pourrez-vous vous libérer ?

— Non, c'est trop serré.

Elles virent passer par l'ouverture de la porte Peter et Bradley qu'on emmenait dans une autre pièce. Kenner les suivait de près. Il lança dans leur direction un regard qui semblait en dire long. C'est du moins ce que crut Sarah.

Jennifer se laissa glisser sur la terre battue en s'adossant au poteau.

— Autant rester assises, décida-t-elle. La nuit pourrait être longue.

Sarah l'imita.

Quelques minutes plus tard, un tout jeune garçon passa la tête dans l'ouverture de la porte. Les voyant assises, il s'approcha pour vérifier qu'elles étaient toujours menottées. Satisfait, il ressortit.

Le battement des tambours s'amplifiait. Les deux femmes percevaient des murmures et des cris : les villageois devaient commencer à se rassembler.

— Une cérémonie se prépare, déclara Jennifer. Et je crains de savoir laquelle.

Dans la pièce voisine, Peter et Kenner avaient eux aussi les poignets menottés derrière un poteau. Comme il n'y en avait que deux, on avait fait asseoir Bradley par terre, les mains attachées dans le dos. Le sang avait séché sur sa pommette et il avait un énorme coquard sur l'œil gauche. Il était visiblement terrifié.

— Alors, Ted, dit Kenner, quelles sont vos premières impressions de la vie de village ? Vous pensez toujours que c'est ce qu'il y a de mieux ?

— Ce n'est pas la vie de village. C'est de la sauvagerie pure et simple.

— C'en est un des aspects.

— Pas du tout. Ces gamins armés, ce gros chef répugnant... C'est de la démence ! Tout est perverti !

— Vous n'avez toujours pas compris, poursuivit Kenner. Vous croyez encore que la civilisation est une horrible et polluante invention humaine qui nous sépare de l'état de nature. La civilisation ne nous sépare pas de la nature, Ted, elle nous en protège. Ce que vous avez sous les yeux en ce moment, tout autour de vous, *c'est* la nature.

— Mais non... non. Par nature, l'homme est bon, accueillant.

— Cessez de dire des conneries, Ted.

— L'altruisme est une qualité très répandue.

— Il ne faut pas rêver.

— Toute cruauté est engendrée par la faiblesse.

— Il y a des gens qui aiment la cruauté, Ted.

— Fichez-lui donc la paix, glissa Peter.

— Pourquoi ?... Allez, Ted, répondez-moi.

— Je vous emmerde ! Nous allons peut-être nous faire tuer par ces sales petits voyous mais je tiens à ce que vous sachiez, même si c'est la dernière chose que je dois dire de ma vie, que vous êtes le type le plus casse-couilles que j'aie jamais rencontré. Avec vous, tout le monde est moche. Vous êtes un pessimiste, vous faites de l'obstruction systématique, vous vous opposez au progrès sous toutes ses formes, à tout ce qui est bon et noble. Vous êtes un salaud d'extrême droite, un... Où est votre arme ?

— Je l'ai laissé tomber.

— Où ?

— Au bord de la piste.

— Vous croyez que Sanjong l'a récupérée ?

— J'espère.

— Il va venir nous aider ?

— Il fait ce qu'il est venu faire.

— Vous voulez dire qu'il est resté près de la baie ?

— Oui.

— Alors, personne ne va venir ?

— Non, Ted. Personne.

— Nous sommes foutus. Complètement foutus... Ce n'est pas possible !

Et il se mit à pleurer.

Deux jeunes rebelles entrèrent ; ils portaient des cordes en chanvre qu'ils attachèrent aux poignets de Bradley. Après les avoir bien serrées, ils repartirent.

Dehors, le battement des tambours allait crescendo.

Les villageois commencèrent à psalmodier un chant traditionnel.

— Pouvez-vous voir dans le passage, d'où vous êtes ? demanda Jennifer à Sarah.

— Oui.

— Ouvrez l'œil. Dites-moi si quelqu'un arrive.

— D'accord.

Elle vit en tournant la tête que Jennifer, le dos arqué, serrait le poteau entre ses mains. Elle plia les jambes de manière que la semelle de ses chaussures s'appuie sur le bois et entreprit de grimper sur le poteau en remuant les épaules, avec l'agilité d'une acrobate. Arrivée en haut, elle fit passer ses mains menottées par-dessus la pièce de bois et sauta avec légèreté sur le sol de terre battue.

— Il y a quelqu'un ? demanda-t-elle.

— Non... Où avez-vous appris à faire ça ?

— Continuez à faire le guet.

Jennifer se plaqua contre le poteau, comme si elle y était toujours attachée.

— Toujours rien ?

— Non.

— Il faudrait qu'un des petits jeunes arrive, soupira Jennifer. Et vite.

Dehors, Sambuca s'adressait aux villageois. Il lançait des phrases brèves auxquelles la foule répondait par un cri unanime. Le chef faisait monter l'excitation, il les chauffait à blanc. De la pièce où les hommes étaient enfermés, la tension était perceptible.

Par terre, couché en chien de fusil, Bradley pleurait doucement.

Deux rebelles entrèrent, plus âgés que les autres. Ils ôtèrent les menottes à Ted et le soulevèrent pour le mettre debout. Ils prirent chacun un bout de corde et l'entraînèrent hors de la pièce.

Quelques instants plus tard, une clameur s'éleva de la foule.

Pavutu
Jeudi 14 octobre
12 h 02

— Hé, beau gosse ! lança Jennifer quand un gamin passa la tête dans l'embrasure de la porte. Qu'est-ce que tu dis de ça ?

En souriant, elle se cambra et se mit à onduler des hanches d'une manière suggestive.

Méfiant d'abord, le jeune rebelle finit par s'avancer. Il était un peu plus âgé que les autres – quatorze ou quinze ans – et plus costaud. Il avait un fusil à la main et un couteau glissé dans sa ceinture.

— Tu as envie de t'amuser ? reprit Jennifer avec une moue aguicheuse. Tu veux me détacher ? Tu comprends ce que je dis ? J'ai mal aux bras... Tu veux t'amuser avec moi ?

Il se mit à rire, d'un rire rauque venant du fond de la gorge. Il s'approcha de Jennifer, lui écarta les jambes et s'accroupit devant elle.

— Détache-moi d'abord, s'il te plaît...

— *No meri,* répondit-il en secouant la tête d'un air réjoui.

Il savait qu'il pouvait l'avoir tant qu'elle garderait les mains attachées derrière le poteau. Agenouillé entre les jambes de Jennifer, il commença à déboutonner son short. Comme son fusil le gênait, il le posa par terre.

Ce qui se passa ensuite fut très rapide. Jennifer cambra le dos en remontant brusquement les jambes qui se refermèrent sur le menton du jeune rebelle dont la tête partit en arrière. Poursuivant son mouvement, les jambes groupées, elle fit passer ses bras sous ses hanches et les remonta le long de ses jambes. Ses mains menottées se trouvaient maintenant devant elle. Quand le rebelle se releva en titubant, elle le frappa violemment des deux mains sur la tempe. Il tomba à genoux. Elle se jeta sur lui en le poussant par terre et lui tapa la tête sur le sol. Puis elle prit le couteau glissé dans sa ceinture et lui trancha la gorge.

Elle resta assise sur le corps agité de spasmes tandis que le sang coulant de la gorge ouverte s'infiltrait dans la terre battue. Quand le corps fut enfin inerte, elle se releva pour faire les poches du mort.

Sarah avait suivi la scène bouche bée.

— Merde ! souffla Jennifer. Merde de merde !

— Qu'y a-t-il ?

— Il n'a pas les clés !

Jennifer retourna le corps avec effort. Du sang provenant de la gorge béante lui macula les bras ; elle n'y prêta aucune attention.

— Où sont ces fichues clés ?

— C'est peut-être l'autre qui les a.

— Lequel nous a passé les menottes ?

— Je ne sais plus, dit Sarah qui ne parvenait pas à détacher son regard du corps couvert de sang. Tout se brouille dans ma tête.

— Allons, ressaisissez-vous ! lança Jennifer. Vous savez ce qu'ils veulent nous faire ? Nous tabasser, nous violer et puis nous tuer. Nous allons en liquider autant que possible et essayer de filer d'ici saines et sauves. Mais il me faut cette putain de clé !

Sarah se redressa lentement.

— Bonne idée, fit Jennifer.

Elle s'approcha et s'accroupit devant Sarah.

— Montez sur mon dos et grimpez en haut de ce poteau comme je l'ai fait. Dépêchez-vous, nous n'avons pas de temps à perdre.

Dehors la foule poussait des grondements et des hurlements à faire froid dans le dos.

Ted Bradley cligna les yeux en débouchant dans la lumière. Il avait mal, il avait peur, il était déboussolé par la scène qui s'offrait à lui. Des vieilles femmes alignées sur deux files lui laissaient un passage le long duquel il devait marcher. Elles battaient des mains à tout rompre. Derrière elles, il distingua un océan de visages, des dizaines de villageois serrés les uns contre les autres – des hommes à la peau sombre, des jeunes filles, des bambins qui lui arrivaient à la taille. Tout le monde hurlait, poussait des acclamations.

C'est lui qu'ils acclamaient !

Ted ne put s'empêcher de sourire. Un pauvre sourire, un demi-sourire. Il était fatigué, il avait mal mais il savait d'expérience que ce petit sourire suffisait pour exprimer discrètement le plaisir qu'il éprouvait à leur réaction. Entraîné par les deux hommes, il avança en faisant de petits signes de tête et en souriant. Un sourire de plus en plus large.

Derrière les femmes se tenait Sambuca qui, lui aussi, applaudissait frénétiquement, les mains levées au-dessus de la tête, le visage radieux.

Ted ne savait pas bien ce qui se passait mais, à l'évidence, il avait mal compris la signification de ce rassemblement. Ou alors ils avaient appris qui il était et avaient changé d'avis. Cela n'aurait pas été la première fois. Les femmes l'acclamaient si fort, la bouche grande ouverte, qu'il essaya de se débarrasser des deux hommes qui tenaient les cordes afin de marcher sans aide. Et il y parvint !

Maintenant qu'il était plus près, il remarqua que les femmes avaient posé de gros bâtons contre leurs hanches pour applaudir des deux mains. Certaines avaient des battes de base-ball ou des tuyaux de plomb. Tandis qu'il s'avançait, il vit les vieilles prendre les battes et les gourdins sans cesser de crier et elles commencèrent à le frapper avec violence sur le visage, les épaules et par tout le corps. La douleur fut immédiate, insupportable : il s'affaissa. Les deux hommes tirèrent aussitôt sur les cordes pour le remettre sur ses pieds et l'entraîner entre les haies de femmes qui le frappaient en hurlant et le frappaient encore. Son corps n'était plus que douleur. Il ressentait un vague détachement, un vide tandis que les coups continuaient implacablement de pleuvoir.

Enfin, à peine conscient, il sortit de la foule. Devant lui, il y avait deux poteaux. Les hommes y attachèrent prestement ses bras de manière qu'il se tienne debout. Et le silence tomba sur la foule. La tête baissée, le menton sur la poitrine, il vit du sang couler par terre.

Quand deux pieds entrèrent dans son champ de vision, les gouttes de sang tombèrent sur les orteils nus. On lui souleva la tête.

C'était Sambuca. Bradley avait de la peine à fixer les yeux sur lui ; tout était trouble et gris. Mais il vit que Sambuca lui souriait, découvrant une rangée de dents jaunes et pointues. Puis Sambuca lui présenta un couteau. Sans cesser de sourire, il saisit entre deux doigts une joue de Bradley et la découpa avec son couteau.

Bradley fut étonné de n'éprouver aucune douleur mais il se sentit mal en voyant Sambuca lever le morceau de chair sanguinolent et en prendre une bouchée. Le sang coula sur son menton pendant qu'il mastiquait sans cesser de sourire. La tête de Bradley lui tournait ; il avait la nausée. Il était terrifié, révolté et il ressentait une douleur à la poitrine. En baissant les yeux il vit un garçon de huit ou neuf ans qui découpait un lambeau de son aisselle à l'aide d'un canif. Une femme s'élança vers lui en criant aux autres de dégager le passage et entreprit de taillader l'arrière de son bras. En un éclair, tout le monde se jeta sur lui en hurlant, des couteaux jaillirent, les lames s'enfoncèrent dans sa chair. Il vit un couteau s'avancer vers ses yeux, sentit qu'on tirait sur son pantalon et ce fut tout.

Pavutu
Jeudi 14 octobre
12 h 22

Peter écoutait les acclamations et les cris de la foule ; il avait compris. Il regarda Kenner qui secoua la tête sans rien dire.

Il n'y avait rien à faire. Personne ne venait à leur secours. Aucun moyen de s'en sortir.

La porte s'ouvrit ; deux jeunes rebelles entrèrent. Ils portaient deux lourdes cordes de chanvre imbibées de sang. Ils s'avancèrent vers Peter, nouèrent les cordes autour de ses poignets. Peter sentit son cœur s'emballer.

Quand ils eurent terminé, les garçons repartirent.

Dehors la foule grondait.

— Ne vous en faites pas, dit Kenner. Ils vont vous faire attendre un peu. Il y a encore de l'espoir.

— De l'espoir pour quoi ? demanda Peter dans un mouvement de colère.

— De l'espoir, c'est tout, répondit Kenner.

Jennifer attendait qu'un autre rebelle entre dans la pièce. Ce qui arriva enfin. Le garçon vit le corps étendu par terre et pivota sur lui-même pour s'enfuir mais Jennifer avait eu le temps de passer les bras autour de son cou. Elle l'entraîna au centre de la pièce, les mains plaquées sur sa bouche pour l'empêcher de crier, puis elle fit un mouvement de torsion rapide et le lâcha. Le garçon s'effondra ; il n'était pas mort mais ne reviendrait pas à lui avant un bon moment.

Au moment même où elle le saisissait à la gorge, Jennifer avait vu les clés.

Elles étaient de l'autre côté du passage, posées sur un banc.

Sarah et elle étaient en possession de deux armes mais Jennifer préférait ne pas s'en servir, pour ne pas attirer les rebelles. Elle n'osait regarder dans le passage. Elle entendait un murmure de voix mais ne savait pas si elles venaient de là ou de la pièce voisine. Elle n'avait pas le droit à l'erreur.

Elle se plaqua contre le mur, près de la porte et commença à pousser des gémissements. Faibles d'abord, puis de plus en plus fort; le vacarme de la foule couvrait tous les sons.

Personne ne venait.

Elle ne voulait pas se risquer à regarder dans le passage.

Elle prit une longue inspiration et attendit.

Peter tremblait de tous ses membres. Les cordes imprégnées de sang qui lui enserraient les poignets étaient froides. L'attente était insupportable; il sentait qu'il allait tourner de l'œil. Dehors, le calme revenait lentement. Peter savait ce que cela signifiait : le moment de présenter la prochaine victime approchait.

Soudain, il perçut un son étouffé.

Une toux. Discrète, insistante.

Kenner fut le premier à comprendre.

— Par ici! lança-t-il d'une voix forte.

Il y eut un grand bruit et la lame d'un coupe-coupe traversa la paroi de paille. Peter vit l'ouverture s'agrandir puis une grosse main brune se glissa dans le trou et écarta la paille. Un visage barbu apparut dans l'ouverture.

Dans un premier temps, Peter ne réagit pas mais quand l'homme posa l'index sur ses lèvres pour leur intimer de garder le silence, le geste lui parut familier. Il scruta le visage mangé de barbe et le reconnut.

— George!

George Morton.

En chair et en os.

— Ne faites pas de bruit, souffla Morton en se glissant dans la pièce.

— On peut dire que vous avez pris votre temps, dit Kenner en se tournant pour que Morton puisse ôter ses menottes.

George tendit un pistolet à Kenner, puis il passa à Peter. Un déclic : les menottes s'ouvrirent. Peter essaya de se débarrasser des cordes de chanvre attachées à ses poignets mais elles étaient trop serrées.

— Où sont les autres ? demanda Morton à mi-voix.

Kenner indiqua la pièce voisine et prit le coupe-coupe des mains de Morton.

— Emmenez Peter. Je m'occupe des filles.

Kenner s'engagea dans le passage, le coupe-coupe à la main.

— En route, fit Morton en saisissant le bras de Peter.

— Mais...

— Pas de discussion, mon garçon.

Ils se glissèrent dans l'ouverture par laquelle Morton était entré et s'enfoncèrent dans la forêt.

Kenner s'avança prudemment dans le passage ouvert des deux côtés; on pouvait le surprendre à tout moment. Si quelqu'un donnait l'alerte, ils étaient tous morts. Il vit les clés sur le banc, les prit et se dirigea vers la porte de la pièce des femmes. Il passa la tête pour jeter un coup d'œil, vit qu'il n'y avait plus personne attaché aux poteaux.

— C'est moi, souffla-t-il en lançant les clés par terre.

Jennifer s'écarta de l'endroit où elle s'était embusquée et ramassa les clés. Quelques secondes plus tard, les deux femmes avaient les mains libres. Elles se baissèrent pour prendre les armes et se dirigèrent vers la porte.

Trop tard. Trois jeunes rebelles solidement bâtis et armés de pistolets-mitrailleurs venaient de déboucher dans le passage et se dirigeaient vers Kenner. Ils plaisantaient, riaient; ils ne l'avaient pas encore vu.

Kenner se glissa dans la pièce des femmes. Il se plaqua contre le mur en faisant signe à Jennifer et Sarah de reprendre leur place devant les poteaux. Ce qu'elles eurent juste le temps de faire avant que les rebelles entrent.

— Salut, les gars ! lança Jennifer avec un grand sourire.

À ce moment, les jeunes gens virent les deux corps inanimés sur la terre rougie de sang. Trop tard pour eux. Kenner élimina le premier avec le coupe-coupe, Jennifer un autre avec son couteau. Le troisième avait presque atteint la porte quand la crosse du fusil de Kenner l'atteignit à la base du crâne. Il y eut un craquement d'os ; le rebelle s'écroula comme une masse.

Il était temps de partir.

Sur la place, la foule commençait à frémir d'impatience. Sambuca regardait autour de lui. Le premier *waitman* était mort depuis longtemps. Le corps qui refroidissait à ses pieds n'était plus aussi appétissant. Et les villageois qui n'avaient pu goûter la chair réclamaient leur part, la prochaine victime. De petits groupes de femmes, le gourdin ou le tuyau sur l'épaule, discutaient en attendant la suite des réjouissances.

Pourquoi n'amenait-on pas le suivant ?

Sambuca aboya un ordre. Trois hommes s'élancèrent vers la haute construction de paille.

La descente était longue, la pente glissante, mais Peter n'en avait cure. Il suivait Morton qui semblait bien connaître les lieux. Arrivés en bas, ils sautèrent dans un ruisseau peu profond, à l'eau brunie par la tourbe. Morton lui fit signe de le suivre et s'engagea dans le petit ruisseau en faisant jaillir des gerbes d'eau. Il avait perdu du poids ; son corps était plus musclé, son visage plus fermé, son regard plus dur.

— Je vous croyais mort, dit Peter.

— Ne parlez pas. Avancez. Ils ne vont pas tarder à se lancer à notre poursuite.

Au même moment, Peter entendit du bruit derrière eux. Quelqu'un se laissait glisser sur la pente raide. Il continua de suivre le cours d'eau en courant, dérapa sur un rocher mouillé, se releva et reprit sa course.

Kenner arriva au pied de l'escarpement, suivi de près par les deux jeunes femmes. Ils parcoururent les derniers mètres tantôt glissant, tantôt trébuchant sur des racines, tantôt se prenant dans les ronces. C'était le moyen le plus rapide pour s'éloigner du village. En voyant les traces laissées dans la boue, il comprit que Morton était passé par ce chemin, lui aussi. Il avait la certitude de ne pas disposer de plus d'une minute avant que l'alerte soit donnée.

Au moment où ils sortaient des broussailles pour prendre pied dans le petit cours d'eau, ils entendirent des coups de feu venant du village. On avait découvert leur évasion.

La baie se trouvait sur leur gauche. Kenner demanda aux deux jeunes femmes de suivre le cours d'eau dans cette direction.

— Et vous ? demanda Sarah.

— Je vous rejoins dans une minute.

Jennifer et Sarah s'éloignèrent, progressant rapidement dans l'eau. Kenner repartit jusqu'au bord du passage boueux ; tapi dans les broussailles, il attendit, le pistolet au poing. Quelques secondes plus tard, les premiers rebelles apparurent. Trois coups de feu rapprochés retentirent. Des corps basculèrent dans l'enchevêtrement des branches ; l'un d'eux roula jusqu'en bas de la pente et s'immobilisa dans le ruisseau.

Kenner attendit.

Les rebelles pensaient certainement qu'il allait prendre la fuite. Il choisit d'attendre. Deux minutes plus tard, il les entendit : ils commençaient à descendre bruyamment. Ils étaient jeunes, ils avaient peur. Kenner tira, une seule fois, et entendit des cris. Il n'avait touché personne, pensa-t-il. C'étaient des cris de peur.

Il était sûr que ses poursuivants allaient prendre un autre chemin qui les rallongerait.

Il s'éloigna au pas de course.

Sarah et Jennifer marchaient toujours dans le lit du ruisseau quand une balle siffla à leurs oreilles.

— C'est nous ! s'écria Sarah.

— Toutes mes excuses, fit Morton en les reconnaissant.

— Quelle direction prenons-nous ? demanda Jennifer.

Morton leur fit signe de continuer. Ils repartirent en courant.

Peter regarda machinalement sa montre. Un des gamins la lui avait arrachée ; son poignet était nu. Il vit que Morton en avait une.

— Quelle heure ? demanda-t-il.

— Trois heures et quart.

Il leur restait moins de deux heures.

— Combien de temps nous faudra-t-il pour atteindre la baie ?

— Pas plus d'une heure, répondit Morton, si nous coupons par la forêt. Il le faudra : ces gamins sont de redoutables traqueurs. Ils savent que je suis là : ils ont failli m'attraper plusieurs fois mais j'ai toujours réussi à leur échapper.

— Depuis combien de temps êtes-vous ici ?

— Neuf jours. Qui me paraissent avoir duré neuf ans.

Ils continuèrent de suivre le lit du ruisseau en se baissant pour éviter les branches basses. Les cuisses de Peter le brûlaient, ses genoux étaient douloureux, mais il s'en fichait. La chaleur, les insectes, les sangsues qu'il avait sur les chevilles et sur les jambes, il s'en fichait. Il était heureux d'être en vie, tout simplement.

— Nous allons tourner ici, déclara Morton en sortant du ruisseau.

Il s'élança sur la rive, gravit quelques gros rochers et s'enfonça jusqu'à la taille dans les fougères.

— Il y a des serpents ? demanda Sarah.

— Plein, répondit Morton. Mais ce ne sont pas les serpents qui m'inquiètent.

— Qu'est-ce qui vous inquiète ?

— *Plenti pukpuk.*

— C'est-à-dire ?

— Les crocodiles.

Il continua d'avancer au milieu des fougères et disparut dans le feuillage dense des arbres.

— Charmant, soupira Peter.

Kenner s'immobilisa au milieu du cours d'eau. Quelque chose lui échappait. Il avait vu jusqu'alors des signes du passage des autres, des traces de boue sur les rochers, des marques de doigts, des empreintes de chaussures, des plantes écrasées dans le lit du ruisseau. Depuis quelques minutes, il n'y avait plus rien.

Ils étaient sortis du cours d'eau.

Il n'avait pas vu où.

Pas étonnant de la part de Morton. Il avait dû repérer un endroit où on pouvait quitter le lit du ruisseau sans laisser de traces. Un endroit avec des fougères et de l'herbe entre des rochers, une herbe sur un sol spongieux, qui se redresserait aussitôt après leur passage.

Kenner avait raté cet endroit.

Il fit demi-tour et commença à remonter le ruisseau en marchant lentement. Il savait que s'il quittait le cours d'eau sans avoir retrouvé leurs traces, il se perdrait. Mais s'il restait trop longtemps dans l'eau, les rebelles tomberaient sur lui. Et le tueraient.

Resolution
Jeudi 14 octobre
16 h 02

Il ne restait plus qu'une heure. Morton et les autres étaient accroupis dans la mangrove parsemée de rochers, au milieu de la baie. Devant eux, à quelques mètres, des vaguelettes léchaient le sable.

— Je vais vous dire ce que je sais, commença Morton à voix basse. Le bateau est caché à l'est de la baie, sous une bâche ; on ne le voit pas d'ici. Le sous-marin plonge tous les jours depuis une semaine. Son autonomie est limitée : il ne peut rester plus d'une heure au fond. Il semble évident qu'ils sont en train de disposer des explosifs coniques dont la détonation sera provoquée avec une grande précision...

— C'est ce qu'ils avaient dans l'Antarctique, observa Sarah.

— D'accord, vous connaissez. Ici, ils veulent provoquer un glissement sous-marin. À en juger par la durée des plongées, j'imagine que les explosifs sont placés à une centaine de mètres de profondeur, la distance idéale pour engendrer un tsunami.

— À quoi servent les tentes ? demanda Peter.

— Il semble qu'ils ne veuillent prendre aucun risque. Soit ils n'ont pas d'explosifs en quantité suffisante soit ils ont des doutes sur leur efficacité. Ils ont monté dans ces tentes des génératrices de cavitation hypersonique, du gros matériel, de la taille d'un petit camion. Elles ont un moteur diesel et font un boucan épouvantable quand ils procèdent à des essais. Ils ont déplacé les tentes à plusieurs reprises, d'une cinquantaine de centimètres chaque fois. Je suppose que l'emplacement doit être choisi avec une grande précision. Peut-être ont-ils des faisceaux à régler ou je ne sais quoi. Je n'ai pas parfaitement compris ce qu'ils font.

— Et nous, demanda Sarah, que faisons-nous ?

— Nous ne pouvons pas les empêcher d'agir. Nous ne sommes que quatre. Cinq si Kenner s'en sort, mais il devrait déjà être là. Eux sont treize, sept sur le bateau, six à terre. Ils ont tous une arme automatique.

— Et Sanjong, glissa Peter. Il ne faut pas l'oublier.

— Le Népalais ? Les rebelles ont dû l'attraper. Il y a eu un échange de coups de feu, il y a une heure, au bord de l'escarpement où ils vous ont trouvés. J'étais quelques mètres au-dessous de vous, juste avant qu'ils vous capturent. J'ai essayé de signaler ma présence en toussant mais...

Avec un haussement d'épaules fataliste, Morton se retourna vers la plage.

— En supposant que les trois génératrices fonctionnent ensemble pour provoquer un éboulement sur les fonds sous-marins, reprit Morton, je pense que le mieux que nous ayons à faire serait de mettre une des machines – deux si possible – hors d'état de marche. Cela permettrait d'éviter le pire.

— Est-il possible de couper l'alimentation électrique ? demanda Jennifer.

— Les machines sont directement alimentées par des moteurs diesel.

— Allumage par batterie d'accumulateurs ?

— Panneaux solaires. Elles sont autonomes.

— Alors, il va falloir neutraliser ceux qui font marcher les machines.

— Ils sont en état d'alerte. Regardez, il y a un homme armé devant chaque tente et ils ont placé une sentinelle sur les hauteurs. On ne la voit pas mais elle doit surveiller toute la baie.

— La belle affaire ! lança Jennifer. Elle peut surveiller ce qu'elle veut. Je propose de neutraliser tous ceux qui se trouvent dans les tentes et de détruire les machines. Nous avons assez d'armes pour y arriver...

Jennifer s'interrompit. Elle venait de retirer le chargeur de son arme : il était vide.

— Vérifiez vos munitions !

Tout le monde entreprit plus ou moins habilement de retirer les chargeurs ; les visages se fermèrent. Peter avait quatre balles, Sarah deux. L'arme de Morton était vide.

— Ils n'avaient presque pas de munitions...

— Du coup, nous n'en avons pas non plus, conclut Jennifer en prenant une longue inspiration. Sans armes, ce sera un peu plus difficile.

Elle avança la tête, scruta la plage, les yeux plissés pour se protéger du soleil.

— Il y a dix mètres entre les arbres et les tentes. Dix mètres à découvert. Si nous fonçons droit sur les tentes, nous sommes fichus.

— Et en opérant une diversion ?

— Je ne vois pas ce que nous pourrions faire. Il y a un garde devant chaque tente et un autre type à l'intérieur. Ils sont tous armés ?

— Oui, répondit Morton. Des armes automatiques.

— Ça se présente mal, dit Jennifer. Très mal.

Kenner continuait d'avancer dans le lit du ruisseau en scrutant les deux rives. Il n'avait pas parcouru plus de cent mètres quand il découvrit la trace encore humide d'une main sur un rocher ; elle était partiellement effacée. Il regarda au bord du ruisseau, vit que l'herbe avait été écrasée. C'est là qu'ils étaient sortis.

Il prit pied sur la rive, se dirigea vers la baie. À l'évidence, Morton savait où il allait. Kenner tomba sur un autre ruisseau, plus petit. Il constata avec une pointe d'inquiétude qu'il descendait en pente assez raide. C'était mauvais signe mais il fallait bien traverser la forêt d'une manière ou d'une autre. Il entendit un aboiement, devant lui. Un cri rauque, comme si le chien était malade.

Il pressa le pas en se courbant pour passer sous les branches.

Il fallait rejoindre les autres au plus vite.

L'inquiétude se peignit sur le visage de Morton quand il entendit l'aboiement.

— Que se passe-t-il ? demanda Jennifer. Les rebelles utilisent des chiens pour suivre notre piste ?

— Non. Ce n'est pas un chien.

— On aurait dit un aboiement...

— Non. Sur cette île, ils ont appris à imiter le cri du chien. Quand les chiens s'approchent, ils les dévorent.

— Qui ?

— Les crocodiles. C'est un croco que vous entendez ; il est juste derrière nous.

Des bruits de moteur s'élevèrent soudain de la grève. Ils se penchèrent pour regarder à travers les palétuviers et virent trois jeeps filer sur le sable, venant de l'est.

— Qu'est-ce qu'ils font ? demanda Peter.

— Ils se sont entraînés toute la semaine, répondit Morton. Regardez bien. Une voiture s'arrête devant chaque tente. Vous voyez... Une... deux... trois. Le moteur tourne, les voitures sont prêtes à partir vers l'ouest.

— Pour aller où ?

— Vers une piste qui monte sur une centaine de mètres et se termine en cul-de-sac.

— Il y avait quelque chose là-haut ?

— Non, répondit Morton. Ils ont ouvert la piste eux-mêmes ; c'est la première chose qu'ils ont faite en arrivant. D'habitude, à l'heure qu'il est, poursuivit-il en se tournant vers l'est, le bateau a déjà gagné le large. Pas aujourd'hui.

— Attendez, fit Peter.

— Qu'y a-t-il ?

— Je crois que nous avons oublié quelque chose.

— Quoi ?

— Nous n'avons pensé qu'au raz-de-marée qui irait frapper les côtes de la Californie. Un glissement sous-marin provoquerait un phénomène d'aspiration : le niveau de l'eau descendrait d'abord et remonterait ensuite. Cela ferait comme une pierre qu'on jette dans l'eau.

Il prit un caillou qu'il laissa tomber dans une flaque boueuse.

— Comme vous le voyez, reprit-il, il se produit des ondes concentriques.

— Qui forment un cercle...

— Non ! souffla Sarah.

— Eh oui ! Les ondes se propagent dans toutes les directions, y compris celle de la côte. Et rapidement. À quelle distance se trouve la fosse des Salomon ?

— Je ne sais pas exactement, répondit Morton. Trois ou quatre kilomètres... Je ne peux pas être plus précis, Peter.

— Si l'onde océanique se propage à huit cents kilomètres à l'heure, poursuivit Peter, elle atteindra la côte où nous sommes en...

— Vingt-quatre secondes, fit Sarah.

— Exact. C'est le temps dont nous disposerons pour nous mettre à l'abri, quand le glissement sous-marin se produira. Vingt-quatre secondes.

Ils entendirent soudain la première génératrice se mettre en marche avec un bruit saccadé de diesel. Elle fut aussitôt suivie des deux autres.

— Ça y est, dit Morton en regardant sa montre. C'est parti.

Ils perçurent un sifflement, d'abord assez faible, qui se transforma rapidement en un ronflement sourd, de plus en plus fort, qui emplit l'air.

— Les cavitateurs entrent en action, commenta Morton.

— Allons-y, déclara Jennifer en faisant passer son fusil sur son épaule.

Sanjong se laissa silencieusement glisser de la branche d'un grand arbre sur le pont du *AV Scorpion.* Le bateau de quarante pieds devait avoir un tirant d'eau très faible, car il était amarré tout près du rivage, surplombé par les branches des arbres. De la plage, on ne le voyait pas ; Sanjong ne l'avait découvert qu'au son des grésillements de radio.

Tapi à la poupe, derrière un guindeau, il tendait l'oreille. Il entendait des voix qui semblaient venir de tous les côtés. Il devait y avoir six ou sept hommes à bord. Ce qu'il voulait savoir, c'est où se trouvaient les détonateurs. Certainement à l'intérieur du poste de pilotage mais il ne pouvait en être sûr. Entre sa cachette et le poste de pilotage, il y avait le pont à traverser à découvert.

Sanjong leva la tête vers le sous-marin de poche suspendu au-dessus de lui. Long de deux mètres, le submersible était d'un bleu vif; la verrière de l'habitacle était ouverte. Le guindeau servait à descendre le sous-marin à l'eau et à le remonter.

Sanjong chercha du regard le tableau de commande. Il devait être tout près : il fallait que l'opérateur soit en mesure de voir le submersible quand il le mettait à l'eau. Il découvrit une armoire métallique de l'autre côté du pont. Il s'avança, plié en deux, ouvrit l'armoire, examina les boutons de commande. Il y en avait six, marqués de flèches diverses. Comme un gros clavier.

Il appuya sur une flèche pointée vers le bas.

Avec un bruit sourd, le sous-marin commença à descendre.

Une alarme retentit.

Sanjong entendit des bruits de pas précipités.

Il s'enfonça dans une embrasure et attendit.

De la plage, ils perçurent indistinctement le son d'une alarme qui se mêlait aux grondements des génératrices et au ronflement des cavitateurs.

— Cela vient d'où ? demanda Peter en fouillant la scène du regard.

— Du bateau, là-bas, on dirait.

Les hommes qui montaient la garde sur la grève avaient entendu, eux aussi. Ils s'agitaient devant les tentes, manifestement indécis.

Soudain, venu de la forêt, le crépitement d'une rafale d'arme automatique. Sur la plage les gardes tournaient en tous sens, prêts à faire feu.

— Et merde ! lâcha Jennifer en saisissant l'arme de Peter. J'y vais ! De toute façon, ça ne changera rien.

Elle s'élança sur la plage en tirant.

Le crocodile fonçait sur Kenner à une vitesse effrayante. Il eut à peine le temps, avant de tirer, d'apercevoir les mâchoires béantes au milieu des gerbes d'eau. Les mâchoires claquèrent, manquant de peu sa jambe. L'animal se retourna et attaqua de nouveau ; cette fois, les mâchoires se refermèrent sur une branche basse.

Les balles ne lui ont rien fait.

Kenner prit la fuite, courant à toutes jambes dans le lit du petit ruisseau.

Il entendit derrière lui le vagissement du crocodile.

Jennifer filait sur le sable en direction de la tente la plus proche. Elle ne parcourut pas plus de dix mètres avant que deux balles la touchent à la jambe gauche. Elle eut le temps de tirer avant de s'effondrer sur le sable brûlant. En voyant le garde placé devant l'entrée de la tente tomber à la renverse, elle sut qu'il était mort.

Peter s'élança vers elle et s'agenouilla pour voir ce qu'elle avait.

— Allez-y, Peter ! hurla Jennifer. Ne vous arrêtez pas !

Il se remit à courir en direction de la tente.

Sur le bateau, les hommes arrêtèrent le guindeau avant que le sous-marin touche l'eau. En entendant les coups de feu sur la plage, ils se précipitèrent à tribord et s'appuyèrent au bastingage pour voir ce qui se passait.

Sanjong longea le bastingage opposé ; il n'y avait personne à bâbord. En arrivant devant le poste de pilotage, il vit un grand tableau bourré d'électronique, sur lequel était penché un homme en short et tee-shirt ; il faisait des réglages. En haut du tableau, il y avait trois rangées de lumières et des chiffres.

Le tableau de mise à feu.

Pour les explosions sous-marines.

Sarah et Morton couraient tout en haut de la plage, le long des arbres, en direction de la deuxième tente. L'homme qui la gardait les vit presque aussitôt et commença à tirer de courtes rafales dans leur direction. Sarah se dit qu'il devait être très nerveux car il ne les atteignait pas. Les balles brisaient des branches et faisaient voler des feuilles tout autour d'eux. Ils arrivèrent assez près pour que Sarah riposte avec le pistolet de Morton. Elle s'arrêta à une vingtaine de mètres de la tente et s'adossa à un tronc d'arbre. Le bras raide, elle visa soigneusement. La première balle rata sa cible. La deuxième toucha le garde à l'épaule droite ; il lâcha son arme qui tomba sur le sable. Morton sortit aussitôt du couvert des arbres et s'élança vers la tente. L'homme essayait de se relever. Sarah tira une troisième fois.

Morton disparut à l'intérieur de la tente. Sarah entendit deux détonations suivies d'un cri de douleur.

Elle se précipita vers la tente.

En entrant, Peter se trouva face à un ensemble imposant de tuyaux et de conduits qui se terminait par une plaque circulaire de deux mètres cinquante de diamètre, placée à une soixantaine de centimètres au-dessus du sable. Le métal de la génératrice – plus haute que lui – était brûlant. Le bruit l'assourdissait. Il ne voyait personne. Le fusil à la main – il savait qu'il n'avait pas de munitions –, il tourna prudemment un coin, puis un autre.

Et il le vit.

C'était Bolden, l'homme qui avait voulu le tuer dans l'Antarctique. Il tripotait de gros boutons sur un tableau de contrôle, tout en regardant un écran LCD et une rangée de cadrans. Il était si occupé qu'il ne remarqua même pas la présence de Peter.

Peter eut une flambée de rage : si son arme avait été chargée, il l'aurait abattu sur place. Le fusil de Bolden était posé contre la toile de la tente ; il avait besoin de ses deux mains pour procéder à ses réglages.

Peter poussa un cri ; Bolden se retourna. Peter lui fit signe de lever les mains.

Sans hésiter, Bolden fonça sur lui.

Morton venait d'entrer dans la tente quand la première balle lui transperça l'oreille. La suivante le toucha à l'épaule. Il poussa un hurlement de douleur et tomba à genoux. Cela lui sauva la vie : la troisième balle siffla au-dessus de son front et traversa la toile de la tente. Il resta étendu sur le sable, près de la génératrice, tandis que l'homme s'approchait, l'arme à la main. Vingt-cinq ans, barbu, la mine lugubre, pressé d'en finir. Il visa la tête de Morton.

Quand il s'effondra contre la génératrice, le sang grésilla sur le métal brûlant. Sur le seuil de la tente, Sarah tira une deuxième fois, puis une troisième, baissant le bras entre chaque coup de feu. Elle se pencha sur Morton.

— J'avais oublié que vous êtes une bonne gâchette.

— Ça ira ? demanda-t-elle.

Morton hocha la tête.

— Comment arrête-t-on cette machine ?

Peter poussa un grognement quand Bolden le heurta de plein fouet, le poussant contre la toile de la tente. Il leva la crosse de son arme pour frapper Bolden à la tête mais il ne trouvait toujours que son dos. Bolden, de son côté, semblait vouloir pousser Peter hors de la tente.

Les deux hommes roulèrent sur le sable ; le bruit de la génératrice était assourdissant. Peter comprit soudain ce que Bolden cherchait à faire.

Il essayait de le pousser sous la plaque. Peter sentait les vibrations de l'air et la chaleur qui s'en dégageait.

Quand Bolden porta un coup à la tête de Peter, ses lunettes de soleil s'envolèrent. Elles retombèrent sous la plaque. Les verres éclatèrent immédiatement, puis la monture se déforma.

Et les lunettes furent pulvérisées.

Il n'en restait plus rien.

Peter ouvrit des yeux horrifiés. Bolden continuait de le pousser. Peter sentit qu'il se rapprochait de la plaque, de plus en plus.

Avec l'énergie du désespoir, il balança un grand coup de genou.

Le visage de Bolden s'écrasa sur le métal brûlant ; il poussa un hurlement. Sa joue était noire, fumante. Peter donna un autre coup de genou et réussit à se dégager. Il se releva, s'avança au-dessus de Bolden. Il lui lança un coup de pied dans les côtes, de toutes ses forces.

Voilà pour l'Antarctique.

Bolden saisit la cheville de Peter et le projeta à terre. Dans sa chute Peter eut le temps de lancer un dernier coup de pied qui atteignit Bolden à la tête, le repoussant en arrière.

Il roula sous la plaque.

À moitié sur le sable, à moitié sous la plaque, son corps se mit à trembler, à vibrer. Il ouvrit la bouche pour crier; aucun son ne sortit. D'un petit coup de pied, Peter poussa entièrement le corps sous la plaque.

Quand Peter se laissa tomber sur les mains et les genoux pour regarder dessous, il n'y avait plus rien à voir. Juste une fumée légère à l'odeur âcre.

Peter se releva et sortit.

Tout en se retournant pour s'assurer que personne ne venait, Jennifer déchira avec ses dents une bande de tissu de son chemisier pour se faire un garrot. L'artère n'était pas touchée, semblait-il, mais elle avait pas mal de sang sur la jambe et le sable était rouge. La tête commençait à lui tourner.

Elle restait aux aguets. Il y avait encore une tente et, si les hommes qui la gardaient arrivaient...

Elle pivota sur elle-même, l'arme levée, en voyant une silhouette surgir de la forêt.

C'était John Kenner.

Il se dirigea vers elle au pas de course.

Sanjong tira dans le panneau de verre protégeant le tableau de contrôle. À son grand étonnement, rien ne se passa. Le verre devait être à l'épreuve des balles. Le technicien qui se tenait derrière la vitre se retourna brusquement et vit le Népalais qui s'approchait de la porte.

Il lança le bras vers les boutons de commande.

Sanjong tira deux fois. La première balle toucha l'homme, la seconde le tableau de contrôle.

Trop tard. En haut du tableau des lumières rouges s'allumèrent l'une après l'autre, indiquant les détonations qui se succédaient sous l'eau.

Une alarme automatique se mit à hurler, semblable à la sirène d'un sous-marin. Sanjong entendit les hommes rassemblés sur le pont du bateau pousser des hurlements terrifiés. Il y avait de quoi.

Le tsunami était déclenché.

Dans quelques secondes, ils seraient submergés.

Resolution Bay
Jeudi 14 octobre
16 h 43

L'air était empli d'un vacarme assourdissant.

Peter sortit en courant de la tente. Il vit Kenner, juste devant lui, qui soulevait Jennifer. Kenner cria quelque chose que Peter n'entendit pas. Il eut le temps de remarquer que Jennifer était couverte de sang. Il sauta dans la première jeep, démarra et revint vers Kenner.

Kenner installa Jennifer à l'arrière ; elle respirait avec difficulté. Tout près d'eux, Sarah aidait Morton à monter dans une autre jeep. Kenner hurlait pour essayer de se faire entendre ; il fallut un moment à Peter pour comprendre ce qu'il disait.

— Sanjong ? Où est Sanjong ?

— Morton a dit qu'il était mort ! Les rebelles...

— Il en est sûr ?

— Non !

Kenner se retourna pour regarder le long de la plage.

— Roulez !

Sarah essayait de maintenir Morton en position assise tout en conduisant. Elle était obligée de le lâcher pour changer de vitesse et, chaque fois, il retombait sur son épaule. Sa respiration était sifflante, difficile ; il devait avoir un poumon perforé. Cela empêchait Sarah de se concentrer, de compter les secondes. Elle était arrivée à dix depuis le déclenchement du glissement sous-marin.

Il leur en restait quinze pour atteindre le haut de l'abrupt.

Sanjong sauta du bateau en s'accrochant à une branche. Il se laissa tomber sur le sable et s'élança à toutes jambes à l'assaut de la pente. En le voyant s'enfuir, les hommes restés sur le pont sautèrent à leur tour.

Sanjong estimait à une demi-minute le temps dont il disposait avant l'arrivée de la première vague. Ce serait la plus petite mais elle aurait certainement une hauteur de cinq mètres. Il fallait ajouter cinq mètres quand elle s'écraserait sur l'abrupt. Il avait donc trente secondes pour gravir dix mètres sur la pente escarpée et glissante.

Sarah s'accrochait au volant de la jeep dont les roues chassaient sur la piste boueuse. À côté d'elle, Morton ne disait rien ; elle tourna la tête, vit que son teint avait viré au gris.

— Tenez bon, George ! hurla-t-elle. Accrochez-vous ! Encore un peu !

La jeep dérapa sur la boue. Sarah poussa un cri d'affolement. Elle rétrograda, parvint à redresser, continua de rouler pleins gaz. En jetant un coup d'œil dans le rétro, elle vit que Peter la suivait de près.

Les secondes s'égrenaient dans sa tête.

Dix-huit.

Dix-neuf.

Vingt.

De la troisième tente surgirent deux hommes armés qui sautèrent dans la dernière jeep. Ils se lancèrent à la poursuite du véhicule de Peter ; l'un conduisait, l'autre tirait des rafales de pistolet-mitrailleur. Kenner ripostait. Quand son pare-brise vola en éclats, Peter leva le pied.

— Continuez ! hurla Kenner. Plus vite !

Entre les éclats de verre et les éclaboussures de boue, Peter ne voyait pas grand-chose. Il remuait la tête en tous sens pour essayer de voir la piste.

— Plus vite ! rugit Kenner.

Les balles sifflaient autour d'eux.

Kenner visait les pneus de la voiture lancée à leur poursuite. Il en toucha un. La jeep se renversa ; les deux hommes tombèrent dans la boue. Ils se relevèrent rapidement pour gravir la côte en boitillant. Ils n'étaient pas à plus de cinq mètres au-dessus du niveau de la plage.

Ce ne serait pas suffisant.

Kenner scruta l'océan.

La vague avançait vers la côte.

Énorme, elle étirait d'un bout à l'autre de l'horizon une ligne écumeuse qui s'incurvait à l'approche de la grève. Elle n'était pas encore très haute mais s'amplifiait à mesure que le fond s'élevait.

La jeep fit une embardée et s'immobilisa.

— Pourquoi vous arrêtez-vous ? hurla Kenner.

— Nous sommes au bout de la piste ! répondit Peter.

La vague atteignait maintenant une hauteur de cinq mètres.

Elle déferla en grondant sur la grève et roula sur le sable.

Peter avait l'impression que la scène se déroulait au ralenti – la grosse vague et sa crête écumeuse roulaient sur le sable et s'enfonçaient dans les arbres en recouvrant de blanc toute la végétation.

Peter ne pouvait en détacher les yeux. La vague poursuivait son avancée sans rien perdre de sa puissance. Sur la piste boueuse, le mur d'eau frangé d'écume avala les deux hommes tombés de la jeep, qui disparurent dans la masse bouillonnante. Arrêtée par la paroi rocheuse la vague s'éleva encore d'un ou deux mètres, perdit de sa vitesse, puis commença à refluer. Derrière elle, les arbres réapparaissaient, couchés, déracinés. Il n'y avait plus aucune trace des deux hommes ni de la jeep.

La vague redescendit sur la plage et se retira au loin, découvrant toute la zone littorale, jusqu'à ce que la surface de l'océan redevienne plane.

— C'était la première, observa Kenner. Les suivantes seront plus grosses.

Sarah soutenait Morton, incapable de se tenir debout sans aide. Il avait les lèvres violacées et la peau froide mais il semblait conserver sa présence d'esprit. Il ne parlait pas mais son regard suivait le mouvement de l'onde.

— Accrochez-vous, George !

Il inclina la tête en remuant les lèvres silencieusement.

— Oui, George ? Qu'est-ce que vous dites ?

Elle lut sur ses lèvres qui esquissèrent un pauvre sourire.

Si c'est la dernière chose que j'ai faite dans ma vie, je n'ai pas de regrets.

Au large, la vague suivante s'était formée. De loin, elle ressemblait exactement à la première mais à mesure qu'elle se rapprochait de la grève, ils virent qu'elle était bien plus grosse, une fois et demie plus haute ; quand elle déferla sur la plage, ce fut comme une explosion. Un mur d'eau recouvrit le sable et se brisa sur la paroi rocheuse.

Ils étaient à une trentaine de mètres de hauteur ; la deuxième vague était montée à près de vingt mètres.

— La prochaine sera encore plus grosse, affirma Kenner.

La surface de l'océan resta calme plusieurs minutes. Peter se tourna pour parler à Jennifer.

— Voulez-vous que...

Elle n'était pas là. Il crut d'abord qu'elle était tombée de la jeep, puis il la vit, au pied du siège, roulée en boule, le visage grimaçant de douleur. Elle avait tout un côté de la figure et une épaule couverts de sang.

— Jennifer !

Kenner saisit le poignet de Peter et ramena doucement sa main en arrière.

— Ce sont les gars qui nous ont mitraillés de la jeep, expliqua-t-il. Avant, tout allait bien pour elle.

Peter regarda Jennifer d'un air abasourdi. Elle avait les yeux fermés et respirait à peine.

— Jennifer ?

— Retournez-vous, dit Kenner. Elle s'en sortira ou non. Vous ne pouvez rien pour elle.

La troisième vague se ruait vers la plage.

Ils ne pouvaient aller nulle part ailleurs : ils avaient atteint le bout de la piste et la forêt les cernait. Ils regardèrent l'eau s'élever avec un grondement terrifiant. La vague s'était déjà brisée sur la grève mais le mur liquide faisait encore trois mètres de hauteur.

Sarah crut que la vague allait les emporter mais elle perdit de sa force à quelques mètres d'eux, ralentit, s'abaissa avant de refluer vers l'océan.

— Nous avons quelques minutes devant nous, déclara Kenner. Essayons de mettre tous les atouts de notre côté.

— C'est-à-dire ? demanda Sarah.

— Grimpons aussi haut que possible.

— Il y aura une autre vague ?

— Au moins une.

— Plus grosse ?

— Oui.

Cinq minutes s'écoulèrent. Ils s'élevèrent encore d'une vingtaine de mètres sur la paroi en pente raide. Kenner portait Jennifer ; elle avait perdu connaissance. Peter et Sarah soutenaient Morton qui avançait avec difficulté. Peter finit par le prendre sur son dos.

— Heureusement que vous avez perdu du poids, fit-il en haletant.

Sans rien dire, Morton lui tapota l'épaule.

Peter poursuivit l'ascension en titubant.

La vague suivante s'approchait de la côte.

Quand elle reflua, leurs jeeps avaient disparu. Ils regardèrent, incrédules, la zone où ils les avaient garées ; elle était jonchée de troncs d'arbres déracinés. La fatigue pesait sur eux. Était-ce la quatrième ou la cinquième vague ? Personne ne s'en souvenait. Ils se prononcèrent pour la quatrième.

— Que faisons-nous maintenant ? demanda Sarah en se tournant vers Kenner.

— Nous continuons à grimper.

Huit minutes plus tard, une nouvelle vague arriva, moins haute que la précédente. Peter la regarda approcher, trop fatigué pour bouger. Kenner s'efforçait d'arrêter l'hémorragie de Jennifer ; elle avait le teint terreux et les lèvres bleues. Il n'y avait plus aucun signe d'activité humaine sur la plage : les tentes avaient disparu, les génératrices aussi. Il ne restait que des monticules de débris – branches, morceaux de bois, algues – habillés d'écume.

— Qu'est-ce que c'est? demanda Sarah.

— Quoi?

— J'ai entendu des cris.

Ils tournèrent la tête vers l'autre extrémité de la baie, virent une silhouette qui leur faisait des signes.

— C'est Sanjong! s'écria Kenner en souriant. Le salaud, il m'a fait peur! J'espère qu'il aura la sagesse de rester là-bas. Il lui faudra un temps fou pour nous rejoindre avec tous ces débris. Allons voir si notre hélicoptère est toujours là ou si les vagues l'ont emporté. S'il est là, nous irons chercher Sanjong.

Bassin du Pacifique
Vendredi 15 octobre
17 h 04

À treize mille kilomètres à l'est, à Golden, Colorado, il faisait nuit noire quand les ordinateurs du Centre national de surveillance des séismes détectèrent une activité sismique anormale localisée dans le bassin du Pacifique, au nord des îles Salomon. Sans être exceptionnelle, c'était une forte secousse, de magnitude 6,3 sur l'échelle de Richter. Ses caractéristiques la firent classer par les ordinateurs sous l'appellation « événements anormaux », une catégorie assez commune pour les secousses se produisant dans cette région de forte activité, où trois plaques se chevauchent.

Les ordinateurs calculèrent que le séisme ne présentait pas le mouvement lent habituellement associé aux tsunamis et ne pouvait de ce fait entrer dans la catégorie des « secousses provoquant un tsunami ». Une classification qui, dans le Pacifique Sud, avait été mise en question à la suite du terrible séisme de Nouvelle-Guinée, en 1998 ; sans avoir le profil du tsunami classique, il avait été le plus destructeur du siècle. Par précaution, les ordinateurs transmirent les informations aux sismographes du MORN, le Mid-Ocean Relay Network, à Hilo, Hawaii.

Six heures plus tard, des marégraphes immergés au large détectèrent une élévation de vingt-cinq centimètres du niveau de l'océan due au passage du train d'ondes d'un tsunami. La profondeur du Pacifique expliquant cette faible amplitude, un tsunami ne provoquait souvent qu'une élévation de quelques centimètres du niveau de l'eau. Ce soir-là, les navires qui se trouvaient dans la zone concernée ne remarquèrent rien, contrairement aux marégraphes, qui donnèrent l'alerte.

C'était le milieu de la nuit à Hawaii quand les ordinateurs cliquetèrent et les écrans s'allumèrent. Cela réveilla Joe Ohiri, le chef de station, qui se servit un café et inspecta les informations reçues. Il s'agissait à l'évidence du profil d'un tsunami mais il semblait déjà perdre de sa force. Hawaii se trouvait sur sa route ; le raz-de-marée toucherait les côtes méridionales des îles, ce qui était relativement rare. Ohiri fit un calcul rapide pour évaluer la force de la vague, ne trouva rien d'alarmant et effectua une notification de routine aux unités de la protection civile des îles habitées. Le texte commençait comme suit : « Message d'information destiné... » et précisait que l'alerte reposait sur des informations préliminaires. Ohiri savait que cela ne retiendrait guère l'attention. Il informa également les Centres de prévention de la côte Ouest et de l'Alaska, l'onde devant toucher la côte le lendemain, en début de matinée.

Cinq heures plus tard, les marégraphes DART immergés au large de la Californie et de l'Alaska détectèrent le passage d'une onde sensiblement affaiblie. Les ordinateurs calculèrent la vitesse et la force de la vague. Les résultats ne justifiaient pas une alerte ; un simple avis fut transmis aux stations locales.

Compte tenu de sa localisation et de sa magnitude, le séisme ne serait pas assez violent pour provoquer un tsunami destructeur sur les côtes de la Californie, de l'Oregon, du Washington, de la Colombie britannique ou de l'Alaska. Une légère élévation du niveau de la mer serait peut-être perceptible dans certaines régions.

À l'affût des messages, penché sur l'écran de son ordinateur, Kenner secoua la tête en lisant le dernier.

— Nicholas Drake ne va certainement pas être content, déclara-t-il.

L'hypothèse de Kenner était que les terroristes avaient eu recours aux génératrices de cavitation pour accroître l'effet des explosions et provoquer un glissement sous-marin prolongé qui aurait engendré un tsunami assez puissant pour traverser le Pacifique avec des effets destructeurs. Leurs plans avaient été contrecarrés.

Quatre-vingt-dix minutes plus tard, le tsunami atteignit les plages de la Californie. Il était formé d'une succession de cinq vagues d'une hauteur moyenne d'un mètre quatre-vingts, qui firent la joie des surfeurs mais passèrent inaperçues du reste de la population.

Kenner fut informé tardivement que le FBI essayait en vain de le joindre depuis douze heures. V. Allen Willy avait quitté sa maison à 2 heures du matin, heure locale. Moins d'une heure après les événements qui avaient eu pour cadre Resolution Bay et plus de dix heures avant la notification de l'avis de passage du tsunami.

Kenner soupçonnait Willy de s'être dégonflé – il avait renoncé à attendre. C'était une erreur grave. Kenner appela le jeune agent du FBI et déclencha une procédure destinée à faire remettre à la justice l'enregistrement des conversations téléphoniques de Willy.

Aucun d'eux ne fut autorisé à quitter l'île pendant trois jours. Il y avait des formalités, des documents à remplir, des questions de la police. Morton et Jennifer avaient été admis en soins intensifs, lui pour un collapsus pulmonaire, elle pour une hémorragie massive. Morton voulait être transporté à Sidney pour y être opéré, mais il n'y fut pas autorisé; il était porté disparu aux États-Unis. Il fut donc opéré à Gareda par un excellent chirurgien formé à Melbourne. Jennifer n'avait pu attendre l'arrivée du chirurgien. Il lui avait fallu trois transfusions sanguines pendant l'intervention de cinq heures au cours de laquelle on avait retiré les balles de sa poitrine. Placée sous respiration assistée, elle était restée quarante-huit heures entre la vie et la mort. Au soir du deuxième jour, elle ouvrit les yeux, retira son masque à gaz et s'adressa à Peter, assis à son chevet.

— Ne faites pas cette tête-là. Vous voyez bien que je suis réveillée.

Sa voix était faible mais elle souriait.

Il y avait aussi d'autres problèmes, au sujet de leur rencontre avec les rebelles et de la disparition d'un membre de leur groupe, le célèbre acteur Ted Bradley. Ils racontèrent tous, l'un après l'autre, ce qui était arrivé mais, comme la police ne pouvait rien vérifier, elle les fit répéter encore et encore.

Puis, d'un seul coup, inexplicablement, ils reçurent l'autorisation de partir. Leurs papiers étaient en règle. On leur rendit leur passeport. Plus aucune difficulté administrative : ils pouvaient partir quand ils voulaient.

Dans le jet qui les conduisait à Honolulu, Peter dormit presque tout le temps. Il se réveilla quand l'appareil redécolla après une escale technique et, aussitôt, se joignit à la conversation. Morton expliquait ce qui s'était passé la nuit de l'accident.

— Il devenait évident qu'il y avait un problème avec Nick et les sorties d'argent ; le NERF était sur une pente dangereuse. J'avais établi le lien entre le FLE et son organisation, ce qui le mettait en fâcheuse posture. Hors de lui, il m'a menacé et j'ai pris ses menaces au sérieux. Nous pensions, Kenner et moi, qu'il essaierait de me tuer. Et il a essayé. Avec cette jolie fille, un matin, à la terrasse d'un café de Beverly Hills...

— Mais comment avez-vous mis en scène l'accident ? demanda Peter. C'était extrêmement dangereux.

— Vous me prenez pour un malade ? Il n'y a pas eu d'accident.

— Comment ?

— Ce soir-là, expliqua Morton, j'ai continué à rouler, sur la petite route.

— Mais...

Peter s'interrompit et secoua la tête.

— Je ne comprends pas, reprit-il.

— Mais si, glissa Sarah. J'ai vendu la mèche, sans le faire exprès. Avant que George m'appelle pour me demander de n'en parler à personne.

La conversation lui revint en mémoire. Sarah lui avait dit :

Hier, il m'a demandé d'acheter une nouvelle Ferrari à Monterey et de la faire transporter par bateau à San Francisco.

Quand Peter s'était étonné que Morton fasse l'acquisition d'une Ferrari de plus, Sarah avait poursuivi :

Je sais. De combien de Ferrari un homme peut-il avoir besoin ? Et celle-là ne semble pas être comme les autres. À en juger par les photos jointes à l'e-mail, elle est un peu déglinguée.

Un peu plus tard, elle avait ajouté :

La Ferrari qu'il vient d'acheter est une 365 GTS Daytona Spyder de 1972. Il en a déjà une, Peter. Comme s'il avait oublié...

— Je n'avais pas oublié, reprit Morton. De l'argent jeté par les fenêtres : la voiture était complètement pourrie. Alors, j'ai fait venir à Sonoma deux accessoiristes d'Hollywood pour la démolir complètement et en faire une épave. Ils l'ont transportée sur un camion le soir de l'accident; après l'avoir placée au bord de la route, ils ont allumé des pots fumigènes.

— Et vous êtes passé en voiture devant l'épave fumante, fit Peter.

— C'est ça. En sortant du virage, je me suis garé sur l'accotement, j'ai grimpé sur les rochers et je vous ai regardés.

— Vous êtes un beau salaud.

— Ne m'en veuillez pas, dit Morton. Il fallait une émotion sincère pour détourner l'attention de la police.

— La détourner de quoi?

— Le bloc-moteur était froid, par exemple, répondit Kenner. Le moteur n'avait pas tourné depuis plusieurs jours. Un des policiers l'a remarqué quand on a hissé l'épave sur le camion. C'est pour cela qu'il est revenu vous demander à quelle heure s'était produit l'accident. J'ai eu peur qu'ils découvrent le pot aux roses.

— Mais non, glissa Morton.

— Ils savaient que quelque chose clochait mais il ne leur est pas venu à l'esprit qu'il y avait deux Ferrari identiques.

— Il faut être complètement cinglé pour détruire intentionnellement une Ferrari 365 GTS de 1972. Même si elle est pourrie.

Morton souriait mais Peter était furieux.

— On aurait quand même pu me mettre au courant !

— Non, répliqua Kenner. Nous avions besoin de vous pour agir sur Drake. Le coup du téléphone portable, par exemple.

— Quoi, le téléphone portable ?

— Il contenait un micro facile à découvrir. Il fallait faire savoir à Drake que vous étiez dans le coup, lui mettre la pression.

— Ça a marché ! Voilà pourquoi j'ai failli mourir dans mon appartement ! Vous n'avez pas hésité à mettre ma vie en danger !

— Tout se termine bien, constata Kenner d'un ton apaisant.

— Et l'accident de voiture, c'était aussi pour mettre la pression sur Drake ?

— Et pour assurer ma liberté d'action, répondit Morton. Il fallait que je me rende aux Salomon pour découvrir ce qui s'y tramait. Je savais que Nick garderait le meilleur pour la fin. S'ils avaient réussi leur troisième coup, détourner le trajet d'un ouragan, cela aurait fait du bruit.

— Je vous dis merde, George ! lâcha Peter.

— Je regrette de n'avoir pu éviter cela, fit Kenner.

— À vous aussi, je dis merde !

Sur ce, Peter se leva pour aller s'asseoir à l'avant de l'appareil où Sarah s'était isolée. Bouillonnant de rage, il refusa de lui répondre. Il regarda fixement par le hublot pendant une heure entière, après quoi elle lui parla calmement. Au bout d'une demi-heure, il la prit dans ses bras.

Peter dormit un peu, d'un sommeil agité. Il avait mal partout et ne parvenait pas à trouver une position confortable. Il se réveillait par intermittence, le cerveau embrumé. À un moment, il crut entendre Kenner parler à Sarah.

Souvenons-nous de l'endroit où nous vivons, disait Kenner. *Nous vivons sur la troisième des planètes gravitant autour d'une étoile moyenne, le Soleil. Cette planète a cinq milliards d'années et elle change constamment depuis son origine. Elle en est aujourd'hui à sa troisième atmosphère.*

La première était composée d'hélium et d'hydrogène. Elle s'est dissipée rapidement, car la Terre était alors extrêmement chaude. Tandis qu'elle refroidissait, des éruptions volcaniques ont produit une deuxième atmosphère composée de vapeur et de dioxyde de carbone. Par la suite, la vapeur d'eau s'est condensée pour former les océans qui en recouvrent la majeure partie. Il y a à peu près trois milliards d'années, des bactéries apparaissaient, qui consommaient du dioxyde de carbone et excrétaient un gaz hautement toxique, l'oxygène. D'autres ont rejeté de l'azote. La concentration atmosphérique de ces gaz augmentait progressivement. Les organismes incapables de s'adapter ont disparu.

Pendant ce temps, les terres émergées flottant sur d'énormes plaques sont entrées en contact selon une configuration qui perturbait la circulation des courants océaniques. Il a commencé à faire froid. Les premières glaces sont apparues il y a deux milliards d'années.

Depuis sept cent mille ans, notre planète se trouve dans une période glaciaire caractérisée par les avancées et les reculs successifs des glaces. On ne sait pas exactement pourquoi, mais les glaces recouvrent maintenant la planète à peu près tous les cent mille ans, avec une pointe tous les vingt mille ans. La dernière remontant à vingt mille ans, la prochaine ne saurait tarder.

Aujourd'hui encore, au bout de cinq milliards d'années, notre planète demeure d'une stupéfiante activité. Elle compte cinq cents volcans, avec une éruption toutes les deux semaines. Les séismes sont permanents : un million et demi par an, une secousse moyenne, de magnitude 5 sur l'échelle de Richter, toutes les six heures, un gros séisme tous les dix jours. Un tsunami traverse l'océan Pacifique tous les trois mois.

Notre atmosphère est aussi agitée que notre sol. Il y a à tout moment mille cinq cents orages sur la planète. Chaque seconde, onze décharges électriques frappent la terre. Toutes les six heures, une tornade détruit tout sur son passage. Tous les quatre jours, un cyclone de plusieurs centaines de kilomètres de diamètre court sur les océans et provoque des ravages sur la terre ferme.

Les petits singes qui se sont donné le nom d'êtres humains ne peuvent rien faire d'autre que fuir pour se mettre à l'abri. Que ces mêmes singes puissent imaginer qu'ils sont en mesure de stabiliser l'atmosphère est d'une présomption qui défie l'entendement. Il leur est impossible de contrôler le climat.

Ils ne peuvent que se mettre à l'abri pour se protéger des orages.

— Et maintenant, que faisons-nous ?

— Je vais vous le dire, Peter, répondit Morton. Vous allez travailler pour moi. Je vais fonder une nouvelle organisation écologiste ; je ne sais pas encore comment elle s'appellera. Je ne veux pas un de ces noms ronflants, avec les mots *planète, ressources, défense, fonds, préservation, nature.* Des mots qu'on peut enfiler pour former toutes les combinaisons possibles ; quoi qu'il en soit, ces compositions bidon sont toutes prises. Il me faut quelque chose de simple, de nouveau. Quelque chose d'honnête. Je pensais à « Étudions le Problème et Réglons-le ». L'acronyme ne passe pas bien, mais cela peut être un atout. Il y aura des scientifiques, des hommes de terrain, des économistes, des ingénieurs... et un avocat.

— Que ferait une telle organisation ?

— Il y a tant à faire. Personne ne sait gérer les réserves naturelles. Nous pourrions créer un certain nombre d'espaces naturels, chacun étant géré selon une stratégie particulière. Nous demanderions à des spécialistes de l'extérieur d'évaluer ce que nous faisons afin d'apporter des corrections aux différentes stratégies. Et nous recommencerions. Un processus itératif avec une évaluation extérieure. Cela ne s'est jamais fait. Nous disposerions ainsi d'une masse de connaissances sur la manière de gérer des territoires variés. Pas de les conserver en l'état. C'est impossible : ils changeront tout le temps, quoi que l'on fasse. Mais on peut les gérer, si on apprend à le faire. Voilà un premier et vaste domaine : la gestion de systèmes écologiques complexes.

— Bon...

— Nous nous intéresserions aussi au problème des régions en voie de développement. La première cause de destruction de l'environnement est la pauvreté. Celui qui meurt de faim n'a que faire de la pollution ; il ne se préoccupe que de trouver à manger. Un demi-milliard d'individus dans le monde souffrent de la famine. Ils sont encore plus nombreux à ne pas disposer d'eau potable. Il importe de concevoir des systèmes de distribution qui fonctionnent réellement, de les éprouver, de les faire vérifier et, après avoir acquis la certitude qu'ils sont efficaces, de les reproduire.

— Cela paraît difficile.

— Difficile pour une agence gouvernementale ou un idéologue. Mais si l'on cherche seulement à étudier le problème et à y apporter une solution, c'est faisable. Et tout serait entièrement privé. Des fonds privés, des territoires privés. Pas de bureaucratie ; l'administration n'aurait que cinq pour cent du personnel et des ressources. Tout le monde sur le terrain. Gérer la recherche environnementale comme une entreprise. Et cesser de dire n'importe quoi.

— Pourquoi n'a-t-on jamais fait cela ?

— Vous plaisantez, j'espère ! Parce que ce serait radical. Regardez les organisations écologistes d'aujourd'hui. Elles ont trente, quarante, cinquante ans, de gros immeubles, de lourdes obligations, un personnel pléthorique. Elles peuvent exploiter leurs rêves de jeunesse mais la vérité est qu'elles font partie de l'ordre établi. Et l'ordre établi œuvre pour maintenir le statu quo. C'est comme ça.

— D'accord. Quoi d'autre ?

— L'évaluation de la technologie. Les pays du tiers-monde peuvent sauter des étapes, aller directement au téléphone cellulaire sans passer par les lignes téléphoniques. Mais personne ne fait d'évaluation technologique sérieuse pour savoir ce qui fonctionne et comment compenser les inconvénients inévitables. L'énergie éolienne est une idée magnifique sauf pour les oiseaux, qui ne voient que des guillotines géantes. Faut-il pour cela renoncer à en construire ? On ne sait pas réfléchir sur ces questions. On se contente de poser, de pontifier. Personne ne fait des essais ni des recherches sur le terrain, personne n'ose apporter une solution aux problèmes. La solution risquerait d'aller à l'encontre d'une philosophie et, pour la plupart des gens, il est plus important de s'accrocher à ses convictions que de réussir quelque chose.

— Vraiment ?

— Vous pouvez me croire. Quand vous aurez mon âge, vous saurez que je dis vrai. Ensuite, la création d'espaces de loisir, des espaces polyvalents. C'est un nid de vipères. Personne n'a encore trouvé comment faire et le sujet suscite des passions si véhémentes que les gens de bonne volonté jettent l'éponge ou finissent devant les tribunaux. La réponse se trouve peut-être dans la variété des solutions. Peut-être faut-il attribuer à certains espaces une utilisation unique. Tout le monde vit sur la même planète. Certains aiment l'opéra, d'autres les casinos de Las Vegas. Et ils sont nombreux à aimer Las Vegas.

— Autre chose ?

— Oui. Il nous faut un nouveau mécanisme de financement de la recherche. Les scientifiques sont aujourd'hui exactement dans la même situation que les peintres de la Renaissance ; ils exécutent les commandes de leurs protecteurs. S'ils ont un peu de bon sens, ils font en sorte que leur travail flatte discrètement celui qui les patronne. Pas ouvertement, discrètement. Ce n'est pas un bon système pour la recherche dans les domaines de la science qui touchent à la politique. Pire encore, le système va à l'encontre du but cherché, la résolution d'un problème. Quand un problème est résolu, le financement se tarit. Il faut que cela change.

— Comment ?

— J'ai des idées. Faire en sorte que les scientifiques n'aient pas à se préoccuper du financement de leurs travaux... Même chose pour ceux qui évaluent ces travaux. Des recherches d'importance touchant à la politique peuvent être menées par différentes équipes réalisant le même travail. Pourquoi pas, si c'est réellement important ? Changer la manière dont les revues scientifiques font état des recherches. Publier dans le même numéro l'article et les critiques. Cela permettra d'y voir plus clair. Faire en sorte que les revues se libèrent des influences politiques ; les rédacteurs en chef prennent ouvertement parti sur certaines questions. C'est inacceptable.

— D'autres idées ? demanda Peter.

— Une présentation différente. Quand on lit sous la plume d'un auteur : « Nous avons découvert que les gaz à effet de serre et les sulfates anthropogènes ont eu une influence perceptible sur la pression du niveau des mers », cela donne à penser qu'ils sont allés sur place et qu'ils ont mesuré quelque chose. En réalité, ils ont juste réalisé une simulation. Ils s'expriment comme si les simulations étaient des données réelles. Voilà un autre problème qu'il convient de régler. Je suis partisan de faire apparaître un avertissement : ATTENTION. SIMULATION INFORMATIQUE. LES RÉSULTATS PEUVENT ÊTRE ERRONÉS OU INVÉRIFIABLES. Comme sur les paquets de cigarettes. Même chose pour les articles de journaux et les bulletins d'information. CONJECTURES. PEUVENT NE PAS CORRESPONDRE À LA RÉALITÉ. Vous imaginez cela à la une des journaux ?

— C'est tout? demanda Peter avec un large sourire.

— Il y a encore deux ou trois choses, répondit Morton, mais nous avons vu le plus important. Ce sera très difficile. On nous mettra des bâtons dans les roues. On nous critiquera, on nous dénigrera, on nous démolira. On nous traitera de tous les noms. L'ordre établi n'appréciera pas, les journaux feront des gorges chaudes de nos idées. Mais l'argent arrivera, car nous aurons des résultats à montrer; les voix des critiques se tairont. Puis nous serons adulés et ce sera le moment le plus dangereux.

— Ensuite ?

— Je serai mort depuis longtemps. Vous dirigerez l'organisation avec Sarah pendant vingt ans. Votre dernière tâche consistera à la dissoudre, avant qu'elle ne devienne une de ces vieilles organisations écologistes qui rabâchent des idées démodées, gaspillent leurs ressources et font plus de mal que de bien.

— Je vois, fit Peter. Et quand elle sera dissoute ?

— Vous trouverez quelqu'un de jeune et de dynamique, à qui vous essaierez d'insuffler l'envie de faire ce qui devra être fait pour la nouvelle génération.

Peter se tourna vers Sarah.

— À moins que vous ayez une meilleure idée, dit-elle avec un petit haussement d'épaules.

Une demi-heure avant d'atteindre la côte de la Californie, ils distinguèrent un brouillard jaunâtre qui s'étalait audessus de l'océan. À mesure qu'ils s'approchaient de la terre, il devenait plus épais et plus sombre. Bientôt, les lumières de la ville leur apparurent. Elles s'étiraient sur des kilomètres, voilées par la couche de brume.

— On dirait une vision de l'enfer, glissa Sarah. Quand je pense que nous allons atterrir là-dedans.

— Nous avons du pain sur la planche, déclara Morton.

Le jet amorça sa descente vers Los Angeles.

MESSAGE DE L'AUTEUR

Un roman tel que *État d'urgence,* dans lequel sont exprimés des points de vue si divergents peut conduire le lecteur à se demander quelle est exactement la position de l'auteur sur ces questions. Je lis depuis trois ans des textes se rapportant à l'environnement, ce qui est en soi une entreprise hasardeuse. Mais j'ai eu l'occasion d'étudier quantité de données et de considérer de nombreux points de vue. Mes conclusions sont les suivantes :

• Nous en savons étonnamment peu sur l'environnement dans tous ses aspects, aussi bien sur son histoire que sur son état actuel, sur la manière de le préserver et de le protéger. Dans tous les débats, chaque camp exagère l'étendue des connaissances existantes et leur degré de certitude.

• La concentration de CO_2 dans l'atmosphère augmente ; les activités humaines en sont la cause probable.

• Nous sommes aussi dans le courant d'un cycle de réchauffement qui a commencé vers 1850, au sortir d'une période de froid portant le nom de « petit âge glaciaire ».

• Personne ne sait dans quelle mesure la tendance au réchauffement est un phénomène naturel.

• Personne ne sait dans quelle mesure la tendance au réchauffement pourrait être le fait de l'homme.

• Personne ne sait quelle sera l'ampleur du réchauffement dans le siècle à venir. Les estimations des modèles informatiques varient de 400 %, ce qui prouve bien que personne ne sait. S'il me fallait donner un chiffre au pifomètre – ce que tout le monde fait, en réalité –, je dirais que l'augmentation de la température sera de 0,812436 °C. Rien ne permet d'affirmer que mon estimation de la température de la planète dans un siècle soit meilleure ou pire que les autres. (Il est impossible d'« évaluer » l'avenir, pas plus que de le « prédire ». Nous ne pouvons qu'émettre des hypothèses. Une hypothèse fondée sur des observations n'en est pas moins une hypothèse.)

• Je soupçonne que le réchauffement observé en surface sera en partie attribuable aux activités humaines. Je soupçonne que la principale cause d'origine humaine sera imputable à l'utilisation des sols et que la composante atmosphérique sera mineure.

• Avant de prendre de coûteuses décisions de nature politique sur la base de modèles climatiques, je pense qu'il serait raisonnable d'exiger de ces modèles qu'ils prévoient avec exactitude l'évolution des températures sur une période de dix ans. Vingt seraient préférables.

• Je trouve curieux, après deux siècles de fausses alertes, que l'on puisse encore redouter une pénurie des ressources. Je ne sais pas si cette idée est aujourd'hui imputable à une ignorance de l'Histoire, à un dogmatisme sclérosé, à un malthusianisme malsain ou à de l'entêtement pur et simple, mais elle a la vie dure.

• Les raisons ne manquent pas de se détourner des énergies fossiles : nous le ferons dans le siècle qui commence sans dispositions législatives, sans incitations financières, sans programmes de réduction d'émissions de gaz carbonique, sans les jérémiades des marchands de peur. Autant que je sache, il n'a pas été nécessaire d'interdire le transport hippomobile au début du XXe siècle.

• Je soupçonne qu'en 2100 nos descendants seront bien plus riches que nous, consommeront plus d'énergie, seront globalement moins nombreux et disposeront de plus d'espaces naturels que nous. Je ne pense pas qu'il y ait lieu de s'inquiéter pour eux.

• La préoccupation quasi hystérique de sécurité qui est la notre aujourd'hui représente au mieux un gaspillage de ressources et une entrave à la liberté de l'esprit, au pire une invitation au totalitarisme. L'éducation de la population est une nécessité urgente.

• Je constate que la plupart des « principes » écologistes (tels que le développement durable ou le principe de précaution) ont pour effet de préserver les avantages économiques de l'Occident et constituent de ce fait un impérialisme moderne envers les pays en voie de développement. C'est une manière élégante de dire : « Nous avons tout ce qu'il nous faut et nous ne voulons pas que vous l'ayez aussi, car vous provoqueriez trop de pollution. »

• Le « principe de précaution », convenablement appliqué, exclut le principe de précaution. Il y a là une contradiction interne. Il convient donc de ne pas parler du principe de précaution en termes trop durs.

• Je crois sincèrement que les personnes dont il est ici question sont bien intentionnées. Mais je ne néglige pas l'influence corrosive du parti pris, les distorsions systématiques de la pensée, le pouvoir de la justification a posteriori, les masques de l'intérêt personnel et le caractère inévitable de conséquences involontaires.

• J'ai plus de respect pour ceux qui changent de point de vue après avoir agrandi le champ de leurs connaissances que pour ceux qui s'accrochent à des opinions qu'ils professent depuis trente ans. Le monde change, contrairement aux idéologues et aux fanatiques.

• Au cours des trente-cinq ans qui se sont écoulés depuis que le mouvement écologiste a vu le jour, la science a connu une révolution de la plus haute importance. Cette révolution a permis la découverte de la dynamique non linéaire, des systèmes complexes, de la théorie du chaos, de la théorie des catastrophes. Elle a transformé notre manière de concevoir l'évolution et l'écologie. Ces idées qui ne sont pourtant plus nouvelles n'ont eu aucune incidence ou presque sur le mode de pensée des activistes du mouvement écologiste, qui semble étrangement figé dans les concepts et la rhétorique des années 70.

• Nous n'avons pas la moindre idée de la manière de préserver ce que nous appelons les espaces naturels. Il conviendrait de mener des études sur le terrain pour apprendre à le faire. Rien n'indique que des recherches soient conduites d'une manière humble, rationnelle et systématique dans ce domaine. En conséquence, je ne suis pas très optimiste sur la gestion des espaces naturels dans le siècle qui s'ouvre. La responsabilité en incombe aussi bien aux organisations écologistes qu'aux promoteurs immobiliers et aux exploitants de mines à ciel ouvert. La cupidité et l'incompétence conduisent au même résultat.

• Nous avons besoin d'un mouvement écologiste nouveau, avec de nouveaux objectifs et de nouvelles organisations. Nous avons besoin de plus de gens sur le terrain, dans notre environnement naturel et de moins de gens devant des écrans d'ordinateur. Nous avons besoin de plus de scientifiques et de beaucoup moins d'avocats.

• Nous ne pouvons espérer gérer un système complexe tel que l'environnement à coups d'actions judiciaires. Nous ne pouvons apporter que des changements temporaires – le plus souvent en prenant des mesures préventives –, avec des résultats que nous ne pouvons prévoir et que nous ne serons pas en mesure de contrôler.

• Rien n'est plus politique par nature que notre environnement, un ensemble partagé par tous, et rien n'est plus nuisible pour sa gestion que l'allégeance à un parti politique. L'environnement ne peut être géré par telle ou telle faction, en fonction de ses préférences économiques ou esthétiques, précisément parce qu'il est partagé. Tôt ou tard, la faction adverse prendra le pouvoir et la politique précédente sera inversée. Une gestion stable de l'environnement implique que l'on reconnaisse que toutes les préférences y ont leur place : la motoneige et la pêche à la mouche, le tout-terrain motorisé et la randonnée, la promotion immobilière et la défense des espèces menacées. Ces préférences sont manifestement incompatibles mais trouver des solutions à des incompatibilités est une fonction majeure de la politique.

• Nous avons un besoin urgent d'un mécanisme de financement impartial permettant de conduire des recherches afin de déterminer une politique appropriée. Les scientifiques ne savent que trop bien pour qui ils travaillent. Ceux qui financent les recherches – qu'il s'agisse d'un laboratoire pharmaceutique, d'une agence gouvernementale ou d'une organisation écologiste – ont toujours un résultat particulier en vue. Ce financement n'est jamais ou presque désintéressé. Les chercheurs savent que la poursuite du financement de leurs travaux dépend de l'obtention de résultats souhaités par ceux qui les financent. Les « études » financées par des organisations écologistes sont en conséquence tout aussi orientées et suspectes que les « études » de l'industrie. Il en va de même des « études » financées par les pouvoirs publics, en fonction du parti au pouvoir. Aucune faction ne devrait avoir carte blanche.

• Je suis certain qu'il y a trop de certitudes en ce monde.

• J'éprouve pour ma part un grand plaisir à vivre dans la nature ; mes moments les plus heureux sont ceux que j'y passe. Je souhaite que les espaces naturels soient préservés pour les générations futures. Je ne suis pas sûr qu'ils le seront en quantité suffisante ni d'une manière satisfaisante. En guise de conclusion, je dirais que les « exploiteurs de l'environnement » sont aussi bien les organisations écologistes que les agences gouvernementales et la grande industrie. Il convient de les mettre dans le même sac.

Tout le monde a des intentions cachées. Pas moi.

Annexe 1

Pourquoi la politisation de la science est dangereuse

Imaginons une nouvelle théorie scientifique qui mette en garde contre une crise imminente et indique le moyen d'y échapper.

Cette théorie obtient rapidement à l'échelle planétaire le soutien de scientifiques de premier plan, de politiciens et de célébrités. Les recherches sont financées par des philanthropes distingués et les travaux réalisés dans des universités prestigieuses. Les médias se font l'écho de cette crise. La nouvelle science est enseignée dans les lycées et les universités.

Je ne parle pas du réchauffement planétaire. Il s'agit ici d'une autre théorie apparue il y a un siècle.

Theodore Roosevelt, Woodrow Wilson et Winston Churchill comptaient au nombre de ses partisans. Des magistrats de la Cour suprême, Oliver Wendell Holmes et Louis Brandeis, se sont prononcés en sa faveur. Parmi les personnalités qui la soutenaient, on trouve les noms d'Alexander Graham Bell, l'inventeur du téléphone, de l'activiste Margaret Sanger, du botaniste Luther Burbank, de Leland Stanford, le fondateur de l'université Stanford, du romancier H. G. Wells, du dramaturge George Bernard Shaw et de centaines d'autres personnalités. Des lauréats du prix Nobel lui ont apporté leur soutien. Les recherches étaient financées par les fondations Carnegie et Rockefeller. L'Institut de Cold Springs Harbor a été construit spécialement pour les abriter mais les universités de Harvard, Yale, Princeton, Stanford et John Hopkins menaient également des travaux d'importance. Des lois relatives à cette question ont été votées dans tous les États-Unis, de New York à la Californie.

Tous ces efforts bénéficiaient de l'appui de l'Académie nationale des sciences, de l'Association médicale américaine et du Conseil national de la recherche. On disait à l'époque que, si Jésus avait été vivant, il aurait prêté son concours.

Les recherches, la législation, le conditionnement de l'opinion publique sur le sujet, tout cela s'est prolongé pendant près d'un demi-siècle. Les opposants étaient conspués, traités de réactionnaires, d'aveugles, voire d'ignorants. Avec le recul, il est étonnant de constater qu'il y ait eu si peu d'opposants.

Nous savons aujourd'hui que cette fameuse théorie, qui avait rassemblé de si nombreux partisans, était en réalité pseudo-scientifique. Le danger contre lequel elle mettait en garde n'existait pas. Les mesures prises en son nom étaient moralement inacceptables, voire criminelles. Elles ont finalement conduit à la mort de plusieurs millions d'individus.

La théorie en question est l'eugénisme. Son histoire est tellement horrible, tellement embarrassante pour ceux qui l'ont promue qu'elle n'est plus guère débattue de nos jours. Mais cette histoire devrait être connue de tous, ne fût-ce que pour éviter qu'elle se reproduise.

L'eugénisme posait comme postulat une dégradation du patrimoine héréditaire conduisant à une détérioration de l'espèce humaine – postulat qui reposait sur le constat que les individus les plus aptes de la société ne se reproduisaient pas aussi vite que les autres : étrangers, immigrants, juifs, dégénérés, inaptes et « faibles d'esprit ». Francis Galton, un scientifique anglais, fut le premier à formuler l'hypothèse mais ses idées furent poussées bien au-delà de ce qu'il souhaitait. Elles furent adoptées par des Américains à l'esprit scientifique et aussi par d'autres que la science n'intéressait pas mais qu'inquiétait, en ce début du XXe siècle, l'arrivée d'immigrants de « race inférieure », « dangereuse vermine humaine », « vague d'imbéciles » qui venaient polluer ce que l'espèce humaine avait produit de meilleur.

Les partisans de l'eugénisme et ceux qui prônaient une restriction de l'immigration firent front commun. Leur idée était d'identifier les faibles d'esprit – catégorie à laquelle appartenaient, de l'avis général, non seulement les juifs et les Noirs mais aussi quantité d'étrangers – puis de les empêcher de se reproduire soit en les isolant dans des institutions spécialisées soit en les stérilisant.

Pour reprendre les termes de Margaret Sanger, « favoriser les bons à rien aux dépens des bons à tout est d'une extrême cruauté... Il ne serait pire fléau pour la postérité que de lui léguer une population croissante d'imbéciles ». Elle évoquait aussi la prise en charge de « ce poids mort du rebut du genre humain ».

De telles positions étaient fort répandues. H. G. Wells s'élevait contre les « nuées de citoyens inférieurs, sans qualification ». Theodore Roosevelt déclarait : « La société n'a pas à permettre à des dégénérés de se reproduire. » Luther Burbank demandait qu'on « cesse de permettre aux criminels et aux faibles de se reproduire ». George Bernard Shaw affirmait que seul l'eugénisme pouvait sauver l'humanité.

Il y avait dans ce mouvement un racisme déclaré, comme en témoignent des ouvrages tels que *La montée de la vague de couleur contre la suprématie du monde blanc*, de Lothrop Stoddard, un auteur américain. Le racisme, à l'époque, était considéré comme un simple corollaire d'une quête idéaliste : l'amélioration du genre humain. Cette notion d'avant-garde a attiré les esprits les plus ouverts et les plus progressistes d'une génération. La Californie – l'un des vingt-neuf États à promulguer des textes de loi autorisant la stérilisation – se montra le plus enthousiaste, le plus tourné vers l'avenir : on y procéda à un plus grand nombre de stérilisations que dans n'importe quel autre État.

Les recherches ont été financées par la fondation Carnegie, puis par la fondation Rockefeller. Lorsque les travaux se déplacèrent en Allemagne, où l'on commençait à gazer des hommes et des femmes tirés des hôpitaux psychiatriques, les financements se poursuivirent. Ils étaient encore en place en 1939, quelques mois avant la guerre, détail sur lequel la fondation Rockefeller resterait muette.

Depuis les années 1920, les eugénistes américains jalousaient l'Allemagne hitlérienne, désormais à la pointe du mouvement. Les médecins nazis, avec une efficacité remarquable, accueillaient des personnes atteintes de débilité mentale dans des maisons d'apparence ordinaire, où elles étaient interrogées avant d'être conduites dans une pièce qui était en réalité une chambre à gaz. Elles étaient tuées au monoxyde de carbone et les corps étaient réduits en cendres dans un four crématoire.

Ce programme devait par la suite être développé sous la forme de camps de concentration situés près de lignes de chemin de fer, afin de faciliter le transport des millions d'indésirables qui y trouvèrent la mort.

Après la Seconde Guerre mondiale, personne n'était partisan de l'eugénisme, personne ne l'avait jamais été. Les biographies des personnages célèbres impliqués dans le mouvement glissaient sur cet aspect de leur carrière ou n'en faisaient même pas mention. L'eugénisme cessa d'être enseigné à l'université, même si d'aucuns prétendent qu'il y a toujours cours sous une forme déguisée.

Dans cet épisode de l'histoire des sciences, trois points sont à souligner. Premièrement, malgré ce que laisse supposer la construction du laboratoire de Cold Springs Harbor, malgré l'action des universités et les plaidoiries des avocats, l'eugénisme n'avait pas de fondement scientifique. Rares étaient ceux, à l'époque, qui savaient ce qu'était un gène. Le mouvement s'était développé parce qu'il employait des termes vagues, jamais définis d'une manière rigoureuse. « Faible d'esprit » pouvait aussi bien signifier « illettré » qu'« épileptique ». Il n'y avait pas non plus de définition précise de « dégénéré » ou d'« inapte ».

Deuxièmement, le mouvement eugéniste était en réalité un programme de nature sociale maquillé en théorie scientifique. Il s'agissait en fait d'inquiétudes racistes sur l'immigration et l'arrivée d'individus potentiellement indésirables dans une communauté. L'emploi d'une terminologie très vague aidait à masquer le fond du problème.

Troisièmement, et c'est le plus déplorable, la communauté scientifique, pas plus aux États-Unis qu'en Allemagne, n'a protesté d'une manière organisée. Des scientifiques allemands ont rejoint le mouvement sans état d'âme. Récemment, des universitaires ont étudié les archives nazies des années 30. Ils pensaient trouver des directives imposant une conduite aux scientifiques. Ils n'ont rien trouvé. Ce n'était pas nécessaire. Comme l'écrit Ute Deichman : « Les scientifiques, y compris ceux qui n'étaient pas membres du Parti national-socialiste, obtenaient le financement de leurs travaux en changeant de comportement, en collaborant directement avec les autorités. » Elle évoque le « rôle actif des scientifiques en ce qui concerne la politique raciale nazie [...] quand les recherches visaient à valider la doctrine raciale [...] on ne trouve pas la preuve de pressions extérieures ». Dans leur intérêt, les scientifiques allemands se sont mis au service de la nouvelle politique. Ceux qui ne l'ont pas fait – ils ont été peu nombreux – ont disparu.

Un deuxième exemple, de nature très différente, illustre les dangers d'une politisation de la science répercutée et soutenue par les médias. Trofime Denisovich Lyssenko était un paysan russe qui, disait-on, avait « résolu le problème de la fertilisation des sols sans fertilisants ni engrais minéraux ». Il affirma en 1928 avoir inventé un procédé de retardement du cycle d'un végétal par humidification et traitement des semences à une température basse, qu'il appela vernalisation.

La technique de Lyssenko n'avait jamais été testée d'une manière rigoureuse. Il affirmait que ses semences traitées transmettaient leurs caractères à la génération suivante, ce qui reprenait la théorie de Lamarck à une époque où tout le monde s'était ralliée au mendélisme. Staline était attiré par les idées lamarckiennes, qui laissaient entrevoir un avenir libre des contraintes héréditaires; il souhaitait par ailleurs un accroissement de la productivité agricole.

Lyssenko promettait les deux : il devint le chouchou de la presse soviétique, désormais à l'affût d'histoires de paysans inventeurs de procédés révolutionnaires.

Présenté comme un génie, Lyssenko exploita au mieux sa célébrité. Il était particulièrement habile pour dénoncer ses détracteurs. Il faisait état de questionnaires remplis par des fermiers témoignant d'un rendement agricole accru par la vernalisation, ce qui évitait les expertises véritables. Porté par une vague de popularité contrôlée par l'appareil étatique, il connut une ascension rapide. En 1937, il était membre du Soviet suprême.

L'application des théories de Lyssenko à la biologie soviétique eurent pour conséquence des famines qui coûtèrent la vie à des millions de Russes, sans compter les purges dont furent victimes des centaines de scientifiques sceptiques, envoyés dans les goulags ou devant le peloton d'exécution. Lyssenko attaquait avec véhémence la génétique, taxée de pseudo-science bourgeoise, finalement bannie en 1948. Bien que dépourvues de tout fondement scientifique, les idées de Lyssenko guidèrent la recherche soviétique pendant trois décennies, jusque dans les années 1960. La biologie russe ne s'en est pas encore complètement remise.

Nous sommes aujourd'hui en présence d'une nouvelle théorie qui, cette fois encore, reçoit le soutien de politiciens, de scientifiques et de célébrités du monde entier. Cette fois encore, elle est encouragée par des fondations de premier plan, les recherches sont menées dans des universités prestigieuses, des lois sont promulguées, des programmes sociaux sont mis en œuvre en son nom. Cette fois encore, les critiques sont rares et très mal accueillies.

Cette fois encore, les mesures prises n'ont guère de fondement scientifique. Cette fois encore, des groupes ayant des intentions cachées se dissimulent derrière un mouvement en apparence élevé et des arguments de supériorité morale sont utilisés pour justifier des actions extrêmes. Cette fois encore, on fait peu de cas de ceux qui en pâtissent, sous le prétexte qu'une cause abstraite justifie toute conséquences matérielles et humaines. Cette fois encore, des termes vagues, sans définition établie tels que *durabilité* ou *justice générationnelle* sont employés pour faire face à une nouvelle menace.

Je ne dis pas que le réchauffement planétaire est à mettre sur le même plan que l'eugénisme mais la similarité n'est pas superficielle. J'affirme que toute possibilité de discussion franche et ouverte sur les données et les problèmes est étouffée. Des publications scientifiques de premier plan ont pris clairement position dans leurs éditoriaux en faveur du réchauffement planétaire, ce qui, à mon sens, n'est pas leur rôle. Dans ces conditions, les scientifiques ayant des doutes comprennent qu'il est dans leur intérêt de modérer leurs propos.

Preuve d'un étouffement de la liberté de parole, on trouve parmi les détracteurs du réchauffement planétaire un grand nombre de professeurs d'université à la retraite. Ceux-là n'ont plus à se préoccuper de subventions ni à affronter des collègues dont les demandes de subventions et l'avancement pourraient être compromis par leurs critiques.

En matière de science, les hommes d'un âge avancé ont le plus souvent tort. En matière de politique, ils ont la sagesse, conseillent la prudence et se trompent moins souvent.

Notre histoire est édifiante. Nous avons tué des milliers de nos semblables que nous accusions d'avoir signé un pacte avec le diable et d'être devenus des sorciers. Plus de mille personnes accusées de sorcellerie périssent encore chaque année. Il n'y a, à mon sens, qu'un seul espoir pour l'humanité d'échapper à ce que Carl Sagan a appelé « le monde hanté par le démon » de notre passé. Cet espoir est la science.

Mais, comme l'a dit Alston Chase, « quand la recherche de la vérité se confond avec le sectarisme politique, l'aspiration à la connaissance se réduit à la quête du pouvoir ».

Tel est le danger qui nous menace. Voilà pourquoi la science et la politique forment un couple infernal. Souvenons-nous de notre histoire et assurons-nous que ce que nous présentons comme la connaissance est honnête et désintéressé.

Annexe 2

Les sources utilisées pour les données sur la température mondiale sont le Goddard Institute for Space Studies, université Columbia, New York (GISS) ; les données « Jones et al » viennent du Climate Research Unit, université East Anglia, Norwich, Royaume-Uni (CRU), du Global Historical Data Center (GHCN) conservé au National Climatic Data Center (NCDC), et du Carbon Dioxide Information and Analysis Center (CDIAC) de Oak Ridge National Laboratory, Oak Ridge, Tennessee.

Les informations sur le GISS se trouvent dans le site http://www.giss.nasa.gov/data/update/gistemp/stationdata/.

Les données « Jones » se réfèrent à P. D. Jones, D. E. Parker, T. J. Osborn, K. R. Briffa, 1999 : « Global and Hemispheric Temperature anomalies-land and marine instrument records », dans *Trends : A Compendium of Datra on Global Change* (CDIAC).

Le GHCN est conservé au NCDC et au CDIAC. Le site est à l'adresse : http://cdiac.esd.orln.gov/ghcn/ghcn.html.

Les données sur la température aux États-Unis viennent du United State Historical Climatology Network (USHCN) conservé au NCDC et au CDIAC, qui recommande « l'usage du USHCN pour toute étude du climat sur le long terme ». Le site du USHCN est à l'adresse : http://www.ncdc.noaa.gov/oa/climate/research/ushcn/html.

La référence est : D. R. Eaterling, T. R. Karl, E. H. Mason, P. Y. Hughes, D. P. Bowman, R. C. Daniels et T. A. Boden, 1996. United State historical Climatology Network (USHCN) Monthly Temperature and precipitation Data. ORNL/CDIAC-87, NDP-019/R3. (CDIAC).

Les graphiques ont été réalisés sur Excel (Microsoft).

Les photographies proviennent du site de la NASA (http://datasystem.earthkam.ucsd.edu).

Bibliographie

Ce qui suit est une liste d'ouvrages et d'articles de revues qui m'ont été fort utiles pour la préparation de ce roman. J'ai trouvé les textes de Beckerman, Chase, Huber, Lomborg et Wildavsky particulièrement révélateurs.

La science de l'environnement est un domaine controversé et éminemment politisé. Les lecteurs de ce roman ne doivent pas croire que tous les auteurs figurant dans la liste ci-dessous partagent les opinions que j'exprime dans cet ouvrage. Tout au contraire, ils sont nombreux à être en complet désaccord. Je présente ces références afin d'aider ceux qui aimeraient se faire une opinion sur mes idées avant d'arriver à leurs propres conclusions.

Aber, John D. et Jerry M. Melillo, *Terrestrial Ecosystems*, San Francisco, Harcourt Academic Press, 2001. Un ouvrage classique.

Abrupt Climate Change : Inevitable Surprises (Rapport de la commission sur les changements climatiques brutaux, Conseil national de la recherche), Washington, DC, National Academy Press, 2002. Le texte conclut que des changements climatiques brutaux pourraient se produire dans l'avenir, provoqués par des mécanismes qui nous échappent aujourd'hui et que, en attendant, il convient de poursuivre les recherches. Personne ne s'élèvera contre cette conclusion.

Adam, Barbara, Ulrich Beck et Jost Van Loon, *The Risk Society and Beyond,* Londres Sage Publications, 2000.

Altheide, David L., *Creating Fear, News and the Construction of Crisis,* New York, Aldine de Gruyter, 2002. Un livre sur la peur et sa place croissante dans la vie publique. Long et répétitif mais qui traite d'un sujet significatif. Certaines analyses statistiques sont surprenantes.

Anderson, J. B. et J. T. Andrews, « Contraintes du radiocarbone sur l'avancée et le recul des glaces dans la mer de Weddell, Antarctique », *Geology*, 27, 1999, p. 179-182.

Anderson, Terry L. et Donald R. Leal, *Free Market Environmentalism*, New York, Palgrave (St. Martin's Press), 2001. Les auteurs indiquent que la gestion par l'État des ressources écologiques a eu d'aussi piteux résultats dans l'ex-Union soviétique que dans les démocraties occidentales. Ils plaident en faveur d'une gestion privée. Leurs études de cas sont particulièrement intéressantes.

Arens, William, *The Man-Eating Myth*, New York, Oxford, 1979.

Arquilla, John et David Ronfeldt, eds, *In Athena's Camp : Preparing for Conflict in the Information Age*, Santa Monica, Calif. RAND National Defense Research Institute, 1997. Lire en particulier la partie III sur l'avènement de la guerre du Net et ses implications.

Aunger Robert, ed., *Darwinizing Culture*, New York, Oxford University Press, 2000. Voir en particulier les trois derniers chapitres. Il n'est pas de meilleur exemple de la manière dont des idées quasi scientifiques à la mode peuvent se répandre malgré la preuve manifeste qu'elles sont dénuées de tout fondement. Le texte peut servir de modèle à l'expression d'un désaccord profond, sans attaques personnelles.

Beck, Ulrich, *Risk Society : Towards a New Modernity*, trad. de Mark Ritter, Londres, Sage, 1992. Ce texte marquant d'un sociologue allemand présente une redéfinition fascinante de l'État moderne, dans un rôle de protecteur contre la société industrielle, au lieu de n'être que la base sur laquelle elle s'est établie.

Beckerman, Wilfried, *A Poverty of Reason : Sustainable Development and Economic Growth*, Oakland, Calif., Independent Institute, 2003. Une étude brève, spirituelle, incisive de la durabilité, du changement climatique et du principe de précaution signée par un économiste d'Oxford, ancien membre de la Commission royale sur la pollution environnementale, qui se préoccupe plus des pauvres du tiers-monde que de l'ego élitiste des écologistes occidentaux. Présenté avec clarté et d'une lecture amusante.

Bennett, W. Lance, *News : The Politics of Illusion*, New York, Addison-Wesley, 2003.

Black, Edwin, *War Against the Weak : Eugenics and America's Campaign to Create a Master Race*, New York, Four Walls, 2003. L'histoire du mouvement eugénique aux États-Unis et en Allemagne n'a rien de réjouissant. Pour cette raison, peut-être, elle est souvent présentée de manière confuse. Ce livre est un récit d'une clarté admirable.

Bohm, R., « Influence de l'urbanisation sur les relevés de température – une étude de cas pour la ville de Vienne, Autriche », *Climatic Change*, n° 38, 1998, p. 113-128.
Braithwaite, Roger J., « Bilan de masse des glaciers : les cinquante premières années de surveillance internationale », *Progress in Physical Geography*, 26, n° 1, 2002, p. 76-95.
Braithwaite, R. J. et Y. Zhang, « Relations entre la variabilité interannuelle du bilan de masse des glaciers et le climat », *Journal of Glaciology*, n° 45, 2000, p. 456-462.
Briggs, Robin, *Witches and Neighbors : The Social and Cultural Context of European Witchcraft*, New York, HarperCollins, 1996.
Brint, Steven, « Spécialistes et économie du savoir : repenser la théorie de la société postindustrielle », *Current Sociology*, 49, n° 1, juillet 2001, p. 101-132.
Brower, Michael et Warren Leon, *The Consumers's Guide to Effective Environmental Choices : Practical Advice from the Union of Concerned Scientists*, New York, Three Rivers Press, 1999. Particulièrement intéressant pour ses conseils sur des décisions de la vie courante : sacs en papier ou poches en plastique (plastique), couches jetables ou en coton (jetable). Sur des questions d'intérêt plus large, l'analyse est extrêmement vague et illustre les difficultés qu'il y a à déterminer le « développement durable », signalées par Wilfred Beckerman.
Carson, Rachel, *Silent Spring*, Boston, Houghton Mifflin, 1962. Je suis assez âgé pour me souvenir d'avoir lu avec inquiétude et excitation ce texte poétique et persuasif quand il a été publié. Il était manifeste qu'il allait changer notre vision du monde. Avec le temps, le texte de Carson paraît entaché d'erreurs et ouvertement polémique. Disons, pour être franc, qu'il y a un tiers de vrai. On peut essentiellement reprocher à l'auteur de promouvoir l'idée spécieuse que la plupart des cancers sont provoqués par l'environnement. Des dizaines d'années plus tard, cette peur reste répandue.
Castle, Terry, « Folie contagieuse », dans *Questions of Evidence* de Chandler, Davidson et Harootunian.
Chandler, James, Arnold I. Davidson et Harry Harootunian, *Questions of Evidence : Proof, Practise and Persuasion Across the Disciplines*, Chicago, University of Chicago Press, 1993.
Changnon, Stanley A., « Impacts du El Niño de 1997-1998 sur les conditions atmosphériques aux États-Unis », *Bulletin of the American Meteological Society*, 80, n° 9, 1999, p. 1819-1828.
Chapin, F. Stuart, Pamela A. Matson et Harold A. Mooney, *Principles of Terrestrial Ecosystems Ecology*, New York, Springer-Verlag, 2002. Plus clair et plus riche en détails techniques que la plupart des textes sur l'écologie.

Chase, Alston, *In a Dark Wood : The Fight over Forests and the Myths of Nature,* New Brunswick, N.J. Transaction Publishers, 2001. Une lecture essentielle. Cet ouvrage retrace la triste et lamentable histoire du conflit au sujet des forêts du nord-ouest des États-Unis. Ancien professeur de philosophie, l'auteur est un des rares écrivains dans le domaine écologique à faire montre d'un certain intérêt pour les idées – d'où elles viennent, quelles conséquences en ont découlé dans le passé et quelles conséquences pourraient donc en découler aujourd'hui. Chase aborde des sujets tels que la vision mystique des espaces naturels et l'équilibre de la nature d'un point de vue à la fois scientifique et philosophique. Il montre du mépris pour une grande partie des idées conventionnelles et les attitudes brouillonnes qu'il qualifie de « cosmologie californienne ». Le livre est long, parfois désordonné mais très enrichissant.

Chase Alston, *Playing God in Yellowstone : The Destruction of America's First National Park,* New York, Atlantic, 1986. Un ouvrage essentiel. Peut-être la première et la plus incisive critique des croyances écologiques en perpétuel changement et de leurs conséquences pratiques. Ceux qui imaginent que nous savons comment gérer des espaces naturels doivent lire ce récit d'un siècle de mauvaise gestion de Yellowstone, le premier parc national. Vilipendé dans certains milieux, l'ouvrage de Chase n'a, à ma connaissance, jamais été sérieusement contesté.

Chen, L., W. Zhu, X. Zhou et Z. Zhou, « Caractéristiques de l'effet thermique urbain à Shanghai et de son mécanisme possible », *Advances in Atmospheric Sciences,* 20, 2003, p. 991-1001.

Choi, Y., H.-S. Jung, K.-Y. Nam et W.-T. Kwon, « Détermination de l'influence urbaine sur les relevés de températures de surface moyennes en Corée du Sud, 1968-1999 », *International Journal of Climatology,* 23, 2003, p. 577-591.

Christianson, Gale E,. *Greenhouse : The 200-Year Story of Global Warming,* New York, Penguin, 1999.

Chylek, P., J. E. Box et G. Lesins, « Réchauffement global et glaciers du Groenland », *Climatic Change,* 63, 2004, p. 201-221.

Comiso, J. C., « Variabilité et tendances dans les températures de surface de l'Antarctique, à partir des mesures *in situ* et infrarouges par satellite », *Journal of Climate,* 13, 2000, p. 1674-1696.

Cook, Timothy E., *Governing with the News : The News Media as a Political Institution,* Chicago, University of Chicago Press, 1998.

Cooke Roger M., *Experts in Uncertainty,* New York, Oxford University Press, 1991.

Davis, Ray Jay et Lewis Grant, *Weather Modification Technology and Law,* Symposium sélectionné par l'AAAS, Boulder, Col. Westview Press Inc., 1978. Pour son intérêt historique seulement.

Deichmann, Ute, *Biologist Under Hitler*, trad. de Thomas Dunlap, Cambridge, Mass., Harvard University Press, 1996. Structure difficile, contenu troublant.

Doran, P. T., J. C. Priscu, W. B. Lyons, J. E. Walsh, A. G. Fountain, D. M. McKnight, D. L. Moorhead, R. A. Virginia, D. H. Wall, G. D. Clow, C. H. Fritsen, C. P. McKay et A. N. Parsons, « Refroidissement du climat de l'Antarctique et réaction de l'écosystème terrestre », *Nature*, 415, 2002, p. 517-520.

Dörner Dietrich, *The Logic of Failure : Recognizing and Avoiding Error in Complex Situations*, Cambridge, Mass., Perseus, 1998. Qu'est-ce qui empêche l'homme de gérer avec succès l'environnement naturel et d'autres systèmes complexes ? Des dizaines d'experts ont donné des opinions sans fondement. Dörner, un spécialiste de la psychologie cognitive, a conduit des expériences pour essayer d'apporter une réponse. Utilisant des logiciels de simulation d'environnements complexes, il a demandé à des intellectuels d'améliorer la situation. Ils l'ont souvent aggravée. Ceux qui s'en sont bien sortis ont, avant d'agir, rassemblé des informations, réfléchi d'une manière systématique, suivi pas à pas leurs progrès et modifié à plusieurs reprises leur orientation. Ceux qui ont échoué se sont accrochés à des théories et se sont précipités ; ils n'ont pas changé d'orientation et ont rejeté sur autrui la responsabilité de leur échec. Dörner en conclut que nos échecs dans la gestion de systèmes complexes ne sont pas le fruit d'une incapacité inhérente à l'être humain mais traduisent de mauvaises habitudes de pensée et des procédures manquant de rigueur.

Dowie, Mark, *Losing Ground : American Environmentalism at the Close of the Twentieth Century*, Cambridge, Mass., MIT Press, 1995. Un ancien rédacteur en chef de *Mother Jones* conclut que le mouvement écologiste américain, à force de compromis et de capitulations, n'est plus représentatif. Bien écrit mais peu documenté, le livre est particulièrement intéressant pour la position intransigeante de l'auteur, qui précise rarement quelles solutions pourraient être satisfaisantes. Un texte peu scientifique dans son point de vue et ses implications, et d'autant plus intéressant.

Drake, Frances, *Global Warming : The Science of Climate Change*, New York, Oxford University Press, 2000. Cet ouvrage bien écrit et destiné à des étudiants peut être lu avec profit par tout un chacun.

Drucker, Peter, *Post-Capitalist Society*, New York, Harper Business, 1993.

Eagleton, Terry, *Ideology : An Introduction*, New York, Verso, 1991.

Edgerton, Robert B., *Sick Societies : Challenging the Myth of Primitive Harmony*, New York, Free Press, 1992. Excellent résumé des témoignages mettant en question la notion de noble sauvage. L'auteur se demande si les cultures peuvent adopter des croyances et des pratiques mal adaptées à leur bien-être ; il conclut que toutes les cultures le font. Le texte s'attaque aussi à l'idée à la mode dans le milieu universitaire, selon laquelle les problèmes sont résolus d'une manière « inconsciente ». Les cultures primitives sont ainsi censées agir sainement sur le plan écologique même quand elles donnent l'impression de gaspiller et de détruire. Edgerton affirme qu'il n'en est rien : elles gaspillent et détruisent bel et bien.

Edwards, Paul N. et Stephen Schneider, « Le rapport du GIEC, 1995 : large consensus ou " nettoyage scientifique " ? », *EcoFable/Ecoscience*, 1, n° 1, 1997, p. 3-9. Une argumentation pleine de verve pour la défense des changements effectués sur le rapport du GIEC de 1995. L'article est essentiellement axé sur la controverse qui a suivi, sans passer en revue le détail des changements apportés au texte. Il traite de la controverse sans en examiner la substance.

Einarsson, Þorleifur, *Geology of Iceland*, trad. de Georg Douglas, Reykjavik, Mal og menning, 1999. Certainement l'un des textes les plus clairs jamais écrits sur la géologie. L'auteur est professeur de géologie à l'Université d'Islande.

Etheridge, D. M. *et al.*, « Changements naturels et anthropogéniques dans le CO_2 atmosphérique au cours des mille dernières années, d'après les prélèvements dans les glaces et les névés de l'Antarctique », *Journal of Geophysical Research*, n° 101, 1996, p. 4115-4128.

Fagan, Brian, *The Little Ice Age : How Climate Made History 1300-1850*, New York, Basic Books, 2000. Notre expérience du climat est limitée à la durée de notre vie. Il nous est difficile de concevoir les variations du climat dans le passé et dans notre histoire. Ce livre, rédigé par un archéologue qui s'exprime extrêmement bien, explique avec un grand souci du détail que le climat, au cours des mille dernières années, a été tantôt plus chaud, tantôt plus froid.

Feynman, Richard, *The Character of Physical Law*, Cambridge, Mass., MIT Press, 1965. Feynman illustre la rigueur de la pensée en physique, par contraste avec la subjectivité à l'eau de rose que l'on trouve dans d'autres domaines tels que l'écologie ou la recherche climatique.

Finlayson-Pitts, Barbara J. et James N. Pitts, Jr., *Chemistry of the Upper and Lower Atmosphere : Theory, Experiments and Applications*, New York, Academic Press, 2000. Un texte clair, à la portée de tous ceux qui ont de bonnes bases scientifiques.

Fisher, Andy, *Radical Ecopsychology : Psychology in the Service of Life*, Albany, New York, State University of New York Press, 2002. Un texte étonnant, signé par un psychothérapeute. À mon sens, le problème majeur pour les observateurs du monde est de déterminer si leurs perceptions sont sincères et vérifiables ou bien si elles ne sont que les projections de leurs sentiments profonds. D'après l'auteur, cela n'a guère d'importance. Le texte est presque entièrement composé d'opinions très personnelles sur la nature humaine et notre relation avec le monde naturel. Anecdotique, égotiste, entièrement tautologique, il est un exemple éblouissant de fantaisie débridée. Il peut remplacer toute une littérature traitant de sujets apparentés dans lesquels l'expression des sentiments est présentée comme des faits.

Flecker, H. et B. C. Cotton, « La morsure fatale de la pieuvre », *Medical Journal of Australia*, n° 2, 1955, p. 329-331.

Forrester, Jay W., *Principles of Systems*, Waltham, Mass., Wright-Allen Press, 1971. Forrester sera reconnu un jour comme un des scientifiques les plus importants du XXe siècle. Il a été l'un des premiers et certainement le chercheur le plus influent à modéliser des systèmes complexes. Il a fait des études révolutionnaires sur tout, du comportement d'entreprise high-tech à la rénovation urbaine et il a été le premier à avoir une idée de la difficulté qu'il y a à gérer des systèmes complexes. Ses travaux ont inspiré les tentatives faites pour modéliser le monde, qui ont abouti aux *Limites de la croissance* du Club de Rome. Mais le Club de Rome n'a pas compris les principes fondamentaux des travaux de Forrester.

Forsyth, Tim, *Critical Political Ecology : The Politics of Environmental Science*, New York, Routledge, 2003. Un examen prudent mais souvent critique de l'orthodoxie écologique par un maître de conférences en environnement et développement à l'École d'économie de Londres. Le texte contient quantité d'aperçus importants, en particulier les conséquences du choix du GIEC de travailler sur des modèles informatiques (plutôt que d'utiliser des données sous d'autres formes) et la question de savoir combien d'effets sur l'environnement peuvent être utilement considérés comme « globaux ». Mais l'auteur fait sienne une grande partie de la critique postmoderniste de la science et fait ainsi référence à certaines « lois » de la science à qui bien peu de scientifiques accorderaient cette qualité.

Freeze, R. Allan, *The Environmental Pendulum : A Quest for the Truth about Toxic Chemicals, Human Health and Environmental Protection*, Berkeley, Calif., University of California Press, 2000. Un professeur d'université ayant l'expérience du travail sur le terrain avec des sites de déchets toxiques a écrit cet ouvrage original et très instructif qui relate ses expériences et ses opinions. Un des rares auteurs réunissant des qualifications universitaires et l'expérience du terrain. Ses opinions sont complexes et paraissent parfois contradictoires mais telle est la réalité.

Furedi, Frank, *Culture of Fear : Risk-taking and the Morality of Low Expectation*, New York, Continuum, 2002. Dans les sociétés occidentales qui deviennent plus riches, plus sûres et où l'espérance de vie ne cesse d'augmenter, on pourrait s'attendre que la population se sente tranquille et rassurée. C'est le contraire qui se passe : les populations occidentales sont aisément en proie à la panique et refusent violemment toute idée de risque. Des questions écologiques à la surveillance de plus en plus étroite des enfants, le fait est manifeste dans bien des domaines. Ce texte d'un sociologue britannique en recherche les causes.

Gelbspan, Ross, *The Heat Is On : The Climate Crisis, the Cover-Up, the Prescription*, Cambridge, Mass., Perseus, 1998. Un journaliste qui a abondamment écrit sur les questions d'environnement présente – bien – les classiques scénarios apocalyptiques. Penn et Teller parlent de lui en termes scatologiques.

Gilovitch, Thomas, Dale Griffin et Daniel Kahneman, eds, *Heuristics and Biases : The Psychology of Intuitive Judgment*, Cambridge, Royaume-Uni, Cambridge University Press, 2002. Les psychologues ont rassemblé depuis les années 50 une masse substantielle de données expérimentales sur la prise de décision humaine. Bien présentées, elles constituent une lecture indispensable pour ceux qui veulent comprendre comment les gens prennent des décisions et comment ils pensent aux décisions prises par les autres. L'ouvrage est passionnant mais décourageant par moments. Des articles d'un intérêt particulier sont présentés séparément.

Glassner, Barry, *The Culture of Fear*, New York, Basic Books, 1999. Démythifie les marchands de peur avec calme et précision.

Glimcher, Paul W., *Decisions, Uncertainty, and the Brain*, Cambridge, Mass., MIT Press, 2003.

Glynn, Kevin, *Tabloid Culture*, Durham, N.C., Duke University Press, 2000.

Goldstein, William M. et Robin M. Hogarth, eds, *Research on Judgment and Decision Making*, Cambridge, Royaume-Uni, Cambridge University Press, 1997.

Gross, Paul R. et Norman Leavitt, *Higher Superstition : The Academic Left and its Quarrels with Science*, Baltimore, Johns Hopkins University Press, 1994. Voir chapitre 6, « Les portes de l'Éden », pour une discussion de l'étude de l'environnement dans le contexte postmoderne de critique universitaire.

Guyton, Bill, *Glaciers of California*, Berkeley, Calif., University of California Press, 1998. Un bijou d'élégance.

Hadley Center, « Changement climatique, observations et prévisions. Recherches récentes du Hadley Center sur la science du changement climatique », décembre 2003. Disponible à l'adresse www.metoffice.com. Le Hadley Center présente en seize pages les arguments les plus importants au sujet de la science climatique et les prévisions de réchauffement futur d'après les modèles informatiques. Superbement écrit et illustré, il surpasse largement les autres sites Web sur le climat et constitue une brève et excellente introduction pour toute personne intéressée.

Hansen, James E., Makiko Sato, Andrew Lacis, Reto Ruedy, Ina Tegen et Elaine Matthews, « Dérèglements climatiques dans l'ère industrielle », *Proceedings of the National Academy of Sciences*, 95, octobre 1998, p. 12753-12758.

Hansen, James E. et Makiko Sato, « Tendances des mesures des agents du dérèglement climatique », *Proceedings of the National Academy of Sciences*, n° 98, décembre 2001, p. 14778-14783.

Hayes, Wayland Jackson, « Pesticides et toxicité humaine », *Annals of the New York Academy of Sciences*, n° 160, 1969, p. 40-54.

Henderson-Sellers *et al.*, « Cyclones tropicaux et changement climatique global : évaluation post-GIEC », *Bulletin of the American Meteorological Society*, n° 79, 1997, p. 9-38.

Hoffert, Martin, Ken Caldeira, Gregory Benford, David R. Criswell, Christopher Green, Howard Herzog, Atul K. Jain, Haroon S. Kheshgi, Klaus S. Lackner, John S. Lewis, H. Douglas Lightfoot, Wallace Manheimer, John C. Mankins, Michael E. Mauel, L. John Perkins, Michael E. Schlesinger, Tyler Volk et Tom M. L. Wigley, « Voies de la technologie avancée vers la stabilité climatique globale : énergie pour une planète à effet de serre », *Science*, n° 298, 1er novembre 2001, p. 981-987.

Horowitz, Daniel, *The Anxieties of Affluence*, Amherst, Mass., University of Massachusetts Press, 2004.

Houghton, John. *Global Warming : the Complete Briefing*, Cambridge, Royaume-Uni, Cambridge University Press, 1997. Sir John Houghton est un des personnages en vue du GIEC et un porte-parole de renommée mondiale pour le changement climatique. Il présente un tableau très clair des prévisions des modèles de circulation globaux pour l'évolution du climat. Il s'appuie principalement sur les rapports du GIEC que ce texte résume et explique. On peut sauter le premier chapitre, vague et diffus, contrairement au reste de l'ouvrage.

Huber, Peter, *Hard Green : Saving the Environment from the Environmentalists, a Conservative Manifesto*, New York, Basic Books, 1999. J'ai lu des dizaines d'ouvrages sur l'environnement, similaires pour la plupart dans le ton et le contenu. Celui-ci est le premier qui ait véritablement retenu mon attention. Il n'est pas comme les autres, c'est le moins que l'on puisse dire. Ingénieur diplômé du MIT, diplômé de la faculté de droit de Harvard, l'auteur a été l'assistant de Ruth Bader Ginsburg et Sandra Day O'Connor ; il est membre du Manhattan Institute. Son ouvrage critique la pensée écologiste moderne à la fois dans ses attitudes sous-jacentes et ses prétentions scientifiques. Le texte est vif, drôle, nourri d'informations et implacable. Il est parfois difficile à suivre et ne s'adresse pas aux néophytes. Ceux qui s'accrochent aux positions écologistes des années 80 et 90 devront répondre aux arguments de cet ouvrage.

Inadvertent Climate Modification, Rapport de l'Étude de l'impact de l'homme sur le climat (SMIC), Cambridge, Mass., MIT Press, 1971. Une tentative déjà ancienne et passionnante pour modéliser le climat et prévoir l'interaction avec l'homme.

IPCC, Groupement intergouvernemental sur l'évolution des climats, *Aviation and the Global Atmosphere*, GIEC, Cambridge, Royaume-Uni, Cambridge University Press, 1999.

IPCC, *Climate Change 1992 : The Supplementary Report to the IPCC Scientific Assessment*, GIEC, Cambridge, Royaume-Uni, Cambridge University Press, 1992.

IPCC, *Climate Change 1995 : Economic and Social Dimensions of Climate Change*, GIEC, Cambridge, Royaume-Uni, Cambridge University Press, 1996.

IPCC, *Climate Change 1995 : Impacts, Adaptation and Mitigation of Climate Change Scientific/Technical Analysis*, contribution du groupe de travail 2 au deuxième rapport d'évaluation du GIEC, Cambridge, Royaume-Uni, Cambridge University Press, 1996.

IPCC, *Climate Change 1995 : The Science of Climate Change*, GIEC, Cambridge, Royaume-Uni, Cambridge University Press, 1996.

IPCC, *Climate Change 2001 : Impacts, Adaptation and Vulnerability*, GIEC, Cambridge, Royaume-Uni, Cambridge University Press, 2001.

IPCC, *Climate Change 2001 : Synthesis Report*, GIEC, Cambridge, Royaume-Uni, Cambridge University Press, 2001.

IPCC, *Climate Change 2001 : The Scientific Basis*, Cambridge, Royaume-Uni, Cambridge University Press, 2001.

IPCC, *Climate Change : The IPCC Response Strategies*, GIEC, Washington, DC, Island Press, 1991.

IPCC, *Emissions Scenarios*, GIEC, Cambridge, Royaume-Uni, Cambridge University Press, 2000.

IPCC, *Land Use, Land Use Change and Forestry*, GIEC, Cambridge, Royaume-Uni, Cambridge University Press, 2000.

IPCC, *The Regional Impacts of Climate Change : An Assessment of Vulnera-*

bility, GIEC, Cambridge, Royaume-Uni, Cambridge University Press, 1998.

Jacob, Daniel J., *Introduction to Atmospheric Chemistry*, Princeton, N.J., Princeton University Press, 1999.

Joravsky, David, *The Lysenko Affair*, Chicago, University of Chicago Press, 1970.

Joughin, I. And S. Tulaczyk, *Positive Mass Balance of the Ross Ice Streams, West Antarctica, Science*, 295, 2002, p. 476-480.

Kahneman, Daniel et Amos Tversky, eds, *Choices, Values and Frames*, Cambridge, Royaume-Uni, Cambridge University Press, 2000. Les auteurs sont à l'origine d'une révolution dans notre compréhension de la psychologie qui détermine la prise de décision. L'histoire du mouvement écologiste se caractérise par quelques décisions très positives fondées sur des informations insuffisantes et des décisions malheureuses prises malgré de bonnes informations allant à l'encontre de la décision. Cet ouvrage explique comment ce genre de dérive peut arriver.

Kalnay, Eugenia et Ming Cai, « Impact de l'urbanisation et de l'utilisation des sols sur le climat », *Nature*, 423, 29 mai 2003, p. 528-531. « Notre estimation de 0,27 °C de réchauffement moyen en surface par siècle en raison des changements d'utilisation des sols est au moins le double des estimations précédentes, reposant sur la seule urbanisation. » Les auteurs ont fait état par la suite d'une erreur de calcul et ont relevé leur estimation, *Nature*, 23, 4 septembre 2003, p. 102. « L'estimation corrigée de l'augmentation de la température diurne moyenne en raison du changement d'utilisation des sols est de 0,33 °C par siècle. »

Kaser, Georg, Douglas R . Hardy, Thomas Molg, Raymond S. Bradley et Tharsis M. Hyera, « Le recul moderne du glacier du Kilimandjaro, un signe du changement climatique : observations et faits ». *International Journal of Climatology*, 24, 2004, p. 329-339.

Kieffer, H., J. S. Kargel, R. Barry, R. Bindschadler, M. Bishop, D. MacKinnon, A. Ohmura, B. Raup, M. Antoninetti, J. Bamber, M. Braun, I. Brown, D. Cohen, L. Copland, J. DueHagen, R. V. Engeset, B. Fitzharris, K. Fujita, W. Haeberli, J. O. Hagen, D. Hall, M. Hoelze, M. Johansson, A. Kaab, M. Koenig, V. Konovalov, M. Maisch, F. Paul, F. Rau, N. Reeh, E. Rignot, A. Rivera, M. Ruyter de Wildt, T. Scambos, J. Schaper, G. Scharfen, J. Shroder, O. Solomina, D. Thompson, K. Van der Veen, T. Wohlleben et N. Young, « De nouveau yeux dans le ciel mesurent les glaciers et les plaques de glace ». *EOS, Transactions, American Geophysical Union*, 81, n° 265, 2000, p. 270-271.

Kline Wendy, *Building a Better Race : Gender, Sexuality and Eugenics from the Turn of the Century to the Baby Boom*, Berkeley, Calif., University of California Press, 2001.

Koshland, Daniel J. « Crédibilité dans la science et la presse », *Science*, 254, 1er novembre 1991, p. 629. Les commentaires négatifs sur la science ont un effet néfaste : l'ancien patron de l'Association américaine pour l'avancement de la science s'en plaint.

Kraus, Nancy, Trorbjorn Malmfors et Paul Slovic, « Toxicologie intuitive : jugements d'experts et opinions de profanes sur les risques chimiques », dans *Slovic*, 2000. Dans quelle mesure faut-il laisser l'opinion mal informée participer aux décisions, la question étant de savoir si le profane a l'intuition de ce qui est nocif dans son environnement, s'il est, pour reprendre l'expression des auteurs, un « toxicologue intuitif » ? D'après ce que j'ai lu, la réponse est non.

Krech, Shepard, *The Ecological Indian : Mythe and History*, New York, Norton, 1999. Un anthropologue passe soigneusement en revue les observations indiquant que les Indiens d'Amérique n'étaient pas des écologistes exemplaires. Il passe également en revue des changements récents dans la science écologique.

Kuhl, Stevan, *The Nazi Connection : Eugenics, American Racism and German National Socialism*, New York, Oxford University Press, 1994.

Kuran, Timur, *Private Truths, Public Lies : The Social Consequences of Preference Falsification*, Cambridge, Mass., Harvard University Press, 1995.

Landsea, C., N. Nicholls, W. Gray et L. Avila, « Tendance à la baisse de la fréquence des ouragans atlantiques violents au cours des cinq dernières décennies », *Geophysical Research Letters*, n° 23, 1996, p. 527-530.

Landsea, Christopher W. et John A. Knaff. « Dans quelle mesure les prévisions du très fort El Niño de 1997-1998 étaient-elles exactes ? », *Bulletin of the American Meteorological Society*, 81, n° 9, septembre 2000, p. 2017-2019. Les auteurs ont trouvé que les modèles anciens, plus simples, étaient plus efficaces. « L'utilisation de modèles complexes, physiquement réalistes et dynamiques ne fournit pas automatiquement des prévisions plus fiables... Notre conclusion peut surprendre dans la mesure où le sentiment général est que les prévisions d'El Niño à partir de modèles dynamiques ont été très réussies, au point de considérer le problème comme réglé. » Ils affirment, détails à l'appui, que les modèles, en réalité, n'ont pas été très efficaces. Mais « d'autres se servent de la prétendue réussite des modèles dynamiques de prévisions d'El Niño pour poursuivre d'autres objectifs [...] On peut avoir d'autant moins confiance dans les études anthropogéniques globales que les prévisions d'El Niño manquaient d'exactitude [...] Le fond du problème est que la réussite des prévisions a été exagérée (parfois grossièrement) et mal employée dans d'autres domaines ».

Lave, Lester B., « Analyse bénéfice-coût : les bénéfices sont-ils supérieurs aux coûts? », dans Robert W. Hahn, ed., *Risks, Costs and Lives Saved : Getting Better Results from Regulation*, New York, Oxford University Press, 1996. Une étude critique de problèmes dans l'analyse coût-bénéfices par un économiste qui croit en l'outil mais reconnaît que ses adversaires ont parfois raison.

Lean, Judith et David Rind, « Effet du changement du rayonnement solaire sur le climat », *Journal of Climate*, n° 11, décembre 1988, p. 3069-3094. Quel est l'effet du soleil sur le climat? Les auteurs avancent que près de la moitié du réchauffement en surface observé depuis 1900 et le tiers du réchauffement depuis 1970 peuvent être attribués au soleil. Mais il y a des incertitudes. « L'incapacité actuelle à établir avec précision l'effet du changement du rayonnement solaire sur le climat a des implications sur la politique concernant le changement anthropogénique global qui doit être distingué de la variabilité climatique naturelle. »

LeBlanc, Steven A. et Katherine E. Register, *Constant Battles*, New York, St. Martin's Press, 2003. Le mythe du noble sauvage et du passé édénique a la vie dure. LeBlanc est un des rares archéologues a avoir attentivement étudié les témoignages de lointains affrontements et à battre en brèche le penchant universitaire à croire en un passé paisible. D'après LeBlanc, les sociétés primitives étaient en conflit permanent et violent.

Levack, Brian P. *The Witch-Hunt in early Modern Europe*, deuxième édition, Londres, Longman, 1995. Au XVIe siècle, les élites européennes croyaient que certains êtres humains avaient scellé un pacte avec le diable. Elles croyaient que les sorcières s'assemblaient la nuit pour pratiquer des rites horrifiques et volaient sur un balai. À cause de ces croyances, les élites de l'époque ont torturé d'innombrables individus et en ont fait périr cinquante à soixante mille, des vieilles femmes pour la plupart. Il arrivait aussi que des hommes et des enfants soient condamnés au supplice du feu. Comme il était inconvenant de condamner des enfants à mort, ils étaient parfois emprisonnés jusqu'à ce qu'ils soient en âge d'être exécutés. La majeure partie des ouvrages traitant de la sorcellerie – y compris celui auquel je me réfère ici – ne vont pas au plus profond de la vérité de cette époque. Le fait qu'il y ait eu tellement d'exécutions pour des raisons imaginaires – malgré les réserves de sceptiques éclairés – doit nous donner à réfléchir. Le consensus des élites n'est pas nécessairement juste, même s'il est large et même s'il perdure. Il peut être mal fondé. Il convient de toujours garder le fait présent à l'esprit. Cela peut se reproduire. Cela s'est déjà reproduit.

Lilla, Mark, *The Reckless Mind : Intellectuals in Politics*, New York, New York Review of Books, 2001. Ce texte incisif traite essentiellement des philosophes du XXe siècle mais rappelle la tentation de l'intellectuel à « succomber à l'attrait d'une idée, à laisser la passion le rendre aveugle à son potentiel tyrannique ».

Lindzen, Richard S., « Les relevés de températures de l'océan profond confirment-ils les prévisions des modèles ? », *Geophysical Research Letters*, 29, n° 0, 2002, p. 10.1029/2001GL014360. Les changements observés dans les températures de l'océan ne peuvent tenir lieu de confirmation des modèles informatiques du climat (GCM).

Lindzen, Richard S, « La presse n'a pas compris : notre rapport ne soutient pas le traité de Kyoto », *Wall Street Journal*, 11 juin 2001. Cet essai signé par un professeur du MIT offre un exemple de la manière dont les médias donnent une interprétation erronée de rapports scientifiques sur le climat. Dans le cas présent, le rapport de l'Académie nationale des sciences sur les changements climatiques, dont on a prétendu qu'il disait autre chose que ses conclusions. Lindzen est l'un des onze auteurs de ce rapport. http://opinionjournal.com/editorial/feature.html?id=95000606.

Lindzen Richard S. et K. Emanuel, « L'effet de serre », dans *Encyclopedia of Global Change, Environmental Change and Human Society*, volume 1, Andrew S. Goudie, ed., New York, Oxford Uiversity Press, 2002, p. 562-566. Qu'est exactement cet effet de serre dont tout le monde parle mais que personne n'explique jamais en détail ? Un résumé bref et clair.

Liu, J., J. A. Curry et D. G. Martinson, « Interprétation de la variabilité récente des glaces flottantes de l'Antarctique », *Geophysical Research Letters*, n° 31, 2004, p. 10. 1029/2003 GL018732.

Lomborg, Bjorn, *The Skeptical Environmentalist*, Cambridge, Royaume-Uni, Cambridge University Press, 2002. L'histoire qui a donné naissance à cet ouvrage est aujourd'hui bien connue. L'auteur, un statisticien danois, membre de Greenpeace, avait décidé de battre en brèche les positions de feu Julian Simon, un économiste qui affirmait que les craintes sur l'environnement étaient sans fondement et que l'état de la planète allait plutôt en s'améliorant. À sa profonde surprise, Lomborg constata que Simon était le plus souvent dans le vrai. Le texte est posé, limpide, tranchant, impitoyable envers les dogmes établis. Depuis sa publication, l'auteur a été soumis à d'incessantes attaques personnelles, ce qui signifie à l'évidence que ses conclusions sont incontestables d'un point de vue scientifique. Au long de cette interminable controverse, Lomborg s'est comporté d'une manière exemplaire. Ce ne fut malheureusement pas le cas de ses critiques. Une mention particulière au *Scientific American*, au ton on ne peut plus répréhensible. En résumé, le traitement réservé à Lomborg peut être considéré comme la confirmation que la critique postmoderne de la science est un aspect de la lutte pour le pouvoir. Un épisode attristant pour la science.

Lovins, Amory B., *Soft Energy Paths : Toward a Durable Peace, New York, Harper and Row,* 1977. Celui qui est peut-être l'avocat le plus en vue des énergies alternatives a écrit ce texte antinucléaire dans les années 70 pour les Amis de la Terre, développant un essai remarqué qu'il avait publié l'année précédente pour *Foreign Affairs.* Ce texte peut être considéré comme une étape majeure dans l'enchaînement des événements et des idées qui a conduit les États-Unis dans une voie énergétique différente de celle des pays européens. Lovins est physicien de formation.

McKendry, Ian G., « Climatologie appliquée », *Progress in Physical Geography,* 27 n° 4, 2003, p. 597-606. « Des études récentes donnent à penser que les tentatives faites pour supprimer l'" influence urbaine " des observations climatiques de longue durée (et permettre de déterminer l'ampleur de l'augmentation de l'effet de serre) sont peut-être par trop simplistes. Cela continuera vraisemblablement à être un sujet controversé... »

Manes, Christopher, *Green Rage : Radical Environmentalism and the Unmaking of Civilization,* Boston, Little Brown, 1990. À ne pas manquer.

Man's Impact on the Global Environment, Evaluations et Recommandation, Rapport de l'Étude des problèmes environnementaux critiques (SCEP), Cambridge, Mass., MIT Press, 1970. Le texte prévoit un taux de dioxyde de carbone de 370 ppmv en l'an 2000, d'où résulte une augmentation de 0,5 °C de la température de surface. Les chiffres réels ont été de 360 ppmv et 0,3 °C – des prévisions bien plus précises que celles qui ont été faites quinze ans plus tard avec des ordinateurs beaucoup plus puissants.

Marlar, Richard A. *et al.,* « Preuves biochimiques de cannibalisme sur un site Pueblo préhistorique, au sud-ouest du Colorado », *Nature,* 407, 74078, 7 septembre 2000.

Martin, Paul S., « Massacres préhistoriques : le modèle global », dans *Quaternary Extinctions : A Prehistoric Revolution,* Paul S. Martin et Richard G. Klein, eds, Tucson, Ariz., University of Arizona Press, 1984.

Mason, Betsy, « Les glaces africaines sous emballage », *Nature online publication,* 24 novembre 2001.

Matthews, Robert A. J., « Les faits contre les factions : usage et abus de la subjectivité dans la recherche scientifique », dans Morris, *Rethinking Risk,* p. 247-282. Un physicien dénonce « l'incapacité de la communauté scientifique à prendre des mesures décisives sur les faiblesses des méthodes statistiques et le gaspillage des ressources consacrées à de vaines tentatives pour se fonder sur elles constituent un scandale scientifique majeur ». Le livre propose également une liste impressionnante d'importants progrès scientifiques étouffés par le parti pris de scientifiques. De quoi remettre en question le sérieux du « consensus » scientifique.

Meadows, Donella H., Dennis L. Meadows, Jorgen Randers et William W. Behrens III, *The Limits to Growth : A Report for the Club of Rome's Project on the Predicament of Mankind*, New York, New American Library, 1972. Il est honteux que cet ouvrage soit épuisé. Il a eu une influence énorme en son temps et a donné le ton (la fâcheuse situation de l'humanité) pour une grande partie de ce qui a suivi. On est stupéfait en le lisant aujourd'hui de voir à quel point les techniques d'évaluation de l'état de la planète étaient primitives et à quel point les prédictions des tendances à venir sont inconsidérées. Le texte se caractérise moins par les erreurs dans les prédictions que par le ton permanent d'urgence excessive frisant l'hystérie. La conclusion : « des mesures concertées, prises au niveau international et une planification commune à long terme seront nécessaires à une échelle et une envergure sans précédent. Un effort qui sera l'œuvre de tous les peuples, quels que soient leur culture, leur système économique et leur niveau de développement [...] Cet effort suprême sera [...] basé sur un changement fondamental des valeurs et des buts au niveau individuel, national et planétaire ». Et ainsi de suite.

Medvedev, Zhores A., *The Rise and Fall of T. D. Lysenko*, New York, Columbia University Press, 1969. Extrêmement difficile à lire.

Michaels, Patrick J. et Robert C. Balling, Jr., *The Satanic Gases : Clearing the Air about Global Warming*, Washington, DC, Cato, 2000. Des auteurs sceptiques dotés d'un style clair et du sens de l'humour. L'utilisation des graphiques est particulièrement bonne. L'Institut Cato est une organisation favorable à l'économie de marché, proche des idées libertaires.

Morris, Julian, ed., *Rethinking Risk and the Precautionary Principle*, Oxford, Royaume-Uni, Butterworth/Heinemann, 2000. Une critique abordant des sujets très divers, par exemple comment le principe de précaution appliqué sans discernement a nui au développement des enfants.

Nye, David E., *Consuming Power*, Cambridge, Mass., MIT Press, 1998. L'Amérique consomme plus d'électricité par habitant que n'importe quel pays au monde. Nye est le mieux informé des spécialistes de l'histoire des technologies américaines; ses conclusions sont sensiblement différentes des conclusions de ceux qui le sont moins. Le texte attaque d'une manière cinglante les positions déterministes sur la technologie et a des implications évidentes pour la validité des « scénarios » du GIEC.

Oleary, Rosemary, Robert F. Durant, Daniel J. Fiorino et Paul S. Weiland, *Managing for the Environment : Understanding the Legal, Organizational and Policy Challenges*, New York, Wiley and Sons, 1999. Un abrégé précieux qui aborde parfois trop largement certains sujets.

Ordover, Nancy, *American Eugenics : Race, Queer Anatomy, and the Science of Nationalism*, Minneapolis, Minn., University of Minnesota Press, 2003. Contenu passionnant, structure déroutante ; une lecture ardue mais sans concession. L'auteur met l'accent sur la culpabilité de la gauche aussi bien que de la droite dans le mouvement eugéniste, hier comme aujourd'hui.

Pagels, Heinz R. *The Dreams of Reason : Computers and the Rise of the Sciences of Complexity*, New York, Simon and Schuster, 1988. L'étude de la complexité représente une véritable révolution dans la science, même si elle n'est plus récente. Un ouvrage délicieux écrit il y a seize ans, à l'époque où cette révolution avait l'attrait de la nouveauté. On pourrait penser que ce laps de temps a été suffisant pour que la compréhension de la complexité et de la dynamique non linéaire permette aux activistes de l'écologie de réviser leur pensée. À l'évidence, il n'en est rien.

Park, Robert, *Voodoo Science : The Road from Foolishness to Fraud*, New York, Oxford University Press, 2000. L'auteur est professeur de physique et directeur de la Société américaine de physique. Ce livre est particulièrement intéressant sur le sujet des « Courants de mort », la controverse lignes à haute tension/cancer, à laquelle l'auteur a pris part, dans le camp des sceptiques.

Parkinson, C. L., « Tendances dans la durée de la saison des glaces dans l'océan Austral », *Annals of Glaciology*, n° 34, 2002, p. 435-440.

Parsons, Michael L., *Global Warming : The Truth behind the Myth*, New York, Plenum, 1995. Une analyse sceptique de données par un professeur des sciences de la santé, qui n'est donc pas un spécialiste du climat.

Pearce, Fred, « Les Africains retournent vers leurs terres tandis que la végétation reprend possession du désert », *New Scientist*, n° 175, 21 septembre 2002, p. 4-5.

Penn et Teller, *Bullshit !* série télévisée. Des attaques amusantes et enlevées contre les idées reçues et les vaches sacrées. L'épisode dans lequel une jeune femme fait signer des écologistes pour demander l'interdiction du « monoxyde de dihydrogène » (autrement dit de l'eau) est particulièrement drôle. Elle explique qu'on trouve le « monoxyde de dihydrogène » dans les lacs et dans les rivières, qu'il reste sur les fruits et les légumes quand ils ont été lavés, qu'il fait transpirer... Et les gens signent. Un autre épisode sur le recyclage présente une explication claire et concise de ce qu'il convient de faire et de ne pas faire.

Pepper, David, *Modern Environmentalism : An Introduction*, Londres, Routledge, 1996. Un tableau détaillé des multiples courants de la philosophie écologiste par un sympathisant. Dans le même esprit que l'ouvrage de Douglas et Wildavsky, ce livre explique comment des points de vue incompatibles sur la nature sont soutenus par des groupes différents et pourquoi tout compromis est si peu probable. Il montre clairement à quel point les positions écologistes relèvent d'un credo sur la manière dont la société humaine devrait être structurée. L'auteur est professeur de géographie et a une jolie plume.

Petit, J. R., J. Jouzel, D. Raynaud, N. I. Barkov, J.-M. Banola, I. Basile, M. Bender, J. Chappellaz, M. Davis, G. Delaygue, M. Delmotte, V. M. Kotlyakov, M. Legrand, V. Y. Lipenkov, C. Lorius, L. Pepin, C. Ritz, E. Saltzman et M. Stievenard, « 1999. Histoire du climat et de l'atmosphère sur 420 000 ans, dans les forages de Vostok, Antarctique », *Nature*, n° 399, p. 429-436.

Pielou, E. C., *After the Ice Age ; The Return of Life to Glaciated North America*, Chicago,University of Chicago Press, 1991. Un livre merveilleux, un modèle en son genre. Il explique comment la vie est revenue quand les glaciers ont reculé, il y a vingt mille ans, et comment les scientifiques analysent les données pour arriver à leurs conclusions. Il rappelle au passage que notre planète a connu dans son passé géologique récent des changements profonds.

Ponte, Lowell, *The Cooling*, Englewood, N. J., Prentice-Hall, 1972. Un ouvrage des années 70, annonçant l'arrivée imminente d'une période glaciaire, sur lequel on n'a pas tari d'éloges. « La prochaine période glaciaire a-t-elle déjà commencé ? Pourrons-nous y survivre ? » Telles étaient les questions de la couverture. Un chapitre explique comment nous pourrions modifier le climat global pour éviter un refroidissement excessif. En voici un extrait : « Nous ne pouvons nous permettre d'échapper à cette possibilité en fermant les yeux. Nous ne pouvons prendre le risque de l'inaction. Les scientifiques qui affirment que nous entrons dans une période d'instabilité climatique (*i.e.* d'imprévisibilité) ont un comportement irresponsable. Les indications d'un prochain changement en mal de notre climat sont trop fortes pour qu'on n'en tienne pas compte » (p. 237).

Pritchard, James A., *Preserving Yellowstone's Natural Condition : Science and the Perception of Nature*, Lincoln, Neb., University of Nebraska Press, 1999. Preuves que les élans ont changé d'habitat. Également le paradigme du non-équilibre.

Pronin, Emily, Carolyn Puccio et Lee Rosh, « Compréhension de l'incompréhension : perspectives sociales et psychologiques », dans Gilovitch *et al.*, p. 636-665. Une étude sereine des différends humains.

Rasool, S. I. et S. H. Schneider, « Dioxyde de carbone atmosphérique et aérosols : effets de fortes augmentations sur le climat global », *Science*, 11 juillet 1971, p. 138-141. Un exemple des recherches des années 70 qui tendaient à montrer que l'influence humaine sur le climat allait dans le sens d'un refroidissement, non d'un réchauffement. Les auteurs affirment que l'augmentation du CO_2 dans l'atmosphère provoquera une élévation de la température moindre que la baisse provoquée par l'augmentation des aérosols. « Une simple augmentation d'un facteur de 4 dans la concentration globale des aérosols pourrait suffire à abaisser la température de surface de 3,5 K... ce qui suffirait à déclencher une période glaciaire ».

Raub, W. D., A. Post, C. S. Brown et M. F. Meier, « Glaces éternelles de la Sierra Nevada, Californie », *Proceedings of the International Assoc. of Hydrological Science*, n° 126, 1980, p. 33-34. Cité dans Guyton, 1998.

Reference Manual on Scientific Evidence, Federal Judicial Center, Washington, DC, US Government Printing Office, 1994. Après des années d'abus, les tribunaux fédéraux américains ont établi des directives détaillées pour la recevabilité de témoignages et de preuves scientifiques de différentes sortes. Un volume de 634 pages.

Reiter, Paul, Christopher J. Tomas, Peter M. Atkinson, Simon I. Hay, Sarah E. Randolph, David J. Rogers, G. Dennis Shanks, Robert W. Snow et Andrew Spielman, « Réchauffement global et paludisme : une exigence de précision », *Lancet*, 4, n° 1, juin 2004.

Rice, Glen E. et Steven A. LeBlanc, eds, *Deadly Landscape*, Salt Lake City, Utah, University of Utah Press, 2001. De nouvelles preuves du passé belliqueux de l'humanité.

Roberts, Leslie R., « L'Agence pour la protection de l'environnement (EPA) compte sur la science », *Science*, n° 249, 10 août 1990, p. 616-618. Un rapport important sur la classification des risques par l'EPA. L'Agence fait essentiellement ce que l'opinion publique souhaite, sans suivre l'avis des experts. Souvent – mais pas toujours – une mauvaise chose.

Roszack, Theodore, *The Voice of the Earth*, New York, Simon and Schuster, 1992. Roszack est souvent à la pointe de nouveaux mouvements sociaux. Il donne ici un aperçu d'un mélange d'écologie et de psychologie qui, depuis, s'est largement répandu, même s'il s'agit essentiellement de perceptions sans fondement objectif.

Quoi qu'il en soit, l'écopsychologie est devenue un fanal dans l'esprit de bien des gens, surtout ceux qui sont dépourvus de formation scientifique. Ma position est que ce mouvement projette les insatisfactions de la société contemporaine sur un monde naturel si mal connu qu'il représente un écran idéal. Gardons en mémoire la phrase de Richard Feynman : « Une longue expérience nous a appris que toutes les intuitions philosophiques sur ce que va faire la nature sont des échecs. »

Russell, Jeffrey B., *A History of Witchcraft, Sorcerers, Heretics and Pagans*, Londres, Thames and Hudson Ltd., 1980. De crainte d'oublier.

Salzman, Jason, *Making the News : À Guide for Activists and Non-Profits*, Boulder, Col., Westview Press, 2003.

Santer, B. D., K. E. Taylor, T. M. L. Wigley, T. C. Johns, P. D. Jones, D. J. Karoly, J. F. B. Mitchell, A. H. Oort, J. E. Penner, V. Ramaswamy, M. D. Schwartzkopf, R. J. Stouffer et S. Tett, « Une recherche des influences humaines sur la structure thermique de l'atmosphère », *Nature*, n° 382, 4 juillet 1996, p. 39-46. « Il est probable que le changement de température dans l'atmosphère est partiellement dû aux activités humaines, même si de nombreuses incertitudes demeurent, surtout en ce qui concerne les estimations de la variabilité naturelle. » Un an après le rapport 1995 du GIEC indiquant que les activités humaines avaient un effet sur le climat, cet article signé par plusieurs scientifiques du GIEC se montre infiniment plus prudent.

Schullery, Paul, *Searching for Yellowstone : Ecology and Wonder in the Last Wilderness*. Employé par le Service des forêts pendant de longues années, l'auteur a une approche plus tempérée que bien d'autres des événements de Yellowstone.

Scott, James C., *Seing Like a State : How Certain Schemes to Improve the Human Condition Have Failed*, New Haven, Conn., Yale University Press, 1998. Un livre extraordinaire, original, qui nous rappelle que la pensée universitaire peut aussi avoir de la fraîcheur et de la sincérité.

Shrader-Frechette, K. S., *Risk and Rationality : Philosophical Foundations for Populist Reforms*, Berkeley, Calif., University of California Press, 1991.

Singer, S. Fred., *Hot Talk, Cold Science : Global Warming's Unfinished Debate*, Oakland, Calif, Independent Institute, 1998. Singer est au nombre des sceptiques les plus en vue sur le sujet du réchauffement global. Professeur de science environnementale à la retraite, il a occupé un certain nombre de postes de responsabilité dans l'administration (directeur du service des satellites météorologiques, directeur du Centre pour les sciences atmosphériques et spatiales). Il est bien plus qualifié pour émettre des opinions que ses critiques ne veulent le reconnaître ; ils essaient en général de faire de lui une sorte de cinglé excentrique. Cet ouvrage ne fait que soixante-douze pages. Laissons au lecteur le soin d'en juger.

Slovic, Paul, ed., *The perception of Risk*, Londres, Earthscan, 2000. Slovic a eu le mérite de mettre en lumière le fait que le concept de « risque », au-delà de l'opinion des experts, englobe les sentiments et les peurs du grand public. Il convient dans une démocratie de répondre à ces craintes populaires par des décisions politiques. Ma position est plus dure. Je suis convaincu qu'il faut répondre à l'ignorance par l'éducation, non par une réglementation inutile ou dispendieuse. Il apparaît, malheureusement, que nous dépensons beaucoup trop pour apaiser des craintes mineures ou illusoires.

Stott, Philip et Sian Sullivan, eds, *Political Ecology : Science, Myth and Power*, Londres, Arnold, 2000. Stott est maintenant à la retraite. Il est resté plein d'esprit et anime un *blog* amusant dans le genre sceptique.

Streutker, D. R., « Augmentation mesurée par satellite de l'effet thermique urbain à Houston, Texas », *Remote Sensing of Environment*, n° 85, 2003, p. 282-289. « Entre 1987 et 1999, la température moyenne de surface nocturne à Houston a augmenté de 0,82 °C + ou – 0,10 °C. »

Sunstein, Cass R., *Risk and Reason : Safety, Law and the Environment*, New York, Cambridge University Press, 2002. Un professeur de droit examine les principales questions écologiques en faisant une analyse coûts-bénéfices. Il en conclut que de nouveaux mécanismes pour évaluer la réglementation sont indispensables si nous voulons échapper à l'engrenage actuel d'« hystérie et de négligence » dans lequel nous réglementons à l'excès des risques mineurs alors que d'autres, plus graves, sont laissés de côté. Le chapitre sur les niveaux d'arsenic est particulièrement révélateur pour qui voudrait se faire une idée des difficultés qu'il y a à établir une réglementation rationnelle dans un monde hautement politisé.

Sutherland, D. K. et W. R. Lane, « Toxines et mode d'envenimation de la pieuvre cerclée commune ou à bandes bleues ». *Medical Journal Australia*, n° 1, 1969, p. 893-898.

Tengs, Tammo O., Miriam E. Adams, Joseph S. Plitskin, Dana Gelb Safran, Joanna E. Siegel, Milton C. Weinstein et John D. Graham, « Cinq cents interventions pour sauver des vies humaines et leur coûteuse efficacité », *Risk Analysis*, 15, n° 3, 1995, p. 369-390. L'École de santé publique de Harvard est considérée dans certains milieux comme une institution marquée à droite mais cette étude troublante du coût des réglementations réalisée par le Centre d'Analyse du risque de Harvard n'a jamais été contestée. Elle montre qu'une grande partie des réglementations est inutile et coûteuse.

Thomas, Keith, *Man and the Natural World : Changing Attitudes in England 1500-1800,* New York, Oxford University Press, 1983. Les comportements écologistes sont-ils une manière de mode ? Cet ouvrage délicieux montre les perceptions changeantes de la nature, passée d'un lieu de danger à un endroit apprécié pour devenir la nature sauvage chère aux esthètes de l'élite.

Thompson, D. W. J. et S. Solomon, « Interprétation de récents changements climatiques dans l'hémisphère Sud », *Science,* n° 296, 2002, p. 895-899.

Tommasi, Mariano et Kathryn Lerulli, eds, *The New Economics of Human Behavior,* Cambridge, Royaume-Uni, Cambridge University Press, 1995.

US Congress, *Final Report of the Advisory Committee on Weather Control,* United States Congress, Hawaii, University Press, of the Pacific, 2003.

Victor, David G., « Climat de doute : l'effondrement imminent du Protocole de Kyoto sur le réchauffement global pourrait être un bien pour un mal. Le traité a un vice de construction », *The Sciences,* printemps 2001, p 18-23. Victor est membre du Conseil des relations étrangères et un fervent partisan du contrôle des émissions de gaz carbonique. Il affirme que « la prudence exige des actions pour arrêter l'augmentation des gaz à effet de serre, mais le Protocole de Tokyo ne mène nulle part ».

Viscusi, Kip, *Fatal Tradeoffs : Public and Private Responsibilities for Risk,* New York, Oxford University Press, 1992. Commencez à la section III.

Viscusi, Kip, *Rational Risk Policy,* Oxford, Clarendon, 1998. L'auteur est professeur de droit et d'économie à Harvard.

Vyas, N. K., M. K. Dash, S. M. Bahandari, N. Khare, A. Mitra et P. C. Pandey, « Des tendances séculaires dans l'augmentation des glaces flottantes de la région antarctique, d'après les observations de OCEANSAT-1 MSMR », *International Journal of Remote Sensing,* n° 24, 2003, p. 2277-2287.

Wallack, Lawrence, Katie Woodruff, Lori Dorfman et Iris Diaz, *News for a Change : An Advocate's Guide to Working with the Media,* Londres, Sage Publications, 1999.

Weart, Spencer R., *The Discovery of Global Warming,* Cambridge, Mass., Harvard University Press, 2003.

West, Darrell M., *The Rise and Fall of the Media Establishment,* New York, Bedford/St. Martin's Press, 2001.

White, Geoffrey M., *Identity Through History : Living Stories in a Solomon Islands Society*, Cambridge, Royaume-Uni, Cambridge University Press, 1991.

Wigley, Tom, « Protocole du réchauffement global · CO_2, CH_4 et implications climatiques », *Geophysical Research Letters*, 25, n° 13, 1er juillet 1998, p. 2285-2288.

Wildavsky, Aaron, *But Is It True ? : A Citizen's Guide to Environmental Health and Safety Issues*, Cambridge, Harvard University Press, 1995. Professeur de sciences politiques à Berkeley, Wildavsky a donné carte blanche à ses étudiants pour faire des recherches sur l'histoire et la valeur scientifique d'importantes questions écologiques : DDT, amiante, trou dans la couche d'ozone, réchauffement global, pluies acides. Cet ouvrage est une excellente base pour une discussion approfondie de ces questions. L'auteur consacre par exemple vingt-cinq pages à l'interdiction du DDT. Wildavsky conclut que presque toutes les affirmations des écologistes ont été soit très exagérées, soit inexactes.

Wildavsky, Aaron, *Searching for Safety*, New Brunswick, N.J., Transaction, 1998. Si nous voulons une société et une vie sûres, comment faire pour les obtenir? Une exploration plaisante des stratégies pour la sécurité dans la société industrielle. S'appuyant sur des données provenant de nombreuses disciplines, Wildavsky affirme que la souplesse est une stratégie préférable à la prévention et que les stratégies de prévention – comme le principe de précaution – favorisent l'élite sociale au détriment des couches plus modestes.

Winsor, P., « L'épaisseur de la banquise de l'Arctique est demeurée constante au long des années 90 », *Geophysical Research Letters*, 28, n° 6, mars 2001, p. 1039-1041.